D1143544

LES PERROQUETS DE LA PLACE D'AREZZO

Né en 1960, normalien et docteur en philosophie, Eric-Emmanuel Schmitt s'est d'abord fait connaître en tant que dramaturge avec *Le Visiteur*, devenu un classique du répertoire théâtral international. Plébiscitées tant par le public que par la critique, ses pièces ont été récompensées par plusieurs Molière et le Grand prix du théâtre de l'Académie française. Son théâtre, qu'il met parfois en scène lui-même, est traduit dans plus de quarante langues et désormais joué dans le monde entier. Sa carrière de romancier, initiée par *La Secte des Égoïstes*, s'est poursuivie avec *L'Évangile selon Pilate*, *La Part de l'autre*, *Lorsque j'étais une œuvre d'art*, *Ulysse from Bagdad*, *La Femme au miroir*, *Concerto à la mémoire d'un ange* (prix Goncourt de la nouvelle 2010). Son Cycle de l'Invisible (*Milarepa*, *Monsieur Ibrahim et les fleurs du Coran*, *Oscar et la dame rose*, *L'Enfant de Noé*, *Le sumo qui ne pouvait pas grossir*, *Les dix enfants que madame Ming n'a jamais eus*) a remporté un immense succès en France et à l'étranger. En 2006, il écrit et réalise son premier film, *Odette Toulemonde*, suivi, en 2009, de sa propre adaptation d'*Oscar et la dame rose*. Mélomane, Eric-Emmanuel Schmitt est aussi l'auteur de *Ma vie avec Mozart* et de *Quand je pense que Beethoven est mort alors que tant de crétins vivent*.

ERIC-EMMANUEL SCHMITT

Les Perroquets de la place d'Arezzo

ROMAN

ALBIN MICHEL

© Éditions Albin Michel, 2013.
ISBN : 978-2-253-08732-8 – 1re publication LGF

PREMIÈRE PARTIE

L'annonciation

Prélude

Quiconque arrivait sur la place d'Arezzo éprouvait un sentiment d'étrangeté. Si d'opulentes maisons en pierres et briques de style versaillais bordaient un square rond où gazon d'ombre, rhododendrons et platanes développaient une végétation nordique, une pointe d'atmosphère tropicale chatouillait les sens. Rien d'exotique pourtant dans ces façades équilibrées, ces hautes fenêtres à petits carreaux, ces balcons torturés par le fer forgé ou les coquettes mansardes qu'on louait à prix d'or ; rien d'exotique non plus en ce ciel souvent gris, chagrin, dont les nuages frôlaient les toits d'ardoises.

Tourner la tête ne suffisait pas à saisir ce qui se passait. Encore fallait-il savoir quoi regarder.

Les promeneurs de chiens devinaient les premiers ; à suivre leur limier qui, truffe au sol, sillonnait le terrain avec frénésie, ils remarquaient les déchets organiques jonchant la pelouse, courtes déjections sombres auréolées de pourriture blanche ; alors, leurs yeux montaient le long des troncs et ils apercevaient les insolites constructions naturelles obscurcissant les branchages ; puis une aile colorée s'agitait, un caquètement perçait la feuillée, des stridences escortaient l'essor multicolore des volatiles, et les badauds comprenaient que la place d'Arezzo cachait une foule de perroquets ou de perruches.

Comment de telles bêtes, issues d'horizons lointains, d'origine indienne, amazonienne, africaine, pouvaient-elles vivre à Bruxelles, libres, en bonne santé, malgré le climat maussade ? Pourquoi au cœur du quartier le plus huppé ?

1

— Une femme te quitte parce qu'elle ne trouve plus
en toi les qualités que tu n'as jamais eues.

Zachary Bidermann accompagna sa phrase d'un
sourire. Il s'amusait que son jeune collaborateur, intellectuel distingué formé dans les grandes écoles, rece-
lât des naïvetés d'adolescent.

— En te rencontrant, ton épouse a cru déceler le père
de ses futurs enfants alors que tu n'en voulais pas. Elle
a parié qu'elle occuperait à tes côtés une place équivalente à tes études d'abord, à ton métier ensuite, ce qui
ne fut pas le cas. Elle a espéré que tes nombreuses relations lui permettraient d'atteindre les personnes utiles
à sa carrière, or, dans le monde de la politique ou de la
finance, on saute les cantatrices, on ne les écoute pas.

Cette fois-ci, malgré la figure désolée du trentenaire, il rit et s'exclama :

— Ce n'était pas un mariage, mais un malentendu.

— Tout mariage relève-t-il de l'erreur ?

Zachary Bidermann se leva et contourna le bureau
en manipulant son nouveau stylo en résine noire cer-
clée de platine, où étincelaient ses initiales.

— Un mariage est un contrat, idéalement établi
entre deux êtres perspicaces qui savent à quoi ils

11

s'engagent. Hélas, la plupart du temps, à notre époque abusée par les sentiments, les gens ne débarquent pas chez le maire ou le curé en état de lucidité. Ils sont aveuglés, égarés par la passion, tenaillés par le plaisir s'ils ont accompli l'acte, dévorés par l'impatience s'ils ne l'ont pas consommé. Des malades se marient, mon petit Henry, rarement des êtres en possession de leurs moyens intellectuels.

— Au fond vous m'expliquez qu'il ne faudrait surtout pas être amoureux pour bien se marier ?

— Nos ancêtres le savaient. Ils réglaient les unions froidement, ils connaissaient l'importance de s'établir.

— Guère romantique.

— Le mariage n'a rien de romantique, malheureux ! Ce qui est romantique, c'est l'emportement, le délire, l'emphase, le sacrifice, le martyre, le meurtre, le suicide. Bâtir sa vie là-dessus revient à édifier sa maison sur des sables mouvants.

Derrière Zachary Bidermann, place d'Arezzo, perruches et perroquets lancèrent une clameur désapprobatrice. Agacé par ces stridulations, l'économiste poussa les fenêtres ouvertes sur cette glorieuse matinée de printemps.

Henry jeta un œil circulaire sur la pièce au luxe sobre, meubles design signés, tapis de soie aux motifs abstraits, murs couverts de boiseries pures en chêne sablé, un travail d'ébénisterie dont le raffinement était tel qu'on ne le remarquait pas. Sur les parois ouest et est, deux croquis de Matisse face à face, un visage d'homme et un visage de femme, surveillaient Zachary Bidermann au centre. Henry hésitait à poser la question qui le taraudait.

Zachary Bidermann se pencha vers lui, narquois.

— Je vous entends spéculer, Henry.

— Pardon ?

— Vous vous interrogez sur mon union avec Rose…
Cependant, vu que vous êtes un garçon un peu coincé,
vous n'osez pas m'en parler.

— Je…

— Soyez franc : je me trompe ?

— Non.

Zachary Bidermann tira un tabouret et s'assit, familier, auprès d'Henry.

— C'est mon troisième mariage. Aussi le troisième
de Rose. Autant dire que ni elle ni moi n'avions l'intention de nous fourvoyer.

Il se frappa la cuisse.

— On n'apprend que de ses erreurs. Cette fois, il
s'agit d'une saine et bonne alliance. Tout concorde. Je
doute que, Rose et moi, nous le regrettions.

Henry songea à ce qu'avait conquis Zachary Bidermann en épousant Rose : la richesse. Puis il considéra que, de son côté, Zachary Bidermann comblait
les ambitions politiques et sociales de Rose : elle était
devenue la compagne d'un haut dignitaire, commissaire européen à la concurrence, qui connaissait et
recevait les chefs d'État.

Comme s'il lisait dans les pensées d'Henry, Zachary
Bidermann poursuivit :

— L'union conjugale se révèle une association si
lourde de conséquences qu'il faudrait retirer sa responsabilité aux intéressés et la confier à des personnes
sérieuses, objectives, compétentes, de vrais professionnels. Si des directeurs de casting établissent la
juste distribution d'un film, pourquoi cette fonction
n'existerait pas pour les couples ?

Il soupira, levant ses fameux yeux bleus vers le plafond laqué.

— De nos jours, nous confondons tout. Des idées de boniches nous ont noyés sous l'eau de rose.

Gardant un œil vigilant sur sa montre, il conclut, conscient que cet intermède privé avait assez duré :

— Bref, mon cher Henry, je me félicite que vous divorciez. Vous quittez les ténèbres pour gagner la lumière. Bienvenue au club des clairvoyants.

Henry hocha la tête. Loin d'estimer ces paroles offensantes, il les recevait avec gratitude, confiant en la sincérité de Zachary Bidermann. Celui-ci, quoiqu'il semblât pratiquer le sarcasme et le paradoxe, n'était pas un cynique mais un lucide gourmand ; quand un leurre ou une imposture s'écroulait, il en tirait un réel plaisir, celui d'un combattant de la vérité.

Zachary Bidermann vérifia l'heure, se rassit, accablé de culpabilité : il avait pris six minutes de pause pour discuter de sujets privés ! S'il appréciait ces récréations, à partir de la cinquième minute, il s'impatientait, ennuyé de dilapider son temps.

À neuf heures six du matin, dans son hôtel particulier place d'Arezzo, il avait déjà fini une demi-journée ; levé à cinq heures, il avait décortiqué plusieurs dossiers, écrit dix pages de synthèse et délimité avec Henry ses actions prioritaires. Doté d'une santé de fer nécessitant peu de sommeil, ce géant répandait une énergie qui provoquait l'émerveillement universel et lui avait permis d'accéder, lui, économiste de formation, aux plus hauts postes du pouvoir européen.

Comprenant que l'entrevue était terminée, Henry se leva, salua Zachary Bidermann, lequel, annotant un rapport, ne se rendait déjà plus compte qu'il était là.

Dès que Henry passa la porte, madame Singer, la secrétaire, en profita pour s'introduire dans la pièce. Sèche, d'une raideur militaire, sanglée dans un tailleur-pantalon en jersey bleu marine, elle vint se placer derrière le bureau, à droite de son patron, et attendit sans broncher qu'il notât sa présence.

— Oui, Singer ?

Elle glissa le parapheur devant lui.

— Merci, Singer.

Il l'appelait Singer, comme un soldat s'adresse à un compagnon d'armes car, pour lui, Singer n'était pas une femme. Sans formes, elle ne risquait pas de le distraire de sa tâche en inclinant une poitrine attirante, en exhibant des jambes qu'il guignerait ou en roulant des fesses qu'il aurait envie de pétrir. La coupe courte de ses cheveux, leur gris éteint, l'affaissement de ses traits, l'amertume de ses lèvres, sa peau terne, son absence de parfum, tout transformait Singer en un être fonctionnel qui le suivait de poste en poste depuis vingt ans. Lorsqu'il l'évoquait, Zachary Bidermann s'exclamait « Singer est parfaite ! ». Preuve qu'il avait raison, Rose le répétait aussi.

Sitôt qu'il eut achevé son marathon de signatures, il s'enquit des rendez-vous.

— Vous recevrez cinq personnes ce matin, annonça madame Singer. Monsieur Moretti, de la Banque centrale européenne. Monsieur Karopoulos, directeur de cabinet du ministre des Finances grec. Monsieur Lazarevich, de Lazarevich Finances. Harry Palmer, du *Financial Times*. Madame Klügger de la Fondation Espoir.

— Très bien. Nous leur consacrerons une demi-heure chacun. Pour la dernière, de moindre enjeu, j'irai plus vite. Mais, Singer, interdiction absolue d'interrompre un entretien ; vous attendez que je vous appelle.

— Naturellement, monsieur.

Cette consigne, il la ressassait tous les jours et les gens, madame Singer en premier, la prenaient pour l'expression du respect que manifestait le grand homme à ses hôtes.

Pendant deux heures, il déploya donc sa puissance intellectuelle devant ses visiteurs. Il écoutait, tel un crocodile immobile qui guette sa proie ; puis il s'ébrouait et posait quelques questions avant d'entamer une réflexion brillante, soutenue, argumentée, qu'aucun interlocuteur ne troublait, d'abord parce que Zachary Bidermann discourait prestement à voix basse, ensuite parce que chacun se rendait compte de son infériorité intellectuelle. La rencontre se clôturait de façon identique : Zachary Bidermann s'emparait d'une carte vierge, y gribouillait des noms, accompagnés de numéros de téléphone qu'il inscrivait par cœur sans hésiter : on aurait dit un médecin délivrant une ordonnance après l'inventaire des symptômes et l'établissement du diagnostic.

À onze heures moins cinq, le quatrième visiteur parti, une nervosité incontrôlable l'agita. La faim, peut-être ? Incapable de se concentrer, il passa le buste dans l'antichambre où trônait madame Singer derrière son bureau et lui annonça qu'il allait voir sa femme.

Un ascenseur dissimulé derrière une laque chinoise le conduisit à l'étage supérieur.

— Ah, mon chéri, quelle bonne surprise ! s'exclama Rose.

De surprise, à vrai dire, il n'y en avait guère car Zachary Bidermann déboulait tous les matins à onze heures pile dans les appartements privés de Rose pour une collation avec elle ; ils se donnaient pourtant l'un l'autre l'impression qu'il s'agissait d'un caprice improvisé.

— Excuse-moi de te déranger à n'importe quelle heure.

Si personne, même Rose, ne pénétrait dans le bureau de Zachary Bidermann sans l'appeler au préalable, lui débarquait partout sitôt qu'il le souhaitait. Rose s'en accommodait, estimant que la disponibilité appartenait à son rôle d'épouse aimante, alertée que, de toute façon, le « n'importe quelle heure » tombait toujours à onze heures.

Elle lui servit du thé et disposa devant lui des assiettes garnies de viennoiseries et de diverses sucreries. Ils conversèrent en les dégustant – lui les saisissait à pleines mains et les enfournait, tel un ogre, tandis qu'elle, soucieuse de sa ligne, mettait plusieurs minutes à grignoter une datte pincée entre ses doigts.

Ils abordèrent l'actualité, la situation tendue au Moyen-Orient. Rose, disposant d'une formation en sciences politiques, se passionnait pour les relations internationales ; ils se livrèrent donc à des analyses pointues, témoignant de la qualité de leurs informations, chacun cherchant à étonner par un détail ignoré, une réflexion inouïe. Ils adoraient leurs bavardages car ils y puisaient une émulation sans rivalité.

Jamais ils ne nourrissaient leurs échanges de sujets particuliers, ils s'en tenaient aux sujets généraux : des enfants de Rose avec ses maris précédents, ils ne parlaient pas ; des enfants de Zachary avec ses épouses antérieures, ils ne parlaient pas non plus, préférant deviser comme deux étudiants de sciences politiques, délestés des tourments familiaux, des avanies domestiques. La santé de ce jeune couple de sexagénaires tenait à l'amnésie sur leurs mariages et sur leurs conséquences.

Pendant un développement concernant la bande de Gaza, Zachary remarqua la saveur d'un macaron :

— Oh, quel régal !

— Lequel ? Le noir ? Il est à la réglisse.

Il en engloutit un autre.

— D'où viennent-ils ?

— De Paris, chez Ladurée.

— Et ces gaufrettes ?

— De Lille, chez Merck.

— Et ces chocolats ?

— De Zurich, mon chéri, tu plaisantes ! Chez Sprüngli.

— Ta table ressemble à une saisie de douane.

Rose gloussa. Rien de plus composite que son monde. Que ce fût pour les mets, les vins, les meubles, les vêtements, les fleurs, elle acquérait le meilleur sans s'inquiéter du prix. Son carnet ne contenait que les références de l'excellence : le meilleur tapissier, le meilleur encadreur, le meilleur poseur de plancher, le meilleur fiscaliste, le meilleur masseur, le meilleur dentiste, le meilleur cardiologue, le meilleur urologue, le meilleur voyagiste ou la meilleure voyante. Sachant que la fréquentation des sommets est brève et périlleuse, elle ravivait souvent sa liste et cette tâche l'absorbait beaucoup. Rationnelle, Rose savait se montrer superficielle, ou plutôt, elle s'adonnait sérieusement à la futilité ; cette fille unique d'industriel prospère mettait le même soin à tenir sa maison qu'à disséquer les courbes du chômage ou les tensions israélo-palestiniennes.

— Ta table reste la plus appétissante que je connaisse, déclara-t-il en lui caressant la joue.

Elle comprit le sens de cette intervention et, sans hésiter une seconde, s'assit sur les genoux de Zachary.

Il la tint contre lui, les yeux humides, son nez flirtant avec le sien, et elle sentit son envie de faire l'amour.

Elle se trémoussa, agita sa croupe sur les cuisses de son mari pour l'électriser davantage.

— Gros vilain ! souffla-t-elle.

Il colla ses lèvres aux siennes et ils s'embrassèrent en mêlant leurs langues, longuement, avidement, leur baiser s'enrichissant d'un parfum de réglisse au beurre.

Lorsqu'il se détacha, il murmura :

— J'ai rendez-vous.

— Dommage…

— Oh, tu ne perds rien pour attendre.

— Je sais, chuchota-t-elle, les paupières fermées. Calme-toi dans l'ascenseur, Zachary, sinon ton rendez-vous risque d'être embarrassé.

Ils rirent, complices, puis Zachary Bidermann se retira.

Rose s'étira, voluptueuse. Auprès de lui, elle vivait une nouvelle jeunesse, ou plutôt sa jeunesse, car la vraie avait été celle d'une fille sage, trop réservée. Aujourd'hui, à soixante ans, elle avait enfin un corps, un corps que Zachary adorait, un corps dont il était si friand qu'il l'honorait chaque jour, parfois plus. Elle savait qu'à dix-neuf heures, il reviendrait de la Commission et se jetterait sur elle. Violemment même – elle portait quelques bleus ou cicatrices qu'elle regardait comme les trophées de son attraction sexuelle. Et peut-être cette nuit recommenceraient-ils ? Qui de ses amies pouvait en dire autant ? Laquelle était possédée aussi souvent, aussi fougueusement ? Ses deux maris précédents ne l'avaient pas désirée ainsi. Aucun des deux. Non, elle n'avait jamais été autant épanouie, ce qui lui octroyait le rayonnement sensuel d'une femme heureuse.

De retour à son bureau, Zachary Bidermann se trouva moins nerveux – car la panse pleine – mais son cœur galopait encore, une vague d'anxiété le troublait. Il décrocha le téléphone intérieur.

— La personne suivante, Singer ?

— Madame Klügger, de la Fondation Espoir.

— Prévenez-la que je ne lui accorde que dix minutes. À onze heures vingt-cinq, le chauffeur doit m'emmener à la Commission.

— Bien, monsieur. Je l'en informe.

Zachary Bidermann alla à la fenêtre et constata que, place d'Arezzo, sur l'arbre le plus voisin, des perruches se poursuivaient en agitant les ailes. Deux mâles se disputaient une femelle, laquelle se refusait à choisir et semblait, par son effarement feint, attendre qu'ils décident à sa place.

— Petite salope, marmonna-t-il d'une façon seulement audible pour lui.

— Madame Klügger ! annonça la voix solennelle de Singer dans son dos.

Zachary Bidermann découvrit une grande femme en tailleur cintré noir – l'allure d'une veuve – devant la porte que refermait Singer.

Il la toisa, ébaucha un sourire avec les yeux et lui lança d'une voix grave :

— Approchez-vous.

La femme s'avança, perchée sur d'altissimes talons, avec un déhanché qui effaçait l'image précédente de la veuve. Zachary Bidermann soupira :

— On vous l'a dit ? Je n'ai que sept minutes.

— Ça dépend de vous, répondit-elle.

— Si vous connaissez votre métier, sept minutes me suffisent.

Il s'assit, déboutonna sa braguette devant elle. La pseudo-veuve s'agenouilla et, en professionnelle accomplie, s'occupa de lui avec dextérité.

Six minutes plus tard, Zachary Bidermann poussa un gémissement extatique, se rajusta et la remercia d'un clin d'œil.

— Merci.

— À votre service.

— Madame Simone réglera les détails.

— C'est ce qui a été prévu.

Il la raccompagna à la porte et, histoire de donner le change à Singer, lui adressa un adieu révérencieux puis se réinstalla derrière son bureau.

Son angoisse, sa fatigue, sa crampe, tout avait disparu. Il se sentait en forme, prêt à l'attaque. Ouf, il allait pouvoir poursuivre sa journée au rythme prévu.

— Trois minutes, il me reste trois minutes, chantonna-t-il sur une mélodie joyeuse, trois minutes avant d'aller au Berlaymont.

Il saisit son courrier personnel sur la table et s'y consacra. Après deux invitations, il ouvrit une enveloppe différente des autres, car jaune pâle. À l'intérieur, un papier plié contenait deux phrases :

«Ce mot simplement pour te signaler que je t'aime. Signé : tu sais qui.»

Il se prit le crâne dans les mains, furibond. Quelle idiote lui envoyait ça ? Laquelle de ses maîtresses avait pu rédiger ce message inepte ? Sinead ? Virginie ? Oxana ? Carmen ? Assez ! Il ne voulait plus avoir de liaison suivie ! Les femmes finissent toujours par s'attacher, par développer des «sentiments», par choir dans cette guimauve affective qui poisse, qui pue, qui ligote.

Il s'empara d'un briquet, brûla le papier.

— Vive les épouses et vive les putes ! Ce sont les seules femmes qui se contrôlent.

2

Il lui avait tellement bien fait l'amour qu'elle le détestait.

Son corps long, musclé, aux fesses et aux épaules saillantes, sa peau de métis ferme d'où émanait un parfum de figue mûre, sa taille étroite, ses cuisses puissantes, ses mains fortes quoique effilées, son cou pur aux attaches invisibles, tout l'attirait, tout l'agaçait, tout lui brûlait le ventre. Faustina voulait se jeter sur lui, l'empêcher de se reposer, le battre.

— Tu ne dors pas, bien sûr ? murmura-t-elle, exaspérée.

Après une nuit pareille, alors qu'elle aurait dû éprouver une intense satisfaction, elle tremblait de rage. Comme s'il l'avait réduite à une muqueuse ulcérée, excitée, tendue, qui en demandait encore. Était-il possible que boire ne procure pas la satiété mais exacerbe la soif ?

« Combien de fois ai-je joui ? »

Elle ne parvenait plus à dénombrer ses pics de sensualité. Sans cesse, elle et lui avaient plongé l'un dans l'autre, débordés par une exaltation contagieuse, ne cédant au sommeil que brièvement, pas pour se remettre, plutôt pour prolonger l'extase. Sans bien savoir pourquoi, elle songea à sa mère, son honorable mère à qui elle ne raconterait pas ses exploits, sa triste mère qui n'avait jamais connu de telles joies. «Pauvre maman…»

En se frottant les tibias, Faustina se traita de pécheresse et en tira de la fierté. Oui, cette nuit, elle n'avait été qu'un corps, qu'un corps de femme pénétré par un homme, un corps qui exulte, plusieurs fois, et qui languit toujours.

«Ce salaud m'a transformée en salope.» Elle eut, fugitivement, un regard tendre envers l'homme endormi.

Faustina n'aimait pas les nuances. Que ce fût pour considérer ses contemporains ou sa personne, elle ricochait d'un extrême à l'autre. Selon les moments, une amie était qualifiée d'«ange sacrificiel» ou de «monstre d'égoïsme sans foi ni loi», sa mère devenait «sa mamichou adorée» ou «cette bourgeoise sans cœur dont j'ai écopé à la loterie de la naissance»; quant aux hommes, ils étaient jugés beaux, puis laids, adorables, détestables, généreux, pingres, attentionnés, désinvoltes, honnêtes, fourbes, incapables de tuer une mouche, psychopathes, dignes d'être «fréquentés jusqu'à la fin de mes jours» ou «à chasser de mon esprit». Elle-même, à ses yeux, oscillait entre deux statuts : la pure intellectuelle dévouée à la culture, la roulure qui se vautre dans ses bas instincts.

Une opinion pondérée l'aurait ennuyée. Ce qu'elle aimait n'était pas penser, mais penser vivement. Donc ressentir… À chaque instant, l'humeur guidait ses idées, les émotions enclenchaient des discours.

Elle appréhendait le monde d'une façon contrastée et s'estimait divisée : lorsqu'elle délaissait ses livres et se réfugiait dans les bras de son amant, elle quittait une de ses personnalités pour une autre ; son comportement n'apportait pas un complément au précédent, plutôt un démenti ; elle changeait. Mieux qu'équilibrée, Faustina se voyait double.

— Arrête de faire semblant de dormir, répéta-t-elle.

Il ne réagit pas.

Se penchant pour entrevoir son visage, elle constata qu'aucun de ses traits ne bougeait ; pis, ses longs cils, des cils noirs, drus et recourbés qui bouleversaient les filles, demeuraient impassibles.

Cette indifférence l'humilia.

« Je ne le supporte plus. »

Certes, elle savait bien qu'elle se mentait ; ce qui la hérissait, c'était qu'il ne s'occupât plus d'elle ; ce qui l'horripilait, c'était de se trouver en une nuit aussi dépendante de lui.

« Macho ! »

Un fort soupir jaillit d'elle, soupir qui signifiait à la fois « sale bonhomme » et « quel bonheur d'être une femme ».

Elle hésita. Peut-être valait-il mieux ne pas briser ce moment… Cependant, elle avait besoin d'agir, il fallait qu'elle intervienne, peu importe comment, l'attente la mettait au supplice. Attente de quoi d'ailleurs ? Attendre que monsieur ait terminé de se reposer ? Attendre qu'elle s'assoupisse à son tour ? Elle voyait bien, à travers les rideaux tirés, que le soleil pointait ; au loin, perruches et perroquets de la place clamaient aux dormeurs attardés que la journée débutait.

En examinant son amant, elle décida de le virer du lit par un coup de pied. Puis elle se retint.

Comprendrait-il pourquoi elle l'agressait ? Elle-même le comprenait-elle ?

« Maintenant, dès qu'il bouge, je le fous dehors. »

Dany roula sur le dos et, sans soulever les paupières, la chercha des mains, la décela et l'attira en ronronnant.

Apaisée sitôt que les paumes glissèrent sur ses hanches, elle se coula, docile, le long de lui, colla ses reins contre son ventre musclé et grogna à l'identique.

Pas besoin d'éloquence. En quelques caresses et frémissements, l'étincelle de la volupté réapparut, le désir les brûla. Elle sentit contre ses fesses l'envie de Dany et ondula pour lui manifester qu'elle l'acceptait.

Ils ne dirent pas un mot et, les yeux clos, recommencèrent à faire l'amour.

Quoiqu'il y eût de la fatigue et de l'usure en eux, silence et aveuglement ajoutèrent à leurs ébats le piment indispensable : ne pas voir le partenaire forçait à le reconnaître avec les doigts, la poitrine, la peau, le sexe – c'était se renouveler et se rappeler à la fois ; ne s'exprimer que par des halètements ou des bruits de gorge les amenait à renoncer à l'humanité, à se réduire à des bêtes, des corps, des organes qui obéissent à l'instinct.

Après cette étreinte d'exception, Faustina trancha : elle resterait au lit toute la journée.

Dany se leva, plein d'énergie.

— Plus question de traîner, j'ai des rendez-vous au Palais aujourd'hui.

Étonnée, elle le vit, magnifique, se précipiter sur sa montre et rassembler ses vêtements épars.

— Tu devrais y aller comme ça.

— Comment comme ça ?

— Nu.

Se tournant vers elle, il lui sourit en ajustant le fermoir de sa montre. Elle précisa :

— Nu avec ta montre, pas davantage. Je suis certaine que tu aurais beaucoup de succès.

— Auprès des criminels ?

Profitant de la proximité, elle se pendit à son cou.

— Auprès des criminelles, c'est gagné.

Elle l'embrassa de force sur la bouche. Il y consentit, amusé, mais elle perçut bien qu'il voulait s'habiller. Déconcertée, elle n'insista guère, puis voulut sortir une phrase désagréable qu'elle ne trouva pas.

Il passa dans la salle de bains et fit couler l'eau.

— Tu mets ta montre sous la douche ?

— D'abord, ma montre résiste à l'eau. Ensuite, elle m'avertit que j'aborde une partie différente de ma vie : mon travail.

Faustina songea : « La partie où je ne suis pas. » Elle se reprocha aussitôt cette phrase. Quelle niaiserie ! La réaction d'une gourde sentimentale. On aurait cru au dépit d'une femme jalouse et amoureuse. Or, jalouse, elle ne l'était pas. Amoureuse encore moins.

« On a baisé, rien d'autre. Bien. Sublimement bien, d'accord. Pourtant rien d'autre. »

Elle se leva et le contempla sous la douche. Elle adorait voir les hommes humides, des gouttes d'eau sur la chair, se frottant le corps ; elle leur volait un moment intime. À cet instant justement, Dany savonnait ses organes génitaux, dans un geste robuste et méticuleux.

Il pavoisa en voyant qu'elle le détaillait.

— Tu vois, j'en prends soin.

— Tu as intérêt.

Elle imagina la prochaine nuit qu'elle partagerait avec lui, sentit une impatience oppressante sur sa poitrine et conclut en le toisant de haut :

— Tu n'es qu'un sexe sur pattes.

Il rit, flatté, puis répondit :

— Tu parles de toi ou de moi ?

Elle grimaça tant la remarque lui déplut.

Déjà, Faustina se métamorphosait. Elle abandonnait la femme sensuelle qui s'était offerte à cet homme durant des heures et jugeait à présent que ce qui était arrivé cette nuit-là était de sa faute à lui : si elle s'était comportée en bacchante torride, elle le lui imputait. Certes, elle n'avait pas été abusée... cependant, il l'avait entraînée vers des actes qu'elle n'aurait pas commis spontanément.

S'écartant, Faustina songea aux tâches qui l'attendaient. Plusieurs romans à lire – ou du moins leur résumé. Des journalistes à appeler. Des éditeurs parisiens aussi. Éplucher sa comptabilité.

En une seconde, l'attachée de presse littéraire venait de renaître. Enveloppée d'un peignoir, elle hésita. Allait-elle se consacrer aussitôt à ses pensums ? Ou bien cuisinerait-elle ? Le plateau de café fumant avec toasts grillés, beurre crémeux, confitures et œuf dur, ça évoquait peut-être trop l'amoureuse transie, la femme qui s'accroche et qui veut que le mâle revienne.

« Qu'il se débrouille. Il avalera un horrible expresso au Palais de justice, bien noir, bien amer. Tant pis. »

Dans le même temps, elle se rendit compte qu'elle avait faim et qu'elle engloutirait avec plaisir, elle, le succulent café qu'elle était capable de concocter.

« Bon, je le prépare pour moi, pas pour lui. »

Débarrassée de ses scrupules, elle alla s'activer dans la cuisine, décora la table en ayant l'air d'oublier qu'elle la dressait pour deux.

Dany apparut, frais, habillé d'un costume de soie, chemise blanche, cravaté, en s'écriant :

— Mmm… que ça sent bon.

Il apprécia l'appétissante table qu'elle avait garnie.

— En plus, tu es une ménagère parfaite !

— Encore un mot, crétin, et tu pars d'ici le ventre vide.

Il s'assit, fit honneur à son petit déjeuner.

Pendant qu'il mangeait, elle ne pouvait s'empêcher de fixer ses doigts et de se mettre à la place de ce qu'il touchait ; elle avisa sa bouche et devint le croissant qu'il mâchait, observa sa pomme d'Adam occupée à déglutir et se prit pour le café qu'il ingurgitait.

Effrayée par ses élucubrations, elle recula dans sa chaise et l'interrogea sur son métier d'avocat. Il en devisa avec plaisir, surtout de l'affaire Mehdi Martin, ce maniaque sexuel qui l'avait rendu célèbre, mais, rompu à en discourir, il ne formula rien de nouveau à son intention.

«Qu'il m'agace ! À part son habileté dans un lit, je ne lui trouve rien d'intéressant.» Ce constat la rassura.

Dany considéra sa montre, présuma qu'il risquait de rater son premier rendez-vous et, d'un coup, gagna la porte.

Elle soupira d'aise à l'idée qu'elle allait être débarrassée de lui et décida de rester assise, tranquille, à finir sa collation.

— Alors on se revoit bientôt ? dit-il en venant déposer un baiser.

— Ah bon, on se revoit ?

Elle avait rétorqué cela en se détachant. Il se troubla.

— Ben oui… Tu ne le souhaites pas ? En tout cas, moi je le souhaite.

— Ah bon ?

— Pas toi ?

— Je ne sais pas.

— Faustina, toi et moi, cette nuit, c'était…

— C'était ?

— C'était génial, sublime, grandissime, supérieur.

— Ah quand même…

Elle avait pris un ton pincé, telle une modeste employée dont on reconnaît enfin les mérites.

Il imposa ses lèvres chaudes et lui donna un long baiser intrusif. Elle trembla, constatant qu'elle perdait une nouvelle fois le contrôle.

Il s'arracha à cette étreinte, essoufflé.

— Je t'appelle tout à l'heure.

— D'accord, murmura-t-elle.

Il s'éloigna et claqua la porte.

Sitôt seule, Faustina brancha la radio. Elle savait comment cela allait se passer avec Dany : comme avec les autres ! Ils allaient se revoir, tenter de retrouver la magie de la première nuit, échouer, puis y parvenir au prix de week-ends épuisants, et, un jour, ils cesseraient de se fréquenter, prétextant le travail. Combien de temps cela allait-il durer ? Deux mois… Trois mois si ça traînait… « Tu le sais bien, ma fille, tu viens d'avoir le meilleur. Maintenant, ce sera agréable, parfois moins, bientôt lassant. »

Elle traversa l'appartement et découvrit une enveloppe dans l'entrée. Elle la ramassa, l'ouvrit. La lettre, sans paraphe, comprenait un bref message :

« Ce mot simplement pour te signaler que je t'aime. Signé : tu sais qui. »

Une déflagration nerveuse la secoua. Plaquée contre le mur, émue, elle se mit à crier :

— Quelle conne je suis ! Il m'aime et je l'empêche de le dire. Il m'aime et je le traite comme un godemiché. Mon pauvre Dany, tu n'as pas de chance d'être tombé sur une tordue comme moi. Oh, Dany…

Et – mimique qu'elle aurait trouvée grotesque quelques minutes plus tôt –, à genoux, portant le billet à sa bouche, elle l'embrassa, éperdue, à plusieurs reprises.

3

Au milieu du lit, sur le flanc, les deux corps étaient plaqués, symétriques, telles des fourchettes dans un tiroir à argenterie.

Elle dormait, lui pas.

Baptiste, les yeux ouverts, calmé par la chaleur qui émanait de Joséphine, laissait sa conscience ballotter de rêverie en rêverie.

Sans contrôle, il zigzaguait entre plusieurs mondes ; à certains moments, il percevait bien qu'il se trouvait chez lui, collé à sa femme ; à d'autres, il arpentait une plage de sable éblouissant où des individus menaçants se cachaient derrière les buissons pour lui tendre une embuscade ; à d'autres encore, il se projetait sur sa chaise de bureau et rédigeait le texte qu'il devait rendre… Comme une voiture qui change de voie, son esprit le bringuebalait d'un univers à l'univers voisin, parfois au bord de l'eau, parfois au-dessus de la page à écrire, parfois au cœur des draps ; ces dérapages se produisaient si vite que les paysages perdaient leur étanchéité : voici que les ennemis arrivaient dans la chambre, voici que Joséphine lui arrachait son article en se moquant.

Baptiste se redressa. Secouant la tête, manière d'en chasser les pensées, il s'irrita que tant de craintes rôdent en lui : chaque jour, il suffisait qu'il relâche sa vigilance pour que la peur surgît.

Les formes douces de Joséphine, ses hanches hautes, ses épaules grêles reposaient sur le coton moiré. Son visage n'exprimait rien, aucun mouvement n'agitait ses longs cils. Elle devait profiter de ce sommeil où l'on ne rêve plus. Quelle chance…

Baptiste bâilla.

Il jalousait la quiétude de Joséphine. Alors que tous ceux qui le connaissaient désignaient en lui un modèle de sérénité, alors qu'il croyait avoir atteint une sagesse tempérée, ses songes réveillaient des démons vivaces, l'anxiété tapissait sa boîte crânienne. Sa prétendue tranquillité relevait-elle des apparences ? N'aurait-il atteint qu'une paix superficielle ? …

Il s'extirpa du lit sans déranger Joséphine, admira son corps délié, se félicita d'avoir la chance de vivre auprès d'une femme pareille, puis exécuta une toilette rapide, enfila un caleçon, une chemise et alla s'asseoir devant son bureau. Peut-être cela frisait-il le ridicule mais il n'était pas capable de travailler sale ou nu ! Bien qu'il ne dût obéir à personne, débarrassé de supérieur hiérarchique, œuvrant aux heures qu'il souhaitait, une sourde nécessité le conduisait à se préparer, s'habiller, voire se parfumer avant de s'installer à son fauteuil, tel un employé qui irait pointer dans une administration.

Il ralluma son ordinateur et ouvrit le document « Fidélité » sur lequel il avait semé trois phrases sibyllines, rachitiques, mal inspirées.

Ce sujet, « Fidélité », l'embarrassait, car il n'appelait qu'une réflexion binaire : on était pour la fidélité, ou contre. Triste, non ? Soit on soutenait le serment classique du mariage, l'idéologie religieuse, sociale, bref l'ordre établi ; soit on le pourfendait au nom de la liberté. La thèse et l'antithèse édifiaient une prison. Entre le conformisme et l'anticonformisme, il ne trouvait pas son espace.

Il se tourna vers la place où retentissaient les jacassements des oiseaux tropicaux. Se posaient-ils de telles questions, ces emplumés ?

Perplexe, Baptiste se rendit compte qu'il ignorait les mœurs des perruches et des perroquets. Qu'en était-il de la fidélité chez les bêtes ? Le mâle se limitait-il à une femelle ou enchaînait-il les liaisons au gré des rencontres, des saisons, des pulsions ? N'y aurait-il pas moyen de noircir du papier avec ces renseignements ?

Un instant, il entama une recherche puis il la suspendit. Quelle importance ? Que la fidélité fût biologique ou pas, le comportement animal ne saurait constituer un modèle puisque les hommes ne vivent plus dans un monde naturel régulé par l'instinct.

«Fidélité…» Il repoussa sa chaise. Fidèle, l'était-il, lui ?

Il l'était devenu. Alors qu'il avait annoncé à Joséphine, quinze ans auparavant, qu'il ne respecterait jamais un commandement aussi idiot, qu'il ne se castrerait pas, qu'il demeurerait libre d'assumer les désirs qui le traverseraient, il avait cessé de multiplier les liaisons, n'embrassait plus que Joséphine, ne dormait plus qu'auprès de Joséphine, ne couchait plus qu'avec Joséphine, et en était heureux.

Pourquoi ?

«Par fainéantise !»

Il s'esclaffa. Puis il se souvint qu'il venait de se citer. Dans l'une de ses pièces, un personnage s'exclamait : «Quinze ans, ce n'est plus de l'amour, c'est de la paresse. » Lors des représentations, il avait noté avec consternation que la réplique n'égayait personne, excepté lui – il détestait ce genre de constat, car, déterminé à écrire pour les spectateurs, il s'était surpris en flagrant délit d'égoïsme.

Certes, il y avait de la paresse dans sa fidélité. Déployer un jeu de séducteur demandait temps et énergie ; dès qu'il entrevoyait la possibilité d'un flirt avec une femme, il percevait aussitôt le monceau d'obligations qui s'ensuivaient : libeller des mots ravissants, téléphoner, louer des chambres d'hôtel, consacrer repas, sorties à la maîtresse du moment, forger des excuses valables auprès de Joséphine ; oui, il fallait mystifier, enjôler, cacher, fabuler. Ce qui le gênait n'était pas que le mensonge se révélât malhonnête, mais qu'il fût fatigant.

Tant d'efforts pour quoi ? Pour des jouissances furtives. Pour une histoire alambiquée qui finirait par s'achever car il aimait Joséphine et ne la quitterait pas. En réalité, il s'abstenait par manque de fringales. Cela faisait longtemps que le penchant éprouvé envers une belle créature n'avait pas eu la force de modifier son comportement. Il convoitait brièvement, sans conséquences.

Au bout du compte, il n'avait trompé Joséphine que trois fois. Trois adultères concentrés dans leurs deux premières années de cohabitation. Depuis treize ans, il n'avait plus recommencé. À l'époque, il tentait de se montrer supérieur au choix qu'il avait opéré : monogame par contrat, le jeune marié voulait se convaincre qu'il restait indépendant. Sans doute parce qu'il gardait le pli de sa vie antérieure, très libertine. Maintenant, devenu un parfait époux, il ne touchait pas d'autre femme que Joséphine.

Il s'étira jusqu'à en trembler. Le Baptiste de vingt ans n'aurait pas aimé rencontrer le Baptiste de quarante : il l'aurait trouvé éteint, conventionnel. En revanche, le Baptiste de quarante ans aurait expliqué au Baptiste de vingt ans qu'il n'avait plus besoin de coucher avec la ville entière puisqu'il était, lui, capable de créer.

Dans son ordinateur, au prix de manipulations complexes destinées à prévenir tout accès, il ouvrit le dossier qui contenait son journal intime. Sur ces pages secrètes, il aimait réfléchir aux fondements de sa vocation. En deux clics, il repéra le texte auquel il se référait :

Dans ma vie, j'ai eu deux existences, l'une sexuelle, l'autre littéraire. Or les deux servaient un propos identique : découvrir mes contemporains. À chaque fois, j'entreprenais une exploration romanesque : la sexuelle avec mon corps, la littéraire avec ma plume.

Ma jeune existence fut donc sexuelle. À ma majorité, même si j'ambitionnais d'écrire, j'y échouais, aboutissant difficilement au bas d'une page ; de surcroît, lorsque je me relisais, je jugeais ma production inconsistante. J'en serais venu à croire que je devais renoncer à cette vocation si quelques éclats de texte prometteurs, çà et là, ne m'en avaient retenu, et surtout si je n'avais pas lu *À la recherche du temps perdu*, le livre réussi qui encourage les auteurs ratés : Marcel Proust y présente un narrateur qui vise une carrière littéraire sans y parvenir, cependant chacun accueille les sept tomes de la *Recherche* comme la grande œuvre enfin réalisée à l'issue de ces tâtonnements infructueux.

À défaut d'écrire, la sexualité me servait d'investigation romanesque. Je suivais une femme dont le regard m'avait plu ; intrigué par une écharpe ou un sac à main, je déclenchais une filature pour pénétrer la personnalité d'une passante. J'adorais me réveiller dans une chambre inconnue, mansarde d'étudiante, loft d'artiste, appartement d'avocate, laisser errer mes yeux sur les accessoires – photos, livres, posters, bibelots, meubles – qui prolongeaient l'histoire, imaginer ce que je ne voyais pas et poser des questions au petit déjeuner ou les jours suivants.

J'avais la réputation d'être un gentil briseur de cœurs. «Gentil», je devais l'être puisque je m'intéressais aux femmes que je draguais. «Briseur», je l'étais aussi car je ne souhaitais pas que la relation durât au-delà de ma curiosité. De «cœur» en revanche, je n'en avais pas : je fus séduit, charmé, intéressé ; amoureux, jamais.

Je ne perdis pas mon temps ; d'abord parce que je me divertis, que je pris beaucoup de plaisir et – j'espère – en donnai un peu, surtout parce que j'engrangeai dans ma mémoire les détails qui me permettent maintenant de composer.

À partir du moment où je rencontrai Joséphine, tout changea : je l'aimai, j'écrivis. Elle me révolutionna. Une nouvelle vie commença, ma vie d'auteur et d'époux. Si aujourd'hui je m'évade parfois de notre appartement ou de notre couple, c'est depuis notre appartement et notre couple ; c'est ici, à ce bureau, que j'invente des existences. Si virtuellement je flirte avec des créatures, lorsque j'éteins l'ordinateur, je rejoins Joséphine et l'embrasse.

Et ces escapades romanesques, Joséphine les lira.

Au fond, l'écriture sied au mariage.

Baptiste ratifiait cette page qu'il avait tapée deux ans plus tôt. Une forme de tristesse teintait pourtant son jugement. N'était-ce pas trop irrémédiable ? Les aventures qu'il connaîtrait désormais ne seraient-elles plus que celles qui sortiraient de son esprit ? Il ne serait donc plus étonné par la réalité ? par les autres ? par quelqu'un ?

Certes, il bénéficiait d'avantages enviables : l'épanouissement de sa vocation, la fructification de son don, la fertilité, les honneurs, même le succès à répétition. Cependant, sous cette dorure, quelque chose n'était-il pas étouffé ?

Il décida de compléter son texte d'un nouveau paragraphe :

La réussite me rend mélancolique. Parfois, je regrette l'incohérence, l'énergie, le feu, l'impatience qui en constituèrent les marches d'accès. Dans l'accomplissement se tient, tapi, le deuil du désir.

Submergé par la nostalgie, il continua :

Faut-il choisir entre vivre ou écrire ? À ma manière mais sans son génie, je reproduis le trajet de Proust : vivre puis écrire. Pourquoi la seconde activité bannirait-elle la première ? Si je ne parvenais pas à créer pendant que je prospectais le monde par la sexualité, qu'est-ce qui m'empêcherait, maintenant que l'artiste est né, de reprendre cette lampe torche ? Parfois, je me demande si je ne me suis pas « rangé ». Ou si je ne me suis pas « arrangé ». J'ai mis l'imprévu et la fantaisie de côté pour me vouer, tel un bureaucrate, à ma tâche de scribe.

Il stoppa, déçu de ce qu'il devinait de lui au fil des phrases. Lui qui, dix minutes auparavant, s'estimait un homme comblé, se laissait à présent gangrener par le spleen.

D'un doigt catégorique, il ferma son journal intime puis retourna à son pensum, l'article « Fidélité ». Sitôt le titre apparu en haut de la page, il fuit. « Non, pas aujourd'hui ! Pourquoi ai-je accepté ce projet stupide ! Une encyclopédie de l'amour…»

Il ramassa la brosse sur son bureau, non pour se peigner – il avait le cheveu court et rare – mais pour frotter ses paumes et calmer son courroux.

Jusqu'à ce jour, il avait décliné les commandes et voilà qu'un éditeur parisien, enthousiaste, habile, lui avait proposé de concevoir une encyclopédie subjective, personnelle, consacrée à l'amour. L'aspect désordonné de ce travail – des articles classés par ordre alphabétique – lui avait semblé offrir un repos parmi ses romans ou ses pièces dont il soignait la construction pointilleuse. «Cela me donnera des vacances», avait-il estimé, présomptueux. Or ce fichu livre ne représentait qu'un nouveau labeur ! Il souffrait de ne pas être, comme d'habitude, porté par une histoire et des personnages ; l'absence de figures appréciées ou détestées, de structure narrative, terrorisait Baptiste.

Joséphine s'approcha, légère, s'appuya contre ses épaules.

— J'ai faim à engloutir un bœuf, lui murmura-t-elle à l'oreille.

C'était sa manière de signifier qu'elle avait aimé, ce matin, faire l'amour avec lui.

— Un bœuf ou un taureau ? rétorqua-t-il, jouant l'homme vexé.

— Oh, monsieur est susceptible ?

— Je t'aime.

Il vira, l'attrapa, l'assit nue sur ses genoux et l'embrassa longuement. N'ayant pas encore quitté le monde du sommeil ni son abandon, elle se laissa aller dans ses bras, sa bouche n'offrit aucune résistance.

Après un baiser accompagné de ronronnements, elle jaillit.

— Bon ! Pendant que tu scribouilles, je prépare un solide casse-croûte. D'accord ?

Elle n'attendit pas la réponse et s'éclipsa. Baptiste regarda s'éloigner dans les profondeurs de l'appartement cette silhouette gracile, inchangée depuis quinze ans, d'une blancheur inaltérée, entre la fée et le lutin, presque androgyne, que certains jugeaient trop fluette mais dont lui raffolait.

— Des terrines, du jambon, du saucisson, cria-t-elle depuis la cuisine.

Joséphine annonçait toujours le programme de leur couple sans l'intention de l'imposer. Elle régnait naturellement, n'imaginant pas que Baptiste souhaitât un quotidien différent. Si on lui avait prouvé qu'elle se montrait despotique, décidant des horaires, des repas, de la décoration, des invitations, des lieux ou des temps de vacances, elle aurait ouvert de grands yeux incrédules. Face à un artiste, sa tâche consistait, selon elle, à le sauver du chaos, à le préserver des tracas ordinaires, à organiser sa vie matérielle ; d'ailleurs jamais Baptiste n'avait opposé la moindre résistance.

Il tenta de se concentrer de nouveau sur son article.

« Fidélité… »

Et s'il rédigeait un poème sur Joséphine ? Un poème qui chanterait le bonheur d'une relation qui remplace les autres, qui les dépasse ? Un poème d'amour fou…

Une quinte de toux l'arrêta. Non, la muse lyrique ne convenait pas à sa plume sèche, il allait se perdre dans les ridicules de l'enflure.

Par désœuvrement, il saisit la pile d'enveloppes devant lui. En dehors des courriers officiels, quatre lettres de fans regonflèrent son ego.

La dernière enveloppe, au papier coquille d'œuf, différait. À l'intérieur, un message succinct :

« Ce mot simplement pour te signaler que je t'aime. Signé : tu sais qui. »

Baptiste examina le papier recto verso, puis relut les deux phrases.

Son cœur se mit à palpiter, l'émotion le saisit : il se passait quelque chose dans sa vie.

Les tempes en feu, il eut envie de danser autour de la table, de tonitruer, de bondir sur une bouteille de whisky, de fêter ce coup de théâtre.

Fébrile, il examina l'enveloppe afin d'en déterminer la provenance : elle avait été postée la veille, depuis le quartier. Aucun renseignement.

Soudain, un froid le transit : ses yeux venaient de relire l'adresse inscrite à la main. Si c'était bien la sienne, la lettre en revanche ne lui était pas destinée. Il avait, par mégarde, ouvert le courrier de Joséphine.

4

— Que tu es jolie, toi !

Ève s'adressait à la perruche qui s'était posée sur sa
fenêtre. Dodue dans son plumage vert-jaune, l'oiselle,
peu farouche, arborait de délicats traits noirs qui des-
sinaient un masque autour de son bec et de ses yeux
sombres.

— Oh, tu t'es maquillée ? Tu es vraiment jolie
comme ça !

La perruche se rengorgea, frétilla, dansa d'une patte
sur l'autre, à l'évidence sensible à la flatterie. Elle ignorait qu'Ève aurait envoyé le même compliment à un
moineau, une hirondelle, un papillon, une coccinelle,
un matou errant, bref à n'importe quelle créature qui
se serait aventurée sur les jardinières de son balcon,
car Ève trouvait tout joli : Bruxelles, son quartier, son
immeuble, la place aux oiseaux, son appartement, ses
meubles, sa chatte Barbouille, ses différents amants.

Jamais elle ne relevait les aspects répugnants de
l'existence. Ainsi n'avait-elle pas remarqué que son
domicile manquait d'un ascenseur ni que les volatiles
exotiques polluaient la place d'Arezzo. Elle n'avait pas
non plus repéré en Barbouille un félin braque, hystérique, tyrannique, qui déchirait les tissus pendant son

absence et marquait les meubles de son urine – elle se contentait de demander à Mabel de nettoyer puis de changer régulièrement rideaux, coussins, dessus-de-lit, fauteuils. Pas davantage elle n'avait conceptualisé que ce qu'elle appelait ses histoires d'amour pouvait être baptisé d'un nom plus infamant : chaque fois en effet, les messieurs qui l'adoraient étaient âgés, nantis, et lui offraient beaucoup d'argent… L'idée qu'elle fût une poule de luxe ne l'effleurait pas. Une fois pourtant, lorsque cette invective était arrivée à ses oreilles, elle avait secoué ses ravissantes boucles blondes, éberluée, puis conclu que la femme qui l'assaillait souffrait, à un doigt d'éprouver de la compassion envers cette infortunée qui broyait du noir au point de devenir inique et vulgaire.

Ève ne comprenait pas la méchanceté. Et, comme ce qui la déstabilisait relevait forcément de la méchanceté, elle haussait les épaules, sourde aux reproches, poursuivant son chemin d'émerveillement. Pourquoi aurait-elle perdu son temps à connaître l'inconnaissable ? Elle n'était pas idiote, tout de même !

Le soleil chauffait les arbres de la place et les oiseaux murmuraient, telle une eau frémissante.

— Quelle jolie matinée !

Décidé ! Pour célébrer cette jolie matinée, elle irait au joli marché puis déjeunerait sur une jolie terrasse avec une jolie copine.

Si elle effectuait chaque jour les courses, Ève ne mangeait jamais chez elle, obéissant à deux impératifs : une femme honnête doit remplir son frigo et ses placards ; une femme élégante doit se restaurer dehors, à midi avec une copine, le soir en compagnie d'un homme. Quoiqu'ils s'exclussent, Ève aurait eu la conviction de déchoir si elle n'avait pas rempli l'un et l'autre de ses devoirs. Cette contradiction faisait une chanceuse, Mabel, la femme de ménage philippine, laquelle finissait par emporter, juste avant la date de péremption, les aliments achetés par Ève.

— Qui vais-je appeler ?

Durant sa vie, quelles que fussent les villes où elle avait séjourné, Ève s'était constitué un cheptel de copines. Qu'est-ce qu'une copine ? Une jolie fille un peu moins jolie qu'Ève, maquillée dès l'aube, habillée à la mode, pas trop accaparée par son travail, ravie de sortir, disponible à l'heure du déjeuner quoique dotée d'un appétit de moineau, une sorte de sœur occasionnelle avec laquelle on discute de fringues ou de garçons. Un cran au-dessus de la copine se trouvait la bonne copine, celle avec qui on prend un verre au bar vers dix-neuf heures en laissant les messieurs tenter leur chance. Encore au-dessus se tenait la grande copine, celle à qui on raconte en détail ses histoires de cœur et de cul, celle qui, consolatrice, à n'importe quelle heure, viendra coucher à la maison lorsque les amants heurtent, déçoivent, désertent. Quant à la meilleure amie, c'était un modèle intérimaire, celle à qui l'on dit tout pendant un moment puis plus rien.

Le téléphone sonna.

— Allô, c'est Sandrine, qu'est-ce que tu fais ?

— Mon ménage, répondit Ève, qui déplaça aussitôt trois cendriers vides.

— On déjeune ensemble ?

— J'allais te le proposer.

— Chez Bambou ?

— Super ! Bambou à midi et demi ! Bises, ma chérie.

— Bises.

Radieuse d'avoir commencé à remplir son programme, Ève se dirigea vers la salle de bains, espérant qu'Hubert Boulardin avait achevé ses ablutions.

— Es-tu prêt, mon cœur ?

— Entre, je noue ma cravate.

— Je t'attends.

Elle détestait surprendre un homme à sa toilette, une situation triviale, anti-érotique, un véritable tue-l'amour. Aussi imposait-elle une règle : on devait se laver et s'habiller loin de son regard. Peut-être inconsciemment, dans le souci de poétiser sa vie, voulait-elle éviter de voir ses amants trop mûrs à la lumière crue du jour, tandis que dans sa chambre aux bougies rares, au milieu des voilages, elle pouvait les imaginer plus superbes qu'ils ne l'étaient.

Hubert, soixante ans, ouvrit la porte, amène, rasé de frais, vêtu d'un costume trois pièces à fines rayures sur mesure.

— Comme tu es beau !

Flatté, il la remercia d'un bref baiser.

Elle entra dans la pièce en marbre, fit glisser son peignoir en soie et apparut, nue, devant lui. Il demeura le souffle coupé.

Elle jeta un œil sur son corps parfait, lisse, bronzé, tendit la croupe en arrière et les seins en avant.

— Tu aimes mon nouveau vernis ?

Bouleversé, Hubert ne saisit pas de quoi elle parlait.

En arquant son pied droit sur la pointe, histoire d'accentuer la finesse de sa cheville, de souligner la rondeur de son mollet et de se cambrer davantage, elle désigna les ongles dorés de ses orteils. À cet instant, elle savait qu'elle offrait la réplique d'une pin-up, une de ces Vénus fantasmatiques dont, durant les années cinquante, les mâles affichaient l'effigie sur leur camion ou sur leur casier de sport.

Hubert considéra les minuscules nacrures marquant la chair.

— Très bien… original.

— Ah, tu aimes ?

— Oui, j'adore.

— Ça me touche.

Il voulut s'approcher. Elle s'exclama aussitôt, d'une voix rauque et contrariée :

— Je suis malheureuse : mes seins sont beaucoup trop gros.

Elle les attrapa à pleines mains, sa bouche s'ourlant d'une mine boudeuse.

Il manqua défaillir.

— Ils sont magnifiques, tes seins !

— Non, ils sont trop volumineux… trop ronds…

Chaque adjectif excitait davantage son amant. Elle poursuivit :

— … trop fermes… trop pointés…

Il s'empourprait. Elle insista en se tournant vers lui :

— Regarde, je suis ridicule !

— Tu es toquée ! J'hallucine !

— Tu sais, moi, Hubert, je n'aime que les femmes plates. Complètement plates. Tu vois, j'aurais adoré ressembler à la mannequin vedette… comment s'appelle-t-elle déjà ? … Nora Slim !

Elle citait à dessein le nom de cette anorexique professionnelle car seules quelques adolescentes appréciaient ce fantôme chic aux yeux cernés, aux os apparents, que se disputaient certains créateurs de mode par goût du tapage mais qui effaraient les hommes qui regardaient les femmes comme des tentations sexuelles.

Ainsi que prévu, Hubert se récria :

— Quoi ? Ce squelette ambulant ? Même sur une île déserte, je… Tu es mille fois mieux qu'elle. Incroyable de penser des âneries pareilles, de se balancer à la poubelle. Regarde-moi ces petits melons d'amour que j'aime tant, moi…

Elle le laissa la caresser. Lorsqu'elle sentit qu'il ne pourrait bientôt plus se détacher, elle gémit :

— Oh, mon chéri, tu vas encore m'échauffer et puis m'abandonner pour ton conseil d'administration.

Il s'interrompit difficilement. Elle revêtit son peignoir et le raccompagna en soupirant jusqu'à la porte.

— À lundi.

— À lundi, répéta-t-il, atterré d'avoir à endurer un nez-à-nez conjugal.

Elle avait réussi : il repartait détendu mais frustré, taraudé par l'envie de revenir.

Dans la salle de bains, seule désormais, installée devant sa glace, elle soupesa ses seins avec orgueil. En fait, elle les adorait et approuvait que les hommes en fussent fous. Après une douche froide pour tonifier le derme, elle les nourrit de crèmes coûteuses censées resserrer les tissus. Pour l'heure, elle ne marquait pas son âge – trente-huit ans –, or elle prévoyait déjà des opérations esthétiques et notait les adresses de médecins renommés.

Le téléphone retentit. Ève rosit de plaisir. Des sonneries fréquentes lui apportaient la preuve qu'elle était aimée.

— Bonjour, Ève, c'est ton Roudoudou, annonça une voix très grave.

— Bonjour, Philippe.

— Je te dérange ?

— Je suis nue en face de mon miroir en train de regarder mes seins.

— Ah, coquine, et tu me dis ça à moi, qui les adore, tes seins.

— C'est vrai, tu les adores ? Je ne te crois pas...

— Et toi, évidemment, tu les critiques, j'imagine.

— Oh, moi...

— Tiens, je les embrasse, tes seins, et je les pétris entre mes mains. Oh, ce que tu m'excites...

— Attention, Roudoudou, ne t'échauffe pas trop, ta femme va arriver et elle ne va pas comprendre...

La voix de l'homme devint rauque, son souffle s'accéléra.

— Quand nous retrouvons-nous, tes seins, toi et moi ?

— Cette question ! Ça ne dépend que de toi. Ce n'est pas moi qui suis mariée. Moi, je t'attends toute la journée, je m'ennuie, je me dessèche.

Elle devait lui tenir ce discours car Philippe Dentremont payait l'essentiel de son train de vie, l'appartement, la voiture, les meubles. Au sommet d'un empire industriel, ayant quitté Lyon pour Bruxelles, installé avec femme et enfants avenue Molière, il avait logé sa maîtresse à cent mètres de chez lui.

— Euh... je peux m'arranger... vers dix-huit heures.

D'avance, elle connaissait l'horaire puisqu'ils ne s'étaient quasiment jamais vus à un autre moment ; elle savait aussi qu'elle allait accepter ; elle pimenta donc le jeu en s'exclamant :

— Et ce soir ?

48

— Ce soir ?

— Oui, ce soir. Rien ne m'enchanterait plus qu'une longue soirée avec toi.

— Ma coquine…

— Alors ce soir, mon Roudoudou ?

— Non, ce soir, il y a l'anniversaire de mon fils aîné.

Elle se rendait bien compte que les trois enfants de Philippe partageaient l'étrange particularité d'avoir chacun une dizaine d'anniversaires par an ; ne relevant pas cette absurdité, elle se vengea différemment :

— Ah oui, Quentin ! Celui qui est si beau…

— Un petit merdeux, incapable de réussir ses études…

— Il a la beauté de son père s'il n'en a pas reçu l'intelligence. C'est déjà pas mal… Surtout qu'il sera multimillionnaire.

— Toujours grâce à son père ! Mais ça ne sera pas demain… Je n'ai pas l'intention de passer la main.

— Quel âge aura-t-il ce soir ?

— Dix-sept ans, ce crétin. Ton Roudoudou te sonne vers dix-huit heures ?

— On se rejoint d'abord chez Bois d'Ébène, le magasin de meubles avenue Louise, parce que j'ai dégoté le canapé que je voulais et que tu m'avais promis.

— Bien sûr, mon chou, je vais te l'offrir, ton canapé… seulement…

— Ça nous prendra cinq minutes. Après, la maison est à deux pas.

Elle présumait qu'il serait si fougueux qu'il ne discuterait pas le prix du canapé.

— D'accord !

— Et je te préparerai du thé, ajouta-t-elle d'une voix sucrée.

— J'en ai rien à foutre de ton thé ! À tout à l'heure !

Il raccrocha. Ève éclata de rire : elle aimait entendre les hommes lui exprimer âprement leur désir.

Que ferait-elle ce soir ?

Elle consulta son agenda. Personne ne détenait autant d'abonnements au théâtre, à l'Opéra, aux concerts, qu'elle. À détailler son emploi du temps, on aurait pu croire qu'il n'y avait pas femme plus amoureuse des arts à Bruxelles. En vérité, comme elle disposait de toutes ses soirées – vu que Philippe menait sa vie de famille –, elle sortait souvent, histoire d'accréditer sa fidélité en lui narrant les multiples spectacles qu'elle voyait pendant son absence. Bien sûr, certaines veillées, elle les consacrait à un homme, mais rarement, avec une tempérance mêlée de prudence.

Le téléphone résonna. Elle reconnut le numéro et grimaça.

— Oui ?

L'agence immobilière qu'elle dirigeait l'appelait. On lui demanda si elle pouvait présenter une maison de maître à Rose Bidermann, sa célèbre voisine. Réjouie d'enrichir son carnet de cette connaissance, elle maugréa un oui, histoire de se montrer une patronne désagréable.

Soudain, sa pensée se figea sur une scène : elle imagina l'anniversaire de Quentin, le rejeton de Philippe.

— Dix-sept ans ? Mon Dieu, il pourrait être mon fils…

Elle piqua un fard. Lundi, lorsqu'elle l'avait croisé dans la rue, il ne l'avait pas regardée à l'instar d'une mère, loin de là. Il lui avait adressé une œillade indécente. La scène l'avait bouleversée : d'abord parce que Quentin ignorait le lien intime qu'entretenait cette passante avec son père ; ensuite, parce qu'elle avait retrouvé en lui les traits de Philippe, mais un Philippe aminci, éclairci, purifié, plus fort, plus tonique, défripé ; enfin parce que dans ses yeux, c'était le même appétit pressant, la même virilité avide qu'elle avait perçus. Cinq secondes, elle s'était sentie la femme fondamentale, la femme absolue, la femme universelle, celle que convoitent tous les mâles, de quelque génération qu'ils soient. Ce sentiment l'avait remplie d'orgueil et elle avait inspiré l'air avec force. Le jeune homme avait pris son émotion pour un début de consentement. Il l'avait donc suivie. Elle avait adoré qu'il la pistât ainsi jusqu'à son immeuble, puis qu'il demeurât crânement sur la place, les deux pieds bien plantés, à guetter la façade, impatient d'apprendre à quel étage elle résidait. Elle ne le lui avait pas caché, d'ailleurs, puisqu'elle était apparue à sa fenêtre en feignant de nourrir les oiseaux, jouant celle qui ne le voyait pas, s'attardant à respirer l'air frais, puis, juste au dernier moment, disparaissant sur l'amorce d'un sourire.

Ève remarqua une lettre sous la porte.

— Tiens, qu'est-ce que ça peut bien être… ?

Elle s'étonna car elle recevait peu de courrier, l'adresse qu'elle donnait étant plutôt celle de son agence. Personne, sauf ses messieurs ou des amies, ne lui envoyait de messages ici.

Elle décacheta l'enveloppe canari.

« Ce mot simplement pour te signaler que je t'aime. Signé : tu sais qui. »

Aussitôt, elle porta le papier contre ses seins.

— Enfin !

Elle ne doutait pas que l'envoyeur fût celui auquel elle s'efforçait de ne pas penser : Quentin, le fils de Philippe, son protecteur.

5

— J'ai envie d'avoir un chien.

— Tu deviens pathétique !

L'adolescente contemplait avec dureté sa mère, Patricia, laquelle, avachie ou plutôt répandue sur le canapé, inerte, entortillée dans une robe au volume démesuré, offrait une forme moins humaine qu'un tas de linge sale.

Ce matin-là, un coussin sous les reins, les pieds croisés au bord de l'accoudoir, les mains contre l'estomac, Patricia prenait plaisir à se plaindre ; elle ronchonnait comme on s'étire, voluptueusement. Or, glissant un œil vers le jeune corps mince, tendu, hostile, d'Albane, elle le sentit agité de pulsions belliqueuses et n'insista pas.

Pendant une minute, les deux femmes écoutèrent perroquets et perruches de la place caqueter, féroces.

Patricia souhaitait crier qu'elle manquait de tendresse. Plus personne ne la caressait. Aucun homme. Même pas sa fille. Sous prétexte que, depuis quelque temps, Albane fréquentait des garçons, elle repoussait les contacts physiques avec sa mère. Un amour chassait-il l'autre ? ... Lorsqu'on change d'hormones, abandonne-t-on aussi tout élan filial ? Ne peut-on pas songer à ses copains et embrasser les joues maternelles ? Où cette loi avait-elle été consignée ? Par qui ?

«La vieillesse commence quand on ne vous touche plus», conclut Patricia. Elle haussa les épaules. «Je minimise. La situation est plus grave : non seulement personne ne me touche mais personne ne me regarde avec amour.»

— Un chien…

Sa phrase s'enraya dans sa gorge. Oui, un chien lui manifesterait de l'affection. Un chien la révérerait en bloc. D'ailleurs, avait-on jamais vu un chien fixer sa maîtresse ainsi qu'Albane toisait sa mère ?

— Ce n'est pas un chien qui te rendra belle, ajouta Albane.

— Plus rien ne peut me rendre belle, ma chérie.

Cette phrase effraya l'adolescente, soulagea la mère. Agacée, Albane contesta ce fatalisme :

— La beauté n'a rien à voir avec la jeunesse.

— Faut être jeune pour dire cela…

— Maman, j'ai des copines dont les mères ne font pas leur âge.

Patricia s'égaya, ravie de contredire sa fille.

— Tu t'entends ? Tu avoues que la beauté, c'est être jeune ou donner l'illusion de l'être.

— Je te citerai des dizaines d'actrices de quarante-cinq ans qui allument mes copains…

— C'est leur métier, ma chérie. Séduire constitue l'activité professionnelle des comédiennes. Ne sois pas naïve. Tu me rappelles ton père qui, chaque été, s'offusquait que les champions du Tour de France pédalent plus vite que lui…

Albane devint incarnate. Avec l'énergie de ses quinze ans, elle abhorrait le renoncement et avait

54

besoin de croire qu'elle plairait sa vie durant. Quoique dépourvue de malignité, Patricia s'amusait à la tourmenter en lui ôtant ses chimères.

— Maman, quelle est la couleur de tes cheveux ?

— Quoi ? … Enfin, tu le sais, ma chérie.

— Quelle est la couleur de tes cheveux ?

— Auburn.

— Ah oui ?

— Auburn, depuis toujours.

— Vraiment ?

— Et ma petite coiffeuse me le reproduit très bien, cet auburn. Elle a fini par dénicher la bonne formule.

— Ah oui ?

L'adolescente saisit un miroir sur la commode, le tendit à sa mère.

— Trouve-moi quelque chose d'auburn sur ton crâne.

Patricia, vexée, s'empara du miroir avec une autorité qui annonçait à sa fille «Tu vas voir ce que tu vas voir». Elle plaça le miroir au-dessus d'elle et crut d'abord à une erreur : des poils blancs, gris ou noirs, mous, anémiés, serpentaient sur sa peau pâle, salis en leur pointe par une sorte de rousseur qui semblait plus le résultat d'une brûlure que d'une teinture. Non, ce champ de mines, ça ne pouvait pas être elle… Elle secoua le miroir, comme si cela allait le remettre en état de marche, puis se reconsidéra. Rien n'avait changé. «Quand suis-je allée chez Maryse ? Il n'y a pas longtemps, en novembre… On est en avril, cela fait… Oh, mon Dieu, six mois !»

Elle baissa le miroir, dépitée, furieuse, fumante de mauvaise foi, espérant encore que ce qu'elle venait d'apercevoir était faux.

À ses côtés, Albane, le menton triomphant, le regard froid, ressemblait à un juge ; pis, à la statue d'un juge.

— Maman, tu te négliges…

Patricia manqua répondre : « Puisque tout le monde me néglige, pourquoi pas moi ? », histoire de continuer à se plaindre, or elle battit en retraite devant l'inutilité d'une telle riposte, des mots qui répondraient à des mots mais ne changeraient pas la réalité.

— Que me conseilles-tu, ma chérie ?

La question consterna Albane, laquelle, s'attendant à un déni, souhaitait une scène d'engueulade et se préparait à la véhémence.

— Ben oui, reprit Patricia, que dois-je faire ?

Albane s'assit et soupira, maussade.

— Va chez ta coiffeuse.

— Dès demain.

— Et puis entame un régime.

— D'accord.

— Un vrai régime.

— J'ai compris. Combien de kilos ?

— Commence par en perdre dix. Après on pourra affiner…

— Bien, ma chérie, murmura Patricia, docile. Ensuite ?

— Eh bien, nous irons t'acheter des nouveaux vêtements, en évitant les robes sacs et les voiles de catamaran.

— C'est vrai ? Tu viendrais choisir avec moi dans les magasins ?

Patricia mendiait de l'amour, telle une enfant. La scène prenait une tournure déplaisante : devenue la mère de sa mère, Albane devait se montrer bienveillante malgré son envie de la blesser.

— Oui, je t'aiderai. Maigris d'abord !

Patricia acquiesça en dodelinant, ce qui lui permit de constater, au frottement de ses chairs sur son cou, qu'un double menton venait de lui pousser.

Désolées, abattues, les deux femmes prêtèrent l'oreille aux perruches de la place. Que pouvaient-elles bien se dire, ces idiotes ?

Patricia se vidait de ses forces. Alors qu'elle venait de capituler devant sa fille, elle se sentait déjà prête à un deuxième renoncement : à quoi bon se contraindre à changer ? Si le temps avait entamé son œuvre de destruction sur son corps, la sagesse consistait à l'accepter, non ? Sinon la sagesse, du moins la paresse. «Horrible comme je suis tentée par la fainéantise.»

— Pourquoi dois-je entreprendre ça ? poursuivit Patricia.

— Tu plaisantes ?

— Rien de plus éprouvant qu'un régime. Difficile de casser ses automatismes. Dans quel but ?

— Pour toi.

— Moi ? Moi, je m'en fous. En tout cas, je décide de m'en foutre.

— Tu blagues ? Se laisser aller, c'est se manquer de respect. Et puis, tu ferais ces efforts aussi pour moi.

— Tu as honte ?

Naturellement, Albane avait honte de sa mère, mais elle devina que l'avouer serait trop cruel.

— Je n'ai pas honte de toi. En revanche, si tu te reprends en main, peut-être serai-je fière. Non ?

Desserrant les mâchoires, Albane se félicita de la parade. Elle poursuivit, enivrée par ce succès :

— Et puis comme ça, qui sait, tu pourrais peut-être rencontrer un homme ?

La phrase ne provoqua aucune réaction chez Patricia. Albane échoua à déchiffrer l'impassible visage. Elle martela :

— C'est vrai, quoi ! Pour quelle raison ta vie serait-elle achevée ?

— Ma vie ?

— Ta vie affective… Ta vie amoureuse…

Elle n'osa pas ajouter « ta vie sexuelle » car elle détestait parler crûment, or elle ne savait parler de sexe que crûment.

Patricia médita : « Voici donc le bonheur selon ma fille : s'agripper à un homme ! Quel conformisme ! Quel horrible manque d'ambition ! Se torturer, se tortiller, s'infliger des sacrifices, tant d'efforts pour se jeter dans les paluches d'un mâle. Misère… » Elle se contenta de bougonner d'un ton plaintif :

— Oh, un homme… à mon âge…

Albane s'enflamma, soudain convaincue qu'elle avait raison.

— Il y a plein de gens qui changent de vie après quarante-cinq ans. Tu ne seras pas la première veuve à te remarier.

Cette fois, Patricia jeta un œil réprobateur sur sa fille. Celle-ci le perçut et bredouilla :

— Enfin, te remarier, tu n'es pas obligée… Ce qui compte, c'est que tu ne sois plus seule et que tu sois heureuse…

« Consternant… Quand je pense qu'elle joue les rebelles, qu'elle s'estime originale… À moins qu'elle veuille dire qu'être heureuse, c'est caser sa mère et ne plus s'en occuper. Oui, ce doit plutôt être ça. »

— Tu n'as pas cours, ce matin, ma chérie ?

Albane hésita, se demandant si, sous couvert d'amabilité, sa mère ne la foutait pas à la porte... Cependant, devant son air désappointé et son humilité de victime, elle évacua ce soupçon et reconnut qu'elle allait se mettre en retard.

— Au revoir, maman. Je suis contente d'avoir eu cette conversation avec toi.

— Oh, moi aussi, répondit Patricia d'une voix mourante. Ce fut une conversation bien utile.

Albane se planta devant sa mère, gênée, en se tortillant sur ses ballerines. Patricia comprit qu'elle voulait l'embrasser. « Ah non ! Elle m'attaque sauvagement et ensuite elle vient réclamer un bécot ! Qu'elle aille se faire pendre ailleurs ! » Mimant le chagrin, elle se cala contre le dossier du divan, présentant son dos à l'adolescente afin d'échapper à toute effusion.

— Dépêche-toi, ma chérie. Ta vieille maman va réfléchir à comment redevenir jeune.

Les yeux fermés, ses sens tendus, Patricia vérifia qu'Albane reculait, quittait la pièce puis claquait la porte de l'appartement.

Elle bondit du sofa, se précipita dans sa chambre, décrocha les robes qui pendaient devant l'armoire, repoussa un fauteuil pour se placer à bonne distance du miroir en pied.

La glace lui renvoya l'image d'une personne qui n'entretenait aucun rapport avec elle. Ce reflet racontait une autre histoire que celle qu'elle vivait. Alors qu'elle se sentait impétueuse et mutine, elle voyait une femme mûre au physique solennel. Son corps avait changé de volume, rendant sa figure beaucoup plus menue. Si elle avait toujours eu le menton rond et court, son port de tête majestueux assurait naguère son allure; là, elle avait tellement épaissi que ses mâchoires reposaient sur une souche.

Pendant quelques secondes, ses mains rudoyèrent son ventre, sa taille, sa poitrine, essayant d'y imprimer leurs anciennes formes. En vain. Seuls ses seins lui parurent plus gracieux, parce que plus ronds, plus doux. Mais qui le constatait, à part elle?

Elle s'approcha, évita de regarder l'état catastrophique de ses cheveux, examina sa peau. Son grain lui semblait plus gros, sa texture moins compacte, et ses joues pivoinaient par plaques. Oui, elle avait l'air de ce qu'elle était, une femme de quarante-cinq ans démoralisée qui se néglige.

Un soupir s'échappa de ses côtes, surprenant de virulence.

— À quoi bon?

Le soulagement l'envahit. «Oui! À quoi bon?» Pourquoi ne pas accepter cette nouvelle Patricia? Pour quel motif vouloir la combattre, lui faire la guerre à travers des régimes, des privations, du sport, des contraintes, jusqu'à ce qu'elle disparaisse? Et si elle l'accueillait plutôt, cette inconnue... Après tout, cette Patricia, c'était elle...

Elle chuta sur le lit.

«C'est fini! Fini les tentatives de plaire! Fini les grimaces qui attirent l'attention! Fini la phobie de se transformer en baleine! Fini les courses de vêtements où je me demanderai ce qu'on va penser de moi! Fini! Je me retire du marché de l'amour. Ma vie me réappartient.»

Elle lança un petit rire perlé.

— Quel bonheur!

Une minute auparavant, elle éprouvait du désespoir; maintenant, elle exultait.

Libre ! Par cette décision, elle s'affranchissait. Elle ne serait plus une femme selon les autres, ou une femme selon sa fille, elle serait la femme qu'elle était. Réjouie, elle se redressa et traversa l'appartement en souveraine. Saisissant un yaourt dans le frigo, elle alluma la télé et s'assit devant pour s'empiffrer.

La chaîne qui envahit l'écran transmettait une longue publicité, répétitive, lancinante, sur un appareil censé faire fondre le ventre et gagner des abdominaux. Des sportifs américains, mal doublés en français, défilaient en vantant, avec un enthousiasme de commande, les mérites de ce dispositif.

— Quel carnaval !

Les femmes arboraient une carnation orange et les hommes une peau caramel. Le bronzage leur imposait un uniforme : ils se ressemblaient tous.

— Incroyable à quel point le sport agresse l'épiderme ! s'avisa Patricia. Dès qu'il s'agite avec des poids et des machines, l'être humain attrape des couleurs irréelles.

Et les dents ! Le body-building induisait d'étranges conséquences dentaires : lorsqu'ils souriaient – c'est à dire constamment –, les sportifs californiens dévoilaient des canines, incisives, molaires parfaitement blanches, évoquant une vitrine de prothésiste.

— Une nouvelle race !

Patricia ne se trouvait pas en face d'hommes et de femmes ordinaires, mais devant des mutants. Avait-on déjà vu un thorax identique à celui de Jim, le moniteur, où des muscles couraient, tels des serpents, sous le cuir basané ? Une silhouette comme celle de Carrie, la journaliste convertie au fabuleux appareil à abdos-fessiers, aussi osseuse qu'une gazelle affamée, pourtant pourvue d'une poitrine et d'un cul rebondis, fermes à craquer ? En coulant son doigt vanillé au fond du pot, Patricia conclut que des aliens avaient déjà débarqué sur la planète et que, sans éveiller les soupçons, ils avaient envahi les écrans de vente par correspondance.

Les modalités de paiement par carte de crédit surgirent par flashs. Patricia ressentit un pincement puis s'apaisa. Naguère, elle aurait commandé l'article pour s'offrir une bonne conscience – fournir son numéro de code au téléphone lui donnait l'illusion d'avoir accompli une séance de gymnastique –, elle aurait reçu l'objet magique qui serait allé rejoindre ses cousins entassés sous son large lit ; aujourd'hui, elle avait rompu ses chaînes. Non seulement elle éteignit la télévision sans céder aux sirènes du conformisme mercantiliste, mais elle alla avaler le tiramisu qu'elle avait jusqu'ici conservé pour sa fille.

Munie d'une assiette et d'une cuillère, les papilles enivrées par le mélange crème-café-*amaretto*, elle déambula en chantonnant dans l'appartement.

Appuyée sur le rebord de la fenêtre, elle vit une forme, en bas, au milieu de la place. Elle tressaillit.

Un homme presque nu soignait les pelouses de la place d'Arezzo.

« On n'a pas le droit d'être beau comme ça. »

Cessant de grignoter, elle fixa le jardinier vêtu d'un short et de pataugas, sa taille élégante, son buste sculpté et net, souligné par quelques poils, les épaules charnues, les cuisses puissantes. « Et ce cou… si blanc… si pur… » L'homme avait une nuque droite qui appelait le baiser.

Elle rougit et se mordilla les lèvres. Depuis qu'il avait été engagé par les services municipaux, ce garçon la bouleversait. Chaque jour, elle scrutait la rue et, dès qu'il trimballait ses outils dans les parages, elle se dissimulait derrière les stores pour le contempler en secret. À l'intérieur d'elle, tout se tendait quand il se profilait. Il lui inspirait un désir péremptoire. Elle haletait, le corps vrillé. Incompréhensible ! Elle devait remonter à ses treize ans afin de retrouver une sensation aussi forte – à l'époque, c'était son cousin Denis, un rouquin aux bras larges et laiteux, qui lui coupait le souffle lorsqu'elle le voyait jouer au tennis. Elle avait appris que le jardinier s'appelait Hippolyte, prénom rare qui convenait à un individu exceptionnel. De temps en temps, histoire de le côtoyer, elle descendait en prétextant une course. À son passage, il la saluait joyeusement, ce qui l'émouvait tant qu'elle peinait à bafouiller une politesse élémentaire en retour, puis s'enfuyait en accélérant le pas. Maintes fois elle avait rêvé de lui apporter une bière fraîche, mais cela lui avait paru une épreuve au-dessus de ses forces. Il lui plaisait tellement qu'il la désorganisait : sitôt qu'elle sentait sa présence, elle perdait toute contenance.

« Il ne change pas… Rien ne l'atteint… Ah si ! Il est moins cuivré que l'année dernière… »

Elle se gaussa de sa nigauderie… Naturellement il était moins cuivré puisqu'on sortait de l'hiver ! Peut-être la saison ne lui permettait-elle d'ôter sa chemise qu'aujourd'hui ? Elle le regarda avec langueur : convaincue qu'il se déshabillait pour la première fois, elle s'émut que cette chair blanche, qui avait été protégée du froid par les lainages durant de longs mois, s'exposât aux rayons. La scène prenait le caractère sacré d'une initiation. Hippolyte devenait une vierge craintive se vouant à une vie nouvelle… Traversant les vitres, Patricia devint le soleil qui caressait cette peau neuve et effarouchée, elle devint l'air qui enlaçait son torse, le chatouillait, y traçait des frissons.

Hippolyte arracha un pissenlit, puis se releva, très cambré, pour l'examiner à la lumière.

« Quelles fesses ! »

Elle trembla, choquée d'avoir formulé cette exclamation dans sa tête.

La voix insista en elle : « Vraiment, quelles belles fesses ! … Patricia ! … C'est la vérité. Les femmes regardent les fesses des hommes. Je peux bien le dire puisque je ne suis plus sur le marché. »

Elle soupira, satisfaite : elle venait de gagner deux qualités, l'audace et l'immunité. Désormais, elle s'exprimerait librement. Oui, elle avait le droit de tout penser puisqu'elle agissait de façon désintéressée. Le grotesque ne la guettait plus dans la mesure où, spectatrice, elle restait sur la berge. Auparavant, elle devait montrer la retenue d'une veuve, la dignité d'une bourgeoise qui ne se donne pas au premier sauvageon ; pis, elle devait cacher à quel point Hippolyte la fascinait sinon elle se serait exposée à s'entendre rappeler – par les autres et surtout par elle – qu'elle ne pouvait prétendre l'attirer tant la différence d'âge, de milieu et de perfection les rendait étrangers. Bref, tant qu'elle prétendait séduire, sa soif d'Hippolyte la ridiculisait. Renonçant, elle pouvait l'admirer à satiété et balancer les commentaires qu'elle voulait. Quelle volupté…

Saisissant sa brouette, la relevant d'un énergique coup de reins, Hippolyte s'engouffra sous les arbres, une partie de la place inaccessible aux yeux de Patricia.

Elle haussa les épaules et retourna à la cuisine. En passant dans le hall, elle remarqua une enveloppe couleur beurre frais, insolite parmi les factures qu'avait posées Albane sur la table. Elle l'ouvrit et parcourut le contenu :

« Ce mot simplement pour te signaler que je t'aime. Signé : tu sais qui. »

Elle relut quatre fois le message puis s'effondra sur la bergère la plus proche.

— Non ! Non !

Cette lettre l'horrifiait.

— Je ne veux plus. Plus du tout.

Des larmes jaillirent de ses yeux.

— L'amour, pour moi, c'est fini ! Fini, vous comprenez ? Fini ! Vous m'entendez ?

Elle hurla.

Elle ne savait ni qui lui adressait ce mot, ni à qui elle parlait, mais elle possédait une seule certitude : elle n'ouvrirait jamais sa porte à l'amour.

6

— Allez, les enfants, dépêchez-vous !

François-Maxime de Couvigny, assis au volant de son 4 × 4, avait sorti le buste de la portière pour se pencher en direction du numéro 6, dont l'entrée restait ouverte ; d'autres auraient klaxonné mais le jeune banquier estimait qu'utiliser un avertisseur en dehors des situations extrêmes relevait de la vulgarité.

Quatre enfants blonds sortirent de l'hôtel particulier, dévalèrent les marches du perron et plongèrent dans la voiture. Les trois filles s'installèrent à l'arrière et le garçon, quoique plus jeune, se hissa au côté de son père avec la fierté de celui qui, malgré ses sept ans, ses cheveux longs, son profil fluet et sa voix suraiguë, partage le statut de mâle.

Sur le seuil en pierre blanche, Séverine apparut, vêtue de beige, les cheveux assagis par un serre-tête céladon ; recevant le soleil, elle s'appuya sur le chambranle afin de regarder sa famille partir.

— Eh bien, vous ne voyez pas maman ? s'exclama François-Maxime.

Aussitôt, les enfants se tournèrent vers leur mère et lui adressèrent de grands signes, très exagérés, comme s'ils criaient en langage muet.

Alors qu'il se préparait à déboîter, François-Maxime de Couvigny entrevit sur la place d'Arezzo le jardinier en short, torse nu, qui nettoyait la pelouse. Cette apparition lui fit froncer les sourcils et ses yeux s'assombrirent.

Une voix pointue sur sa droite le dérangea :

— Tu as raison de le gronder, papa.

— Quoi ?

— Ce n'est pas bien, Hippolyte a tort.

François-Maxime dévisagea son fils.

— De qui me parles-tu, Guillaume ?

— D'Hippolyte, le jardinier, là ! En ville, il ne devrait pas se promener ainsi. On doit toujours être habillé dans les rues. C'est grand-mère qui le disait cet été, à Saint-Tropez.

Gwendoline, sa sœur aînée, renchérit depuis le siège arrière :

— Je crois me souvenir que c'est à toi, Guillaume, qu'elle l'a dit quand tu voulais te rendre au marché en maillot de bain.

Guillaume invectiva sa sœur, mécontent :

— À moi, elle ne l'a dit qu'une fois. Tandis que les gens, ils ont continué à mal se comporter tout l'été.

— Bravo, Guillaume, intervint François-Maxime de Couvigny, c'est bien de comprendre du premier coup.

Il jeta de nouveau un œil à Hippolyte qui exhibait de façon incongrue sa poitrine et ses cuisses, haussa les épaules, démarra, doubla lentement la limousine officielle à vitres noires et blindées rangée en double file dans laquelle s'engouffrait Zachary Bidermann, une des gloires du quartier, et remonta l'avenue Molière.

— Alors, les filles, qu'avez-vous comme cours, aujourd'hui ?

Par ordre d'âge, les filles répondirent en détaillant les matières qui les attendaient.

François-Maxime de Couvigny les écoutait à peine, juste assez pour les aiguillonner et relancer leurs conciliabules. Enchanté, il se sentait autant spectateur qu'acteur de la scène qu'il vivait. Dans le rétroviseur intérieur, il observait ses filles, claires de teint, à la dentition idéale, aux cheveux bien coupés, vêtues d'une façon qui signalait l'aisance de leur famille sans trop la proclamer ; elles s'exprimaient dans un français fluide, élaboré, formé de mots appropriés et choisis, à la syntaxe impeccable ; même leur élocution avait un soin, une précision, qui témoignaient d'une bonne éducation. Et surtout, elles alignaient une éblouissante parenté physique : quoique âgées de douze, quatorze et seize ans, elles offraient une forme de visage analogue, des yeux châtains, un nez ténu, un cou long, planté sur un tronc étroit. À l'évidence, elles sortaient d'un seul moule, signant leur honnête appartenance à une lignée solide. Selon François-Maxime de Couvigny, rien n'était plus perturbant qu'une fratrie d'êtres dissemblables. Dans ce cas, soit il soupçonnait des gènes faibles, soit il craignait que la mère n'ait conçu ces individus disparates avec plusieurs maris. En voyant les enfants Couvigny, on concluait que leurs géniteurs n'avaient pas fauté dans l'exécution du devoir conjugal : une publicité pour la fidélité maritale. Seul Guillaume affichait des traits différents de ses sœurs, mais tant mieux puisqu'il était un garçon.

Au feu rouge, une équivalente 4 × 4 noire – la voiture de la grande bourgeoisie ixelloise – s'arrêta à gauche, à son niveau.

— Oh, regardez, ce sont les Morin-Dupont ! s'exclama Gwendoline.

Les enfants Couvigny interpellèrent les enfants Morin-Dupont, autre tribu aux faciès identiques, composée cette fois de trois garçons et d'une fille, l'exacte symétrie inverse.

François-Maxime de Couvigny salua Pascaline Morin-Dupont qui conduisait la voiture. Elle lui répondit par une gracieuse expression.

Un frisson parcourut la nuque de François-Maxime. Il lui plaisait, il le savait. Ses yeux se mirent à briller en la contemplant, tant il tenait à lui montrer qu'elle lui plaisait aussi.

Du coup, leurs prunelles s'embrumèrent et ils se fixèrent un peu trop longtemps, un peu trop intensément.

— Papa, c'est vert ! s'écria Guillaume comme s'il se fût agi d'un événement essentiel.

Les lèvres de François-Maxime dessinèrent un sourire désolé à l'intention de la conductrice, une moue qui signifiait : «Quel dommage que ce ne soit pas possible entre nous ! »

Elle l'admit à sa façon, en baissant les épaules.

Ils redémarrèrent.

Sans se dire un mot, sans que les enfants remarquent leur complicité, François-Maxime de Couvigny et Pascaline Morin-Dupont avaient vécu des secondes délicieuses, celles où un homme et une femme comprennent qu'ils se plaisent et en même temps renoncent à l'aventure. Ils venaient de se dire qu'ils étaient beaux et cependant qu'ils demeureraient fidèles.

Les deux voitures s'éloignèrent, les enfants Morin-Dupont accomplissant leurs études au lycée français de Bruxelles, les Couvigny à l'école Decroly.

François-Maxime pensa à son épouse : il l'avait trouvée mignonne, tout à l'heure, appuyée sur le montant de la porte, éblouie par le soleil. Mignonne et triste… Plusieurs fois, ces derniers mois, lorsqu'il avait surpris Séverine dans un moment où elle ne se savait pas regardée, il avait noté une morbidité mélancolique, une forme de repli sur un chagrin inconnu. Était-ce l'âge ? l'approche des quarante ans ? Peut-être devrait-il se fendre d'un cadeau… Et s'il lui achetait ce sac en cuir marron glacé sur lequel elle s'extasiait samedi ? Sur le coup, il avait voulu le lui offrir ; elle avait résisté, jugeant ridicule que son mari exauçât le moindre de ses caprices. Il s'était résigné, d'autant que l'article coûtait le prix d'un bijou… Ni elle – riche par héritage –, ni lui – riche par son travail – ne connaissaient les restrictions financières mais ils évaluaient les prix en termes moraux : le montant sentait l'abus ou pas.

Au feu rouge suivant, tandis que Gwendoline, l'aînée, expliquait à ses sœurs ce qu'elle apprenait au cours de théâtre, un couple de garçons trentenaires, qui se tenaient par la main, franchit le passage clouté.

« Qu'ils sont laids ! Comment osent-ils sortir dans la rue alors qu'ils sont si vilains ! »

Il détailla le teint brouillé, les formes molles, les bassins larges sur des jambes courtes, les ventres gonflés par la bière sous les tee-shirts noirs, les dessins verts et bleus sur les bras, les boucles d'oreilles.

« Ah, ces tatouages ! Et ces anneaux dans les lobes ou dans les narines ! Du bétail ! Marqués comme s'ils appartenaient à un troupeau de vaches ! Quelle misère… »

À l'évidence, lui, avec son corps nerveux mis en valeur par de stricts costumes sur mesure, ce corps racé aux mouvements prompts et économes, il évoquait un autre monde, celui de la haute finance, celui des prédateurs glacés qui, même s'ils tuent, demeurent raffinés, courtois.

« Et ce besoin de s'afficher ! Méritons-nous de savoir que ces deux-là couchent ensemble ? Obliger le citoyen à s'imaginer deux cachalots en train de s'empapaouter, ce n'est guère charitable ! »

Tiquant, il souffla de désapprobation.

Quand il perçut le regard interrogatif de Guillaume sur lui, il comprit qu'il oubliait de démarrer à l'instant où le feu passait au vert – ce qui, selon l'enfant, constituait le critère d'une bonne conduite – et réagit.

L'automobile continua son voyage à une allure de sénateur jusqu'à l'école.

François-Maxime descendit de son véhicule, embrassa ses enfants en leur souhaitant une bonne journée, les regarda gagner le porche, attendit qu'ils disparaissent dans le bâtiment, fier de sa famille. Puis il remonta dans sa voiture et roula plus vite jusqu'au bois de la Cambre.

Rue du Vert-Chasseur, à la lisière de la forêt, il se gara, saisit son sac de sport. Il traversa avec fougue la cour pavée du centre équestre, La Selle Royale. Hennissements, froufroutements, ébrouements, frappements de fers, ce chaos impatient l'enchantait ; alors qu'il ne goûtait que les parfums subtils, il raffolait de l'odeur brune du crottin, annonciatrice de ses plaisirs.

Il salua des employés surmenés et se rendit dans une pièce qui servait de vestiaire, de consigne ou de débarras. Là, il se déshabilla, changea de chaussettes, enfila un pantalon de jockey, un polo et des bottes fabriquées sur mesure.

Tandis que François-Maxime cherchait un cintre pour y accrocher son costume, Edmond Platters, un cavalier, s'engouffra dans la pièce.

— Bonjour, François-Maxime !

— Bonjour, Edmond.

— Tu m'amuses avec tes marottes de vieux garçon.

Les épaules de François-Maxime frissonnèrent. Non seulement il détestait la camaraderie, mais il abominait toute moquerie dont il faisait les frais.

Edmond poursuivit son persiflage :

— Pourquoi cette manie de te changer ? Tu ne pourrais pas arriver ici en tenue de cavalier, comme tout le monde ?

— D'abord, à l'issue de ma chevauchée, je ne rentre pas chez moi, je rejoins ma banque où je travaille jusqu'à vingt heures.

Il prit bien soin d'articuler «ma» banque car il savait qu'Edmond rencontrait de fréquentes difficultés financières. Puis il se retourna et ajouta, calme :

— Dis-moi, Edmond, si tu vas à la piscine, tu pars de chez toi en maillot de bain ?

Mouché, Edmond maugréa et sortit.

François-Maxime acheva de ranger impeccablement son costume, ses chaussures, ses chaussettes, agacé de constater que, dès que les hommes se retrouvaient dans un vestiaire, ils se permettaient la familiarité.

Il allait quitter la pièce lorsqu'il remarqua qu'il avait laissé tomber la lettre ramassée dans sa boîte une demi-heure plus tôt. Il l'enfonça dans sa poche en se promettant de la lire au cours de sa flânerie.

Il se dirigea vers les box, rendit hommage au patron des écuries, puis rejoignit Bella, sa jument baie, que le garçon de ferme avait déjà pansée, sellée et à laquelle il glissait le mors. Il flatta le chanfrein de cette tête fine sur des épaules larges. Bella ferma les yeux sous les caresses.

Enfin, il la monta ; la queue haut perchée de l'animal fouetta l'air et ils quittèrent le centre équestre.

À cette heure-là, de rares badauds foulaient les allées du bois. Une vieille dame tirait un caniche paralysé au bout de sa laisse. Plus loin, un jeune Arabe joyeux baladait des chiens détachés, cabots qu'il récupérait le matin chez leurs maîtres et qu'il promenait en meute.

Une fois les courts de tennis longés, l'ancien hippodrome évité, il s'engagea sur une voie autorisée aux chevaux, puis, quittant le bois de la Cambre, cette partie enclavée dans la ville, rejoignit l'immense forêt de Soignes et entama un galop assis.

Ses cuisses vibraient contre la masse de muscles. Énonçant ses ordres sans un cri, d'une voix égale, presque basse, il réussissait à se faire oublier sur la selle, à se fondre avec Bella.

Au carrefour, après un regard alentour pour vérifier que personne ne le voyait, il quitta le chemin équestre en suivant un sentier réservé aux seuls piétons.

En trois virages serrés, il s'infiltra entre les arbres et entrevit des silhouettes d'hommes solitaires qui erraient, les mains dans le dos.

Il progressa, puis, à cent mètres des premiers promeneurs, sauta à terre, attacha son cheval à un arbre. Il avança ensuite de cinq ou six pas dans la futaie puis s'appuya, nonchalant, contre le tronc d'un chêne trapu.

Une minute plus tard, un garçon de vingt ans, en tee-shirt blanc, surgit. Les poings fourrés dans les poches de son jean, il admira le cheval, avisa son maître et s'approcha en balançant d'une jambe sur l'autre, hésitant à franchir les mètres qui le séparaient de François-Maxime.

Celui-ci lui jeta un œil ténébreux.

Le garçon hésita, pusillanime, pas convaincu de pouvoir continuer. Alors François-Maxime enfouit ses doigts sous son polo, se caressa sensuellement le torse, recevant sur son visage le rayon de soleil qui trouait le feuillage, extasié, comme si le garçon n'était pas là.

Le garçon se figea, fixa François-Maxime avec convoitise, s'humecta plusieurs fois les lèvres, vérifia que personne ne se dirigeait vers eux et le rejoignit.

Leurs bassins se collèrent. Puis le garçon saisit la braguette de François-Maxime et l'ouvrit.

Sans un mot, en se contentant de soupirs qui manifestaient leur degré de satisfaction, chacun s'occupa du sexe de l'autre.

François-Maxime surveillait la piste. Qu'il soit celui qui désire ou celui qu'on désire, il adorait la tension qu'adjoignait le danger : non seulement il se livrait à des amours interdites, mais il s'y adonnait en plein air, ce qui ajoutait le plaisir de la transgression. Quel contraste avec la chambre à coucher douillette où il retrouvait Séverine pour des étreintes plus attendues !

Ici, il y avait l'air vif de la nature, les odeurs d'humus, de bruyère, de printemps, de gibier, l'éventualité qu'un intrus surgisse. Il y avait aussi le risque que déboule un garde forestier. Voire un policier. Qui sait ?

Par un râle et une accélération de sa respiration, François-Maxime signala qu'il allait jouir. Le garçon le comprit et arriva au but en même temps.

Ils s'apaisèrent.

Un merle s'envola dans le sous-bois.

Sentant que son maître allait lui revenir, Bella hennit longuement, impatiente de se dégourdir les pattes.

François-Maxime jubila : il allait passer une bonne journée.

Le garçon se releva, arrangea ses vêtements, esquissa un sourire. François-Maxime répondit par un regard bienveillant.

Puis le garçon murmura :

— Je m'appelle Nikkos.

François-Maxime ferma un instant les paupières ; il exécrait cette manie idiote qu'avaient les hommes de se présenter. Ce qui demeurait agréable dans les échanges furtifs, c'était le furtif, que les corps exultent loin de la comédie sociale.

Le garçon le fixait avec de grands yeux suppliants, attendant une réponse.

François-Maxime souffla :

— Moi, c'est Maxence.

Le garçon reçut le prénom comme un précieux cadeau.

Nikkos attrapa la main de François-Maxime et, farouche, chuchota :

— Au revoir, Maxence.

— Salut !

François-Maxime se dirigea vers Bella, lui flatta le museau, la détacha, monta en selle et s'éloigna ; il détestait la tendresse post-coïtale ; ce genre de sucrerie pouvait gâcher rétrospectivement le plaisir qu'il avait éprouvé. Des sentiments, il en avait à la maison, avec Séverine et les enfants, en quantité suffisante. Ne pas tout confondre.

Une fois que lui et sa monture se furent replacés sur les allées autorisées aux cavaliers, il se détendit, oublia ce qu'il venait de vivre et, ses longues jambes épousant les flancs de la bête, songea à son travail. Il élabora quelques plans et stratégies sur les affaires en cours, se délecta de la clarté de son esprit et se réjouit de la splendide journée qu'il allait traverser.

À cause de l'angle cartonné de l'enveloppe qui lui rentrait dans le bassin, il s'aperçut qu'il n'avait pas ouvert la lettre du matin. Il la décacheta et la parcourut des yeux :

« Ce mot simplement pour te signaler que je t'aime. Signé : tu sais qui. »

Il émit un rire doux.

— Ah, Séverine…

Souriant à l'horizon, il déclara à voix haute aux ramures des allées :

— Mais moi aussi, ma chérie, je t'aime !

Ravi, fourguant le billet dans sa poche, il décida qu'il soustrairait vingt minutes à son temps de travail pour aller acheter ce sac hors de prix qu'elle avait remarqué, avenue Louise. Après tout, elle le méritait bien.

7

— Deux cent quarante-deux euros ! Vous vous rendez compte ? Je lui ai avancé deux cent quarante-deux euros pour qu'il me construise ma table de nuit !

Tirant le fil de sa tapisserie, mademoiselle Beauvert prêtait à peine l'oreille aux récriminations de Marcelle ; attentive à ne pas rater sa rose brodée, elle se contentait d'une écoute flottante car, quoi qu'il arrivât, la jacasserie de la concierge suivait deux axes : se plaindre et parler d'argent.

— J'en ai besoin, moi, mademoiselle, de cette table de nuit ! Parce que j'ai changé mon matelas. À cause de mon Afghan. Deux cent quarante-deux euros, je lui ai remis, à mon fils. Deux cent quarante-deux euros, quand même une somme pour quatre bouts de bois !

Marcelle secoua puis fessa les lourds plis de velours, les punissant d'attirer la poussière.

— Deux cent quarante-deux euros dans les pognes et, maintenant, il me dit qu'il a autre chose à faire.

— Quoi donc, ma bonne Marcelle ?

— Se marier !

Fulminante, Marcelle renvoya les rideaux à leur place, contre le mur. Puis elle traversa la pièce, un vrai buffle en colère.

Décryptant ce que venait de lui révéler Marcelle, mademoiselle Beauvert sursauta.

— Votre fils se marie ?

— Oui. Et, à cause de ça, ce petit monsieur ne bricole plus. Ah, je peux toujours l'espérer, ma table de nuit... Et j'ai deux cent quarante-deux euros perdus dans la nature.

Elle répéta encore «deux cent quarante-deux euros» et disparut dans la cuisine.

Mademoiselle Beauvert voulut la poursuivre mais renonça, préférant achever son pétale rose cuisse de nymphe émue, et surtout attendre que Marcelle revînt d'elle-même râler.

Mademoiselle Beauvert leva les yeux au ciel. Comment Marcelle établissait-elle la liste de ses priorités ? Placer deux cent quarante-deux euros, une table de nuit, avant le mariage de son fils ? Quel esprit borné ! Elle ne voyait les choses qu'à son niveau de femme râblée, courte sur pattes, au front bas.

— Sergio ! Sergio !

— Oui, mon chéri, tu as raison, soupira mademoiselle Beauvert.

— Sergio ! insista la voix.

Mademoiselle Beauvert s'approcha du perroquet flamboyant, ouvrit sa cage, y introduisit le bras, lui proposa de sortir.

Le volatile agrippa ses huit doigts à l'annulaire de mademoiselle Beauvert, se laissa extraire de ses barreaux et se frotta à son pull en angora.

— Sergio !

Les caresses redoublèrent ; insatiable, l'animal crochu se trémoussait sous elle comme si chaque contact augmentait son appétence.

— Tu me comprends, toi, Copernic !

Copernic dansa d'une patte sur l'autre.

À cet instant, Marcelle réapparut, lippe tombante, yeux exorbités, le cou rentré dans son buste robuste, aussi gracieuse qu'un pitbull.

— Oui, figurez-vous qu'il se marie, le gaillard. Et sans rien me demander.

— Vous devriez être contente ?

— De quoi ?

— Je ne sais pas… qu'il soit amoureux… qu'il ait enfin trouvé la femme de sa vie…

— Ça, il l'aura cherchée. Est-ce qu'il l'a trouvée… ?

— Elle ne vous plaît pas ?

— Je ne sais pas. Il ne me l'a pas présentée.

— Comment ?

— Ben oui. Il ne veut pas que ça se passe chez moi. Il veut que ça se passe à l'extérieur.

Mademoiselle Beauvert donnait raison au fils. Mieux valait ne pas effrayer la jeune fille en l'emmenant dans la loge qu'occupait Marcelle. Ce cagibi sentait le poireau ou la soupe aux choux ; la décoration se réduisait à un amoncellement de bibelots épouvantables, coqs en bois, épagneuls en porcelaine, chatons en peluche, calendriers des postes, baromètres des Vosges, coucous suisses ; des napperons au crochet affublaient fauteuils, commodes et tables ; quant à la propreté de l'ensemble, elle s'avérait douteuse, bien que Marcelle nettoyât fort bien les intérieurs des autres. Même si la fiancée venait d'un milieu défavorisé, elle pouvait avoir du goût.

— Sergio ! s'exclama le perroquet, qu'un instant mademoiselle Beauvert avait négligé.

Elle recommença à tripatouiller son crâne dur.

Marcelle entreprit d'astiquer avec énergie la télévision, meuble qu'elle traitait en priorité tant elle l'estimait important au sein d'un foyer.

— Il est obsédé, votre Copernic.

— Pardon ?

— Il répète tout le temps « Sergio ».

Mademoiselle Beauvert prit la mouche :

— Copernic n'est pas obsédé mais télépathe.

— Pardon ?

— Télépathe.

Marcelle demeura stupide car elle ne saisissait pas le nom de ce qu'elle croyait une spécialité médicale.

— Regardez !

Ravie, mademoiselle Beauvert posa Copernic sur le perchoir à côté de la télévision.

— Il perçoit ce que je pense.

Elle s'éloigna, s'assit sur le fauteuil, trois mètres en face de lui, et feuilleta un magazine qu'elle fixa en le lui cachant.

Après quelques secondes, l'oiseau hurla :

— Oh, la chouette voiture !

Radieuse, mademoiselle Beauvert se releva, tendit son magazine à Marcelle : l'une des deux pages affichait une réclame pour un cabriolet sportif.

— Incroyable, maugréa Marcelle en regardant avec méfiance le perroquet.

— Et maintenant, il va deviner ce que j'ai l'intention de faire.

Elle marcha dans la pièce, hésita deux fois, se figea, frappée par une idée.

Aussitôt, le perroquet jasa :

— Téléphone. Drrring. Drrring. Téléphone.

De façon synchrone, mademoiselle Beauvert montra à Marcelle qu'elle tenait déjà son téléphone portable dans la main droite.

Marcelle se renfrogna. Si elle ne doutait pas des performances de la bestiole, elle les trouvait suspectes.

Mademoiselle Beauvert avança, triomphante.

— J'ai calculé qu'il connaît quatre cents mots.

— Quatre cents mots ? Je ne sais pas si je connais quatre cents mots, moi.

Mademoiselle Beauvert lança un rire haut perché, proche de l'hystérie.

— Les linguistes prétendent que trois cents mots permettent de se débrouiller dans une langue.

La mâchoire contractée, l'œil noir, Marcelle dévisagea le perroquet.

— Se débrouiller ? Alors, mon Afghan connaît moins de mots que votre perroquet.

Enchantée par le triomphe de son psittacidé, mademoiselle Beauvert décida d'étaler son indulgence et tapota le bras de Marcelle.

— Marcelle, pourquoi dites-vous « mon Afghan » ? On imagine que vous parlez d'un chien.

— Ben quoi ? J'aime les toutous aussi. J'en ai eu deux. Un pékinois et un bernois. La poisse : ils sont tous les deux morts empoisonnés. Jamais eu de chance avec mes bêtes, moi.

Mademoiselle Beauvert baissa la tête, tenant à cacher à Marcelle la raison de ces décès : certains locataires de l'immeuble supportaient tellement mal ces cabots pouilleux et bruyants qu'ils avaient introduit de la mort-aux-rats dans des boulettes de viande, puis les avaient proposées à la gloutonnerie des deux malheureux.

Elle se reprit en claironnant :

— Marcelle, j'insiste : vous ne devriez pas dire « mon Afghan ». Il a un prénom ce jeune homme.

— Ghuncha Gul.

— Comment ?

— Ghuncha Gul. Son prénom est Ghuncha Gul.

— Aïe…

— Et je ne vous prononce pas son nom de famille parce que je n'y suis pas encore arrivée.

— Ah, pas évident… Et cela a un sens ?

— Ghuncha Gul ?

— Souvent ces prénoms si exotiques pour nos oreilles occidentales énoncent des choses ravissantes, poétiques, inattendues.

— Il paraît que ça signifie « bouquet de fleurs ».

Mademoiselle Beauvert demeura bouche bée : difficile de tisser un rapport entre un bouquet de fleurs et le malabar brun au large thorax, à l'œil noir, à la pilosité ardente qui partageait le lit de la concierge. Marcelle haussa les épaules.

— C'est pourquoi je préfère dire « mon Afghan ».

La discussion étant close, elle repartit à la cuisine.

Mademoiselle Beauvert se renferma. « Tant pis pour elle. Cette Marcelle ne mérite pas de savoir… »

Après sa démonstration de télépathie avec Copernic, elle s'attendait à une question de Marcelle : puisque le perroquet trompette Sergio quarante fois par jour, qui est Sergio ? Oui, il y a une minute, elle aurait été capable de livrer son secret car il y a des instants où l'on voudrait ébruiter ce qu'on cache depuis toujours, les mystères qu'on a tenu celés le plus longtemps, parce qu'ils nous définissent, parce qu'ils se confondent avec notre identité, parce qu'ils permettraient d'affirmer :

c'est moi. Heureusement, les circonstances l'avaient retenue de dévoiler son intimité.

À cet instant, Marcelle surgit, le front en avant, les poings fermés.

— Qui c'est, Sergio ?

— Pardon ?

— Votre perroquet, là, le psychopathe qui devine vos pensées, il répète « Sergio » : ça veut dire que vous songez à Sergio toute la journée ?

Mademoiselle Beauvert se leva, empourprée, comme si on l'avait surprise dans les bras d'un coquin, avança de quelques pas en faisant virevolter sa jupe, s'assit de nouveau, arrangea deux ou trois plis, s'assura que ses cheveux gardaient bien la forme qu'avait figée la laque, puis murmura, les yeux pétillants :

— Sergio fut mon premier amour.

— Non ?

Marcelle s'approcha, intéressée.

— Comment il le sait ?

— Qui ?

— Le perroquet ?

Mademoiselle Beauvert considéra le bout de ses escarpins, à l'aise dans la gêne, ravie de l'attention que lui prêtait Marcelle.

— Quand j'ai reçu Copernic, c'est le mot que je lui ai appris.

— C'est Sergio qui vous a offert Copernic ?

— Oh mon Dieu non, Copernic est arrivé bien des années plus tard.

— Ouf… Moi j'aurais pas aimé que mon amant, en me quittant, m'offre un perroquet qui répète son nom.

Mademoiselle Beauvert se cabra.

— Qu'est-ce que vous racontez, Marcelle ? Sergio ne m'a pas quittée.

— Oh, pardon.

— Il est mort !

— Il est mort ?

— Oui, évidemment ! Sergio s'est noyé en pleine mer, au large de Chypre. Son voilier a sombré.

— Il était seul ?

— Je ne pouvais pas, hélas, cultiver cette passion avec lui : j'ai le mal de mer. Je le regrette tellement aujourd'hui… J'aurais préféré que nous disparaissions ensemble.

Mille fois mademoiselle Beauvert s'était figuré cet instant, elle, debout sur le pont à côté de Sergio, la vague fatale les fauchant… Ensuite, elle les imaginait, deux corps perdus dans la tempête, accrochés l'un à l'autre, puis, conscients qu'ils allaient mourir, s'embrassant longuement avant de couler. Ainsi, ils ne seraient pas morts de noyade, mais d'un lent et long baiser.

Envahie de regrets, elle battit des paupières. Marcelle lui saisit le poignet entre ses paumes calleuses.

— Ne pleurez pas, mademoiselle.

Libérée par cette phrase, mademoiselle Beauvert laissa les larmes inonder son visage. C'était exquis d'assumer cette souffrance en public, oui, exquis de ne pas, pour une fois, sangloter seule dans son coin.

Marcelle lui lançait des mots affectueux, ajoutait des tapes bourrues, embêtée.

Enfin, mademoiselle Beauvert inspira fort, signe qu'elle tenait à se remettre.

— C'est dommage, soupira Marcelle, que vous n'ayez pas eu le temps de vous marier, ou de faire des enfants.

— Oh… était-ce bien utile de fabriquer des orphelins ?

Marcelle tenta de lui changer les idées :

— C'est drôle, mon premier amour, je n'y pense jamais. Je m'en souviens bien mais c'est passé.

— Pas moi.

— Ce qui m'empêche d'y penser, ce sont ceux qui sont venus après.

— Qu'est-ce que vous croyez, Marcelle, que je n'ai eu qu'un homme dans ma vie ?

— Ben oui… je croyais… à cause du perroquet qui répète son nom…

— J'ai rencontré des hommes remarquables, beaucoup d'hommes remarquables.

— C'est sûr, mademoiselle. Jolie, classieuse, tirée à quatre épingles, vous devez attirer les hommes, c'est certain.

Mademoiselle Beauvert apprécia que Marcelle lui rendît cet hommage sincère. Elle partageait son avis, se trouvant correctement belle. Et très correctement conservée à cinquante-cinq ans.

Rassurée sur ses appas, elle reprit le cours de ses préoccupations :

— Oh, je les attire parfois, les hommes, mais eux, est-ce qu'ils m'attirent ?

Marcelle grimaça d'un air entendu.

— Ah, zêtes lesbienne !

Mademoiselle Beauvert frémit.

— Pas du tout !

Au vu de son célibat chronique, certains s'imaginaient qu'elle affectionnait les femmes plutôt que les hommes.

— Vraiment pas du tout ! Quelle drôle d'idée !

— Vous venez de reconnaître que les hommes ne vous attirent pas. J'en conclus : zêtes lesbienne.

— Non, je ne suis pas séduite par les femmes.

Marcelle, constatant que mademoiselle Beauvert, les tempes écarlates, les yeux secs, étouffait d'indignation, se détourna, jeta un œil panoramique sur la pièce, repéra Copernic qui se grattait le cou et faillit suggérer «seulement séduite par les perroquets». Or, malgré sa rusticité, elle sentit qu'elle allait blesser.

Mademoiselle Beauvert reprit :

— En fait, je me méfie des hommes qui viennent vers moi.

— Alors ça, ça m'épate.

— Je ne peux pas m'empêcher de présumer qu'ils sont intéressés.

— Ben…

— Par l'argent !

Mademoiselle Beauvert avait soufflé ces deux mots à voix basse, comme s'ils étaient dangereux.

Marcelle approuva de la tête. Dans le quartier, une légende entourait mademoiselle Beauvert selon laquelle elle serait beaucoup plus pourvue que ne le montrait son appartement ou son train de vie, milliardaire qui prendrait grand soin de sembler seulement dans l'aisance. Cette soudaine confidence confirmait ce que répandaient les esprits les plus avisés.

Marcelle trembla d'émotion. En deux mots, sa patronne venait de grandir à ses yeux : des deux révélations, celle de son premier amour et celle de sa fortune, la seconde l'impressionnait.

— Comment savoir s'ils veulent surtout mon argent ? Si j'avais été pauvre, je les aurais crus volontiers.

Marcelle opina puis s'exclama :

— Moi, si j'avais de l'argent, ça ne m'enquiquine-rait pas que les hommes soient encore plus attirés.

Mademoiselle Beauvert lui adressa un rictus iro-nique, lequel signifiait «vous ne savez pas très bien de quoi vous parlez».

Marcelle n'insista pas, réintégra la cuisine où, sou-cieuse, elle s'acquitta de ses tâches du matin.

Lorsqu'elle apporta à mademoiselle Beauvert sa pile de lettres, le perroquet croassa :

— Courrier !

Marcelle le foudroya du regard.

— Bon, je vous laisse, mademoiselle, je repasse cet après-midi.

— D'accord, ma bonne Marcelle, à plus tard.

Dès qu'elle traversa la pièce, Copernic nasilla :

— Au revoir, ma bonne Marcelle, au revoir.

Marcelle dénoua son tablier d'un geste rageur et stoppa sur le pas de la porte.

— Je n'aimerais pas vivre avec une bête plus intel-ligente que nous.

Mademoiselle Beauvert releva la tête de ses fac-tures, réjouie.

— Copernic n'est pas plus intelligent que nous.

Marcelle haussa les épaules.

— Ben si.

— Non.

— Vous êtes capable, vous, de deviner ce que les autres pensent ?

— Non, mais…

— Alors !

Et sur ce mot, Marcelle quitta l'appartement.

Pendant que la femme d'ouvrage fermait la porte, mademoiselle Beauvert ouvrait une enveloppe contenant un papier plié en deux sur lequel deux lignes étaient inscrites :

« Ce mot simplement pour te signaler que je t'aime. Signé : tu sais qui. »

Elle détestait ce genre de publicités, celles qui créaient un mystère puis l'entretenaient, histoire de capter l'attention des gens : différents messages allaient suivre jusqu'à ce qu'on révèle la marchandise à acheter. Agacée, elle balança la lettre dans son tiroir à brouillons, afin de pouvoir réutiliser le papier. Elle s'ébroua et se pencha à nouveau, attentive, au-dessus de ses comptes, une littérature qui lui plaisait davantage.

De son côté, Marcelle descendait l'escalier, le chiffon en main, nettoyant la rampe sur son passage.

En poussant sa porte vitrée recouverte de voilages ajourés, elle discerna son Afghan affalé sur le canapé, qui écoutait les actualités de son pays sur une minuscule radio. Une seconde, elle se demanda s'il n'aurait pas mieux valu qu'il fût dehors à rechercher un emploi, puis, en l'observant, si viril que ses trente ans en paraissaient quarante, elle songea qu'elle avait bien de la chance, à cinquante-cinq ans, d'attirer un amant jeune, vigoureux, et ressentit un frétillement intérieur : de la conversation avec mademoiselle Beauvert, elle avait déduit qu'elle, concierge dénuée d'argent, son Afghan l'aimait de façon désintéressée.

Elle ouvrit l'unique lettre qu'elle avait reçue :

« Ce mot simplement pour te signaler que je t'aime. Signé : tu sais qui. »

Marcelle s'assit, lourde, fatiguée, et se frotta le front en examinant l'enveloppe.

Qui avait écrit ce message ? Son fils ? Tentait-il de se faire pardonner les deux cent quarante-deux euros et la table de nuit qu'elle risquait d'attendre long-temps… ? Ou un galant ? un ancien galant ? Paul ? Rudy ? l'assistant en pharmacie ?

Peu importait. Qui que ce fût, il ne tombait pas bien.

« C'est fini, conclut-elle, y a plus de place. L'année dernière, oui, mais maintenant c'est trop tard : j'ai mon Afghan. »

Elle releva la tête, regarda son amant et lui gueula affectueusement d'enlever ses pieds des coussins.

8

— C'est insupportable !

— …

— Franchement, il fallait me prévenir.

— …

— Je me suis inquiétée.

— …

— Beaucoup inquiétée !

— Fallait pas…

— Je suis comme ça : je m'inquiète. Toi et moi, on ne s'était déjà pas souvent vus cette semaine et, samedi, tu sors sans moi.

— Je fais ce que je veux.

— Bien sûr.

— On n'est pas mariés !

— Non mais…

— Donc, je sors avec mes copains le samedi si j'en ai envie.

— D'accord, tu es libre. Quand même, tu pourrais me prévenir.

— Te prévenir de quoi ?

— Que tu sors avec tes copains.

— Et pourquoi ?

— Pourquoi !

— Oui, pourquoi ?

— Parce que je m'attendais à sortir avec toi samedi.

— Je ne te l'avais pas promis. Est-ce que je te l'avais promis ? T'avais-je dit : « Albane, je sors avec toi samedi » ?

— Euh… non.

— Bon !

— Tu ne me l'avais pas dit parce que ça allait de soi.

— Ah ?

— Ben oui, vu ce qui se passe entre nous…

— Dans ce qui se passe entre nous, y a obligation de te consacrer mes samedis jusqu'à la fin de mes jours ?

— Tu plaisantes ?

— Non.

— Moi, je suis malheureuse quand tu n'es pas là, j'ai envie de sauter par la fenêtre.

— Albane, je te signale qu'il y a quatre semaines, on ne se connaissait pas !

— Le coup de foudre ! Ça existe, le coup de foudre !

Un silence s'imposa place d'Arezzo. Seuls les perroquets et les perruches, aux étages supérieurs, continuaient leur causette véloce, indifférents aux misères humaines.

Assis sur le banc public, les deux adolescents se penchaient en avant, épaules courbées, en évitant de se regarder, à la fois passionnés et accablés par les complications que leur apportait leur récente liaison. Les derniers mots de sa déclaration, Albane les avait criés avec davantage d'exaspération que d'amour. Quentin, lui, s'était refermé ; son colossal corps neuf, pas encore bien proportionné – ses pieds larges et longs constituaient une assise surdimensionnée pour son torse si étroit –, s'était ramassé en boule, hostile ; il ne lui manquait que les piquants du hérisson.

Saisie de tics nerveux, Albane perçut confusément qu'elle manquait de justesse.

— Moi, en tout cas, je m'attendais à sortir samedi… Je n'avais pas planifié autre chose. De manière générale, je ne prendrais pas d'engagement un samedi sans te prévenir.

— J'hallucine !

— Si, c'est vrai. Moi, je ne ferais jamais ça

— Eh bien, toi c'est toi, moi c'est moi. D'accord ?

— Ce n'était pas bien, nos samedis soir, les fois précédentes ?

— Si. Mais on n'est pas obligés de recommencer.

— Ah bon ! Tu t'ennuies avec moi ?

— Albane…

— Oh, dis-le. Dis-le. Voilà, ça y est : tu l'as dit.

— Je n'ai rien dit.

— Ben alors, dis le contraire.

— Je ne vois pas comment je dirais le contraire de ce que je n'ai pas dit.

— Ah j'en ai marre des mecs ! Moi je suis prête à tout donner, tout, et vous, vous ne donnez pas une miette.

— Les mecs ! C'est qui, les mecs ? On est combien ?

— Un.

— Ah oui ?

— Y a que toi.

— Vraiment ?

— Que toi…

— Tu parles !

— Je te le jure sur la tête de ma mère. Oh, Quentin, j'ai passé le samedi soir à pleurer. Oui, parfaitement, à pleurer.

— Fallait pas…

— Si, il fallait. Simplement parce que je t'aime…

— Tout de suite les grands mots !

— Parfaitement, je t'aime. Même si tu t'en fous, je t'aime. Que ça te plaise ou non, je t'aime.

Au-dessus du banc, en écho à l'éclat de la jeune fille, un perroquet lança un croassement, rauque, acide, laid.

Albane se mordit les lèvres. Une nouvelle fois, son amour avait pris le ton de la colère. Pourquoi n'arrivait-elle à exprimer ses sentiments que sur le mode de l'exaspération, telle une casserole qui siffle de la vapeur ?

— Il y avait qui, samedi soir ?

— Mes copains.

— Lesquels ?

— Ça t'intéresse ?

— Tout m'intéresse quand il s'agit de toi. Il y avait Franck ?

— Pierre, Rafaël, Thomas… la bande quoi.

— Et puis qui ?

— …

— Des filles ?

— Tu es jalouse ?

— Non, je m'informe.

— Tu es jalouse !

— Dis-moi qui était là et je verrai si j'ai des raisons de l'être.

— Il n'y avait pas de filles.

— Ah oui ? Vous êtes sortis dans une boîte gay ou quoi ?

— Y avait pas de filles que tu connaisses.

— Par contre, toi, tu les connaissais bien !

— Albane, on s'est rencontrés il y a quatre semaines, alors oui, forcément, j'ai croisé des gens que je fréquentais avant toi.

— Des filles que tu revois… Des filles que tu n'as peut-être pas quittées…

— Putain, ce que tu es chiante !

— Je suis chiante, moi ?

— Oui. Et collante !

— Collante ?

— Tu m'énerves avec tes questions. «Qu'est-ce que tu as fait ? Avec qui ?» Putain, lâche-moi. C'est dingue, tu causais moins avant.

— Avant quoi ?

— Avant qu'on soit ensemble.

Nouveau silence.

Albane se sentait sur le point de défaillir : Quentin venait d'énoncer ce qui lui tenait à cœur – ils étaient «ensemble» – mais il avait mêlé cet aveu à un grief. Que dire en retour ? D'ailleurs, devait-elle discuter ? Elle parlait trop, elle parlait mal, elle parlait sans contrôle. Au fond, elle ne parlait pas, elle aboyait. Il avait raison : «chiante» la définissait. Puisqu'elle ne se supportait pas, comment les autres la supporteraient-ils ? Albane conclut que sa vie confinait au désastre.

— Albane, ne pleure pas…

— Je pleure si je veux…

— Arrête…

— Qu'est-ce que ça peut te faire puisque je suis chiante et collante ?

— Albane…

— D'ailleurs qu'est-ce que tu fabriques ici ? T'as rien à cirer d'une fille chiante et collante.

— Arrête de pleurer, je n'ai pas dit ça…

— Si, tu l'as dit.

— Je l'ai dit parce que tu m'as énervé. Ce n'est pas ce que je voulais dire…

Albane perçut un espoir : Quentin avait changé de voix, il diffusait des ondes pacificatrices. Se taire désormais. Le laisser avancer. Ne pas tout gâcher par une remarque acerbe.

— Albane, on est ensemble, toi et moi.

— Ah oui ?

— Ben oui, on est ensemble.

— Vraiment ?

— On est ensemble ! Tu ne crois pas qu'on est ensemble ?

— Si. On est ensemble. Alors, Quentin, pourquoi sors-tu sans moi ?

— Un réflexe… un réflexe d'avant… on ne change pas du jour au lendemain…

Albane était si peu accoutumée à reconnaître ses torts qu'elle éprouva aussitôt une admiration éperdue pour Quentin qui en avait, lui, l'humilité et le courage.

— Je t'aime, Quentin ! Oh oui, c'est ouf comme je t'aime.

— Ok.

— Et je n'aime que toi.

— Ok.

— Je serais capable de tout, je te défendrais contre n'importe qui.

— Ça va, Albane. Pas besoin d'une assistante, je cogne moi-même.

Goguenard, il avait rétorqué cela sur un ton de mâle suffisant. Albane y vit du mépris pour elle, pour son corps de fille nulle en gymnastique – discipline qu'elle détestait. Au lieu de profiter de l'accalmie, elle instilla le fiel de la perfidie :

— Je suggérais de te défendre par rapport aux critiques.

— Quelles critiques ? On me critique, moi ?

— Non, non, rien.

— Qui me critique ? Qui ?

— Vaut mieux que je me taise puisque tu me reproches de parler trop.

— C'est ça ! Tu parles quand je m'en fous et tu te tais quand ça m'intéresse.

— C'est pour mieux te protéger. Si tu apprenais ce qu'on raconte à ton sujet, ça pourrait te blesser.

— Albane, qui me critique ? Dis-moi, que je lui casse la gueule !

Sous le coup de l'émotion, Quentin oubliait qu'il avait mué l'année précédente ; sa voix régressait, incohérente, détimbrée, cahotant de l'aigu au grave. Albane se réjouit d'avoir ce pouvoir sur lui.

— Personne… personne de précis… C'est général… plutôt une rumeur…

— Une rumeur ?

— Il paraît que tu aimes plaire aux filles… et que tu leur plais beaucoup.

— Ça, ce n'est pas une critique, mais une réputation. Une bonne réputation.

Il étendit ses longues jambes devant lui et croisa les bras sur la poitrine, satisfait, triomphant. À cet instant, il aurait souhaité que le jardinier qui travaillait non loin, dont la présence le gênait quand Albane pleurnichait, eût entendu ce qu'elle venait de rapporter.

Albane poursuivit :

— Et puis on dit aussi que les filles, tu les séduis puis tu les lâches, que tu t'en sers comme d'un mouchoir en papier. Ce n'est pas une critique, ça ?

— Ben non... Chez nous, les garçons, c'est une preuve de caractère.

— Chez nous, les filles, ça veut dire que tu es un salaud.

— Un salaud ? Qu'est-ce que tu préférerais ? Un hypocrite ? un type qui balance des déclarations et qui n'en pense pas un mot ? un type qui crie «Tu es la femme de ma vie» et qui, après, va en sauter une autre ?

— C'est horrible ce que tu sors.

— Non, c'est lucide. Tu as l'air de privilégier le bonimenteur, pas celui qui dit la vérité.

— Tu dis la vérité, toi ?

— Toujours.

— Ah oui ?

— Toujours !

— Tu me le jures ?

— Oui, je te le jure.

— Ok ! Alors, tu vas me dire la vérité ?

— Parfaitement.

— Là, maintenant ?

— Parfaitement !

— Très bien, dis-moi la vérité : est-ce que tu m'aimes ?

— Tu ramènes tout à toi, hein ?

— Ce qui m'intéresse, c'est nous. Réponds puisque tu as juré de dire la vérité : est-ce que tu m'aimes ?

— Tu es têtue !

— D'accord, je suis têtue, mais est-ce que tu m'aimes ?

— Tu es très très très têtue !

— Est-ce que tu m'aimes ?

— Putain ce que tu peux être têtue…

Le silence les accabla de nouveau.

Jamais ils ne s'étaient sentis aussi éloignés que depuis qu'ils étaient collés sur ce banc. La discussion prenait des directions inattendues, incontrôlées. Alors qu'ils s'étaient rejoints pour se bécoter, pour le bonheur de partager un moment ensemble, ils se chamaillaient sans issue. Chacun avait le désagrément d'être maladroit, maladroit malgré lui, en imputant son vasouillage au comportement de l'interlocuteur.

— Quentin, est-ce que tu l'as déjà dit ?

— Quoi ?

— «Je t'aime», à quelqu'un ?

— Non. Ce ne sont pas des trucs que je dis.

— Est-ce que tu l'as déjà pensé ?

— Oh, stop ! Ça me regarde.

— Réponds, parce que tu as juré de dire la vérité. Est-ce que tu as déjà aimé quelqu'un ?

— Avant toi ?

— Oui.

— Non.

— Et depuis ?

— Depuis quoi ?

— Depuis moi, est-ce que tu aimes quelqu'un ?

— Quelqu'un d'autre que toi ?

— Oui.

— Non.

— Et moi ?

Les yeux baissés, les tempes coquelicot, il lui attrapa le poignet, demandant à ses mains de dire ce que ses lèvres ne prononceraient pas. Albane se laissa convaincre, frissonnante.

— Je suis heureuse.

— Tout à l'heure tu pleurais.

— Bien sûr. Et pour la même raison, maintenant je suis heureuse.

— De quoi ?

— De ce que tu viens de dire. Enfin, de ce que tu viens de ne pas dire.

Ils rirent, lui d'embarras, elle de satisfaction. Il tourna les yeux vers elle.

— Vous êtes compliquées, vous, les filles.

— Non. Faut nous comprendre, c'est tout.

— Et comment fait-on ?

— Faut nous écouter.

Une clameur crépita au-dessus d'eux. Dans des froissements d'ailes et des hurlements rauques, deux perroquets mâles s'affrontaient sans pitié pour la possession d'une femelle. Les volatiles témoins, voletant d'une branche à un tronc, commentaient le combat. Une énergie sauvage agitait les ramures.

— Albane, tu coucherais avec moi ?

— Quoi ?

— Puisqu'on est ensemble, on pourrait coucher ensemble.

— Ça va pas ! Je suis trop jeune.

— Pardon ?

— J'ai quinze ans.

— Et moi seize depuis dix jours.

— Je me suis juré que je ne coucherais pas avant seize ans et demi.

— Pourquoi seize ans et demi ?

— C'est l'âge où ma cousine l'a fait la première fois.

— Albane, je pédale dans la semoule. Tu es assez vieille pour être avec moi mais trop jeune pour coucher avec moi. Alors, ça veut dire quoi, selon toi, « être ensemble » ?

— Ça veut dire que nous on le sait et que les autres le savent.

— Savent quoi ?

— Qu'on est ensemble.

— Selon moi, « être ensemble » ça veut dire plus. Ça veut dire qu'on est amoureux jusqu'au bout.

— Jusqu'au bout ?

— Jusqu'au bout.

Dans les arbres, le combat s'intensifiait, les vociférations des guerriers devenaient inquiétantes de cruauté.

— Quentin, donne-moi le temps s'il te plaît.

— S'il faut que j'attende que tu aies seize ans et demi…

— Moi, de mon côté, je suis bien prête à t'attendre. Parce que je t'aime.

— Ok.

Quentin se leva, vérifia que sa chemise rentrait bien dans son jean, passa ses doigts dans ses cheveux bouclés en y ajoutant du flou, puis, tel un globe-trotteur flegmatique, prit son sac à dos.

— Je vais attraper mon bus.

Albane tressaillit.

— Déjà ? Et tu me laisses comme ça, toute seule ?

— Avec qui tu veux que je te laisse ?

— Sans un mot de plus…

— Si tu as le pouvoir de changer les horaires des transports publics, je reste. Ne te gêne pas, Mary Poppins !

— Tu rigoles alors que je suis triste !

— Je ne t'ai jamais demandé d'être triste.

— Je suis triste parce que je vais être sans toi.

— Allez, à ce soir, ici, à dix-huit heures, ok ?

Il s'éloigna, rapide, accélérant à chaque foulée.

Elle le suivit des yeux en espérant qu'il allait se retourner, déjà prête à lui envoyer un baiser, mais il disparut à l'angle de la rue. Elle soupira.

En ramassant son cartable, elle remarqua une lettre jaune sur le banc. Aussitôt elle comprit. S'il avait déguerpi si brutalement, c'était parce qu'il lui avait griffonné ce message. Le cœur battant, elle déplia le papier :

« Ce mot simplement pour te signaler que je t'aime. Signé : tu sais qui. »

Elle bondit, trépigna, applaudit. Ah, ce Quentin, il l'avait bien eue : il avait joué l'indifférent, il avait feint de ne pas être amoureux.

Débordante de joie, elle toupina autour du banc, survoltée, sans noter que le jardinier s'en étonnait. Puis elle se rejeta sur le siège de bois et, les jambes agitées par l'allégresse, dégaina son téléphone pour informer sa meilleure amie. Avec la dextérité d'une dactylographe professionnelle, elle écrivit : « Gwen, je suis super heureuse. Te raconterai. »

Vu qu'elle disposait de dix minutes avant de prendre son tramway, elle se proposa une petite mise en scène : replier la lettre, la poser sur le banc, faire comme si elle ne l'avait pas repérée, puis feindre de la découvrir. Ainsi, elle retrouverait l'extase incroyable de la première fois.

Elle plaça donc l'objet à son côté et, jambes croisées, s'offrit le luxe de siffloter en contemplant les perruches qui voletaient dans l'air printanier.

À ce moment-là, une main surgit de derrière et ôta le papier.

— Ouf, je croyais l'avoir perdu.

Quentin, essoufflé, ramassait l'enveloppe.

Albane eut un haut-le-corps.

— Mais, Quentin…

Il repartait déjà en courant.

— Rien, j'avais oublié un truc à moi. Je file à la station de bus. À ce soir dix-huit heures, Albane, et sans faute !

Il avait passé le coin de l'avenue.

Albane demeura bouche bée, incapable de rassembler ses idées. Si le mot ne lui était pas destiné, à qui Quentin allait-il le donner ?

Après deux minutes d'effroi, elle renifla, saisit son téléphone où ses doigts tapèrent sans une hésitation :

«Gwen, je pense que je vais me suicider.»

9

— Merci de nous recevoir.

— Je vous en prie, c'est vous qui m'honorez. Lorsque j'ai le bonheur de traiter avec de vrais amateurs d'art, je n'hésite pas à ouvrir ma porte.

Jovial, les yeux luisant de plaisir, Wim s'inclina devant le couple Vandenboren, éminents collectionneurs d'Anvers.

— Vous connaissez mon assistante, naturellement ?

Meg s'approcha en disant :

— Nous nous sommes rencontrés à la galerie.

Elle leur tendit la main mais Wim, considérant que deux secondes suffisaient à la présentation d'une assistante, s'interposa et prit galamment madame Vandenboren par le bras ; Meg en fut réduite à s'effacer contre le mur pour les laisser passer, se courbant devant monsieur Vandenboren qui trottait dans le sillage de sa femme, impatient de voir les tableaux.

L'entrée était étroite car l'architecte, à la demande de Wim, avait créé une mise en scène destinée à éblouir les visiteurs. Le loft de deux cents mètres carrés paraissait d'autant plus immense qu'on n'y parvenait qu'à l'issue d'un goulot étranglé.

Les Vandenboren s'extasièrent donc devant sa surface, son volume, la blancheur immaculée des murs, le cachet d'un mobilier fonctionnel restreint à l'essentiel. Avant même d'avoir examiné une seule des toiles, ils s'ébaubissaient devant l'espace qui les contenait.

Feignant l'indifférence, Wim, dont le visage poupin évoquait un angelot joueur de trompette, causait, chic, véhément :

— Les tableaux se fanent si on ne les regarde pas. À l'instar des femmes, ils ont besoin d'être sortis, exhibés, complimentés, désirés. Claustrés, ils s'étiolent. La solitude les tue. Croyez-vous que Matisse, Picasso ou Bacon fabriquaient des chefs-d'œuvre pour les caves des musées ou les parois d'un coffre ? Quand j'ai la chance d'acquérir un chef-d'œuvre, je l'accroche ici et, tous les jours, je le contemple, je le détaille, je lui parle. C'est d'abord cela, l'entretien d'un patrimoine : beaucoup d'attention. Les œuvres qui ont été créées avec le cœur doivent être regardées avec le cœur. N'êtes-vous pas d'accord ?

Le couple opina du bonnet. Meg admira le préambule de Wim : sachant les Vandenboren extrêmement amoureux l'un de l'autre, il abordait leur goût pour la collection en langage galant.

— Je répartis mon activité ainsi : à la galerie, les expositions temporaires consacrées à un artiste ; ici, ma collection permanente. C'est chez moi que je garde mes meilleures pièces, les pièces qui me sont chères. Et qui sont chères tout court, d'ailleurs !

Il éclata de rire, entraînant les Vandenboren dans sa brève hilarité.

Meg constata que Wim appliquait une méthode de communication : délasser les interlocuteurs afin qu'ils se sentent à l'aise. Le naturel avec lequel Wim, pourtant si snob, agitait les ficelles du bon commerçant l'étonnait. Agissait-il par calcul ou par instinct ?

— Puis-je me permettre de me retirer quelques instants ? Je dois libérer, à l'étage au-dessous, un peintre que je recevais ce matin. Vous connaissez les artistes : ils se vexent facilement.

Principe numéro deux : une fois l'harmonie établie, créer le besoin de soi. Wim allait laisser les Vandenboren seuls dans ce hangar de luxe et ils se tairaient, impressionnés par le lieu, les œuvres, le silence, ne retrouvant un peu d'aisance qu'à son retour.

D'un geste, Wim indiqua à Meg qu'elle devait le suivre. Ensemble, ils empruntèrent l'escalier intérieur en bois brun et rejoignirent non pas un peintre, ainsi qu'il l'avait prétendu, mais d'éventuels clients français qui venaient d'observer les toiles pendant une heure.

Le galeriste devint grave, austère, presque morose :

— Pour en revenir à notre conversation, aujourd'hui le seul bon placement demeure l'œuvre d'art.

— Si l'on choisit le bon artiste.

— Naturellement. Si on a un goût de chiottes, autant rester chez soi.

Là encore, Meg applaudit à la performance de Wim : il adoptait un ton persifleur teinté de vulgarité en vue de se conformer au goût parisien.

— Un tableau, reprit-il, ce n'est pas qu'une bonne affaire financière qui promet une plus-value importante, c'est aussi une bonne affaire fiscale.

Les Français poussèrent un soupir douloureux. Dès qu'on prononçait le mot « fiscal » devant un Français, on savait qu'on le blessait mais qu'on attirait son attention. Wim poursuivit :

— La France ne taxe pas les œuvres d'art.

— Pour l'instant ! glapit le Français, sceptique.

— Ils ne le feront jamais.

— Oh, avec eux… on est plus sûr du pire que du meilleur.

Meg raillait ce «ils» et ce «eux». Qui Wim et le couple de Français désignaient-ils par «ils» ou «eux»? Les politiques? ceux de droite? ceux de gauche? les fonctionnaires des impôts? les dirigeants de Bercy? Dans ce «ils» gisaient les amalgames d'une peur irrationnelle.

— Non, non, continua Wim, ils ne le feront jamais. Pour ravitailler les pauvres, il faut des riches.

— Le bon sens n'a plus de place dans notre pays. L'idéologie l'a bouffé.

Wim prit un air compatissant, sachant qu'il devenait inutile d'ajouter des arguments. L'atmosphère s'assombrit. Les quatre personnes communièrent dans cette idée que le monde s'acheminait vers l'apocalypse.

D'expérience, Meg savait ce moment indispensable : les Français avaient besoin d'une rasade de pessimisme avant d'avancer.

De fait, l'homme reprit :

— Bon, alors, la sculpture de Louise Bourgeois, vous me la céderiez à… ?

— Quatre cent mille.

— C'est négociable ?

— C'est déjà négocié. Tout à l'heure, je vous avais proposé quatre cent cinquante mille.

— Vous pourriez tenter un effort.

— Pourquoi ? Demain, je serai abordé par un Hollandais, un Chinois ou un Russe qui ne discuteront pas le prix. N'oubliez pas qu'il s'agit de Louise Bourgeois, une valeur française indépassable.

L'homme rognonna, sa femme lui assena un coup de coude plus ou moins discret. En trois secondes, tout allait se jouer.

— Louise Bourgeois était française. Son œuvre restera en France !

Wim et Meg échangèrent un clin d'œil complice : la vente était conclue, Wim avait eu raison d'aviver l'orgueil national. Si les Français déprécient constamment la France, ils gardent l'orgueil d'une grande nation ; quand on leur mentionne « un Hollandais, un Chinois ou un Russe », on convoque des barbares à leurs yeux, de sorte qu'ils veulent aussitôt sauver la civilisation mondiale en rapatriant son bien en France.

— Je vous félicite, s'exclama Wim. Magnifique acquisition. Je suis très heureux que cette œuvre – fondamentale dans la carrière de cette plasticienne – parte chez vous, à Paris, où est née et a étudié Louise Bourgeois. Un juste retour aux sources.

Les Français approuvèrent. Même s'ils effectuaient un achat privé, ils présumaient détenir une légitimité qu'aucun étranger n'aurait.

Wim leur secoua chaleureusement les mains.

— Bravo ! Passons dans mon bureau pour régler les détails. Meg, allez jeter un coup d'œil au-dessous puis à la mezzanine.

Meg comprit ce qu'il suggérait. Elle rattrapa le couple Vandenboren figé à l'entrée du loft et disculpa Wim avec la phrase rituelle :

— Wim, retenu en bas, s'excuse de vous laisser seuls avec ses amours. Je vous en prie, circulez, regardez les œuvres, il revient dès que possible.

Elle parcourut trois mètres avec eux, les stimula par quelques commentaires succincts puis les abandonna à leur contemplation pour se rendre à la mezzanine.

Ce qu'on appelait «la mezzanine» était la partie vraiment privée du lieu. Si Wim faisait croire que ce triple loft constituait son appartement, il s'agissait en réalité d'un show-room dont il n'occupait que le troisième étage. Les divans, le bar, la cuisine affichaient un décor, l'espace habité demeurait minime.

Meg frappa à la porte de la chambre.

Après vingt secondes, une fille élancée aux abondants cheveux blonds, en tee-shirt et caleçon, lui ouvrit.

— Oh… bonjour, Meg.

Elle releva une mèche, qui retomba immédiatement sur son œil.

— Bonjour, Oxana. Wim m'envoie savoir si vous désirez quelque chose.

— Quelque chose ? … Oh, je ne sais pas…

Elle lutta encore contre la mèche qui l'aveuglait. Meg jugea que le cerveau d'Oxana était comme ses cheveux : en désordre.

— Oui, un petit déjeuner par exemple ?

— Oh… non… c'est bon… j'ai mangé un kiwi.

Meg s'agaça. Comment une fille d'un mètre quatre-vingts pouvait-elle se nourrir d'un kiwi alors qu'elle, qui mesurait vingt centimètres de moins, avait besoin de plusieurs tartines au beurre et à la confiture ?

— Voulez-vous que je vous commande un taxi ?

— Un taxi ?

— Oui, pour votre rendez-vous.

Oxana se troubla et sautilla dans la chambre en se cognant aux meubles car ses cheveux l'empêchaient de discerner les obstacles.

— Mon agenda ! Où est mon agenda ! ? …

Consternée, Meg l'observa en train de sonder le lit, le fauteuil, le canapé, ses cheveux tenus sur le crâne par une main. Devant sa détresse, Meg suggéra en cachant son mépris :

— Dans votre valise, peut-être ?

Estimant l'idée sensationnelle, Oxana fouilla et claqua des doigts, victorieuse.

— Voilà ! Aujourd'hui… rendez-vous photo au studio 66.

Elle dévisagea Meg en remontant ses cheveux, admirative :

— Quelle mémoire, Meg ! Je suis épatée.

Meg faillit répondre «Je vous ai entendue mentionner ce rendez-vous trois ou quatre fois déjà».

Meg était agacée au plus haut point par Oxana, or elle ne le laissait pas percer parce que Oxana la conduisait aux portes du mystère, le mystère de la séduction…

Selon Meg, Oxana appartenait à une autre espèce. Comment pouvait-on être ça, ce corps interminable sans un gramme de graisse ? Comment pouvait-on avoir des jambes aussi longues ? un bassin si haut, si étroit ? Comment pouvait-on digérer avec un ventre en creux – il n'y avait sûrement pas la place d'y loger des intestins ? Selon Meg, Oxana ne ressemblait pas à une femme mais à un mannequin – ce qu'elle était d'ailleurs. Un mannequin, c'est-à-dire une race hybride, entre l'enfant et la girafe. En ce moment, appuyée au chambranle, Meg contemplait un espace zoologique, une cage dans laquelle une chevelure montée sur pattes, obsédée par ses mèches tombantes, courait, molle, d'un sac à une valise.

Si le premier mystère résidait dans ce physique aberrant, le deuxième venait de l'attraction qu'exerçait ce physique aberrant : les hommes raffolaient d'Oxana. Qu'un Wim, intelligent, cultivé, madré, jaseur, puisse installer dans son alcôve un grand animal comme Oxana relevait de l'énigme. Car Oxana n'était ni sotte ni intelligente, ni gentille ni méchante, ni intéressée ni désintéressée, ni calculatrice ni insouciante, non, Oxana n'était rien de ça. Plus exactement, Oxana n'était rien. Tout au plus de l'eau tiède. Comment Wim ne s'ennuyait-il pas avec elle ? Comment lui, beau parleur adorant les joutes intellectuelles, s'entretenait-il avec cette décalcomanie, cette femme pour sourds et muets ?

— Tant pis… je n'ai pas le temps de me laver… j'enfile une robe et j'y vais comme ça…, se résolut Oxana, fatiguée de sa fébrilité.

Là gisait un troisième mystère : Oxana qui n'avait jamais le temps de se laver paraissait propre et sentait toujours bon. Meg commençait à soupçonner un subterfuge sous ce prodige : qui lui prouvait qu'Oxana ne se levait pas plus tôt, se douchait, lavait ses cheveux, soignait sa peau, puis retournait au lit en ramassant un vieux tee-shirt de la veille ?

— Je vous commande un taxi, conclut Meg. Dans dix minutes. D'accord ?

Sans attendre la réponse qui risquait de prendre une bonne minute, Meg réserva la voiture et retrouva dans le loft Wim qui commentait avec passion ses toiles aux Vandenboren.

Meg s'isola dans un coin pour les observer, consciente que, de toute façon, personne ne lui prêtait attention.

Elle fixait Wim. Pourquoi certaines de ses copines le trouvaient-elles moche ? L'une l'avait surnommé Riquet à la houppe… Certes, il n'avait pas le physique du Prince Charmant, bas sur pattes, large de bassin et cependant étroit d'épaules ; mais il bougeait bien, les jambes élastiques, la poitrine large, un maintien ample, il agitait suavement les mains sitôt qu'il s'enflammait, il se déplaçait vite, sans hésitation, avec précision. Quant à ses traits, ils étaient ronds : rond l'œil, rond le nez, ronde la bouche, rondes les joues, rond le menton, rond le crâne où les tempes dégagées aboutissaient à une courte crête qui rassemblait ses cheveux de nourrisson. En fait, Wim avait un physique de bande dessinée. Et Meg avait toujours adoré les bandes dessinées.

De loin, il l'aperçut et lui adressa un geste : « Allez ouvrir le courrier. » Elle se précipita, obéissante. Quel homme brillant ! Elle prisait sa suractivité : alors qu'il développait une théorie sur la tendresse cachée du peintre Bacon à l'intention des Vandenboren, il avait trouvé le temps de la voir et de lui indiquer ses tâches.

Elle classa le courrier, rangea les factures, inséra les propositions professionnelles dans un portfolio et flanqua les publicités à la poubelle. La dernière lettre la déconcerta :

« Ce mot simplement pour te signaler que je t'aime. Signé : tu sais qui. »

Elle n'aimait pas ce message. Qui l'avait adressé ? Pas Oxana puisque l'Ukrainienne ne maîtrisait pas assez le français. Qui donc ?

Un instant, elle admira l'audace de l'intrigante qui, à n'en pas douter, savait prendre les devants.

Oxana apparut dans le loft, perchée sur des talons qui l'allongeaient de quinze centimètres. «Décidément, elle a une vocation d'allumeuse de réverbères, cette fille.» Elle se dandina jusqu'à Wim, lequel l'accueillit, cordial, lui glissa la main dans le dos et la présenta aux Vandenboren.

Quoique éloignée, Meg observa la scène et comprit soudain son patron : Oxana, avec son physique à la mode, appartenait au standing de Wim. Peu importait que madame Vandenboren la fusillât du regard, que monsieur se figeât afin de ne pas alarmer son épouse, tous deux percevaient Oxana comme une marque d'opulence et de réussite. Oxana rehaussait le luxe qui environnait Wim.

Le taxi sonna.

Meg interrompit le quatuor, rappela à Oxana qu'elle devait s'éclipser. Celle-ci releva sa mèche et courut jusqu'à la sortie.

— Meg, trois petits cafés.

La vente allait tarder…

Meg tira des expressos savoureux de la machine à café.

Plantant les Vandenboren devant le Basquiat qui leur plaisait, Wim la rejoignit.

— Quoi de neuf au courrier ?

Elle opéra une brève synthèse, qu'il enregistra mentalement, puis lui tendit la lettre anonyme.

— Tenez, il y avait aussi cela. Je suis désolée de l'avoir ouverte.

Il saisit le mot, le déchiffra, regarda Meg, interloqué, le relut, grimaça, le lâcha sur le marbre de la cuisine.

— Il faut sûrement être moche et ventrue pour écrire un mot pareil. Jetez-le.

Puis il s'empara des deux soucoupes et partit rejoindre les Vandenboren.

Meg fonça aux toilettes, non qu'elle eût à satisfaire un quelconque besoin, mais elle aimait s'isoler quand elle se sentait dépassée par les événements.

Une fois enfermée dans l'espace noir anthracite, elle se livra à ses pensées : « Pourquoi ne m'aime-t-il pas ? Pour quelle raison n'a-t-il jamais sur moi le regard qu'on adresse à une femme aimante et aimée ? »

Le miroir lui envoya une réponse : elle y entrevit une dame courte, les épaules basses, plutôt large, au teint couperosé, à la coiffure désuète. Un instant, elle crut reconnaître l'image de sa mère. Pas de sa mère à vingt ans, sa mère maintenant.

Elle se détourna, envoya le mot dans la cuvette, tira la chasse d'eau, rabattit le couvercle, s'assit et s'accorda quelques minutes pour pleurer.

10

«Oiseau de nuit agréable, bavard, fumeur, buveur, socialement difficile, détestant sortir plus d'un soir par mois et préférant rester chez lui, snob, amoureux de musique jusqu'à l'overdose, en discourant quand il n'en écoute pas, cherche oiselle de nature équivalente, dépressive, excessive – hystérique bienvenue –, peu douée pour la cuisine, infirme en ménage, en vue de discussions passionnées. Obsédées sexuelles s'abstenir. Candidates au mariage aussi. Seule condition requise : avoir une jolie voix et ne pas parler fort. Envoyer cassette qui sera écoutée. Toutes les candidatures seront examinées avec la même partialité.»

Ludovic, le crayon à la main, revoyait son annonce, s'évertuant à se mettre à la place de celle qui la lirait. Satisfait, il griffonna encore «fortune indifférente», tant l'indication lui semblait engageante.

Tiffany, une amie récente, sortit de la cuisine avec les croissants qu'elle lui avait achetés en chemin, continuant la conversation :

— Quoi ! Ludo, tu ne vas pas prétendre qu'à vingt-six ans tu n'as jamais couché avec une fille ?

— Ai-je dit ça ?

— J'ai eu l'impression.

— Curieux…

Tiffany dressa la table, un sourire inquisiteur fendant son visage. Ludo poussa son calepin sur le côté.

— Maintenant, cesse de jouer au chat et à la souris. Sois clair : Ludo, as-tu déjà couché avec une fille ?

— Bonne question. Je me la pose aussi.

— Tu triches. Réponds par un mot, un seul : as-tu déjà couché avec une fille ?

— Mmm…

— Mmm ?

— Ça fait un mot, « mmm ».

— Et ça veut dire quoi, « mmm » ?

— Quelque chose entre le oui et le non.

— Sois plus précis.

— Rien n'a été précis dans mes rares expériences sexuelles.

— Tu es décourageant !

— C'est bien mon avis.

Tiffany contemplait Ludo avec affection. Courtaud, enrobé d'un embonpoint naissant, un visage agréable grâce à ses abondants cheveux noirs, à ses yeux gris pâle et à sa bouche vermeille, il s'avérait l'ami parfait, drôle, disponible, jamais oublieux d'une confidence. Vêtu de jeans trop larges, de pulls flottants – souvent usés et bleus –, il offrait une apparence ordinaire. Pourtant, par rapport aux jeunes gens de son âge, son comportement s'avérait original : célibataire, passionné de musique classique, propriétaire de milliers de disques, il venait de créer un journal pointu, *La Clé des scènes*, disponible sur papier ou sur écran, lequel commentait la vie culturelle avec pertinence et indépendance.

Quoique singulier, Ludo déclenchait chez quiconque le rencontrait une bienveillance affectueuse.

Non seulement on devenait son ami mais on pensait l'être depuis longtemps… Était-ce parce qu'il ressemblait moins à un homme qu'à un gamin tentant de mûrir? Son physique gardait des éléments de l'enfance; une rondeur molle, la clarté du regard, un manque flagrant de muscles évoquaient le garçon qui vient de passer par effraction de la cour des petits à celle des grands. Hormones et testostérone avaient presque oublié d'investir sa chair; certes, il avait poussé assez pour atteindre un mètre soixante-dix, des poils graciles couraient çà et là sur son menton, il paraissait néanmoins un prépubère adulte. De ses prunelles n'irradiait jamais une lueur érotique; ses mouvements ne partaient pas de son bassin, son centre d'équilibre se situant au-dessus du nombril; il embrassait une joue comme on serre une main, par courtoisie, de façon machinale, sans montrer qu'il franchissait une barrière d'intimité en accostant un corps. Était-ce cette évidente absence de sexualité qui poussait chacun à l'appeler Ludo plutôt que Ludovic? Le diminutif, quoique sympathique, rappelait qu'il manquait quelque chose à cet être attachant.

Depuis plusieurs semaines, par souci de l'aider, Tiffany s'escrimait à comprendre pourquoi il vivait seul.

Loin de résister à son enquête intrusive, Ludo s'y prêtait avec bonne humeur, content de parler de lui, livrant des réponses qui la médusaient. Tiffany reprit son interrogatoire en articulant outre mesure, comme si elle causait à un malentendant:

— «Coucher», Ludo, «coucher»! Enfin, je ne vais pas te demander des trucs techniques!

— Y a de la technologie dans le sexe?

— Je veux dire des détails physiques.

— Tu as raison : en physique, tout est question de détails.

— Jusqu'à quel point tu es allé au-delà… des flirts ?

Ludo éclata de rire.

— Les flirts ! Comme tu y vas… Ton pluriel m'honore. Des flirts, ainsi que tu le suggères, je n'en ai eu qu'un ou deux. Peut-être trois…

— Peut-être ?

— Ça me vient en tranches de salami…

— Ludo, as-tu parfois… dépassé le flirt ?

— J'ai été dépassé par mes flirts.

Tiffany soupira. Devinant qu'il la lassait, Ludo se pencha, obligeant, et tenta de s'exprimer avec clarté :

— Veux-tu que je te raconte ma plus belle et plus longue histoire d'amour ? J'avais quinze ans. Dans ma rue, une nouvelle famille avait emménagé. De ma fenêtre, je voyais désormais Oriane, quinze ans, l'aînée des quatre sœurs Morin. Oriane arborait une chevelure bouclée, vénitienne, d'une densité invraisemblable. Je suis tombé tellement fou amoureux d'elle que j'ai dû redoubler mon année scolaire.

— Redoubler ?

— Oui ! Si ce n'est pas de l'amour, ça, placer les sentiments avant la carrière ! Le soir, au lieu de m'acquitter de mes devoirs, je la contemplais en train de faire les siens. Plus rien d'autre ne comptait. J'ai passé un an et demi ainsi.

— Et puis ?

— Et puis ses parents ont déménagé en Espagne.

— Vous avez dû pleurer beaucoup en vous quittant.

— Moi oui, car je lui avais consacré un an et demi de mon existence. Elle, je l'ignore.

— Enfin !

— Savait-elle que j'existais ? Nous ne nous sommes jamais adressé la parole. J'avais mené une enquête qui m'avait appris qu'elle s'appelait Oriane mais elle ne connaissait sûrement pas mon nom.

— Et après ? Tu m'as annoncé ta plus belle histoire d'amour.

Ludo éclata de rire.

— Mon histoire s'arrête là. Écoute, Tiffany, si j'ai le béguin pour une fille, je vire plus con qu'une poule et moins entreprenant qu'une moule. La fille que j'aime devient la fille dont je ne m'approche pas, la fille à laquelle je ne parle plus, la fille devant laquelle je détourne les yeux.

— Au fond, envers une fille dont tu te foutrais ou que tu détesterais, ton comportement ne différerait pas ?

— Ah, je me sens compris.

Satisfait, Ludo roula une cigarette.

Tiffany croisa les bras et l'observa.

Le téléphone sonna. Ludo railla :

— Tu paries que c'est ma mère ?

— Comment le sais-tu ?

Il décrocha.

— Oui maman. Bien sûr maman. Je te le jure maman. À plus tard maman.

Il sourit, badin.

— Ma mère vient de me signaler que c'était aujourd'hui son anniversaire et que surtout il ne fallait « rien » lui offrir. Elle a spécifié le « rien » afin de s'assurer que je ne me trompe pas. « Ni fleurs, ni livres, ni parfums. » Voilà, comme ça, j'ai reçu sa commande, je sais ce que je dois chercher.

Il saisit le tabac entre ses doigts, roula la feuille de papier, la secoua, en tassa le contenu et, d'un bref coup de langue, la colla. Tiffany s'exclama, admirative :

— Bravo !

— Si tu savais le nombre de blagues à tabac que j'ai usées avant d'y parvenir. J'ai les doigts en beurre.

— Tu ne peux pas dire du bien de toi ?

— Ça ne me vient pas. Question d'éducation, sans doute...

Tiffany s'indigna pendant que Ludo actionnait un vieux briquet :

— Qu'est-ce que tu prétends ? Que tu es mieux éduqué que nous ?

— Je n'ai pas poussé aux compliments. Mon père en était avare ; il ne nous a jamais félicités, mes sœurs ou moi ; sarcasmes, critiques, moqueries, insultes, il n'avait que ça en magasin. Quant à ma mère... la pauvre..., elle n'en a pas eu l'idée sans doute. Les gens cherchent souvent pourquoi elle n'a pas fait ceci ou cela ; moi, mon idée, c'est qu'elle n'y a pas pensé.

— Tu charries !

— Ma mère n'est ni odieuse ni stratège : elle oublie de réfléchir.

— Tu n'es pas indulgent avec elle.

— Au contraire, il n'y a pas plus courtois que de justifier ses lacunes ainsi. Bref, durant vingt-six ans, je n'ai pas reçu plus de louanges que le désert du Sahel n'a accueilli de pluie.

— Alors, il est temps de changer, Ludo. Inutile que tu dises du mal de toi.

— Je prends les devants. Comme mon père me balançait des saloperies, j'anticipe par prudence : je préfère que ce soit moi qui me réprouve plutôt que mes amis. Et puis éventuellement, à ton exemple, ils démentent… Merci, d'ailleurs.

Tiffany n'insista pas. Elle savait qu'il n'imitait pas les Narcisse qui se dénigrent pour que les autres les congratulent ; loin de chercher les flatteries par une démarche cynique, Ludo se jugeait avec sévérité, persuadé de ne pas détenir la moindre qualité plaisante.

— Un tel regard sur toi, mon Ludo, ça ne te donne pas des ailes. À tant te stigmatiser, tu t'inhibes.

— Ça, ce n'est pas faux.

Il fixa la fumée qui, lente, s'échappait de ses narines.

— C'est même très juste.

Tiffany en profita pour lui lancer :

— Si tu n'oses pas aborder les filles, c'est parce que tu as peur de te cogner des râteaux.

— Ce n'est pas de la peur mais de la mémoire : je n'ai pris *que* des râteaux. D'ailleurs, c'est normal : qu'ai-je à offrir ? Je n'ai pas un physique fracassant, je n'ai aucun talent, j'ai peu d'argent et personne ne sait – moi inclus – si je serai un bon coup. On comprend que le marché soit calme…

— Une fille pourrait parier sur toi…

— Une turfiste ?

— Enfin, je connais des garçons qui n'ont pas le tiers de tes qualités et qui sont casés.

Ludo réagit au mot «casé». Tiffany, regrettant ce terme qui déplaçait le débat, renchérit :

— Beaucoup de mes copines te trouvent charmant. Vraiment. Et moi aussi, Ludo, je te trouve charmant. Si je n'étais pas déjà avec Josh, je ne dis pas que…

Il lui posa la main sur le poignet, à la fois pour la remercier et pour l'interrompre.

— Inutile de continuer, Tiffany. Ça me touche. Le problème, c'est que ce sont toujours des filles déjà « casées », fidèles, amoureuses, qui m'expliquent que, probablement, dans une autre vie, elles auraient pu me considérer. Celles qui sont libres, celles qui cherchent un mari à tout prix, elles ne se jettent pas sur moi. Voici ce que je suis : l'homme auquel on ne pense pas spontanément, celui auquel on songe une fois que c'est devenu impossible.

Il s'esclaffa.

— Il faudrait créer une nouvelle expression. S'il y a des « has been », des « would be », moi je suis le « would have been », le regret des femmes fidèles... Je préférerais être leur remords.

Ludo parlait avec brio, appliqué à ourler ses phrases et à varier les formulations, comme si son échec ne l'affectait pas. Surprise, Tiffany se demandait si ce détachement était une particularité masculine ou la singularité de Ludo : jamais une fille n'aurait évoqué ces points de douleur sans pleurer.

Ludo tirait maintenant voluptueusement sur son pétard. Là, tout d'un coup, il avait la lèvre pulpeuse, le regard flou, une façon de s'enfoncer dans son fauteuil qui rendait son corps plus présent. S'agissait-il de sa seule volupté ?

Ce garçon sidérait Tiffany : elle l'aimait sincèrement, d'une amitié qui comportait beaucoup d'étonnement.

Le téléphone sonna de nouveau.

— Oui, maman ? répondit Ludo sans regarder quel numéro s'inscrivait.

Une voix grésilla une minute dans l'appareil, puis Ludo raccrocha sur un « Moi aussi, maman, moi aussi ».

Il reprit un croissant et commenta :

— Elle se demande si ce n'est pas chez moi qu'elle a laissé son lait Chanel pour le corps. Alors qu'elle n'a jamais pris un bain ou une douche ici… La commande se clarifie.

— La commande ?

— La commande de ce que je ne dois pas lui acheter et que je lui offrirai ce soir.

Il saisit le calepin sur lequel il avait rédigé son texte et le tendit à Tiffany.

— Tiens, comment réagis-tu à mon annonce en tant que fille ? Sois sincère.

Tiffany déchiffra le brouillon. «Oiseau de nuit agréable, bavard, fumeur, buveur, socialement difficile, détestant sortir plus d'un soir par mois et préférant rester chez lui, snob, amoureux de musique jusqu'à l'overdose, en discourant quand il n'en écoute pas, cherche oiselle de nature équivalente, dépressive, excessive – hystérique bienvenue –, peu douée pour la cuisine, infirme en ménage, en vue de discussions passionnées. Fortune indifférente. Obsédées sexuelles s'abstenir. Candidates au mariage aussi. Seule condition requise : avoir une jolie voix et ne pas parler fort. Envoyer cassette qui sera écoutée. Toutes les candidatures seront examinées avec la même partialité.»

Et elle avala sa salive.

— Ça t'a pris combien de temps ?

— Trois minutes et une vie. Comment est-ce ?

— Catastrophique.

Ludovic se désopila une nouvelle fois, vraiment ravi. Elle s'étonna encore :

— Tu le fais exprès ? Tu veux que ça rate ?

— Non. Je veux que ça me ressemble.

— Tu es désespérant.

— Toujours de ton avis sur ce point.

Tiffany se leva, obligée de rejoindre son lieu de travail, en gémissant «mon pauvre Ludo» plusieurs fois.

Ludovic la raccompagna jusqu'au bas de l'immeuble afin de relever son courrier.

Avide de fumer en plein air, il prit ses lettres, se plaça sur le pas de la porte, face à la place d'Arezzo où les oiseaux caquetaient, et décacheta les enveloppes.

Lorsqu'il découvrit le message écrit sur papier jaune – «Ce mot simplement pour te signaler que je t'aime. Signé : tu sais qui» –, une risette tendre lui déchira le visage et il haussa les épaules en murmurant :

— Maman, tu exagères…

11

Alors qu'il était descendu si léger chercher son courrier, Victor se tenait recroquevillé au bas de l'escalier, bloqué sur le palier, appuyé aux carreaux de céramique, haletant dans le hall ombreux. Ses mains tremblaient.

Une fois encore, ses yeux parcoururent les lignes manuscrites :

« Ce mot simplement pour te signaler que je t'aime. Signé : tu sais qui. »

Aucun message ne pouvait autant le faire souffrir. Peu importait qui le lui envoyait, oui, peu lui importait : il ne voulait pas entendre une déclaration.

Oppressé, il se savait incapable de remonter jusqu'à la mansarde où ses camarades de l'université l'attendaient. D'ailleurs, celle – ou celui – qui lui avait écrit cette lettre appartenait peut-être au groupe, là-haut…

Il secoua la tête, désespéré. « Pourquoi ne me laisse-t-on pas tranquille ? Pourquoi est-ce que ça finit toujours comme ça ? »

Il décida de marcher. Sous prétexte d'acheter une viennoiserie, il s'arracha à sa prostration, sortit de l'immeuble et reçut la chaleur du soleil.

— Bonjour, Victor, dit Ludo qui fumait une cigarette sur le perron.

Il bafouilla un salut et se lança sur le trottoir.

— Bonjour, Victor, lança Ève, cheveux au vent, depuis son rapide coupé sang de bœuf.

— Bonjour, Victor, s'écria Hippolyte, lorsque Victor traversa la place aux perroquets.

— Bonjour, Victor, s'exclama le fleuriste en rangeant les orchidées le long de sa vitrine.

À chacun, il répondit par une gesticulation gauche. Tous le contemplaient avec affection : Victor se faisait adorer dès le premier regard.

Il incarnait le jeune homme idéal, séduisant mais inconscient de l'être, bien fait quoique perplexe devant son physique, souvent penché en avant pour qu'on oublie sa grande taille, se cachant sous de nombreuses couches de vêtements. D'ordinaire, il marchait avec la souplesse silencieuse du félin, tel un tigre sauvage perdu dans la jungle des villes, jusqu'à ce que quelqu'un lui adresse la parole et, là, devenait autre, ouvert, disert, ravi d'échanger des idées, posant des questions pertinentes et soutenant la conversation avec une joie visible.

Installé place d'Arezzo depuis un an, il avait été reçu comme une manne par le quartier, tant la grâce semble toujours aux humains un cadeau du ciel. Son teint clair, lumineux, presque nacré, d'une pâleur accentuée par sa chevelure acajou profond, donnait l'impression d'avoir été composé le matin même par un dieu peintre.

Beau, il échappait aux caricatures de sa beauté : si sa crinière paraissait «romantique», il n'avait ni la pose, ni l'égocentrisme du «romantique»; s'il

s'habillait avec goût, ce n'était pas parce qu'il le voulait mais parce qu'il ne pouvait s'en empêcher. S'il
dégageait un charme androgyne, féminin par les yeux,
la bouche, la coiffure ou les mains, masculin par le
torse, les hanches ou le nez, il ne cultivait pas cette
ambiguïté, se contentant d'être. Bref, Victor plaisait
à tous les âges et à tous les sexes. Encore faut-il s'entendre sur le mot «plaire» : il ne déclenchait pas de
désir sexuel, plutôt une intense sympathie doublée du
plaisir de contempler un être mélodieux. On ne voyait
nulle fatuité en lui, au contraire une réserve, une fragilité, une inquiétude, voire une fêlure. On croyait en
connaître l'origine depuis qu'une chipie, à la faculté,
avait répandu la nouvelle : Victor était orphelin,
rumeur ni démentie ni confirmée, la pudeur de Victor
forçant le respect.

Plongé dans ses pensées, il parvint à la boulangerie. Le vendeur, un culturiste amateur qui portait un
tee-shirt flattant son thorax retravaillé, se renfrogna
en l'apercevant.

— Oui, Victor, que veux-tu ?

— Un cramique, s'il te plaît.

Selon ce sportif militant, Victor représentait un cas
d'école torturant : alors que Victor n'était pas musclé,
il attirait tout le monde, lui compris. Souvent, il avait
imaginé Victor avec des épaules plus larges, des pectoraux saillants, un fessier et des adducteurs développ-
és ; hélas, il avait dû s'avouer que cela ne l'aurait pas
amélioré, cela l'aurait rendu banal, pis, incohérent.
Victor contredisait sa religion du biceps.

Ignorant le débat qu'il suscitait chez le commerçant, Victor retourna place d'Arezzo muni de son
pain brioché.

La marche lui avait été bénéfique. Il ne devait pas paniquer. Ce message, personne ne le revendiquait – ce qui lui donnait un délai. Ensuite, si l'identité se précisait, il arriverait bien à imposer son refus. Ne s'en était-il pas toujours bien tiré jusqu'ici ?

Il s'engouffra dans l'immeuble Art déco, gravit les étages, emprunta le couloir des combles, entendit les exclamations de ses amis, prit sa respiration et ouvrit la porte.

— Eh bien, tu en as mis du temps !

— Plaignez-vous ! Regardez ce que je vous apporte.

Une salve d'applaudissements accueillit l'apparition du cramique, l'exquise brioche aux raisins de Corinthe.

On poussa les polycopiés de cours, on empila les manuels de droit, et les jeunes gens interrompirent leurs révisions pour rendre hommage à cette gourmandise en se resservant du café.

Pendant que ses camarades racontaient qui, un souvenir d'enfance, qui, sa recette du cramique, qui, la différence entre cramique et craquelin – dans le craquelin, les raisins sont remplacés par des pépites de sucre –, Victor les examinait en se demandant si l'auteur du mot se trouvait parmi eux.

Régine ou Pascal ? Sûrement pas puisqu'ils sortaient ensemble. Louison, on la savait avec David, étudiant en médecine. Coline venait d'entamer une histoire avec Tristan. Restaient donc Julie, Salomé et Gildas.

Or il avait beau sortir ses antennes, Victor ne percevait rien. Il lui semblait que régnait dans la pièce une atmosphère de franche camaraderie, pas contaminée par le sexe.

— Ça ne va pas, Victor ? Tu as des ennuis ?

Régine s'était penchée vers lui. Que faire ? Contraindre le gibier à quitter le bois ?

— C'est le courrier.

On s'arrêta de parler.

— Quoi ?

— Une mauvaise nouvelle ?

— Dis vite !

Victor, effrayé par l'intense intérêt du groupe, battit aussitôt en retraite :

— Non… J'attends une lettre concernant le renouvellement de ma bourse et… elle n'est pas arrivée.

Gildas répondit :

— Ne te soucie pas. Je suis dans le même cas que toi et je sais que cela n'arrivera que dans deux semaines. Si tu broies du noir dès maintenant, tu vas passer quinze jours d'enfer.

— Ah bon, merci.

On rit de soulagement et les bavardages reprirent.

Victor radiographia ses camarades. L'un d'eux avait-il changé depuis l'évocation du courrier ? L'une d'elles cherchait-elle son regard ?

Il se demanda s'il ne devait pas pousser l'investigation en laissant traîner la lettre de façon ostensible.

En se levant sous prétexte de préparer du café, il la sortit de sa poche, la déposa à côté de l'évier. Ainsi, il était certain que, en venant se laver les mains, on la verrait.

Les révisions reprirent. Les neuf étudiants se lançaient des questions, vérifiant l'étendue et l'exactitude de leurs connaissances en droit international. Au fur et à mesure, Victor perdait son inquiétude. Il aimait ses amis, il était heureux de partager du temps avec eux, content de savoir qu'il n'y avait aucune ambiguïté entre eux.

Vers midi, on avait assimilé le cours et l'on se donna rendez-vous le lendemain.

Victor embrassa chacun, ouvrit les fenêtres pour refroidir la pièce que tant de cerveaux en ébullition avaient rendue brûlante et ramassa les mugs. En les posant au creux de l'évier, il constata que la lettre avait disparu.

Il fouilla partout. La cuisine n'étant pas plus large qu'un placard, en cinq secondes il fut obligé de conclure que quelqu'un avait emporté le message.

Donc, une des personnes présentes l'avait envoyé. Elle avait tenu à le prouver en s'emparant de l'objet. La suite coulait de source : elle allait révéler son identité et, pour Victor, les ennuis débuteraient.

Pris de rage, il eut envie de tout casser. Or il se souvint in extremis que tout, ici, lui avait été offert. Sans hésiter, il saisit son téléphone et appela son oncle :

— Baptiste, je crois que je vais partir.

— Encore… Qu'est-ce que tu racontes ?

— Quitter Bruxelles.

— Pourquoi ?

— Il y a besoin d'une raison ? Je quitte Bruxelles.

— Qu'est-ce qui te déçoit, Victor ? Bruxelles ou ton université ?

— Je ne sais pas.

— Hier, tu disais à Joséphine que tu adorais ta vie ici.

— C'était hier.

— Et que s'est-il passé aujourd'hui ?

— Je veux partir.

12

Pour la troisième fois, elle relisait cette page de Nietzsche. Si elle accrochait bien la première phrase, son attention glissait sur la deuxième et tombait avant la fin du paragraphe ; à croire que le texte offrait un escalier abrupt qu'elle tentait de descendre mais qui se dérobait et la faisait chuter ; à chaque fois, dolente, elle ne découvrait son échec qu'après avoir repris conscience et se rendait compte qu'il lui fallait recommencer.

— Que se passe-t-il, mon Nietzsche ? Tu me passionnes moins que d'habitude…, gémit-elle, tandis que sa main gauche frottait son bas-ventre sous son kimono pour lui confirmer que son épilation était parfaite.

Diane sourit au printemps qu'elle recevait comme « déjà l'été ». Allongée sur une chaise longue au milieu de sa terrasse, face aux arbres truffés de perroquets, protégée des regards riverains par des pots de fleurs judicieusement disposés, elle offrait son visage et son décolleté aux rayons tièdes du soleil. Relevant le menton par crainte que son cou n'échappât au bronzage, elle plaça son livre, *Ecce Homo*, plus haut et poursuivit sa lecture :

«La prédication de la chasteté est une incitation publique à la contre-nature. Le mépris de la vie sexuelle, toute souillure de celle-ci par l'idée d'impureté, est un véritable crime contre la vie – le vrai péché contre le Saint-Esprit de la vie.»

Des pas sur le trottoir! Elle se redressa, impatiente.

— Ne pas tricher, gronda-t-elle, ne pas regarder. Je l'ai promis.

Quelle tentation pourtant. Elle n'aurait eu qu'à se pencher légèrement pour entrevoir l'homme. Frissonnante, elle raidit la nuque, crispa les doigts sur les accoudoirs et se retint.

Les pas continuèrent et s'engagèrent dans l'étroite allée qui conduisait chez eux.

— Non, surtout pas un œil! Jouer le jeu.

Elle frémit d'allégresse. Ce n'était pas tant par respect de sa promesse que par plaisir qu'elle se retenait. N'importe quelle femme normale aurait tâché de discerner l'individu avec lequel elle allait sans doute coucher dans les minutes qui suivaient. Pas Diane.

Elle retint son souffle en attendant que la sonnerie de l'interphone retentît.

Au lieu de cela, elle entendit la lourde porte d'entrée s'ouvrir et se fermer. «Un voisin… Décidément, j'ai eu raison de ne pas regarder», pensa-t-elle pour dissimuler sa déception.

Incapable de poursuivre sa lecture, elle repoussa son volume de Nietzsche, redéchiffra le message incompréhensible qu'elle avait reçu – «Ce mot simplement pour te signaler que je t'aime. Signé : tu sais qui» –, conclut que celui qui lui infligeait cette blague sans intérêt se dévoilerait bientôt et décida de garder le papier en marque-page dans *Ecce Homo*.

Après cela, elle entrouvrit son peignoir afin d'étudier son corps. Son geste, à l'instar de son regard, n'avait rien de féminin : c'était celui d'un homme qui dénude la femme avec laquelle il va jouir.

Le verdict tomba :

— Pas mal…

Elle s'émerveillait toujours d'avoir une chair si douce et si ferme sur une silhouette mince. «En fait, je bénéficie d'une peau de grassouillette, voire de dodue, alors que je n'ai pas un kilo en trop. Quelle chance !» Tandis que tant d'humains se plaignent de leur physique, le subissent ou le maltraitent, Diane aimait le sien. Elle remerciait la nature, ses parents ou je ne sais qui, de l'avoir dotée d'une féminité plastique et sensuelle qui, en plus, ne subissait pas les outrages du temps. À quarante ans, pour elle-même et pour les autres, elle se considérait comme un cadeau. Voilà donc ce que lui, l'inconnu, allait déguster bientôt.

— Vraiment pas mal ! confirma-t-elle avant de refermer son peignoir.

Une sonnerie retentit dans l'appartement. Elle s'affola. Comment l'inconnu pouvait-il sonner sans avoir obtenu qu'on lui ouvrît la porte de l'immeuble ? Elle courut derrière le battant de l'entrée.

— Oui ?

— C'est moi, dit une voix qu'elle ne connaissait pas, une voix grave, brûlée, impure, une voix de géant aux paumes rugueuses.

— C'est bien ici, chuchota Diane.

— Tu as mis ton masque ?

— Je le mets.

— Très bien. Ouvre.

132

Diane sourit : non seulement cette voix qui semblait avoir beaucoup vécu lui plaisait, mais le «très bien», sec, péremptoire, lui paraissait de bon augure, annonçant un maître sévère qui saurait reconnaître la docilité de celle qui se soumettrait à lui.

Elle saisit le bandeau de crêpe noir qu'elle avait préparé dans la poche de son kimono et banda ses yeux. Ainsi aveuglée, elle débloqua les verrous.

— Bienvenue, dit-elle dans le vide.

— Ne dis pas de conneries.

Une main lui prit le menton, le releva. Des lèvres froides aplatirent les siennes. Une langue se fora un passage dans sa bouche, l'emplit de son exigence, impérieuse, envahissante ; immédiatement, Diane pressentit qu'elle allait vivre un moment délectable.

Lorsqu'elle voulut s'accrocher aux épaules de l'homme, il rompit le contact et la repoussa au milieu du vestibule, claquant la porte derrière lui.

— J'ai mon matériel. Où allons-nous ?

— Quel matériel ?

— Je t'ai posé une question !

— Nous allons dans ma chambre.

— Conduis-moi.

Elle s'en voulut de ne pas avoir eu la prévoyance de répéter le trajet les yeux fermés car elle tâtonnait pour gagner sa chambre. Lui confirmant qu'elle devait avoir l'air niais, l'homme poussa un soupir d'agacement.

Dès qu'elle parvint à identifier le bon couloir, elle avança plus vite, ses doigts frôlant le mur jusqu'à sa porte.

Ils pénétrèrent dans la pièce. Sans qu'elle ait eu le temps d'entreprendre quoi que ce soit, elle se retrouva nue devant lui, son kimono ayant coulissé comme par magie sous les doigts de l'inconnu.

Un vent frais courut sur ses épaules.

Elle pensa cacher son sexe puis se retint. Au contraire, elle cambra crânement les reins.

Il ne disait rien.

Les seins de Diane se durcirent. Elle adorait ce moment-là, le moment où elle était offerte, telle une marchandise, à un parfait inconnu, lequel lui convenait tant il avait jusqu'ici mêlé de façon plaisante la douceur et le rudoiement.

Une minute passa, longue, riche, tendue.

Elle savait qu'il l'admirait, qu'il la dévorait des yeux. Le silence était la mesure du désir qui croissait. Il ne fallait surtout pas qu'elle lui demande si elle lui plaisait ou toute autre expression inconvenante.

Il ne parlait toujours pas. Elle savourait sa victoire. Plus il se taisait, plus il la vénérait.

Si elle avait été un quelconque boudin, il lui aurait déjà donné un ordre. Or rien ne bougeait dans la pièce.

Elle frémit de se savoir si belle et révérée. Des frissons parcoururent sa peau tandis que le regard de l'inconnu la caressait. Sans qu'aucun contact n'eût eu lieu, elle prenait le chemin de la jouissance.

Comme si l'homme l'avait deviné, craignant qu'un orgasme de sa partenaire diminuât son pouvoir sur elle, il interrompit la scène par un ordre.

— Mets-toi à genoux. Je vais m'occuper de toi.

Elle s'accroupit. À côté d'elle, elle perçut le bruit d'une mallette métallique qu'on ouvrait. Que combinait-il ?

Des mains rustaudes saisirent les siennes, elle sentit quelque chose de froid et d'assez désagréable encercler ses poignets, puis l'homme la tira vers le lit, lui tendit les bras en avant et elle entendit un déclic.

Des menottes.

Diane gloussa.

Décidément, elle qui vénérait les mises en scène, elle était servie. Elle frissonna d'aise... Suave d'être si passive...

Il retourna vers sa mallette et tripota plusieurs objets métalliques. Qu'allait-il lui faire, maintenant ?

Les bruits continuaient. Hésitait-il ? Ce n'était pas son genre. Alors, que préparait-il ? Il n'y avait aucune raison de s'attarder...

Soudain, Diane paniqua. Elle venait de reconnaître le bruit d'une lame de couteau ! Un couteau à longue et large lame... un couteau de boucher... un couteau à découper la viande ! Elle en était certaine ! Il en aiguisait le tranchant.

L'angoisse lui chauffa la poitrine et les tempes. Les idées s'enchaînèrent, effrayantes, de plus en plus menaçantes. Et s'il était fou ? S'il feignait d'apprécier les raffinements érotiques pour assouvir une autre pulsion, celle du meurtre ? Si elle avait laissé entrer un détraqué ? Personne ne savait qu'il était là. Elle geignit. Pas moyen de bouger puisqu'elle était menottée.

En un instant, Diane fut couverte de sueur. Sa transpiration dut répandre un parfum aigre dans la pièce car l'homme ricana :

— Ah, on a peur, tout d'un coup ? On se demande ce qui va arriver. Bien vu, ma petite, avec moi, on ne le sait jamais.

Elle voulut se rassurer en lançant une phrase insolente mais elle n'en eut pas le temps. Une boule de
caoutchouc lui fut enfoncée dans la bouche, attachée
à un élastique.

— Comme ça, s'il te venait à l'idée d'appeler, tu ne
pourrais plus, prononça la voix avec satisfaction.

Elle rouspéta. Certes, ce bâillon appartenait aux
traditionnels jeux sado-masochistes ; mais il pouvait
aussi confirmer que son partenaire voulait l'empêcher
de crier au secours et la charcuter.

— Ne gigote pas !

Elle ne bougeait pas, elle tremblait.

Une chose liquide et glacée lui fut brusquement
appliquée dans le dos. Saisie, elle s'interrogea.
Curieux… ça montait et ça descendait. Lentement.
À cause de la terreur qui l'avait secouée, elle mit
quelques secondes à comprendre qu'il s'agissait de la
lame du couteau.

Elle éprouva un violent soulagement : ainsi il jouait !
Il était bien un partenaire, pas un assassin.

Elle se concentra sur les sensations qu'il lui offrait.
La lame suivait les galbes de son corps, quittait la zone
plane du dos pour aborder les reliefs et les fentes. Cela
évoluait de manière dangereuse. Il était impératif
qu'elle ne bougeât pas.

Elle suivait son périple et frémissait d'être ainsi
explorée. Elle s'avisa que la situation s'était inver-
sée : c'était lui désormais qui œuvrait à son service, le maître devenait l'esclave de l'esclave en
s'ingéniant à la surprendre, à l'intimider, à la faire
frissonner.

Elle raffola particulièrement du moment où la lame
parcourut ses seins et son cou.

Dans sa nuque, le souffle de l'homme s'accélérait, oppressé. Goûtait-il au plaisir ?

Encore une fois, comme s'il l'avait entendue penser, il s'éloigna.

Elle grogna pour lui signifier qu'elle voulait qu'il revienne.

Exprès, il ne réagit pas. « Il doit être un vrai sadique, celui qui répugne à servir sa victime. »

Diane, elle, passait d'un rôle à un autre, en vraie aventurière de ses plaisirs. Regrettant son mouvement d'exigence, elle craignit qu'il ne se doutât de sa versatilité et elle se retransforma en soumise.

Au bout de plusieurs intolérables minutes, elle sentit une curieuse titillation. Elle reconnut un plumeau. Ainsi avait-il décidé de lui imposer une vraie douche écossaise, la plume après la lame ! Elle frémit, sachant qu'il n'y avait pas plus agaçant qu'une séance de chatouilles, que cela pouvait l'entraîner au bord de la démence.

Effectivement, il était redoutable à ce jeu-là.

Soudain, qu'était-ce ? Le doigt de l'homme, un ustensile, sa langue ? Elle ne le savait pas. Toujours est-il que quelque chose d'inconnu vint se mettre entre ses jambes et l'amena à la jouissance en trente secondes.

Sonnée, elle resta un instant prostrée.

Pendant ce temps-là, elle comprit que l'homme rangeait son matériel dans sa mallette.

— Salut, ma belle. En souvenir, je t'offre les menottes.

Elle eut à peine le temps de piailler en se débattant, il traversait déjà l'appartement et refermait la porte sur lui.

Le salaud la laissait seule, nue, aveuglée, muette, sur les genoux, menottée à son lit.

Combien d'heures allait-il falloir attendre avant que son mari ne rentre ?

13

Xavière, dissimulée entre les lys et les glaïeuls, rangeait les bottes de pivoines dans des vases et observait depuis sa boutique la porte du numéro 8 où habitait Faustina Valette, l'attachée de presse, histoire de savoir si cette gourgandine avait encore changé d'amant. À la vue du fringant métis qui surgit, elle tordit ses lèvres.

— Ah non !

Elle avait reconnu maître Dany Davon, dont les médias avaient assuré la renommée lorsqu'il avait défendu Mehdi Martin, le pervers sexuel, maniaque tristement légendaire pour ses meurtres en série opérés sur des fillettes, la honte de la Belgique.

— Trop c'est trop.

Selon Xavière, Faustina avait franchi la ligne rouge : coucher avec le défenseur de Mehdi Martin, c'était comme coucher avec Mehdi Martin. L'avocat n'était plus fréquentable. Aborder Mehdi Martin, fût-ce pour des raisons professionnelles, suffisait à récupérer son aura sulfureuse, à devenir un criminel soi-même.

— Xavière, vous n'êtes pas partie aux vacances de Pâques ?

Révoltée d'être dérangée, Xavière se retourna et fusilla mademoiselle Beauvert du regard.

— Non, je ne peux pas me le permettre.

Son front plissé, ses sourcils rapprochés, son regard bourru indiquaient à la bourgeoise que sa vie n'offrait pas de place à l'oisiveté.

— Un jour de fermeture coûte trop cher. Les fleurs ne comprennent pas que c'est congé : au lieu de se reposer, elles se fanent.

Son ton signifiait : « Je ne me comporte pas en assassin, moi, mais en être responsable. » Elle conclut :

— Alors des vacances, n'y rêvons pas ! Dans une autre vie, peut-être… L'argent est si dur à gagner.

Sous ces formules, elle suggérait à sa cliente : « Non, contrairement à ce que disent les gens du quartier, je ne les vends pas cher, mes fleurs. Je ne me goinfre pas sur les marges. Sinon, je serais Crésus, or je suis pauvre. »

Elle ajouta, avec l'assurance d'un expert qui aurait compulsé toutes les pièces d'un dossier :

— Surtout en ce moment !

Ce commentaire, elle l'avait servi dès ses débuts, or, depuis qu'on diagnostiquait une Europe en crise, une économie mondiale en panne, il produisait beaucoup d'effet.

Mademoiselle Beauvert bafouilla de gêne :

— Félicitations, Xavière, même sans vacances, vous réussissez à avoir une mine magnifique.

La cliente s'émerveillait de son teint doré, uni, régulier, lequel faisait ressortir ses yeux mercure.

Sensible à la remarque, Xavière songea aux séjours qu'elle effectuait en secret à la mer du Nord chaque semaine, le dimanche et le lundi, dans la coquette villa de pêcheur qu'elle avait aménagée ; mais, comme elle tenait à ce qu'on ignore son véritable train de vie, elle haussa les épaules.

— Un peu de maquillage. On se débrouille avec les moyens du bord.

— Vous bénéficiez quand même d'une très belle peau.

Le compliment plut à Xavière, ce qui eut une conséquence originale : la colère l'envahit. Pour qui se prenait-elle, cette Beauvert ! Quelle insoutenable familiarité ! Lui parler de sa peau, essayer d'être agréable… Si l'échange continuait sur ce mode, elle allait devoir sourire, se montrer gracieuse. Hors de question ! On ne lui extorquerait pas d'amabilités.

— Bon, vous vous êtes enfin décidée pour vos fleurs ?

Non seulement Xavière n'appréciait pas que les gens se sentissent bien auprès d'elle, mais elle ne les supportait qu'en les mordant ou en les griffant.

Terrorisée, mademoiselle Beauvert désigna un vase.

— Un assortiment de pivoines peut-être : les roses et les rubis ?

— Excellent choix.

Les mots étaient sortis tout seuls car elle avait pris l'habitude de noter les choix artistiques de ses clientes, entretenant ainsi une constante tension dans sa boutique.

Elle vagit en direction de la serre, dans l'arrière-cour :

— Orion, un bouquet !

Un long vieillard surgit, dégingandé, les vêtements en désordre, efflanqué sauf au niveau de l'estomac, les cheveux ébouriffés, la bouche ouverte, les yeux interrogatifs, tel un dormeur qu'on réveille.

— Un bouquet pour mademoiselle Beauvert, tu veux bien, Orion, s'il te plaît ?

Il emporta les bottes qu'elle lui tendait et alla exécuter l'ordre. Avant de passer la porte, il virevolta, saisi d'une illumination subite, et s'approcha, affable, de la cliente.

— Comment allez-vous, chère mademoiselle ? s'exclama-t-il avec chaleur.

— Très bien, Orion, très bien.

Comme il se penchait pour l'embrasser sur la joue, animé par une évidente cordialité, elle frémit, perplexe.

Le dégoût qu'éprouvait mademoiselle Beauvert, dont la pruderie ne supportait pas les manifestations d'affection, désennuya Xavière. Orion alla jusqu'au bout de son mouvement et mademoiselle Beauvert ferma les paupières lorsque la bise retentit.

— Toujours fraîche et pimpante, cette mademoiselle Beauvert, conclut Orion.

— Merci, Orion, merci, répondit-elle, désireuse que ce contact ne s'éternisât pas.

— Je vais vous fabriquer le plus majestueux bouquet possible, mademoiselle. Il ne sera jamais à votre hauteur mais je vais m'appliquer.

Mademoiselle Beauvert grimaça en lançant un court rire aigu, à la fois gênée par Orion et embarrassée par le regard de Xavière.

Quand il se fut éloigné, elle s'ébroua puis se dirigea vers la fleuriste.

— Comment va-t-il ?

— Oh…

Xavière leva les yeux au ciel, donnant à penser que l'état de son mari empirait.

— Ma pauvre…

— Allons, c'est lui qu'il faut plaindre… Moi… Enfin, pour l'instant, il ne se rend compte de rien.

— Ah oui ? Tant mieux.

— Certes… jusqu'à quand ?

Pour que la demoiselle saisisse que l'entretien, trop douloureux, s'achèverait là, Xavière s'absorba dans la disposition des arums.

Quatre mois plus tôt, Xavière, prise d'une inspiration subite en face d'une cliente qui l'agaçait en énumérant les divers cancers qui accablaient sa famille, avait tout d'un coup prétendu qu'Orion avait un début d'alzheimer.

L'histoire avait impressionné. Non seulement la cliente avait été mouchée sur place, mais le quartier avait ensuite défilé pour observer le malheureux. Car, quoiqu'il n'y eût pas un mot de vrai dans cette histoire, elle sembla plausible à chacun, le mari de la fleuriste n'ayant jamais eu un comportement normal.

Orion débordait d'affection et de gentillesse. Tel un chien, il manifestait de la joie à toute personne qu'il connaissait. Sitôt qu'il discernait un visage familier, rien n'était plus important à ses yeux que de courir vers lui. Combien de fois avait-il traversé la rue sans se méfier des voitures, enjambé les barrières d'un jardin communal, risqué de perdre les bouquets qu'il livrait pour lancer un bonjour chaleureux ? Si on le laissait avancer, c'était alors un concert d'exclamations et de louanges. Il répétait son plaisir de ces retrouvailles, félicitait les gens sur ce qu'ils avaient d'épatant – leur hâle, leur coiffure, leur écharpe, leur manteau, leur caniche. Aimable jusqu'à la loufoquerie, il souriait une dernière fois et s'en allait, sans noter que le passant avait à peine répondu.

Dès qu'on lui demandait un service, la tâche qu'on lui soumettait l'enthousiasmait et il jurait qu'il ferait le maximum en son pouvoir pour donner satisfaction. Hélas, son pouvoir n'était pas d'envergure, bien moins que sa bonne volonté, et, comme il ajoutait l'étourderie à une sorte d'incompétence universelle, il échouait à tenir ses promesses.

Mener une conversation avec lui s'avérait difficile. Soit la joie de vous voir lui faisait répéter dix fois les mêmes phrases, soit il vous quittait parce qu'il avait aperçu quelqu'un à saluer. Ceux qui avaient reçu le couple de fleuristes à dîner avaient constaté qu'elle seule parlait, lui se taisait, écoutant avec des yeux attentifs, voire émerveillés, les causeurs. Il n'intervenait que rarement, jamais à propos. En fait, il lui suffisait d'un mot pour que son esprit cavalcade. Ainsi, en entendant discuter de religion, il avait un soir interrompu les convives : « Jésus ? Formidable, Jésus ! Toujours beau, toujours jeune. Vous avez déjà vu un Jésus moche dans une église ou sur un tableau ? Non. Personne ne l'a vu laid, les artistes le représentent sublime. Quelle réussite ! Pas rien le christianisme, non ? » De quelle âme ces mots sortaient-ils ? Quelles pensées agitaient ce cerveau décalé ? Orion échappait à toute compréhension.

Xavière l'avait croisé vingt-cinq ans plus tôt, à une époque où, menant une vie affranchie, elle sortait souvent. Un soir, dans une boîte de nuit, elle l'avait remarqué, debout sur une table, pompette, en train d'effectuer un strip-tease en chantant *La Vie en rose* – faux d'ailleurs. Le svelte trentenaire, connu, distingué, noceur comme seul un Belge peut l'être, avait aussitôt attiré cette comptable, fille de comptable.

Elle l'avait estimé fou, différent, romanesque. De plus, tirant constamment des billets de ses poches, il régalait ses amis et offrait de royales tournées à des inconnus.

De par la seule initiative de Xavière, ils s'étaient rapprochés.

Une nuit, elle lui avait avoué qu'il lui paraissait étrange. Avec de grands gestes, il avait répondu, comme s'il s'agissait d'une évidence :

— C'est normal. Je suis ainsi depuis mon saut de l'ange.

— Pardon ?

— Un soir, à minuit, alors que j'étais complètement torché, je suis rentré chez mes parents avec des copains – ils m'avaient raccompagné parce que je n'étais plus en état de conduire. Je les ai emmenés dans le jardin et j'ai voulu me lancer du plongeoir dans la piscine. Or… j'avais oublié qu'elle avait été vidée la veille.

— Tu t'es fracassé ?

— J'ai adoré ce saut de l'ange, je m'en souviens très bien, c'était sans conteste le plus céleste de tous les sauts de l'ange que j'ai accomplis durant mon existence. Pur, net, avec un élan prodigieux, un contrôle de chaque instant, une quasi-suspension. La merveille ! Mais j'ai trouvé dure la réception sur les carreaux, trois mètres au-dessous. Je crois même que j'ai perdu conscience.

— Que s'est-il passé après ?

— Oh, après, ça a été l'affaire des médecins. Franchement, j'ai eu droit aux meilleurs – mon père connaissait le ban et l'arrière-ban à Saint-Luc. Ils étaient certains de m'avoir bien réparé, ils avaient l'air fort contents d'eux. En réalité, depuis, rien n'est pareil.

Sur ce, il avait ri, désinvolte, et offert une tournée de whisky aux clients du bar.

Orion et Xavière étaient devenus amants, des amants du petit matin, ces corps épuisés qui quittent la fête à la fermeture de la boîte, quand le jour ne se lève pas encore, ces amants qui veulent éviter la morsure de la solitude. Ils ne baisaient pas très bien, ils baisaient poliment, chacun se montrant redevable à l'autre de l'aider à traverser les heures difficiles du dégrisement.

Lorsque Xavière, à force de questions et d'enquêtes, avait compris qu'Orion, dépourvu de projets d'avenir, dilapidait l'héritage de son père, elle avait hâté leur rapprochement, soupçonnant que si Orion dépensait à ce rythme, il ne resterait bientôt plus une miette du magot.

Un dimanche, vers six heures du matin, tandis que la pluie cinglait les vitres, après un coït sans intérêt mais cordial, elle avait exprimé le vœu de l'épouser. L'excentrique avait apprécié l'idée.

Leur mariage fut somptueux. Orion n'avait pas lésiné. Confiant la mission de réussir l'événement à une vieille aristocrate désœuvrée, il avait obtenu une cérémonie à Sainte-Gudule, des chœurs, un orchestre, des calèches, puis avait offert une réception dans un château dont l'immense parc avait été truffé d'attractions foraines.

Enfin, au lendemain de la première nuit – pendant laquelle aucune caresse ne fut échangée tant Xavière et lui avaient bu –, ils étaient partis en voyage de noces au Brésil, se grisant de palace en palace, s'accointant à la haute société où les avait introduits l'aristocrate.

Au retour, Xavière avait appris que la fortune d'Orion s'était dissipée. Il ne lui restait qu'un appartement loué à Ixelles – dont ils chassèrent le locataire pour s'y installer – et un local commercial près de la place d'Arezzo.

Elle l'avait empêché de vendre ce lieu, devinant que, dès qu'il aurait la somme entre les mains, elle fondrait comme beurre au soleil. Puisqu'une de ses tantes tenait un commerce à Liège, elle avait pris quelques renseignements et suggéré à Orion d'ouvrir un magasin de fleurs. Il avait jugé l'idée si saugrenue qu'il l'avait acceptée.

À leur propre surprise, ils avaient réussi car ce quartier à la population aisée manquait d'une telle boutique. Non seulement ils avaient prouvé du goût pour leur art mais Xavière s'était révélée une gestionnaire sagace et Orion increvable à la tâche. La métamorphose avait de quoi surprendre : l'ancien dandy dilettante se rendait à l'aube au marché de gros Mabru, rapportait les fleurs, levait le rideau de fer à neuf heures du matin, assurait une présence constante à la boutique, puis en fermait les portes à vingt heures, cela sept jours par semaine.

À présent, le trentenaire décadent était devenu un vieillard couperosé – marbrures dues aux allers-retours quotidiens dans les chambres froides –, au crâne dégarni, aux cheveux agglutinés sur les côtés, ce qui lui donnait l'apparence d'un épouvantail au milieu des graminées.

Xavière, plus jeune, avait mieux traversé les années. Restée mince – elle détestait cuisiner et Orion mangeait aussi peu qu'un alcoolique –, s'habillant

plaisamment grâce à une pratique quasi professionnelle des soldes, elle semblait la jeune sœur de son
mari, ce mari qu'elle ne considérait pas comme un
époux, plutôt comme un vieil enfant dont elle avait la
charge, une sorte d'esclave familial qui devait travailler beaucoup pour justifier les efforts qu'il lui coûtait.

— Alors Orion, il vient, ce bouquet ?

Mécontente d'attendre autant, Xavière tonitruait.
De l'arrière-boutique, on entendit une voix extasiée :

— Presque… le chef-d'œuvre est en cours.

Xavière se résolut à reprendre le dialogue avec
mademoiselle Beauvert.

— Il n'en fait qu'à sa tête. C'est de pire en pire.

— Perd-il ses souvenirs ?

— Par instants… Hier par exemple, il n'a pas
retrouvé le chemin de la boutique.

— Ma pauvre Xavière… Que pensent les médecins ?

— Ils ne prévoient rien. Vous savez, alzheimer, c'est
un nom qui regroupe des types de dégénérescences
fort différents.

À cet instant, Orion surgit, aussi rapide qu'un obus.

— Voici, chère mademoiselle, j'ai fait de mon
mieux.

Il posa un genou à terre et, théâtral mais sincère,
tendit le bouquet. Pendant ce temps-là, Xavière
comptait ses billets.

Mademoiselle Beauvert remercia, prit son bien, sup-
plia Orion de se relever et s'éclipsa, soulagée d'avoir
traversé sans trop de heurts l'épreuve que représentait
un achat dans ce magasin.

— Qu'elle est jolie, cette demoiselle Beauvert !
s'extasia Orion.

148

Xavière continua sa tâche sans répondre. Elle n'écoutait jamais ce qu'il disait ; convaincue que la plupart du temps ce babil ne véhiculait aucune idée intéressante, elle y accordait moins d'attention qu'à un jappement.

Orion repartait vers l'arrière-boutique lorsqu'il pointa une enveloppe jaune sur le comptoir.

— Tu as vu que tu as reçu du courrier ?

Xavière ne réagissant pas, il saisit la lettre et la lui apporta.

— Tiens.

Xavière fronça les sourcils, hostile.

— Merci, j'ai le temps. Je ne me jette pas sur mon courrier.

— Ça peut être une bonne nouvelle.

— Tu crois ça, toi ? En quarante-cinq ans, je n'ai pas remarqué que le facteur m'apportait des bonnes nouvelles. Mon pauvre Orion…

Il baissa la tête, piteux. Si elle voulait clore un débat avec son mari, elle lançait un « pauvre Orion » exaspéré. Blessé, il retourna se réfugier dans l'arrière-boutique.

Quand il eut disparu, elle ouvrit le courrier :

« Ce mot simplement pour te signaler que je t'aime. Signé : tu sais qui. »

Contrariée, Xavière déglutit, vérifia que personne ne la voyait, fourra le papier dans sa poche, quitta le magasin.

Place d'Arezzo, elle gravit le perron du numéro 6. Séverine de Couvigny sourit en découvrant sa présence.

Dans le hall, une fois la porte fermée, Xavière fit face à Séverine, grommela quelques sons indistincts, puis, à bout de nerfs, lui envoya une claque retentissante sur la joue.

Une fois la gifle partie, elle retrouva, détendue, l'usage de la parole :

— Enfin, Séverine, tu es folle ? Ne me fais plus ça : Orion a failli lire ton message.

14

En traversant la place d'Arezzo, Tom stoppa à la vue du jardinier. Il cessa de respirer, estomaqué.

Ce torse parfait, ces jambes fuselées, ce visage net, pur, viril… Pourquoi lui infligeait-on une somptuosité pareille ? Sans le prévenir ? Furtivement, il inspecta les alentours, histoire de vérifier que personne n'avait décelé l'émotion qui venait de lui poignarder le cœur.

La splendeur des hommes le crucifiait, lui causant un trouble si profond qu'il ignorait si c'était malheur ou bonheur – sans doute les deux, car le désir nous galvanise autant qu'il nous tourmente.

En apnée, Tom contemplait Hippolyte. Son cœur battait comme s'il courait mais ses jambes s'ancraient au sol. Un instant, afin de vaincre son émoi, il cher-cha à effacer l'éblouissement initial, à contrarier son jugement, à critiquer l'athlète et à minorer sa perfec-tion. En vain. Plus il cherchait le détail rebutant, plus il découvrait que tout, depuis l'ébène des cheveux jusqu'à la finesse des chevilles, la force musculaire saillant sous la peau souple, rendait Hippolyte irré-sistible.

Aussitôt, le cerveau de Tom remua la question qui l'occupait le plus souvent : ce type aimait-il les filles ou les garçons ? Tom se méfiait des réponses qu'il apportait trop vite à son appétit, lequel l'incitait à voir des homosexuels partout, néanmoins il s'exclama narcissiquement : « Trop beau pour ne pas être gay. »

Il reprit son chemin et, au ralenti, contourna Hippolyte en dardant sur lui un œil noir, ardent, enfiévré, tandis que ses mâchoires se contractaient, que sa pomme d'Adam s'agitait, symptôme d'une déglutition effrénée, laquelle avait l'air de dire « je te mangerais bien ». L'employé municipal releva la tête et puis lui envoya un grand sourire.

Tom en fut désarçonné. Pendant quelques pas, continuant à avancer sur sa lancée, il chancela tant cet accueil avait montré une chaleur sans retenue ni protection : l'homme au physique de décathlonien s'était quasiment donné.

« Seul un hétéro dépourvu d'arrière-pensées sourit comme ça. »

Pourtant, juste avant de quitter la place, Tom s'immobilisa, se retourna encore, attendit de manière ostentatoire qu'Hippolyte le remarquât et lui jetât de nouveau un regard séducteur. Cette fois-ci, l'expression d'Hippolyte vacilla, son sourire disparut, effrité par l'interrogation.

« Beaucoup trop beau pour ne pas être hétéro », conclut Tom, oubliant qu'il se contredisait.

Il traversa la rue et, en guise de consolation, sortit de sa poche le message qu'il avait reçu ce matin : « Ce mot simplement pour te signaler que je t'aime. Signé : tu sais qui. »

Apaisantes, ces lignes lui apportèrent une autre émotion que le saisissement précédent, une vague de douceur, de certitude qui lui procurait confiance en l'avenir.

Tom entra au numéro 7, appela Nathan à l'interphone, puis gagna le sixième étage.

Nathan, trente ans, un tee-shirt vert anis sur son corps filiforme, un jean très serré à taille basse, le nombril visible, l'attendait dans l'encadrement de la porte, déhanché.

— Bonjour.

Nathan disait bonjour comme on envoie un baiser, avec une moue lascive, les lèvres épatées.

Ils s'embrassèrent puis Nathan referma la porte sur eux.

— Veux-tu un café ?

— J'en ai déjà avalé trois au lycée ce matin.

Tom revenait du cours de philosophie qu'il avait donné de huit à neuf heures.

— Je ne comprends pas comment tu arrives à débiter des choses intelligentes à huit heures du matin, gémit Nathan, effondré. Moi, j'en serais incapable. Remarque qu'à midi non plus, je n'assurerais pas une leçon sur Kant ou Platon. Ni à dix-huit heures.

— Et à vingt-trois heures ?

— À vingt-trois heures, je suis capable de tout. Et à minuit, si j'ai quelques verres dans le nez, je peux même parler chinois.

Tom s'approcha de lui et lui mordilla l'oreille. Nathan se laissa faire en poussant des cris effarouchés.

— Ah bravo, chuchota Tom amusé en continuant, c'est viril ces gloussements !

— Si tu veux du poil au cul, tu vas ailleurs. Et si tu veux du nichon bouffi, tu vas ailleurs aussi, connard !

153

Tom interrompit sa diatribe en l'embrassant à pleine bouche. Par jeu, Nathan feignit de protester, refoula la langue de Tom, s'égosilla de nouveau, puis, alors que Tom lâchait la partie, le rattrapa, colla ses lèvres aux siennes et se livra au baiser.

— Bon, ça, c'est fait ! soupira-t-il en se relevant. On a coché la case câlins. Maintenant, je prends mon café.

Abandonnant Tom vautré sur le canapé, il disparut derrière le comptoir de sa cuisine américaine et revint avec un service à thé chatoyant, fuchsia à pois vert clair.

Il vit les yeux de Tom s'arrondir devant cette acquisition.

— Géant, non ?

— Ben…

— C'est David McLaren qui fait ça. Tu sais, celui qui a imposé la plante grasse sèche.

— Oui… oui…

Tom fuyait ce genre de bavardages car il ne s'intéressait pas assez à la décoration d'intérieur pour retenir quelque détail que ce fût. Nathan joua l'indignation :

— J'en conclus que tu n'aimes pas.

— Je suis surpris… Ce n'est pas spontanément mon goût.

— Ton goût ? Quel goût ? Tu n'en as pas, déclara Nathan en gobant une cuillerée de confiture.

Tom sourit. Il n'aurait autorisé personne à lui déverser tant d'insolences ; à Nathan, non seulement il pardonnait ses vacheries permanentes, mais il les exigeait, comme preuve de sa tendresse.

Il n'y avait rien de commun entre ces deux hommes, sinon qu'ils se plaisaient. Nathan était un grand maigre sculpté dans un bâton, couvert de fringues dernier cri, aux intonations précieuses, aux jugements outranciers, aux postures maniérées, tandis que Tom, râblé, économe de ses mots, affichait un comportement débonnaire. Au premier regard, si chacun devinait que l'extravagant Nathan aimait les hommes, nul ne repérait en Tom cette attirance tant il affichait une virilité sereine, indémodable, évoquant l'agréable trentenaire qui va bientôt se marier et fonder une famille.

Ce qui, en Nathan, agaçait Tom l'attirait tout autant. Il adorait et condamnait ses intonations flûtées, son vocabulaire coloré aisément ordurier, son asservissement aux modes vestimentaires, ses constants changements de coiffure – forme, longueur, couleur –, sa dépendance aux bars «tendance», sa lubie de hanter les lieux gays. Loin que l'homosexualité de Nathan se limitât à sa sexualité, elle avait envahi tous les champs de son existence : du matin au soir, il vivait en homosexuel, pensait en homosexuel, parlait en homosexuel, s'habillait en homosexuel, sortait en homosexuel, voyageait en homosexuel. Tom, lui, se contentait de coucher en homosexuel. Et d'aimer Nathan – à son étonnement.

Tom rejoignit son amant à la table, emplit une tasse de café et reprit un petit déjeuner avec lui.

Il faillit s'étrangler en voyant une paire de chaussures au sol.

— Qu'est-ce que c'est que ça ?

— Une fusée pour Mars, dit Nathan en haussant les épaules.

— Tu ne vas pas mettre ça ? Les talons ont dix centimètres de haut. Tu vas avoir l'air…

— D'un berger des Landes ?

— D'une drag-queen en civil.

— Génial ! C'est exactement l'effet que je recherche.

— Et moi, je vais passer pour ton garde du corps.

— Ça, c'est le deuxième effet recherché.

Avec un sourire lascif, Tom saisit le bras de Nathan.

— Jure-moi que tu ne les porteras jamais.

Nathan retint sa main et la caressa.

— Oui, oui. Je te jure que je les enfile dès ce soir.

— Je vais avoir honte de toi.

— Arrête de me flatter, ça m'excite.

Tom, charmé et déconcerté, embrassa les doigts de Nathan.

— Tu ne crois pas que tu vas ressembler à ta propre caricature ?

Nathan fit une moue et rétorqua :

— De toute manière, je t'attire parce que je suis une folle.

— Non.

— Si. Ça t'émoustille.

Tom voulut protester mais n'y parvint pas car il se demandait si Nathan ne voyait pas juste.

— Bref, conclut Nathan, le proverbe «Qui se ressemble s'assemble» ne tape pas dans le mille. En tout cas, ce n'est pas un proverbe pédé.

Tom approuva de la tête : s'il ne voulait pas être excentrique à l'instar de Nathan, il appréciait que Nathan le fût.

Celui-ci reprit :

— On ne trouve pas plus différents que nous. Quand ils nous rencontrent, les gens détectent en moi une reine du bigoudi et en toi un aficionado du foot.

156

Ils rirent. En réalité, Nathan était un publicitaire influent, bardé de diplômes, et Tom un professeur de philosophie ne manifestant aucun intérêt pour le foot.

Tom songea à l'un des cours qu'il avait dispensés récemment à ses élèves :

— Il faut demeurer étranger à l'homosexualité pour croire qu'un homme n'aime que lui-même dans un autre homme, qu'il cultive son reflet. Vieux résidu de freudisme, ça, considérer l'homosexualité comme un érotisme au miroir.

Nathan tapota la table avec le chaton de bagues volumineuses.

— Puisque tu es sérieux, j'en profite ! Ce qui m'inquiète, Tom, c'est que tu ne vises pas seulement les follasses extraverties, tu mates aussi les musclors genre gladiator.

— Pardon ?

— Tu nies ?

— Mais je…

— Fallait te voir, sur la place, en face du jardinier. On aurait cru un chercheur d'or qui avait déniché la pépite géante.

— Ah, tu étais à la fenêtre…

— Ben oui, figure-toi : je regardais la même chose que toi.

— Sacré morceau, non ?

— Sacré morceau, mais un morceau de reine, pas un morceau de roi.

— Ça veut dire ?

— Ça veut dire : pas touche ! C'est de l'hétéro de chez hétéro. De l'hétéro cent pour cent. Du dur, du vrai.

— Comment le sais-tu ? Tu as essayé ?

— Il a une petite fille.

— Tu bluffes…

— Une gamine l'accompagne souvent sur la place.

— C'est peut-être sa nièce…

— Oh oui, sûrement, sa nièce qui l'appelle « papa ». Tom baissa les yeux, contrarié. Nathan poursuivit en amplifiant son hystérie naturelle :

— C'est agréable, ta réaction. Désolé de te décevoir, mon vieux, le Spartacus de Bruxelles, tu le zieutes, tu ne fricotes pas avec.

— Comme toi ?

— Comme moi. N'empêche, ça m'a inquiété, là, tout à l'heure, ton aspect Bernadette qui contemple la Vierge au fond de la grotte. Tu serais capable d'aller avec ce mec ?

— Aller ?

— Coucher !

— Oui.

— Salaud !

— Pas toi ?

— Salaud !

— Réponds, insista Tom, toi qui restes la matinée à la fenêtre pour reluquer le jardinier et qui te renseignes sur sa situation familiale, tu ne coucherais pas avec lui ?

— Si, bien sûr. Mais moi, c'est normal.

— Ah oui ?

— Oui, parce que moi je ne suis qu'une pétasse qui aime la moustache. La virilité, ça m'attire. Tandis que toi… je n'arrive pas à comprendre comment tu peux baiser avec moi et le dévorer des yeux.

— Je ne suis pas borné.

— Imagine que j'aie les yeux qui sortent des orbites quand j'aperçois une crevette de mon acabit ! Je te jure que ça te foutrait les boules et que tu aurais chaud aux fesses.

Tom se précipita sur lui, enchanté par sa théâtralité constante.

— Je t'adore, toi…

— Voui… voui… on dit ça, murmura Nathan, les paupières closes, en se débattant pour le principe.

Ils s'embrassèrent puis se sourirent, tout nuage dissipé.

Nathan se leva et, en retournant à la cuisine, chuchota à l'oreille de Tom :

— J'ai adoré ton mot.

— Mon mot ?

— La lettre que tu m'as envoyée.

— Moi ?

— Ne fais pas le mystérieux. Pas besoin que tu signes pour que je déduise que c'était toi.

Nathan extirpa de l'étroite poche de son jean une lettre au papier jaune et la lut à voix haute :

— « Ce mot simplement pour te signaler que je t'aime. Signé : tu sais qui. »

Ravi, il commenta avec un timbre de canard :

— Je t'ai démasqué, monsieur « tu sais qui ».

— Nathan…

— J'espère que bientôt tu m'enverras un autre mot qui m'annoncera que nous vivrons ensemble.

— Tu…

— Parce que je trouve ça absurde : loger chacun sur la même place mais pas dans le même appartement. Et payer deux loyers !

— S'il…

— Oui, nous n'avons pas d'horaires communs parce que toi tu aimes te lever tôt, que moi j'aime

159

traîner au lit et ne travaille que plus tard. Justement : faute d'agenda synchrone, la cohabitation nous permettrait d'être plus souvent ensemble.

Nathan sombrait dans son sujet favori ; depuis qu'ils se fréquentaient – deux ans déjà –, il souhaitait vivre avec son amant. Pour l'heure, Tom résistait par encroûtement de vieux garçon, parce qu'il ne se sentait chez lui que parmi les centaines de livres qui tapissaient les murs de son studio.

Tom se leva pour stopper le prévisible déluge de récriminations et brandit le papier jaune qu'il tira de sa poche.

— Tiens, j'ai reçu ça. Et je sais que ça vient de toi.

Nathan s'approcha. Tous deux consultèrent leurs messages. S'il y avait quelques différences minimes dans la calligraphie ou dans l'énergie qui avait manié le stylo, pleins et déliés s'avéraient les mêmes, et les phrases identiques.

Nathan sourit.

— Tu te moques de moi.

Tom sourit à son tour.

— Non. Toi, tu te moques de moi.

Nathan hennit :

— Tu as écrit les deux pour me faire croire que ça ne vient pas de toi.

Tom secoua la tête, hilare.

— Non, c'est toi qui m'as joué cette farce.

Ils se dévisagèrent, chacun cherchant à prouver que l'autre mentait.

— Quel comédien ! s'exclama Nathan.

— Tu es astucieux comme un babouin, affirma Tom.

— Une babouine, s'il te plaît. Les babouines sont beaucoup plus malignes que les babouins.

160

Ils se rassirent autour de la table.

— Maintenant, dis-moi la vérité.

— Non, toi.

15

Sous le concert frivole des perruches et des perroquets, les deux employés municipaux tondaient le
gazon pour la première fois de la saison. Une odeur
fraîche jaillissait des brins coupés, moins acide et
moins verte qu'elle ne le deviendrait ensuite, plus
lourde, fatiguée, celle d'une pelouse convalescente
qui venait de traverser l'hiver.

Hippolyte et Germain s'activaient en binôme, or les
riverains n'en remarquaient jamais qu'un. Quelques
raisons expliquaient cette erreur : Germain était un
nain et Hippolyte un apollon ; non seulement il éclip-
sait son collègue par la taille mais son éclat l'effaçait.

Germain n'en tirait aucun dépit. Au contraire.
Depuis qu'il connaissait Hippolyte, sa vie s'était
agrandie jusqu'à une dimension triomphale : il était
l'ami du plus bel homme de Bruxelles, lui, le courtaud, l'infirme, le disgracié, celui que les femmes évi-
taient de regarder tant ses traits dégageaient laideur et
souffrance. Auprès d'Hippolyte, il vivait une amnésie
provisoire de sa hideur, la dissimulant à lui-même et
aux autres qui lui prêtaient moins attention. Lorsque
Germain passait la porte d'un café ou d'un bowling en
sa compagnie, il s'émouvait de provoquer un sourire

ébloui ; il défaillait de bonheur sitôt qu'il entendait un « salut les gars », expression qui supposait un élément commun à lui et à Hippolyte.

— Tu sais, ma fille est un génie, poursuivit Hippolyte en remplissant la brouette de déchets. J'ai dû l'inscrire à trois bibliothèques pour qu'elle ait assez de livres à lire par semaine. Trois bibliothèques ! À dix ans ! Et parfois, elle descend chez la voisine, une institutrice, en emprunter un de plus. Un miracle, cette gamine-là. Je ne comprends pas comment elle a pu sortir de moi.

Germain se rallia. Inutile de contredire la modestie naturelle d'Hippolyte sinon on le mettait en colère. Parce qu'il avait toujours été dernier à l'école, Hippolyte se considérait comme une bête bornée, une intelligence très en dessous de la moyenne. À la différence de tant qui imputent leur échec à l'entourage ou aux circonstances, il s'estimait seul responsable de ses insuffisances. Quiconque le sortait de l'humilité avec laquelle il abordait la vie le déstabilisait et l'attristait.

Car Hippolyte était heureux. Même s'il gagnait peu d'argent, même s'il ne louait qu'un appartement exigu pour sa fille et lui, même si la mère de la petite s'était enfuie en Amérique latine en lui laissant l'enfant sur les bras, il souriait sans cesse. Son emploi de jardinier-cantonnier le comblait ; d'abord parce qu'il était « fonctionnaire », ce qui, pour un garçon orphelin issu de l'Assistance publique, représentait une sorte d'anoblissement ; ensuite parce qu'il travaillait en plein air, accomplissant une besogne physique qui lui procurait une fatigue saine, pas dans un bureau où il se serait ennuyé et où l'on aurait remarqué sa rusticité. Dans sa tête bornée, généreuse, il avait deux employeurs, la commune et la nature, se sentant redevable aux deux, à la commune qui lui fournissait argent et sécurité, à la nature adorée qui lui demandait de veiller sur elle dans la ville où le béton, le macadam, les pollutions la menaçaient.

Ainsi, ce jour-là, sur la place d'Arezzo, il ne se trouvait pas avili de ramasser les crottes, de récolter de vieilles canettes de bière, ni de recevoir sur son épaule ou sur ses bras les fraîches déjections des perroquets avant de tondre. Avec soin, il faisait la place belle, telle une femme qu'il devait satisfaire.

Un jeune homme surgit, le front bas, la mine préoccupée.

— Bonjour, Victor, s'écria Hippolyte.

Le jeune homme passa sans vraiment répondre, sourd à ce qui l'environnait. Hippolyte n'en prit pas ombrage, curieux de deviner ce qui tourmentait l'étudiant, d'ordinaire chaleureux.

Devant le 12, une limousine attendait en double file. Hippolyte savait que résidait là l'illustre homme politique Zachary Bidermann. Fasciné, il ne regardait le perron qu'à travers les arbres, comme s'il n'avait pas le droit d'y porter les yeux. Selon lui, deux humanités se juxtaposaient : celle des grands et celle des humbles. Zachary Bidermann appartenait à la cour des géants, Hippolyte à celle des minuscules. Il ne s'en froissait pas, ni n'ambitionnait que cela change. Si Zachary Bidermann était évidemment capable de tondre une pelouse, Hippolyte ne pouvait présider un conseil économique.

Protégé par un rhododendron pourpre, il vit Zachary Bidermann en costume trois pièces à rayures, un manteau fluide sur son corps massif, descendre l'escalier, saluer d'une rapide mimique son chauffeur qui lui tenait la porte ouverte et s'engouffrer dans la voiture. Face à cette opulence vestimentaire, Hippolyte, vêtu d'un short, eut soudain la sensation d'être nu, vulnérable, désarmé socialement.

Sur le balcon, Rose Bidermann, jolie ronde, adressait à son mari un geste d'adieu.

«Pauvre femme! Pas drôle d'être l'épouse d'un cerveau. Cet homme ne doit jamais penser au sexe.»

Hippolyte jeta un œil sur la maison de l'écrivain, Baptiste Monier. Celui-ci aussi l'impressionnait. Chaque fois qu'il distinguait le haut de son crâne derrière la fenêtre, il songeait que de cette tête sortaient des milliers de pages agitées par des histoires et des personnages. Comment pouvait-il rester si longtemps immobile? Rien que cela, selon Hippolyte, constituait une performance. Quant au don de plume… Hippolyte peinait à consigner une phrase sans s'y reprendre à plusieurs fois et la truffer de fautes d'orthographe ou de syntaxe.

«C'est lui qu'il aurait fallu comme père à ma gamine, pas moi. Elle aurait mille choses à dire à un écrivain.»

Courbé sur son talus, il sentit soudain une présence. Il se releva et vit qu'un homme l'observait. Hippolyte le salua d'un grand sourire. L'individu ne répondit pas, continua à traverser la place, puis s'arrêta, se retourna en le fixant, haineux.

Hippolyte s'inquiéta. Ce genre de lascar agressif était rare dans le quartier. De quoi le blâmait-il?

Il se repencha, perplexe, plus entraîné à être transparent que détaillé fielleusement. Pour la plupart de

165

ceux qui habitaient cette place, il n'existait pas, il l'avait bien noté, tels ces deux adolescents sur le banc, qui se chamaillaient depuis un quart d'heure. Aux indifférents, il ne portait pas rancune, d'ailleurs : par quelle extravagance se seraient-ils intéressés à un cantonnier ? Un cantonnier pas futé, en plus ? Ce détachement lui semblait fondé, tandis que l'œil furibard de ce passant l'avait déstabilisé.

À cet instant, il perçut une nouvelle réprobation sur son côté gauche. L'aristocrate du 4, celui qui avait des enfants parfaits, un 4 × 4, une particule et un prénom à rallonge, le fixait aussi, le visage féroce, renfrogné.

Inquiet, Hippolyte vérifia sur lui qu'aucune trace de crasse, de sang, ne motivait la critique, ne rendait son apparence scandaleuse… Non. Alors pourquoi ?

L'avocat métis que la télévision avait médiatisé lors de l'affaire Mehdi Martin parcourut le square de son pas agile. Il ne remarqua ni Germain ni Hippolyte.

Ce comportement rassura Hippolyte. Il conclut qu'il n'avait rien à se reprocher et commença, en paix, à ratisser les allées.

Sous l'arbre le plus large, une enveloppe jaune était posée. Le jardinier la saisit. Son prénom y était inscrit, « Hippolyte ».

« Qui a pensé à moi ? » Spontanément, il imagina qu'un riverain lui avait glissé un billet en guise de remerciement, comme cela arrivait parfois.

Il décacheta et découvrit le message :

« Ce mot simplement pour te signaler que je t'aime. Signé : tu sais qui. »

Hippolyte cramoisit.

Oui, il savait d'où venait cette lettre. Aucun doute. Il releva la tête et surprit la femme qui l'observait, à moitié cachée derrière son rideau. Preuve que c'était elle, elle se renfonça dans la pénombre lorsqu'elle constata qu'il l'avait vue.

Hippolyte rougit une deuxième fois, inspirant l'air du printemps à pleins poumons.

Il n'avait jamais espéré qu'une telle histoire serait possible. Il n'avait jamais cru que l'inclination qu'il éprouvait trouverait un répondant en elle. Quelle magnifique matinée ! La vie le gâtait, décidément.

— Germain, j'ai une commission à faire, je reviens.

Le nain opina du chef.

Hippolyte saisit une serviette dans son sac, épongea la sueur sur son torse, puis le couvrit d'un tee-shirt blanc immaculé.

D'un pas résolu, il entra chez les fleuristes, acheta à Orion un bouquet de pivoines roses, dodues, puis pénétra au 13 et monta, ferme d'allure, jusqu'à la porte de celle qu'il désirait.

DEUXIÈME PARTIE

Magnificat

Prélude

La présence des becs crochus sur la place d'Arezzo intriguait.

Comment ces oiseaux des pays chauds avaient-ils investi notre froid continent? Pourquoi cette jungle tropicale s'enracinait-elle au cœur de la cité? Par quelle folie des cris sauvages, des hurlements de rut, des débauches effrénées, des couleurs crues, franches, barbares agitaient-ils la morne quiétude de la capitale européenne?

Seuls les enfants d'ici jugeaient normal l'établissement des perroquets et perruches mais l'on sait que la faiblesse – et la force – des jeunes intelligences consiste à accepter chaque situation.

Chez les adultes, une légende tentait de légitimer l'incohérence.

Cinq décennies plus tôt, au numéro 9, l'hôtel particulier qu'occupait alors le consul du Brésil, un télégramme apprit au diplomate qu'il devait rentrer d'urgence à Rio. Obligé de préférer l'avion au paquebot, il dut réduire ses bagages et se heurta à l'impossibilité d'emporter sa collection de volatiles. Ne trouvant personne pour héberger ses précieux spécimens, il avait donc, au matin de son départ, le cœur

171

brisé, ouvert les cages puis, par les hautes fenêtres de son salon, rendu les oiseaux au ciel. Peu coutumiers des grands vols, cacatoès, caïques, conures, aras, touïs, amazones, loriquets, quakers, calopsittes, kakarikis, dans un brouhaha multicolore, n'avaient pas estimé indispensable de s'épuiser au-delà des premiers arbres et s'étaient installés sur la place d'Arezzo.

Ainsi les visiteurs avaient-ils l'impression, en foulant le trottoir, de pénétrer dans un film délirant dont, par une superposition infernale, l'image venait de la civilisation, le son de la nature.

1

Lorsque Patricia avait ouvert la porte et découvert sur le palier Hippolyte souriant, grand, large, heureux, une gerbe de pivoines dans les bras, elle était demeurée interdite.

Il lui avait tendu le bouquet.

— Pour vous.

Considérant les fleurs, incapable de les recevoir, elle les avait utilisées comme un rempart entre eux.

Conscient de sa réticence, il était soudain devenu timide.

— Vous n'en voulez pas?

Devinant à son beau visage régulier, lézardé par l'inquiétude, que le jardinier risquait de partir, Patricia s'était surprise à agripper le cadeau.

Il avait soupiré, ému, en partie apaisé.

— Pourquoi?

Patricia n'avait pas identifié sa propre voix dans cette interrogation oppressée.

— Pourquoi quoi? avait-il répété en écho.

— Pourquoi ces fleurs?

Il avait affirmé avec évidence:

— Parce que je vous aime.

Patricia avait mouliné des bras dans le vide, écarquillé les yeux, bouche bée, éprouvant l'envie de fuir... et de rester.

— Je vous aime depuis trois ans, avait-il balbutié.

Cherchant du secours autour d'elle, Patricia s'était demandé quand rentrerait sa fille, si elle devait appeler la police, pourquoi elle avait mis cette robe d'hôtesse qui lui élargissait les hanches, à quel moment elle claquerait la porte. Attaquée par la panique, elle avait senti ses jambes se dérober sous elle.

Mais un bruit sourd avait interrompu sa défaillance : à ses pieds, le colosse gisait, écrasé sur le seuil, évanoui.

Depuis ce jour-là, Patricia avait changé. Incapable de détourner ses pensées d'Hippolyte, elle menait une triple vie.

D'une part, elle retrouvait régulièrement le jardinier à cinq heures dans un café des Marolles, quartier populaire où personne ne la reconnaîtrait. Ils bavardaient, elle se laissait chauffer par son regard caressant, parfois leurs mains se frôlaient ; elle exultait de bonheur.

De l'autre, elle assumait son habituel rôle de mère auprès de la revêche Albane, à laquelle elle dissimulait son flirt.

Enfin, elle occupait les heures restantes à maigrir. Comme elle savait qu'elle ne résisterait pas longtemps aux avances d'Hippolyte, sa métamorphose physique virait à l'obsession : elle devait effacer la vache obèse aperçue dans la glace. Alors qu'un homme superbe la désirait, elle détestait son corps ; si on lui avait ouvert les portes d'une salle de chirurgie, elle s'y serait précipitée pour qu'on pompe sa graisse, qu'on lui rabote les os du bassin, qu'on réduise son estomac à un œuf de caille, qu'on lui enlève plusieurs mètres d'intestin sous un ventre retendu par le bistouri. Faute de cette solution radicale, elle se maltraitait. Au lieu d'entamer un régime, elle s'affamait, se contentant de deux pommes vertes et de trois litres d'eau minérale par jour. Plutôt que de reprendre lentement une activité sportive, elle s'infligeait de marcher des kilomètres et avait ressorti de sous son sommier les gadgets sportifs commandés par téléphone, envahissant sans vergogne l'appartement avec ses appareils d'abdos-fessiers, ses poids, ses kits de musculation et divers engins de torture.

Albane n'avait pas protesté car, persuadée d'être à l'origine de cette révolution, elle s'enchantait de détenir ce pouvoir sur sa mère qu'elle ne croisait plus que vêtue d'une combinaison de sudation.

Sitôt seule, Patricia montait d'un cran dans la douleur. Elle branchait des électrodes sur les parties à tonifier puis s'envoyait des décharges électriques. Elle en souffrait jusqu'au cri. Combien de fois, pantelante, épuisée, les yeux rougis, n'était-elle pas allée à la salle de bains pour parler à la glace – laquelle jouait le rôle d'Hippolyte – et lui déclarer : « Tu vois ce que je fais, tu le vois, mon amour ? » en lui offrant ses larmes !

Cependant, lorsqu'elle rejoignait le bistrot, elle supprimait les traces de ses efforts, taisait le martyre qu'elle s'infligeait et recouvrait la légèreté confiante qui la caractérisait. D'ailleurs – miracle remarquable –, courbatures et douleurs articulaires s'évaporaient en présence d'Hippolyte.

Tout lui plaisait en cet homme, sa gentillesse, sa douceur, le train nonchalant de sa conversation. Seule sa perfection physique l'affolait. Patricia déplorait de ne plus avoir vingt ans; d'abord parce que à vingt ans, elle avait vingt ans – gironde, souple, idéalement proportionnée – et surtout parce qu'elle se serait épargné le jugement. Ce que le temps abîme, ce n'est pas le corps, c'est la confiance que nous lui portons; nous avons découvert que des pieds, des jambes, des épaules ou des fesses pouvaient être différents des nôtres, nous avons cédé au mal des comparaisons, et nous avons appris, lors de révélations brutales, que nous avions nous-mêmes changé. Depuis la gloire de ses vingt ans, Patricia n'avait connu que des défaites. Présenter maintenant son corps abîmé, négligé, à l'exemplaire Hippolyte lui semblait une indécente aberration.

Pourtant, la confrontation s'annonçait… Chaque jour, il lui signifiait davantage qu'il la désirait; chaque jour, les défenses de Patricia s'effritaient; ils allaient bientôt s'embrasser et passer dans un lit, perspective aussi attirante que terrorisante.

Elle s'arc-boutait donc à cette idée fixe : se préparer.

Un après-midi, enfermée à double tour dans la salle de bains, elle teignit en auburn sa toison intime. Elle sanglota, parce qu'elle était condamnée au leurre : elle allait devoir sans cesse se corriger, se déguiser, se travestir. Le pauvre Hippolyte ne serrerait entre ses bras qu'une imposture.

Vers dix-huit heures, en sirotant un thé, elle avait failli l'interroger : «Que me trouvez-vous donc?» Derrière cette question, elle allait déverser ses complexes, voire déployer l'inventaire de ses défauts; aussi se retint-elle. Qu'Hippolyte cultive ses illusions, elle n'entreprendrait pas de les détruire. «S'il apprécie les hippopotames, ce n'est pas à la reine des hippopotames de le décourager.»

Elle pratiquait donc le flou. Parce que son galant lui parlait comme on s'adresse à une femme magnifique, les yeux brillant d'une flamme de convoitise, elle baissait les paupières, rougissante, telle l'odalisque habituée à produire tant d'effet. L'autre flou concernait les lettres anonymes : lorsqu'elle avait saisi qu'il ne s'était enhardi qu'après lui avoir attribué le message d'amour, elle ne démentit ni ne rétablit la vérité, et omit de lui préciser qu'elle avait reçu un courrier identique.

Hippolyte transportait ce mot sur lui, «l'objet le plus précieux dont il disposait», lui avait-il avoué. De son côté, Patricia avait dissimulé le sien dans *L'Art d'aimer* d'Ovide, dont elle possédait une édition coûteuse avec des gravures d'artiste. Certains soirs, quand Albane était couchée, elle contemplait la feuille jaune, la caressait avec un respect sacré, pas loin de croire qu'elle lui avait été envoyée par Hippolyte. Qu'importait ? D'où qu'il fût venu, ce message avait été l'artisan de leur rapprochement.

Elle se remémorait le moment où elle avait dû ranimer Hippolyte évanoui sur le pas de sa porte : cette scène, davantage que n'importe quelle parole ou acte, l'avait conquise. Parce qu'il gisait, inerte, elle l'avait pris dans ses bras, avait soulevé sa tête lourde, avait cajolé ses cheveux drus, senti la consistance de ses muscles sous le tee-shirt, découvert – émerveillée – la douceur surprenante de sa peau. La vie lui offrait de toucher l'homme qu'elle convoitait sans qu'il le sût, lui donnant l'impression fugace de se livrer à un acte inter-dit. Or il y avait consenti, son corps s'était abandonné au sien ; mieux, son corps avait eu besoin du sien.

Lorsqu'il avait rouvert les yeux, il avait souri d'abord, puis la gêne l'avait accablé.

— Excusez-moi. Je…

— Aucun souci. Je suis là.

Ils s'étaient regardés. À cet instant, Patricia s'était imaginé que cet homme-là, elle pourrait l'aimer long-temps, qu'elle le soignerait, et qu'un jour il mourrait dans ses bras. En une seconde, elle avait accepté tout ce qui viendrait de lui. Pourquoi se méfier d'un amant sensible au point de se pâmer d'émotion, colosse et enfant en même temps ? Sa fragilité la séduisait autant que sa force, voire davantage… À cette minute, elle avait scellé son destin à celui d'Hippolyte : avant, elle l'avait désiré ; désormais, elle l'aimait.

Le jeudi, Albane annonça à sa mère qu'elle comptait se rendre le samedi à une soirée à Knokke-le-Zoute en compagnie de Quentin.

— Quentin ? demanda Patricia.

— Quentin, je t'en ai parlé cent fois ! On est ensemble depuis quatre semaines.

Elle lui rappelait cette essentielle vérité avec une humeur bourrue. À sa grande surprise, sa mère se précipita sur elle et l'embrassa.

— Comme je suis contente, ma chérie.

Albane, touchée, ne résista point. Patricia insista :

— Quatre semaines, c'est merveilleux. Quatre semaines, c'est… énorme !

Patricia repartit pédaler sur son vélo d'apparte-ment en échafaudant un plan : si Albane ne rentrait

pas samedi soir, peut-être pourrait-elle inviter Hippolyte ? Et qui sait si…

Écarlate, elle battit son record de sprint. Il allait falloir manœuvrer habilement. Entre la mère et la fille,
les situations s'inversaient : l'adulte, telle une adolescente, cachait ses histoires de cœur et tentait par la
ruse de se libérer d'une présence encombrante.

— Albane, déclara-t-elle le soir même, chez qui a
lieu la soirée de samedi ?

— Chez Zoé, à Knokke-le-Zoute.

— C'est loin. Qui te ramène ?

— Servane.

— Quel dommage ! Tu vas être obligée de quitter
tôt la fête. Pourquoi ne coucherais-tu pas chez ta tante
Mathilde ?

— Chez Mathilde ?

— Oui, tu l'as déjà fait plusieurs fois.

— Pas après une fête.

— Raison de plus : tu vas boire, tu vas danser, à
minuit tu seras fatiguée. Pas le moment de te taper
une heure de voiture.

Albane réfléchit, sourit, puis s'étonna :

— Tu es une mère vachement cool…

— J'ai confiance en ma petite fille. Et je désire
qu'elle soit heureuse. Veux-tu que j'appelle Mathilde ?

— Non, maman, t'inquiète, je vais m'en occuper.
Faudra juste lui dire que tu es d'accord.

Déconcertée, elle ajouta en tordant le nez :

— Euh… merci.

Le lendemain, Patricia proposa donc à Hippolyte
de venir dîner chez elle le samedi. Il frissonna, comprenant à quoi cette soirée l'engageait.

— Je vais encore me ridiculiser, Patricia.

— Pardon ?

— Je vais être si heureux : je risque de tomber à nouveau dans les pommes.

Elle lui saisit la main, n'osant pas lui dire que rien ne la bouleverserait davantage. Ce jour-là, ils eurent du mal à poursuivre leur conversation, chacun songeant déjà à cette soirée si importante.

« Ce sera le début ou la fin, se répétait Patricia en rentrant chez elle. Soit il se rend compte que je suis un monstre. Soit il ne s'en rend pas compte et j'ai la chance de mon côté. »

Au dîner, Albane s'inquiéta que sa mère ne goutât pas aux plats qu'elle avait préparés.

— Maman, si tu ne te nourris pas, tu vas t'écrouler.

— Mm… ?

— En ne t'alimentant plus, tu peux perdre tes cheveux et tes dents.

Patricia balaya cette remarque d'un grand rire sonore mais, cette nuit-là, elle rêva que ses dents se dévissaient lorsqu'elle souriait à Hippolyte, un cauchemar qui la réveilla plusieurs fois.

Le samedi fut épuisant. Se débarrassant dès le matin de sa fille en lui donnant de l'argent pour acheter des vêtements et aller au cinéma avec ses copines avant qu'elle ne prenne la route de Knokke-le-Zoute, Patricia rangea son appartement comme si la police allait le perquisitionner. Elle prit la peine de descendre à la cave ses appareils de gymnastique dont l'exhibition lui semblait ridicule – ça revenait à fournir une photographie d'elle accentuant ses défauts.

Elle prépara ensuite un repas de fête. Sur ce chapitre, elle se trouva plus à l'aise puisqu'elle se savait bonne cuisinière.

Enfin, elle disparut à la salle de bains, se lava plusieurs fois, se créma, s'essuya, se recréma, se coiffa, se décoiffa, recommença, consciente d'en faire trop, incapable d'en faire moins. Elle se changea ensuite plusieurs fois, horrifiée, détestant les vêtements que lui livrait l'armoire, et se décida pour une robe à voiles carmin.

— Rouge ? N'est-ce pas trop ?

Peu importait ! L'avantage de cette couleur éclatante, c'était qu'elle éblouissait ; on ne détaillerait plus ses formes en dessous.

Dans sa chambre, elle disposa trois bougies parfumées, installa des tulles tamisants sur les lampes de nuit, créant une atmosphère plaisante, confidentielle, quasi clandestine, qui avait le mérite de préserver la pudeur.

Lorsque la sonnerie retentit, elle tressaillit.

Hippolyte se tenait derrière la porte, un bouquet à la main, très émouvant dans un costume sombre, simple, élégant.

— C'est mon anniversaire ! s'exclama-t-elle en bouffonnant.

— Ah bon ?

— Non, je plaisante…

— J'espère qu'un jour ce sera le nôtre.

Il avait mis un ton si sérieux, si posé, si intense dans cette phrase que Patricia demeura figée.

Il posa lentement le bouquet sur la tablette, près de l'entrée, et, sans la moindre hésitation, s'approcha d'elle, l'enlaça et l'embrassa sur la bouche.

La soirée ne se passa pas comme prévu. Au lieu d'aller bavarder au salon, puis d'engloutir les mets exquis qu'elle avait préparés, ils se rendirent, haletants, dans la chambre.

Il la déshabilla avec lenteur, embrassant chaque centimètre de sa peau au fur et à mesure que ses doigts la dévoilaient. Patricia frissonnait tant ses lèvres soyeuses lui procuraient de délices, et aussi parce qu'elle savait que, collé à elle, il ne la voyait pas.

Plusieurs fois, elle trembla au point de tout interrompre. Chaque fois, il la rassura par un long baiser puis continua son exploration, tel le fidèle dévot d'un culte totémique.

Lorsqu'elle n'eut plus que sa lingerie sur elle, il lui suggéra de le déshabiller à son tour. Ce qu'elle fit, la gorge nouée. Depuis combien de temps n'avait-elle pas déboutonné une chemise d'homme ? Quand avait-elle débouclé une ceinture pour la dernière fois ?

Elle s'exécutait plus rapidement que lui, elle avait envie de se souder à son corps chaud.

Lorsqu'il fut en caleçon, elle craignit de ne pouvoir aller plus loin. Rien ne l'effrayait davantage que de découvrir son sexe. Malgré son peu d'expérience, elle savait que ce moment pouvait être redoutable : allait-il lui plaire ? allait-elle le trouver trop… ou pas assez… ? Pire, allait-il lui rappeler celui d'un autre ? ou la surprendre… ? Et sa couleur, quelle serait-elle ? D'un coup, leur rapprochement devenait trop concret, trop génital, risquant de briser son rêve.

Comme s'il lisait dans ses pensées, Hippolyte la souleva dans ses bras, entra dans le lit, protégea leurs deux corps par les draps et s'allongea sur elle. En la couvrant de baisers, en ondulant imperceptiblement sur elle, il la déshabilla et son sexe entra en elle sans qu'elle l'ait vu.

À l'issue de la rencontre européenne, Zachary Bidermann fut entouré par les ministres et leurs chefs de cabinet en état d'intense excitation intellectuelle. On félicita l'économiste en vingt-trois langues, on cria au moment historique, on manifesta un accord enthousiaste. Sa prestation avait ébloui : cet homme brillantissime, dépassant les impasses auxquelles conduisent les politiques idéologiques, venait de dessiner un plan d'équilibre et de développement pour les quinze années à venir. On avait eu raison de le convoquer à ce tour de table qui précédait le Conseil de l'Union. Son intelligence mêlait des qualités généralement réparties en divers êtres : acuité de l'analyse, maîtrise de la synthèse, rigueur, imagination, invention d'hypothèses inédites, capacité à définir une tactique concrète, sens de la communication. Il possédait plusieurs têtes en une, sorte de monstre intellectuel, hydre de Lerne que n'abat aucune difficulté et qui, au contraire, se régénère, se développe à chaque coup qu'on lui porte.

Matois, le commissaire européen à la concurrence jouissait des compliments, averti qu'il devait les déguster car ceux-ci ne lui seraient servis que ce jour-là : dès le lendemain, les responsables politiques s'approprieraient ses théories, en revendiqueraient la paternité et oublieraient leur origine. Peu importait à Zachary Bidermann ! Seul comptait l'intérêt des peuples et des individus. En effet, ce grand bourgeois aux goûts luxueux dissimulait un citoyen généreux, un républicain dévoué au bien général. Comme il détestait la rhétorique démagogique, parce qu'il craignait le pathos et l'exhibitionnisme sentimental, il cachait le cœur de sa mission. Personne ne se rendait compte de sa générosité, ce qui lui convenait ; dissimulé derrière le masque d'une pure intelligence technicienne, il pouvait mieux influencer ses contemporains.

Après ces dix minutes de brouhaha, Léo Adolf, président du Conseil de l'Union européenne, prit par le bras son ami de longue date et s'isola avec lui.

— Zachary, tu nous es trop indispensable, ici ou au Parti libéral, pour que je te cache la vérité.

— Quoi ?

— Nous avons reçu une plainte contre toi.

— De qui ?

— Elda Brugge.

Le visage déformé par un rictus d'agacement, Zachary identifia aussitôt le danger.

— Plainte pour quoi ?

— Harcèlement.

— Encore !

— Comme tu dis : encore ! C'est la cinquième fonctionnaire qui vient déposer plainte.

Zachary tenta une diversion.

— Écoute, Léo, aujourd'hui on ne peut plus courtiser une femme sans qu'elle le prenne pour du harcèlement. La galanterie me transforme en mufle.

— Tu ne nies donc pas.

— Allons, c'est insignifiant !

— Peut-être est-ce ridicule mais cela va te nuire.

— En quoi ? Je fais ce que je veux… Si cela s'ébruite, Rose comprendra l'écart – le passé l'a montré – et je n'autorise personne à me dicter le bien ou le mal en matière de mœurs. Nous ne sommes pas en Amérique, Dieu merci ! L'Europe sait repousser le démon puritain. D'abord, que raconte-t-elle, cette Elda Brugge ?

— Que tu l'as poursuivie plusieurs fois à l'issue des réunions, que tu l'as appelée sur son téléphone privé, que tu lui as confié une mission afin de la revoir en tête à tête dans ton bureau, et que là, tu aurais essayé plusieurs fois…

— De la violer ?

— Non. De la caresser. De l'embrasser.

— C'est un crime ?

— À ses yeux, oui, puisque son unique raison de te rencontrer relevait du professionnel et qu'elle refusait le flirt. C'est du harcèlement, dois-je te le remémorer ?

— C'est tout ?

— Quoi, c'est tout ?

— Elle n'a pas d'autre élément dans son dossier ?

— Non.

— Pas d'enregistrement ? Pas de photo ? Pas de lettre ?

— Rien.

— Alors, c'est son témoignage contre le mien ?

— Oui.

Zachary éclata de rire. Quoique rassuré, Léo Adolf s'étonna :

— Ça ne t'inquiète pas plus que ça ?

186

— Écoute, Léo, il sera facile de montrer que cette femme se venge parce qu'elle n'a pas progressé dans la hiérarchie comme elle le souhaitait. Je démontrerai aisément son insuffisance professionnelle. On pensera qu'elle a engagé des représailles par dépit. Et puis surtout…

Il rit de nouveau avant d'enchaîner :

— Et puis surtout, tu l'as vue ? Elle est moche ! Vraiment moche !

Léo Adolf écarquilla les yeux. Zachary insista :

— Soyons sérieux ! Quand une commission de discipline, un conseil d'administration ou je ne sais quoi verra surgir cette tringle au gros cul et au cou de dindon, il ne croira pas que j'en aie voulu. Surtout si j'exhibe des photos de Rose. Cela paraîtra abracadabrant. Tu parles d'un appât sexuel ! Elle va se ridiculiser.

Léo Adolf était tellement choqué par l'attitude de son ami qu'il demeura muet. Alors que Zachary venait de reconnaître qu'il avait dragué cette femme à plusieurs reprises, il savourait l'idée que son désir paraîtrait invraisemblable.

— Mais… mais…

— Oui ? demanda Zachary, innocent.

— Tu es odieux ! Tu as voulu la sauter et maintenant tu affirmes qu'elle est moche.

— Ça ne t'est jamais arrivé ?

Léo Adolf tourna les talons. Zachary le rattrapa.

— Léo, ne joue pas les naïfs : il n'y a pas de meilleures amantes que les demi-belles – ou les demi-moches, selon le regard que tu leur portes. À la différence des belles, elles te font la totale, elles se donnent tout entières, elles récusent les limites. Normal : les demi-belles veulent prouver qu'elles valent mieux que les belles !

— Tais-toi !

— Enfin, Léo, tu le sais bien puisque tu as été l'amant de Carlotta Vesperini.

Stupéfait, Léo Adolf se retourna et, blême, le menton tremblant, toisa Zachary.

— Figure-toi que je trouvais Carlotta Vesperini superbe, moi.

Zachary baissa les yeux, sentant qu'il venait de commettre une gaffe irréparable.

— N'en parlons plus, conclut Léo Adolf.

— N'en parlons plus, acquiesça Zachary.

Le président du Conseil rallia son équipe, tandis que Zachary, soulagé que l'accusateur ait mis fin à cette discussion idiote, se rendit à la collation organisée dans les couloirs où se rassemblaient les membres essentiels de la construction européenne.

Une sourde anxiété le poussa à boire trois verres de champagne. Puis des discussions techniques entre énarques lui permirent de reprendre pied, de développer quelques idées inouïes, et il se décontracta.

Il s'approcha alors d'une conseillère de la représentation suédoise. Avant qu'il ne pipe mot, son regard luisant, ses pupilles assombries lui hurlèrent qu'elle était magnifique. Elle rougit et commença à converser. Tout en maintenant ses réflexions à un certain niveau, il la détaillait avec convoitise, sa taille menue, sa poitrine pommée, ses oreilles minuscules... Elle avait l'impression que deux Zachary lui parlaient, l'un développait des théories brillantes, l'autre la reniflait à l'instar d'un chien qui s'apprête à monter une femelle. Troublée, elle n'arrivait pas à se dédoubler pareillement ; soit elle privilégiait son esprit et ne s'occupait plus que de l'échange intellectuel, soit elle ne devenait que son corps désiré et se trémoussait.

Zachary l'embarrassait et il en jubilait. Un blond à lunettes s'inclina.

— Je profite que vous discutez avec ma fiancée, monsieur le commissaire, pour vous remercier de votre exposé.

Suivit une flopée de compliments que Zachary n'écouta pas. L'atermoiement de la Suédoise, rappelée à l'ordre par la présence de son fiancé, avait cessé ; elle avait quitté son corps pour redevenir une politicienne qui devise avec un économiste mondialement célèbre.

Dès qu'il en eut la possibilité, Zachary Bidermann les salua, chercha une proie ailleurs. Pendant les secondes où son attention erra sur l'assistance sans résultat, un malaise lui noua la gorge. Heureusement, il aperçut une grande femme de quarante ans, dont le regard croisa le sien. Il la rejoignit sans vergogne, comme si elle venait de l'inviter.

Là encore, son corps lui envoya aussitôt les signes du désir. Il se balança d'un pied sur l'autre, s'approcha très près de son visage, souriant, lui manifestant qu'il la trouvait désirable.

Elle le saisit, en fut soudain troublée, oscilla, ce qui autorisa Zachary à entamer la conversation.

L'attitude corporelle de l'économiste indiquant le contraire du détachement, la femme s'écria soudain :

— Vous me draguez ?

Il sourit finement.

— Qu'est-ce qui vous incite à dire ça ?

Elle balbutia, gênée, soudain rouge de ridicule.

— Pardonnez-moi, je ne sais pas ce qui m'a pris.

— Je vous en prie. En revanche, je suis prêt à vous draguer si vous m'en donnez la permission.

— Je ne suis pas sûre d'avoir bien compris.

— Vous êtes irrésistiblement attirante.

L'Allemande se mit à trembler. Elle chercha son air, lorgna les issues de secours puis, faisant craquer ses doigts, s'exclama :

— Je vous défends de me traiter comme ça !

— Comme quoi ?

— Comme de la chair à saucisse. Je suis diplômée de sciences politiques, j'ai un doctorat de sociologie, je travaille plus de quatre-vingts heures par semaine pour mon pays et pour l'Europe : j'estime que je mérite un comportement différent.

Zachary saisit l'ampleur de son erreur : s'il draguait cette fonctionnaire, il la privait de son identité, il pulvérisait l'image qu'elle avait construite, niait son parcours, annihilait ses efforts, la renvoyait au corps qu'elle était avant ces efforts-là.

Sans un mot, il s'éloigna d'elle, d'une façon si abrupte qu'elle douterait d'avoir interprété correctement la scène qu'elle avait vécue ; avec un peu de chance, elle risquait même de venir s'excuser auprès de lui.

Il s'approcha d'une hôtesse qui, elle, n'allait pas se vexer d'être lorgnée avec convoitise.

À cet instant, le président Léo Adolf passa près de lui. Zachary sentit le poids de la réprobation peser sur sa nuque.

Furieux, il laissa l'hôtesse en plan, fonça jusqu'au bureau qu'on avait mis à sa disposition. Il s'y enferma à double tour, ouvrit l'ordinateur et tapa le nom d'un site pornographique.

Lorsque les premières images apparurent, seins rebondis, bouches en anus et fesses découpées par un string, il poussa un soupir de soulagement, délivré de la pression des autres, appelé à éprouver, enfin, du plaisir.

Il choisit une rubrique – il les connaissait et les appréciait toutes –, déboutonna sa braguette, se caressa et jouit.

Enchanté, détendu, souriant, prêt à repartir changer le monde ou à abattre des montagnes, il s'amusa de constater sur l'horloge de l'écran que sept minutes avaient suffi à le débarrasser de sa tension. Ah, s'il n'avait pas ces délices, serait-il toujours sur terre ? Mort d'ennui sans doute. Ou de dépression, car le désespoir rôdait aux environs, patient, tenace.

Cet après-midi-là, Zachary Bidermann eut de nouvelles fulgurances et marqua les esprits qui le rencontrèrent.

À dix-huit heures trente, il appelait son chauffeur pour quitter les institutions européennes quand Léo Adolf déboula dans son bureau.

— Zachary, je voudrais être certain que tu me comprends. Nous mettons de grands espoirs en toi. Cet ectoplasme de Vanderbrock n'a pas les épaules pour diriger la Belgique pendant la crise. La population le méprise, les médias le vilipendent, les députés le houspillent. En tant que Premier ministre, il a perdu ses appuis. Tu sais très bien qu'on parle de toi pour le remplacer. Je n'enquêterai donc pas pour déterminer d'où est partie cette rumeur...

Zachary gloussa. Tenant ce rire pour une confirmation, Léo Adolf continua :

— Toujours est-il que la rumeur s'est ancrée. Cela seul m'importe ! Tu passes pour le sauveur providentiel, Zachary, avec raison puisque tu es le plus brillant d'entre nous. Au Parti libéral, nous te soutiendrons. Toutefois, tes habitudes peuvent nous jouer un tour néfaste.

— Comment oses-tu revenir là-dessus ?

— Il s'agit de ton salut et du nôtre.

— Que je frotte mon museau ici ou là ne change pas le salut du pays.

— Pas d'accord. Quoique tu parviennes, chaque fois, à invalider ou à étouffer les scandales de mœurs, une question jaillit de cette confusion, une question qui obsède désormais tes partisans.

— Laquelle ?

— Zachary Bidermann est-il capable de se maîtriser ?

L'économiste demeura bouche bée. Cette interrogation-là, il ne se l'était jamais adressée.

Léo Adolf reprit :

— Parfois, il n'y a pas loin de l'appétit sexuel à l'addiction sexuelle.

— Ah oui ? Tu es spécialiste en la matière, toi ?

— Je suis capable de t'énumérer les questions dont les réponses te révéleront ou pas ton addiction. Es-tu capable d'arrêter ? L'as-tu déjà fait ? Mens-tu parfois pour cacher tes pratiques ? Éprouves-tu une angoisse diffuse, un sentiment de manque entre les moments où tu te livres à tes pratiques ?

Il lui adressa un adieu de la main.

— Pas besoin de me répondre aujourd'hui. Réponds-toi à toi, d'abord.

Sur ces mots, le président disparut.

Zachary Bidermann ferma son bureau de fort vilaine humeur. S'il entrait dans le jeu de Léo Adolf, il se considérerait comme un malade alors qu'il allait très bien. Nul n'avait le droit de juger comment il gérait son stress.

Monté dans la limousine, rond-point Robert-Schuman, il ordonna au chauffeur de le ramener à la maison.

— La maîtrise, grommela-t-il. Personne ne se maîtrise comme moi. S'ils savaient... Pauvres diminués du bulbe ! Ils n'ont pas plus de sève que d'idées. Bande de navets ! Je vous emmerde !

Revigoré mais furieux, il tapa sur l'épaule du chauffeur.

— Rue des Moulins, Georges. J'irai place d'Arezzo plus tard.

Lorsqu'il pénétra dans le sauna Les Tropiques, il trouva l'endroit minable, indigne de lui, et soupira d'aise. En fait, c'était aussi cela qu'il appréciait, la décoration sommaire, les palmiers en caoutchouc, les photos de crépuscule sur les murs, l'odeur aigre de javel. Pas un de ses collègues n'aurait imaginé qu'un notable comme lui pût se rendre dans un tel lieu ; or, justement, il ne voulait plus être un homme comme lui.

Une fois qu'il eut rangé ses vêtements dans un vestiaire en tôle cabossée, il ceignit une serviette élimée autour de sa taille et descendit au sous-sol.

Aux dernières marches, une puissante odeur de sous-bois en décomposition, de sueur, de champignons pourrissants l'enivra. Il parcourut les couloirs obscurs, rencontrant des couples, quelques individus solitaires. Des râles continus le galvanisèrent. Il gagna le hammam, l'oreille et la narine alertées ; pendant qu'il progressait, la senteur de thym qui teintait la vapeur acheva de le transporter : ce fumet, associé durant son enfance aux décoctions médicinales dégageant les bronches, était devenu pour lui un appel aphrodisiaque, une promesse de bonheur. Il poussa la porte de verre embué. Dans un nuage diffus, sous une lumière agonisante, des corps sans traits s'agitaient. Cinq ombres masculines s'occupaient de deux ombres féminines. Il s'approcha, dénoua sa serviette et, nu, sans identité, ramené à l'état de bête concupiscente, se jeta à son tour dans la masse de chair.

Une heure plus tard, l'élégant Zachary Bidermann descendit au 10, place d'Arezzo, congédia son chauffeur, passa dans sa chambre prendre sa douche rituelle, histoire de supprimer tout parfum suspect, changea de costume et se présenta à l'étage de réception, pimpant, souriant à Rose qui l'attendait avec impatience.

— Pas trop fatigué, mon chéri ?

— En pleine forme !

— Tu es vraiment extraordinaire. Comment fais-tu ?

Zachary Bidermann, flatté à l'idée d'être un surhomme, l'embrassa sans répondre.

3

— Que me conseillez-vous ?

Joséphine leva la tête vers le serveur italien qui se tenait debout, en retrait, prêt à noter la commande. Découragée par la richesse de la carte, elle cherchait à se dispenser de réfléchir.

— Je ne sais pas ce que vous aimez, madame.

— Que choisiriez-vous ?

Baptiste dissimula son visage moqueur derrière les hautes feuilles du menu car il connaissait déjà la suite : l'employé allait indiquer ce qu'il appréciait, Joséphine allait grimacer, il allait proposer une seconde spécialité, elle allait dodeliner de la tête puis lui reprocher, maussade, de n'avoir «vraiment» pas les mêmes goûts qu'elle avant de lui demander ce que mangeaient les gens de la table d'à côté et d'exiger ce plat. Après cette petite comédie qui pourrait durer quatre minutes, elle conclurait :

— En fait, je n'ai pas faim.

Le serveur s'éloigna. Joséphine et Baptiste trinquèrent.

Joséphine, après avoir bu une gorgée de brunello, fixa son mari.

— J'ai quelque chose d'important à te dire.

— Oui ?

— Je suis tombée amoureuse.

Baptiste battit des paupières. Sa réaction révélait autant de surprise que de soulagement. Dès l'arrivée du message non signé, l'étrange lettre jaune, il avait deviné qu'une intrigue se tramait sans lui, loin de lui : pas besoin d'être un grand observateur pour constater que Joséphine se précipitait au fond de l'appartement pour téléphoner, qu'elle disparaissait longtemps sous prétexte de courses, qu'elle rêvassait devant le journal télévisé. Quoique Baptiste eût déjà formulé une hypothèse, il attendait que l'explication vînt d'elle. Un autre mari aurait suivi sa femme en cachette, perquisitionné ses affaires, volé son portable, inventorié ses appels, provoqué une scène, voire exigé la vérité ; Baptiste, lui, disqualifiait ces comportements. Issu d'un couple qui se déchirait en querelles domestiques, il détestait la jalousie depuis l'enfance, au point d'avoir réussi à s'en purger, et répugnait à jouer les inquisiteurs ; mais la vraie raison de son attentisme demeurait la confiance : Joséphine ne pouvait pas le décevoir.

Elle le contemplait, attendant sa réaction pour continuer.

Baptiste murmura :

— Je m'en étais douté.

Elle chuchota à son tour :

— Faut dire que je ne m'en suis guère cachée.

Il approuva de la tête. « Pourvu que la conversation garde cette franchise respectueuse », songea-t-il. Il se pencha vers elle, qui souriait :

— Amoureuse, donc... C'est une bonne ou une mauvaise nouvelle ?

196

Elle lui saisit la main avec sollicitude.

— Je ne sais pas encore. Au fond, ça ne changera rien pour toi. Quoi qu'il arrive, c'est toi que je choisirai, Baptiste, c'est avec toi que je resterai. Voilà ce que je voulais te dire d'abord. Toi, toi, toi, avant la terre entière.

Baptiste sentit l'apaisement le gagner. Une onde de plaisir l'enfonça dans son fauteuil. Il avait donc eu raison de croire en la loyauté de Joséphine. Maintenant, il pouvait tout entendre puisqu'elle venait de lui confirmer qu'il restait l'élu.

— C'est récent ?

— Deux semaines.

— Que veux-tu ?

— Organiser une rencontre.

— Pardon ?

— Organiser une rencontre entre vous deux, répéta-t-elle avec enjouement. Normal, non ? Vous êtes les deux personnes que je préfère au monde. Cela me plairait que vous vous appréciiez.

— Ah oui ?

— Qui sait ?

— Qui sait quoi ?

— Toi et moi, nous avons toujours eu les mêmes goûts. Il y a beaucoup de chances que tu réagisses comme moi.

Baptiste était si estomaqué qu'il s'esclaffa :

— Joséphine, tu es vraiment unique !

— J'espère bien. Toi aussi, d'ailleurs.

Pour se remettre, il leur resservit à boire et fixa le liquide rubis dans le verre.

— Excuse-moi de demander des détails, Joséphine... c'est... déjà consommé entre vous ?

— Oui.

Pudique, elle baissa les paupières.

— Et c'était très bien, si tu veux avoir des détails. Oh, rien à voir avec toi. Très bien. Différent. Pour ces choses-là, tu sais qu'il m'est impossible de me passer de toi.

Baptiste dodelina de la tête, la sachant sincère : elle adorait faire l'amour avec lui. Il s'étonna de ne pas être davantage humilié en apprenant qu'elle s'était donnée à un autre.

— C'est bizarre…

— Quoi ?

— Que je ne t'en veuille pas. Ta confession m'émeut, m'inquiète, me fragilise, mais je n'éprouve pas de rancune envers toi.

— Encore heureux ! Moi qui suis si franche ! Qui te dis tout ! Et qui t'assure que tu comptes plus que n'importe qui !

Il secoua la tête.

— Comprends-moi mieux, Joséphine. On vit ensemble depuis plus de vingt ans et tu m'annonces le pire événement qui soit.

— Non !

— Si. Chez les gens normaux.

— Ah ! s'il te plaît, Baptiste, ne me joue pas la comédie des gens normaux. Ni toi ni moi ne sommes normaux ni n'avons l'intention de l'être.

Elle fulminait, réellement fâchée à cette idée. Il pouffa, ravi :

— C'est bien ce que je disais. Tu me déconcertes mais je n'arrive pas à t'en vouloir.

Animée par l'évidence, elle répliqua fort, criant presque :

— Parce que tu m'aimes et que je t'aime. Toi et moi, on ne peut pas se détruire.

Ayant entendu, les clients se retournèrent et leur adressèrent un sourire bienveillant.

Baptiste l'apaisa en lui serrant le poignet.

— Tu as sans doute raison.

Ils entamèrent la dégustation des antipasti.

Étrangement, Baptiste se sentait plus amoureux que jamais. Leur entente relevait d'un mystère miraculeux. Joséphine l'éblouissait. Simple, lumineuse, elle considérait l'existence sans brandir de tabous ni porter de jugements ordinaires. La vie l'avait surprise et elle voulait en parler avec lui.

— Tu sais, depuis le début de cette histoire, je me suis rendu compte que tu es l'homme de ma vie. Et je ne plaisante pas.

Il lui embrassa la main.

Elle persévéra, enfiévrée :

— Tu es l'homme de ma vie parce que tu es plus intelligent, plus talentueux, plus attentif que les autres.

— Continue, j'encaisse très bien les compliments.

— Tu es l'homme de ma vie parce que je te trouve beau, que tu me plais depuis vingt ans, que j'ai toujours envie de t'embrasser lorsque je t'aperçois, que j'ai besoin que tu me serres dans tes bras et que tu me fasses l'amour.

— Attention, méfie-toi, je risque de te croire.

— Tu es l'homme de ma vie parce que je veux vieillir avec toi.

— Moi aussi.

— Tu es l'homme de ma vie parce que tu les dépasses et les remplaces tous.

— N'exagère pas, Joséphine : tu viens de prendre un amant.

— Absolument pas !

— Mais…

— C'est d'une femme que je suis amoureuse.

Baptiste recula au fond de son siège, pétrifié. Joséphine précisa, les yeux brillants, enamourée :

— Elle s'appelle Isabelle.

Cette nuit-là, Joséphine et Baptiste firent l'amour différemment. Les subtilités de la cuisine italienne, la profusion de brunello, l'ivresse d'une situation inédite les rapprochèrent dans les draps. Parce qu'ils percevaient que d'autres amants se seraient emportés, voire séparés, après un tel entretien, ils éprouvaient un amour renouvelé par la présence du danger. Tremblant d'inquiétude et de joie, Baptiste avait l'impression que c'était la dernière fois, Joséphine la première ; depuis longtemps, ils n'avaient plus éprouvé cette appréhension devant le corps de l'autre, ce sens du sacré, ce respect pour l'intimité que chacun offre, cet éblouissement devant la récompense du plaisir. Ils communièrent autant qu'ils s'enlacèrent.

Le lendemain, Baptiste s'isola. Qu'il ne parvînt pas à écrire importait peu, il avait besoin de ces heures de solitude.

D'Isabelle, il ne savait pas grand-chose, sinon qu'elle avait leur âge, la quarantaine, qu'elle avait déjà élevé ses enfants qui finissaient leurs études aux États-Unis, qu'elle vivait auprès de son mari avec lequel elle ne partageait que des biens et quelques habitudes.

— Tu verras, lui avait assuré Joséphine, tu craque-
ras. Quand elle ne regarde personne, elle semble une
personne ordinaire ; dès qu'elle sourit, elle révèle une
aura.

Baptiste devait se l'avouer : la liaison de Joséphine
avec une femme le choquait moins qu'une liaison
avec un homme. Là, au moins, il ne subissait pas de
concurrence objective : ni lui ni Isabelle n'opéraient
dans la même cour, Joséphine ne s'égarerait pas en
comparaisons. Cependant, qu'il s'agisse d'une maîtresse l'inquiétait aussi… Sur ce continent inconnu, il
ne pouvait rivaliser.

Il ouvrit la fenêtre et contempla les oiseaux de la
place d'Arezzo, lesquels se poursuivaient de branche
en branche, plus proches de singes moqueurs que de
volatiles d'apparat.

Que sa compagne fût attirée par une femme ne le
surprenait pas, non que Joséphine eût déjà manifesté
cette inclination mais il était normal, selon lui, de subir
l'attraction du beau sexe. Rien ne lui paraissait plus
érotique que des filles nues enlacées dans un lit. «Si
j'avais été une femme, j'aurais été lesbienne.» Longtemps, il avait peiné à saisir comment ses amis gays
échappaient à cette magie, jusqu'à ce qu'il découvrît
qu'ils appréciaient la splendeur des dames – certains
savaient d'ailleurs les habiller, les maquiller, les pho-
tographier ou les mettre en scène comme personne –
sans les désirer. Pour clarifier ce hiatus, il n'avait eu
qu'à s'analyser : en mesure d'admirer un homme, il
n'éprouvait pas l'envie de le débaucher. Aux yeux de
Baptiste, aucune volupté ne constituait un problème.
Puisque la sexualité restait l'expérience du désir,
toutes les sexualités s'avéraient naturelles, même les

minoritaires. Le groupe auquel un individu appartenait relevait peu de son choix ou de son histoire, plutôt d'une loterie biologique : quel que fût son sexe, il
recevait des gènes qui le poussaient vers les corps de
l'un ou l'autre genre, voire des deux.

Il ferma la fenêtre.

Joséphine apparut.

— Es-tu d'accord pour demain soir ?

— De quoi me parles-tu ?

— La rencontre avec Isabelle…

Baptiste soupira. Il craignait ce moment.

— Laisse-moi du temps, je veux réfléchir.

— Réfléchir ? À quoi veux-tu réfléchir ?

— M'habituer à la situation.

— T'habituer à quoi ? Quelle situation ? Tu ne la
connais pas.

Elle se lova contre lui.

— Mon Baptiste, tu n'as aucune raison de t'affli-
ger… La situation reste entre tes mains. Tu décide-
ras de l'avenir. Moi, ma position est claire : je refuse
d'avoir une vie parallèle, je ne veux pas m'enfermer
dans le placard de l'adultère. Si tu ne supportes pas
Isabelle, si tu m'annonces que tu ne veux plus jamais
la voir, je la quitterai. Je souffrirai mais elle s'éclipsera.
Ça, je te le jure. Soit elle entre dans notre vie, soit elle
en disparaît.

— C'est aussi simple que ça ?

— N'aie pas peur. Tu ne risques rien, mon amour.

Il caressa son bras machinalement.

— Mais elle, a-t-elle envie de me voir ?

— Elle n'attend que ça.

— Elle ne le craint pas ?

— Elle est terrorisée !

Ils rirent. Cette inquiétude rapprochait étrangement Isabelle et Baptiste, celui-ci éprouvant une pointe de sympathie envers elle. «J'ai la bonne part. Si je redoute l'affrontement, j'en sortirai néanmoins vainqueur.»

— Je te laisse une heure pour décider. Le temps que je finisse mon cake.

— Un cake à quoi ?

— Un cake au citron.

— Mon préféré ! C'est du harcèlement.

Elle s'enfuit, vive, mutine, légère.

Était-il possible d'aimer autant un être ? Joséphine inspirait à Baptiste un amour de chaque instant. Seule l'activité créatrice l'en distrayait, mais là encore il se racontait qu'il écrivait d'abord pour la séduire, l'ensorceler, la retenir.

Dès le premier jour, il s'était entiché de cette personnalité forte, fougueuse, au caractère abrupt. En une seconde, Joséphine diagnostiquait un problème ou un comportement quand Baptiste devait délibérer afin d'arriver à un résultat identique. Elle avançait par intuition, lui par réflexion. Alors qu'il multipliait les raisonnements et les références avant de produire un jugement critique, il la voyait atteindre au but en un éclair, comme touchée par la grâce. Tandis qu'il représentait l'intellectuel tête de classe, bête à concours, bardé de diplômes, Joséphine, laquelle avait évité de passer le bac, lui semblait plus intelligente que lui. Si elle s'avérait unique, elle ne le devait à aucune stratégie, aucune culture ; consciente de sa différence, elle était elle, rien qu'elle, intense, incapable de faire autrement. Aucune autorité, aucune réputation, aucun consensus ne l'impressionnait ; on l'emmenait voir une œuvre d'un auteur consacré par les siècles, William Shakespeare, et elle s'exclamait à la sortie «Quelle abominable pièce !»; elle coudoyait un chef d'État et, aussi fabuleux ou sympathique fût-il – on sait que les politiques sont d'abord des professionnels de l'enjôlerie –, elle lui démontrait sans l'ennuyer qu'il se trompait dans sa politique. Un millionnaire n'avait pas plus de valeur à ses yeux qu'un ramasseur d'ordures : au contraire, la possession d'une fortune rendait impardonnable une faute de goût qu'elle ne manquait pas de dénoncer. Très vite, les amis de Baptiste l'avaient surnommée «Madame Sans-Gêne», évoquant cette maréchale pétrie de bon sens et d'audace, forte en gueule, qui se conduisait à la cour de Napoléon comme dans sa boutique de blanchisseuse. Lorsqu'ils s'étaient mariés, les camarades avaient inventé un nouveau sobriquet pour le jeune couple, «la gavroche et l'intellectuel». Puis ils s'étaient éloignés de ces copains d'études, lesquels ne les jugeaient qu'à travers leurs étroits préjugés; à présent, Baptiste et Joséphine ne les fréquentaient plus, libres, heureux, indépendants, éloignement que ces derniers mettaient sur le compte de l'insolente réussite qu'avait rencontrée Baptiste dans sa carrière d'écrivain.

Avec Joséphine, Baptiste ne s'ennuyait jamais car il ignorait toujours comment elle allait se comporter, son ascendant tenant à son imprévisibilité. Non seulement elle ne réagissait pas comme le commun des mortels, mais elle ne réagissait pas non plus comme elle-même. Dès qu'on avait délimité ses goûts ou ses obsessions, elle démentait ce classement par un détail. Ainsi ne pouvait-on prévoir ce qui allait lui plaire ou pas : croyait-on, parce qu'elle clamait son admiration pour Maupassant ou Stefan Zweig, qu'elle préférait un art direct, sans prétention, dépourvu de chichis littéraires, elle s'enchantait alors des infinies volutes proustiennes ou récitait les hymnes chargés de Saint-John Perse. Après avoir dénoncé quelques intellectuels obscurs, fumeux, incompréhensibles, elle recopiait des sentences de René Char, phrases adamantines à multiples facettes qui ne délivrent pas un message immédiat mais plusieurs sens avec le temps.

Aussi fluctuante qu'un ciel océanique, elle régnait dans le cœur de Baptiste, à la fois gouailleuse et sophistiquée, accueillante et exigeante, attentive et sans concession, émotive et intellectuelle, triste et gaie, amoureuse et coquine. Vrai azur imprévu, elle pouvait remplacer toutes les femmes parce qu'elle les était toutes. Souvent, il lui disait : « Tu n'es pas une femme, plutôt un catalogue de femmes. »

Joséphine provoquait des réactions contrastées, Baptiste en était informé : soit on l'adorait, soit on la détestait. Ceux qui la détestaient s'avéraient les plus nombreux. Cela n'affectait pas Baptiste. Au contraire. Cette exclusion offrait un crible pour repérer les esprits simplistes, conventionnels. Grâce à elle, il se débarrassait de nombreux crétins. Certes, il en concluait que Joséphine était insupportable ; or il ne supportait qu'elle ; les autres l'ennuyaient.

Elle revint dans la pièce en brandissant un quatre-quarts brûlé.

— Bon, j'ai la tête ailleurs : gâteau carbonisé. Je ne t'en donne que si tu es certain de vouloir attraper un cancer.

Il l'attrapa et la serra contre lui.

— D'accord pour demain soir.

Le visage de Joséphine s'éclaira.

— C'est vrai ? Ah, que tu me fais plaisir…

À vingt heures ce soir-là, Baptiste resta dans son bureau le plus longtemps possible. Il ne savait plus où se tenir : à sa table, cela lui rappelait qu'il était incapable d'écrire une ligne ; à la fenêtre, il risquait d'apercevoir Isabelle trop tôt.

Joséphine avait préparé un repas, allumé des chandelles, ce qui lui semblait grotesque ou délicieux, selon les secondes.

Enfin il entendit sonner. Son cœur se serra.

— J'y vais, annonça Joséphine.

Il entendit la porte s'ouvrir, le gazouillement indistinct des deux femmes. S'embrassaient-elles ? Profitaient-elles de son absence pour se comporter en amantes ?

Impatient, il vérifia sa tenue dans la glace. Il avait longtemps tergiversé : d'un côté il avait voulu éviter le ridicule de s'endimancher ; de l'autre, il sentait le besoin d'être à la hauteur de Joséphine, de ne pas lui infliger un mari négligé. En entrevoyant son reflet, il se trouva si anodin qu'il se demanda pourquoi Joséphine s'intéressait à lui malgré un physique pareil. Puis il traversa le couloir, souffle coupé, afin de rejoindre le salon.

Dès qu'il y pénétra, Isabelle se retourna, blonde, lumineuse, et son visage s'illumina.

— Bonjour. Je suis si contente de vous rencontrer.

Il vacilla, éclaboussé par tant de charme. Pas plus grande que Joséphine, Isabelle semblait sa sœur blonde.

Sans hésiter, il se pencha vers elle, lui attrapa l'épaule et glissa un baiser sur sa joue.

Elle frissonna à son contact. Lui également.

Elle dégageait un parfum délicieux.

Ils se sourirent de nouveau, sans bouger, à quelques centimètres.

— Vous voyez, s'écria Joséphine, j'étais sûre que vous vous plairiez !

Baptiste se tourna et regarda sa femme. Ses yeux joyeux lui disaient : « Je viens, moi aussi, de tomber amoureux. »

4

— Guillaume, ne te laisse pas aller !

Sous l'injonction de son père, le garçon se redressa devant son bureau d'enfant. François-Maxime de Couvigny poursuivit avec gentillesse :

— À chaque moment de ta vie, Guillaume, imagine que tu montes à cheval. Tu dois sembler souple et droit. Les deux à la fois. De la maîtrise, mais aucune raideur.

Guillaume jeta un œil à son père, lequel affichait un maintien remarquable, le dos plat, le cou dégagé.

— I beg you to remind him that, if necessary, dit-il à Mary, la jeune fille au pair.

— Yes Sir, you can trust me, répondit l'Irlandaise.

— You can leave us, please, I'll stay with him.

Mary quitta la chambre pour se rendre à l'étage des filles Couvigny.

— Alors, mon garçon, reprit François-Maxime, montre-moi ton cahier d'exercices. As-tu progressé en calligraphie ?

Il consulta les feuilles couvertes de l'écriture malhabile. Son fils s'appliquait mais se heurtait à mille obstacles : la plume accrochait, l'encre pondait des pâtés, le papier se déchirait. Une conspiration s'acharnait contre lui.

Devinant que l'appréciation de son père se révélerait sévère, le garçon tenta une diversion :

— À l'école, aujourd'hui, j'ai failli me battre.

— Pourquoi ?

— Parce que Benjamin et Louis ont traité Clément de pédé.

— Ah bon ?

— Je leur ai dit que ce n'était pas bien. D'abord parce qu'on ne dit pas comme ça. Ensuite parce que je leur ai appris que mon papa l'était et que je ne permettais pas qu'on dise du mal de lui.

François-Maxime de Couvigny resta interloqué, envahi par une onde de terreur.

Le gamin persista, sûr de lui, pointant du doigt :

— Je leur ai expliqué aussi qu'on ne disait pas « pédé » mais P-DG. Puis qu'on ne devait pas critiquer quelqu'un parce qu'il gagnait de l'argent. Et que toi, si tu étais P-DG de la banque, notre famille en était très fière…

François-Maxime éclata de rire, un rire violent, puissant, guttural, tête renversée en arrière. Certes, il se rendait compte qu'il réagissait trop, mais qu'importait : après avoir senti la balle siffler près de son crâne, il revenait à la vie.

Séverine passa la tête, surprise par une telle hilarité.

— Que se passe-t-il ?

François-Maxime rapporta les paroles de leur fils. Séverine, gênée, rit également. Au milieu de ses parents, Guillaume était partagé entre le plaisir de les amuser et l'intuition d'avoir commis une erreur.

— Qu'est-ce que j'ai dit de drôle ? finit-il par demander.

Les parents s'interrompirent, mis en demeure d'élucider un point délicat. Séverine signala à François-Maxime que c'était à lui, le père, que revenait le rôle d'instruire leur fils.

— Eh bien, Guillaume, « pédé », c'est un vilain mot qui désigne une vilaine chose.

— Quoi ?

— On traite de « pédé » un homme qui ne vit pas avec une femme mais avec un homme.

— Je ne comprends pas.

— Eh bien, cet homme-là, il couche dans le même lit qu'un autre homme, ils partagent leurs repas, ils partent en vacances ensemble.

— Ce sont des amis ?

— Plus que ça. Ils font ce que font un papa et une maman : se caresser, s'embrasser sur la bouche.

— Pouah !

L'enfant avait sauté sur sa chaise avec une grimace de dégoût.

Quelle satisfaction pour François-Maxime de constater que son fils éprouvait cette répulsion spontanée ! Quelle rassurante normalité ! Il jeta un coup d'œil fier à Séverine, laquelle, elle, semblait plus intriguée que comblée par la réaction de son fils. Il estima judicieux d'en rajouter une couche :

— Et puis ce qui n'est pas bien, Guillaume, c'est qu'un homme comme ça, qui n'épouse pas une femme, il ne produit pas d'enfants et ne fonde pas une famille. Au fond, il ne sert à rien. Pour la société et pour l'espèce humaine, il reste un inutile, voire un parasite.

L'enfant approuva gravement de la tête.

François-Maxime acheva :

— Ce mot-là n'a donc aucun rapport avec P-DG, cette abréviation de président-directeur général. Oui, aucun rapport entre P-DG et… ce que tu as dit.

Il ne parvenait pas à prononcer ces deux syllabes ; non seulement ce terme appartenait à un registre vulgaire dont François-Maxime se passait, mais même l'articuler aurait représenté un grand risque, contagion ou chemin d'un aveu… Il voulait tant ignorer cette réalité qu'il repoussait les mots la décrivant.

Le gamin reprit :

— Alors, Clément, il est pédé ?

— Peut-être pas, Guillaume. Ce mot – que tu ne dois pas employer –, c'est une insulte habituelle entre garçons mal élevés. Réfléchis : quand tes sœurs se traitent d'idiotes ou de crétines, elles ne disent pas la vérité.

— D'accord.

L'enfant inspira et conclut :

— En tout cas, moi, je ne serai pas pédé.

François-Maxime considéra Guillaume avec émotion. Ainsi, il ne lui avait pas transmis son penchant, il lui avait procuré des gènes propres, la malédiction s'arrêterait là, son fils ne serait pas contraint à mener une vie clandestine. Un instant, l'homme de quarante ans, dévoré par des troubles contradictoires, envia l'enfant de sept ans aux certitudes claires. Du coup, il reposa le cahier sans se montrer aussi intransigeant qu'il aurait dû.

— Tu formes déjà mieux tes lettres, Guillaume. Continue à progresser dans ce sens.

Il sortit, radieux, et rejoignit Séverine. Celle-ci lui accrocha la main, descendit l'escalier avec lui.

— Je te remercie mais je me demande…

— Oui ?

Séverine rougit. Elle éprouva des difficultés à poursuivre sa phrase :

— François-Maxime, n'exagères-tu pas en lui disant que… être ainsi… ce n'est pas bien ?

François-Maxime se crispa.

— Pardon ?

— Il va connaître des gens comme ça.

— Eh bien, justement. Il saura choisir qui a raison et qui a tort.

Le sujet clos, François-Maxime rejoignit ses filles. Tous les soirs, il avait l'habitude de s'entretenir avec chacun de ses enfants sur la journée écoulée et les devoirs du lendemain.

Séverine le regarda s'éloigner, droit, sûr de lui, et regretta de ne pouvoir, comme lui, souscrire sans hésiter à certaines «évidences». «Qui a raison et qui a tort»!… Profitant de ce qu'on ne la remarquait pas, elle se rendit au salon, se servit un whisky, l'engloutit à la hâte.

Depuis quelques jours, elle se sentait fort mal à cause de ces fichues lettres, ces deux papiers identiques qu'avaient reçus François-Maxime et Xavière. Ni l'un ni l'autre n'avaient hésité : son mari et son amante avaient d'emblée songé qu'elle, Séverine, les avait envoyés. Xavière l'avait manifesté sous la forme d'une gifle, François-Maxime par un sac somptueux où se trouvait le message original, «Ce mot simplement pour te signaler que je t'aime. Signé : tu sais qui», auquel il avait ajouté à la main : «Moi aussi.»

Ce qui tourmentait Séverine n'était pas l'identité réelle de l'envoyeur, mais qu'ils pensent qu'elle en était l'expéditrice ! S'ils savaient... Mesuraient-ils à quel point elle était incapable d'une telle initiative ? Percevaient-ils son absence de sentiments, son indifférence chronique ? Fallait-il que François-Maxime et Xavière l'aiment fort pour lui imputer cette idée ! À supposer que Séverine eût reçu ce papier, elle n'aurait ressenti, elle, aucune évidence. Parce qu'elle ne ressentait rien. Ou pas grand-chose. Elle s'estimait incapable d'un geste décisif envers quiconque et demeurait stupéfaite que personne n'en eût pris conscience. Si François-Maxime était devenu son mari, c'était parce qu'il l'avait proposé : elle n'avait fait qu'y consentir. Si Xavière l'initiait aux plaisirs de l'amour saphique, c'était parce qu'elle en avait eu l'initiative : Séverine s'était laissé guider. D'elle-même, elle n'éprouvait pas d'élan, se limitant à fournir un écho aux élans des autres. Son rôle de mère, elle se contentait de l'assumer, elle accomplissait son devoir et délivrait avec minutie les signes de l'amour. Il ne s'agissait pas seulement de passivité, mais de vide intérieur.

À son habitude, face aux deux messages, elle avait permis de croire qu'elle en était l'auteure. Quelle importance ? Ce qui comptait n'était pas la vérité – trop laide à dire, en tout cas la sienne – mais la préservation des illusions. Après l'avoir souffletée, Xavière, échauffée, l'avait entraînée sur le canapé du salon. Après avoir offert son présent, François-Maxime s'était montré d'une humeur plus allègre et plus enjouée que d'ordinaire. Bien qu'elle ne fût pas heureuse, elle les rendait heureux.

Elle se resservit un verre de whisky. Cette fois-ci, elle le remplit à ras bord et le descendit cul sec. Voici d'ailleurs un phénomène incroyable : nul ne soupçonnait qu'elle devenait alcoolique. Certes, elle maquillait ses beuveries cachées en se gargarisant avec une eau florale, histoire de masquer l'odeur du bourbon, mais quand même !

Elle descendit à l'office.

— Qu'avez-vous préparé, Grete ?

Le cordon-bleu nomma les plats et en inventoria les ingrédients principaux. « Là encore, incapable d'assurer mon rôle. » Séverine n'avait jamais préparé les repas. Fille de riche, elle avait d'autant moins appris à cuisiner que la tâche lui paraissait au-dessus de ses forces : élaborer pendant des heures ce qu'une bouche engloutirait en quelques secondes, quelle absurdité ! Si elle admirait les cuisiniers ou les cuisinières, ce n'était point pour leur maestria, mais pour ce culte de l'inutile, cette dévotion à une tâche farfelue, apprêter un festin qui serait aussitôt englouti. Des héros de l'inutile !

La famille se réunit dans la vaste salle à manger. De façon traditionnelle, les lambris encadraient des scènes de chasse peintes à la main. Sur la table, les assiettes, les verres et les couverts se multipliaient, offrant quotidiennement la richesse d'une table de fête. Une bonne se glissait derrière les convives et les servait.

François-Maxime dirigeait la causerie. Les enfants devaient savoir qu'un repas n'est pas un moment où l'on se repaît, mais où l'on brille par l'éclat de sa conversation, où l'on s'intéresse aux activités des autres.

Il s'agaça lorsque Guillaume tarda à répondre à une question sous prétexte qu'il mâchait un morceau de cabillaud.

— S'il te plaît, Guillaume, apprends à parler la bouche pleine.

— Mais…

— Faire attendre son interlocuteur sous prétexte qu'on mastique relève de la plus monstrueuse grossièreté. Une conduite de porc !

— Papa !

— Le physiologique ne doit pas l'emporter sur le spirituel, mon garçon. Tu dois t'habituer à parler la bouche pleine sans que quiconque s'en rende compte. Regarde.

Avec sa fourchette, il porta à ses lèvres une rondelle de courgette et poursuivit avec naturel, sans qu'on repérât un morceau dans son palais :

— Je n'ai pas besoin d'avaler plus vite. J'ai assez de place dans ma cavité buccale pour cacher les aliments et je profite de mon articulation pour broyer la nourriture. Ainsi je participe à la discussion en faisant honneur au plat.

Les filles scrutèrent leur frère avec une commisération hautaine : elles accomplissaient cette gymnastique mondaine depuis des années et pensaient « Vraiment, ce pauvre Guillaume, il faut tout lui montrer », oubliant qu'elles aussi avaient dû s'accoutumer à cela.

Après le dessert, Mary, la jeune fille au pair, vint chercher les enfants.

François-Maxime et Séverine s'installèrent au salon. Il chercha dans les émissions enregistrées celle qui les distrairait. Pendant ce temps, les yeux de Séverine erraient sur les murs : elle n'arrivait pas à déterminer si elle en appréciait ou si elle en détestait la décoration. L'ensemble donnait une impression de richesse, de luxe, de profusion car les tissus – des cloisons aux rideaux en passant par les canapés et les fauteuils – déclinaient divers motifs cachemire, les lampes nombreuses distribuaient des lumières ricochant sur des sculptures animalières, des boîtes en nacre ou en écaille de tortue. Dix ans auparavant, une architecte anglaise lui avait concocté ce décor. Le résultat engendrait un sentiment de confort mais elle ne s'y retrouvait pas. Depuis qu'elle avait découvert la maisonnette de Xavière au bord de la mer du Nord, si typée, si cohérente, si agréable, elle avait conclu à sa propre nullité : son intérieur lui avait été imposé de l'extérieur par une Britannique qui devait maintenant s'occuper d'un émir du Qatar. Bref, là aussi on lui avait dicté ses comportements.

Et si elle balançait ces chichis au profit d'un style zen, dépouillé ? L'idée la séduisit. N'avait-elle pas noté l'adresse d'un excellent décorateur minimaliste ? «Malheureuse, tu recommences !» Encore une fois, elle songeait qu'un autre allait arranger son monde… Elle renonça donc et souhaita que François-Maxime choisisse rapidement son programme afin qu'elle aille boire un verre de whisky.

— *Droit de parole* sur la politique européenne ! Ça te va, Séverine ?

— Parfait.

Ils regardèrent un show politique enregistré la veille. François-Maxime suivait les débats avec passion et partialité ; plus retenue, Séverine y prêtait une attention polie, profitant des moments forts pour aller siffler en cachette des gorgées d'alcool.

Au générique, il leur restait logiquement à monter dans leur chambre. Cette perspective terrifiait Séverine, qui s'entendit dire à François-Maxime :

— T'ai-je raconté le secret de mon père ?

Il la fixa, interloqué. Lorsqu'il comprit qu'elle attendait, avide, une réponse, il éteignit la télévision et s'assit en face d'elle.

— Le secret de ton père ?

François-Maxime n'avait pas connu le père de Séverine. Lorsqu'ils s'étaient rencontrés sur les bancs d'Assas, la faculté de droit parisienne, elle l'avait déjà perdu depuis un an.

Séverine saisit la carafe, sortit deux verres et apporta le plateau sur la table basse. Ainsi, s'il remarquait plus tard qu'elle sentait le single malt, il y aurait une raison. Et s'il buvait avec elle, ça passerait inaperçu.

Devinant que la confidence s'annonçait grave, il accepta le verre qu'elle lui tendit.

— Mon père avait un secret. Quand mon frère aîné le découvrit, ce fut le début de la fin.

— La fin de quoi ?

— De la famille. En cinq ans, tout a changé : mon père est mort, ma mère a développé un cancer, mon frère est parti en Inde où il a attrapé des amibes mortelles et ma sœur a épousé un Noir, ça, ce n'était pas grave en soi, mais c'est ce que Ségolène pouvait infliger de pire à mes parents tant qu'ils étaient là. Tu ne t'es pas demandé pourquoi il y avait eu une telle hécatombe dans notre famille ?

François-Maxime secoua négativement la tête. Lorsqu'il avait commencé à courtiser, puis à fréquenter Séverine, il l'avait accompagnée dans ces tragédies et, dès leurs fiançailles, avait assisté à de nombreuses funérailles. Au fond, il avait connu la famille de Séverine au moment où elle disparaissait. Conséquence ? Deux ans après leur mariage, Séverine partageait avec

217

l'unique sœur qui lui restait la monumentale fortune familiale ; puis, comme la sœur abandonna sa part, Séverine en récupéra la totalité.

— Mon père, reprit-elle, avait toujours suscité l'admiration et la terreur. Selon nous, il incarnait la précellence. Juste, cultivé, sévère, travailleur, abonné à la réussite, il nous impressionnait. De l'affection, il n'en montrait guère et il n'en réclamait pas. Ça, je ne l'aurais pas relevé, c'est mon analyste qui me l'a signalé. Seulement, un jour, ce père est tombé de son piédestal.

— Lui ?

— C'était l'été. Nous séjournions dans notre maison d'Hossegor, au bord de l'océan, sauf lui qui était resté à Paris. Il ne s'accordait jamais de vacances, il préférait travailler, ce qui avait pour effet que nous nous sentions un peu coupables, que nous entretenions une vague honte. Un jeudi, mon frère, vingt-deux ans, est remonté à Paris parce qu'un de ses meilleurs amis se fiançait. Il avait oublié de nous prévenir, papa inclus, et ne nous l'apprit que le matin de son départ. Il arriva donc à Paris l'après-midi et, pour éviter une conversation interminable avec notre concierge trop bavard, il grimpa à l'appartement par l'entrée de service. C'est là qu'il a vu mon père.

Elle se resservit un whisky avant d'ajouter :

— Ou plutôt une horrible femme qui ressemblait à mon père.

— Je ne comprends pas…

— Lui non plus n'a pas compris tout de suite. À travers les barreaux de la rampe, il a d'abord aperçu une matrone carrée, large, pas élégante, qui sortait de chez nous. Il s'en est étonné. Il a cru un instant que mon père avait engagé une autre employée de ménage. Elle descendait en claquant lourdement ses escarpins sur les marches. Puis il a distingué les traits de la femme et, malgré la perruque, malgré le maquillage, il a reconnu notre père.

— Ton père se travestissait ?

— Pierre n'a d'abord pas voulu croire ce qu'il avait vu, il a dévalé l'escalier, s'est enfui, affolé. Une heure plus tard, il est rentré et il s'est autorisé l'inimaginable : il a fouillé la suite de mon père – mes parents faisaient chambre à part. Là, il a découvert le battant caché à l'intérieur de l'armoire, un double fond qui contenait des robes, des jupes, des chemisiers XL, des escarpins taille 44, une trousse de maquillage. Il s'est interdit d'en parler et il est allé loger chez un copain. Seulement, chaque jour, il revenait à la même heure, patientait dans un café et voyait mon père déguisé en femme sortir par la porte de service.

— Il l'a suivi…

— Oui.

— Et… ?

— Notre père se promenait en femme. Il allait prendre un café en femme. Il flânait en femme dans les grands magasins aux rayons robes, lingerie, cosmétiques, où il s'achetait des babioles. Il vivait une heure féminine.

— Pierre vous a dit la vérité ?

— Cet été-là, Pierre n'a rien dit. Mais l'année suivante, il a commencé à rater ses études. Il découchait sans prévenir. On craignait qu'il ne se drogue. Un dimanche, au déjeuner, mon père, du bout de la table où il trônait en patriarche, lui a passé un savon devant nous. Alors mon frère a pâli, il s'est levé, a disparu puis est revenu, une minute plus tard, avec l'attirail de mon père pour se transformer en femme qu'il a balancé sur la table. Ensuite, il a révélé ce qu'il avait vu.

Séverine réprima un tremblement de ses mains.

— Sur le moment, l'accusateur fut transformé en coupable. Comme mon père, devenu livide, se taisait, ma mère s'est levée, indignée, a demandé à mon frère de partir et de ne plus jamais remettre les pieds chez nous. Pierre a obéi. Pendant quelques heures, nous avons voulu considérer notre frère comme un menteur, un fabulateur, un monstre. Or mon père s'était enfermé dans le silence. En une semaine, nous avons pris conscience qu'il nous avait mystifiés durant des années. Trois mois plus tard, ma sœur a annoncé qu'elle partait vivre au Niger avec son copain Boubakar. Ma mère l'a répudiée. Pierre, que je voyais en cachette, s'est envolé en Inde. Un an plus tard, mon père, qui n'avait pas prononcé dix phrases depuis ce dimanche fatal, a écrasé sa voiture contre un platane, accident que nous avons – sans le dire – interprété comme un suicide. La suite, tu la connais. Nous avons appris la mort de mon frère à Bombay. Ma mère s'est trouvé un cancer du sein et, soulagée, s'est laissé emporter par la tumeur en quatre mois. Enfin Ségolène, depuis Niamey, a désavoué notre famille en rejetant sa part d'héritage.

François-Maxime s'approcha de Séverine et l'entoura de ses bras mais elle s'en dégagea car elle souhaitait parler encore. Il ne se vexa pas et s'agenouilla à ses côtés.

— Tu es donc la seule vraie survivante de cette catastrophe.

— En apparence, oui.

220

— Que veux-tu dire ?

— Au fond de moi, je doute.

Elle plongea ses yeux dans les siens.

— Je doute que les gens soient bien ce qu'ils sont. Je doute que mes proches s'avèrent conformes à leur apparence. Je m'attends toujours à une horrible révélation.

D'instinct, François-Maxime se releva. Que tentait-elle de lui dire ? Savait-elle qu'il n'était pas ce qu'il donnait l'impression d'être ? Son récit lui annonçait-il qu'elle n'ignorait plus ses turpitudes ?

— Imagine, François-Maxime, qu'un jour nos enfants, à leur tour, apprennent que nous ne sommes pas ce que nous prétendons ?

Cette fois, François-Maxime recula davantage : plus de doute, elle savait !

— Que... que veux-tu dire ?

— Rien.

— As-tu... une révélation précise à me faire ?

Elle le fixa longuement, sans expression, accablée par sa lâcheté : elle n'avait pas le cran d'avouer sa liaison avec Xavière. Elle murmura, contrite :

— Non.

— Non ?

— Non.

Rassuré, François-Maxime se précipita et la broya contre lui.

— Je t'aime, Séverine ! Tu ignores combien je t'aime.

Sa véhémence tenait autant à sa sincérité qu'à son soulagement. Pendant quelques secondes, il avait craint de perdre ce qui lui était cher, son épouse, sa famille, sa réussite, ses secrets. Lyrique, enivré, il lui répéta donc plusieurs fois qu'il l'aimait, dansant joyeusement au bord du gouffre qu'il venait d'éviter.

Séverine fondit en larmes.

Il la réconforta puis, délicatement, comme si elle était aussi fragile qu'un vase en porcelaine, la conduisit dans leur chambre et l'allongea sur le lit.

C'était incroyable… Toujours cet effet incongru… Quand sa femme pleurait, il la désirait. Pourquoi ? Était-ce un fond de sadisme incontrôlé ? Ou bien supposait-il, en vrai mâle archaïque, que seules ses caresses la rasséréneraient ?

Sentant qu'il allait devoir se montrer patient, il la colla contre lui, la cajola, lui susurra mille gentillesses. À l'instant où elle lui sourit, il s'amusa à lui tapoter le nez. Elle ronronna, apprivoisée par sa bonté, puis lova tête et bras sur son poitrail.

Lorsqu'il ne douta plus d'arriver à ses fins, il tâcha d'apercevoir son regard : elle venait de s'endormir, épuisée.

Il la garda contre lui pour consolider son entrée dans le sommeil, puis, une fois assuré qu'un mouvement ne la réveillerait plus, il glissa hors du lit et se rendit au salon.

Sans allumer la lumière, il monta sur l'escabeau en bois, saisit un livre d'art au dernier rayon de la bibliothèque, ferma ensuite les rideaux, les portes de la pièce, puis alluma un seul lampadaire sous lequel il s'assit.

L'ouvrage, consacré au grand photographe new-yorkais Mapplethorpe, fit apparaître les habituels corps d'hercules torturés, les sexes noirs gonflés, ces jeux alambiqués de liens et d'attaches où la perfection plastique s'enchaînait aux fantasmes érotiques.

François-Maxime remercia le créateur de lui avoir permis d'introduire chez lui des excitants sous forme d'art et entreprit d'apaiser la tension qui l'empêchait de dormir.

5

— Vous étiez sortie, hier soir ?

— Pardon ?

Mademoiselle Beauvert releva la tête pour réentendre la question que lui posait Marcelle, laquelle, armée d'un chiffon, cherchait dans le salon quel objet attaquer.

— Ben oui, j'étais venue vous porter votre linge que j'avais ramassé au pressing. J'ai sonné plusieurs fois. Et la veille aussi, j'étais montée vous rendre les magazines que vous m'aviez prêtés.

Marcelle adorait les revues dédiées à la vie des rois et des princesses, passant dans sa loge des heures merveilleuses à admirer les robes, les traînes, les diadèmes, les palais décorés à la feuille d'or, tout ce à quoi elle accédait par les images.

Elle conclut :

— Vous sortez beaucoup, finalement !

Mademoiselle Beauvert s'empourpra. Le perroquet se mit à débiter d'une voix criarde :

— Qu'est-ce que ça veut dire, hein, monsieur le Crochu ? Qu'est-ce que ça veut dire ?

Mademoiselle Beauvert le fusilla du regard. Ce qui autorisa le perroquet à hurler :

— Au secours ! Au secours, Sergio ! Au secours !

Marcelle toisa le volatile, interloquée.

— Il est sonné, votre Copernic.

In petto, elle ajouta : «Je préfère mon Afghan.»

Mademoiselle Beauvert se leva, tourna sur elle-même, puis s'approcha de Marcelle en se triturant les doigts.

— Il faut que je vous fasse une confidence.

— Ah oui ? répliqua Marcelle, intéressée.

— J'ai rencontré quelqu'un.

Marcelle écarquilla les yeux et opina lentement du chef. Par un bref rire aigu, mademoiselle Beauvert marqua son ravissement.

— C'est un musicien de renommée internationale. Un pianiste. De nationalité américaine.

— Un Noir ?

— Non, blanc. Mais très proche d'Obama.

Marcelle agita les mains, admirative.

— Depuis combien de temps le fréquentez-vous ?

— Un an.

— Il vit ici ?

— À Boston.

Mademoiselle Beauvert baissa une tête pudique, comme si la mention de Boston décrivait une des qualités les plus troublantes de son fiancé. Marcelle s'étonna :

— Comment faites-vous ? Lui à Boston, vous ici ?

— En ce moment, il séjourne à Bruxelles. Autrement, nous nous téléphonons.

— Alors là, vous m'en bouchez un coin, mademoiselle.

Marcelle s'émerveillait : qu'on puisse entretenir une histoire d'amour au téléphone l'épatait. Comment s'y

225

prendrait-elle avec son Afghan qui ne parlait pas un mot de français et elle pas un mot de pachto ?

— En quelle langue vous causez ?

— Anglais…

— Chapeau !

— … même s'il parle bien français, puisqu'il a suivi une master class à Paris durant deux ans. Enfin, le français est devenu pour lui la langue de l'amour.

Elle rougit une nouvelle fois, comme si elle venait d'avouer un détail très intime.

Marcelle approuva et conclut :

— Je vais chercher mon aspirateur.

Mademoiselle acquiesça à son tour, considérant que Marcelle avait pris la bonne initiative.

Pendant que Marcelle se démenait dans le placard afin d'en décoincer l'objet, mademoiselle Beauvert retourna à son bureau et saisit un bout de papier. Elle y coucha quelques mots au crayon : «Pianiste. Américain. Études à Paris. Nous nous connaissons depuis un an.»

À cet instant, Marcelle ressurgit.

— Très proche d'Obama, vous dites ?

— Oui, Marcelle, très proche.

— Et il n'est pas noir ?

— Non, Marcelle.

La concierge brancha la prise de l'appareil.

— Remarquez, moi, des Noirs, je n'en ai jamais eu. J'aurais bien aimé. Par curiosité.

— Curiosité de quoi ?

Marcelle regarda mademoiselle Beauvert, hésita à répondre, se rendit compte qu'elle allait la choquer, haussa les épaules et lança la sonore ventilation.

— De toute façon, le vôtre, il n'est pas noir. Alors…

Elle se mit à frotter énergiquement les grands tapis.

Mademoiselle Beauvert ajouta en note «très proche d'Obama mais pas noir». Avant de le glisser dans son tiroir secret, elle contrôla ce que ce curieux papier jaune portait sur son verso : «Ce mot simplement pour te signaler que je t'aime. Signé : tu sais qui. »

«Tiens, c'est curieux. Je guette encore la suite de cette publicité. Ils ont su éveiller la curiosité mais maintenant ils ne devraient pas trop tarder. Sinon les gens vont oublier. »

Soulagée, elle songea que Marcelle renoncerait à chercher où elle filait le soir; en revanche, elle allait régulièrement se renseigner sur son amant. Comment l'appeler d'ailleurs ?

Le bruit de l'aspirateur s'arrêta. Fil à la main, pied sur l'engin, tel un chasseur qui pose avec sa proie, Marcelle fixait mademoiselle Beauvert.

— Mon fils se marie dans trois mois.

— Formidable. Et avec qui ?

— Christèle Peperdick.

Mademoiselle Beauvert se demanda si son cerveau ne se fêlait pas.

— Christèle Peperdick ?

— Oui.

— «La » Christèle Peperdick ?

— Pourquoi ? Il y en a deux ?

Mademoiselle Beauvert se leva, mécontente.

— Marcelle, ne faites pas l'idiote : je parle de Christèle Peperdick, la fille des champagnes Peperdick.

Marcelle se gratta la tête.

— C'est de celle-ci que je parle aussi.

— Quoi ! Vous êtes en train de me dire que votre fils, *votre fils*, va épouser l'héritière de la maison Peperdick ?

— Ben oui.

— Vous me dites ça comme ça ?

— Comment je devrais ?

— Vous vous imaginez ! Le monde entier piétine pour croiser les Peperdick. Quant à Christèle Peperdick, c'est le meilleur parti de Bruxelles. Comment votre fils s'y est-il pris ?

— Comme avec les autres : il l'a draguée.

— Où l'a-t-il rencontrée ? Comment ? Pourquoi ? Vous ne vous rendez pas compte à quel point ce mariage est…

Elle voulut dire «inespéré» mais bifurqua au dernier moment :

— … merveilleux !

Marcelle leva les yeux au ciel en grognant :

— Faut voir ! Le mariage, c'est tout feu tout flamme au début puis ça se réduit en cendres. On verra combien de temps ils tiendront, les deux chéris.

— Marcelle, votre fils va devenir riche !

— Tant mieux parce qu'il me doit deux cent quarante-deux euros ! Je ne sais pas si je vous l'avais dit, je lui avais avancé deux cent quarante-deux euros pour qu'il me fabrique une table de nuit ! Eh bien, je n'ai ni ma table, ni les deux cent quarante-deux euros ! Quelle misère…

En râlant, elle s'en prit à une chaise qui barrait son chemin, lui administra deux coups de pied et la mit au piquet contre un mur.

Mademoiselle Beauvert se tenait la tête entre les mains : cette mère obtuse remâchait son histoire de deux cent quarante-deux euros et de table de nuit alors que son fils faisait le mariage du siècle !

Devant tant d'invraisemblance, le doute la reprit :

— Marcelle, où habitent les parents de votre future bru ?

— Au bout de l'avenue Louise, square du Bois.

Mademoiselle Beauvert frémit : le square du Bois, une rue privée derrière des grilles noires et or, abritait des demeures seigneuriales de 700 à 1 000 mètres carrés et constituait une sorte de village élitiste où résidaient des fortunes, vieilles ou neuves ; on la surnommait « l'impasse des milliardaires » du temps du franc belge, « l'impasse des millionnaires » depuis le passage à l'euro.

— L'avez-vous vue, cette jeune fille ? Et ses parents ?

— Pas encore.

— Votre fils ne vous l'a pas proposé ?

— Il a insinué une chose qui ne m'a pas plu et je l'ai fichu à la porte. D'ailleurs, s'il remet les pieds ici, mon Afghan a l'ordre de le foutre dehors.

— Que s'est-il passé, Marcelle ?

— Il voulait vérifier ma façon de m'habiller et ce que j'allais dire.

Plus d'hésitation, donc ! Ce qu'avait raconté Marcelle jusqu'ici était vrai.

— Oui, mademoiselle, reprit Marcelle, comme s'il avait honte de sa mère !

Elle lâcha l'aspirateur, se cogna le front de son poing fermé puis fondit en larmes. Mademoiselle Beauvert se précipita, lui entoura les épaules de son bras, lui murmura des mots consolants alors qu'au fond d'elle-même, elle compatissait surtout avec ce garçon, lequel, après avoir décroché le gros lot, redoutait à juste titre que sa mère ne ruinât son ascension.

Une vague de bonté la submergea. Elle assit Marcelle sur un fauteuil, prit un tabouret qu'elle plaça juste en face et, lui tenant les mains, parla lentement :

— Marcelle, votre fils veut s'assurer que sa mère qu'il aime plaira à ses beaux-parents. Il veut être certain que vous saurez créer une belle relation avec cette famille. Il n'y a rien de monstrueux dans sa demande.

— Vous croyez ?

— J'en suis sûre. Si vous voulez, je me propose de vous aider.

— À quoi ?

— À préparer votre face-à-face.

Elle se crispa.

— Enfin, mademoiselle, il ne s'agit que d'une gamine et de ses parents limonadiers. Il ne va pas me présenter à la reine d'Angleterre !

— Je crains que vous ne sous-estimiez les Peperdick, Marcelle. Aux côtés de la reine d'Angleterre, ils figurent parmi les cinquante plus grandes fortunes européennes.

La concierge pâlit.

— Non ?

— Si. Normalement, une fille telle que Christèle Peperdick — et je dis cela avec toute mon affection et tout mon respect — épouse un héritier richissime. Ou un prince. Pas votre fils !

— Mon Dieu, dans quel merdier il est allé se fourrer !

— Aidez-le.

— D'accord. Que dois-je faire ?

Mademoiselle Beauvert se leva et observa le pot à tabac.

— Un petit régime d'abord ?

— Pourquoi ?

— Chez les riches, on est svelte. Même si on possède plus d'argent pour bouffer, on reste famélique. À un certain niveau de revenus, l'effort ne consiste pas à acheter de la nourriture mais à refuser de la porter à la bouche.

— Mon pauvre fiston, lui qui se bâfre comme quatre…

— Il est jeune, il ne stocke pas la graisse. Tandis que nous, à nos âges…

Marcelle considéra ses cuisses, son ventre, ses bras et sembla prendre conscience, pour la première fois, qu'elle était corpulente.

— Une fois que vous aurez fondu, Marcelle, on s'occupera d'acheter des vêtements.

— Avec quel argent ?

— Votre fils vous aura peut-être rendu vos deux cent trente…

— Deux cent quarante-deux euros ! Il a intérêt. Zut, c'est l'heure où je dois passer chez madame Martel. Je vous quitte, j'achèverai demain.

Elle laissa son ménage en plan et se dirigea vers la porte. Mademoiselle Beauvert la suivit machinalement.

— Remarquez que s'il me les rend, mes deux cent quarante-deux euros, il me restera toujours le problème de ma table de nuit.

— Demandez donc à votre Afghan d'en bricoler une.

— Mon Afghan ? Dès qu'il touche une assiette, il la casse. Il a des doigts en beurre. C'est un intellectuel, un docteur en philologie !

— Philologie ! s'exclama la demoiselle, étonnée que Marcelle connaisse ce mot.

Une fois la porte refermée, mademoiselle Beauvert sombra dans une longue prostration. Le hasard divaguait : quelle injustice ! Elle avait envie d'avoir à nouveau vingt ans, d'opérer d'autres choix. Dans l'histoire que venait de lui raconter Marcelle, elle s'identifiait aux deux personnages : la jeune fille riche qui se méfie des hommes ; le jeune homme pauvre qui bâtit sa vie sur une alliance. Or mademoiselle Beauvert n'avait jamais surmonté sa crainte des fiancés insincères et n'avait pas fait du mariage le socle de son existence. Conclusion ?

Pas de conclusion…

« Si ça continue, je vais y retourner ! »

Un cri déchira la pénombre :

— Sergio ! Sergio !

— Ta gueule, Copernic !

Le perroquet éclata de rire, d'un rire acariâtre, vicieux. Par vengeance, elle étendit un plaid sur la cage.

— Il faut dormir.

Puis elle se jeta sur un fauteuil, perplexe. Elle souffrait d'un malaise aigu. Cette journée ne se déroulait pas comme prévu. Alors qu'elle avait planifié de lire et de regarder la télévision, voilà qu'elle avait été obligée de se justifier, de s'inventer un nouveau prétendant, et que la concierge lui contait l'incroyable mariage de son fils.

« C'est trop. Il va falloir que j'y retourne. »

Elle était désabusée, elle qui avait si peu usé des choses. Repliée dans son appartement sec et désenchanté, elle n'éprouvait que du vide, tant à l'intérieur qu'à l'extérieur d'elle-même. À quoi bon poursuivre cette existence sans but et sans objet ? Car cette vacuité n'était pas apaisante. Une inquiétude secrète rongeait l'ennui, une anxiété lancinante, peut-être la seule véritable trace de vie qui subsistât en elle.

«Et si j'y allais maintenant?»

À cette voix, un alter ego répondit :

«Non. Tu y es déjà allée plusieurs fois cette semaine. Tu dois pouvoir maîtriser tes envies.

— D'accord.»

Pendant trois heures, elle lutta, tournant tel un fauve en cage. La télécommande à la main, elle zappa, espérant que des images retiendraient son attention. Elle entreprit le rangement d'un placard de vêtements. Dans la cuisine, elle vérifia les dates de péremption des aliments – une fois, deux fois, trois fois. Elle essaya ensuite d'entamer la lecture de *La Femme au bord de l'eau*, un roman de son voisin, l'écrivain Baptiste Monier, dont elle trouva le premier chapitre raté, n'arrivant pas à mémoriser le nom des personnages.

Enfin, à la nuit, elle ne put plus résister.

«Pourquoi pas ? À part moi, qui le saura?»

D'une voix de conspiratrice, elle se commanda un taxi.

Lorsqu'elle s'engouffra dans la voiture et lança l'adresse au chauffeur, celui-ci eut un sourire complice ; mademoiselle Beauvert, toute dignité dehors, releva le menton, prit un air interloqué, affichant un tel étonnement que le chauffeur se convainquit qu'il s'était trompé.

Il déposa mademoiselle Beauvert devant le perron du casino.

Au fur et à mesure qu'elle gravissait les marches, la vie revenait en elle. Joyeuse, enthousiaste, frémissante d'envie, elle pénétra dans la salle où chaque membre du personnel l'accueillit par son nom.

« Pourquoi voulais-je m'en empêcher ? Je me sens déjà mieux. »

Néanmoins, elle tenait à se punir puisqu'elle dépassait sa dose habituelle – elle avait joué plusieurs soirs de suite cette semaine. En pénitence, elle décida qu'elle éviterait les jeux coûteux et se limiterait aux machines à sous.

Elle s'assit devant un modèle chromé flambant neuf décoré de dessins de fruits, glissa une pièce, tira sur le manche. Citrons, melons, fraises, bananes, kiwis, ananas se succédèrent, frénétiques. Un dixième de seconde, mademoiselle Beauvert aperçut trois dollars côte à côte, espéra, en vit disparaître un, puis deux, éprouva de la colère, le désordre se réimposa à un rythme effréné, les images se stabilisèrent : deux dollars et une poire.

« J'y suis presque. Il ne m'en manque qu'un. »

Elle réenclencha l'appareil. Cette fois, elle ferma les yeux, histoire de dire à la machine : « Tu ne te moqueras pas de moi en me donnant de fausses joies, c'est toi qui obéiras, pas moi. » Lorsqu'un buzz sonore indiqua que le compteur figeait les sigles, elle écarta les paupières. Trois dollars ! Bingo !

L'argent tomba, bruyant, torrent liquide et métallique. Trop de pièces pour le récipient qu'elle transportait.

Elle agrippa sa nouvelle fortune, la porta à la caisse, enthousiaste.

« Avec une veine comme ça, je ne vais quand même pas rester aux machines à sous : n'insultons pas la chance ! »

Rien ne lui semblait plus raisonnable que ce qu'elle venait d'énoncer. Si le sort la favorisait, elle devait le respecter. Résolue, elle s'approcha donc de la table verte autour de laquelle les gens se massaient avec vénération. Repérant une place vide, elle s'y glissa, élégante, salua ses partenaires, adressa un clignement d'œil au croupier.

À la vue du tapis de jeu, des jetons, de la roulette, elle éprouvait des picotements agréables sous son crâne. Sans hésiter, avec sûreté, d'un geste économe, elle glissa sa pile sur le trois rouge.

La boule courut, folle, sur la roulette déchaînée.

Le suspense monta. Son cœur battait la chamade. Elle raffolait de ce long vertige. Les machines à sous la décevaient car on y gagnait trop facilement, mieux valaient les émois qu'offrait le grand risque ; moins on a de chances de gagner, plus il est délicieux d'attendre. Quel meilleur écrin aux sentiments que le danger ? À chaque partie, elle risquait de perdre son argent, son honneur, sa position sociale ; par un geste, elle mettait en péril les fragiles équilibres de sa vie, or cette précarité, loin de l'étourdir, lui faisait goûter chaque pure émotion avec davantage d'intensité. Pendant que la boule tournait, elle n'avait plus cinquante-cinq ans, elle ne vivait plus seule, elle ne regrettait plus les amours évanouies, elle occupait le centre du monde. L'enjeu devenait cosmique : sa volonté affrontait le hasard. Elle tirait la langue au destin. Elle allait prouver, non pas que l'aléatoire n'existait pas, mais que sa volonté, son intelligence, sa persévérance triomphe-raient des forces aveugles. Jamais le sexe ne lui donne-rait ce vertige. Coucher, c'était jouer mesquin, même pas au niveau des machines à sous.

— Rien ne va plus !

Si, au contraire, ça allait très bien. Elle brûlait l'ennui, se sentant plus vivante qu'au cours de la journée. Après quelques soubresauts, la boule s'ancra sur sa case définitive.

— Cinq noir ! déclara le croupier.

Raté. Tant pis, elle continuerait. La difficulté ne consistait pas à miser, mais à cesser de miser.

6

Faustina se faufila entre les voitures, vérifia le numéro de la plaque d'immatriculation, sortit le couteau à huîtres de son sac, jeta un œil autour d'elle et, puisque personne ne la voyait, s'accroupit en enfonçant la lame dans le pneu arrière droit. Ensuite, elle coulissa pour reproduire l'opération sur le pneu gauche. Enfin, elle se redressa, souveraine, feignit d'avoir ramassé un objet sur le macadam et regagna le trottoir.

Voilà, Dany était coincé. Il ne pourrait pas partir à vingt-deux heures comme l'autre soir, elle le retiendrait à sa disposition toute la nuit. Rassérénée, elle remonta à son appartement.

En entendant sa voix ambrée, elle frémit de contentement ; dans la pièce principale, l'avocat d'origine antillaise, pieds nus, les manches de sa chemise relevées, le téléphone greffé à l'oreille, traitait un dossier avant d'achever sa journée professionnelle.

Elle le considéra affectueusement. Du moment qu'il restait chez elle, elle l'adorait. En revanche, sitôt qu'il se trouvait ailleurs, elle rejetait son métier, lui reprochait d'en être passionné, le soupçonnait de se moquer d'elle en macho triomphant auprès de ses collègues, craignait qu'il rejoignît d'anciennes maîtresses, ou pire peut-être, rageait à l'idée qu'il s'endormait seul chez lui en l'oubliant. Bref, s'il passait la porte, elle n'éprouvait aucune curiosité pour le reste de sa vie, seulement de la haine.

Lorsqu'il eut raccroché, elle s'assit sur ses cuisses et l'enveloppa de ses bras.

— Femme en détresse à secourir, murmura-t-elle.

Il répondit à ses caresses. Elle accentua sa pression sensuelle. Leurs lèvres se cherchèrent.

À cet instant, le téléphone retentit de nouveau.

— C'est fermé! s'exclama Faustina en bouffonnant, telle la boulangère baissant son rideau de fer.

Dany se pencha pour découvrir qui l'appelait.

— Non! ordonna-t-elle.

— Tu es une enfant.

— J'ai dit non!

— Faustina, je dois répondre.

Comme elle maintenait son étreinte, il usa de ses muscles, se dégagea, la remit sans ménagement sur ses pieds et, contrarié, saisit l'appareil.

Elle enrageait. Non seulement il l'avait repoussée, mais il la dominait par la force. Jusqu'à présent, la puissance de son étreinte, elle ne l'avait connue que dans la volupté; voilà que ce brutal la retournait contre elle. De la violence pure.

«Je le hais!» D'emblée, elle n'eut plus qu'un but: le faire souffrir, ici, tout de suite.

Pour l'heure, Dany poursuivait sa conversation avec un collègue sur le dossier épineux du moment, en évitant d'approcher Faustina tant il percevait les ondes acrimonieuses qu'elle diffusait.

Elle réintégra la cuisine, reprit une contenance, prépara un apéritif et revint, tranquille, avec un plateau.

Elle vit que, du coin de l'œil, Dany avait enregistré la métamorphose. Lorsqu'il raccrocha, l'avocat se tourna vers elle.

— Dans mon métier, il y a des urgences. J'avais une discussion en cours qu'il fallait conclure.

— Oui, oui... ton métier, ton extraordinaire métier !

— Justifie ton ironie.

— Lorsque tu l'évoques, j'ai l'impression que moi, je ne travaille pas, que nous, les pauvres mortels ordinaires qui n'avons pas l'insigne honneur d'être maître Dany Davon, avocat au barreau de Bruxelles, nous croupissons en dilettantes.

— Je te rappelais que j'ai des contraintes.

Elle happa le téléphone de Dany et le tint suspendu au-dessus du vase de tulipes.

— Moi pas !

Sur ces mots, elle laissa tomber le téléphone dans l'eau.

Furieux, Dany se précipita et retira l'objet.

— Pauvre tordue !

Il récupéra son portable, l'essuya avec un napperon, bondit à la salle de bains pour en extraire l'humidité avec le séchoir à cheveux. Faustina le regarda besogner avec un sourire qui insinuait : « Si tu savais comme tu es ridicule. »

Lorsqu'il eut terminé, il tâcha, contracté, d'allumer le mobile. Miracle : l'appareil fonctionnait. Soulagé, Dany s'assit sur le rebord de la baignoire.

— Plus jamais ça !

— Sinon ?

Il poussa un soupir.

— Que cherches-tu ?

Faustina demeura stupéfaite. Elle s'était préparée à une escalade de la violence, genre de combat où elle se savait redoutable, l'exaspération et la mauvaise foi lui fournissant des répliques à l'infini, mais qu'il lui demandât, avec simplicité, ce qu'elle désirait lui ôtait ses moyens.

Puisqu'il attendait, paisible, la réponse, elle comprit qu'elle devait s'exécuter, hésita, balbutia :

— Tu m'avais repoussée.

— C'était provisoire, Faustina. Le temps de répondre au téléphone.

— Je ne l'ai pas pris ainsi.

— Il fallait. Pourquoi crois-tu que je suis venu ici ? Pour te repousser ? Pour te dire que je ne veux pas te voir ?

Faustina saisit l'illogisme de son comportement ; à son habitude, elle changea sur-le-champ de personnalité. Se jetant dans ses bras, elle chuchota d'une voix humide :

— Je tiens à toi. Tu m'as choquée en exerçant ta force contre moi.

Il se rengorgea, content de la tournure des événements.

— T'ai-je blessée ?

— Non.

— Alors tu vois, cela veut dire que je me contrôlais.

Pour lui prouver qu'il avait raison, il la souleva – non seulement elle le laissa opérer, mais elle s'efforça de se montrer le plus lourde possible. Il la porta jusqu'au salon, la posa délicatement sur le canapé, commença à l'embrasser.

Faustina oublia aussitôt ce qui venait de se passer, sa fureur, les rancœurs qui l'avaient agitée, et se glissa contre lui. Ils firent l'amour.

Deux heures plus tard, ils dégustaient des fruits de mer sur une étroite table pliante que Faustina avait glissée sur son balcon.

Sur la place, une nuit bleu roi baignait de douceur les arbres, bercés par le chant des oiseaux. Ceux-ci bavassaient avec une mollesse assoupie, plus graves, moins stridents que durant le jour.

Dany gobait les huîtres avec volupté. À chaque fois qu'il en aspirait le contenu, il fixait Faustina.

— Pourquoi cette tête ? dit-elle en pouffant.

— C'est si féminin, les huîtres. La substance, le parfum, le contact. J'ai l'impression de te manger, toi !

Il aspira goulûment son dernier coquillage.

Faustina frémit comme si elle venait de passer entre ses lèvres.

Il lui resservit du vin blanc.

— Il faut se méfier du sexe, Faustina : c'est une drogue.

— Qu'est-ce que tu racontes ?

— Une drogue, ça signifie plaisir, sommet, chute, manque, souffrance, jusqu'à ce qu'on recommence. Si nous continuons à baiser aussi bien, nous ne nous en passerons plus.

Elle pensa : « Continuer à baiser, continuer à baiser… Que veut-il que nous fassions d'autre ? » Il poursuivit :

— Si nous continuons à baiser ainsi, nous allons devenir hystériques les jours de privation.

Faustina diagnostiqua ce qu'elle éprouvait : les rares fois où leur vie professionnelle les avait empêchés de se retrouver, elle avait été prise d'une nervosité intolérable, une vraie douleur. Secouant la tête, elle suggéra :

— La seule solution serait donc de baiser mal.

— Évidemment. Or moi, avec toi, je ne pourrais pas.

— Moi non plus.

Ils inspirèrent plus fort l'air parfumé du soir. Tous deux venaient de toucher le maximum de romantisme qu'ils pouvaient atteindre ; pour éviter de s'enniaiser, ils se jetèrent des regards complices.

— As-tu déjà subi ce sentiment d'addiction ? s'enquit Faustina.

Il sourit.

— J'ai trente-huit ans, Faustina. Quand nous nous sommes rencontrés, je n'étais plus vierge.

— Ah bon ? Tu étais vierge de moi, en tout cas.

— D'accord. Même si je n'ai jamais découvert quelque chose d'aussi fort qu'avec toi, lors de mes expériences plus... comment dire... ordinaires, j'ai déjà pris cette drogue.

Faustina accepta l'explication, du moment qu'il légitimait sa supériorité. Du coup, elle n'hésita pas à le surprendre davantage :

— Si la drogue n'a qu'un seul dommage, celui de créer la dépendance, pourquoi ne pas se droguer ?

Il éclata de rire, ravi.

— D'accord.

Ils trinquèrent.

— Selon moi, dans le sexe, avoua Faustina, il ne doit pas y avoir de limites.

— Précise...

— Eh bien, le sexe a été inventé pour dépasser ses limites : la pudeur, la décence, la bienséance.

Il la contempla un long temps et s'exclama, la voix humide :

— C'est génial ce que tu me dis là.

Il se tâta, comme s'il piétinait sur le seuil d'une grande émotion.

— Ce ne sont pas… que des mots ?

— Pardon ? murmura-t-elle, vexée.

— J'ai rarement connu une femme qui allait jusqu'au bout de ce raisonnement. Tu sais, nous, les hommes, nous rêvons de celle qui appréhenderait la sexualité à notre façon, une fête perpétuelle, une pure jouissance, une joie partagée avec les autres, forte et innocente.

— J'ai l'impression que tu parles à ma place.

— Vraiment ?

— Vraiment !

Les paupières du métis s'agitèrent, ses lèvres gonflées tremblaient.

— Faustina, je n'ose pas te prendre à la lettre.

— Va.

— Tu me suivrais dans mes délires sexuels ?

— Chiche !

Faustina avait le cœur en révolution. Jamais elle n'avait vu Dany si passionné, vibrant, tout entier tourné vers elle. À cette minute, elle sentait qu'elle devenait la femme importante, la femme essentielle, celle qui lui donnerait ce qu'aucune des greluches précédentes n'avait été fichue de lui apporter.

— Eh bien ? insista-t-elle, encourageante.

— Eh bien, j'aimerais montrer aux hommes comme tu es belle, comme tu es bonne, comme tu es souveraine. Tu piges ça ? Que ça me ferait bander d'être fier de toi. Qu'on sache que tu es une impératrice.

Elle déglutit, ravie du rôle.

— Ça me va !

— Génial… As-tu déjà été aux Mille Chandelles ?

— Aux Mille Chandelles ?

— La meilleure boîte à partouzes d'Europe.

Il se penchait vers elle, bouche ouverte, yeux brillants, attentif. Elle imaginait une seconde que, là-bas, il montrerait à tout le monde combien il tenait à elle… Elle frissonna. Puis elle chercha ce que répondrait sa mère dans un cas pareil. «Non, bien sûr.» La pauvre… Sa mère, ce n'était plus une femme, seulement une veuve. Dans un carrousel d'idées, elle détermina laquelle de ses amies s'aventurerait à dire oui à une telle exigence. Aucune. Soit elles étaient coincées, soit elles étaient possessives. Faustina aperçut donc là l'occasion d'être unique. Si elle déclinait, elle se montrerait aussi godiche que les précédentes ; si elle s'y risquait, elle s'attacherait Dany.

— Je suis partante.

7

— Comment supportes-tu d'avoir une mère folle ?
demanda Claudine à son fils.

— On ne choisit pas, répondit lentement Ludovic.

Fatigué, le cheveu en bataille, les yeux rougis, lassé
de se concentrer, Ludovic venait de consacrer quatre
heures aux factures et aux comptes de sa mère. Si,
d'habitude, Claudine se contentait d'être confuse,
impécunieuse et de payer en retard, elle avait cette
fois commis de graves erreurs. Il se massa le front avec
découragement.

— Enfin, maman, comment as-tu pu signer cette
promesse de vente ? Ton petit immeuble vaut beaucoup plus ! Et ses trois loyers te permettaient de vivre !

Claudine releva la tête, enjouée.

— C'est une bêtise, n'est-ce pas ?

— Une énorme connerie. Cette fois, je ne vais pas
pouvoir rattraper le coup. Cet escroc t'a embobinée.

— Je ne suis qu'une femme seule, tu sais, une
pauvre femme sans appui. Du temps de ton père…

Ludovic connaissait la suite… Avant, Claudine ne
se serait pas trompée car elle n'avait droit à aucune initiative, son mari dirigeant tout – le ménage, la famille,
les finances – en despote absolu. À l'époque, elle s'en

plaignait, elle pleurait dans sa chambre, rêvait d'une autre vie, mais aujourd'hui, à l'entendre, elle regrettait cet enfer.

— Le notaire t'a laissée faire ?

— Oui.

— Maître Demeulemester ?

— Non, c'était son assistante. Lui est parti pour trois mois en Thaïlande.

— Je cauchemarde ! Un notaire qui abandonne ses clients pendant trois mois de vacances !

— Il a un cancer, Ludovic, sa chimio a échoué. Tout ce que le traitement a réussi, c'est lui flanquer un teint de carton et lui enlever les quatre cheveux qui lui restaient.

Ludovic regarda sa mère, redevenue soudain volubile, passionnée, dont les yeux brillaient à l'énoncé des catastrophes. Elle avait la sale habitude d'adorer le malheur, d'en rechercher les péripéties, d'en collectionner les détails. Dès qu'ils souffraient, les gens l'intéressaient davantage que lorsqu'ils allaient bien. Elle, qui mégotait une sortie à une amie, s'avérait disponible si on l'hospitalisait ; on l'invitait plus facilement à un enterrement qu'à un souper. La vulnérabilité, voire l'agonie des autres, l'amenait à se sentir plus forte, plus vivante ; elle y puisait de l'énergie, tel un oiseau charognard. Ludovic prit soin d'arrêter aussitôt le monologue qui n'allait pas manquer de suivre :

— Maman, pourquoi tu ne m'en as pas parlé ?

— Du cancer de maître Demeulemester ?

— Non ! De la vente de ton petit immeuble ?

— Je n'ai pas eu l'occasion. Tu es si occupé.

— Tu me vois tous les jours, tu me parles plusieurs fois par jour !

246

— C'est l'impression que tu as.

— C'est la vérité !

— Je ne voulais pas te tracasser.

— Réussi ! Maintenant, je me confronte à un drame financier et j'interviens trop tard. Tu m'inquiètes…

Ce mot-là enchanta Claudine. Elle adorait donner du souci à son fils, manière de l'envahir ; ainsi, elle savait que lorsqu'il la quitterait pour regagner son domicile, elle l'accompagnerait en pensée.

— J'ai peur que tu ne commettes d'autres bourdes, maman.

Claudine prit une tête d'enfant coupable, se gardant surtout de protester.

— Je ne sais plus comment avancer avec toi, murmura Ludovic, autant pour lui que pour elle.

Claudine s'illumina.

— Tu pourrais exiger qu'on me mette sous tutelle !

Ludovic la considéra, effaré : la solution qu'il n'osait pas lui proposer par crainte de la vexer ou de la déprimer, voilà qu'elle la réclamait d'elle-même ! Avec allégresse !

— Oui, reprit Claudine. Comme cela, je ne ferais rien sans ta signature. Cela ne serait-il pas impeccable ?

— Mais…

— Oui ?

— Maman, tu n'as que cinquante-huit ans… Normalement, on ne procède à ce genre d'action que…

— On prend ces mesures quand elles sont utiles et tu as l'air de me dire que j'en ai – que tu en as – besoin.

Ludovic approuva de la tête, grave, ébranlé. Il rangea les papiers dans les dossiers qu'il avait préparés, accepta une nouvelle tasse de thé, bavarda de sujets futiles puis quitta la maison familiale.

Il décida de rentrer à pied tant il lui fallait repenser à cette scène choquante. Lui qui avait tant haï son défunt père, qui lui avait reproché d'abuser de son pouvoir, qui l'avait accusé d'infantiliser sa mère, voilà qu'il réexaminait sa lecture du passé : son père n'était peut-être pas le seul coupable, Claudine appelant ce genre de comportement. Elle sollicitait une force en dehors d'elle, elle refusait de se comporter en adulte et le conviait à la traiter en enfant.

Ludovic coupa par le square où de jeunes Maghrébins jouaient au foot.

Ce qui brouillait Ludovic n'était pas de mesurer l'immaturité de sa mère, mais d'acquitter un père étiqueté « salaud »; cette nouveauté dérangeait le roman familial qu'il s'était construit. Son père, une brute, un monstre qui frappait sa femme et ses deux enfants, n'avait jusqu'ici eu droit à aucune circonstance atténuante; même sa mort n'avait pas conduit à son idéalisation. Or Ludovic découvrait en Claudine un penchant à déclencher la violence : elle commettait sciemment des bévues afin qu'il la recadre, elle testait ses limites, elle le poussait à sortir de ses gonds et à la dominer. En fait, elle incitait ses proches à la tyrannie.

Ludovic se troubla : et s'il se fourvoyait ? Si ce n'était pas sa mère qui générait un comportement dur, mais lui qui réagissait agressivement ? Aurait-il hérité du tempérament de son géniteur ? Reproduisait-il, par fatalité génétique, l'attitude de celui qu'il avait abhorré ?

Il s'arrêta place Brugmann, entra dans un restaurant de style américain décoré en vieille Cadillac et, sur une banquette en skaï turquoise, commanda un hamburger au cheddar accompagné de frites. Le Coca-Cola l'aida à se changer les idées ; rien de plus infect, il le reconnaissait, que ce breuvage à l'allure de pétrole et au goût moléculaire, mais quelle béatitude ! Dans son enfance, lorsqu'il s'enfuyait de la maison, il rejoignait en cachette un fast-food américain et déjeunait en singeant les adultes ; aujourd'hui, il s'empiffrait en se croyant enfant.

En partie rasséréné, il fit une halte place d'Arezzo. Perroquets et perruches piaillaient, crottaient, voletaient comme si jamais rien n'arrivait dans cette ville. À croire qu'ils n'avaient pas d'états d'âme… Ludo les observa, partagé entre la haine et le dépit : quoique les trouvant stupides, il enviait leur vitalité perpétuelle, se demandait pourquoi l'existence leur offrait si peu de complications, et à lui tant.

De retour à son appartement, il mit la touche finale à deux articles de son magazine culturel puis, soulagé d'avoir accompli son devoir, ouvrit son ordinateur personnel.

Sur le site de rencontres auquel il venait de s'abonner, quatre individus répondaient à son annonce amoureuse. Quelle déception ! Lorsqu'il s'était inscrit, on lui avait fait miroiter une cinquantaine de réponses : soit les vendeurs l'avaient abusé, soit son texte n'attirait personne. Quatre femmes en une semaine ?

La première l'insultait : « Faut être un sacré croûton pour écrire un tel mot. Sur une île déserte, je préférerais la compagnie des tortues à celle de ce crétin. À ce niveau-là, il ne reste que la masturbation. »

La deuxième ordonnait sa radiation du fichier : « Cher modérateur du site, si vous admettez des tarés pareils, les gens bien vont résilier leur abonnement. »

La troisième prenait une autre direction : « As-tu envie d'une grosse vicieuse ? Appelle Virginie. »

La quatrième résonnait différemment. « Suis très intéressée par ton annonce. Ai tous les défauts que tu exiges : asociale, insomniaque, fumeuse, hystérique, médiocrement sexuelle, en déprime depuis des années. J'en ajoute de nouveaux : je ne cuisine pas si mal, je verse dans l'irrationnel, je n'y connais rien en musique que pourtant j'adore. Cela dit, avant de t'envoyer une cassette, ce qui serait un acte d'une impudeur prématurée, j'ai besoin d'en savoir plus sur toi. Quel a été ton dernier repas ? Quel morceau viens-tu d'écouter ? À quel signe du zodiaque appartiens-tu ? Scorpion ou Gémeaux, pas la peine de répondre. »

Ludo sourit au ton de cette lettre. Enfin, quelqu'un qui le comprenait… Il déchiffra son nom : Fiordiligi. Ah, nouveau bon point : elle avait choisi pour pseudonyme un personnage de Mozart, l'héroïne de *Così fan tutte*.

Sa tête s'échauffa. Il allait entrer en rapport avec elle, certainement. Devait-il répliquer maintenant ou attendre le lendemain ?

Il fit le tour de son appartement, revint à sa table. Autant ne pas user la patience d'une femme aussi bien. Ses doigts prestes frappèrent le clavier :

« Bonjour, Fiordiligi. À lire ton portrait, tu es la femme idéale. Ne t'enjolives-tu pas en te parant de défauts ? Mentirais-tu pour m'attirer ? Es-tu vraiment le désastre que tu prétends être ? J'ai peur de te découvrir des qualités si je rentre en rapport avec toi. Signé : Alfonso. P-S. Je suis Sagittaire. J'ai mangé des saloperies. J'écoute du Scriabine afin de cultiver artistiquement mon cafard. »

À peine avait-t-il pressé la touche « envoi » que la sonnerie d'entrée retentit. Empourpré comme s'il avait été surpris pendant le coït, Ludo éteignit son ordinateur puis ouvrit sa porte.

— Tiffany ?

— Quoi ? Tu ne m'attendais pas ?

— Euh… non.

— J'en étais sûre. Aux copines, j'avais dit : « Vous allez voir, il va oublier. »

— Quoi ?

— Ton rendez-vous.

— Moi ?

— Ton rendez-vous à l'institut See Me.

Il ne saisissait pas. Elle insista en roulant des yeux fâchés :

— Le massage que nous t'avons offert lors de ton anniversaire !

Ludovic se frappa le front, consterné : ses copines s'étant cotisées pour lui payer un massage, ce dont il avait horreur, il avait rangé le bon dans un tiroir. Or la patronne du See Me avait appris aux filles qu'il ne s'était pas présenté ; trois jours auparavant, Tiffany lui avait donc imposé un rendez-vous et venait le chercher. Plus moyen de reculer.

— Tu vas voir, cela te fera beaucoup de bien, maintint Tiffany en constatant qu'il se décomposait.

— C'est que… je te l'ai déjà répété… je ne suis pas sûr… d'aimer les massages.

— Comment le sais-tu puisque tu n'as jamais essayé ? Allez, je ne peux pas m'occuper de tous les dépucelages, mais celui-ci, je m'en charge.

251

Un instant, Ludo envisagea d'enflammer sa cuisine pour créer une diversion mais Tiffany lui collait aux basques et ne lui permettait plus de se défiler.

Ensemble, ils marchèrent jusqu'à l'avenue Molière. Là, l'institut See Me affichait son chic discret.

Tiffany poussa la porte, déclina l'identité de Ludo à la réceptionniste. Celle-ci, d'une voix sucrée, lui indiqua la marche à suivre :

— Voici la clé du placard 6, à gauche après cette porte. Vous y trouverez des serviettes, des pantoufles et un peignoir. Vous y accrocherez vos vêtements, s'il vous plaît, puis vous irez attendre le thérapeute à côté de la fontaine intérieure.

Ludovic avait envie de s'enfuir mais Tiffany l'entraîna vers le battant en verre sablé.

— Allez, bon massage, mon Ludo.

Il se dit qu'il allait se cacher au vestiaire puis ressortir en courant, sans que la réceptionniste ait le temps de l'arrêter.

Comme si elle l'avait entendu préparer ce plan, Tiffany lui précisa :

— Moi, je vais rester ici, le temps d'examiner leurs spécialités, leurs tarifs, leurs formules d'abonnement.

Raté ! Il ne pourrait pas s'enfuir si Tiffany demeurait dans le hall.

Les épaules basses, il pénétra le vestiaire. L'air fleurait l'ambre, des éclairages précis et discrets créaient une atmosphère confortable. « Allez Ludo, courage ! » se dit-il en commençant à se déshabiller. Fort heureusement, personne ne partageait le local avec lui, ce qui aurait suffi à l'inhiber. Il se dévêtit, garda son caleçon et enfila le peignoir, lequel était trop grand, trop épais, trop chaud – il eut l'impression de se déguiser en ours polaire. Il tâcha ensuite d'enfiler les pantoufles, deux morceaux d'éponge cousus, ce qui acheva de le désespérer : voir la pilosité de ses jambes blanches relevait de l'épreuve. Quelle laideur ! Et il y avait pire encore : ses pieds. Par on ne sait quelle perversion de la nature, des poils lui poussaient sur chaque orteil, au niveau de l'articulation. Était-il possible de dégoter plus vilain que cette maigre touffe ? Pourquoi cette broussaille sur lui, plutôt imberbe ailleurs ? On aurait dit un singe, un embryon de singe, un singe en formation, un singe pas fini. Il aurait dû les raser avant de venir. Il le faisait puisqu'il allait à la piscine, cependant, il craignait de pratiquer trop souvent l'opération car on lui avait certifié que le crin régulièrement rasé devenait plus fort, plus épais, plus rêche, bref, prenait la vigueur de la barbe. Manquerait plus que ça ! De la barbe sur les pieds ! Lui qui n'en avait pas sur le visage.

— Bonjour, je vous dérange ?

Il sursauta.

Une jeune femme blonde, ravissante, venait de passer la tête dans le vestiaire. Elle s'excusa d'une voix douce :

— Désolée mais j'ai frappé plusieurs fois, vous ne répondiez pas.

— Je m'appelle Ludovic.

— Veuillez me suivre, Ludovic. Je m'appelle Dorothea et je suis votre thérapeute.

Agacé, Ludovic eut envie de fulminer. «Thérapeute»? Quelle prétention ! Ne pouvait-elle pas dire «masseuse»? L'inflation langagière n'épargnant aucune couche de la société, plus personne n'appelait les métiers par leur nom. Voilà qu'une tripoteuse de viande se parait d'un terme académique pour vous persuader qu'elle sortait de la faculté de médecine. Il étouffa son indignation et se contenta de la suivre à courts pas malhabiles, les sandales molles rendant ses déplacements périlleux. Il se sentait si étranger à ce lieu que la perspective d'un esclandre lui parut utopique.

Descendue à l'étage inférieur, Dorothea l'invita à entrer dans une pièce exiguë occupée par une couche haute.

— Je vous laisse vous allonger ici.

Elle lui confia un minuscule sac en plastique qui contenait un bout de tissu traversé d'un élastique.

— Qu'est-ce que c'est ?

— Un cache-sexe. Vous le mettez si vous le souhaitez. La nudité ne me gêne pas.

Ludo se sentit défaillir. «Cache-sexe», «nudité». On avançait vers des régions qu'il détestait… Il allait brailler qu'il voulait s'en aller mais elle avait déjà disparu en refermant la porte.

Furieux, il rangea son peignoir et s'allongea sur le ventre, gardant son caleçon et l'ajustant pour demeurer pudique. Puis il se calma en songeant qu'il allait infliger à cette pauvre femme la pire épreuve de sa vie : jamais jusqu'à présent, elle n'aurait touché un corps aussi moche. La malheureuse allait masser un tubercule.

On gratta à la porte, la thérapeute entra, puis, d'une voix de souris, s'enquit de sa santé et de ses antécédents médicaux. Ludo lui assura qu'il était en très bonne santé, précision qui lui donna envie de pleurer.

Enfin, la thérapeute annonça qu'elle entamait son «traitement» et posa les mains sur lui, en divers endroits, se contentant d'une pression immobile, continue.

Quoique cela ne lui plût pas, Ludovic reconnut que ce n'était pas intolérable. Il prit donc le temps de scruter autour de lui. Une cave ! Coincé au fond d'une cave. Sur lui pesait une maison de cinq étages qui pouvait s'écrouler. S'il y avait un éboulement, on ne les retrouverait pas, sa « thérapeute » et lui. Quelle stupidité ! Et on voulait le convaincre que c'était agréable ? Agréable de s'enfermer dans un trou sans fenêtre ? Agréable de savoir qu'on occupait la place d'un chauffe-eau, même si la peinture, les carreaux en céramique, le bruit de ruisseau, la musique indienne s'efforçaient de le masquer en créant une atmosphère de détente et de luxe ?

La souris lui demanda si cela allait.

— Plus forte ? moins forte la pression ?

— Parfaite, murmura Ludo, afin de se débarrasser du problème.

« Lui avouer que je ne supporte pas qu'on me touche ? Elle va se vexer. Ou me prendre pour un malade. Ce que je suis sans doute. Mais ça ne regarde que moi. »

La souris lui annonça qu'elle allait utiliser de l'huile.

« Allons bon, je vais être poisseux ! »

— Êtes-vous obligée ?

— Bien sûr. Ce sont des huiles ayurvédiques. Leurs propriétés et leurs parfums enrichissent le traitement. Vous ne connaissez pas la médecine indienne ?

— Si, si.

« Elle est à fond dans son délire de thérapeute, la souris. Tiens, c'est normal qu'elle vive dans une cave : les souris y logent depuis des millénaires. »

Il faillit rire mais à cet instant, une chose grasse s'abattit sur son dos. Il frissonna de dégoût. La gluance insista et se déplaça. Elle était en train de le saloper des épaules aux reins. Quelle horreur !

Ludovic sentait que, si cela persistait, il allait devenir fou. Cette huile le dégoûtait, en être couvert l'indisposait, la fanatique se servait de lui pour accréditer ses conneries. Il tenta de se calmer par l'humour : «Elle me prépare comme un gigot. Une gousse d'ail dans le cul et je suis bon pour le four.» Il s'empourpra, car le mot «four», lui rappelant ses grands-parents maternels, les Zilberstein, morts dans les camps d'extermination nazis, déclencha chez lui une vague de culpabilité. Il était vraiment minable ! Alors que ses ancêtres avaient été massacrés après de multiples souffrances, lui qui avait tout, qui évoluait dans un monde en paix, qu'on dorlotait dans un institut de luxe, n'était pas fichu d'être heureux. Honte à lui…

Comment demander à cette fille d'arrêter ? Comment échapper à ses mouvements de plus en plus larges et de plus en plus appuyés ? Ludo présageait un malaise. La tête lui tournait. Devait-il intervenir ?

Soudain, il se redressa, se mit à quatre pattes sur la table et poussa un hurlement.

Surprise, la fille cria en reculant.

Ludovic vomit.

Il vomit longuement, en plusieurs spasmes.

Devant lui, sur la serviette en éponge, apparurent le cheeseburger, les frites, le fondant au chocolat, tout cela en morceaux mal mâchés, noyés dans le Coca-Cola.

Ouf, il respirait mieux, le massage était fini, il était tiré d'affaire.

Une demi-heure plus tard, de retour chez lui, Ludo s'estimait le plus heureux des hommes, regagnant son appartement comme s'il venait de passer six mois en prison. Cette expédition avait eu le mérite de l'attacher encore plus à sa tanière, ses habitudes.

Pourquoi ne supportait-il pas qu'on le touche? Il l'ignorait. Ce désagrément relevait des faits : sa peau n'appréciait pas le contact avec une peau étrangère. De surcroît, il avait besoin de maîtriser les situations. Se laisser caresser ou masser supposait qu'on s'abandonne. Non merci.

Par réflexe, Ludo ouvrit son ordinateur. Son cœur s'accéléra en notant qu'un nouveau message l'attendait. Fiordiligi avait répondu :

«Cher Alfonso, Sagittaire est mon signe préféré. Je me gave de chips. Et j'ai écouté du Schumann ce matin, ce qui, dans le but de rester mélancolique, est une prescription aussi efficace que Scriabine, non? J'aimerais beaucoup correspondre avec toi. Une Fiordiligi habituée à la poisse étonnée d'apercevoir une bonne étoile.»

Ludo entama une longue lettre. Cette Fiordiligi l'enchantait. Son ultime aveu, surtout, le touchait : si, comme lui, elle attirait les emmerdements, ils avaient été inventés l'un pour l'autre.

8

Diane était depuis huit heures attachée à son lit, les yeux bandés, la bouche bâillonnée, sans boire ni manger. Par la fenêtre, un air plus frais s'infiltrait dans la chambre, marbrant de frissons sa peau nue. Ses genoux, râpés par le plancher, commençaient à souffrir de porter son poids sur quelques centimètres.

Peu après le départ de son visiteur, elle avait attendu son nouveau stratagème pour la délivrer. L'inconnu ne s'était-il pas comporté comme un gentleman en lui procurant des sensations rares ? D'imagination fertile, elle avait donc brossé plusieurs plans, dont deux lui paraissaient juteux… Selon le premier, l'inconnu appelait les pompiers en prétendant qu'un feu s'était déclaré à l'appartement : ceux-ci enfonçaient la porte et la découvraient nue, menottée – qui sait d'ailleurs si cette vision ne les stimulerait pas ? Selon le second, plus vicieux, l'inconnu prévenait la police que des cris avaient retenti au quatrième étage : les policiers surgissaient, la délivraient puis, parce qu'elle omettait de répondre, l'emmenaient en garde à vue où elle finirait par tout leur raconter – cette perspective savoureuse exhalait un parfum raffiné du sadomasochisme qu'elle appréciait.

Au bout de huit heures, elle conclut qu'elle avait idéalisé son inconnu. Hélas ! Celui-ci s'était enfui – point à la ligne – sans prévoir de suite au scénario.

Du coup, les articulations enflammées, elle tentait, malgré ses mains retenues au lit, de trouver des positions moins crucifiantes. Ah, pour du sadisme, c'était du sadisme ! Mais du sadisme plat, dépourvu d'envergure : elle avait mal, rien d'autre, sans ajout de plaisir.

À dix-neuf heures, son mari Jean-Noël rentra de son travail. Après l'avoir appelée dès le vestibule, il parcourut les pièces et la découvrit dans la chambre. Il lui arracha aussitôt son masque et son bâillon.

— S'il te plaît, s'exclama Diane, enlève-moi vite les menottes, je ne peux plus attendre une seconde : soit je pisse, soit j'éclate !

Heureusement, le visiteur avait posé les clés en évidence sur la table de nuit. En cinq secondes, Diane fut délivrée, se redressa, ankylosée, poussa quelques gémissements puis courut aux toilettes.

Lorsqu'elle revint au salon, Jean-Noël avait préparé deux verres de Martini. Elle enfila son peignoir de soie et s'assit en soupirant :

— Quelle journée !

Il éclata de rire, s'affala dans un fauteuil.

— Je pense que tu as une sacrée histoire à me raconter.

Ils trinquèrent puis, en frottant ses poignets endoloris, Diane narra l'expérience du matin. Sachant qu'elle captivait son mari, elle se montra prolixe, en précisions, en analyses sur ses multiples sensations, transformant l'anecdote en épopée.

Jean-Noël écoutait, bouche bée, les yeux brillant de fascination.

Elle conclut de façon prosaïque :

— Bon, avec tout ça, je n'ai pas eu le temps d'acheter ou de préparer quoi ce soit : il va falloir que tu m'emmènes au restaurant.

Jean-Noël obtempéra. Émoustillé par l'aventure, il avait envie de Diane mais savait trop comment elle allait le recevoir : avec dédain. « Quoi, comme ça ? À la papa-maman dans le lit ? Ah non, pitié, on l'a déjà fait, ce sera rasoir. »

Diane adorait la sexualité inventive. En réalité, Jean-Noël se demandait si elle n'aimait pas davantage l'invention que le sexe, tant le plaisir qu'elle éprouvait venait de la nouveauté des situations et de leur mise en scène. Coucher avec Jean-Noël de manière légale, bourgeoise, répétitive, lui inspirait des bâillements qu'elle ne dissimulait pas. Parfois, il s'en était étonné, voire plaint. Diane négligeait de l'entendre :

— Ah non ! Ne me sors pas ça, tu vas me déprimer. Si je t'ai épousé, ce n'est pas pour baiser morne, mais bien au contraire pour tenter l'impossible. Ça servirait à quoi, le mariage, si ça ne permettait pas de tâter des centaines de façons de jouir ? Pitié ! Le conjungo, selon moi, est un excitant, pas un somnifère.

Elle était sincère. Pendant sa jeunesse libertine aux colorations hippies, elle s'était retrouvée avec un bébé sur les bras, dont elle méprisait le père, et avait consacré son temps à l'élever tout en multipliant les boulots précaires et en vivant des aventures extrêmes. Une fois que sa fille s'était installée aux États-Unis – sous prétexte de finir ses études, mais Diane, fière, affirmait que c'était surtout pour fuir sa mère instable –, quoique dotée d'un physique magistral, elle s'était rappelé que le temps ne jouait pas en sa faveur, qu'elle serait un jour moins irrésistible, et avait jeté son dévolu sur Jean-Noël, récent divorcé, ingénieur de haut vol, dont les moyens financiers confortables et le regard brillant l'avaient attirée.

Alors que le quadragénaire s'attendait à vivre une liaison de plus, Diane l'avait contraint à la suivre dans un univers de frasques sexuelles : elle l'avait emmené dans des clubs échangistes, convié à des soirées spéciales, s'était donnée à des hommes sous ses yeux, l'avait inséré dans divers scénarios sadomasochistes.

Pour Jean-Noël, cette exploration avait été un éblouissement. Alors qu'il se méfiait des femmes, les soupçonnant d'être cauteleuses et intéressées, il octroya sa totale confiance à cette Diane si différente. Elle l'avait conquis, victoire d'autant plus radicale qu'elle n'avait utilisé aucune des armes de ses semblables, la pudeur, la fidélité, la tendresse, la modération, la sécurité. Au contraire, brute, dominatrice, outrancière, piquée, amoureuse d'imprévus, désireuse d'affronter le danger, elle avait libéré chez l'ingénieur l'anticonformiste qu'il avait mis au cachot pour réussir.

Aussi, lorsqu'elle lui proposa le mariage, ne vit-il pas un piège mais une fantaisie de plus. Il s'applaudit d'épouser la femme la moins épousable du monde, libertine, infidèle, transgressive, celle qui ne lui obéirait jamais, celle qui ne serait responsable que de ses plaisirs, celle qui lui interdirait de faire l'amour au lit, sur la table de la cuisine ou même sur le piano, celle qui l'entraînerait toujours dans des rendez-vous improbables où le cœur bat autant d'ardeur que de crainte.

Ce soir-là, ils se rendirent à La Truffe Blanche, une des meilleures tables de Bruxelles. En les voyant arriver, le maître d'hôtel eut un sursaut puis, professionnel, s'inclina en les débarrassant de leurs vestes. En un clin d'œil, il ordonna aux serveurs de préparer la table du fond, celle qui se trouvait à l'écart dans une sorte de coque. Il tenait à isoler ce couple car, la fois précédente, il avait reçu des plaintes de clients mécontents d'entendre cette femme proférer des obscénités ahurissantes ; en deux heures, elle avait vidé le restaurant ; comme son mari s'en était rendu compte et avait glissé un très généreux pourboire, le restaurateur n'imaginait pas les refouler mais prenait ses précautions.

Or, pendant le dîner, Diane ne parla pas de sexe ; elle se lança sur un sujet qui la passionnait : la patristique grecque des premiers siècles. Elle avait en effet décidé d'écrire une thèse sur Origène. Comment avait-elle découvert Origène ? Pourquoi s'était-elle intéressée à lui ? Jean-Noël se demandait si ce n'était pas ce nom, Origène, qui l'avait attirée… Dans Origène, il y avait « origine » et « gène », ce qui, poétiquement, le transformait en personnage fondamental, celui dont tout découle…

Diane l'entretint donc de ce théologien alexandrin du IIIᵉ siècle après Jésus-Christ, lequel s'était émasculé afin de se vouer à Dieu, ce qui semblait à Diane une erreur, mais la preuve d'un vrai tempérament.

— Marc disait : « Si ta main est une occasion de chute, coupe-la. » Se castrer pour ne plus subir la tentation, voilà ce que réalise Origène. D'autant que, jeune, il a vu son père décapité devant lui. Ce n'est pas un mou, un triste, un endormi, non, c'est un violent dans un monde de violence. Ce qu'il pense m'intéresse. Peu importe qu'il ait tort ou raison, d'ailleurs.

Là encore, Diane fascinait Jean-Noël. Qui, à part un universitaire osseux qui chercherait dans la poussière des bibliothèques un créneau de carrière, s'enflammerait aujourd'hui pour Origène, Ammonios Saccas ou Grégoire le Thaumaturge ? Cette femme – sa femme – avait le don d'éviter l'ordinaire.

En rentrant, elle saisit son tome de Nietzsche et, sur ses oreillers, reprit sa lecture en posant la lettre jaune à côté d'elle.

Jean-Noël l'attrapa et la parcourut : « Ce mot simplement pour te signaler que je t'aime. Signé : tu sais qui. »

— Qu'est-ce ?

— Je l'ignore.

Elle se remit à lire vingt secondes puis ajouta :

— Et je m'en fous.

Jean-Noël approuva mais fourra le message dans son propre livre : il lui était venu une excellente idée.

Deux jours plus tard, Diane découvrit une nouvelle lettre jaune dans son courrier, qui, cette fois, l'intéressa davantage :

« Rendez-vous ce soir jeudi, 23 heures, aire de la Vistule, à côté du bâtiment de haute tension, sous l'antenne. Tu seras nue sous ton vison. Signé : tu ne sais pas qui. »

Elle se mordit les lèvres en souriant. « Quand même ! Cette prose s'améliore ! » Se souvenant que Jean-Noël dînait avec des collègues ce soir-là, elle se réjouit de pouvoir se rendre à l'intrigant rendez-vous.

À vingt-deux heures trente, elle prit donc sa petite voiture italienne. Jusqu'au dernier moment, elle avait été tentée de désobéir, de mettre des sous-vêtements noirs ou rien que des jarretelles ; mais elle avait conclu que son interlocuteur avait ses raisons d'exiger la nudité et qu'il était inutile de sacrifier des dentelles qui valaient une fortune.

Guidée par son GPS, elle quitta Bruxelles, traversa une forêt, puis de sinistres hameaux – quelques maisons trapues groupées le long de la chaussée –, et s'aventura sur un raidillon qui la conduisit à un portail grillagé. « La Vistule », indiquait un panneau gangrené de rouille, lequel, penché, ne tenait plus qu'à un clou.

Diane sortit, sentit le froid autour d'elle, poussa la grille qui hulula, puis, enfermée dans sa Fiat, pénétra sur ce territoire bourbeux aux voies défoncées. La zone avait dû être industrielle autrefois mais il n'y restait que des bâtiments en ruine, vandalisés, sans doute squattés. Les autorités avaient cessé d'éclairer ces lieux plongés dans une obscurité sans recours. Diane avançait vers une forme qui se détachait sur le ciel mat, supposant que ce devait être l'antenne spécifiée. Effectivement, en s'approchant, ses phares jaunes révélèrent, en dessous de la structure métallique, une sorte de blockhaus en ciment, couvert de panneaux indiquant « Danger de mort ».

Elle coupa le contact. Elle frissonnait.

En plus de l'anonyme, qui lui prouvait que d'autres n'allaient pas surgir, non prévus au scénario, mais qui vivaient, hors la loi, dans les ruines ?

Elle regarda le morne paysage, les bennes éventrées, le tas de gravats, les rouleaux de barbelés. Aussitôt, elle imagina les titres de la presse : « Une femme violentée à la Vistule. » Par flashs, elle voyait des photos d'elle, à même la boue, la tête ensanglantée, assassinée. Elle devina les commentaires : «Qu'allait-elle faire dans cette zone dangereuse ? Qui l'avait forcée à y aller ? Un meurtre aux allures de suicide.»

Sortir du véhicule ? Mieux valait rebrousser chemin.

À cet instant-là, des phares clignotèrent dans la nuit.

— C'est lui.

Elle ignorait qui était «lui» mais sa présence la radoucit. Elle avait bien rendez-vous.

Un timbre d'homme, déformé par l'amplification d'un porte-voix, lui arriva du lointain :

— Sortez !

Avalant sa salive, elle se résolut à quitter son abri.

Les phares l'éblouirent. Néanmoins, elle les affronta, crâne.

— Ouvrez votre manteau.

Elle écarta les pans de sa fourrure, révélant qu'elle était nue.

— Bien. Maintenant, longez la piste à droite et avancez.

Elle avisa le sentier glaiseux qui menait aux ténèbres et s'y engagea lentement, ses hauts talons ne convenant pas à un sol irrégulier, encore moins à un sol qu'elle ne distinguait pas.

Soudain, elle perçut mieux les obstacles car une lumière violente découpa sa silhouette devant elle : l'automobile de l'inconnu la suivait.

— Ne vous retournez pas !

Anticipant sa réaction, la voix lui imposait de continuer d'avancer. Le capot ronflant s'approchait de plus en plus.

« Et s'il accélérait d'un coup ? » se demanda-t-elle avec angoisse.

En réponse, le moteur mugit. Cela la rassura. Si le chauffeur avait songé à l'effrayer, c'était donc bien un jeu que lui aussi menait scrupuleusement. Elle pouvait donc avoir peur, comme lorsqu'on visionne un film d'horreur, en consentant au mensonge.

Elle progressa de cinquante mètres puis la voix lui ordonna de s'arrêter.

— Posez votre manteau sur le capot.

Elle s'exécuta en frémissant, car la nuit d'avril fraîchissait.

La lumière s'éteignit. Trois hommes cagoulés surgirent. Ils se jetèrent sur elle. Elle se débattit un peu, ils la maîtrisèrent, elle se débattit moins, et elle s'abandonna à eux sur la carrosserie.

Vingt minutes plus tard, alors qu'elle retrouvait ses esprits, une main l'aida à se remettre debout. L'homme lui posa son vison sur les épaules.

Le break commença à reculer, emmenant deux individus masqués.

Celui qui restait attendit que le véhicule disparût, que leurs yeux s'habituassent à l'obscurité, puis enleva sa cagoule.

— Tu me ramènes ? implora Jean-Noël.

— Tu le mérites.

Lorsqu'ils entrèrent dans le minuscule habitacle de tôle, il soupira de contentement.

— J'ai bien aimé.

— Moi aussi, gloussa Diane, sincère. Surtout le moment où j'avançais dans la nuit, collée par les pare-chocs qui risquaient de me renverser.

— J'avais imaginé que ce genre de détail te plairait.

Elle lui tapota la joue pour le remercier puis démarra.

— Veux-tu savoir qui étaient les deux…

— Ah non ! riposta Diane, offensée. Tu vas me gâcher mes souvenirs !

Ils rentrèrent paisiblement, en écoutant à fond une symphonie de Bruckner, Diane ayant décidé que le compositeur allemand était un musicien orgiaque.

En arrivant place d'Arezzo, Jean-Noël proposa sans ambages :

— Et si, samedi soir, nous allions aux Mille Chandelles ?

— Une partouze ? Ça ne va pas être ennuyeux ?

Jean-Noël se félicita de vivre avec la seule femme capable de prononcer une telle phrase : « Une partouze ? Ça ne va pas être ennuyeux ? »

— Je ne crois pas. J'ai parlé à Denis, le patron. Il a invité un cuisinier français, un chef triplement étoilé.

— Et alors ?

— Alors, il a une suggestion à ton intention.

Le samedi soir, aux Mille Chandelles, Diane se délecta comme jamais de ce qui lui arrivait.

Pendant trois heures, on la prépara dans la cuisine. Le chef à la toque prestigieuse, accompagné de quatre apprentis, avait des doigts merveilleux. Alors qu'elle aurait pu s'impatienter, elle se laissa faire en plaisantant.

Lorsque minuit allait sonner, les quatre cuistots soulevèrent l'immense plat de la taille d'un brancard, on lança une musique du Grand Siècle versaillais, on leur ouvrit les portes et ils entrèrent, majestueux, portant sur leurs épaules un morceau de choix : Diane, nue et truffée de deux cents amuse-bouches recherchés.

Être servie en mets royal par un chef trois étoiles représentait pour Diane une apothéose dans sa vie libertine. Était-ce cette fierté, la pompe de la musique, les ovations des clients, l'ivresse suscitée par les parfums et saveurs qui la garnissaient ? Elle sentit des larmes lui monter aux yeux.

On la posa sur l'immense table et on l'offrit aux mangeurs.

Si ses paupières n'avaient pas été noyées par l'émotion, elle aurait reconnu, occupé à dégager des crevettes de ses orteils, le célèbre Zachary Bidermann, venu en célibataire.

9

— Bonjour, Albane.

— ...

— Tu n'es pas de bonne humeur ?

— ...

— Tu es fâchée ?

— ...

— Je... j'ai fait quelque chose qui t'a déplu ?

— Devine !

— Ben quoi ?

— Tu n'as pas la moindre idée ?

— Non.

— Tu as la conscience tranquille ?

— Oui.

— Alors, nous n'avons plus rien à nous dire. D'ailleurs, je ne sais même pas ce que je fabrique ici.

Albane, les yeux mi-clos, regarda autour d'elle, comme si elle allait bondir sur le premier cheval qui traverserait le square.

À côté d'elle, Quentin soupira, ce qui l'enfonça davantage dans le banc, puis il étendit devant lui ses jambes interminables.

Le silence s'épaississait, camouflé par le vacarme stridulant des perroquets et des perruches.

— Albane ?

— …

— On ne se parle plus ?

— Non.

— On n'est plus ensemble ?

— Surtout pas.

— Ok.

D'un bond, Quentin se ramassa sur ses pieds et partit, cartable au dos.

Une prière déchira le tohu-bohu tropical :

— Quentin ! Ne me quitte pas !

Il stoppa net, hésita. Il se sentait soudain puissant, muni du pouvoir de désespérer Albane, et jubilait de son ascendant. En se retournant, il s'offrit l'image d'un grand seigneur magnanime.

— Oui ?

— Viens.

— Je croyais pourtant que…

— Viens… s'il te plaît…

Suppliante, Albane tapotait l'espace libre à côté d'elle, l'invitant à s'y installer.

Qu'elle était jolie, ce matin… Quentin pensa que les filles se révélaient fatigantes mais restaient passionnantes : inventives, inépuisables, elles tiraient un spectacle de tout. À chaque instant, il se passait des événements en leur compagnie. Si Albane l'agaçait, il ne s'ennuyait jamais avec elle. D'abord, elle demeurait mignonne en chaque circonstance, qu'elle rie, qu'elle s'emballe ou qu'elle pleure – il aimait bien quand elle sanglotait, cela lui donnait un air vulnérable qui l'attirait ; et puis elle attendait tant de lui qu'elle l'assurait de son importance. À chaque éclat, elle exaltait sa virilité. En cet instant, par exemple, il se voyait comme l'un des acteurs hollywoodiens qu'il appréciait ; il accédait aux rôles adultes, virils, et il en frissonnait de plaisir.

Il revint se placer auprès d'elle.

— Quentin, pour qui était la lettre que tu as laissée sur le banc hier ?

— Pour moi.

— Pardon ?

— Je l'avais reçue le matin.

— Tu plaisantes ?

— Non, pourquoi ?

Un rire salvateur secoua Albane, un rire qui contracta son ventre, agita ses jambes, lui coupa le souffle, menaçant de l'étouffer. Lorsqu'elle sentit qu'elle n'allait pas seulement verser des larmes mais lâcher de la morve, elle porta sa main à son visage, en bâillon, et tenta de se calmer.

— Avant de mourir, dit Quentin en plaisantant, tu m'expliqueras ce qui se passe.

Il la fixait avec idolâtrie : elle l'amusait, cette Albane qui rebondissait d'une humeur à une autre sans que l'on sache pourquoi, insaisissable, incohérente peut-être mais convaincue que le centre du monde était là où elle se trouvait.

— J'ai lu la lettre parce que je supposais qu'elle était pour moi, avoua-t-elle. Puis, quand tu l'as reprise, j'ai capté qu'elle ne m'était pas adressée.

Ce fut au tour de Quentin de se tordre. Entre le meuglement et le grognement, les sons qu'émit l'adolescent s'avérèrent si laids que perroquets et perruches se turent, alarmés ; lorsque Quentin entendit son vagissement se répercuter dans le silence vide de la place, il s'arrêta aussi, inquiet.

271

Albane, en revanche, avait beaucoup apprécié son hilarité, laquelle ressemblait à sa taille, à ses pieds démesurés, à sa gaucherie de géant récent, étonné de ce qui lui arrivait.

— En fait, j'ignore qui m'a envoyé ce mot.

— Encore une fille amoureuse de toi.

— C'est toi ?

Albane frémit. Pourquoi d'ailleurs n'avait-elle pas pris l'initiative de ce mot ? Comment avait-elle pu laisser une grognasse lui griller la priorité ? Allait-elle avouer la vérité ? Si oui, elle allait décevoir Quentin. Au-dessus d'elle, perroquets et perruches reprirent leur vacarme.

— Bien sûr que c'est moi.

Elle sourit avec douceur en se tournant vers lui, la nuque basse, presque soumise.

Quentin marqua son étonnement.

— Vrai ?

— J'éprouvais le besoin de te l'écrire.

— Rusée ! Tu piques une crise de jalousie en me demandant la destinataire de ce mot alors que tu en es l'expéditrice. Ah, les filles, quelles vicieuses…

— Les filles ? Moi, je suis moi, je ne suis pas les filles.

— D'accord, je me comprends. Tu es sacrément vicieuse.

— Vicieuse ? C'est mal de dire qu'on aime ?

— Non, je ne voulais pas…

— Vicieuse, je te remercie… À peine je dévoile mon cœur, tu me traites de vicieuse. Pour toi et moi, les mots n'ont pas le même sens.

Quentin se tut, craignant qu'elle ait raison : dès qu'ils échangeaient plus de trois phrases, ils s'engueulaient.

On aurait dû le prévenir qu'il y avait un vocabulaire de filles, un autre de garçons, il se serait renseigné, il aurait travaillé les lexiques séparés et à présent il ne déclencherait pas une tempête à chaque terme inadéquat.

Profitant de ce silence, Albane vérifia la vraisemblance de son mensonge : Quentin ne connaissait pas sa façon de former les lettres, le message ne comportait que des expressions qu'elle pouvait employer.

— N'empêche, c'est chic. On se voit tous les jours et malgré ça tu m'écris. Ça me plaît.

Albane prit un air modeste, les yeux baissés. Les effets de son mensonge devenaient si positifs qu'elle commençait à l'oublier. Oui, elle avait sûrement rédigé ce mot...

— Parfois, il est plus facile de dire la vérité sur papier. Quand on parle, on subit la peur, on ne va pas toujours à l'essentiel. Tandis que, tranquille, le stylo à la main, on va droit au but.

— Tu as sans doute raison, Albane.

— Et puis c'est plus romantique, non ?

Il la contempla : elle l'emmenait dans un monde fabuleux, celui des sentiments délicats, celui des poètes dont les professeurs vantaient les qualités. Pour avoir vu des femmes le citer à la télévision, il savait que ce terme « romantique » constituait une clé de la séduction.

Il songea qu'il devait se montrer à la hauteur. Aussi rapide à avoir des idées qu'à les réaliser, il se leva.

— Albane, attends-moi quelques secondes.

— Mais...

— Quelques secondes... je reviens vite... je te le jure.

Sans guetter son approbation, il détala et disparut derrière les arbres. Une fois assuré qu'elle ne le voyait plus, il fonça au magasin de fleurs.

Xavière l'accueillit d'un regard interrogatif qui considérait que son irruption relevait de l'erreur. Pas démonté, il lui demanda :

— Est-il possible d'acheter une seule rose ?

— Oui, c'est possible.

— Alors, j'en veux une.

— Quelle couleur ? Rouge, j'imagine, dans l'état où vous êtes…

Quentin ne comprit pas la phrase de la fleuriste, ce qui amplifia le plaisir de celle-ci.

Ils se dirigèrent vers la caisse où elle annonça le prix.

Au moment où il payait, Orion surgit.

— Oh, le petit Quentin, comme tu as grandi, mon garçon ! Incroyable, aujourd'hui, avec ce qu'on vous fourgue à manger, vous devenez des géants. Je t'arrange un bouquet ?

— Avec une seule rose, tu auras du mal, maugréa Xavière.

— Je vais l'habiller d'un joli papier miroir.

Il saisit la rose et entama son travail, tandis que Xavière haussait les épaules, jugeant cet effort dispendieux.

Quentin se tourna vers Orion.

— Auriez-vous une carte pour que j'écrive un mot ?

— Bien sûr !

Orion posa une carte, une enveloppe et un stylo sur le comptoir. Xavière murmura à son oreille :

— Donne-lui la caisse et tes économies, pendant que tu y es.

Orion rit comme si Xavière venait de lui glisser une sentence spirituelle.

En s'empourprant, Quentin gribouilla une ligne puis cacheta son message.

Orion lui montra comment le ruban rouge pouvait tenir le mot puis lui souhaita une bonne journée.

— Que c'est beau, la jeunesse ! dit-il.

— C'est beau mais c'est pauvre, conclut Xavière en retournant, dégoûtée, dans l'arrière-boutique. Si ça te fait saliver, ça ne te fera pas manger !

Quentin courut jusqu'au banc, freina imparfaitement et faillit éborgner Albane en lui tendant la fleur.

— Tiens, pour toi !

Albane battit des mains au lieu de saisir la fleur, émettant des piaillements aigus. Quentin jeta un regard alentour, craignant qu'on le trouvât ridicule ; heureusement, seuls les perroquets et les perruches pouvaient les voir, et ils semblaient ne pas s'intéresser à eux.

Albane reçut enfin la fleur, tel un bien précieux.

— Merci.

— Je te laisse, Albane. Je vais rater mon cours.

— Au revoir, Quentin. À demain. Je suis très… très… très… heureuse.

Quentin rougit, frémit, piétina puis se décida à partir.

Albane suivit sa cavalcade joyeuse jusqu'à ce qu'il disparaisse. Puis elle contempla de nouveau la rose rouge. Pour la première fois, un garçon lui offrait une fleur ; elle pénétrait dans une période merveilleuse, son avenir, où tout serait aussi agréable désormais.

Agrippant son téléphone, elle tapa un message : «Gwen, Q. m'a offert des fleurs.» Certes, elle n'avait rien qu'une fleur mais sur un message ça ne rendait rien. Si elle envoyait «Q. m'a offert une fleur», on aurait pu croire que Quentin était radin, ou qu'il avait volé la rose.

Albane remarqua qu'une enveloppe pendait, accrochée au bolduc.

— Quel romantique!

Elle l'ouvrit avec impatience et déchiffra l'écriture précipitée du garçon :

«J'ai envie de coucher avec toi. Signé : tu sais qui.»

10

Elle surveillait Oxana qui, dans la cuisine, venait de découvrir le message anonyme. Meg savait qu'elle tentait le tout pour le tout : soit Oxana, fâchée, quitterait Wim, soit elle le reconquerrait.

Elle s'agaçait de ne pas saisir ce qui se passait dans la tête du mannequin, s'escrimant à décoder son langage corporel, mais Oxana, perchée sur un tabouret haut, sa tasse de thé à la main, n'exprimait rien de clair.

Le téléphone sonna dans le bureau privé de Wim et Meg y courut, chassant ses élucubrations personnelles et redevenant l'assistante parfaite d'un marchand d'art.

Oxana, elle, relisait le billet. Plus elle le considérait, plus elle éprouvait un soulagement. Ainsi Wim avait dû vivre avec sa fiancée antérieure une relation très forte susceptible de reprendre. Pour qu'elle se contente de signer «tu sais qui», il fallait qu'elle fût bien sûre de leur amour.

Oxana descendit du tabouret, s'accrocha au frigo afin d'éviter de se fouler la cheville et remit de l'eau à bouillir.

Elle déculpabilisait. Depuis trois mois, elle se fustigeait de ne pas inspirer Wim : jamais il ne prenait d'initiative amoureuse, jamais il ne se précipitait sur elle en lui murmurant que son corps le rendait fou, jamais il ne l'avait emmenée dans les draps avec fougue. Il témoignait d'un respect qui, après l'avoir séduite, l'inquiétait ; elle s'était demandé si elle dégageait une odeur fétide ou si elle vieillissait de façon accélérée ; pis même, elle s'était interrogée sur sa façon de se livrer aux plaisirs de l'amour…

Comme elle ne restait jamais longtemps avec un homme, elle n'avait abordé ce sujet avec personne. Pourquoi ses amours duraient-elles si peu ? Jusqu'à présent, elle avait cru que les ruptures dépendaient de la géographie, son métier l'amenant à séjourner dans différentes parties du globe ; or, depuis trois mois qu'elle partageait la vie de Wim à Bruxelles, elle soupçonnait que ce motif officiel cachait un mobile plus grave : se révélait-elle une piètre amante ? Sous le regard de Wim, qui admirait sa beauté, qui la présentait comme un trésor précieux, qui pourtant l'évitait au lit, elle se suspectait de médiocrité.

Cette lettre lui fournissait une piste divergente : Wim avait la tête et le cœur ailleurs, il continuait à vivre – ou à espérer vivre – une idylle avec une autre. Peut-être allait-il renouer avec elle ? Sans doute elle-même incarnait-elle la maîtresse de transition ?

— Oxana, votre taxi sera là dans cinq minutes.

Elle sursauta – Meg jouait un rôle de réveille-matin, lui intimant de cesser de rêver et d'aller travailler.

— Dites-lui que je suis prête dans dix minutes.

Meg répondit, hypocrite, qu'elle transmettrait, dissimulant que le taxi viendrait une demi-heure plus tard, le temps qu'Oxana rassemblât ses vêtements en se cognant de meuble en meuble.

À l'étage au-dessous, Wim souriait d'extase en face de son ami Knud, directeur d'une compagnie aérienne.

— Petra von Tannenbaum ?

— Elle ne parle que de toi depuis hier soir.

— J'ai remarqué que le courant circulait entre nous. De là à penser…

— Écoute, Wim, elle a été on ne peut plus directe : « Dommage que votre Wim soit maqué avec une mannequine car je me serais volontiers installée chez lui, le temps de mon séjour bruxellois. »

— Oh, oh…

— Et elle a ajouté – je te jure que c'est vrai : « Vous devriez quand même lui en parler. »

Wim devint écarlate, flatté d'avoir attiré l'attention d'une femme à la notoriété mondiale.

— Tu te rends compte ? Si l'on apprenait dans le milieu que je suis avec Petra von Tannenbaum, quelle…

— Publicité ?

— Énorme ! … Que ce soit à Berlin, à Paris, à Milan ou à New York, tout le monde ne parle que d'elle.

« Tout le monde » selon Wim ne désignait pas les masses, ces millions d'êtres ordinaires, seulement un milieu congru, snob, élitiste, celui de l'art moderne. Cet enclos – une centaine de personnes dans chacune des métropoles mentionnées – comportait ceux qui comptaient. Lui aurait-on présenté une chanteuse populaire ayant vendu des milliards de disques sur la planète, il l'aurait ignorée parce qu'il ne frayait pas avec ce genre de personnes. La gloire chez lui ne tenait pas à la célébrité universelle mais à la reconnaissance acquise au sein d'un cercle dont il pouvait dénombrer les têtes.

279

Ainsi Petra von Tannenbaum provoquait la passion chez les férus d'avant-garde car elle venait de
réinventer le strip-tease. Cette pratique vulgaire, cette
lamentable exhibition empoissée de détresse et de
convoitise, elle la transformait en happening chic. Ne
se produisant que dans les galeries les plus sélectes,
elle exigeait un public trié sur le volet et là, grâce à une
soixantaine de projecteurs produisant des lumières
sophistiquées, elle offrait quelques tableaux extraor-
dinaires qu'elle commençait habillée et finissait nue,
quoique pas toujours – cela aurait été trop prévisible.

Dotée d'une plastique impériale, Petra von Tannenbaum ajoutait l'artifice à la nature. Son maquillage, ses
cheveux, ses ongles, même le satiné de sa peau ou la
plénitude de sa couleur, tout semblait retouché par le
pinceau d'un peintre génial. Elle n'apparaissait qu'au-
réolée de cette patine de grand maître. De surcroît,
chaque scène évoquait des tableaux célèbres qu'elle
détournait d'une façon iconoclaste ; ainsi avait-elle
forcé Mona Lisa à se déshabiller, ou la Victoire de
Samothrace à lever les bras.

— Écoute, Wim, Petra von Tannenbaum va demeurer trois mois à Bruxelles vu qu'elle se produira à
Anvers, Gand, Amsterdam, La Haye et Cologne dans
les semaines qui viennent. Imagine-toi à son bras à la
foire de Maastricht ou de Bâle !

Wim trépigna. Parader auprès de ses collègues
marchands avec une œuvre d'art à son côté, voilà
qui constituerait le pic de sa carrière. Il se frappa les
genoux : sa décision était prise !

— Informe Petra von Tannenbaum que je serai ravi
de l'inviter demain soir à dîner, le temps de régler
quelques affaires.

— Parfait.

— Elle comprendra ?

— Elle comprendra.

Wim et Knud se donnèrent une accolade enthousiaste.

— Comment vas-tu t'y prendre avec Oxana ?

Surpris, Wim lui décrocha un regard qui signifiait « Quelle étrange question… ».

Wim se rendit à la galerie, accueillit quelques clients, feuilleta des revues en réfléchissant à la situation. Quitter une femme, il l'avait déjà fait une vingtaine de fois, or la séparation s'était alors réalisée naturellement, par l'ennui, par l'usure, telle celle de la feuille et de l'arbre à l'automne. Cette fois-ci, il devait précipiter la rupture.

Devait-il s'appuyer sur la faloterie de leurs échanges amoureux ? Pourquoi se priver de cette facilité ? Après tout, il en était victime ! Inutile d'avouer à Oxana qu'avec les précédentes, ses rapports sexuels avaient été aussi lamentables ! Knud disait : « Impossible de dire d'un homme qu'il est un mauvais coup car c'est à deux qu'on se révèle un mauvais coup ! » Il n'aurait qu'à improviser. Comme lorsqu'il recevait un client… Son magnifique instinct ne l'avait-il pas toujours servi ?

Ce soir-là, il fit livrer un repas par le meilleur cuisinier japonais de Bruxelles et proposa à Oxana de grignoter au salon, sur les canapés, en écoutant de la musique.

Absorbée, Oxana hésita, puis s'écria :

— Oh oui, quelle bonne idée !

Une fois de plus, Wim se demanda si Oxana occupait les secondes de silence à se traduire la question ou à chercher une réponse.

— Oxana, j'ai quelque chose d'important à te dévoiler.

— Je le sais déjà, Wim.

Elle avait répondu avec une gravité tranquille. Le fixant, elle envoya sa mèche en arrière et continua :

— Tu es amoureux d'une autre femme.

— Que…

— Bien plus que tu ne l'es de moi. D'ailleurs, tu n'es pas amoureux de moi. Tu penses à elle quand tu te couches, même quand nous…

Comme elle ne savait quels mots décrivaient l'intimité génitale, elle fit un geste imprécis, lequel manqua envoyer l'abat-jour dans le mur.

Wim baissa les yeux, gêné, mais au fond enchanté qu'elle interprétât ainsi son attitude.

— Comment as-tu deviné… ?

Oxana préféra omettre la lettre jaune qu'elle avait ramassée dans la poubelle.

— Intuition féminine…

— Tu souffres ?

— Non, parce que maintenant je sais pourquoi je t'attire si peu…

Elle sourit tendrement.

— Tu as de la chance, Wim. J'aimerais vivre une passion pareille.

Wim approuva de la tête, conscient que la situation l'exigeait. Cependant, cette phrase d'Oxana lui apprenait qu'elle n'était pas folle de lui, ce qui le blessa dans son amour-propre. À cet instant, il se rendit compte qu'il la connaissait à peine : il venait de vivre trois mois avec elle, il l'avait sortie partout, toutefois il ignorait ce qu'elle souhaitait ou désirait. Il se pencha en avant, curieux :

— Qu'attends-tu d'un homme, Oxana ?

Elle releva la tête, écarquilla les yeux et répondit avec un mélange d'indignation et de mélancolie :

— Ça, je ne le déclarerai qu'à une seule personne : l'homme de ma vie.

Elle avait été sincère, au plus près de ses sentiments.

Wim accusa le coup. Il ramassa les baguettes en bois sur les deux assiettes plates.

— Ça te gêne de libérer l'appartement demain ? Si tu veux, le studio de Knud est libre.

Elle le toisa.

— J'ai les moyens de loger à l'hôtel, merci. D'accord pour demain. Ce soir, je suis trop fatiguée.

Sans aucun regret, sans même un regard pour lui, elle monta dans la mezzanine.

Wim demeura dix minutes immobile sur le divan – un long temps de prostration pour cet homme pétulant –, à la fois satisfait et vexé que cette séparation se soit déroulée sans larmes. Il n'avait en aucun cas imaginé qu'il vivait auprès d'un tel bloc d'indifférence. Si son propre cynisme de mâle ne le choquait pas – il y était habitué –, celui d'Oxana l'affectait. Qu'avait-elle cherché auprès de lui ? Un abri qui ne lui coûtait rien ? une compagnie ? Quand il émit l'hypothèse qu'elle avait peut-être cherché un amant introuvable, il mit fin à l'introspection et jaillit tel un ressort du canapé, se frottant les mains : la place était libre pour Petra von Tannenbaum.

Le lendemain, Meg commanda un dernier taxi à l'intention d'Oxana. Cette fois-ci, au contraire des mois précédents, elle le fit avec émotion, confuse, coupable d'avoir causé le départ du mannequin en laissant traîner la lettre jaune.

Oxana l'embrassa, la remercia d'avoir pris soin d'elle et disparut dans le taxi dont le chauffeur pavoisait de transporter une pareille beauté.

De son côté, Wim se préparait à dîner avec Petra von Tannenbaum. Ce qui lui avait semblé enviable la veille l'effrayait. Comment allait-il lui proposer de s'établir ici ? Et si elle se jetait sur lui, réagirait-il ?

Un instant, l'idée de revoir le docteur Gemayel lui effleura l'esprit, puis il y renonça et se promit d'absorber des calmants. Cela suffirait à lutter contre le stress, non ?

À vingt heures, il alla chercher Petra von Tannenbaum à l'hôtel Amigo. Le voiturier, le chasseur, les serveurs, tous frémissaient devant cette femme sculpturale : ils ignoraient qui elle était quoiqu'elle les vampât. Selon les uns, il s'agissait d'une « actrice hollywoodienne très connue là-bas, point encore ici », selon les autres d'une « comtesse allemande qui était en photo dans *Gala* » ; aucun ne se doutait qu'elle était strip-teaseuse, aucun ne l'aurait cru tant sa sophistication, son élégance et sa morgue aristocratique pulvérisaient les images de cette profession.

Au restaurant, Petra se montra charmante avec Wim, lequel traitait les sujets avec virtuosité mais s'interrogeait sur la manière d'aborder les questions plus intimes.

Elle s'en chargea au moment du dessert. Sortant un long fume-cigarette, elle enfonça un ongle rubis dans la main de Wim.

— Mon cher, mes affaires sont prêtes, nous n'avons qu'à les cueillir à l'hôtel.

— Petra, vous me bouleversez.

— Je sais.

— Comment savez-vous si vous vous plairez chez moi ?

— On m'en a parlé. Et de toute façon, je me plais avec vous.

Il s'ébroua, ivre d'orgueil. Cependant, un détail le tracassait :

— Je m'inquiète de savoir si votre chambre vous satisfera…

— Ma chambre ? Je croyais que c'était la vôtre.

Et, confirmant ce qu'elle suggérait, elle enleva son ongle de la main de Wim et la câlina.

Wim s'empourpra.

Jusqu'au retour chez lui, il parla comme jamais, il parla pour dissimuler sa nervosité.

Petra von Tannenbaum visita le triple loft avec des exclamations d'admiration. Enfin, il l'emmena dans la partie privée.

— Ce sera parfait, dit-elle en découvrant la chambre.

Il courba la tête, tel un serviteur zélé, puis monta ses malles.

— Passez à la salle de bains avant moi, Wim, car j'aime bien prendre mon temps.

Wim s'exécuta et ressortit dans un élégant kimono noir.

Petra apprécia du regard puis, plusieurs trousses à la main, s'engagea dans la pièce qu'elle ferma.

Wim alla chercher à boire, en profita pour avaler deux calmants puis se mit au lit.

Il attendit. Après une demi-heure, inquiet, il gratta à la porte.

— Ça va, Petra ?

— Tout va au mieux, cher.

Il guetta patiemment le moment où elle le rejoindrait.

Elle ne sortait toujours pas. Sous l'effet des calmants, de la position couchée, il sentait le sommeil le gagner. Quelle honte ! Elle allait le trouver assoupi. Il se pinça, se força à lutter contre l'onde de bien-être qui voulait l'emmener jusqu'au repos.

Une demi-heure coula encore puis il entendit Petra derrière la porte.

— Au fait, mon cher, éteignez. Je tolère mal la lumière le soir. Ne gardez qu'une veilleuse.

Wim s'exécuta, l'en avertit.

— J'arrive.

Il s'attendait à une nouvelle entrée en scène, ainsi qu'elle en était coutumière. Au lieu de ça, une ombre se faufila à ses côtés.

Elle s'installa sur les oreillers comme si Wim n'était pas là.

Une fois qu'elle eut fini, il trouva nécessaire de dire :

— Je suis content que vous soyez là.

— Tant mieux. Tant mieux. Moi aussi. Votre literie me paraît excellente.

Il glissa une main vers elle, espérant qu'elle l'encouragerait. Parce qu'elle l'ignorait, il s'enhardit à attraper son poignet.

Elle sursauta.

— Oh !

Elle orienta son magnifique visage vers lui.

— J'avais oublié de vous préciser, cher : je déteste le sexe et je ne le fais jamais.

Il la fixa. Elle ne plaisantait pas. Elle énonçait là un détail important, même s'il ne s'agissait que d'un détail.

286

— Vous ne m'en voulez pas ? Merci.

Sur ce, elle se recroquevilla de l'autre côté, ne laissant plus à Wim que la vue de ses sublimes et longs cheveux noirs.

Il regarda le plafond, prit une forte inspiration puis expira, soulagé : il allait s'entendre avec cette femme-là.

11

— Ce mec est génial…
— Ce soir, il se déchaîne !

Victor provoquait des commentaires enthousiastes aux abords de la piste. Au sein de ce night-club bourgeois fréquenté par de jeunes trentenaires, l'irruption d'un garçon de vingt ans, souple, agile, beau, aux mouvements de bassin sexy, qui s'absorbait, les yeux mi-clos, la bouche entrouverte, dans sa transe, générait l'énergie des grands soirs.

Victor adorait danser. Réconcilié avec son corps, heureux des réponses que celui-ci lui apportait, il perdait sa gaucherie et improvisait mille figures sur la musique, inconscient des désirs qu'il suscitait alentour.

Il s'adressa au groupe attablé qui l'accompagnait :
— Allez ! Venez !

Les femmes gloussèrent, émoustillées. Déjà quelques hommes se levaient, persuadés de devenir aussi sensuels que Victor sitôt qu'ils s'agiteraient.

Sans perdre le rythme, en opérant une sorte de danse du ventre, Victor s'approcha de ses amies et, une à une, par un geste gracieux de la main, les invita à le rejoindre.

Plusieurs envahirent la piste. Victor ondulait entre les couples, mimant celui qui veut plaire autant à l'épouse qu'au mari. Chacun se prêtait au jeu de bonne grâce.

— Il met le feu à la boîte.

— Quelle ambiance !

— Le patron devrait le rémunérer.

Victor avait choisi de ne pas sortir avec ses camarades de l'université car, depuis l'irruption du message anonyme – et surtout sa disparition dans la cuisine –, il redoutait que l'une ou l'un d'eux n'ait des vues amoureuses sur lui. Aussi avait-il préféré se joindre à un groupe plus mûr, les amis de Nathan, dans cette boîte qu'il ne fréquentait pas d'ordinaire. S'il faisait sensation, ce n'était pas seulement parce qu'il était le nouveau, mais parce que les trentenaires avaient l'illusion d'avoir son âge ; mariés, parfois affublés d'enfants, en plein essor professionnel, ils sortaient afin de se convaincre qu'ils demeuraient libres. Ni jeunes ni vieux, ils étaient de vieux jeunes.

— Pour qui est-il ce Victor ? Pour les filles ou pour les garçons ?

— Il ne sort avec personne.

— Tu rigoles ! Canon comme ça, il doit choper tout ce qui passe. Et tu as remarqué son aisance ? S'il est puceau, moi je suis Jeanne d'Arc.

Tom et Nathan vinrent rejoindre la tablée, aussitôt apostrophés par les copines :

— Vous allez nous le dire, vous ! On se demandait si Victor aimait les femmes ou les hommes ?

— Pourquoi, ça vous intéresse ? sonda Tom, rieur.

— Épargne-nous tes leçons de morale, ronchonna Nathan. Cette question hante ton existence.

— Uniquement quand le mec me plaît.

— Ils te plaisent tous. Tu es l'œcuménique du cul !

— Arrêtez de vous chamailler, vous deux ! Et répondez-nous.

Tom et Nathan se dévisagèrent, perplexes, puis conclurent, les épaules basses :

— On ne sait pas.

Les femmes s'exclamèrent :

— Quoi ? Aucun de vous deux n'a essayé ?

— Pour qui tu me prends, ma chérie ? s'indigna Nathan. Moi, je serai bientôt marié. Tom en brûle d'envie.

— Parce que la perspective du mariage te rendrait fidèle ? s'étonna Tom.

— Je disais n'importe quoi.

— La vérité, reprit Tom, c'est que si on ne l'a pas dragué, on a tenté de savoir ce qu'il aimait.

— Et ?

— Impénétrable.

— Plus exactement, précisa Nathan, il donne l'impression d'aimer tout.

— Et nous, nous croyons plutôt qu'il n'aime rien.

— Vous êtes fous, les garçons : regardez-le danser.

Elles désignèrent Victor qui n'avait plus les yeux fermés mais dardait des regards ravageurs sur les partenaires qu'il frôlait.

Nathan s'agaça :

— Il allume… qu'est-ce que ça prouve ? Une aguicheuse n'est pas forcément une baiseuse.

— Souvent le contraire, ajouta Tom. Les agace-pissettes s'enfuient dès qu'il faut aboutir. Et les saintes se révèlent des salopes.

— Mère Teresa, par exemple ! suggéra Nathan.

Elles s'esclaffèrent puis reconsidérèrent Victor. Au bout d'une minute, Nathan leur cria :

— Rappelez-vous que vous êtes casées, les filles.

— On peut rêver, non…

— Rappelez-vous aussi, mes cocottes, que vous avez dix ans de plus que lui.

— Dix ans, à nos âges, ça ne compte pas.

— Au sien, si !

Elles le toisèrent avec fureur, il avait franchi la limite qui sépare le drôle du désagréable.

Tom lui saisit la main, l'emmena sur la piste.

Derrière eux, Victor avait happé une bouteille de vodka, il la but au goulot, puis, en poursuivant la danse, offrit ce breuvage à ses proches.

— C'est chaque fois pareil, murmura Tom. Quand tout le monde est bien accroché, il attaque la boisson et finit saoul. Il évite ainsi de tirer les conséquences de ses provocations…

— Youpi ! clama Victor en swinguant de plus belle.

Il plaqua ses fesses contre celles de sa voisine, puis de son voisin. La fièvre montait. Tel un feu follet, le jeune homme glissait d'un corps à un autre, érotique, sensuel, suborneur.

Le lendemain, Victor n'émergea pas de sa couette avant onze heures. Son premier geste fut de se traîner à la salle de bains, de fouiller dans sa pharmacie et de gober des pilules contre la gueule de bois.

Il mit dix minutes à ingurgiter un âcre bol de camomille puis séjourna vingt minutes sous la douche. L'eau qui coulait sur sa peau lui redonnait vie.

À quatorze heures, enfin habillé, il se souvint qu'il devait appeler Tom, Nathan et retrouver son oncle.

Il téléphona aux garçons pour les remercier de l'avoir ramené chez lui; ceux-ci lui apprirent avec humour qu'une vague de suicides ravagerait Bruxelles les jours prochains, sauf s'il honorait les femmes et les hommes qu'il avait dragués la veille.

— Tu es un diable! conclut Tom.

— J'aimerais bien, répondit Victor, sincère, avant de raccrocher.

Décidément, il devenait de plus en plus urgent de quitter cette ville. Afin de présenter des solutions cohérentes à son oncle, il prépara un lot de brochures concernant diverses universités, apprenant par cœur quelques programmes, histoire d'offrir une justification rationnelle à son désir de partir.

Alors que le découragement commençait à s'infiltrer, il aperçut, à travers les vitres de sa mansarde, des perruches qui jouaient à se poursuivre; ressentant la chaleur des rayons, il décida d'aller prendre un café au soleil.

Il se rendit place Brugmann, lieu agréable du quartier ombragé, chargé d'épais marronniers, appelée la place «M'as-tu vu», car un bistrot offrait une terrasse où les riches oisifs aimaient se montrer. Dégotant une table sur le côté, près de la librairie, il regarda flâner les passants.

Une femme attira son attention. Élancée, chancelant sur des jambes interminables, elle évoquait un oiseau blessé. Après avoir perdu une sandale en franchissant les clous, elle manqua renverser le panneau mobile sur lequel elle s'appuya dans le but de remettre sa lanière. Ensuite, elle versa le contenu de son sac en se baissant pour caresser un caniche et, lorsqu'elle s'installa à la dernière place libre en plein air, elle trouva le moyen de renverser une carafe de la table à côté.

Victor l'aurait trouvée drôle s'il ne l'avait pas d'abord estimée bouleversante. Parce qu'elle semblait encombrée par son corps parfait, parce qu'elle semblait à chaque instant gênée d'être perchée si haut, elle offrait l'image d'une fillette qui aurait poussé pendant la nuit. Même assise elle manquait de stabilité, la tête penchée, les jambes emmêlées, le torse bancal ; du coup, elle resplendissait, tant de défauts créant un écrin pour son visage noble, fin, intelligent ; la lutte contre la pesanteur rendait miraculeux son cou gracile et son souple port de tête. Victor se crut en face d'une déesse grecque qui quittait la raideur du marbre pour tenter l'aventure humaine.

Il lui sourit. Elle répondit d'emblée, puis, incertaine, explora son sac, en sortit un calepin, des foulards, des collyres, des rouges à lèvres, des mouchoirs en papier avant d'empoigner ce qu'elle cherchait, une paire de lunettes qu'elle porta à son nez. Là, elle observa Victor, qui lui sourit de nouveau, et elle constata qu'elle ne le connaissait pas ; elle lui adressa néanmoins un signe aimable.

Victor se remémora la nuit qu'il venait de traverser.

« Ne recommence pas ! »

Il songea à son départ proche.

« Et pas avec elle ! On dirait une fille bien. »

Du coup, il jeta un billet sur la table et quitta la terrasse, ébauchant un adieu de la main à la fille maladroite.

Il revint place d'Arezzo et sonna chez son oncle.

— Mon Victor ! s'écria Joséphine en se jetant dans ses bras.

De bon cœur, il embrassa cette tante qu'il adorait. Il la fréquentait depuis sa naissance et l'avait toujours considérée comme une copine plutôt que comme une parente. Dépourvue de comportement maternel, agissant souvent de façon plus enfantine que lui, elle lui manifestait un profond amour, sans pathos et sans faille. Auprès d'elle, il trouvait presque la vie légère.

— Ton oncle t'attend dans son bureau.

À peine avait-elle fini cette phrase qu'elle éclata de rire.

— J'adore dire « ton oncle » en parlant de Baptiste. J'ai l'impression de changer de mari et d'être la compagne d'un vieux barbon ! C'est exotique.

— Comment vas-tu, Joséphine ?

— Bonne question. Je te remercie de me l'avoir posée. Et je serai capable de te répondre dans quelques jours.

— Des problèmes ?

— Je t'en parlerai quand j'y verrai clair.

Elle lui tripota la joue :

— Et quand tu auras l'air moins sinistre, moins préoccupé par toi-même.

Sur ce, elle l'amena à Baptiste et disparut au fond de l'appartement en chantant.

Baptiste serra Victor contre lui.

Pendant cette étreinte, Victor craignit de n'avoir plus le courage de partir. Baptiste n'était-il pas la seule personne sur terre qui le choyait ? Pourquoi s'éloigner de lui ? Pourquoi le décevoir, l'inquiéter ?

Ils s'assirent, échangèrent quelques banalités, puis Victor sortit de son blouson une carte postale.

— Tiens, mon père m'a écrit. Il est en Afrique du Sud, maintenant.

Le visage de Baptiste s'assombrit.

— Ah ? Ce n'est plus l'Australie ?

— Il prétend qu'il n'y a plus d'avenir en Australie, que c'est en Afrique du Sud que tout se passe.

— J'ai déjà entendu ce discours.

Baptiste n'insista pas. Victor non plus.

Lorsque sa mère – la sœur de Baptiste – était morte, Victor n'avait que sept ans. Il méconnaissait son père, lequel avait quitté sa mère avant sa naissance. Seulement le géniteur s'opposa à ce que Baptiste et Joséphine recueillissent Victor, clama sa paternité et embarqua l'enfant. Il entreprit de le mêler à ses merveilleuses aventures qui se révélaient in fine des galères. Combien de fois avait-il décrit à son fils comment il ferait fortune car il prétendait sentir le vent? Or la réalité s'obstinait à désobéir à ses rêves et il vivait d'expédients. Ce père se prenait pour un globe-trotteur libre, hardi, intrépide; en fait il n'était qu'un raté qui fuyait les lieux de ses échecs.

Victor avait rapidement assimilé qu'il vivait auprès d'un adulte immature. Il avait aussi repéré que, lorsque son père se trouvait dans une impasse, un discret chèque de Baptiste les sauvait de la rue.

À quinze ans, Victor avait donc exigé de partir en pension. Son père, ravi de se débarrasser d'un regard qui le jugeait, accepta en critiquant néanmoins son choix, puis recommença à balader ses rêves de fortune dans les pays lointains, la Thaïlande où il tenta de monter un élevage de poulets, la Grèce où il se crut agent immobilier, l'île de Madagascar où il organisa des safaris, celle de La Réunion où il survécut en tant que plagiste, la Patagonie où il chercha de l'or, enfin l'Australie d'où il voulait exporter le steak de kangourou.

Victor reprit la carte postale et la secoua.

— Sa vie ne pèse pas davantage qu'une carte postale.

Baptiste se pencha en avant.

— Pourquoi veux-tu partir ?

Victor s'enferma dans le silence.

Baptiste laissa le silence prospérer, au point que Victor le rompit :

— S'il te plaît, Baptiste, ne me demande plus d'explications.

— Les explications, tu ne dois pas me les donner à moi, mais en avoir pour toi.

Victor se renfrogna.

Baptiste reprit, paisible :

— Je veux être certain que tu ne te mens pas.

— Moi aussi, balbutia Victor, soudain ému.

— Moi aussi quoi ? Tu fuis !

— Non.

— Tu fuis tes problèmes.

— Non, répéta Victor plus faiblement.

— Tu fuis comme ton père.

Victor se redressa, furieux. On ne devait point le comparer à cet abruti. Jamais.

Il fit quelques pas autour de la pièce, histoire de chasser sa colère, puis revint, blême, vers son oncle.

— Baptiste, tu le sais, toi, tu sais bien ce qui me rend la vie difficile.

— Oui, je le sais. Pourquoi ne recours-tu pas à un psychologue ?

— J'en vois déjà un. Dans mon cas, on est obligé.

— Et ?

— Je lui dis que tout va bien.

— Pourquoi ?

— Parce que personne ne peut me comprendre.

— Parviens-tu, toi, à te comprendre ?

Les larmes jaillirent des yeux de Victor.

— Putain, tu es trop intelligent, tu as toujours le dernier mot.

— Je ne crains pas les mots.

Sur ce, Baptiste ouvrit les bras et Victor se précipita contre lui pour pleurer.

Lorsqu'il eut retrouvé une contenance, il s'assit en se mouchant.

— Et toi, Baptiste, comment vas-tu ? Parle-moi de toi.

— Non, on ne change pas de sujet, ta finasserie fonctionne mal.

Victor rit douloureusement. Baptiste reprit la parole :

— Tu veux quitter Bruxelles, comme tu as, auparavant, quitté Paris puis Lille. Sachant qu'il y a une bonne vingtaine d'universités où l'on apprend le droit, je m'apprête à visiter tous les campus durant les vingt prochaines années. De surcroît, comme tu es doué en langues, je redoute que tes pérégrinations ne nous emmènent bientôt en Angleterre ou aux États-Unis, ce qui en soi me plairait mais déplacerait le problème. Mon Victor, tu vas donc rentrer chez toi, réfléchir à ce qui te fait partir, cerner si ce qui te fait partir d'ici ne te fera pas partir aussi de ta prochaine escale. D'accord ?

— Je t'aime, Baptiste, murmura Victor.

— Ah, enfin ! Voilà la première parole sensée que j'entends cet après-midi.

Baptiste avait brandi l'humour afin de cacher l'émotion qui l'étreignait. N'ayant pas d'enfant, se sentant fragile à cause de Joséphine qui venait de tomber amoureuse hors de leur couple, il reçut tel un poignard dans le cœur la déclaration de Victor.

Les deux hommes se regardèrent. Il leur suffisait d'être là, l'un près de l'autre, et de savoir qu'ils se portaient des sentiments si forts, indéfectibles. Baptiste avait envie de dire «Tu es mon fils», et Victor «Je te voudrais pour père»; pourtant les mots seraient réprimés. Entre ces deux pudiques, l'amour demeurerait silencieux.

Victor sortit, le cœur plus apaisé, et voulut marcher de nouveau. Allonger d'amples foulées l'aidait à diminuer ses tensions. Ses jambes le conduisirent place Brugmann. Aussitôt, ses yeux cherchèrent l'oiseau blessé sur la terrasse.

La femme malhabile était là, occupée à siroter un diabolo menthe. Ne décelant pas de table libre, il s'approcha et, sans hésiter, se pencha vers elle.

— Puis-je vous tenir compagnie?

— Oh…

— Il n'y a plus de place ailleurs. Ce n'est pourtant nullement la raison de ma demande.

Il cligna de l'œil. Elle répondit par une moue chaleureuse et, de la main, lui indiqua la chaise libre, provoquant la chute du sucrier.

— Je m'appelle Victor.

— Je m'appelle Oxana.

Une mère passa devant eux, tenant son nourrisson dans les bras. Oxana la contempla avec une tristesse qui n'échappa pas à Victor.

— On dirait que vous avez du chagrin.

— Quand je vois un bébé, toujours…

— Pourquoi?

Elle eut un geste évasif.

Une minute s'écoula. Oxana, perplexe, scruta le regard de Victor.

— Et vous ?

— Quand je vois un bébé, j'ai aussi envie de pleurer.

— C'est vrai ?

— Si je suis seul, j'en suis capable.

Oxana tenta de déchiffrer son visage, sentit qu'il disait la vérité.

Émus, ils détournèrent les yeux.

Avec discrétion, Victor saisit son téléphone et écrivit à son oncle : « Je reste. »

12

Ce dimanche soir, lorsqu'il rejoignit son appartement, Hippolyte semblait marcher sur les nuages,
aérien, léger, les yeux mi-clos, les traits épanouis et
empreints d'une sérénité lumineuse.

— Papa !

Isis se jeta dans ses bras. Il la fit virevolter dans leur
étroit vestibule confiné.

— Papa, ce que tu sens bon !

Il sourit tant elle avait raison : soit il sentait le parfum de Patricia, soit il sentait le bonheur – n'était-ce
pas la même chose ? Il avança de deux pas et buta
sur la table de la pièce encombrée, à la fois cuisine,
salon, salle à manger, dortoir, où toute sa vie se déroulait. Seule une salle de bains exiguë se tenait à l'écart
derrière une porte, ainsi qu'un débarras – ancien
garde-manger muni d'un vasistas – qu'Hippolyte avait
aménagé en chambre pour Isis.

— Comment s'est déroulé votre week-end, vous
deux ?

Hippolyte s'adressait à Germain et Isis, lesquels
avaient cohabité pendant qu'Hippolyte visitait Patricia.

Germain, un tablier à la taille, s'approcha, portant
une casserole fumante à bout de bras.

— Isis a terminé ses devoirs, mathématiques incluses – j'ai vérifié. Vers midi, nous sommes allés chez sa copine Betty voir un dessin animé, *Bambi*. Cet après-midi, elle a lu pendant que je préparais le repas.

Hippolyte se pencha vers Isis.

— C'était bien, *Bambi* ?

— Oui. Germain a beaucoup pleuré.

Vexé, Germain agita un fouet bruyant dans la soupe qu'il achevait.

Isis, se dressant sur la pointe des pieds, murmura à l'oreille de son père :

— Bambi, le faon, perd sa maman au début du film. Je crois qu'après sa mort, Germain n'a plus rien regardé.

Hippolyte compatit puis disparut dans la salle de bains pour se changer, tenant à ménager son unique costume.

— Tiens, glapit Germain, je t'ai lavé et plié ton linge.

Le nain désigna une pile de vêtements sur une chaise.

— Merci, Germain. Tu n'aurais pas dû…

— C'est bon, ça ne me gêne pas. Je n'avais rien d'autre à faire.

Isis fixa Germain, perplexe, se demandant comment il était possible de n'avoir rien à faire ; elle, elle avait toujours quelque chose en route, réfléchir, dessiner, chanter, lire. Vraiment, le comportement des adultes lui échappait. D'ailleurs, avant le dîner, il fallait qu'elle arrive au bout de son roman.

— Vous comptez parler ? s'enquit-elle.

— Pardon ? s'exclama Hippolyte en sortant de la salle de bains.

— J'imagine que vous allez discuter maintenant. Non, Germain ?

— Euh… oui… pourquoi ?

— Je vous pose la question pour savoir si je vais continuer ma lecture dans ma chambre ou ici. À mon avis, il serait plus sage de me retirer.

Sans attendre, elle saisit son volume et contourna la table. Déconcerté, abasourdi qu'une enfant de dix ans puisse dire «il serait plus sage de me retirer», Hippolyte lui attrapa le bras lorsqu'elle passa devant lui.

— Que lis-tu, ma chérie ?

— *Alice au pays des merveilles.*

Naturellement, il ignorait cette histoire – depuis son enfance, il n'avait jamais songé qu'on puisse se régaler d'un livre. Il insista, gentil :

— Chouette, le pays des merveilles ?

— Une horreur ! Un lapin qui court dans tous les sens, un chat sournois, un chapelier fou, et surtout une reine méchante avec une armée de soldats idiots. Pays des merveilles, tu parles ! Pays des cauchemars, plutôt.

— Alors, tu n'aimes pas ?

— J'adore.

De la main, elle jeta un baiser à son père, poussa le battant, impatiente de retrouver ses monstres.

Hippolyte se laissa choir sur le canapé-lit, serein.

Germain le contempla.

— J'imagine que si tu ne rentres que maintenant, c'est que…

— Oui.

Les deux hommes se regardèrent.

Ému, Germain se réjouissait que son ami ait réussi. Par empathie, il recevait les ondes de quiétude que diffusait le jardinier, corps rassasié, âme extasiée.

Quant à Hippolyte, il aurait voulu décrire à Germain ce qui s'était passé, or il manquait de vocabulaire – les misérables mots qu'il possédait auraient rendu trivial le récit de son épopée amoureuse. Il fit donc un geste pour évoquer les formes féminines de Patricia. Ses mains caressèrent son fantôme. Il soupira de félicité.

Muni des bons mots, il aurait raconté que depuis la veille au soir il avait palpité à chaque seconde, comment il s'était régalé d'émotions – inquiétude, tentation, crainte, délectation, jouissance, nostalgie. Oui, il avait bu ces moments pleins, juteux, paradoxaux, intenses. Patricia l'avait envoûté. Ce qu'il avait deviné d'elle à travers son physique, les heures récentes le lui confirmaient : elle n'était pas une femme, plutôt la femme, celle d'où nous venons, celle où nous retournons, la matrice de l'amour, à la fois mère et amante, le point de départ et le point d'arrivée.

Trois ans auparavant, Patricia lui était apparue sur la place d'Arezzo, souveraine dans une robe dont les voiles autorisaient à deviner son bassin, son ventre, sa poitrine ; il s'était émerveillé devant tant de majesté et n'avait pas osé lui parler, victime non d'un complexe social, plutôt d'un complexe viril : à côté de ce chêne imposant, il se réduisait, lui, à un sarment de vigne, sec, noueux, tressé d'os, de tendons, de muscles.

Selon Hippolyte, le poids représentait une qualité féminine. L'amante devait se montrer large, lente, laiteuse, volumineuse. Lorsqu'un camarade lui avait signalé qu'il aimait «les grosses», Hippolyte s'était cabré : le mot «grosse» stigmatisait un défaut ; Hippolyte aimait la plénitude, l'achèvement, l'harmonie ; ce vilain terme de «grosse» fustigeait les Junons et désignait un modèle de référence absurde, la « maigre ».

Deux sortes de femmes coexistaient : les vraies et les fausses. Les vraies offraient un corps triomphant. Les fausses prétendaient à la féminité mais n'avaient plus de ventre, plus de cuisses, plus de hanches, plus de seins. Elles peinaient à s'habiller : sur elles, les voiles battaient dans le vide, les vêtements n'offraient pas de place aux nobles et larges dessins, condamnés à l'uni ou aux motifs étriqués. D'ailleurs, les fausses finissaient mal : elles marquaient l'âge, elles se ridaient, elles riaient moins, elles se pliaient, rasant les murs tels des rats cachectiques.

S'il se rendait à Matongé, le quartier noir de Bruxelles, Hippolyte évoluait dans un univers éblouissant : les Africaines, drapées dans leurs chatoyants boubous, dodues, fières, sûres d'elles, joyeuses, lui renvoyaient l'image de la suprématie féminine. En considérant leurs maris, plus athlétiques, plus nerveux, plus pincés, il concluait que l'homme demeure ridicule à côté de la femme ; certes, il peut se révéler fort ou rapide, mais plus beau ? Non. Plus rassurant ? Jamais. À ses yeux, Patricia était une reine africaine égarée dans une peau blanche sur la place d'Arezzo.

S'il condamnait la minceur féminine, Hippolyte surveillait son poids car les kilos ne siéent pas à l'homme : ils ajoutent de la graisse, sans apporter le faste ou la générosité. La preuve ? Au lieu de répartir subtilement le surplus sur tout son corps, le mâle le stocke sur l'abdomen, ressemblant à un insecte atteint d'indigestion, ne parvenant qu'à s'enlaidir, qu'à gêner ses mouvements, qu'à essouffler ses déplacements. Alors que les femmes gonflent de partout, telles des brioches au four.

Il était donc incapable de raconter à Germain son éblouissement devant Patricia, comment il avait fait l'amour, lentement, suavement, avec tendresse. La nuit leur avait offert la prolongation charnelle des émotions précédentes, l'attention, le respect, la délicatesse, la gentillesse. Pour lui, la sexualité ne constituait pas un but, plutôt la confirmation d'une rencontre. Faire l'amour devait être doux, un soupir s'élargissant jusqu'au cri de bonheur, une progressive extase. Il détestait prendre, conquérir, préférant fondre, se glisser. Quand une femme attendait de l'ardeur ostentatoire, du machisme, voire de la violence, il déclinait – non qu'il manquât de désir, de fermeté ou d'endurance ; il refusait juste ce jeu. Un jour, Faustina, une habitante de la place d'Arezzo, ne l'avait-elle pas vampé en l'invitant à se rafraîchir chez elle ? Il avait aussitôt deviné à quelle race elle appartenait, celle qui pousse le mâle à se comporter en prédateur, celle qui ne couche que par exaspération, celle qui s'attend à ce qu'on la fouaille et la laboure ; pour résister à sa drague insensée, il l'avait dégoûtée en se consacrant aux excréments de chiens et d'oiseaux qu'il ramassait. Quelle joie de s'être réservé pour Patricia ! Lorsqu'il avait grimpé sur cette reine généreuse, il s'était senti en même temps un homme et un enfant, puissant et fragile. Avait-il perçu un souvenir fugitif de sa mère perdue à cinq ans ? Avait-il éprouvé une sensation ancienne, lui, tout petit sur un grand corps de chair ? Il avait eu la certitude d'avoir trouvé sa place. L'amante lui offrait un lieu de protection qu'il devait à son tour protéger, un sanctuaire de paix et de tendresse.

— Tu es plus qu'amoureux, murmura Germain.

— Peut-être…

Le nain hocha la tête, persuadé d'avoir établi le bon diagnostic.

Hippolyte chercha dans ses réserves la musique qui convenait à ce moment-là, trouva les chansons de Billie Holiday et s'abandonna à cette voix langoureuse, écorchée, aussi fraîche et verte qu'un hautbois.

Quand Germain annonça que le dîner était prêt, Isis réapparut.

— Tu me la présenteras ? implora-t-elle en s'installant devant son couvert.

— Qui ?

— Patricia.

Il sembla d'abord miraculeux à Hippolyte que l'enfant prononçât ce prénom, puis il sonda son collègue, devinant que celui-ci n'avait point tenu sa langue. Pour se justifier, Germain haussa les épaules.

— Alors ? insista Isis. Tu me la présenteras ?

Hippolyte se mordit les lèvres. Il n'y avait nullement pensé ; selon lui, Patricia et Isis appartenaient à deux univers distincts.

— Tu as peur ?

Il se pencha vers sa fille.

— Peur ?

— Peur qu'elle ne me plaise pas.

Il secoua la tête, inquiet.

— Maintenant que tu le dis : oui !

— Ne t'inquiète pas. Je serai indulgente.

À son habitude, Hippolyte s'étonna : comment une morveuse de dix ans pouvait-elle dire « Je serai indulgente » ? Même lui, à quarante ans, aurait mis du temps à trouver le terme exact ; cette enfant le dépassait.

Elle reprit :

306

— Que feras-tu si elle me déplaît ?

Hippolyte réfléchit puis répondit avec sincérité :

— Je… je la verrai sans toi.

Isis tordit la bouche.

— Il faudra donc qu'elle me plaise.

Hippolyte et Germain approuvèrent. Isis conclut :

— Je sais ce qu'il me reste à faire.

Hippolyte baissa la nuque. Souvent, il avait l'impression que les rôles s'inversaient dans cet appartement, Isis devenant le père et lui l'enfant.

Germain voulut briser le silence :

— Et toi, Isis ? Tu ne nous parles plus de César, ton petit copain.

— Il n'est plus mon petit copain, précisa Isis d'une voix coupante.

— Pourquoi ?

— Je l'ai quitté.

Devant son sérieux, Hippolyte et Germain se retinrent de s'esclaffer, devinant qu'ils la blesseraient.

— Je l'ai quitté parce que je m'ennuyais avec lui. Il ne s'intéresse à rien, il ne lit rien, il n'apprend ni poèmes ni chansons, bref, il ne possède aucune conversation.

Hippolyte songea : « Un jour, elle agira pareil avec moi, elle me quittera parce que je l'aurai déçue ; ça me chagrinera beaucoup mais je serai contraint de lui donner raison. »

Leur dîner s'acheva sur une tarte aux abricots pâtissée par Germain. Quoique habitant cent mètres plus loin, il avait pris l'habitude de rejoindre le père et la fille sans leur demander si sa présence les importunait, s'imposant imperceptiblement, remplaçant Hippolyte à la cuisine, s'occupant de la lessive et du repassage, surveillant les devoirs d'Isis, mettant en ordre le minuscule appartement. Seules les courses restaient l'apanage d'Hippolyte. Désormais, ils fonctionnaient tous trois à l'instar d'une famille où Germain jouait le rôle de mère, à cette différence que chaque soir, vers dix heures, il revenait dormir chez lui, ne ressurgissant qu'à sept heures le lendemain, muni de pain frais.

— C'est dimanche, Hippolyte, si on allait au bowling ?

Germain bouillait d'envie de sortir. Hippolyte se rendit compte qu'il avait obligé son ami à demeurer avec une enfant pendant ses deux jours de repos.

Une demi-heure plus tard, Germain et Hippolyte buvaient une bière au bord des longues pistes en lattes vernies.

Hippolyte continuait à faire sentir par son langage corporel le bonheur qu'il devait à Patricia. Passionné, Germain suivait ce récit muet sans jalousie ni dépit, alors qu'il n'en connaîtrait probablement jamais l'équivalent.

Ils entamèrent un match.

Hippolyte s'absenta pour se rendre aux toilettes.

Quand il revint, Germain avait été pris à partie par un groupe de jeunes qui venaient d'arriver.

— Moi, je vais m'en servir comme boule, disait le plus costaud.

— Le lancer de nain !

— Mon jeu préféré.

— Faut pas qu'on l'abîme trop vite. Faut que tout le monde ait le temps de s'en servir.

— S'il appelait sa famille ? T'as pas une femme, le nain, pour qu'on s'amuse avec ? Des frères, des sœurs, des enfants ? Non, tu comprends, on a envie de commencer une longue partie !

Hippolyte s'approcha. En le voyant arriver, Germain eut un geste de dénégation qui le priait de ne pas s'en mêler.

Du coup, le sang d'Hippolyte ne fit qu'un tour : il bondit au milieu du groupe.

— Qui c'est le plus con, ici, que je lui casse la gueule ?

Il agrippa le col de celui qui arborait des allures de chef.

— C'est toi ?

Et, sans attendre la réponse, il lui décocha un coup de tête. Le colosse recula en vacillant, sonné.

— C'est qui le prochain ? demanda Hippolyte, en étreignant un autre.

— On rigolait.

— Ah bon ? Ça te faisait rire, toi, Germain ?

Une beigne envoya le deuxième au sol. Il harponna le troisième, lequel tenta de se justifier :

— Arrête, c'est classique les blagues sur les nains, tu ne vas pas en faire un fromage.

— Un nain ? Où ça, un nain ? Je ne vois pas de nain ici, je ne vois que mon ami Germain.

Et il talocha l'homme. Avant qu'il ne se tournât vers les derniers, les gars s'étaient enfuis.

Hippolyte se frotta les mains puis apostropha Germain :

— Bon alors, on joue ?

— On joue !

Germain exultait. Rompu depuis l'enfance aux agressions verbales, il y prêtait peu d'attention, sachant que seuls les lâches s'en prennent à un nain ;

en revanche, que son ami l'ait défendu avec cette rage le comblait. Ce qui l'émouvait n'était pas la vengeance, mais l'amitié d'Hippolyte.

Ils jouèrent une longue, riche partie, très serrée, que Germain gagna in extremis, puis s'assirent au bar pour reprendre une bière.

— J'ai envie, confessa Germain.

— Envie ? Là, ce soir ?

— Oui. Tu m'accompagnes ?

Ils quittèrent le bowling et marchèrent jusqu'à la gare du Nord. Là, ils obliquèrent et empruntèrent les rues remplies de piétons malgré l'heure tardive.

Des hommes, rien que des hommes, baguenaudaient devant les vitrines rouges où les prostituées, en sous-vêtements coquins, s'exhibaient. Se comportant comme si elles ignoraient que le verre les montrait aux badauds, elles se peignaient, se maquillaient, se lissaient les cuisses, écoutaient la radio, esquissaient un pas de danse.

— On va voir s'il y a ma préférée, dit Germain avec la voix d'un enfant qui se rend à la fête foraine.

Ils arrivèrent au milieu de la chaussée. Germain trépigna en désignant une magnifique Antillaise aux yeux immenses qui portait des dessous en vichy rose.

— Elle est libre !

— Je t'attends.

Germain se précipita devant la vitrine, fit signe à l'Antillaise, laquelle lui sourit et l'engagea à entrer. Elle ferma la porte puis descendit son store.

Selon sa coutume, Hippolyte attendit Germain dans un café adjacent. Lui n'était jamais entré chez une professionnelle, ne comptait pas le faire mais ne

310

portait aucun jugement sur ceux qui y recouraient. Au contraire, il trouvait le monde plutôt bien fait : si ces femmes ne vendaient pas leur corps, comment Germain satisferait-il ses désirs ? Son ami se détestait tellement que, sans la possibilité de payer les services d'une femme consentante, il aurait vécu son complexe avec une douleur accrue, peut-être insupportable.

Installé derrière une table de marbre, reprenant une bière, Hippolyte regardait avec sympathie l'incessant ballet des clients. Il essayait de deviner ce qui les amenait ici : si pour certains le physique apportait la réponse – des vieux, des moches, des infirmes –, pour d'autres, il devait activer son imagination. Des veufs ? des célibataires pressés ? des maris encombrés de femmes haïssant le sexe ? des individus adorant faire des choses qui répugnaient à leurs épouses ?

Il détaillait les chalands lorsque, juste en face du café, une fille rouvrit son store : son client, Victor, le beau jeune homme de la place d'Arezzo, quittait l'échoppe de la prostituée.

Hippolyte n'en crut pas ses yeux. Un instant, il faillit héler le garçon. Il se retint en imaginant sa gêne.

Victor traversa le passage clouté, entra dans le café et commanda une boisson.

— Hippolyte ? s'écria-t-il, lui aussi surpris.

Le jeune homme hésita puis, haussant les épaules, vint s'asseoir devant le jardinier.

— Je n'en reviens pas…, dit-il.

— Moi non plus, répliqua Hippolyte.

Un temps passa. Victor pencha la tête sur le côté, intrigué.

— Est-ce pour la même raison ?

— De quoi parles-tu ?

— Viens-tu ici pour la même raison que moi ? Pour éviter que…

— Que ?

— Enfin, pour être sûr que tu ne…

N'appréhendant pas ce dont Victor lui parlait, Hippolyte pensa fournir la bonne réponse :

— J'accompagne mon copain Germain.

Victor se referma et Hippolyte saisit trop tard que le jeune homme ne lui communiquerait plus le secret de sa présence ici.

13

— Oui, c'est un très joli hôtel particulier, plutôt dans le goût français.

Ève poussait les portes doubles, passait de salon en salon, évitant de faire grincer le vieux parquet en chêne, vantant les détails – poignées, moulures –, caressant les manteaux des cheminées en marbre avec une feinte nonchalance.

Rose Bidermann la suivait, habillée d'un costume Chanel qui semblait cousu sur elle. L'espace et la lumière la charmaient.

— Je vais noter cette adresse sur ma liste. Mon amie appréciera sans doute cette demeure, après dix ans à Londres. Pourrais-je vous joindre lors de son prochain passage ?

— Bien sûr. Qu'elle ne tarde pas trop car ce genre de bien, quoique dispendieux, trouve vite acquéreur.

— Elle m'a parlé d'arriver dans quinze jours.

— De toute façon, si un client se montrait intéressé, je vous appellerais aussitôt.

Rose Bidermann sourit en remerciement.

Si Ève était impressionnée d'avoir été contactée par madame Zachary Bidermann, la rencontrer l'impressionnait davantage : l'épouse avait l'assurance des gens qui n'ont jamais manqué de rien, aimables par éducation plus que par calcul, habillés par des couturiers depuis l'enfance. Ève, qui avait payé avec son corps et ses sentiments chaque marche qu'elle avait gravie en société, observait cette grande bourgeoise. Rose paraissait à la foi mémère et sexy ; son tailleur en tweed écossais, de coupe classique, l'orientait vers la dame patronnesse, mais, dans le même temps, ses formes galbées n'apparaissaient que plus attirantes, voire obscènes, dans cet écrin-là. Un moment, lorsqu'elles passèrent devant une glace en pied, Ève compara leurs silhouettes et ce qu'elle découvrit l'accabla : la plantureuse Rose se montrait à la fois engageante et provocante, baignée de mystère féminin, tandis qu'elle, d'une sexualité agressive, s'avérait plus proche de la putain. Elle s'en voulut soudain d'arborer un décolleté indécent, d'être perchée sur de hauts talons, d'avoir enfilé des cuissardes plutôt que des bottes ; une seconde, elle se demanda s'il était judicieux d'avoir la peau si tannée et les cheveux si platine. En Rose, on ne voyait aucun effort pour plaire, et cette discrétion même la rendait adorable ; son teint brillait de naturel, sa couleur de cheveux aussi, son élégance ne détournait pas l'attention. Dans un soupir, Ève s'avisa qu'elle s'en rendait compte trop tard.

— Travaillez-vous depuis longtemps dans le secteur immobilier ? se renseigna Rose.

— Depuis mon arrivée à Bruxelles, il y a six ans.

Six ans auparavant, en effet, lorsque Philippe – son Roudoudou – s'était installé avec femme et enfants à Bruxelles après trois ans à Lyon, il l'avait emportée dans ses bagages et lui avait loué un appartement, une agence immobilière.

— Je m'occupe du secteur d'Uccle et d'Ixelles. Les maisons de maîtres… Je crois que j'ai arpenté tous les bâtiments qui composent l'avenue Molière jusqu'à notre chère place d'Arezzo.

— Ah oui ? Alors vous devez connaître mes amis, les Dentremont ?

— Bien sûr, riposta hâtivement Ève.

Par volonté de briller, elle n'avait pas hésité à se vanter, bien que Philippe Dentremont – son Roudoudou – lui eût interdit d'avouer le moindre lien avec lui.

— Oh, ce cher Philippe Dentremont, roucoula Rose, quel séducteur, n'est-ce pas ?

Gênée, Ève se contenta d'approuver en battant des paupières.

— Je ne voudrais pas être à la place d'Odile, sa femme. Elle a tant à lui pardonner…

— Ah bon ? fit Ève en avalant sa salive.

— Philippe ne résiste pas à la vue d'une jolie femme. Il passe à l'attaque. Ne me dites pas qu'il ne vous a pas courtisée ?

— Si, bien sûr… mais… je n'étais pas libre, donc cela a tourné court.

— Tant mieux pour vous… Enfin, sa correction, c'est qu'il ne choisit pas des répliques de son épouse. On m'a dit que la dernière, Fatima, était une superbe femme arabe. Une Tunisienne… Quand je songe que je le sais tandis qu'Odile l'ignore, j'éprouve de l'embarras. Non ?

Ève faillit crier : « Fatima ? Quelle Fatima ? » mais se retint, soucieuse de garder contenance. En frissonnant, elle raccompagna Rose à la porte, échangea quelques amabilités, abrégea les adieux en prétextant

315

qu'elle devait remonter dans la maison vérifier que toutes les fenêtres étaient fermées.

Rose s'éclipsa, radieuse, sur le trottoir ensoleillé, en lui promettant la visite prochaine de son amie.

Ève descendit à la cuisine, ferma les volets et, une fois à l'abri, poussa un hurlement :

— Salaud !

Ce que Rose venait de dire, elle s'en doutait, peut-être le savait-elle déjà, mais elle avait évité d'y penser. Bien sûr, elle avait noté que Philippe ne venait pas la voir tous les jours ; bien sûr, elle avait remarqué qu'il évitait certains magasins, certains restaurants où il ne tenait pas à pavoiser avec elle à son bras ; bien sûr, il avait disparu plusieurs fois de façon mystérieuse en prétextant les nécessités de son travail ! Une partie de son cerveau avait subodoré que ces bizarreries tenaient à la présence d'une femme, mais sa conscience s'était abstenue de le formuler, car elle ne voulait pas être malheureuse. Or Rose Bidermann venait de lui plonger le nez dans la réalité et ça puait !

Que faire ?

Pendant ce temps-là, en se baladant sous les platanes en fleur, Rose avait appelé son amie Odile Dentremont au téléphone.

— Voilà, ma chérie, mission accomplie : elle sait qu'elle a une rivale !

Odile Dentremont remercia et en profita pour assouvir sa curiosité concernant la maîtresse de son mari.

— Oui, répondit Rose, très provocante, très «pépée» de monsieur riche. Elle s'habille comme ils le fantasment tous à cet âge. La pauvre... Plutôt vulgaire, oui. Une brave fille, je crois. Elle ne supportera pas ce qu'elle vient d'apprendre, elle va se venger, c'est sûr. Oui, par amour-propre plutôt que par amour. Au fond, tu as raison, ma chérie : de temps en temps, il faut organiser un ménage de taille. Ses deux maîtresses, Ève et Fatima, vont foutre Philippe à la porte et il reviendra chez toi…

Rose faillit dire «la queue basse» mais se rattrapa in extremis :

— … tout penaud.

Intérieurement, Rose ajouta «Puis il recommencera», mais Odile prononça les mots à sa place. Rose écouta l'explication puis approuva :

— Bien sûr, la seule qui l'attend, la seule qui l'accueille, la seule qui lui porte un amour sans condition, c'est sa femme. Tu as raison, Odile. J'ai été ravie de participer à ton stratagème. Non, ne me remercie pas : c'est si amusant pour une femme mariée de révéler à une maîtresse qu'elle est trompée.

Le samedi matin, Ève décida de se rendre à Knokke-le-Zoute. Sous ce nom étrange aux oreilles francophones, s'étend la plus chic ville balnéaire de Belgique, tout en haut du pays.

La mer du Nord est une mer fatiguée et Knokke-le-Zoute, sa station de repos. L'eau y rejette toute activité. Les ondes se refusent au baigneur : elles lèchent timidement la plage, vaste flaque qui oblige l'aspirant nageur à parcourir des centaines de mètres pour s'immerger ne serait-ce que jusqu'aux épaules; là, elles ne l'encouragent pas non plus, elles l'indisposent, elles le repoussent tant leur température refroidit ses ébats et leurs vaguelettes salées le giflent. Aux yeux

317

du promeneur, le large se tient à distance, fusionnant avec le lointain, pauvre de présence autant qu'avare de couleurs, les flots se confondant d'abord avec le beige du sable, puis avec le gris du ciel, enfin avec l'azur blanchi de l'horizon. La mer du Nord est paresseuse et si l'on ne voyait pas pétroliers et paquebots y cheminer, placides, on la croirait indifférente et inutile aux hommes.

Ève débarqua sur le ponton et y fit aussitôt sensation. Quoique suisse d'origine, elle avait vite compris le fonctionnement de la plage belge : on ne s'enfonce pas dans sa partie sauvage, étendue, infinie, on parade dans l'exigu espace payant qui fournit chaises longues, parasols inutiles, serveurs de boissons, une sorte de placette pimpante, blanc et bleu, face à la rive, où des haut-parleurs distillent une musique plaisante.

Hommes et femmes observèrent cette insurpassable pin-up réussir son apparition, et un serveur se précipita, galant, pour lui donner une place digne de sa beauté. Affublée de grandes lunettes rondes qui cachaient son regard, Ève mima celle qui hésitait, puis, en ayant l'air d'obéir au garçon, lequel se comportait en chevalier servant, indiqua l'endroit où elle voulait s'étendre. Il lui arrangea la chaise, posa les serviettes, ratissa le sable, plaça deux tablettes basses afin qu'elle y étale ses affaires et lui promit d'apporter le cocktail de fruits désiré.

Ève s'installa donc juste derrière la famille Dentremont venue occuper sa villa maritime.

Philippe Dentremont fut bien sûr le premier à la remarquer – sans doute la suivait-il des yeux depuis son surgissement au haut de l'escalier, en priant le ciel qu'elle ne s'approchât pas. Agité, nerveux, sous prétexte de saisir un produit solaire, il lui lança une grimace : « Mais que te prend-il ? Tu es cinglée ? » Ève se contenta d'enlever son tee-shirt, de laisser apparaître ses magnifiques seins couverts d'un léger carré de tissu retenu par une ficelle.

Quentin, le fils aîné de la famille, fut aussi prompt que son père à noter l'arrivée d'Ève mais, à l'inverse du patriarche, son visage s'ouvrit sur un sourire. Sans se cacher, il lui montra sa joie de la voir ici.

Quant aux deux fils plus jeunes, ils ne lui prêtaient pas attention, trop occupés, l'un à lire, l'autre à bâtir un château de sable.

Odile Dentremont, elle, dormait au soleil, huilée comme une sardine.

Alors Ève sortit de son sac son arme secrète, celle qui allait lui permettre d'obtenir tout ce qu'elle désirait : un chien.

Une exquise femelle shiba inu débarqua sur la chaise longue, sorte de renard distingué aux yeux noirs délicatement soulignés de blanc, fine sur pattes, gracieuse, dont la fourrure se hissait au niveau d'une parure tant elle mariait le fauve aux nuances crème.

Philippe repéra quelle machine de guerre venait de faire irruption. Il fronça les sourcils, avança le menton, furieux de ne pouvoir intervenir.

Ève accrocha un collier féminissime, incrusté de fausses pierres, au cou de la princesse japonaise et partit avec elle au bord de l'eau.

Les hommes de la plage n'avaient plus d'yeux que pour elle.

Goûtant son succès, Ève se félicita d'avoir convaincu son amie Priscilla d'échanger, le temps d'un week-end, sa shiba inu contre son chat et son appartement. Rien de plus efficace qu'un tel appât si on veut que les hommes engagent la conversation, on gagnait des heures avec cet accessoire-là.

Pendant une demi-heure, des prétendus nageurs et des supposés promeneurs abordèrent la nymphe au quadrupède. Chaque fois, Ève les reçut avec amabilité mais sans leur laisser croire qu'ils pouvaient la draguer ; ferme, elle leur signifiait après deux ou trois minutes qu'ils n'obtiendraient pas davantage que ce court bavardage.

Son épouse s'étant réveillée, Philippe Dentremont n'avait plus la possibilité de rejoindre Ève et de lui ordonner de foutre le camp. Désemparé, voyant les hommes bourdonner autour d'elle, il éprouvait un mélange de jalousie et de fierté, furieux, incapable de concevoir pourquoi sa maîtresse lui infligeait cette comédie.

Ève remonta vers sa place, sa délicieuse marionnette au bout de la laisse, et s'installa sur la chaise longue afin de s'abandonner aux rayons du soleil. Naturellement, son hâle avait déjà atteint la perfection, aussi appétissant qu'un pain d'épice, plus soutenu, plus régulier, plus profond que celui de quiconque. Prévoyante, Ève n'allait pas à la plage pour bronzer mais pour exhiber son bronzage, lequel avait été bichonné l'hiver à force de bancs solaires, de carotène, de crème teintée. Elle sortit un épais roman – minimum cinq cents pages, c'est ce qui signale la lectrice assidue ; moins, ça fait lectrice occasionnelle –, le tendit à bout de bras au-dessus de son visage et s'y plongea.

Seule, elle aurait sans doute adhéré à l'histoire – car elle adorait lire – mais, en public, le best-seller procurait un moyen d'observer ce qui se déroulait alentour.

Devant elle, Quentin s'était redressé, offrant son corps tout neuf à l'air sauvage. S'il feignait de guetter à droite, à gauche, jamais derrière, Ève savait bien qu'il se montrait à elle, qu'il ne pensait qu'à elle. Variant les poses avantageuses, il caressait de temps en temps ses épaules bien découplées, dont il était très fier.

Histoire d'agacer Philippe qui n'avait pas remarqué le jeu de son fils, Ève posa son livre et ne se cacha plus de contempler l'adolescent.

Quentin prit cela pour une victoire. Désireux de montrer sa force, il poussa ses frères à venir jouer au badminton avec lui, leur suggérant de se battre à deux contre un. Éloigné d'une dizaine de mètres, il présenta à Ève une démonstration de son agilité, de ses réflexes, de sa rapidité.

Philippe n'avait pas encore compris la conduite de son aîné mais découvrait avec horreur qu'Ève lui portait de l'intérêt. Si sa femme n'avait pas été à ses côtés, il aurait fait un esclandre.

Alors Ève sentit qu'elle devait franchir un pas. Elle se leva, proposa à la piquante shiba inu de l'accompagner : toutes les deux se dandinèrent jusqu'aux fils Dentremont ; là, elles s'arrêtèrent et admirèrent leur combat.

Galvanisé, Quentin tenta de magistraux rebonds puis, pour sauver une balle irrattrapable, risqua un saut périlleux arrière.

Ève applaudit.

Il la fixa, écarlate.

— Voulez-vous jouer ?

— Avec plaisir. Mais qui s'occupera de ma jolie chérie ?

Les deux jeunes frères, ravis de se reposer, proposèrent leurs services.

— Emmenez-la donc au bord de l'eau, je me demande si elle n'a pas envie de faire pipi.

— Bien, madame.

Les deux garçons se retirèrent, enthousiastes, vers les flots.

Une partie commença entre Ève et Quentin. Cette fois, il adopta une tout autre attitude : il cherchait à perdre, enjeu pas évident tant Ève, appliquée à exécuter des mouvements harmonieux, ratait ses passes.

Peu importait ! Plus intense que le duel s'avérait l'échange de leurs complicités. Quentin adressait des œillades enfiévrées à Ève qui soutenait le choc avec une espièglerie appuyée. Ils se plaisaient, ils se le disaient.

— Ouf, j'arrête. C'est fatigant.

— Vous êtes ici pour le week-end ?

— Oui, et vous ?

Il se renfrogna.

— J'accompagne mes parents.

— Votre mère est très belle.

— Ah oui ?

Quentin ne saisit pas bien l'intérêt de cette remarque mais elle le détendit car elle montrait qu'il ne pouvait pas y avoir d'hostilité entre sa mère et la femme qu'il désirait.

— Vous êtes cent fois plus belle que ma mère.

— Allons… allons…

— Si, je vous le jure.

— Vous oubliez que je ne suis pas cent fois plus jeune que votre mère.

— Je n'aime que les vraies femmes, pas les gamines.

Il avait énoncé cette déclaration avec un mâle aplomb qui les surprit tous les deux, lui parce qu'il n'avait jamais prévu de dire cela, elle parce qu'elle le sentit sincère.

En jetant un œil du côté des fauteuils, elle vit que Philippe tournait en rond à bout de nerfs, tandis qu'Odile s'amusait discrètement de voir son fils se comporter en homme.

Elle pensa qu'elle en avait fait assez et se décida à revenir sur sa chaise longue.

— Je vais me reposer.

— Bien sûr.

— Vous savez, vous m'évoquez une petite lettre jaune.

— Une petite lettre jaune ?

— Oui. Une petite lettre jaune que vous n'avez pas signée.

Sur ce, elle lui adressa un sourire si irrésistible qu'il lui sourit aussi, ce qui, à Ève, sembla la confirmation que son hypothèse était juste.

Elle remonta vers sa chaise longue. À cet instant, Philippe se dirigea vers le bar en lui intimant de le suivre, incitation qu'Ève ignora avec malice.

Pour semer une zizanie complète dans la famille Dentremont, elle sortit de son sac le mot anonyme, y ajouta son adresse à Knokke-le-Zoute, et attendit que les deux Dentremont juniors lui ramènent sa chienne. En les remerciant, elle leur remit le papier à transmettre à leur grand frère, ce qu'ils accomplirent sans dissimulation. Quentin avait à peine saisi le message entre les doigts que son père surgit.

— Donne-moi ça !

Quentin se redressa, indigné par son ton, et le toisa avec froideur.

— C'est pas tes oignons !

— Tu m'obéis, je suis ton père.

— Pas pour longtemps ! gronda Quentin.

Philippe vacilla, ébranlé, surpris de découvrir une nouvelle personne en son fils, abasourdi que le garçon se fût transformé, là, devant lui, en homme.

Quentin lui tenait tête, conscient de ce qui se produisait, grisé de sentir cette force qui montait en lui, la force de désirer une femme, la force de s'opposer à son père.

Ils restèrent quelques secondes ainsi, immobiles, deux mâles se jaugeant, l'aîné comprenant qu'il vieillissait, le cadet qu'il dominerait bientôt. Ils n'étaient plus père et fils en cet instant, mais rivaux.

La voix d'Odile, un peu ensommeillée, retentit :

— Que se passe-t-il ? Un problème ?

Quentin se tourna vers sa mère et la rassura, crâne :

— Non, maman, tout est normal : il n'y a aucun problème.

Là encore, il venait de prendre l'ascendant sur son père, lequel, stupéfait par ce changement de situation, excédé par la présence d'Ève, soucieux de ne pas éveiller les soupçons de son épouse, baissa les épaules et accepta – provisoirement – d'avoir perdu.

De loin, Ève n'avait rien raté de l'échange.

« Il est mûr, cogita-t-elle en fixant Philippe. Il va débouler chez moi à cran et j'obtiendrai qu'il s'explique. »

Elle ramassa ses affaires. Cette fois, ce fut elle qui signala à Philippe de la rejoindre au bar.

Pendant qu'il s'y dirigeait, elle fit ses adieux aux trois garçons Dentremont et salua Odile d'un sourire.

Lorsqu'elle passa devant Philippe, plongé dans un bloody mary, elle s'attarda. Il grommela :

— Tu les dragues à la crèche, maintenant ?

— Il est très beau, ton fils. Et si jeune…

— Je te défends de jouer ce jeu-là.

— Me le défendre, de quel droit ?

— Du droit que je suis ton amant.

— Et celui de Fatima aussi. Et de bien d'autres…

Au nom de Fatima, Philippe marqua le coup. Il y eut un éclair de panique dans ses yeux.

— Écoute, Ève, je ne peux pas te parler ce week-end. Nous avons un emploi du temps chargé. Je n'échapperai pas à la famille.

— Il faudra bien pourtant…

— Ève…

— Surtout que je pourrais sympathiser avec ta femme. Rappelle-toi comme cela a été facile avec tes fils…

— Ève, évite cette méthode !

— Qui me parle ? L'amant de Fatima ?

Il baissa les yeux, mouché. Cet homme égoïste qui réalisait ses désirs grâce à son argent et à sa frivolité se révélait un lâche.

Ève tourna les talons en lui glissant :

— Villa Coquillage, tu connais ? Ma copine Clélia me l'a prêtée ce week-end. Je t'attends.

Soulagée, Ève rentra et s'occupa d'elle-même durant deux heures à la salle de bains, enchaînant peeling, masque et massage.

À vingt heures, elle s'installa devant la télévision avec un plateau-repas.

Jusqu'à vingt-deux heures trente, elle suivit avec passion une émission qui présentait des jeunes chanteurs sortant de l'anonymat, lesquels auditionnaient à l'aveugle devant un jury de stars. S'identifiant à chacun, elle pleura beaucoup, de joie comme de déception.

Enfin, à vingt-trois heures, essorée d'avoir tant compati, elle revint à son propre cas et commença à s'inquiéter. Elle songea à se vexer.

La sonnette de l'entrée résonna.

— Ah, tout de même.

Le timbre lui avait rendu sa confiance en soi. Qu'allait-elle tirer de l'éclaircissement avec Philippe ? Qu'il quitte cette Fatima ou qu'il lui donne davantage d'argent ? Peut-être les deux...

Quand elle ouvrit la porte, une silhouette se glissa dans le vestibule.

— Fermez, s'il vous plaît, qu'on ne me voie pas.

Charmant, habillé de blanc, un bouquet de tulipes à la main, Quentin se tenait debout devant elle.

— Je me suis enfui pour vous retrouver.

14

Entre elles, l'orgasme ne constituait plus le but. S'en-fermer dans la chambre pâle aux voilages pudiques, y passer de longues heures, enlacées, nues, douces, détendues, protégées, loin des maris, des enfants ou des obligations sociales, leur offrait une escale inatten-due, secrète et merveilleuse.

Si dans les premiers temps, le désir avait justifié leurs étreintes, celui-ci s'était quintessencié : elles n'avaient pas besoin de faire l'amour, elles avaient besoin d'amour – de l'offrir et de le recevoir. La sen-sualité n'avait donc été qu'un prétexte, celui qui avait poussé Xavière un jour à embrasser Séverine entre deux portes, celui qui avait autorisé Séverine à attirer Xavière jusqu'à son boudoir. Maintenant qu'à force de caresses, de frissons, de baisers, elles s'étaient rap-prochées, elles se contentaient parfois de s'allonger ensemble au milieu de l'après-midi, se parlant, se frô-lant, partageant de puissants silences, sans se forcer à la jouissance organique.

Cette intimité plaisait à Séverine, laquelle était habituée à considérer le rapport sexuel comme une performance : elle devait satisfaire son mari et jouir aussi – ou du moins le prétendre. L'obligation d'orgasme, n'est-ce pas ce qui empoisonne les relations des hommes et des femmes ? Sous pression, ils se contraignent à y parvenir, transformant un moment gratuit, libre, inutile, en une compétition qu'il faut gagner. Séverine n'avait couché avec François-Maxime qu'avec inquiétude et, à l'issue de chaque séance, elle avait douté d'avoir été à la hauteur ; peu lui importait d'arriver rarement au plaisir, elle se suspectait de ne pas en procurer. Si elle feignait, il pouvait feindre… Quoique des signes évidents montrassent qu'il arrivait au bout de son plaisir, celui-ci avait-il été fort ? intense ? Un mot revenait dans sa tête : « crampe ». Durant son adolescence, elle avait entendu un garçon affirmer que, pour l'homme, éjaculer revenait à se débarrasser d'une crampe. L'aspect médical de cette déclaration l'ayant impressionnée, elle n'avait jamais cessé d'y penser ; lorsqu'elle avait donné sa virginité à François-Maxime, elle avait, en découvrant son sexe dur et tendu, repensé à « la crampe » ; l'agitation de son mari, ensuite, à l'intérieur d'elle, lui avait paru convulsive ; et son cri final, suivi d'un effondrement, puis d'un sommeil immédiat, lui avait confirmé que le mâle se « débarrassait » d'une douleur.

Au souci de la volupté s'étaient ensuite ajoutés les soucis relatifs à la procréation. François-Maxime tenait à devenir père, patriarche d'une famille nombreuse, et ne le lui avait pas caché : avant la naissance de sa fille, elle avait douté d'accomplir son vœu ; depuis Guillaume, le cadet de ses quatre enfants, elle craignait l'accident qui lui infligerait une nouvelle grossesse. Maintenant, en voyant grandir sa progéniture, elle savait qu'elle avait respecté l'essentiel de son engagement envers François-Maxime. Or, au lieu de s'en gratifier, elle avait été envahie par une nouvelle peur : allait-elle continuer à l'attirer ? Ne le lasserait-elle pas ? Son corps mûr, bientôt stérile, devait manquer d'appas ! L'indifférence charnelle lui semblant le destin des vieux époux, chaque fois qu'ils s'unissaient, elle redoutait que ce fût la dernière. Cette terreur s'insinuait, la polluait, la retenait de s'abandonner... Séverine, en quinze ans, n'avait donc jamais laissé s'approcher François-Maxime de son corps nu sans trembler.

Avec Xavière, une fois passé l'effarement – elle n'aurait pas imaginé se trouver dans un lit aux côtés d'une femme –, elle se sentit enfin en sécurité. Sensuelle davantage que sexuelle, elle avait la conviction d'avoir rencontré sa partenaire.

Xavière vivait une histoire différente. Lovée contre son amante, elle fuyait une partie d'elle-même pour en rejoindre une nouvelle. Exquise, attentionnée, rieuse, serviable, elle avait déserté son personnage de ronchonne. Si les gens du quartier avaient raconté à Séverine comment ils percevaient Xavière – une peste corrosive, radine –, elle aurait cru à une plaisanterie : Xavière la couvrait de bouquets, de livres, s'intéressait au moindre détail la concernant, plaisantait de tout, s'avérant être la compagnie la plus gaie et la plus légère qui fût – mis à part la gifle.

En réalité, dans les bras de Séverine, Xavière se reposait d'elle-même. Elle n'appréciait pas le personnage qu'elle était devenue ; parfois elle s'en voulait ; souvent elle en voulait aux autres, à Orion surtout, lequel, par sa ruine, son incurie, sa négligence pathologique, l'avait contrainte à devenir raisonnable, comptable, responsable pour deux. Sa légèreté l'avait alourdie. Oui, cet oiseau-là l'avait figée dans un rôle. Pas le choix ! Si elle s'était fiée à lui, ils auraient vécu dans la rue, ou seraient morts déjà… Aujourd'hui, elle méprisait ce mari qui l'avait transformée en marâtre… De surcroît, par une sorte d'entraînement pervers, plus elle se montrait méfiante, plus il se montrait intrépide ; plus elle critiquait les gens, plus il les louait. À moins que ce ne fût l'inverse, chacun poussant le conjoint à s'enfoncer dans ses défauts. Elle n'aimait donc plus rien de son couple, ni elle ni lui, et cependant elle s'efforçait de le maintenir en survie. Pourquoi ? Par habitude. Par paresse. Par intérêt financier. Des raisons qui auraient paru scélérates à un amoureux de l'amour mais qui à Xavière semblaient excellentes.

— Sais-tu, Séverine, que je suis experte en poison ?

— Toi ?

Séverine pouffa. À ses yeux, il n'y avait pas passion plus extravagante.

— Pourquoi ? Tu aurais voulu entreprendre des études de chimie ?

— Non.

— De médecine ?

— Non.

— De pharmacie ?

— Non, voyons, quand on entreprend ces études, c'est pour soigner les gens. Moi, ce serait pour tuer. Tuer Orion.

— Tu te moques de moi.

— Tranquillise-toi, je n'ai pas été fichue de passer à l'acte. Comme un eunuque dans un harem : il sait comment ça se fait mais il ne peut pas le faire.

— Tu as eu envie de tuer Orion ?

— Cent fois ! Mille fois ! Un million de fois.

— Et qu'est-ce qui t'a retenue ?

— Je dois avoir une conscience. N'empêche, quel soulagement, à chaque fois, de l'assassiner par la pensée. Je l'imaginais en train de vomir, de s'étouffer, de cracher de la bave, de se déchirer sous des spasmes suprêmes. Finalement, ça suffisait à me relaxer. On devrait l'écrire dans le code pénal : contre le meurtre, l'imagination est la meilleure des préventions.

— Tu le détestes ?

— Faute de tuer mon mari, je le trompe.

— Je n'apprécie pas ce que tu dis. On dirait que tu n'es avec moi qu'à cause de lui.

Xavière rassura Séverine en la serrant contre elle.

— Et toi ? Quels sentiments portes-tu à ton fringant François-Maxime ?

— Il est beau, n'est-ce pas ?

— Je dois le reconnaître. En même temps, il est tellement irréprochable, bien coiffé, bien nourri, bien élevé, bien habillé, bien sportif, qu'il me met mal à l'aise.

— C'est curieux… moi aussi, il me produit cet effet. Je me suis toujours sentie nulle auprès de lui.

Soudain, Xavière songea à l'heure et se précipita vers son téléphone portable.

— Séverine, je te laisse. J'ai rendez-vous chez le médecin.

— Grave ?

— La routine.

Séverine l'aida à se rhabiller, ce qui leur offrit l'occasion de nouvelles caresses.

Xavière s'approcha de la commode sur laquelle reposait un sac de cuir grené, couleur marron glacé.

— Quelle merveille !

Sans aucune permission, elle le souleva, l'admira, l'ouvrit. Dans la poche intérieure s'insérait une lettre jaune. Interloquée, Xavière la saisit et la lut : «Ce mot simplement pour te signaler que je t'aime. Signé : tu sais qui.» Dessous, une main inconnue avait ajouté : «Moi aussi.»

— Mais…

— Un cadeau de François-Maxime.

— Séverine, j'ai reçu le même mot de toi.

Elle se retourna, blême, pour affronter Séverine.

— Tu fais tout en double : l'amour et le courrier !

Séverine s'indigna :

— Je te jure que ce n'est pas moi.

— Tu parles !

— Je te le jure, Xavière, sur la tête de mes enfants.

Stoppée par tant de véhémence, Xavière accepta l'explication, d'autant que des souvenirs remontaient dans son cerveau. N'avait-elle pas vu d'autres personnes avec une lettre jaune ? Elle se concentra et retrouva soudain deux images : Quentin Dentremont avait sorti un papier semblable avant de griffonner une phrase accompagnant sa rose; le prof de philo gay, Tom Je-ne-sais-quoi, lisait un message en traversant le square et en passant devant sa boutique.

Elle faillit confier ses découvertes à Séverine mais se rendit compte qu'elle n'en avait plus le temps.

Dix minutes plus tard, elle rejoignait le docteur Plassard, son gynécologue, dont le cabinet donnait sur l'avenue Lepoutre, une promenade agrémentée de marronniers.

— Eh bien, Xavière, vous avez avancé votre rendez-vous, nous ne devions nous voir que dans six mois. Que se passe-t-il ?

— Une chose banale : je commence ma ménopause.

— C'est bien possible à votre âge.

— Je n'ai plus de règles, j'éprouve parfois une grande fatigue et j'ai… comment dire… la pointe des seins sensible.

— Très normal. Des troubles urinaires ?

— Non, pitié ! Pourquoi ? Ça arrive ?

— Je vais vous examiner.

Pendant les quinze minutes qui suivirent, elle décida de ne plus être propriétaire de son corps ; indifférente, presque absente, elle laissa le gynécologue pratiquer les tests et les investigations qu'il souhaitait.

Lorsqu'il lui demanda de se rhabiller et de l'attendre quelques minutes, elle en profita pour piquer un somme.

Enfin, le docteur Plassard la réveilla, l'invita à retourner dans son bureau, lui demanda de s'asseoir.

— Vous ne commencez pas votre ménopause.

— Ah bon ?

— Vous êtes enceinte.

15

— Alors, pas d'enveloppe jaune ce matin ?

— Non. Et toi ?

— Moi non plus.

Son courrier à la main, Tom apportait les croissants du petit déjeuner, dorés, croustillants et chauds. Bien qu'il ait passé la nuit chez Nathan, il venait d'effectuer un crochet à la boulangerie puis à son studio en espérant qu'une nouvelle lettre anonyme l'attendait.

— On ne saura pas la vérité aujourd'hui, soupira Nathan.

— Hélas…

Le phénomène inexpliqué passionnait les deux hommes. Une fois que chacun fut parvenu à convaincre l'autre qu'il n'avait pas écrit le message «Ce mot simplement pour te signaler que je t'aime. Signé : tu sais qui», ils avaient cherché qui se dissimulait derrière. Ce mystère stimulait leur fantaisie, engendrait des discussions sans fin ; depuis ce jour, ils ne s'étaient plus quittés.

Récupérant les viennoiseries, Nathan dressa une table où la porcelaine brillait de toutes les couleurs de l'arc-en-ciel.

— J'ignore qui nous a envoyé ces lettres mais j'en note la conséquence principale : tu ne t'arraches plus d'ici.

— Oh, c'est vrai ? bredouilla Tom, gêné que Nathan l'eût remarqué, redoutant surtout qu'il n'entamât son couplet favori sur la cohabitation.

— J'en conclus que cette personne souhaitait notre bien. Elle devait savoir que nous interpréterions sa phrase comme venant de l'autre, donc que ça nous rapprocherait. N'est-ce pas une piste ?

Tom hocha la tête, se mettant à réfléchir. Quelqu'un qui leur voulait du bien ? Il s'arrêta de mâcher, surpris.

— Quelle drôle de question ! Je ne me l'étais jamais posée. Cela existe-t-il, sur terre, un individu qui nous voudrait du bien ? Éventuellement, je peux nommer ceux qui veulent mon bien – mes sœurs – ou qui veulent le tien – tes parents –, mais le nôtre… conjointement… ?

Nathan prit une pose offusquée, les mains sur les hanches, et singea une nounou noire à l'accent liquide :

— Quoi, mam'zelle Sca'let, qu'est-ce que vous 'acontez ? Vous c'oyez que pe'sonne ne vous aime, vot' fiancée et vous ? C'est t'ès t'iste, ce que vous p'étendez, mam'zelle Sca'let, ça me fait t'ès beaucoup de peine !

Tom lui attrapa le bras.

— Arrête de bouffonner et réfléchis, Nathan : connais-tu des gens qui tiennent à ce que nous vivions ensemble ?

— Tout le monde s'en fout, Tom. Comme nous, nous nous foutons des autres couples. Gays ou pas gays. Le manège tourne. On monte ou on descend à volonté. Chacun décide comment il sera heureux à sa façon.

— Tu feins de ne pas comprendre : notre couple n'intéresse personne.

— Et alors ? Du moment qu'il nous intéresse, toi et moi !

— Ça ne te désespère pas, toi, que personne n'estime que tu es mon destin, que je suis le tien ?

Nathan battit des paupières.

— Répète.

— Quoi ?

— Répète ta déclaration, redis que je suis ton destin, que tu es le mien. Ça m'a donné des frissons dans le coccyx.

— Le coccyx ?

— C'est là que siège ma pensée. Du moins te concernant.

Irrésistiblement attiré par Nathan aux simagrées excessives, Tom se jeta sur lui et colla ses lèvres aux siennes.

Dès qu'il put parler, Nathan reprit :

— J'ai l'impression que c'est le pire qui te séduit en moi : ma vulgarité et mes conneries.

— J'apprécie tes sommets.

— N'empêche ! Plus je délire, plus tu t'attaches.

— Aimer quelqu'un, c'est aimer aussi ses défauts.

— Oh que c'est beau : on dirait le titre d'une chanson pour les minettes.

— J'étais certain que ça te plairait.

Cette fois, ce fut Nathan, charmé quoique jouant la vexation, qui prit l'initiative du baiser. Entre eux, il fallait que ça crépite, que les sarcasmes fusent, que le persiflage s'enflamme. La moquerie constituait leur madrigal. Parce qu'ils craignaient l'expression traditionnelle de l'amour – sans doute parce qu'ils craignaient l'amour traditionnel –, mimer le mépris, la raillerie ou la haine les épanouissait, toute rosserie représentant un cadeau. Plus ils se moquaient, plus ils s'avouaient leur affection. Leur sincérité avait besoin de s'habiller de dérision pour rester authentique.

Ils roulèrent sur le canapé, accrochés, chacun cherchant à dominer l'autre, aucun n'y parvenant. Ils savaient qu'ils ne referaient pas l'amour – ils en sortaient – mais ils s'amusaient à le prétendre.

Enfin, ils échouèrent sur le tapis, se détachèrent et, dos au sol, yeux au plafond, fixèrent le lustre en se tenant la main.

— Je sais qui a rédigé les messages, murmura Nathan.

— Qui ?

— Tu ne vas pas me croire.

— Je te croirai. Qui ?

— Dieu.

Nathan releva le torse, grave.

— Dieu lui-même nous l'a transmis pour nous confirmer dans l'amour.

Tom s'assit à son tour.

— Tu crois en Dieu, toi ?

— Qu'en sais-tu ?

— Je te pose la question.

— Stop ! il ne suffit pas de m'avoir baisé quatre cents fois pour arriver au plus intime de mon intimité.

Tom le railla :

— C'est obscène ce que tu dis.

— Mince, je croyais que c'était hautement spirituel.

Nathan alla se resservir un café, puis déclama d'un air doctoral :

— Dieu a pris sa plume, l'a trempée dans l'encre de la compassion et nous a dit de ne plus attendre.

Il changea sa voix afin d'imiter Dieu, essayant de solliciter ses cordes graves :

— « Vivez ensemble, mes enfants, ne payez plus deux loyers mais un seul ; ce loyer unique sera la consécration de votre union, je vous le dis. Tom, mon fils, envoie la résiliation de ton bail à ton propriétaire. Nathan, ma fille, jette tes revues pornos et ta panoplie de godemichés et laisse de la place à Tom dans tes placards. Lorsque vous aurez accompli ma parole, vous serez heureux, mes enfants, pour les siècles des siècles. »

— Amen, conclut Tom.

Nathan sursauta.

— Ai-je bien entendu ?

Il s'approcha de Tom, le visage crispé, les membres tendus.

— Tu as dit « amen » ?

Tom répliqua avec flegme :

— Oui.

— Tu l'as dit par réflexe ou parce que tu le pensais ?

— À ton avis ?

— Tom, je sais que tu n'es ni catholique ni croyant mais parles-tu hébreu ?

— Assez pour savoir qu'amen signifie « ainsi soit-il ».

— Donc tu acceptes que nous vivions ensemble ?

— Si tu acceptes une mésalliance avec un mécréant.

— Je le veux.

— Amen.

Les jours qui suivirent, Nathan ne retint pas sa joie : au lieu de marcher, il sautillait ; au lieu de parler, il s'étouffait sous le flot de ses mots ; au lieu de rire, il hennissait. Provoquer tant d'émotion chez son compagnon bouleversa Tom, lequel, quoique paisible en apparence, se réjouissait aussi.

Une nuit, alors qu'ils suivaient une série américaine depuis leur lit, Tom se tourna brutalement vers Nathan.

— La lettre anonyme nous a été envoyée par quelqu'un qui veut se débarrasser de nous.

Nathan éteignit la télévision.

— Se débarrasser de nous ?

— Oui. Un ancien amant qui veut être sûr que, toi ou moi, nous sommes casés.

— Absurde.

— L'amant d'un amant… Un jaloux morbide qui sait quelle place nous avons occupée auprès de son jules avant. Il tient à nous repousser.

— C'est pervers, ton truc.

— L'être humain est pervers, Nathan. Les gens ne veulent pas le bien, ils veulent le leur. Ils ne souhaitent pas le bien en général, mais le bien pour eux.

— Traduction ?

— Celui qui a écrit la lettre ne veut pas notre bonheur mais le sien.

Ils passèrent donc la nuit à évoquer leurs amants précédents. S'ils tentèrent d'abord d'enquêter sur l'auteur des lettres, l'échange devint prétexte à se découvrir, à parler de soi, à écouter l'autre.

La confidence, loin de les éloigner, les rapprochait. Ils évoquaient ce qui, dans le passé, semblait leur gloire et qui maintenant leur paraissait une misère : la multiplication des partenaires. Parce qu'elle est minoritaire, l'homosexualité se définit davantage comme une sexualité que l'hétérosexualité : elle pousse celui qui se découvre ce penchant à rechercher le contact des épidermes, la rencontre des corps, la jouissance brute, l'organique à tout prix, elle néglige aisément la complexité ou l'importance des sentiments. Tom et Nathan avaient d'abord eu besoin de se prouver qu'ils plaisaient et pouvaient plaire ; dans ce but, ils avaient multiplié les aventures, celles-ci ne durant parfois que le temps des caresses ; ils avaient fréquenté ces immenses baisodromes que sont les saunas, les sous-sols de boîtes, les annexes de bar, voire les jardins publics, espaces où il n'est ni utile ni recommandé de discuter, où il suffit d'échanger des regards de connivence pour que deux corps muets s'unissent dans la pénombre. Tous deux avaient expérimenté davantage de liaisons silencieuses que de liaisons parlantes. Nathan en avait souffert car, exubérant, disert, il adorait la conversation et montrait une curiosité universelle. Tom avait mis plus de temps à trouver la répétition monotone tant étaient importants ses besoins sexuels, auxquels se joignait un confus sentiment de supériorité : cultivé, réfléchi, passionné de littérature, il doutait tellement de croiser son équivalent qu'il abordait chaque garçon avec une méfiance désabusée, sans l'ambition de le connaître – « Lui faire l'amour, d'accord, mais la conversation, non merci » aurait pu constituer sa maxime. Nathan et Tom avaient donc éprouvé ces nombreuses déceptions d'après la jouissance, quand le partenaire, jusque-là réduit à sa peau, son sexe, ses soupirs, prenait soudain la parole : découvrir une voix laide, un accent surprenant ; entendre, à l'issue d'un parcours sensuel sans erreur, des fautes de français, une syntaxe incertaine, un vocabulaire pauvre ; apprendre les goûts et les centres d'intérêt d'une créature dont ils avaient apprécié le corps et se rendre compte alors que, s'ils avaient su tout cela, ils ne lui auraient pas manifesté de désir.

Tom et Nathan n'avaient pas partagé la même vision de ces déconvenues. Nathan voulait une autre vie qu'une collection de flirts ou de liaisons éphémères, appelé à dépasser le désir par l'amour ; c'était d'ailleurs parce qu'il recherchait la grande histoire qu'il avait cru, par impatience, la repérer dans deux aventures prolongées. Tom, lui, n'avait pas formulé de vœux, n'avait jamais confondu habitude sexuelle et amour ; sa rencontre avec Nathan, l'affection profonde qu'il éprouvait relevaient de la surprise.

Au matin, ils s'aimaient davantage qu'au crépuscule. Ils n'avaient plus besoin de sexe, simplement de se trouver côte à côte pour voir le jour se lever. Ces lettres anonymes avaient accéléré l'approfondissement de leur histoire.

Les perroquets commencèrent à crier, âcres, aigres, puis les perruches ajoutèrent leur pépiement à cette symphonie discordante. Leur charivari montait avec la lumière. Nathan tenta de les imiter. Après quelques approximations, il y parvint. Ils s'en divertirent, puis Tom, nu, s'approcha de la fenêtre.

— Je me demande si nous n'avons pas commis une erreur de raisonnement, Nathan, concernant les lettres anonymes. Nous avons supposé que nous n'étions que deux à en recevoir.

Nathan se leva et, nu aussi, vint se coller au corps de Tom. Ils admirèrent la place, les maisons encerclant le square verdoyant, tel le décor d'un théâtre.

— Et si, poursuivit Nathan, plusieurs personnes ici avaient reçu le même mot ?

— Tu as raison, je n'y avais pas pensé.

Ils contemplèrent les oiseaux. Leurs méditations gardaient la paresse de l'aube, elles s'étiraient lentement, manquaient d'allégresse et d'allant; tout leur prenait du temps.

Soudain, dans un tumultueux battement d'ailes, un corbeau plus noir que noir déboucha du ciel gris, traversa la place, chassa les perruches sans ménagement et s'installa au sommet d'un arbre. Ce prophète de malheur croassa; autour de cet avertissement cruel, on avait l'impression que venaient de se créer des kilomètres de solitude. Courbé, la tête penchée, le maintien sévère, il épia ensuite les façades qui l'entouraient. Sa vue perçante pénétrait à l'intérieur de chaque maison, impitoyable, guettant les infirmités de chacun.

Nathan sentit son investigation hostile et frissonna. Tom, lui, sourit, frotta les mains qui reposaient sur ses épaules.

— C'est étrange… En général, les lettres anonymes véhiculent des insultes, des ragots, des médisances. Normal qu'on en appelle l'auteur un corbeau.

Le corbeau lança une nouvelle exclamation menaçante. Tom continua avec douceur :

— Ici, il s'agit d'autre chose. L'auteur envoie des mots d'amour, des mots qui provoquent l'amour. Ce n'est pas un corbeau…

— Alors quoi donc?

— C'est une colombe.

TROISIÈME PARTIE

Répons

Prélude

Les perroquets se grattaient mutuellement les plumes de la nuque et de la tête, s'invitant à l'amour. Seuls les plus jeunes se montraient agressifs, œil sanguinaire, ailes tendues en bouclier, serres impérieuses, cris belliqueux, bec acéré, prêts aux combats frénétiques, se chassant, se poursuivant, se piquant – sans doute pour obtenir à l'arrivée les mêmes doux épanchements.

À cause de ce printemps des instincts, une grande confusion régnait au milieu des arbres. Alors que youyous du Sénégal, calopsittes, gris du Gabon, poicephalus, perruches ondulées et croupions rouges tournoyaient autour des feuillages, des couples d'inséparables se terraient dans leurs rameaux, presque figés pour ne pas attirer l'attention. Une amazone à front bleu construisait son nid en râlant contre quiconque l'approchait. De vieux aras, à qui l'âge faisait perdre leurs plumes comme aux hommes les cheveux, économes de leurs vols, grinçaient si une bataille d'adolescents ou la poursuite d'une femelle touchait leur territoire. Enfin, sur sa branche épaisse, un noble cacatoès triton à la robe crème haussait les épaules devant cette agitation qui ne le concernait plus.

Cinquante ans s'étaient écoulés depuis que le consul du Brésil avait ouvert ses cages en quittant le pays. Jamais les oiseaux ne s'étaient déplacés. Si un aventureux, parfois, se risquait à visiter un jardin quelques rues plus loin, il revenait vite à la place d'Arezzo, rejoignant ses congénères qu'il ne supportait pas mais dont il ne savait se passer. Combien de générations s'étaient déjà succédé dans ce cercle grouillant ? Aucun observateur n'avait pris la peine de l'étudier car, les premiers temps, tous les habitants s'étaient attendus à l'extinction de ces volatiles exotiques habitués à la captivité. Quelques décennies plus tard, la faune florissait en cette jungle. Peut-être certaines bêtes subsistaient-elles depuis l'origine, puisqu'on assure qu'elles peuvent atteindre quatre-vingts ou cent ans ?

La vitalité des perroquets, place d'Arezzo, procurait autant de fascination que d'inconfort aux riverains. Alors que tout se liguait, en eux et autour d'eux – querelles intestines, hostilité de l'environnement – pour qu'ils disparaissent, ils subsistaient, bavards, brouillons, bruyants.

Quelle langue parlaient-ils d'ailleurs ? Si leurs ancêtres avaient manié le portugais ou le français, qu'en subsistait-il un demi-siècle plus tard ? Quels mots déformaient leurs stridences ? Disaient-ils quelque chose ? Cela avait-il encore un sens ? Ces désirs, ces pulsions, cette énergie brute n'étaient-ils pas une fin en soi ?

1

— Ça t'ennuie si je vais voir Frédéric cet après-
midi ? J'ai envie de lui faire l'amour.

Diane avait posé cette question à son mari sur le ton
qu'elle aurait pris pour signaler qu'elle allait chez le
coiffeur, un rien lasse, presque agacée d'avoir à investir du temps dans des futilités pareilles.

— Je t'en prie, Diane, ne te gêne pas.

Jean-Noël éprouva un soulagement : Diane redevenait normale... Depuis quelques jours – la soirée
aux Mille Chandelles –, elle écumait, irascible, inoc-
cupée, tournicotant entre les murs, exploitant toute
occasion de vitupérer. Sa mauvaise humeur vétilleuse,
quoiqu'elle en demeurât la première victime, s'avérait
contagieuse ; l'appartement entier subissait ses ondes
de déprime, des plantes qui baissaient la tête jusqu'à
la lumière qui peinait à percer les vitres sales, le plus
exposé restant Jean-Noël à qui elle cherchait des
noises du matin au soir.

Lors de la partouze chic, Diane avait surpris Jean-
Noël en déclenchant un esclandre : quand Zachary
Bidermann avait commencé à la caresser pendant
qu'elle tenait lieu de zakouski, elle s'était redres-
sée et lui avait collé une gifle retentissante. Nue,

dégoulinante de hors-d'œuvre, elle avait bondi de la table, l'avait poursuivi, menacé, l'acculant contre un mur à coups de poing. Non seulement elle avait transgressé la règle échangiste qui préconise d'éconduire avec politesse un partenaire dont on ne veut pas, mais elle s'était lancée dans une violente diatribe coupée d'insultes choquantes, «porc», «fumier», «crapule», «salopard», «peste», «Attila», «satrape», «serpent», «teigne», «sous-merde» ou «assassin», les mots dégringolant de sa bouche comme les chutes du Niagara.

Les patrons de la boîte avaient dû intervenir, la maîtriser, appelant Jean-Noël à la rescousse. Une fois leurs excuses présentées à Zachary Bidermann, ils s'étaient efforcés une heure durant de recréer une atmosphère festive parmi les clients choqués.

Enfermé avec Diane dans un boudoir, Jean-Noël l'avait nettoyée sans parvenir à purger sa colère.

— Qu'as-tu contre lui ?

— C'est une ordure. Je déteste les ordures.

— Que t'a-t-il fait ?

— À moi ? Rien. Et il ne me touchera pas. Mais à d'autres…

— De qui parles-tu ?

— Fous-moi la paix. C'est de notoriété publique que cette ganache jette les femmes comme des mouchoirs en papier, après s'être lâché dedans.

— Diane, il est libertin.

— Ah oui ?

— Comme toi ou moi.

— Tais-toi, pauvre crétin, ou je te pulvérise !

Conscient que Diane ne se contrôlait plus, Jean-Noël n'avait pas insisté.

Depuis cette soirée catastrophique quittée à la hâte, Diane n'avait pas décoléré; sa rage couvait, et la moindre mention par un journal ou une radio du commissaire européen enflammait l'exaspérée, la transformant en torche de haine.

Du coup, Jean-Noël ne pouvait se retenir de pêcher dans ses souvenirs deux ou trois détails qui l'intriguaient. Lors de leur rencontre, Diane avait exigé d'habiter sur la place d'Arezzo sous prétexte qu'elle avait rêvé de loger là dès son enfance, forçant Jean-Noël à vendre sa maison de Saint-Genest afin d'acquérir le logement qu'elle avait déniché. Ensuite, Jean-Noël l'avait maintes fois surprise à la fenêtre en train de fixer l'hôtel particulier des Bidermann, comme si elle se livrait à une surveillance. Enfin, elle qui ne s'intéressait jamais à ce qui captivait ses contemporains, elle ne ratait pas un article ou une émission où l'on évoquait l'économiste. Le matin où Jean-Noël lui avait annoncé qu'ils avaient reçu une invitation de lui pour une « soirée des voisins », elle avait pâli, s'était enfermée puis, durant la semaine suivante, avait continûment craché sur cette habitude idiote qu'ont les gens de se recevoir sous prétexte que le hasard les rassemble. À la date de la fameuse « soirée des voisins », elle s'était arrangée pour qu'ils se rendissent à un week-end croquignolet en Normandie.

Maintenant que la détestation de Diane avait éclaté au grand jour, Jean-Noël reliait ces anecdotes. Que s'était-il passé entre Zachary Bidermann et Diane? La première suspicion d'un mari aurait porté sur une relation adultère, or, lorsqu'on connaissait Diane, une aventure relevait de la banalité; de surcroît, elle demeurait amicale envers les hommes avec qui elle

s'était amusée. Donc, il s'agissait d'autre chose…
Quoi ?

Brinquebalant sur les pavés inégaux, Diane conduisait sa Fiat à travers Bruxelles, intarissable contre « les tas de mous » qui avaient décroché leur permis de conduire à la loterie.

Arrivée au bas de la ville, près du marché aux poissons, elle se gara, pénétra dans une courette, tapa un code chiffré, poussa la porte d'un studio installé de plain-pied au niveau de la chaussée.

Frédéric l'attendait, un large sourire aux lèvres.

— Dis-moi que je rêve, ma déesse !

Diane apprécia cet accueil et rougit devant les yeux noirs qui la dévoraient. Autour d'elle, ça sentait l'homme, il s'étalait un désordre d'homme – des livres ou des disques empilés, des vêtements qui traînaient, le plateau-repas de la veille encore sur la table basse.

— J'adore ton appart, Fred.

— Tu parles ! Tu y trônes en permanence, princesse.

Sur le mur du fond, une immense photo de trois mètres sur deux la représentait nue sur un drap maculé de sang.

Elle s'approcha de l'homme en fauteuil roulant.

— J'avais envie de toi, lui murmura-t-elle en lui mordant l'oreille.

Il ronronna, éperdu de joie.

Diane recula et ordonna :

— Mets-moi de la musique.

— Quoi ?

— Une bonne saloperie comme tu les aimes.

— Un truc qui te casse les oreilles, ma divine ?

— Exact.

De la main, il appuya sur la télécommande qu'il gardait dans la poche droite, au-dessus de la roue, et une décharge de sons métalliques déferla, enflés, tapageurs, assourdissants. Frédéric, ingénieur du son, écoutait le hard rock au volume sonore d'un marteau-piqueur.

Diane recula ; en suivant la musique – ou plutôt le rythme saccadé des basses, la structure audible de ce magma sonore en fusion –, elle lui offrit un strip-tease.

Frédéric, ivre de bonheur, la contemplait, béat. Il avait trente-cinq ans, une belle gueule, des yeux verts, des mains généreuses, le prototype du mâle solide et sain qui attire les minettes ; cinq ans plus tôt, la moto, lancée à 180 kilomètres-heure, ripant sur la chaussée mouillée, avait percuté un mur de béton et brisé la colonne vertébrale de son conducteur. Paralysé au-dessous du nombril, Frédéric était insensible des jambes, incapable de les commander. Volontaire, courageux, il avait mené sa rééducation aussi loin que possible, musclant son torse, ses bras, ses épaules ; néanmoins, ses membres inférieurs lui demeuraient étrangers, le condamnant à se déplacer en fauteuil roulant jusqu'à sa fin.

Si Diane l'avait côtoyé du temps où il n'était pas infirme, peut-être ne lui aurait-elle pas prêté attention, tant il respirait alors la santé et le bonheur de vivre… En revanche, parce qu'une amie le lui avait présenté à sa sortie de l'hôpital, elle l'avait choisi pour amant.

«Faire l'amour avec un paraplégique, c'est un sommet érotique», avait-elle l'habitude de dire à ceux qui ne lui demandaient rien.

De fait, elle prenait les opérations en main, décidait du moment, du rythme, des mouvements.

Prévenu par téléphone, Frédéric avait déjà avalé le médicament qui assurerait son érection, une précaution qui le rassurait, quoiqu'il sût que Diane connaissait les moyens de le stimuler. Puisqu'elle avait compris qu'il n'éprouvait rien au-dessous du nombril, elle s'occupait des zones sensibles de la partie supérieure, la bouche, les oreilles, le cou, les mamelons. Elle s'y affaira aussitôt en se collant à lui telle une araignée à sa toile.

— Est-ce qu'il te fait la gueule ? questionna Frédéric en parlant de son sexe qu'elle lui dissimulait.

— Pas du tout.

— Tant mieux. À moi, il me la fait toujours : même si je suis excité mentalement, il ne me tient pas au courant.

— Il te suit sans problème, pas besoin d'utiliser la pompe à vide, aujourd'hui, lui glissa-t-elle d'une voix admirative.

Très vite, Frédéric constata qu'elle avait raison car il reconnut sur le haut de son corps les signes périphériques qui accompagnaient la délectation – la chaleur, la sudation, l'accélération cardiaque suivie de frissons le long du torse, de contractions des abdominaux.

Nue sur lui, les jambes écartées en équerre sur les accoudoirs, Diane adorait ce splendide inconfort qui lui procurait un mélange baroque de sensations – le chrome froid revigorant, le lissé du skaï, le plastique qui se réchauffait au contact des peaux, la chaleur humide du membre qu'elle goûtait pour deux.

Une expression euphorique déchirait le mâle visage. Diane descendait, montait, ondulait, souple gymnaste de la volupté qui permettait à l'infirme de se sentir un homme. Grâce à elle, il avait redécouvert la volupté, acceptant d'oublier ce qu'il en avait connu plus jeune, repoussant les décevantes comparaisons. Faire le deuil d'avant lui avait permis de réapprendre à jouir. Pour lui, Diane représentait une providence, une sorte d'ange aimant et désintéressé qui agrandissait sa vie diminuée.

Soudain, devinant qu'elle atteignait l'orgasme, Diane s'accrocha à la barre de traction qu'elle avait installée naguère au plafond.

Ils ne se quittaient plus des yeux ; ils profitaient de l'instant ; dans ce couloir étroit où leurs regards se croisaient, Frédéric avait fugitivement l'impression d'être normal.

Elle hurla de plaisir. Il éclata de rire, heureux.

— Diane, tu es un génie du sexe.

Immodeste, elle répondit avec sincérité :

— Je sais !

Elle s'extirpa du fauteuil et, clignant de l'œil, lui proposa :

— Veux-tu que je te…

Pas besoin d'achever sa phrase, il déchiffrait sa suggestion : une injection d'ésérine qui amènerait l'éjaculation. Il secoua la tête, hilare.

— Pas besoin. Je ne sentirai rien de plus. C'était formidable comme ça. Diane, je te préfère, toi, à toutes les piquouses !

Satisfaite, elle s'étendit sans se rhabiller sur un matelas, tandis qu'il roulait à la cuisine en vue de leur servir à boire, manipulant son fauteuil avec une ferme dextérité qui évoquait certaines conduites automobiles viriles.

Lorsqu'il lui tendit un verre, il lui demanda :

— Je n'ai jamais compris si tu étais une fille physique ou mentale. Es-tu la plus infernale jouisseuse

353

que la terre ait portée ou bien as-tu l'orgasme intellectuel ?

— Je te croyais plus malin, Fred. Tu possèdes déjà
la réponse à cette question-là.

— Ah oui ?

— Si je n'étais qu'une moule qu'il suffit de toucher
pour qu'elle exulte, je n'aurais pas multiplié les expériences.

— L'Einstein de l'orgasme.

— On peut dire ça…

Il n'osa insister. Ce qu'elle lui avait raconté de
ses pérégrinations – mises en scène, recherche de
situations limites –, son culte de l'extraordinaire et
de l'étrange, certes, il en profitait, mais cela n'indi-
quait-il pas une faiblesse ? Fallait-il tant de bazar pour
atteindre à l'extase ? Collectionneuse d'expériences,
Diane les épuisait vite, contrainte d'aller plus loin
dans l'insolite. Frédéric, lui, hier comme aujourd'hui,
ne se sentait pas prisonnier de la nouveauté ; il pouvait jouir un million de fois de façon identique sans
lassitude.

— Vous, les hommes, vous avez du mal à comprendre, s'exclama-t-elle.

Il eut l'impression qu'elle l'avait entendu penser car
elle continua :

— En sexualité, le raffinement est féminin.

— Le raffinement ou la perversion ?

— Perversion, c'est le mot bourgeois pour raffinement. Nous, les femmes, nous sommes plus inventives, plus romanesques, plus aventureuses, car nous
sommes plus complexes. Déjà, ne serait-ce que parce
que, physiquement, nous avons trois manières de
jouir.

— Trois ?

Elle se redressa, nue, lui fourra son pubis sous le nez.

— Devant, milieu, derrière. À cela, tu ajoutes le cerveau. Quatre !

Il la renifla, frotta ses narines contre sa peau et saliva tant Diane était appétissante.

— Lorsqu'on nous pénètre, il y a une frontière entre la douleur et le plaisir que nous sommes les seules capables de déterminer, voire de déplacer.

— Vraiment ?

— Preuve que la sexualité est chose mentale, un mouvement se révèle soit intolérablement douloureux, soit délicieusement jouissif. Car, si c'est l'homme qui est en nous, notre cerveau tient les manettes.

— Tu expliques ainsi que certaines femmes n'atteignent pas l'orgasme ?

— L'orgasme, ce n'est pas vous, messieurs, qui nous le donnez, c'est nous à nous-mêmes. Par votre truchement.

— N'exagère pas. Si l'homme est nul, s'il n'y ajoute pas de l'endurance, je doute que…

— Tais-toi, prétentieux. Il m'est arrivé d'atteindre l'orgasme en trente secondes.

Il se tut, mouché.

— Maintenant, causons d'autre chose, Fred. Dis-moi plutôt ce que je dois écouter en hard rock ou en heavy metal. Mets-moi au parfum des nouveautés.

Elle l'emmenait vers un terrain qui électrisait Frédéric. Quant à elle, elle adorait recevoir des avis pointus. Par une coquetterie assumée, elle tenait à ignorer ce que le peuple connaît et à connaître ce qu'il ignore. Si on mentionnait Charlot, elle répondait Harold

Lloyd – même pas Buster Keaton. Si on évoquait Maria Callas, elle répondait Claudia Muzio – même pas Renata Tebaldi. Si on s'extasiait sur Balzac, elle répondait Xavier Forneret. Impossible de l'intéresser au patrimoine populaire. Ce goût du contre-courant produisait en elle des océans d'inculture semés d'îlots fréquentés par elle et une élite. En aucun cas, il ne lui serait venu à l'idée que, comme tout snob, elle se privait d'œuvres magistrales en se contraignant au marginal. Peut-être, en une vie différente, aurait-elle adoré l'excentricité lubrique de Charlot, le tragique de Callas et la puissance de Balzac… Elle usait pareillement des religions ; longtemps, elle avait repoussé les monothéismes proches, judaïsme, christianisme, islam, pour ne se pencher que sur le polythéisme indien ou la spiritualité tibétaine ; d'ailleurs, depuis que le bouddhisme pénétrait l'Europe, elle en avait détourné son regard, préférant étudier la patristique grecque, Origène devenant son héros. En réalité, elle ne pratiquait qu'un culte : celui de sa singularité.

Frédéric, parce qu'il ne la voyait que de loin en loin, éprouvait de la curiosité : quand elle n'était pas là, faute de l'aimer, il tentait de la comprendre. Après quelques bons conseils musicaux, il dévia la conversation :

— Reparle-moi de ton père.

Diane demeura interdite.

— Quel rapport ?

— Aucun. Tu avais envie que je te parle de musique, moi j'ai envie que tu me reparles de ton père.

Diane se tapa sur la poitrine.

— Je ne parle jamais de mon père.

— Un jour, tu m'en as parlé.

— Invraisemblable.

— Si !

— Même bourrée, je n'aborde pas ce sujet.

— Ça dépend à quoi tu te bourres. Ce soir-là, tu n'avais pas absorbé du vin ou de l'alcool, mais des substances plus illicites.

— Ah, mince…

Elle se mordit les lèvres, ne se souvenant plus de ce qu'elle avait déblatéré sous l'emprise de la drogue.

— Qu'ai-je dit ?

— Que tu n'avais pas connu ton père. Qu'il avait couché deux ou trois fois avec ta mère et qu'il était parti sans te reconnaître. Recontacté par elle, il l'avait traitée de mythomane.

« Pauvre maman », songea Diane, surprise que ces souvenirs lui remontent à l'esprit.

— Tu m'as dit aussi que, enfant, on t'avait appelée « la bâtarde ».

Voilà des décennies que ce mot ne l'avait pas giflée. Elle tenta de surmonter son émotion en fanfaronnant :

— Parfaitement, la bâtarde. Je le revendique. Car les bâtards apportent le sel de la terre. Regarde Jésus.

Frédéric, peu dupe de ce faux aplomb, poursuivit son enquête :

— Venges-tu ta mère en multipliant les hommes ?

La question avait été posée avec tant de douceur que Diane l'accepta et prit le temps de réfléchir.

— Peut-être… Je n'en suis pas sûre. Je cherche plutôt…

Ses idées se précisèrent pour la première fois :

— Je cherche plutôt à ne pas me vautrer dans la majorité, à rester différente, à revendiquer ma bâtardise.

Elle se resservit à boire.

— Le conformisme m'a rejetée. Je rejette donc le conformisme.

— Sais-tu qui est ton père ?

Elle mit plusieurs secondes avant de se décider à répondre :

— Oui.

Il opina du chef.

— A-t-il une famille ? As-tu des demi-frères ou des demi-sœurs ?

Elle se releva, excédée, puis mima l'indifférence.

— À quoi bon revenir là-dessus ? Est-ce que moi je fouille ton passé ? Est-ce que je te demande pourquoi tu as le goût de la moto ? Ce qui t'a poussé à rouler à deux cents à l'heure ?

Il se referma. Elle avait gagné. Il se tairait.

Sans attendre, Diane se rhabilla. Curieux comme il faisait froid, soudainement.

Pendant plusieurs minutes, aucun mot ne fut échangé. Une fois prête, Diane vint embrasser Frédéric sur la bouche, davantage en bonne camarade qu'en amante.

— Dis-moi, Diane, que fous-tu chez moi, alors que tu as tout ? As-tu pitié de moi ? Te considères-tu comme la grande prêtresse de la volupté qui vient rattraper une brebis égarée, une ouaille difficile ? Viens-tu te livrer à ton culte érotique ? Le sexe a-t-il pris une telle place dans ta vie que tu le considères comme ta mission ? Serais-tu, au fond, la Mère Teresa du cul ?

Ne calculant plus les conséquences, il livrait ses pensées qu'il avait ressassées mille fois.

Diane marcha jusqu'à la porte, l'ouvrit et s'immobilisa sur le seuil.

— Tu veux le savoir ?

— Oui.

— Tu as le sexe un peu tordu, recourbé sur la gauche – tu es la seule personne à qui je connais cette particularité –, ce qui me donne des sensations incroyables.

Sur ces mots, elle abandonna Fred, comblé, heureux pour les trois semaines à venir.

Au jeu de la séduction, d'ordinaire c'était Ève qui provoquait le désir en poussant l'homme à avancer.

Ce soir-là, dans la villa de Knokke-le-Zoute, Quentin lui avait volé son rôle. Farouche, ombrageux, disponible, déloyal, il se contentait d'être là, proche, superbe, avec son long corps harmonieux que révélaient sans restriction sa chemise cintrée et son pantalon moulant, vif puis langoureux, silencieux, loquace soudain, ses yeux en amande traversés d'émotions contradictoires, crainte, convoitise, désespoir, bravade, concupiscence, désarroi.

Se retrouver dans la position de ses vieux amants désarçonnait Ève. Exécuté par Quentin, ce numéro de chat qui veut se donner tout en ne se donnant pas lui semblait un peu ridicule. Efficace néanmoins, car elle avait envie de lui.

Accepterait-elle sa manipulation ?

Depuis deux heures, depuis qu'il avait surgi de la nuit, Quentin et Ève se tournaient autour, buvant, discutant.

Lorsqu'il s'était introduit dans le vestibule, elle avait apprécié son audace, d'autant que le désir effrayé qui illuminait son visage charnu l'avait touchée. Songeant à le renvoyer à sa soirée d'adolescents, elle l'avait considéré longuement, en silence, et avait décidé de le laisser entrer : ainsi, si son père se pointait, Quentin lui adjoindrait un atout pour qu'elle agace, domine et dompte l'amant qui la dupait.

Maintenant qu'on approchait de minuit, Philippe avait dû rejoindre le lit conjugal – elle ne pouvait plus se donner ce prétexte. Si elle gardait Quentin chez elle, c'était pour elle.

Pour l'instant, elle feignait d'ignorer la demande muette du garçon, celle de rester ici, de l'embrasser, de la serrer entre ses bras. Au prix de maints efforts, elle réussissait à soutenir la conversation qui roulait sur des sujets divers, études, séries télévisées, sport, chansons préférées. Parfois, elle n'entendait rien des réponses qu'il lui fournissait, elle contemplait ses lèvres pleines, élastiques, sanguines, elle s'étonnait de la longueur de ses cils, elle fixait la naissance de son cou, lequel avait un grain si fin qu'on l'imaginait en beurre doré.

De son côté, Quentin lui criait, par des regards appuyés disparaissant sitôt qu'elle les remarquait, qu'il la portait aux nues.

Aux douze coups de minuit, Ève frémit. Quentin également. Que faisaient-ils ensemble ? Il était l'heure de le préciser. On pénétrait dans la partie sauvage, non sociale, de la nuit. Les sons graves de la cloche rayonnèrent sur le village et allèrent rejoindre l'infini des flots.

Ève tremblait. Elle savait qu'il attendait tout d'elle, qu'il ne se déciderait pas. Face à lui, elle occupait la position de l'homme.

La pièce s'emplit d'une tension palpable ; l'obscurité redevenait ce lieu qui permettait aux amants de s'unir ; le silence s'avérait bruissant de pensées, de pulsions, d'élans, de frustrations.

Ève admit qu'elle devait entreprendre quelque chose, quoi que ce fût, rien que pour en finir avec cette ambiance de soif hystérique.

Elle le fixa. Il soutint son regard. L'indolence du garçon criait « Vas-y, je suis d'accord ».

Or Ève avait l'habitude que les hommes vinssent vers elle, que les mains se tendissent : elle trouvait misérable d'avoir à y remédier, comme si elle endurait une déchéance, et ne bougea pas.

Avait-elle envie de lui ? Oui, bien sûr. Pour de multiples raisons. Il n'était pas... désagréable, et, en lui ouvrant ses bras, elle se vengerait du père qui avait osé la bafouer en la considérant comme quantité négligeable. Par cet acte, elle effacerait même son âge, prouvant à Philippe qu'elle participait du camp de la jeunesse – celui de son fils –, loin de ses soixante ans à lui. Était-ce immoral ? Lorsqu'elle se formula cette question, elle s'estima admirable : s'inquiéter de bienséance alors que Philippe piétinait les règles en trompant femme et maîtresse. Pas de comptes à rendre à un monsieur pareil ! Elle devait donc prendre l'initiative.

Cependant, que ferait-elle de cet adolescent ensuite ? Peut-être allait-il s'attacher ? Sans doute allait-il la coller ? Sûr qu'il ne se comporterait pas aussi discrètement que les hommes mariés qu'elle fréquentait... Saurait-elle...

Les lèvres de Quentin, larges, brûlantes, s'abattirent sur les siennes.

Au matin, une nouvelle Ève et un nouveau Quentin accueillirent les rayons du jour.

Au-dehors, une lumière blanche, opaline, baignait l'horizon. La mer semblait dormir encore, sans mouvements, rétive à récupérer des couleurs.

Quentin émergea des draps comme d'une houle, les yeux mi-clos, les cheveux en désordre. Il la couva de ses yeux doux qui mendiaient ardemment.

Ève répondit à sa prière en chuchotant :

— Je suis heureuse.

Il grogna de satisfaction et se lova contre elle.

Au cours de la nuit, elle avait trouvé, puis accepté son rôle d'initiatrice, fonction qui exigeait beaucoup d'amour, pas forcément l'amour de Quentin, plutôt l'amour de l'humanité. Parce qu'elle croyait sacrée la relation unissant l'homme à la femme, elle avait prodigué ses conseils, exercé sa patience, permis au jeune homme de maîtriser sa fougue et son émoi pour atteindre le chemin de leur félicité. Des heures durant, ils s'étaient liés, déliés, ivres l'un de l'autre, essoufflés, frémissants.

— Je reste ici, je ne rentre plus chez moi ! annonça Quentin.

— D'accord. Moi aussi !

Cette rébellion contre l'emploi du temps consacrait leur aventure : Quentin prévint ses parents qu'il reviendrait à Bruxelles avec un ami, ils ne devaient pas s'inquiéter ; plus discrète, Ève décommanda ses rendez-vous – agence, copines, amants – et éteignit son téléphone afin d'ignorer les appels de Philippe.

Les jours qui venaient leur appartenaient ; cela les enchantait ; ils se mettaient en vacances de leur vie ordinaire, conscients de s'aventurer dans une parenthèse enchantée.

Parce qu'ils craignaient de croiser des figures connues au-dehors, ils paressèrent entre les murs qui avaient abrité leur rencontre. Quentin parcourait les pièces, vêtu de son seul caleçon court – ce que n'aurait jamais risqué un homme mûr –, le poitrail ciselé par ses muscles neufs. Parfois, Ève avait l'impression de frôler un rival plutôt qu'un amant tant il lui paraissait parfait et conscient de l'être.

Pourtant, il la bouleversait. Après chaque baiser, une palpitation demeurait sur son visage, un frémissement sous-jacent, contenu. Pendant l'amour, la jouissance le débordait, lui arrachait des cris de surprise émerveillée. Découvrant la sensualité, il rafraîchissait les sensations d'Ève, chez qui les années, l'habitude, avaient émoussé la violence bienfaisante du plaisir.

Lorsqu'elle passait devant les miroirs, elle apercevait sur son visage une gravité nouvelle. La pratique du mensonge figeait auparavant ses traits en un perpétuel sourire ; or ce masque, elle venait de le perdre puisqu'elle se surveillait moins.

Le lundi, sachant que les Bruxellois qu'ils voulaient éviter avaient quitté la station balnéaire, ils sortirent. Promenades au bord de l'eau, chevauchées à vélo dans la campagne verte et plate, verres aux terrasses, séances de minigolf, ils multiplièrent les clichés du film sentimental, Quentin pour la première fois, Ève avec une authenticité nouvelle. D'ordinaire, elle mimait la relation amoureuse plus qu'elle ne l'éprouvait, sans cynisme, avec application : on pouvait même dire qu'elle la mimait sincèrement tant elle avait besoin de croire à ce qu'elle faisait. Cependant, les scènes romantiques avaient toujours été accompagnées de calculs : les messieurs payaient tout en y ajoutant de nombreux cadeaux – l'entretenir ne suffisait pas, il fallait la gâter. Avec Quentin, elle éprouvait une volupté insoupçonnée jusqu'alors, celle de sortir son porte-monnaie à la fin d'un repas, de payer une gaufre, un cocktail ou un cornet de glace. Elle se sentait plus forte, plus aimante à chaque fois. Quentin acceptait la situation avec naturel, davantage de naturel qu'elle-même n'en avait manifesté sa vie durant car lui ne comptabilisait pas, tandis qu'elle avait griffonné en permanence une addition intérieure afin de mesurer l'engagement des messieurs.

En revanche, quand, emportée par son élan, elle proposa de lui offrir des vêtements, il se mit en colère. Persuadée d'avoir froissé son orgueil masculin, elle tenta de se justifier mais cessa lorsqu'elle saisit que, pour Quentin, acheter des habits relevait de la fonction maternelle.

Qu'importait ! Quentin avait des brusqueries charmantes ; peu sûr de lui, il osait des coups d'œil implorants qu'aucun homme n'aurait plus. Lorsqu'il la prenait, il se montrait ardent, fiévreux, à la fois tremblant et fougueux, tellement étonné par les sensations qu'il éprouvait ou celles qu'il donnait qu'il semblait transpercé de mille émois.

Ils s'étaient annoncé trois jours de bonheur. Dès le deuxième, Ève se métamorphosa. À mesure que Quentin s'épanouissait, elle s'abîmait dans la réflexion. L'insouciance, chez celle que le monde qualifiait de joyeux pinson, relevait de l'apparence ; continuellement elle était obsédée par sa sécurité, son avenir ; le pinson cachait un écureuil.

Le troisième jour l'endeuilla. Plus leurs moments partagés s'avéraient réussis, plus elle s'attristait. Vers midi, elle comprit ce qui lui arrivait : aux côtés de l'adolescent, elle découvrait son vieillissement. Ni le regard de Quentin ni celui des autres ne le lui signifiait ; elle-même percevait son manque d'enthousiasme, constatait que sa joie répondait à celle de Quentin plutôt qu'elle ne la précédait. D'ordinaire, c'était elle la nymphette, la jeunette, la fofolle pleine d'entrain ; là, elle s'assagissait, réfléchie, expérimentée. Au détour d'une phrase, il se vanta de sa liaison avec « une femme mûre ». Elle faillit s'étrangler : jamais jusqu'à présent elle ne s'était considérée comme une « femme mûre ». Que serait le lendemain ? Si Quentin souhaitait poursuivre cette relation, dans six mois, dans un an, au mieux dans trois années, il la quitterait pour une fille de son âge. Dans la salle de bains, elle scruta son visage : si la liaison persistait, elle serait une femme pathétique qui redoute et guette sa déchéance. Alors qu'elle se croyait le printemps, il la précipitait vers son automne. L'orgueil devait la protéger de la décadence.

Rompre. Rompre au plus vite. Il fallait circonscrire cette amourette ; trois jours suffisaient à Ève ; davantage la déprimerait.

Si elle repoussait Quentin, elle redeviendrait jeune – en tout cas une enfant face à ses vieux amants. Si elle le repoussait, elle redeviendrait celle qui se servait des hommes, pas celle qui entretenait un prince. Si elle le repoussait, elle redeviendrait le centre de sa vie.

À cinq heures, lorsqu'ils rentrèrent d'une randonnée à bicyclette le long des canaux, elle ne lui permit pas de rêver à leur soirée.

— Va, Quentin. Rejoins Bruxelles. Maintenant, tu sais te comporter en homme auprès d'une femme. La vie t'appartient.

— Quand se revoit-on ?

— Jamais.

Interloqué, il ramena en avant la peau de son front comme pour retenir une casquette que le vent décollerait et battit des paupières, convaincu qu'elle plaisantait.

Elle saisit sa paume chaude, si lisse, si impatiente.

— Oublie mon téléphone. Je ne te saluerai pas si je te croise, je ne te répondrai pas si tu m'adresses la parole, je te laisserai devant ma porte si tu y frappes. Nous ne nous toucherons plus, Quentin. Désormais, tu vas me réserver une jolie place dans ta mémoire où je serai un de tes souvenirs, ton premier souvenir de femme... et toi... tu deviendras aussi un de mes souvenirs...

Des larmes noyèrent ses yeux par surprise. Elle précisa :

— Un de mes plus beaux souvenirs...

Sa voix se brisa. Horreur ! Elle devait lutter contre l'émotion ! Pas de chagrin ! Pas ici ! Elle s'apitoyait sur elle, sur sa jeunesse enfuie, sur cette période inconnue et angoissante de maturité qui s'ouvrait. Le revolver sur la nuque, la condamnée à mort s'avançait, forcée, sur le sentier conduisant à son anéantissement.

Elle se jeta dans ses bras pour sangloter sans qu'il la vît. Il l'accueillit contre sa jeune poitrine creuse, caressa son visage de ses mains immenses, étonné de ce chagrin fulgurant. Qui donc avait pleuré pour lui jusqu'ici ? Albane, mais pas ainsi. Pas en cherchant refuge contre son bourreau.

Il bomba le poitrail, fier. En enlaçant cette femme pour la consoler, il franchissait encore une étape de son initiation virile et, quoique la fragilité d'Ève le bouleversât, il en retirait de l'orgueil.

367

Quant à la séparation, il n'y croyait pas.

Une sonnerie retentit.

Le taxi qu'Ève avait commandé venait réclamer son client.

Quentin n'arrivait pas à accepter qu'elle ait tout décidé. Il se tut pourtant.

Ève l'embrassa une dernière fois, le conduisit à la porte avec grandeur. Désemparé, intimidé, Quentin se laissa faire.

La voiture disparut.

Une fois seule, la porte fermée, Ève demeura statufiée, envahie par une douleur qu'elle connaissait trop bien, l'obligation de n'avouer à personne ce qu'elle eût voulu hurler.

Puis, recouvrant ses esprits, une minute plus tard, elle soupira de satisfaction. Elle venait d'échapper à un gigantesque danger, une force inconnue qui aurait pu la vaincre, une force mystérieuse qui l'aurait amenée à préférer le bonheur de Quentin au sien, une force intolérable qui l'aurait conduite à s'oublier, une force généreuse qui aurait détruit ses intérêts au lieu de les fortifier.

Cette force étrange, si elle ne l'avait pas aussitôt vaincue, elle aurait pu la baptiser de son juste nom : l'amour.

3

Le miracle n'avait pas été laborieux…

Les trois amants s'étaient enlacés, joints, effleurés, cajolés, pénétrés. Une jambe flattait une croupe, un bras s'introduisait dans la mêlée, deux bouches se liaient jusqu'à ce qu'une troisième vînt les sceller, les chairs se touchaient sans se nommer, les peaux perdant leur identité mais dispensant les extases qu'elles savaient offrir avec une générosité éperdue.

Au début, si Baptiste contemplait Joséphine embrassant sa maîtresse sans gêne, il tremblait lorsqu'il percevait le regard de son épouse sur ses propres ébats avec Isabelle, retenu, incertain de poursuivre, sentant une réprobation qui traversait les zones claires de la conscience civilisée pour exprimer une possessivité instinctive, issue du cerveau archaïque. Joséphine souffrait de voir son homme étreint par une amante, fût-ce la sienne. Avertie de sa contradiction, elle appela sa volonté au secours, lui enjoignit de corriger ses réflexes et d'endurer la scène. Résultat ? Ce fut Joséphine qui conduisit parfois les mouvements de Baptiste envers Isabelle, histoire de se convaincre que la situation ne lui échappait pas. Les trois se collèrent, s'agrégèrent, formant un trio chaque heure plus homogène.

Au matin, ils eurent l'impression que l'univers avait changé. Ils abandonnaient un monde rétréci, chiche, labyrinthe de préjugés et d'interdits, pour en pénétrer un autre, large, clair, ouvert.

Ils s'aimèrent encore, doucement, faiblement, ainsi qu'on fredonne une chanson qu'on a déjà hurlée à pleine voix – il s'agissait surtout de justifier que l'on restât au lit.

Les femmes sombrèrent dans le sommeil, étreintes.

La position médiane d'Isabelle signifiait qu'elle appartenait au couple.

Il se glissa vers elle, colla les narines à son poignet, inspira fort, montant du coude jusqu'à l'aisselle, puis s'attarda au creux tendre du cou : il imprimait son odeur, ordonnant à son cerveau d'en garder l'empreinte, de l'associer à jamais à la sensualité. À sa propre surprise, il souhaitait déjà inscrire Isabelle dans son avenir.

Rassasié de volupté, affamé, il se leva, impétueux. La satisfaction avait avantageusement remplacé le sommeil. Depuis longtemps, il n'avait pas fait l'amour plusieurs fois en une nuit, ayant presque oublié que ce fût possible – à vivre quinze ans auprès d'une femme, on perd le sentiment de l'urgence tant l'on se berce d'un rythme conjugal. Cette nuit lui avait rappelé que le désir ne se consume pas dans le plaisir, qu'il lui survit, voire qu'il continue à s'affirmer au-delà de ses forces.

Cependant la fraîcheur que Baptiste ressentait ce matin-là tenait à un allègement essentiel : il s'était délesté de la jalousie. Si son intellect avait toujours pourfendu cette insécurité, il venait de vivre sa disparition totale.

Il marcha vers son ordinateur, prétexta son *Encyclopédie de l'amour* pour l'ouvrir, retrouva l'article «Fidélité» et improvisa très vite :

Quoi de plus sot qu'une fidélité qui frustre ? La vraie fidélité consiste en cette promesse : demain je te donnerai autant qu'aujourd'hui. Voilà l'amour ! Surtout pas : je ne donne qu'à toi, je ne donne plus aux autres. L'amour parcimonieux, l'amour avare, l'amour qui exclut, est-ce encore de l'amour ? Par quelle incohérence la loyauté nous amputerait-elle ? Comment la société a-t-elle lié l'engagement à la chasteté en dehors du couple ? Constance et abstinence n'ont pourtant aucun rapport. Certains époux finissent par ne plus coucher ensemble : est-ce là de la fidélité ? Certains époux finissent par se haïr ou se mépriser : est-ce là de la fidélité ? Pour moi, l'infidélité revient à oublier le serment d'aimer à vie. Or j'aime sans faiblir Joséphine, j'aime aussi Isabelle. Différemment. Quelle aberration réduirait l'amour au ménage ?

Il se leva et s'approcha de la fenêtre, laquelle plongeait sur la place d'Arezzo. Un perroquet courtisait une jolie femelle ara multicolore sous la surveillance d'une perruche vert gazon.

Pourquoi confond-on amour et reproduction ? Certes, pour se perpétuer, il faut un mâle et une femelle. Mais nous ne sommes pas que des animaux reproducteurs. En dehors de la procréation, quelle nécessité a le duo ? Pourquoi l'a-t-on institué en modèle unique ?

«Absurde !»

Baptiste retourna à son bureau, ferma son ordinateur, conscient qu'il ne publierait pas ce qu'il venait d'écrire, partit à la cuisine préparer un petit déjeuner

pantagruélique. Dresser la table, chauffer les croissants, préparer des œufs brouillés et des pancakes
importait ; après une nuit qui avait tant flatté sa virilité, il ne voulait pas passer pour un macho aux yeux
de ses amantes ; se mettre aux fourneaux lui parut une
féminisation indispensable.

Le trio prospérait. Chaque nuit venait confirmer
l'éblouissement de la première. Pendant la journée, Isabelle et Joséphine partageaient les heures où
Isabelle ne travaillait pas. Quant à Baptiste, enfin
plongé dans son *Encyclopédie de l'amour*, il écrivait
sur des thèmes divers, *caresse*, *baiser*, *donjuanisme*,
avec une autorité nouvelle.

Isabelle et lui s'apprivoisaient. Dès qu'ils se retrouvaient sans Joséphine, la timidité les inondait : ils mesu-
raient l'écart entre leur intimité sexuelle et une intimité
psychologique aussi peu touchée qu'une neige neuve.
Ils ignoraient leur histoire. Même si on devinait la sensibilité de Baptiste à travers ses livres, l'homme possédait
des caractéristiques, des pudeurs, des enjouements,
des scrupules qu'Isabelle n'avait pas soupçonnés.

Au fur et à mesure qu'ils se familiarisaient, Joséphine s'inquiétait. Celle qui avait voulu ce trio peinait
à l'accepter, percevant d'abord ce que cette expérience lui retirait, l'exclusivité de Baptiste, l'exclusivité
d'Isabelle. À tout mettre en commun, elle craignait de
tout perdre. Le doute la rongeait parfois douloureusement : Isabelle et Baptiste demeurant une heure loin
d'elle lui faisaient supposer qu'ils allaient partir sans
elle ; s'ils traînaient au lit après qu'elle s'était levée, elle
les imaginait en train de profiter de son absence et,
du coup, surgissait sans prévenir, le regard inquisiteur.

Au délire d'enthousiasme quand elle vantait cette réussite incroyable – un trio – succédaient des mouvements de colère sans justification.

Baptiste lui proposa d'en parler :

— Si l'on n'use pas de son intelligence, on ne vivra pas à trois. Il faut formuler nos difficultés, Joséphine, dire quand nous nous sentons frustrés, malheureux ou tristes.

À ces mots, Joséphine se précipita dans ses bras.

— Pardon, Baptiste, pardon. J'ai cassé ce qui existait avant, j'ai cassé notre grand amour à nous deux.

Baptiste lutta contre son émotion.

— N'en parlons pas comme ça. Notre amour continue en prenant une nouvelle forme.

— J'ai tout détruit !

— Construisons. Notre couple subsiste dans le trio, Joséphine. Isabelle a bien conscience d'être l'élément ajouté. Je ne sais pas d'ailleurs comment elle le supporte.

— Toi et moi, c'est pour la vie, Baptiste.

— La preuve.

Ils s'embrassèrent, bientôt rejoints par Isabelle, puis Joséphine réadopta l'humeur folâtre, insolente, dont ils avaient tant besoin.

Un soir, alors que tous trois préparaient le repas en devisant, à l'instant où Baptiste enfournait le plat de lasagnes, un souvenir lui traversa l'esprit :

— Nom de Dieu ! La conférence…

Joséphine lâcha son couteau.

— Oh, j'ai oublié de te la rappeler.

Elle se précipita sur son carnet.

— C'est dans vingt minutes, au Centre des congrès.

— Annonce que tu es souffrant, risqua Isabelle.

— Plutôt crever ! cria Baptiste.

Joséphine saisit la main d'Isabelle pour l'arrêter.

— Baptiste ne décommande jamais. Il serait plus malade de manquer une entrevue que de s'y rendre grippé, voire mourant.

Il avait déjà disparu dans la chambre pour se changer tandis que Joséphine appelait un taxi.

— Veux-tu que nous t'accompagnions ? demanda Isabelle.

Alors que Baptiste avait envie de répondre par l'affirmative, Joséphine prit les devants :

— Ah non ! On va l'incommoder. En plus, franchement, moi, au bout de quinze ans, je connais les questions, les réponses, et toutes les anecdotes qu'il va raconter. La barbe !

Baptiste, se battant pour enfiler de rebelles boutons de manchettes, maugréa :

— Vas-y à ma place si tu es si maligne.

Joséphine éclata de rire.

— Ne panique pas : tu seras parfait.

En arrivant sur le lieu de la conférence, Baptiste franchit l'entrée des artistes, ne rencontra personne, appela dans les couloirs vides, se résolut à gagner le foyer à l'étage supérieur. Là, il perçut une effervescence ; à peine l'eurent-ils repéré, les organisateurs se précipitèrent vers lui, agités, nerveux. «Ils vont me dire qu'il n'ont pas vendu un ticket», pensa Baptiste, soulagé à l'idée de repartir.

Au contraire, hilares et déjà entamés par l'alcool, ils lui apprirent qu'on recevait la foule des grands soirs, jamais conférence n'ayant attiré tant de monde depuis dix ans. Non seulement huit cents individus occupaient l'amphithéâtre, mais l'on avait mis des écrans de télévision dans deux salles adjacentes, puisque, en tout, mille deux cents spectateurs avaient acheté leur billet pour voir et entendre Baptiste.

Il eut envie de s'enfuir : il n'avait rien préparé.

— Vous n'auriez pas un bureau où je pourrais m'isoler ?

— Quoi ? Vous ne buvez pas avec nous ?

Baptiste lorgna le bourgmestre joyeux, couperosé, qui lui tendait gentiment un verre. Il faillit lui dire que s'il montait sur scène dans son état, il n'y aurait plus un spectateur la fois prochaine.

— Plus tard…, murmura-t-il avec un sourire complice qui semblait indiquer qu'à l'issue du débat, les folies seraient possibles.

Après qu'il eut payé son tribut à la bonne humeur, on l'emmena se préparer dans une pièce.

«À quoi sert la littérature ? » annonçait le prospectus de la conférence.

Baptiste plia une feuille de papier en deux, la griffonna. Tel un pianiste qui note les accords sur lesquels il va improviser, il établit les points qu'il allait aborder. Un auteur qui s'adresse à une foule tient plus du jazzman que du compositeur classique ; au lieu d'écrire un texte et de l'exécuter, il doit créer un moment unique devant des spectateurs en prenant des risques, en se lançant dans des digressions, en retombant sur ses pattes, en accueillant la formule qui surgit, en laissant l'émotion colorer une idée avant de rebondir par une rupture de ton, de rythme. Si Baptiste ne rédigeait pas ses conférences, ce n'était point par irrespect, plutôt par respect du public. Chaque fois que, par le passé, il avait consigné une intervention, cette dernière avait perdu toute vie lorsqu'il l'avait ânonnée sur l'estrade, le nez entre ses pages, terne, vide de présence ; lecteur, il ne touchait pas le cœur des gens, lesquels avaient l'impression que le vrai Baptiste resté à la maison avait envoyé son frère jumeau, moins verveux, moins pétillant, bafouiller des mots à sa place. Baptiste avait conclu qu'il était un médiocre acteur de lui-même.

En revanche, lorsque, pris de court ou privé de ses feuilles égarées, il avait dû improviser, il avait soulevé la salle. Parler comme il écrit, pour un écrivain, n'est pas lire un texte composé mais retrouver face au public l'audace inventive de la solitude, donner le spectacle d'un esprit en action. Il devait montrer le feu, pas l'objet froid ; le travail, pas le résultat.

Ce samedi soir, Baptiste conclut qu'il devait avoir confiance en lui pour s'exhiber dans sa forge. Là résidait la difficulté : ces derniers temps, s'il avait gagné de l'assurance quant à sa capacité de séduire, de jouir et de faire jouir, il avait négligé son second métier – l'écrivain qui parle au service de l'écrivain qui écrit.

On vint le chercher. Il entra devant un auditoire qui l'applaudit à tout rompre.

Aussitôt, les visages tendus vers lui l'encouragèrent... Il s'envola sur les ailes de l'inspiration, oscillant entre la naïveté et la haute culture – sa naïveté n'était pas fausse, pas plus que sa culture, pourtant les deux étaient jouées.

Une heure plus tard, l'assemblée lui fit un triomphe et on l'emmena jusqu'au hall pour qu'il dédicace ses livres.

Autour de sa table, plusieurs personnes du métier lui tenaient compagnie, des représentants de la maison d'édition, un libraire, Faustina, l'attachée de presse qu'il appréciait comme un personnage de fiction mais qui l'attirait peu – il attendait le moment où, allant trop loin, elle abandonnerait la drôlerie pour la méchanceté, l'esprit pour le cancan.

Or, pendant qu'il apposait son paraphe sur les volumes, Faustina et ses collègues lui manifestèrent une gentillesse empressée, sinon exagérée, où il perçut une pointe de pitié.

« Qu'ai-je de pathétique ? Ma conférence a-t-elle été ridicule ? »

On s'inquiétait pour lui, on voulait qu'il se sentît bien, on lui proposait à boire, à manger, à fumer, tout ce qu'il désirait.

Le libraire le complimentait de façon insistante sur le pouvoir qu'il exerçait sur les femmes auxquelles il signait ses livres.

— Vraiment, vous séduisez qui vous voulez, monsieur Monier.

— Elles sont folles de lui, renchérit Faustina.

— Cet homme-là ne pourrait pas rester solitaire deux jours.

— D'ailleurs j'ai une amie, continua Faustina, sans doute une des plus belles femmes que je connaisse – en plus, pas de chance, elle est riche et intelligente –, qui ne rêve que de vous rencontrer, Baptiste. Elle ne désire pas d'autre homme que vous. Je vous la présente ? Ça ne vous engage à rien…

— N'embête pas monsieur Monier, Faustina. Il sait ce qu'il souhaite. Il n'a qu'à claquer des doigts pour que les femmes accourent.

Baptiste saisit soudain ce qui se passait : on le présumait trompé par Joséphine. Elle et Isabelle avaient dû se promener dans les rues en se bécotant et déclenché une rumeur. Il dévisagea les gens qui l'entouraient, lesquels, la bouche en cœur, penchaient avec commisération la tête vers lui.

« Voilà, maintenant je sais comment on regarde un cocu », songea-t-il en luttant contre le fou rire.

Une semaine plus tard, au milieu de l'après-midi, on sonna à la porte.

Baptiste alla ouvrir et s'étonna de découvrir Joséphine et Isabelle sur le palier :

— Qu'est-ce qui vous prend ? Vous n'avez pas vos clés ?

Joséphine désigna les nombreux sacs et valises disposés sur le palier encombré jusqu'aux marches de l'escalier.

— On a une permission à solliciter.

Par son ton soumis, elle évoquait une petite fille qui quémande le droit de sortir à ses parents.

— Oui ?

Joséphine désigna Isabelle, appuyée contre le mur, défaite, laquelle hésitait entre le sourire et les larmes.

— Elle est partie de chez elle.

Baptiste craignit qu'Isabelle ait subi des violences.

— Vous êtes-vous disputés ? Il t'a insultée ? Il t'a mise dehors ?

Isabelle s'approcha et dit d'une voix que le souffle faisait trembler :

— Mon mari ne sait rien encore. Je lui ai laissé une lettre sur la table de la cuisine. Il la découvrira en rentrant ce soir.

Elle n'osa toucher Baptiste, bien qu'elle en eût envie. Elle balbutia :

378

— Je ne supporte plus de vivre là-bas. Ce n'est plus ma place. Je…

Comme elle ne parvenait pas au bout de sa phrase, Joséphine la poursuivit :

— Elle voudrait vivre avec nous. Es-tu d'accord ?

La façon dont la scène se déroulait surprenait Baptiste. Était-ce l'écrivain en lui qui s'étonnait ? Il s'interrogeait plus sur la forme que sur le fond et désigna les sacs.

— J'ai l'impression que vous avez pris votre décision sans moi.

Joséphine protesta, indignée :

— Pas du tout. C'est pour ça que j'ai sonné. Pour te prier d'accueillir Isabelle, pas pour te l'imposer.

— Qu'as-tu prévu au cas où je refuserais ?

— Je mets les affaires à la cave et nous cherchons un studio aux environs.

— Je ne vivrai plus avec mon mari, confirma Isabelle.

Baptiste hocha la tête.

— C'est juste que… sans parler de ma réponse… je trouve que la façon dont ça se produit manque…

— Manque ? s'exclama Joséphine.

— De romantisme.

Les deux femmes éclatèrent de rire. Choqué, Baptiste recula d'un pas.

— Non, Baptiste… ne te vexe pas. On rit parce qu'on avait parié que tu allais dire ça…

Isabelle, tentant de reprendre son sérieux, précisa :

— C'est vrai, Joséphine avait prévu ta réaction.

Joséphine pointa Baptiste de l'index.

— Je me rappelle quand je t'ai demandé en mariage : j'avais un bonnet de douche sur les cheveux –

or tu détestes les bonnets de douche – et je me vernissais les ongles – or tu as horreur des cotons entre les orteils. Tu avais été tellement choqué que je choisisse un moment où j'étais mal accoutrée que tu ne m'as pas répondu.

Elle vira, goguenarde, vers Isabelle :

— Monsieur est très fleur bleue dans la vie réelle. Si, pour ses livres, il va chercher des situations non conventionnelles, il s'attend à ce que sa vie reproduise une série B hollywoodienne.

— As-tu fini de te moquer de moi, Joséphine ?

Baptiste venait d'arrêter le pépiement de sa femme qui, du coup, se rendit compte qu'elle avait abandonné le sujet principal.

Il interpella Isabelle :

— Ravi, Isabelle, que tu viennes vivre avec nous. En fait, je l'espérais depuis le premier soir. Tu n'auras attendu que…

— Huit jours ! cria-t-elle en sautant dans ses bras.

Joséphine le rejoignit et glissa à son oreille :

— Je suis si fière de toi, mon Baptiste. Tu es l'homme le plus libre que je connaisse.

— Je ne suis pas libre puisque je suis ton esclave.

— C'est bien ce que je voulais dire.

Ils soulevèrent les sacs et rentrèrent, joyeux, dans l'appartement, en cherchant comment le réorganiser pour y vivre à trois.

4

Allongé sur un lit incliné, Victor voyait son sang couler dans différents tubes de verre. L'infirmière opérait avec dextérité, enchaînant les prélèvements en couvant Victor d'un œil bienveillant.

— Je ne vous fais pas mal ?

— Non, pas le moins du monde, merci. J'ai l'habitude.

L'infirmière hocha la tête, émue de ce qu'elle devinait en consultant les examens prescrits sur l'ordonnance.

Victor détacha le regard de son avant-bras pour détailler la pièce. Combien en avait-il vu, depuis son enfance, de ces salles peintes de couleurs pimpantes, illuminées au néon, garnies de placards blancs, où des panneaux en liège portaient, piquées par une punaise, de joyeuses cartes postales que les patients avaient adressées au personnel soignant ? Paradoxalement, il se sentait à la maison dans ces antres de soins car ils avaient été son seul point de stabilité durant les années où il avait suivi son père de galère en galère. L'hôpital le rassurait. Il adorait les linoléums souples qui recouvraient le sol, les salles d'attente aux pots de fleurs en plastique, les tables basses couvertes de journaux antédiluviens, l'odeur de désinfectant, le bruit des galoches ; il raffolait surtout de la féminité diffuse des lieux ; privé tôt de mère, il avait considéré les infirmières, les aides-soignantes, les psychologues et les assistantes sociales comme les femmes de sa vie.

— Voilà, dit-elle en pressant un coton sur la veine, vous pouvez aller voir le docteur Morin.

Le jeune homme remercia les deux femmes et se dirigea vers les box où se tenaient les consultations médicales.

Le professeur Morin, un petit homme aux sourcils charbonneux, un sourire incessant sur ses lèvres grenat, l'invita à s'asseoir.

— Bonne nouvelle, Victor : vos résultats sont excellents. Le virus, toujours présent, ne se reproduit plus. Nous sommes arrivés à le piéger malgré ses multiples mutations. S'il n'a pas disparu, nous l'avons tellement attaqué qu'il est sonné.

Le médecin jubilait comme s'il participait à un jeu vidéo.

— Cette diminution du virus dans votre corps m'importe plus que vos défenses immunitaires, qui par ailleurs sont stables, à un niveau suffisant. Quant aux triglycérides, leur taux est bon. Le foie, impeccable. Pas de cholestérol.

Il se frottait les mains.

Victor savait que cet homme, aussi brillant que brave, soignait les gens avec dévouement, mais il ne put s'empêcher de le blesser :

— Vous êtes en train de m'apprendre que je suis un malade en parfaite santé ?

Le médecin le fixa, gentil.

— Tant que nous ne pourrons pas supprimer le virus du sida, nous nous efforcerons de vous permettre de vivre avec. C'est une demi-victoire, pas une victoire totale, qui vous assure une existence à peu près normale.

— C'est le «à peu près» qui me fatigue.

— Que ressentez-vous ? Des effets secondaires ? Vous ne supportez plus le traitement ?

— Je le supporte.

— Vous ne supportez plus de le prendre ?

— Non plus.

— Expliquez-moi.

Fallait-il expliquer l'évidence ? Victor, atteint du sida dans le ventre de sa mère, avait été un bébé séropositif, un enfant séropositif, un adolescent séropositif ; s'il était devenu, grâce aux progrès de la médecine, un adulte séropositif, l'entraînement antérieur n'avait servi à rien : il souffrait comme jamais en abordant une femme. Certes, il faisait l'amour en usant de préservatifs, cependant il avait découvert que les amants oublient vite la prudence pour flirter avec des étreintes dangereuses ; sitôt que ce genre d'intimité passionnée surgissait, Victor était horrifié. Par honnêteté, ne voulant ni mentir, ni cacher sa condition, il annonçait sa maladie, ce qui revenait à dire : «Je ne suis pas ton avenir ; nous ne pourrons nous dispenser d'un mur de caoutchouc entre nous ; la peur te talonnera, moi aussi ; et je ne serai pas le père de tes enfants.» À force d'interrompre des histoires qui commençaient bien, il en était venu à repousser les filles avant que la relation ne débutât. Tout possible devenait impossible. À vingt ans, il s'était retiré de l'amour.

— Je suis pourri. Donc, ma vie est pourrie. Maintenant, je n'arrive plus à m'engager.

— Êtes-vous amoureux ?

Victor leva la tête, surpris par la pertinence de la question. Oui, il était amoureux d'Oxana, il n'avait pas pu résister à ce sentiment et ils couchaient ensemble depuis quelques jours.

— À chaque moment, je me demande quand j'aurai le courage de la quitter.

— Avant d'en venir là, confiez-lui votre séropositivité.

— Quel intérêt ? Elle partira. Je préfère anticiper.

— Par orgueil ?

— Pour souffrir moins. Et je n'ai pas envie d'être regardé ainsi.

— Comme quoi ?

— Comme un malade.

— Être malade n'induit nul déshonneur. De même qu'il n'y a aucun mérite à jouir d'une bonne santé. Si votre mère appartenait encore à ce monde, lui feriez-vous honte d'avoir chopé un virus ?

— Non.

— Croyez-vous que votre fiancée vous blâmera d'avoir, à l'état d'embryon, reçu ce virus à votre tour ?

— D'accord, « honte » n'est pas le mot. Mais elle décampera.

— Qu'en savez-vous ?

— L'expérience.

— Vous évoquez le passé alors qu'il s'agit du futur.

— Pareil.

— Prouvez-le-moi.

Victor demeura bouche bée. Jusqu'à présent, le docteur Morin ne s'était pas aventuré au-delà des résultats cliniques.

— J'insiste. Prouvez-moi qu'elle ne peut pas vous apprécier tel que vous êtes. Prouvez-moi que votre affection chronique vous rendra soudain laid, stupide, méchant, infréquentable à ses yeux. Prouvez-moi que l'amour n'existe pas.

Victor se redressa, donna un coup de poing sur le bureau.

— Ça vous amuse ? Manier de belles phrases, remuer de nobles sentiments ! Jouissif, non ?

Il se tourna vers le mur, le frappa avec les pieds, le plat de la main, chaque fois plus violent, incapable de se calmer. Puis, épuisé, les lèvres tremblant de rage, il répéta la phrase du médecin :

— Prouvez-moi que l'amour existe ! Connerie ! conclut-il. Facile à dire quand on n'est pas malade !

— Qu'en savez-vous ?

— Quoi ?

— Que je ne suis pas malade ?

Cette riposte arrêta Victor. Il hésita, la main en l'air, vacilla, tenta de rétablir son équilibre, gémit, s'abattit sur le lit de consultation.

— Quel con...

Le médecin s'approcha, lui tapota l'épaule.

— Rassurez-vous, j'ai l'habitude qu'on me parle comme à un guichet de la Sécurité sociale, comme si je n'étais plus humain. Soyez courageux, Victor. Dites ce que vous avez à la femme que vous aimez.

Pendant la semaine qui suivit cet entretien, si Victor n'exécuta pas le conseil du médecin, il tenta, auprès d'Oxana, de s'habituer à l'idée qu'il le suivrait un jour. À certains instants, la vérité sonnait son arrêt de mort, à d'autres le prélude au bonheur.

Depuis leur coup de foudre sur la place Brugmann, Oxana et Victor avaient brûlé les étapes. Quoique le mannequin ait conservé une suite à l'hôtel, elle ne quittait pas l'appartement de l'étudiant, tout aux délices de la découverte. Autant que du plaisir, elle éprouvait de la surprise : pour la première fois, elle n'avait pas opposé de résistance aux avances d'un homme, elle s'était donnée le soir même. D'ordinaire, elle tergiversait, imposait des délais, par prudence, par dignité, et surtout pour tester sa propre envie. En face de Victor, une obscure prémonition lui avait soufflé que si elle n'acceptait pas qu'il la serrât dans ses bras quelques heures après leur rencontre, cela n'arriverait plus. Une tension composée d'urgence, d'impatience raidissait ce garçon, une voracité inquiète qui n'avait rien à voir avec l'égoïsme ou la concupiscence ordinaires des mâles.

Elle n'avait jamais été aussi heureuse qu'au sein de cette étroite mansarde qui lui rappelait le grenier de ses grands-parents à Lviv, un lieu où elle se sentait protégée, abritée du ciel par le toit, des hommes par la hauteur, de la réalité par le rêve. En tailleur sur le lit, elle lisait les romans qu'elle piochait sur l'étagère, détendue, insouciante. Afin d'entrer dans l'univers d'un inconnu, quelle meilleure introduction que sa bibliothèque ? Jules Verne, qu'elle n'avait pas feuilleté, voisinait avec Conrad, Stevenson, Monier, Hemingway. Ces titres lui semblaient des choix de garçon, échos du Victor globe-trotter qu'elle voyait sur diverses photos posées çà et là, des choix si virils que lorsqu'elle ouvrait les volumes, elle avait l'impression d'absorber l'odeur de son amant, fumet de cuir et d'herbe coupée.

L'installation spontanée d'Oxana avait enchanté Victor. L'observer, assise sur le lit, épanouie, plongée dans la lecture, ses souples cheveux retenus par une broche en écaille, lui apportait la félicité. Pour retrouver ce sentiment de plénitude, il devait remonter à ses huit ans, lorsqu'il regardait le chaton que lui avait acheté Baptiste offrir son ventre duveteux, d'un blanc innocent, à la lumière.

Selon Victor, Oxana était une déesse barbare qui avait le pouvoir de manger le temps. Auprès d'elle, le passé n'existait plus, le futur non plus : elle concentrait tout au présent, intense, rayonnante. Parce qu'il échouait à se détacher d'elle ou à prendre une distance critique, il oubliait ses aventures antérieures et ne songeait pas au lendemain. La demi-heure suivante, au maximum, occupait son esprit car il se demandait ce qu'il cuisinerait ou quel film ils iraient voir au cinéma.

À partager la vie d'un étudiant, Oxana venait de découvrir qu'elle était jeune. Elle avait l'âge de Victor : vingt ans. Or, mannequin depuis plusieurs années, accoutumée à gagner de l'argent, voguant dans un milieu professionnel agressif, elle avait perdu sa fraîcheur, pas seulement parce qu'elle collectionnait des amants plus mûrs qu'elle. Souvent, devant les difficultés de son métier, elle éprouvait un sentiment d'usure, de découragement ; pis, voyant apparaître aux castings des adolescentes de quinze ans aux yeux desquelles elle paraissait vieille, elle projetait de se mettre à la retraite. Victor lui avait rendu la fraîcheur par sa fougue, par son admiration, par sa simplicité fraternelle, et surtout parce qu'il suivait de longues études, convaincu qu'à l'issue de ses diplômes, un vaste avenir se déploierait. C'était donc cela, la jeunesse : piétiner au bord de la piste.

— Que pourrais-je entreprendre après le mannequinat ?

Victor éclata de rire.

— Pardonne-moi, c'est le mot qui m'amuse. « Mannequinat », comme « célibat » ou « doctorat ».

— Tu méprises mon métier ?

— Pas une seconde, Oxana. J'ai pour défaut de rire des mots.

— Bon, maintenant sois sérieux : que pourrais-je faire après le mannequinat ?

— Tu poses une question dont toi seule connais la réponse. Qu'aimes-tu ?

— À part toi ?

— À part moi.

— Toi.

— Et ?

— Toi.

Il bondit de sa chaise sur le lit – ce qui ne représentait pas un ample saut – et la couvrit de baisers.

— Je veux une réponse, Oxana.

— Voyons, quels sont mes avantages ? Je connais plusieurs langues. Traductrice ?

— En as-tu envie ?

— J'en serais capable.

— Oxana, tu réponds à côté : de quoi as-tu envie ? Crois-tu que moi j'étudie le droit parce que j'en suis capable ? Non. Je le fais pour m'engager dans des actions humanitaires ou dans la justice pénale internationale. Ce qui compte, c'est le désir ; ensuite, on essaie de se montrer à la hauteur de ce désir.

Jusqu'à présent, Oxana avait pensé qu'on ne vivait que d'expédients : aujourd'hui elle se débrouillait en vendant sa beauté, demain elle se débrouillerait en monnayant ses compétences linguistiques ; vivre consistait à survivre, rien d'autre. En écoutant Victor lui détailler ses ambitions d'avocat au service de causes élevées, elle devinait qu'on pouvait donner du sens à son existence.

Victor n'arrivait toujours pas à dire la vérité à Oxana mais il estima qu'une présentation de sa fiancée à son oncle l'aiderait à y parvenir. Plus il s'engagerait, plus il serait contraint à la sincérité.

Il révéla à l'Ukrainienne ce qu'il cachait à ses camarades, son lien de parenté avec Baptiste Monier, le célèbre écrivain. Comme Oxana venait de lire plusieurs de ses romans, elle se montra fort impressionnée et lui fit répéter plusieurs fois.

— Enfin, Oxana, tu me prends pour un menteur ?

— Non, pardon. Je découvre que pour moi un grand écrivain, c'est un écrivain mort.

— Pour moi, Baptiste est d'abord mon oncle. Adolescent, j'ai même refusé de découvrir ses livres. Puisque tout le monde pouvait accéder à ses romans, je sentais qu'il m'appartenait davantage si je ne le lisais pas.

Victor débarqua chez Baptiste sans prévenir. Une femme blonde au sourire radieux lui ouvrit la porte, ce qui le déconcerta.

— Euh… bonjour, je suis Victor, le neveu de…

389

— Victor, le fameux Victor, celui dont Baptiste parle si souvent ?

— Euh…

Joséphine apparut, enjouée, l'embrassa et saisit la femme blonde par la taille.

— Je te présente Isabelle. Et ce n'est pas notre nouvelle employée de maison…

Les deux femmes rirent. Victor avait l'impression de rencontrer deux adolescentes en goguette. Percevant sa gêne, Joséphine et Isabelle, vaguement honteuses de leur superficialité, appelèrent Baptiste au secours.

Il arriva, très décontracté. Son visage s'éclaira à la vue de son neveu.

— Une visite-surprise ? La visite que l'écrivain déteste mais que l'oncle adore. Viens avec moi, mon Victor, j'ai plein de nouveautés à te raconter.

— Moi aussi, répondit Victor, gagné par la bonne humeur ambiante.

Ils se dirigèrent vers le bureau de Baptiste, qui cria à la cantonade :

— Allez au marché sans moi, les filles, je reste avec Victor.

Victor tiqua sur l'expression «les filles» qu'il n'avait jamais entendue de la bouche de son oncle. Que se passait-il dans cette maison ?

Avec allégresse, Baptiste décrivit à son neveu la révolution sentimentale qu'ils vivaient, lui et Joséphine, en compagnie d'Isabelle. C'était la première fois qu'il narrait son histoire et il se réjouissait que ce fût à son neveu. La réaction amusée, charmée, de Victor lui apporta la confirmation de son bonheur.

Le cœur battant, Victor découvrait d'autres aspects de son oncle, sa vigueur, sa fantaisie, sa sensualité, ce qui le ravissait car il avait tendance à le considérer comme une statue intimidante, une effigie de l'intelligence, du talent, de l'autorité. Percevoir sous le marbre l'amoureux transi de Joséphine, l'amoureux nouveau d'Isabelle le lui rendait plus proche.

Du coup, il n'eut aucune difficulté à lui annoncer qu'il aimait Oxana et voulait la lui présenter.

Rien ne pouvait plus emballer Baptiste, qui déclara que l'on n'attendrait pas plus longtemps.

— Ce soir, je vous emmène au restaurant. D'accord ?

— D'accord.

Cette ingénuité, cet enthousiasme bouleversèrent Victor, qui, n'osant déranger, excluait de son quotidien ce qui relevait de l'improvisation, du plaisir immédiat, des projets spontanés. Lors de l'accolade avec son oncle, il sentit qu'il ne tarderait pas, sur sa lancée, à avouer sa séropositivité à Oxana.

La soirée fut charmante. Ou plutôt exceptionnelle. Elle représentait pour tous une première fois : la première fois où Victor et Oxana se présentaient en couple, la première fois où Baptiste, Joséphine et Isabelle affichaient leur trio. Chacun se régalait d'être là en compagnie des autres. L'affection, unique raison de se rassembler, circulait entre eux avec force, une brise d'amour transportant des complicités, des confidences, des émotions, des soupirs appuyés, des fous rires.

Oxana, bouleversée par ceux qui s'offraient comme sa nouvelle famille, avait constamment les larmes aux yeux. Elle ignorait qu'on pût se sentir si bien, si proches. Parfois, une pointe de nostalgie la piquait, qui la renvoyait à son enfance ukrainienne, auprès de ses grands-parents aimants, avant que ses géniteurs ne l'obligent à rejoindre dans la banlieue de Kiev le minuscule appartement construit lors de l'ère Khrouchtchev et les soucis d'argent.

Quant à Isabelle, le regard des deux jeunes gens sur elle la bouleversait : ils l'acceptaient, ils ne la jugeaient pas, ils ne la traitaient pas en dangereux parasite. Comme, pour l'heure, au sein de sa propre famille, elle ne rencontrait qu'hostilité, cette convivialité lui apportait courage et sérénité.

À la fin du repas, ils bavardaient tant qu'ils mirent un certain temps à s'apercevoir que le restaurant s'était vidé, que les serveurs avaient débarrassé les tables et que le patron bâillait derrière sa caisse.

Baptiste régla l'addition. Une promenade prolongea le dîner, le trio raccompagnant le couple place d'Arezzo.

Dans le square bleu, parmi les phlox et les rhododendrons mauves, régnait un silence liquide, étale, empreint d'une saveur sucrée, celle que dégageaient les jasmins qu'une vendeuse des rues avait déposés sur le banc, à côté d'elle, pendant qu'elle contemplait la lune. Des perroquets et des perruches, on n'entendait plus que des petits mouvements fluides, des frissons d'ailes ou des caresses de plumes, comme si la paix des étoiles s'était étendue à la faune sauvage.

— Me croirez-vous, murmura Baptiste, si je vous dis qu'il y a, sur l'arbre face à ma fenêtre, deux mâles calopsittes qui prennent soin d'une femelle ?

On sourit. On tenta de les apercevoir – en vain – et l'on songea que la nature avait décidément plus d'imagination que la société humaine.

On se quitta heureux.

Le lendemain, Victor affrontait une épreuve de droit international à l'université. Il quitta donc Oxana assez tôt, révisa à la bibliothèque durant la matinée, avala un sandwich puis passa l'examen l'après-midi dans un amphithéâtre sans fenêtres, éclairé au néon, où flottait un parfum de mandarine par-dessus les relents de la vieille moquette humide.

Enfin, à dix-neuf heures, il revint place d'Arezzo et gagna la mansarde. Cette fois, il allait confesser son état de santé à Oxana. Depuis la soirée de la veille, il s'y sentait prêt, convaincu que leur relation non seulement survivrait à la vérité mais s'en renforcerait.

En entrant, il découvrit son studio vide. Toute trace d'Oxana – vêtements, sacs, valises – avait disparu.

Une feuille jaune l'attendait sur le lit :

« Excuse-moi, je n'ai jamais aimé quelqu'un autant que toi. Je m'en vais. »

Il ne pouvait croire à ces lignes, cherchant autour de lui la preuve qu'il cauchemardait.

Sans plus réfléchir, il descendit l'escalier quatre à quatre, courut à travers les rues jusque chez son oncle, dont il pressa la sonnette avec impatience.

Baptiste, livide, lui ouvrit. Victor se précipita à l'intérieur.

— Aide-moi. Oxana est partie !

Les sourcils de Baptiste s'arquèrent. Ses yeux cherchèrent quelque chose au sol.

Victor brandit la lettre jaune, que Baptiste déchiffra.

Jusqu'alors, l'écrivain n'avait pas prononcé un mot.
Il releva la tête et posa sa main sur l'épaule de Victor,
hésitant.

— Joséphine vient de partir aussi.

5

— Merde, encore ce con !

— Qui est-ce ?

— Patrick Breton-Mollignon, le directeur du journal *Le Matin*. Il me drague depuis des années.

À l'instant où Faustina prononçait ces mots, l'homme, sortant de sa voiture, envoyait un signe empressé à la jeune femme qui avançait sur le trottoir en compagnie de son amant.

La tirant par le coude, Dany tenta de tourner à l'angle de la rue pour éviter l'importun mais elle résista.

— Il va t'accoster, grommela Dany.

Patrick Breton-Mollignon arriva en hâte. Comme il était grand, mal proportionné, son trot maladroit évoquait un chameau sur un terrain accidenté.

— Envoie-le péter, ordonna Dany à voix basse.

Au lieu d'obéir, Faustina se dégagea de son compagnon et aborda l'homme en jouant la surprise ravie :

— Ah, Patrick, quel plaisir !

— J'ai cru que tu ne m'avais pas vu, dit-il en tentant de retrouver son souffle.

Dany Davon toisa, méprisant, l'individu grotesque qui ne pouvait accélérer le pas sans avoir le cœur en capilotade.

Faustina sauta au col du géant, lequel, malhabile, lui donna un coup de menton au front avant d'atteindre la joue.

— Cher Patrick, je te présente maître Daniel Davon.

— Qui ne connaît pas maître Davon ? répondit Patrick Breton-Mollignon en tendant une main molle, humide. Vous sortez bientôt un livre ?

— Pardon ? répondit Dany.

— Nous en parlons, nous en parlons très sérieusement, s'exclama Faustina.

— Sur l'affaire Mehdi Martin ?

— Interdit de répondre, ajouta-t-elle.

— Donc, c'est sur l'affaire Mehdi Martin. Bravo, maître. Alors, j'exige les bonnes feuilles, Faustina, je les publie dans le quotidien.

— Nous en reparlerons…

— Maître Dany Davon et Mehdi Martin, c'est de la dynamite ! Je compte sur toi, Faustina, n'est-ce pas ?

Faustina baissa les yeux, prit une allure de collégienne qui va prêter le premier serment de sa vie :

— Je m'y engage, Patrick.

— Formidable !

Il s'adressa à Dany :

— Savez-vous que vous êtes entre les mains de la meilleure ?

— La meilleure pour quoi ? fit Dany, une lueur amusée dans l'œil.

Face à lui, Faustina se retint de pouffer. Patrick Breton-Mollignon ne perçut rien de leur complicité moqueuse.

— La meilleure attachée de presse ! Faustina opère à un niveau tel qu'elle n'a plus de concurrentes.

Faustina se vit obligée de protester :

— Ne l'écoutez pas, maître Davon, il dit ça pour me flatter.

Dany tiqua sous l'effet du vouvoiement.

Tournant le dos à Dany, Patrick Breton-Mollignon s'approcha de la jeune femme, suborneur, insistant, comme si le métis n'était pas là.

— Quand puis-je t'inviter à déjeuner ?

— Je consulte mon agenda et je t'appelle.

— J'ai à chaque fois cette même réponse.

— Lorsque tu recevras mon coup de fil, tu constateras que je t'ai dit plusieurs fois la vérité.

Sur ce, en se dressant sur la pointe des pieds, elle déposa un léger baiser sur sa joue puis repartit, vive, en direction de son immeuble, suivie de Dany.

— Explique-moi pourquoi tu autorises ce balourd baveux à te courtiser ?

— Il dirige le quotidien le plus important du pays.

— Il veut te sauter.

— Normal, non ?

— Tu l'encourages !

— Tant qu'il dirigera *Le Matin*, il aura le droit d'espérer. Faut que je travaille…

— Qui me dit que, par le passé, tu n'as pas déjà…

— Ah non, pitié s'il te plaît. Sais-tu comment on l'a surnommé dans le milieu, tant il est lamentable au lit ? Poireau cuit.

Rassuré, Dany sourit en relevant le menton.

— Sûrement pas un homme pour toi.

— Prétentieux !

Elle approuva néanmoins et ils montèrent à son appartement.

Il était cinq heures. Faustina joua les ménagères accomplies en pressant des fruits pour leur servir un cocktail tropical.

— Je nous fabrique un jus assorti aux perroquets de la place !

Pensif, Dany la regardait s'agiter sans songer à l'aider.

— Il t'a draguée en ma présence, comme si je n'étais pas là…

— Disons plutôt, comme si tu n'étais pas mon amant.

— Cette idée ne lui est pas venue à l'esprit ? Te considère-t-il comme une sainte au-dessus des appétits terrestres ?

Elle éclata de rire. Il insista :

— Alors quoi ?

— À mon avis, il ne conçoit pas une seconde que je puisse sortir avec un métis.

Dany se crispa. Il se leva, parcourut le couloir à larges enjambées, tel un homme qui lutte contre un afflux d'énergie, puis, en se frottant le menton, revint vers elle.

— Couches-tu avec un métis ?

— Plutôt deux fois qu'une, oui.

Elle voulut confirmer sa phrase d'une caresse qu'il repoussa.

— Pour toi, je suis un métis ?

Comprenant que l'agressivité montait, elle tenta d'y mettre fin :

— Dany, tu te trompes de cible. Je t'explique que ce con de Patrick Breton-Mollignon est un raciste parce qu'il ne nous imagine pas ensemble et tu t'en prends à moi.

— Oui, je m'en prends à toi car je me fous de Patrick Breton-Mollignon. Il est raciste mais je découvre que tu l'es aussi.

— Moi ?

— Toi. Tu couches avec un métis.

— Je cauchemarde ? Si justement je couche avec un métis, c'est que j'échappe au racisme.

— Faux. Tu devrais dire « je couche avec toi », et non pas « je couche avec un métis ».

— Parce que tu n'es pas métis, peut-être ?

Il leva la main, prêt à frapper. Un rictus déforma son visage, il grinça des dents, suspendit son geste, s'éloigna.

Pendant une seconde, Faustina entrevit deux moyens de s'en sortir : l'un, doux, consistait à saisir pourquoi il haïssait l'évocation de son métissage, quelles douleurs enfouies justifiaient sa colère, quelles peines d'enfant remontaient à sa conscience sitôt qu'on ne le percevait plus que par son apparence physique ; l'autre, offensif, consistait à torpiller son argumentaire.

Il interrompit son hésitation :

— C'est ce que tu te dis lorsque tu es dans mes bras : je me tape un métis ?

Faustina resta déconcertée car c'était mot pour mot ce qu'elle s'était dit le premier soir en découvrant avec émerveillement le corps de Dany. Si elle avouait ça, il allait rager.

— Faudrait que je dise quoi : je me tape le Père Noël ?

— Ce que tu es vulgaire, ma pauvre.

— Vulgaire mais pas raciste ! Tu délires, Dany. Si je n'avais pas répondu à tes avances, tu m'aurais traitée de raciste. J'y ai répondu et tu me traites quand même de raciste. Qu'aurait-il fallu que je fasse ? Que je couche avec toi sans me rendre compte que tu es un métis, c'est ça ? Désolée de ne pas être cette andouille-là.

— Tu ne piges pas…

— Et toi, que penses-tu lorsque tu couches avec moi ? « Je me tape une blonde » ?

Dany demeura un court instant bouche bée, comme elle précédemment. Elle en conclut qu'elle avait visé juste.

— Maintenant, tu vas me dire la vérité, maître Dany Davon : as-tu eu des maîtresses noires ?

— Je te défends…

— Réponds.

— Je…

— Pas de Noires ! As-tu eu des maîtresses métisses ?

— Tu…

— Inutile de mentir, parce que celles dont tu m'as déjà parlé étaient blanches. Tu ne couches qu'avec des Blanches.

— Oui.

— Donc tu es raciste.

— Ce n'est pas pareil. En Europe, tout le monde est blanc. Ce n'est pas remarquable, c'est la normalité.

— Ah oui ? Pourtant, je croyais que le normal, en affaires sexuelles, ce n'était pas ton truc. Alors, on ose les excès, pourvu que ce soit avec des Blanches. Tu veux savoir ? C'est toi le raciste intégral, c'est toi qui détestes les Noirs et les métis. Moi, au moins, je pourrais certifier que je ne suis pas allée vers les hommes avec des préjugés. Toi, si.

— J'ai le droit d'aimer les Blanches.

— Parce que tu les aimes ? Ou tu t'en rapproches pour oublier que tu es métis ?

Si, sur le moment, Faustina s'enchanta de sa dernière réplique, elle la regretta dans les minutes qui suivirent : la phrase, sur Dany, eut l'effet d'une bombe, il hurla, les traits déformés par l'exaspération, et se mit à frapper ce qui l'entourait. Vase, vaisselle, téléphone, téléviseur, photos encadrées, tout fut jeté au sol. Le temps de reprendre son souffle, il bondit dans la pièce suivante où, à grandes gifles puissantes, il fit sauter les livres des étagères avant de les piétiner. Faustina, collée au mur, lui criait d'arrêter, consciente que si elle avançait, il la tuerait.

Soudain, faute de matériel, il se figea, jambes écartées, le poitrail secoué d'une ample respiration, les mains ouvertes, prêtes à cogner encore. Il la fixa de ses yeux injectés de sang.

Elle soutint d'abord son regard, puis, devinant qu'elle devait respecter le code archaïque de la soumission, elle baissa les paupières.

Il poussa alors un grognement, reprit une contenance humaine et quitta l'appartement en claquant la porte.

Une fois que Faustina fut certaine d'être seule – une solitude protectrice –, elle s'assit sur le plancher pour se laisser aller à pleurer ; elle ne savait pas sur quoi elle larmoyait mais les sanglots lui offraient une sensation rassurante de banalité.

Pendant quatre heures, elle jeta ce qu'avait détruit Dany, rangea ce qui avait échappé au massacre. Plus elle effaçait les traces de violence, mieux elle se sentait. Elle renonçait à comprendre l'origine de la crise. Un «psychopathe», voilà à quoi se résumait Dany. Psychopathe, cela voulait dire «à proscrire, infréquentable», cela voulait dire aussi «inutile d'analyser car ça nous dépasse»; il rejoignait une galerie de monstres, Hitler, Gengis Khan, Staline, voire Mehdi Martin, le tueur en série qu'avait défendu maître Davon – pas étonnant, entre tarés, on arrive à s'entendre !

Son histoire avec Dany venait de s'achever. Tant mieux. Elle commençait à se lasser… Certes, c'était agréable de baiser avec ardeur, des heures et des heures, dans dix-huit mille positions. Pourtant, la répétition lassait. D'autant qu'ils avaient tant exagéré qu'elle avait déjà attrapé deux vaginites. La première l'avait flattée, comme si elle avait décroché la croix de guerre sur le champ de bataille : l'irritation des muqueuses représentait un trophée, la preuve qu'elle avait été vaillante au combat de l'amour. Or la nécessaire abstinence avait compliqué leur vie les jours suivants, tant Dany et elle avaient envie de se mordre quand ils ne s'imbriquaient pas l'un dans l'autre. Du coup, la seconde vaginite l'avait poussée à improviser un prudent voyage chez sa mère. En aspirant les débris de verre entre les lattes du plancher, elle prit conscience qu'elle avait mis sa santé en danger. Quant aux clubs échangistes, elle s'en était amusée peu de temps. C'était son problème, d'ailleurs, depuis toujours : elle faisait vite le tour des êtres et des activités.

Un bruit de serrure la surprit. Une ombre se glissa dans le couloir. Dany réapparut devant elle. Elle se figea.

— Pardon, murmura-t-il.

Elle ne réagit pas.

— Faustina, excuse-moi. Ma colère ne t'était pas destinée, tu as payé pour les autres.

— Quels autres ?

— Ceux qui ne voient qu'un métis en moi.

Un long silence apporta une paix vacillante. Faustina percevait la sincérité de Dany : il souffrait, il avait honte.

Elle se demanda si elle souffrait aussi et se rendit compte qu'elle avait été surtout ennuyée de consacrer quatre heures au ménage.

— Je t'en supplie, Faustina, pardonne-moi. Je te rachèterai ce que j'ai cassé. Et d'autres choses encore. S'il te plaît…

Elle considéra ses lèvres charnues, roses, ses traits fins sur sa peau ferme, son œil si remarquablement blanc. Une onde puissante monta en elle, qu'elle prit pour du pardon et qui devait contenir du désir. Elle ouvrit les bras. Il vint aussitôt s'y réfugier.

« Pourvu qu'il ne pleure pas. Je hais les hommes qui chouinent. »

Elle gloussa : les doigts habiles de Dany cherchaient déjà à lui retirer sa jupe.

Le lendemain, Faustina exigea que Dany participât à la soirée qu'elle organisait chez elle.

— Tu verras, tu te plairas avec mes amis : ils sont tous pédés.

— Pardon ?

— Oui, je ne sais pas comment ça se fait, tous mes amis sont pédés. Ils vont t'adorer, c'est sûr.

En réalité, elle savait très bien pourquoi ses amis étaient des hommes à hommes : cela l'autorisait à régner. À leurs yeux, elle incarnait la femme, la tentatrice, la séductrice qu'ils aimeraient non pas avoir mais être.

Sa mère lui avait enseigné tôt ce pouvoir : « À partir de cinquante ans, ma petite fille, tu n'es plus une femme qu'aux yeux des homosexuels. Pour les hétéros, tu deviens un rebut. » Faustina n'avait pas attendu si longtemps pour exalter sa féminité, sympathisant avec les gays que la vie lui permettait de rencontrer. Si elle s'amusait à parler des hommes aussi crûment qu'eux, elle gagnait la liberté de savoir qu'ils l'admiraient sans la désirer, appréciant d'être délestée de son rôle, parfois pesant, d'objet sexuel : parmi eux, elle riait, plaisantait sans calcul.

Dany s'inquiéta :

— Es-tu sûre que je reste ?

— Certaine. As-tu peur d'être dévoré comme une gourmandise ? C'est ce qui va se passer, pourtant. Rassure-toi : s'ils zieutent, s'ils reniflent, s'ils écoutent, ils ne te sauteront pas dessus.

— Ce que tu es conne ! s'exclama-t-il en riant.

— Je sais, ça fait partie de mon charme.

Quand ceux que Faustina appelait « les garçons » débarquèrent, Dany se sentit à l'aise. Les phrases fusaient, drôles, rosses, parfois cocasses ; les regards qui s'attardaient sur lui le flattaient. En le caressant, en le servant en premier, en vantant ses faits d'armes judiciaires, Faustina le traitait en roi et les huit invités approuvaient ce privilège.

Tom et Nathan parlèrent de la nébuleuse affaire des lettres anonymes qui les préoccupait.

— Nous avons détecté quatre lettres anonymes. Les deux nôtres, puis, en discutant avec la fleuriste, sans doute la femme la plus médisante de Bruxelles…

— Du monde, mon cher, du monde ! corrigea Nathan.

— … nous en avons découvert deux supplémentaires, celle que Xavière a reçue et celle – elle l'a appris de son épouse par hasard – qu'a reçue l'aristocrate fin de race qui habite au 6.

— Celui-là, s'il est hétéro, moi je suis la reine d'Espagne.

— Ce n'est pas le sujet, Nathan !

— C'est le sujet ! Quel culot ! Se faire rabrouer par un obsédé qui a toujours la main sur la braguette, prêt à dégainer, je trouve ça fort !

— Bref, continua Tom, à chaque fois, on constate le même mode opératoire : une enveloppe jaune, un papier jaune, un message identique : «Ce mot simplement pour te signaler que je t'aime. Signé : tu sais qui.»

Faustina tressaillit.

— Moi aussi, j'en ai reçu une !

Sa déclaration fit sensation. Elle bondit dans sa chambre et, après quelques jurons qui traversèrent l'appartement, revint avec le papier.

Tom et Nathan jubilaient : leur hypothèse d'un original écrivant des déclarations d'amour aux habitants de la place se confirmait.

— Comment as-tu réagi en recevant cette lettre ?

— Dois-je le dire ? répondit Faustina en pâlissant.

— Oui, c'est essentiel pour l'enquête.

Elle se tourna, désolée, vers Dany.

— J'ai cru que c'était Dany qui me l'avait envoyée.

Celui-ci s'approcha, déchiffra le mot.

— Ce n'est pas mon écriture.

— Nous te croyons, Dany, affirma Tom. D'autant que je ne vois pas pourquoi tu nous aurais envoyé ce mot.

— Dommage d'ailleurs, dit Nathan, j'aurais adoré.

Faustina lui donna une petite tape sur la tête.

— Toi, ne me vole pas mon jules !

— Pas taper, maît'esse, pas taper, gémit Nathan en prenant son accent d'*Autant en emporte le vent*.

Devant son numéro, la gêne parcourut l'assemblée. À force d'exercer sa fantaisie moqueuse, Nathan s'était affranchi du discours politiquement correct au point d'oublier qu'imiter l'accent d'un esclave en présence d'un métis ne relevait pas du meilleur goût… Faustina craignit le pire.

Grand seigneur, Dany décida d'éviter l'incident, saisit le papier, le tourna, le retourna.

— J'ai peur, mes amis, de ne pas beaucoup vous aider car je n'ai jamais eu de dossiers concernant un corbeau.

— Non, ici, il ne s'agit pas d'un corbeau mais d'une colombe. Les lettres sont des messages d'affection, pas de haine.

— En revanche, je peux vous assurer qu'il s'agit d'un gaucher. Regardez les barres des «t», les points, l'accent aigu… Ils sont tracés de droite à gauche.

— La colombe est gauchère !

— Raisonnons, reprit Dany. Un corbeau est généralement quelqu'un de frustré, d'insatisfait, à la marge.

— Le cercle se restreint, commenta Faustina.

— Le corbeau a souvent une infirmité physique.

— Je ne vois pas qui dans les environs.

Tom la dévisagea.

— Recevoir ce message a-t-il eu des conséquences ?

— Tu plaisantes ! Aucune.

— Tu avais pensé que Dany te l'avait écrit. Donc, cela t'a poussée vers lui.

— De toute façon, j'y étais déjà allée, vers lui. Admettons que ça l'a ancré, je ne dirai pas dans mon cœur puisque je n'en ai pas, mais dans ma vie.

— Idem pour Nathan et moi, cela a eu un effet positif. Nous ne nous sommes pas quittés depuis.

— J'en suis à choisir ma robe de mariée, précisa Nathan. Crème, *of course*, car je n'oserais pas le blanc.

Ils réfléchirent. Faustina formula ce que chacun ressentait.

— Plutôt gênante, l'idée qu'un inconnu me veuille du bien. Ça me met mal à l'aise.

On changea de conversation ; la soirée recouvra son rythme joyeux.

Vers onze heures, on se sépara. Pour éviter d'embrasser les huit garçons qui n'attendaient que ça, Dany leur fit un signe de la main et se réfugia au fond de la chambre sous prétexte d'un appel téléphonique urgent.

Faustina raccompagna ses invités à la porte, lesquels la félicitèrent de son choix. Se trémoussant, les yeux allumés, elle accepta les compliments comme si elle avait inventé la beauté de Dany, puis leur confirma par quelques soupirs appuyés que ce qu'ils n'avaient pas vu méritait le déplacement.

— Salope, dit Nathan. Ce qui me console, c'est que toi, au moins, tu sauras le satisfaire. Quand je vois ces nanas qui accrochent des mecs canon et qui les frustrent, j'ai des envies de meurtre.

— Calme-toi, Nathan, s'exclama Tom. Laissons notre amie Faustina avec Vaginite.

— Oh oui, j'adore ce surnom, gloussa Nathan.

— Tais-toi, murmura Faustina, dévorée par l'envie de se gondoler.

— Quand tu l'as baptisé, Faustina, je me suis marré toute la journée. D'ailleurs, dans ma tête, il se nomme ainsi. Plusieurs fois ce soir, j'ai failli dire : « Encore un peu de vin, Vaginite ? » ou : « Vous reprendrez de la saucisse, Vaginite ? »…

Ils rirent. Faustina fronça les sourcils, posa son index sur sa bouche.

— Allez, rentrez chez vous, les garçons, et ne soyez pas sages.

— Bonne nuit avec Vaginite, ma chérie.

En fermant la porte, elle les entendit délirer dans l'escalier. Elle adorait Tom et Nathan parce qu'ils partageaient son féroce humour grivois.

Elle réintégra le salon où Dany, le visage décomposé, ramassait ses affaires.

— Que t'arrive-t-il ? s'inquiéta Faustina.

— J'ai tout entendu.

— Quoi ?

— « Vaginite »…

Elle frémit, balbutia :

— Allons, c'est… c'est plutôt flatteur. Ça évoque tes… capacités… Pour eux, tu sais, ça compte…

Dany passa devant elle sans un regard, jeta la clé qu'il détenait dans le vide-poche de l'entrée et sortit.

— Adieu. Tu n'as aucun respect pour moi.

6

— Il fonctionne bien, votre point G à vous ?

Marcelle, tenant contre elle un plat qu'elle martyrisait avec un torchon de lin sous prétexte de l'essuyer, revenait de la cuisine pour discuter avec mademoiselle Beauvert de ce qui la préoccupait.

— Je dis ça parce que moi, le point G, je l'avais avant même qu'on le découvre. J'ai été une pionnière. Dès mes dix-sept ans, alors que personne n'en parlait à l'époque, je l'avais repéré. Incroyable, non ?

Mademoiselle Beauvert, refusant de favoriser la confidence, ne répondit pas. Frottant la faïence avec une énergie renouvelée, Marcelle continua :

— Faut dire que j'ai peu de mérite : je suis faite pour ça. Dès qu'on me rentre dedans, c'est parti.

Elle approuva plusieurs fois de la tête, s'assurant au milieu de ses souvenirs qu'elle énonçait bien la vérité.

— À chaque fois, paf ! Accroche-toi aux rideaux !

Elle opina, puis, contente d'elle, releva les yeux, s'étonna du silence de sa patronne.

— Et vous, mademoiselle, le point G ?

— Marcelle, ce genre de conversation…

— D'accord, j'ai compris : le point G, ce n'est pas votre truc. Y a des femmes comme vous. À foison.

Paraît que ça serait la majorité. Les malheureuses…
On n'est pas toutes égales à ce niveau-là. Enfin, en
même temps, vous avez des avantages que je n'ai pas.

— Quoi donc ?

— L'argent. L'éducation. La classe.

— Merci, Marcelle.

— Oui, franchement, vous avez été gâtée. Parce
que moi, au fond, mis à part que j'attire les hommes et
que je dispose du point G, j'ai été mal servie.

Mademoiselle Beauvert considéra Marcelle avec
une commisération irritée : comment cette bête tra-
pue, renfrognée, moins gracieuse qu'un sanglier,
attirait-elle les hommes ? Elle les séduisait – aucun
doute –, les galants se succédaient à une régularité
métronomique, la concierge ne traversant guère plus
d'un mois de solitude. Or mademoiselle Beauvert
idéalisait l'amour, l'union qu'elle admirait était celle
d'une beauté féminine avec une beauté masculine ; les
autres rapprochements lui semblaient farfelus, inad-
missibles, voire obscènes. Si tout crapaud finissait par
trouver sa crapaude, on ne parlait plus d'humains, on
évoquait les mœurs des bêtes.

Sans doute la nature avait-elle inventé des attraits
différents de la grâce pour que les couples se forment
et perpétuent l'humanité ; oui, il devait flotter dans
l'atmosphère des éléments invisibles, des odeurs,
des enzymes, des molécules, bref des phénomènes
chimiques qui poussaient un mâle d'apparence cor-
recte à sauter sur la taupe Marcelle. Ce rayonnement
invisible, mademoiselle Beauvert en était dépourvue. Tant mieux ! Depuis qu'elle avait la conscience
d'exister, elle ne se percevait ni comme une épouse,
ni comme une mère, plutôt comme une « fille de »,

liée à ses parents adorés. La prémonition qu'elle avait reçue jeune d'éviter les histoires de chair s'était confirmée.

Elle avait échappé à la bestialité. Selon elle, moyennant cette indifférence aux tourments charnels, elle vivait dans un air sain, non vicié par la concupiscence. Son corps aussi était pur. Et son âme merveilleusement libre. Elle n'éprouvait ni chagrins idiots, ni frustration constante, elle se vêtait selon son bon plaisir, caressait sa peau que personne ne touchait, sauf une coiffeuse, un kinésithérapeute, une manucure – des professionnels du bien-être. Mieux : à la différence des femmes de son âge, elle ne se sentait pas vieillir, l'interruption de ses règles n'ayant représenté que la cessation d'une souffrance inutile ; quant aux rides ou à l'empâtement léger, nul ne les avait commentés – pas même elle.

De temps en temps, elle pariait que sa vitalité enjouée tenait à la conservation de sa virginité. N'avait-elle pas, en certaines sœurs ou béguines, reconnu cette joie innocente qui l'habitait ? À douter que la sexualité épanouît les femmes… Quant à la maternité, elle les fatiguait, rien d'autre.

— Comment s'est passé votre week-end à Genève ?

Mademoiselle Beauvert sourit.

— Merveilleux…

— C'est rigolo, Genève ?

— John m'a rejointe.

— John ?

— John…

— Ah, votre fiancé, celui qui est très proche d'Obama ?

— Je n'ai que celui-là, Marcelle.

412

— Ah, ce que j'aimerais être à votre place. Ces week-ends ici et là, dans les capitales… Moi, j'ai toujours rêvé d'aller à Rome, à Moscou, à Istanbul.

— Ça viendra, Marcelle.

— Avec quel argent, mademoiselle ? Quel argent ? Par exemple, il vous a coûté combien, votre billet pour Genève ?

Une idée cruelle traversa le cerveau de mademoiselle Beauvert ; elle n'y résista pas :

— Deux cent quarante-deux euros.

— Deux cent quarante-deux euros ? Non ! Incroyable : exactement la somme que j'ai fourguée à mon fils pour qu'il me construise une table de nuit ! Au train où vont les choses, je ne verrai ni Genève, ni ma table de nuit, ni mes deux cent quarante-deux euros !

— Le mariage de ce grand gaillard s'annonce pour quand ?

— D'abord les fiançailles, mademoiselle ! La famille Peperdick y tient. Ils fonctionnent à l'ancienne, ces gens-là.

« Ils essaient de gagner du temps : ça ne doit pas les amuser de marier l'héritière à un fils de concierge », songea mademoiselle Beauvert.

Marcelle se mit à glousser.

— Au fond, ce qui est drôle, c'est que je vais me marier avant lui.

— Pardon ?

— Mon Afghan, il m'a demandée en mariage.

D'un geste inattendu de petite fille, elle porta les mains à ses joues qui rougissaient.

Mademoiselle Beauvert se figea. Non, elle ne laisserait pas se produire une erreur pareille ! Elle se devait d'intervenir. Elle essaya d'abord de contourner l'obstacle :

— Attendez au moins que votre fils soit marié.

— Ah non, je trouve ça plus chouette d'aller au mariage de mon fils au bras de mon Afghan. Ça fera moins pauvre femme esseulée…

Elle crut avoir blessé sa patronne.

— Oh pardon, je ne dis pas ça pour vous, mademoiselle Beauvert, parce que vous, on ne vous juge pas seule tellement vous avez de la classe, et puis vous, vous pourriez vous rendre au mariage avec le copain d'Obama, votre fiancé noir qui joue du saxophone.

— Il n'est pas noir et il joue du piano.

Mademoiselle Beauvert l'empêcha de répondre d'un geste autoritaire.

— Vous n'avez pas accepté sa proposition de mariage, j'espère ?

— Pourquoi lui refuserais-je ?

— Les précédents, vous ne les avez pas épousés.

— Aucun ne me l'avait demandé. Tandis que mon Afghan, il en rêve.

— Ne vous êtes-vous pas demandé pourquoi ?

Marcelle, déconcertée, se tut. Mademoiselle Beauvert se redressa, emplie par l'importance de ce qu'elle allait dire :

— Il ne vous vient pas à l'esprit que votre Afghan est intéressé ?

— Intéressé par quoi ? Je ne possède rien.

— Vous possédez une chose précieuse à ses yeux.

— Un toit ?

— Une nationalité. En vous épousant, il va l'acquérir. Il obtiendra donc le droit de rester ici.

— C'est normal.

— Comme vous êtes naïve, ma bonne Marcelle... Ne craignez-vous pas qu'il vous épouse pour fuir son pays d'origine, pour cesser d'être un clandestin, quitter son statut précaire de sans-papiers, obtenir son permis de séjour ?

— Je déteste ce que vous dites.

— Je le dis parce que je vous aime bien, Marcelle. Sachez cependant que je ne serai pas la seule à émettre cette hypothèse : dès que vous publierez les bans, les services sociaux vont débarquer ici, place d'Arezzo, pour mener une enquête.

— Quoi ?

— Dans chaque maison communale de Bruxelles, plusieurs fonctionnaires traquent les mariages blancs.

— Mariage blanc, vous plaisantez ! Mon Afghan et moi, on n'a pas attendu le mariage pour...

— Mariage blanc ne signifie pas mariage chaste mais mariage arrangé pour obtenir des papiers. Les enquêteurs vont chercher à savoir si votre Afghan ne vous a pas payée pour l'épouser.

— Moi, payée ? Au contraire, c'est moi qui paie tout, il n'a pas un rond.

— Ils vont s'interroger sur les motivations de votre Afghan. N'oubliez pas qu'il a vingt ans de moins que vous... Ça ne plaide pas en faveur de sa sincérité, ça.

— Pardon ?

— Je vous rapporte ce que ces gens vont penser, Marcelle, et non pas ce que je pense, moi qui sais que vous attirez beaucoup les hommes. Je vous ébauche votre avenir proche : les services sociaux vont salir votre histoire, faire passer votre compagnon pour un escroc et vous pour une idiote.

— Nom de Dieu !

— Ce sera douloureux, Marcelle. Vous, vous êtes forte. En revanche, lui n'a que vous.

— Mon Afghan…

La sonnerie de l'entrée retentit.

Les deux femmes demeurèrent médusées, incapables de rebondir sur un autre sujet.

La sonnerie retentit une seconde fois.

Marcelle grimaça.

— Bon, je vais ouvrir. De toute façon, c'est l'heure d'aller chez madame Martel.

Elle tendit à mademoiselle Beauvert le plat en faïence.

— Tenez, je continuerai demain.

Comme à l'accoutumée, elle abandonnait l'appartement en chantier.

Quelques secondes plus tard, elle introduisit Ève au salon.

— Voilà votre visite, mademoiselle.

— Merci, Marcelle, à demain.

Marcelle jaugea Ève de haut en bas, vérifia la perfection de son bronzage, la finesse de sa taille sous sa poitrine pigeonnante ; les narines relevées, les sens en alerte, déjà prête au combat, elle toisait une rivale. Puis son œil aperçut les talons de quinze centimètres, y jeta un regard méprisant, et elle sortit de la pièce en haussant les épaules.

— Que c'est joli chez vous ! s'exclama Ève.

Mademoiselle Beauvert, une fois assurée que Marcelle était partie, remercia Ève de s'être déplacée, lui proposa de s'asseoir.

— Avant que vous ne visitiez les lieux, je vous explique ma situation.

416

Mademoiselle Beauvert hésita à poursuivre… Une émotion montait en elle, qui la rendait vulnérable. Elle se dirigea vers Copernic et le sortit de sa cage. Reconnaissant, le perroquet se frotta contre elle. Sa tendresse lui redonna du courage.

— J'ai rencontré un homme avec qui je partage une grande passion.

— C'est merveilleux ! dit Ève, sincère.

— Seulement, il habite Boston. Je dois me séparer de tout ce dont je jouis ici. Ces meubles… ce logement… Tant pis pour moi, je prends le risque !

— Vous avez raison…

Le perroquet se mit à brailler :

— Sergio ! Sergio !

Mademoiselle Beauvert se pencha vers lui et murmura :

— Non, mon chéri, pas Sergio.

Elle releva la tête et ajouta sur un ton angoissé :

— À votre avis, j'en tirerai combien ?

— De qui ? demanda Ève étourdiment.

— De mon appartement. Vous êtes bien agent immobilier ?

— Vous résidez dans le triangle d'or de Bruxelles, là où le mètre carré se vend le plus cher. De surcroît, vous donnez sur notre belle place d'Arezzo.

— Combien ? répéta mademoiselle Beauvert.

— Laissez-moi faire un tour et je vais vous répondre.

— Allez-y. Je vous attends ici.

Mademoiselle Beauvert manquait d'enjouement ; elle qui savait tant feindre n'en trouvait plus l'énergie. Ce week-end qu'elle prétendait avoir passé au-delà des frontières comme les précédents, elle avait rejoint le casino de Liège, à cent kilomètres, et perdu des

417

sommes pharaoniques. Son héritage ayant fondu dans ses dettes de jeu, elle ne détenait plus un sou, ni porte-feuille-titres, ni assurance-vie, ni réserve de liquidités, ni or au coffre, rien ! Quant aux bijoux, elle les avait gagés il y avait longtemps. Maintenant, son banquier lui refusait un prêt. Il ne lui restait plus que cet appartement et son contenu. Si elle n'anticipait pas, les huissiers viendraient saisir les meubles, procéder à une vente forcée.

Pendant qu'Ève estimait les lieux, mademoiselle Beauvert, son perroquet sur l'épaule, retourna à son secrétaire, prit le formulaire du ministère de l'Intérieur qu'elle avait rempli le matin et qu'il ne lui restait qu'à signer pour se faire interdire de casino sur le territoire national.

« Je m'en fous, j'irai à Lille », murmura une voix en elle.

Cette réflexion l'effraya. Ne cesserait-elle donc jamais ? Un démon allait-il la pousser encore à perdre pour tenter de gagner ?

Elle apposa rapidement son paraphe, comme si sa vie en dépendait, inséra le mot dans l'enveloppe, la cacheta. En sortant, elle la posterait. Cette décision lui apporta une détente provisoire, celle qu'on éprouve lorsque, infecté, on avale le premier cachet d'antibiotique.

Le perroquet sauta sur le bureau, s'approcha de sa main, dansant d'une patte sur l'autre, puis, soudain, les ailes basses, régurgita ses grains dans la paume de sa maîtresse.

— Non, Copernic, non. Tu ne dois pas me donner ton repas. Même si je n'ai plus rien. Oh, mon chéri…

Son index frotta le ventre de l'oiseau qui, le regard enflammé, s'offrait à elle en roulant des trilles stridents.

Ève revint et lui annonça que, selon elle, le bien pouvait partir à un million d'euros.

Mademoiselle Beauvert se figea : un million d'euros, c'était la somme qu'elle devait. Que lui resterait-il pour vivre ?

— Banco ! cria-t-elle.

C'était toujours le mot qu'elle employait lorsqu'elle avait très peur.

7

Dès qu'il pénétra dans la pièce, Ludo comprit le traquenard : quatre jeunes femmes cambrées, assises au bout de leur fauteuil, mêlaient leurs parfums entêtants en prenant le thé. Elles discutaient avec la mollesse que donne un limpide après-midi ensoleillé.

— Mon Ludo !

Claudine jouait l'étonnement – alors qu'elle avait pressé le garçon d'arriver à 17 h 15 tapantes. D'un geste bref, elle lui ordonna d'entrer et se retourna vers ses invitées, impatiente qu'elles profitent de cette surprise.

— Mon fils Ludovic.

Les femmes se levèrent, gauches. On se nomma, on se sourit, on s'embrassa – sauf Ludo et sa mère –, histoire de signaler qu'on était jeune et détendu. Quand Ludo reçut une tasse de darjeeling, la rousse tonitrua :

— Oh, un homme qui boit du thé, enfin !

— Avec ma mère, impossible d'échapper au rituel.

Les femmes s'amusèrent de cette phrase tandis que Claudine jetait à son fils un coup d'œil furieux, sachant à quoi il faisait allusion : depuis des années, elle multipliait les adhésions à des clubs ou à des associations dans l'unique but de dénicher des jeunes femmes qu'elle présentait à son fils autour d'un goûter faussement improvisé. Combien d'activités avait-elle déjà tentées, elle qui n'avait aucun don manuel ? Point de croix, peinture sur soie, crochet, poterie, mosaïque, marqueterie, origami, art du bouquet avaient précédé des pratiques plus sportives, yoga, musculation, danse africaine, pilates, aquagym, sans oublier les cours de langue – elle ne choisissait que des idiomes d'avenir, chinois, russe, brésilien, coréen, histoire de dénicher des personnalités dynamiques. Lorsqu'elle avait remarqué la solitude chronique de son fils, elle avait cru devoir lui dégoter et lui présenter la femme idéale. Au début, elle avait effectué une sélection scrupuleuse, infligeant à ses recrues une enquête sévère ; avec le temps, son énergie émoussée par les échecs à répétition, elle triait moins et rameutait toutes les célibataires avenantes.

— Où vous êtes-vous rencontrées ? demanda Ludovic.

— À votre avis ? répondit l'une.

— Vous formez un groupe de rockeuses ?

Elles s'esclaffèrent.

— Une troupe d'acrobates ?

Elles pouffèrent encore.

— Une chorale paroissiale ?

Elles lui adressèrent une grimace de reproche.

— Nous participons aux mêmes cours d'abdos-fessiers, expliqua Claudine.

Ludovic approuva avec respect, se retenant d'observer les effets des leçons sur les postérieurs qui se trouvaient disposés autour de lui. Parce qu'il semblait connaître l'une d'elles, une sublime blonde oxygénée, il se pencha vers elle pour vérifier qu'ils s'étaient déjà entrevus. Lorsque Ève lui apprit qu'elle habitait place d'Arezzo, Ludo comprit qui elle était et décida de se venger de sa mère.

En une seconde, il changea. Tourné, comme vissé, sans plus prêter attention aux autres il fixa son regard et sa conversation sur elle. Si les invitées s'amusèrent d'abord que Ludo eût de l'intérêt pour Ève, son attitude finit par les humilier, Ludo étant devenu sourd et aveugle à leur présence.

Claudine, elle, buvait du petit-lait : au bout de plusieurs années, elle avait réussi ! Ludovic tombait amoureux. Son cœur maternel vibrait tant d'émotion qu'elle ne s'adressa plus aux trois invitées, lesquelles, plus négligées que des potiches, se raclaient la gorge en échangeant des œillades lassées.

De son côté, Ève, nonchalante, songeuse, semblait ne se rendre compte de rien. Libre malgré l'accaparement de Ludo, répondant avec parcimonie au feu de ses questions, elle rêvassait et feignait d'être là. Non seulement le jeune homme ne l'intéressait pas, mais elle ne percevait pas le béguin qu'elle suscitait, elle ne se prêtait à sa drague que par politesse.

Ce fut elle qui, soudain, en recevant un message sur son téléphone, se leva et prétexta un rendez-vous en rougissant. Les trois jeunes femmes, soulagées, se dressèrent de concert et, couvrant Claudine de remerciements, s'échappèrent au plus vite.

Restée seule avec son fils, Claudine ne put se retenir plus de trente secondes. Elle s'écria, rougissant de bonheur :

— Dis-moi si je suis folle : j'ai l'impression qu'Ève t'a plu.

Ludo haussa les épaules.

— Comment un homme pourrait-il résister ? On est raide dingue devant elle.

— Qu'a-t-elle de plus que les autres ?

— Maman, tu me fais honte. Tu ne l'as pas vue ? Tu n'as pas entendu sa voix rauque ? Tu n'as pas fait attention à sa modestie, sa simplicité ? Tu n'as pas remarqué qu'elle voit toutes les bonnes pièces et assiste à tous les bons concerts qui se donnent dans la ville ? Ce n'est pas une femme, c'est une perle, un trésor.

— Je ne t'ai jamais vu pincé comme ça.

Ludo faillit perdre son sérieux, prétendit arranger un abat-jour pour se détourner, puis continua à faire bouillir sa mère :

— Il ne faut pas rêver. Une femme pareille ne s'intéresse pas à un homme comme moi.

— Pourquoi pas ? tempêta Claudine, indignée.

— Tu l'as vue, elle ? Tu m'as vu, moi ? C'est la belle et la bête.

— Je te défends de parler ainsi de mon fils. Il n'y a pas que la beauté dans la vie. Il y a…

— Quoi ? Je ne suis ni Crésus ni Einstein.

— Cesse de te dénigrer. Si cette jeune femme l'avait souhaité, elle aurait déjà épousé Crésus ou Einstein. Or elle est célibataire.

— En quoi cela me rend-il plus aimable ?

— Ça veut dire que c'est encore possible…

— Tu délires…

Le défi excitait Claudine, qui avait envie de prouver à son fils qu'après lui avoir présenté la femme de sa vie, elle allait la lui faire épouser.

Afin de parachever sa farce, il insista :

— Écoute, maman, si, le temps d'une demi-seconde, il m'est donné de me marier à cette femme, je dis oui sans hésiter.

Claudine se frotta les mains, telle une fermière qui se félicite d'une bonne affaire.

Sur le pas de la porte, juste avant de la quitter, Ludo fronça le front.

— Ce serait bien de se renseigner sur elle…

— Je m'en occupe, mon chéri.

— Je crois… qui était-ce… quelqu'un m'a parlé d'Ève… mais qui… voyons… Ah oui, ta copine Xavière !

— Xavière, la fleuriste ?

— Oui.

— Tu as raison. Xavière sait tout sur tout le monde. Je l'appelle sur-le-champ.

— Merci, maman.

— C'est rare, mon chéri, que tu me dises merci.

— Faut l'occasion. Je compte sur toi, hein, juré ?

— Juré ! Ta maman s'occupe de ta fiancée.

Ludo partit en mimant la joie, tel l'amoureux qui voudrait danser. En réalité, joyeux, il l'était, tant il adorait le tour qu'il venait de jouer à sa mère.

Rentré à l'appartement, il ne résista pas à la tentation de vérifier si Fiordiligi lui avait écrit.

Un message lui était arrivé une heure plus tôt :

«Notre relation est si pleine et si parfaite que je ne veux pas l'interrompre. Pourquoi prendrions-nous le risque de nous voir alors que nous nous entendons si bien ?»

Il tapa :

«Chère âme siamoise, vous possédez tant de défauts et de maladresses séduisantes que je rêve de vous rencontrer.»

À sa grande surprise, elle répondit sur-le-champ :

«Peut-être que je ne vous plairai pas…»

Amusé, il décida d'entamer la conversation :

«Que savez-vous de mes goûts physiques? Qu'en sais-je moi-même?
— Suis certaine que vous adorez les blondes.»

Ludovic sourit en pensant au numéro qu'il venait de faire à Ève devant sa mère.

«Les vraies ou les fausses?
— Les fausses, celles qui ont la vocation de la blondeur.
— Chère Fiordiligi, dites tout de suite que j'aime les pétasses!
— Vous seriez le premier à ne pas les aimer!»

Il réfléchit quelques secondes.

«Fiordiligi, avez-vous l'air d'une pétasse?»

La réponse arriva, tel l'éclair :

«Non.
— Comment définiriez-vous votre style?
— Mémère.
— C'est-à-dire?

— On se demande dans quel magasin je trouve mes tricots informes, mes jupes plissées, mes jerseys brodés et mes chemisiers imprimés.

— Mémère grunge, donc ?

— Voilà. Et vous ?

— Pépère pas grunge.

— Genre gros pull et jean mou ?

— Ajoutez caleçons impeccables mais trop amples.

— J'adore.

— Pourquoi ?

— C'est insolent à une époque où les hommes se montrent aussi coquets que les femmes. Pas sexuellement correct.

— Pour moi, cela ne relève ni de la rébellion, ni du dandysme, plutôt du je-m'en-foutisme.

— Arrêtez de vous mettre en valeur comme ça, je vais devenir folle. Et pour les chaussures ?

— Le même modèle depuis mes quinze ans, de la bonne chaussure ronde en daim à semelle de crêpe. J'en ai plusieurs spécimens en réserve. Le jour où la référence ne se fait plus, je me coupe les jambes. Et vous ?

— Des escarpins colorés, une armoire pleine. Mes pieds étant la seule partie de moi que je vois toute la journée, je les soigne et les habille avec soin.

— Plaques de fer sous la semelle pour ne pas l'abîmer ?

— Bien sûr. J'adore ce bruit. J'ai l'impression d'être la surveillante générale qui vient engueuler les gosses. Ça nourrit mon sadisme.

— Arrêtez vos chatteries, Fiordiligi, vous m'excitez. J'adore votre style : la ridicule qui s'assume. Beaucoup de chien !

— Bon, je vous laisse, vilain. J'ai plus important à faire que de vous complaire. »

Ludovic consulta sa montre et jugea bon de passer à la piscine. Il pratiquait la natation, une de ses rares saines habitudes. Malgré sa pratique régulière, il n'avait pas le corps d'un nageur, loin de là ; il continuait à s'apparenter à un berlingot, aucun muscle ne se dessinant sous sa peau blanche. Peu importait. Il lui suffisait, pour se protéger des sarcasmes, de tenir cette activité plus secrète qu'une pratique honteuse et de se rendre au bassin à des heures où il ne risquait pas de rencontrer quiconque.

Justement, à cette heure-là, le bâtiment n'était ouvert qu'aux scolaires, il serait isolé dans l'unique couloir réservé aux usagers fréquents.

Lorsqu'il s'enferma au vestiaire, il sourit à l'odeur fraîche, tonique et non érotique de la javel. Il enfila son maillot bleu sombre, ni moulant ni échancré, puis aboutit à la salle de douche dont il appréciait les carreaux blancs, l'atmosphère surchauffée, les parfums sucrés des shampoings, un lieu dont l'ambiance vacillait entre la clinique et la cosmétique.

Enfin, il déboucha sur la piscine en prenant soin d'éviter le pédiluve, mare à microbes qui le dégoûtait. Il contempla les gosses qui s'éclaboussaient.

L'eau chauffée faisait de la buée sous une coupole qui dispersait les sons en échos sourds, comme si les paroles et les cris se diffractaient sous l'effet de la vapeur.

Le maître nageur-chef, aux pectoraux bien dessinés, le fixa d'un œil inamical. N'ayant jamais compris la raison de son hostilité récurrente, Ludo en avait conclu que ce regard exprimait la haine du beau pour le laid, du champion pour le nul. Car athlétique, le maître nageur l'était, large d'épaules, étroit de bassin, muscles apparents, fusiformes des tibias jusqu'aux trapèzes. En même temps, ce qui fascinait Ludo, c'était la démarche de l'homme : quoique mince, il traînait lourdement ses pieds coincés dans des sandales de bois, il balançait une épaule, puis l'autre, s'appuyant sur la jambe gauche avant de transférer son poids sur la droite, tel un géant épuisé par on ne sait quel marathon. À le voir se mouvoir, lent, majestueux, malaisé, on avait l'impression qu'il déployait des efforts destinés à un corps plus lourd, plus épais, plus volumineux que le sien, portant une carcasse de colosse qui gênait ses gestes et échappait aux yeux.

Ludo entra dans l'eau, se déplaça jusqu'à l'étroit couloir accessible. Afin d'éviter les gamins, il voulut aller vite, n'y parvint pas, et il identifia soudain le comportement du surveillant : le maître nageur se mouvait sur terre comme s'il était au milieu de l'eau, en repoussant l'air tels des flots lourds.

Ludovic mit son bonnet, enfila ses lunettes et, certain qu'il avait désormais l'air d'une mouche, commença ses longueurs. Il nageait sans style mais il nageait longtemps.

Ce jour-là, cependant, il n'arriva pas à franchir le cap des cinq minutes après lesquelles le muscle cardiaque s'adapte à l'effort soutenu ; son cœur s'affolait, refusait d'adopter un rythme constant. Habitué à ces rébellions, Ludo décida de sortir, de respirer et de recommencer, une fois son souffle apaisé.

Il se hissa en haut de l'échelle, récupérant à chaque barreau les kilos que lui avait enlevés l'eau. Aussi léger qu'une méduse dans le bassin, il pesait ses quatre-vingts kilos sur le carrelage.

Par distraction, il s'approcha du petit bassin. Un père maigre, osseux, dont les muscles semblaient des cordes, s'occupait de sa fillette. Celle-ci détestait l'eau, ce dont il ne se souciait point. Puisqu'elle hurlait au moindre éclaboussement, pleurait lorsqu'il l'obligeait à avancer dans l'onde, le père perdit patience et gifla l'enfant.

Stupéfaite, elle cessa de crier.

Le père eut le sentiment d'avoir franchi une étape et l'immergea de nouveau. Elle se remit à tonitruer. Il lui administra deux tapes sonores. Cette fois-ci, l'enfant se tut sous l'effet du choc.

Lorsqu'elle revint à elle, elle gémit. Quatre gifles s'abattirent. La scène virait à l'absurde : d'une façon mécanique, les frappes éliminaient les sanglots. La violence tombait, systématique, comme si l'homme avait oublié que, sous ses coups, respirait un être humain.

Ludo voulut intervenir, ouvrit la bouche : aucun mot n'en sortit. Il ordonna à son corps de se lever : rien ne bougea. Les murs tournèrent, il s'effondra, roula au sol, se stabilisa, incapable d'un geste ou d'un son.

Il n'entendait plus distinctement ce qui se passait, ignorait si l'homme continuait à battre l'enfant ou pas, si sa conduite avait déclenché une réaction. Tout s'était pétrifié. Ludo recevait de vagues sensations visuelles – des couleurs informes – et d'encore plus vagues perceptions sonores – une résonance de cathédrale qui brouillait l'origine des échos.

Combien de temps cette tétanie dura-t-elle ?

On le sollicitait… des mains le touchaient… un grondement insistant, lequel se précisa, finit par devenir un : « Monsieur ? Monsieur ? Ça va, monsieur ? »

Il comprit alors que, son malaise repéré, on prenait soin de lui.

On le coucha sur le dos : il aperçut le visage du maître nageur, qui le questionnait. Les yeux écarquillés, Ludo ne parvint pas à répondre.

Une couverture fut disposée sur son corps. Des pompiers arrivèrent. On le fit glisser sur un brancard puis on l'emmena dans une pièce à l'écart des bassins. Là, il eut l'impression de récupérer son ouïe. On lui appliqua un masque sur le visage en lui demandant d'inspirer fort : une ration d'oxygène le ravigota. Ses muscles se détendirent. La vie revenait. Il sourit.

On lui conseilla de respirer profondément. Les sauveteurs s'écartèrent.

Ludo entendit le maître nageur s'entretenir avec les pompiers :

— Il a eu ce malaise en sortant de l'eau.

— Vient-il ici régulièrement ?

— Le pédophile ? Oui. Il a l'habitude. Il nage comme un sabot mais longtemps.

— Pourquoi vous l'appelez le pédophile ?

— Mes collègues et moi, on l'appelle ainsi parce qu'il ne vient qu'en même temps que les scolaires.

— Il a fait un geste qui…

— Non, jamais rien. Pourtant, vous avouerez que c'est bizarre : choisir le moment où les enfants occupent le bassin et font un boucan d'enfer. M'ôterez pas du crâne que… D'ailleurs, on le tient à l'œil. À cause de ça, je me suis vite rendu compte qu'il n'allait pas bien…

Allongé sur le brancard, drogué par la rasade d'oxygène, Ludo avait envie de rire. Voilà, il comprenait maintenant le regard dur et inquisiteur des maîtres nageurs lorsqu'il arrivait au bord des bassins : on le prenait pour un pédophile ! Lui ! lui qui ne regardait pas les enfants et se considérait comme un enfant devenu adulte par erreur.

Les pompiers s'adressèrent à lui :

— Monsieur, vous nous entendez ? Si vous nous entendez, clignez des yeux.

Sagement, Ludovic cligna des yeux.

— Pouvez-vous parler ?

Ludovic crut que c'était chimérique mais s'entendit dire d'une voix abîmée :

— Non, je... Si.

— Que s'est-il passé, monsieur ?

Des larmes affluèrent. Soudain revenait à Ludovic le tableau de la fillette battue par son père, sa réaction, son impuissance. Non, il ne répondrait pas à la question.

— Je pourrais avoir... un peu d'oxygène ?

Les pompiers échangèrent une moue perplexe, inquiets d'avoir affaire à un drogué, fût-ce à l'oxygène ; l'un d'eux saisit la bouteille de gaz, appliqua le masque et envoya une rasade.

La béatitude envahit Ludovic, un sentiment de plénitude suivi d'une illumination : si sa vie était un désastre, cela venait de son enfance.

Comme la petite fille, il avait été un enfant battu. Un adulte avait déchaîné sa violence sur lui sans qu'il comprît pourquoi. Unique certitude : dès que son géniteur se pointait, pour une raison ou une autre, il recevait des coups. À la suite des frappes venait le pire : les baisers du remords. Coupable, son père l'accablait de caresses après l'avoir giflé jusqu'à l'hématome. Ludovic aujourd'hui était le fils de cet enfant-là. S'il ne supportait pas qu'on l'effleure, c'était parce que son père avait associé tout contact à une violence. Comme sa mère ne le touchait pas, il doutait qu'un corps pût être autre chose qu'un lieu envahi brutalement par les humeurs et les errances d'autrui. Ses parents l'avaient étouffé sans l'épanouir.

En pleurant, Ludo éclata de rire : il était un cas désespéré. Les pompiers interprétèrent ce paradoxe comme l'effet de l'oxygène et décidèrent de repartir.

Ludovic rentra lentement chez lui. Il ressentait une heureuse lassitude.

En chemin, il découvrit que, sur son téléphone, sa mère l'avait appelé une vingtaine de fois. Il écouta le long message qu'elle s'était résolue à laisser :

« Ludo, puisque tu ne décroches pas, je ne prends pas de gants et je te dis la vérité, tant pis. Désolée de t'annoncer ça : il ne faut plus que tu rêves de cette fille. Plus jamais. Je t'interdis de la fréquenter. Tu comprends, Ludo, il y a des limites. J'ai parlé à Xavière : cette Ève est une... oh, comment dire... elle est... écoute, je te rapporte les mots de Xavière... c'est une grue ! Voilà. Une femme entretenue. Par de riches amants, car il y en a plusieurs. Au début, je n'y ai pas cru, puis Xavière m'a donné des détails. Oui, tu as raison, il est certain que cette fille a du charme, mais on sait ce qu'elle en fait ! Bon, voilà Ludo : tu ne la salues plus si tu la croises. À l'idée que c'est moi qui te l'ai présentée, j'en frémis... De toute façon, selon ce que j'ai compris, tu n'es ni assez vieux ni assez riche pour elle. Épargne-toi le malheur. Tu ne m'en veux pas, mon chéri ? J'attends ton coup de téléphone. C'était maman. »

Ludo sourit. Son plan s'était déroulé comme prévu. Sa mère culpabilisait d'avoir présenté le diable à son fils, un remords qui allait la ronger deux à trois semaines et ajourner les présentations de fiancées. Toujours ça de gagné…

Chez lui, presque sans réfléchir, il s'assit à son bureau pour écrire :

« Chère Fiordiligi, nous devons nous séparer. Mon cas reste sans recours. Je m'engageais auprès de vous parce que nous ne nous rencontrerions jamais. Je savais que j'allais faire monter la fièvre et disparaître d'un coup au cœur du néant numérique. Ce que j'aime dans l'internet, c'est son immatérialité. Or, ce dont je souffre dans ma vie, c'est aussi de mon immatérialité.

Rompons, s'il vous plaît. Chez moi, ce qui est fort n'existe qu'en esprit. Les sentiments, je les vis à travers les livres. La sexualité, je la vis au-dessus d'un écran – oui, même mes souvenirs amoureux ne m'appartiennent pas, ils restent les souvenirs d'étrangers. Je n'ai vécu jusqu'ici que par procuration. Je ne sortirai pas de cette prison du virtuel.

Qu'est le mensonge ? La vérité qu'on souhaite, la réalité qu'on n'expérimente pas. Rien de plus authentique que ma duperie. Quand je vous disais que je voulais que nous nous retrouvions au bord d'un lac, je savais que ça ne se produirait pas mais je le désirais ardemment. Quand je m'inventais une existence auprès de vous, j'évoquais l'impossible qui me séduisait. Bref, le Ludovic qui promettait était le Ludovic parfait. Celui qui ne tiendra jamais ses promesses, c'est le Ludovic réel. L'ambition du meilleur irriguait notre correspondance. Quoi de plus moral que la mystification puisqu'elle porte l'idéal ?

Rien de plus généreux qu'un mensonge. Rien de plus mesquin que la réalité.

Hélas, je décèle que le meilleur de moi demeurera éthéré. Quelque chose m'emprisonne dans ma nullité – sans doute le passé. Je n'arrive pas à dépasser mon état de victime – victime de la violence paternelle, victime de la maladresse maternelle.

Chère Fiordiligi, j'interromps ici cette plainte. À me relire, j'ai l'impression de poser au martyr alors que je ne suis qu'un minable.

Cela dit, ne serait-ce pas plus médiocre de ne pas se justifier ?

Pardonnez-moi. Adieu. »

Ludo appuya sur la touche « envoyer » sans éprouver de soulagement. Il ne sentait plus rien.

Fourbu, il partit à la cuisine, chercha les aliments les plus néfastes – chips et chocolat –, croqua les deux en alternance et arrosa l'ensemble d'un soda acidulé.

En revenant au salon, il vit, à la fenêtre qui clignotait sur son écran, que Fiordiligi avait déjà répondu. Il lut à haute voix :

« Mon Ludo, j'ai reçu ton message et je me suis aperçue à quel point ton père et moi nous t'avons rendu malheureux. Je saute dans ma voiture et j'arrive. »

Ludo blêmit.
— Maman ?

8

Place d'Arezzo, Tom et Nathan s'approchèrent
de l'hôtel particulier des Bidermann. Un ballet de
voitures s'y déroulait : des limousines déposaient
des visiteurs, d'autres reprenaient ceux qui partaient, le tout exécuté par des chauffeurs zélés
en costume noir et coordonné par un employé
majestueux au sommet du perron. Les deux garçons contemplèrent la façade solennelle qui mêlait
brique et pierre avec une régularité pompeuse,
les balcons en fer forgé aux sophistications osten-
tatoires, les gouttières ornées de gargouilles animalières ; du trottoir, derrière les hautes fenêtres,
ils entrevoyaient des lustres, des boiseries, des
dorures, voire l'encadrement supérieur de toiles
peintes monumentales, s'étonnant que des pla-
fonds racontassent à eux seuls la richesse qu'ils
abritaient – un plafond de pauvre, c'était blanc,
dénudé, avec une ampoule pendue au bout d'un
fil tordu…

Soudain impressionnés, ils hésitèrent. Nathan se
pencha vers Tom.

— Je n'y vais pas : ils vont nous prendre pour des
témoins de Jéhovah.

Tom considéra l'accoutrement de Nathan, pantalon prune, chaussures pointues, blouson en faux lézard fuchsia.

— Je ne pense pas, non.

Nathan tourna le dos au bâtiment et murmura très vite :

— Que ce soit ici ou ailleurs, tu te vois, toi, sonner chez les gens pour leur demander s'ils ont reçu une lettre anonyme ?

Il brandissait les papiers jaunes qui leur avaient été adressés. Tom répliqua :

— Le cas échéant, ils seront bien contents de savoir qu'elle appartenait à un envoi massif.

— Ah oui ? Bien contents ? Alors que chacun a interprété ce message à sa façon, alors que chacun a modifié sa vie à la suite de cette missive ?

— Tu exagères !

— Pas du tout, Tom. Regarde-nous : nous ne nous sommes plus quittés, d'abord parce que chacun a cru que le mot venait de l'autre, ensuite parce que, l'erreur comprise, nous avons voulu en déterminer l'origine.

— Si ça a enrichi notre existence, ne le regrettons pas.

— Qui t'assure qu'il en est de même pour nos voisins ? Un message pareil peut déclencher des catastrophes.

— Un message d'amour ? Je ne vois pas comment...

— Insupportable, un message d'amour, lorsque l'on n'en veut pas.

— Tout le monde souhaite l'amour.

— Taratata ! Beaucoup de gens se protègent de l'amour. Ils vivent mieux sans. La plupart du temps, s'ils acceptent d'en recevoir, ils ne tiennent pas à en donner. C'est déstabilisant, l'amour, une percée contre l'égoïsme, la chute d'une citadelle, la mort d'un règne : un être compte plus que soi ! Quelle catastrophe… En plus, par cette brèche d'amour, l'altruisme peut entrer et changer l'équilibre intérieur.

— Tu délires !

— Veux-tu une preuve que l'amour est insupportable ?

— Chiche…

— L'histoire d'un brave garçon, célibataire, qui abandonne son métier de charpentier pour parcourir les routes en disant aux gens que Dieu les aime et qu'ils doivent s'aimer entre eux. Le gars, en plus, se montre raccord avec ses paroles : voilà qu'il te soigne les lépreux, qu'il te redonne la vue aux aveugles, qu'il ressuscite son copain Lazare, qu'il empêche une malheureuse de se faire lapider sous prétexte qu'elle a fauté avec un autre barbu que son mari, et cætera, j'en passe, et des meilleures. Miracles, maximes, bonnes actions à profusion, voilà son programme au Jésus. Eh bien, qu'est-ce qu'il récolte à la fin, le garçon ? À trente-trois ans, on l'arrête parce qu'on ne le supporte plus, on lui improvise un procès bidon et on le cloue sur des planches. Tu parles d'une récompense ! Alors forcément, depuis, les vocations de gentil, ça ne fait plus le plein. Faut être un saint pour jouer les Jésus après ça.

— Que veux-tu me prouver, frère Nathan ?

— Que l'amour, c'est de la dynamite, c'est révolutionnaire. Que les gens qui évoquent l'amour semblent des terroristes dans une société régie par l'intérêt et gouvernée par la peur. Que la lettre anonyme n'a pas dû déclencher que des belles histoires. Nous ne déambulons pas dans un conte de fées !

Tom posa des mains pacificatrices sur les épaules de Nathan.

— Tu me débites ce délire parce que tu n'oses pas sonner chez Zachary Bidermann.

— Sonne, toi.

— Je n'ose pas non plus.

— Ah !

Nathan claqua des doigts, comme si la reconnaissance de la défaite devenait sa victoire.

La porte s'ouvrit et laissa sortir une femme en strict tailleur-pantalon écru. Le visage de Tom s'éclaira.

— Nous sommes sauvés !

Il se précipita pour accueillir la nouvelle venue au bas de l'escalier.

— Madame Singer, quelle surprise !

Elle considéra Tom puis lui sourit.

— Monsieur Berger… J'avais oublié que vous habitiez place d'Arezzo.

— La plus stupéfiante du monde, si vous voulez mon avis. Madame Singer, vous tombez à pic car je mène une enquête. Cependant, je ne voudrais pas incommoder monsieur Bidermann. Peut-être pourriez-vous m'aider ?

Elle fronça les sourcils, prête à protéger son patron.

— Oui ?

— Voilà. Plusieurs personnes demeurant ici ont été arrosées par des lettres anonymes. Nous avons besoin de déterminer qui est visé, afin d'investiguer et de remonter jusqu'à leur auteur.

Il tendit les deux lettres jaunes.

— Monsieur Bidermann ou madame Bidermann ont-ils reçu quelque chose d'identique ?

Madame Singer saisit avec réticence les papiers, les parcourut d'un œil sceptique, une moue de réprobation se dessinant sur son visage.

— Je ne m'occupe pas du courrier de Madame.

Elle les lui remit en ajoutant :

— Je crois que monsieur Bidermann a ouvert une enveloppe semblable. Je ne l'ai pas lue mais j'avais remarqué sa couleur saugrenue. Il ne m'en a pas parlé.

— Merci, madame Singer. Vous nous rendez un service appréciable.

Elle approuva de la tête, regrettant d'avoir livré un élément de sa vie professionnelle.

— Il n'empêche : cela me paraît anodin, ce message anonyme.

Derrière Tom, deux mètres plus loin, Nathan, qui avait écouté ce dialogue, ne put se retenir de lancer :

— Oh, ça, c'est ce qu'on croit d'abord !

Étonnée de le voir surgir, madame Singer détailla sa tenue, poussa un soupir et partit d'un pas ferme.

— Bonne journée, messieurs.

Nathan s'approcha de Tom, amusé.

— Elle est gouine, naturellement, le sergent-chef ? Si elle n'est pas gouine, moi je suis sainte Bernadette. Comment se fait-il que tu la connaisses ?

— J'ai eu trois de ses enfants comme élèves au lycée. Retourne dans ta grotte, Bernadette.

— Ne perdons pas le fil. Nous avons la confirmation d'une nouvelle lettre anonyme. Allons interroger Marcelle.

— Marcelle ?

— La concierge du numéro 18.

Tom s'étonna de cet entrain soudain.

— Toi qui n'osais pas sonner chez Zachary Bidermann, tu fonces déranger une concierge ? C'est du mépris social.

Nathan haussa les épaules en cheminant vers l'immeuble.

— Premièrement, une concierge est là pour qu'on la dérange. Deuxièmement, le dragon d'Arezzo aboie au lieu de parler, mord avant de réfléchir. Si tu avais une vision plus juste de ce molosse agressif dissimulé sous d'invraisemblables robes imprimées, tu te rendrais compte que je manifeste en cet instant un courage admirable afin d'assurer la bonne marche de notre enquête. Maintenant, Tom, ferme-la, mets ton casque : je vais te présenter Marcelle.

Ils entrèrent dans le hall et frappèrent à la porte vitrée qu'occultait un rideau plissé.

— Bonjour, Marcelle, c'est Nathan.

Le battant grinça, Marcelle apparut, défaite, les paupières gonflées, un mouchoir humide à la main. Elle jeta un coup d'œil sur Nathan, le reconnut, jaillit de sa loge, s'effondra en pleurant.

— Il est parti…

— Qui donc, Marcelle ?

— Mon Afghan.

Pendant qu'elle sanglotait contre le blouson de Nathan, celui-ci expliqua muettement à Tom, avec force gestes et grimaces, que l'Afghan n'était pas un chien mais un individu poilu qui couchait avec la concierge. Devant le mime obscène de Nathan, Tom eut beaucoup de mal à se retenir de rire.

Après quelques sanglots, Marcelle se détacha et regarda les deux amis comme s'ils avaient toujours été ses confidents.

— On était heureux, mon Afghan et moi. Bon, c'est vrai qu'il ne foutait pas grand-chose. Il voulait qu'on reste ensemble, moi aussi – fallait juste que je solutionne mon problème de table de nuit. Ces derniers temps, c'était la vie en rose. Il m'avait proposé le mariage, j'allais bientôt accepter, et vlan, il disparaît.

— Sans explication ?

— Vous parlez d'une explication ! Il m'a laissé un mot : «Merci», il se souviendra de moi comme d'un «ange», une des personnes les plus «gentilles» qu'il ait jamais rencontrées.

Le doigt pointé, accusatrice, furieuse, elle les prit à partie :

— «Gentille», vous trouvez que c'est un mot pour quitter... sa maîtresse ?

— Non. «Gentille»... ce n'est pas gentil. Ni «ange», d'ailleurs.

— Ah, monsieur Nathan, vous, vous me comprenez. On ne dit pas à une femme qu'on a... enfin, vous voyez ce que je veux dire, même si ce n'est pas votre truc à vous... on ne dit pas à son amante...

Ses yeux brillèrent : avec «amante», elle avait attrapé le bon mot.

— ... on ne dit pas à son amante : «Merci, tu as été gentille.» Non. Pas à son amante.

Nathan se redressa, frémissant, et lui imposa le silence :

— Marcelle, vous faites fausse route !

— Pardon ?

— N'oubliez pas que votre... votre... allons, comment s'appelait-il déjà ?

— Ghuncha Gul, souffla-t-elle en écrasant une larme.

— Votre Ghuncha Gul, il maniait mal le français ! Ce qu'il vous a écrit relève sans doute d'une erreur de traduction. Je suis certain qu'en afghan, on ne…

— Ça n'existe pas, l'afghan, il parlait pachto, corrigea Marcelle, qui prouva ainsi à Tom qu'elle maîtrisait bien son affaire.

Nathan poursuivit avec autorité :

— En pachto, les mots n'ont pas cette résonance, Marcelle. C'est peut-être ravissant, « merci » et « gentil » en pachto. Sûrement. Les plus beaux mots de la langue. Quant à « ange », ça me paraît évident !

Marcelle s'immobilisa, réfléchissant, tentée par cette idée. Elle souffrait moins. Un éclair traversa ses pupilles.

— Entrez prendre un verre, ordonna-t-elle.

Tom faillit protester mais Nathan lui coupa la parole :

— Avec plaisir, Marcelle.

Ils pénétrèrent dans la loge encombrée de bibelots.

— Mettez-vous où vous voulez, cria-t-elle en désignant l'unique canapé deux places.

Elle attrapa une bouteille poisseuse dans un placard.

— Ça vous ira du guignolet ? De toute façon, je n'ai plus que ça. C'est un apéritif à la cerise.

Sans attendre de réponse, elle remplit des verres, les leur tendit et s'assit face à eux sur un tabouret qu'elle tira miraculeusement de sous la table.

— Allez, santé !

— Santé !

— À quoi on trinque ?

— On trinque au proverbe, Marcelle.

— Quel proverbe ?

— « Un de perdu, dix de retrouvés. »

Là, Tom pensa que Nathan venait de franchir les barrières de l'insolence, or, à sa grande surprise, loin de s'offusquer, Marcelle éclata d'un gros rire gras.

— Ah vous exagérez, monsieur Nathan. Dix Afghans dans mon lit ! Qu'il est drôle…

Les paupières closes, elle se bidonnait sur son trépied en sirotant son vin cuit.

Nathan en profita pour donner un coup de coude à Tom : d'un mouvement des yeux, il lui désigna, sur l'étagère où Marcelle posait son maigre courrier, une enveloppe jaune.

Quelques godets plus tard, ils sortirent de la loge, exténués.

Nathan proposa de continuer l'enquête aux étages, d'autant qu'il connaissait de vue plusieurs personnes, dont une vieille fille charmante et assez rigolote, une certaine mademoiselle… comment déjà ?

— Mademoiselle Beauvert, c'est à quel étage ? demandèrent trois hommes abrupts, qui frappèrent chez la concierge.

— Au troisième, répondit Marcelle.

— Est-elle ici ?

— Oui.

Marcelle referma sa porte et les hommes s'engagèrent dans l'escalier.

En les voyant s'éloigner, Nathan murmura à l'oreille de Tom :

— Mm, ça sent mauvais…

— Que dis-tu ?

— J'identifie le chef des trois sbires : c'est un huissier auquel ma boîte a eu recours pour un recouvrement de dettes. Je ne sais pas ce qu'a fait cette pauvre mademoiselle Beauvert…

— Ne dramatise pas. Un huissier peut simplement t'apporter un document en main propre.

— Pas quand ils viennent à plusieurs. Là, c'est plutôt pour une expulsion ou un inventaire.

Ils déguerpirent, prudents, comme s'il y avait danger à demeurer dans un immeuble où allait se dérouler une tragédie.

Après avoir traversé la rue, ils décidèrent de se reposer un instant sous les arbres. La conversation entre Marcelle et Nathan avait épuisé Tom, tant leur façon de virevolter du pathétique à l'égrillard le décontenançait. Il avait besoin d'une rasade de silence.

Au lieu de cela, ils subirent le vacarme des perroquets. Qu'arrivait-il dans les ramées ? Aras et cacatoès ne parlaient pas, ils criaient. Une tempête de sons tournait entre les branches, aigus, perçants, stridulants, un tintamarre charivaresque et bariolé qui égratignait les oreilles.

Or, paradoxalement, ce tohu-bohu leur procura du bien-être tant il s'avérait sain, net, divers, vivant, joyeux, bordélique. La cacophonie créait de l'harmonie. De même que la vue d'un oiseau coloré plus bigarré que l'arc-en-ciel provoque un sentiment d'allégresse, le tapage acidulé et chatoyant des volatiles communiquait sa liesse.

Lorsqu'ils se sentirent apaisés, Tom résuma la situation :

— Toi, moi, Victor, la fleuriste, l'aristocrate, Zachary Bidermann et la concierge, sept personnes ont reçu ce mot. Quel point commun ont-elles ? Elles habitent sur la place d'Arezzo. Premier indice : il y a, dans ce périmètre, quelqu'un qui souhaite du bien à ses voisins. Deuxième indice : cette personne est bonne, gentille, généreuse, ce qui réduit le champ d'investigation.

— Ce qui le supprime, oui. Des gens pareils n'existent pas.

— Qui me parlait de Jésus-Christ et des saints ?

Nathan le considéra.

— D'accord, admettons qu'une colombe nous écrit. Comment la cherchons-nous ?

À cet instant, un garçon de vingt-cinq ans, à l'aise, souple, la gaieté aux lèvres, se faufila en chantonnant dans l'allée. Le temps de le voir disparaître, les deux hommes interrompirent leur conversation.

— C'est appétissant, ça vient d'où ? commenta Nathan.

— C'est guilleret, aussi, approuva Tom.

Ils respirèrent. Nathan se retourna vers son amant.

— Dis-moi, Tom Berger, tu m'as l'air chaud comme une baraque à frites. Dois-je en conclure que, lorsque je vivrai avec toi, je vais porter des cornes ?

— Les mêmes que celles que tu vas me faire porter, Nathan Sinclair, car je te signale que ce n'est pas moi qui me suis tu lorsque le mignon est apparu.

— Ok. Seulement, j'exigerai une précaution : fais ce que tu veux, mais reste discret et ne m'en parle jamais.

— Je te le promets.

— Je te le promets.

Le silence s'installa. Tom saisit doucement la main de Nathan.

— Tu sais, Nathan, j'aimerais ne pas te tromper…

Nathan l'observa, ému.

— C'est une jolie déclaration qui me plaît.

Il sourit aux perruches, les yeux embués.

— Voilà ce qu'on devrait dire lors des mariages. Au lieu de faire des promesses intenables, il faudrait formuler ce simple vœu : «J'aimerais ne pas te tromper.»

Il porta la main de Tom à sa bouche et la baisa.

— Pourquoi sur terre se trompe-t-on autant, Tom ?

— La bonne question serait : pourquoi s'oblige-t-on à des promesses intenables ? Pourquoi veut-on nier la nature humaine ? Pourquoi les hommes et les femmes se rêvent-ils autres qu'ils ne sont ?

— C'est le sens de l'idéal. Nous ne sommes pas des bêtes. En tout cas, pas moi.

— Tu confonds le sens de l'idéal et la négation de la biologie. Comme les perroquets et les perruches au-dessus de nous, des pulsions nous agitent, plus fortes que nous, plus nombreuses que nous le voudrions, dans les directions qu'elles choisissent elles, pas nous. L'infidélité est naturelle ; nous, en revanche, nous cessons de l'être en nous jurant la frustration.

— Peu importe. J'aimerais ne pas te tromper.

— Moi aussi, Nathan.

Ils soufflèrent, soulagés.

Débouchant de l'avenue Molière, un trio pénétra sur la place. Tom pressa la main de Nathan.

— Vois-tu ce que je vois ?

Les jardiniers Hippolyte et Germain, suivis d'Isis, apportaient leur matériel sur la place. Nathan crut que Tom lui désignait Hippolyte.

— Oh, je t'en prie, accorde-moi des vacances. Tu me susurres des mots d'amour et, une seconde après, tu t'excites sur le premier étalon qui se dandine.

— Je ne te parle pas de lui, imbécile !

— Quoi ? Tu ne zieutes pas le plus beau mec de Bruxelles ?

— Non ! Je parle de notre enquête…

Nathan fit signe qu'il ne comprenait plus.

— Es-tu d'accord que ces jardiniers viennent souvent sur cette place, qu'ils font partie du quartier ?

Nathan se tourna vers les deux hommes qui alignaient leurs outils sur la pelouse, tandis qu'Isis, assise sur un banc, se plongeait dans son livre. Cette scène, il l'avait vue des dizaines de fois ces dernières années. Il approuva donc du chef. Tom poursuivit :

— Et te souviens-tu de ce que nous a dit Dany Davon chez Faustina ? Les corbeaux sont des individus isolés du corps social à cause d'une différence ou d'une infirmité.

— Le nain ?

— Voilà.

Ils considérèrent Germain d'un autre œil. Celui-ci, souriant au soleil, ratissait les graviers.

— Comment s'y prend-on ? s'exclama Tom.

— Élémentaire, mon cher Watson : la technique du bac à sable.

— C'est-à-dire ?

— L'enfant ! Une copine me l'a assuré, c'est ainsi qu'on drague les pères séduisants aux parcs municipaux : on s'arrange pour que les gamins jouent ensemble puis on entame, mine de rien, la conversation.

— Parfait. As-tu amené tes enfants ?

Nathan se leva en se dandinant.

— Tu oublies que je suis resté très enfant.

Nathan s'approcha d'Isis et, avec naturel, entra en contact avec elle. Comme il avait lu et adoré les

Histoires comme ça de Kipling qu'elle finissait, ils commencèrent à en deviser.

Hippolyte et Germain avaient aperçu la scène, ils adressèrent un salut à Nathan et poursuivirent leur travail.

Tom bouillait d'impatience. Pourquoi n'avait-il pas suivi Nathan ? Désormais, il aurait du mal à justifier son intervention, d'autant qu'il sentait parfois sur sa nuque le regard intrigué du jardinier, lequel n'avait pas dû apprécier qu'il le draguât l'autre jour.

De son côté, Nathan, assis auprès d'Isis, riait avec elle en évoquant «le python bicolore des rochers».

Soudain, Isis l'interrompit :

— Pourquoi ton ami reste-t-il là-bas ? Vous êtes fâchés ?

— Non.

— Dis à Tom de nous rejoindre.

Nathan sursauta.

— Tu connais son nom ?

— Bien sûr. Et le tien aussi, Nathan.

— Quoi ? Inouï !

— Moi, je m'appelle Isis.

Nathan la salua d'une façon militaire :

— Enchanté, mademoiselle Isis. Comment savez-vous ça ?

— Oh, c'est Germain…, répondit-elle. Il ne bavarde avec personne mais il connaît tout le monde.

Nathan s'enfonça dans le banc, ses soupçons confirmés.

— Il aime venir sur la place d'Arezzo, Germain ?

— Il dit que c'est la plus féerique place du monde.

— Ah oui…

— C'est mon avis. Et toi ?

— Je partage ton enthousiasme, mademoiselle Isis.

En se grattant la tête, Nathan pensa qu'un faisceau d'indices se profilait.

— Germain pourrait-il nommer les gens qui habitent ici ?

— J'en suis sûre.

Nathan touchait au but. Jouant le tout pour le tout, il sortit les lettres jaunes de sa poche.

— Dis-moi, as-tu déjà vu Germain avec une lettre ou un papier comme ça ?

La gamine fronça les sourcils en pâlissant. À l'évidence, cela lui évoquait des souvenirs.

Nathan insista gentiment :

— Ce sont de magnifiques lettres, tu sais. Des lettres magiques qui procurent beaucoup de bien aux gens. Les as-tu déjà vues dans les mains de Germain ?

L'enfant releva la tête et fixa Nathan.

— Papa en a reçu une.

— Ton papa, c'est le beau monsieur là-bas ?

Elle agita la tête.

— Il en a reçu une. Et sa fiancée. À cause des lettres, alors qu'ils ne se parlaient pas, ils se sont rencontrés. Je devine que mon papa est maintenant très heureux.

Nathan faillit hurler de joie. Après les indices, il venait de trouver le mobile : l'homme avait usé de ce stratagème pour satisfaire son meilleur ami ! Le nain Germain était la colombe !

9

Pétrifiée, Xavière fixait le gynécologue. L'ahurissement l'empêchait de raisonner.

Le docteur Plassard se leva, vint se placer en face d'elle, posa une fesse sur son bureau, se pencha et lui prit la main.

— Allons, remettez-vous.

Il était surpris par la froide paume de Xavière, dont le visage semblait vidé de son sang.

Enfin, les cils battirent.

— C'est absurde.

— J'en suis certain : vous êtes enceinte.

Xavière secoua lentement la tête. Il plaisanta :

— Xavière, vous n'allez pas me persuader que vous n'avez plus de relations sexuelles ?

— Si, j'en ai.

— Alors !

— Avec une femme.

Elle leva les yeux vers lui, soudain enfantine, émouvante de fragilité.

— C'est possible avec une femme ?

— Écoutez, malgré votre liaison avec une femme, vous avez fait l'amour avec un homme.

— Jamais ! Je n'ai plus envie des hommes.

— Et votre mari ?

— Avec Orion ? Plus rien ! Plus rien depuis long-temps. Dix ans. Et puis ça me dégoûterait. C'est bien pour ça d'ailleurs que je ne recours plus à la contraception. Pas besoin de me protéger d'un ectoplasme.

— En tout cas, ce n'est pas un ectoplasme que vous avez dans le ventre mais un embryon.

— Non.

Elle se redressa et le toisa.

— C'est impossible, sauf si on chope une grossesse en s'asseyant sur le siège des toilettes ou en buvant dans le verre d'un autre.

Xavière démentait avec un tel aplomb que le gyné-cologue en fut ébranlé.

— Voulez-vous recevoir un deuxième avis ? Vou-lez-vous que je vous envoie chez un collègue ?

— Non.

— Xavière, vous niez la réalité.

— Non.

— Vous êtes enceinte, je vous le dis, vous ne voulez pas m'entendre parce que vous êtes persuadée que je m'égare.

— Évidemment que vous vous plantez.

— Alors, si vous êtes si sûre de vous, allez vérifier auprès d'un confrère que je dis n'importe quoi.

— D'accord, juste pour que vous ayez honte !

Le docteur Plassard regagna son siège, saisit une feuille, gribouilla une adresse et la lui tendit.

— Vous remarquerez que je ne me vexe pas.

— Manquerait plus que ça : je viens pour une ménopause et je repars avec une grossesse. Vous par-lez d'un service clientèle !

Trois jours plus tard, le second gynécologue confirma l'avis du premier. Cette fois, Xavière encaissa le coup. Sur le pas de la porte, le praticien lui conseilla de retourner chez son collègue Plassard.

— Vous verrez avec lui si vous gardez l'enfant. Ne tardez pas trop. Il vous reste peu de temps pour une telle décision.

Cette phrase torpilla Xavière. Une fois la porte fermée, elle demeura sur le palier du cabinet, souffle coupé. «L'enfant»? Elle posa sa main sur son ventre… Par ce mot, sa grossesse cessait de représenter une maladie, une série de malaises et de gênes, pour laisser place à une perspective insensée : un humain logeait dans ses entrailles. Elle n'avait pas mal aux viscères, elle portait un bébé.

L'idée lui parut insupportable. Elle revint sur ses pas et frappa des poings la porte.

L'assistante ouvrit, étonnée de ce vacarme.

— Qu'on me l'enlève tout de suite ! hurla Xavière.

— Pardon, madame ?

Xavière voulut forcer l'entrée et commença à griffer l'employée qui lui barrait la route ; heureusement, le gynécologue, alerté par le bruit, arriva aussitôt et saisit Xavière par l'épaule.

— Suivez-moi.

Trop tard : elle vomit sur le tapis de la salle d'attente.

Une fois dans le cabinet, elle tempêta. Un étranger complet, venu d'on ne sait où, avait élu domicile en sa chair.

— Il faut me l'enlever. Je ne supporte pas l'idée d'être squattée.

— Nous ferons ce que vous déciderez, madame, cependant, vous ne vous en débarrasserez pas en vomissant.

Elle se griffa l'abdomen.

— L'alien, là, il va grossir et prendre ses aises, il va me déchirer la peau, me perforer les intestins. Si on ne l'expulse pas, je vais craquer.

Elle colla son visage, menaçant, à celui du praticien.

— D'où vient-il ? Je n'ai couché avec aucun homme.

— Au téléphone, mon collègue m'a transmis cet élément du dossier et je me suis livré à quelques vérifications. Se reproduire sans mâle, cela s'appelle la parthénogenèse.

— Ah !

— Cela n'arrive que chez les plantes ou les reptiles. Pas chez les mammifères. Sauf – certains scientifiques en discutent – chez les lapines, peut-être.

— Les lapines ? C'est agréable, merci.

Le médecin tenta de fixer son attention avant de lui demander :

— Expliquez-moi pourquoi vous n'avez pas eu d'enfants jusqu'ici.

— Les enfants, c'est comme la télévision : pas obligatoire. Personne n'est forcé de se pourrir la vie.

— Je cherche à vous comprendre.

Xavière se mit à sangloter.

— Que se passe-t-il ?

— N'ayez pas peur. Votre corps subit des changements hormonaux qui affectent votre émotivité. Pleurez tant que vous voulez puis expliquez-moi.

D'un ton geignard, un mouchoir à la main, Xavière commença son récit, les yeux en colère, quoique en larmes.

— Je n'ai pas voulu d'enfants parce que j'ai trop souffert d'être une enfant. Je m'ennuyais dans une famille sévère. Il me semblait que si, à mon tour, je mettais un bébé au monde, je le condamnerais au même supplice, qu'il attendrait sa majorité et son départ aussi impatiemment que moi.

— Peut-être avez-vous tort, mais c'est votre droit de penser cela.

Surprise par cette indulgence, Xavière renifla, encouragée.

— J'ai épousé un incapable irresponsable.

— Donc, vous avez épousé un homme dont vous étiez certaine qu'il ne ferait pas un père ?

Xavière n'avait jamais expliqué son choix d'Orion avec tant de clarté. Elle approuva, songeuse. Il poursuivit :

— Avez-vous des rapports sexuels fréquents ?

— Je ne couche plus avec lui depuis des années.

— Logique : s'il n'est plus un amant, il ne risque pas de devenir un père.

— Je l'ai trompé avec des maîtresses.

— Autre manière de vous protéger de la maternité.

Elle tiqua. La perspicacité du médecin lui ouvrait des perspectives, quoiqu'elle eût du mal à supporter que, en une minute, un inconnu voie si clair en elle.

Il insista :

— Au fond, vous attendiez la ménopause avec impatience, non ? Il y a en vous une femme apte à avoir des enfants que vous souhaitiez voir disparaître.

Les yeux de Xavière s'embuèrent de nouveau, bouleversée d'apparaître si lisible à cet homme, elle que personne ne saisissait tant elle s'était entourée de fils de fer barbelés – son acidité, ses sarcasmes, son cynisme, son mépris d'Orion, sa double vie avec Séverine.

— Puis-je continuer ? enchaîna le médecin, qui percevait son intense émotion.

Il reprit d'une voix plus tendre :

— Ce que vous me dites m'indique que vous exigerez une interruption de grossesse. Par principe, je vous propose auparavant d'imaginer le contraire, simplement de l'imaginer… Un déclic s'est produit en vous, qui a rendu possible cette naissance – car dans votre ventre, il y a déjà une naissance. Cela signifie qu'une partie intime de vous s'oppose aux diktats de votre conscience, qu'une partie secrète ambitionne de tenter l'aventure que vous lui avez toujours refusée. Réfléchissez, madame, et écoutez-vous tout entière. Vous tenez l'occasion de changer, de vous libérer de vos peurs, d'accomplir votre destin. Cette naissance pourrait s'accompagner, pour vous, d'une renaissance.

Un instant, elle laissa ce discours pénétrer en elle, puis elle haussa les épaules.

— J'accouche d'un gamin qui vient de je ne sais où, l'enfant de je ne sais qui, et je l'appelle Jésus. C'est ça, le plan ?

Elle ramassa ses affaires et lui lança en quittant la pièce :

— Je retourne chez votre collègue organiser l'avortement.

Cet après-midi-là, à l'instar des deux précédents, Xavière devait rejoindre Séverine. Jusqu'à ce jour, elle l'avait fait avec plaisir puisqu'elle niait sa grossesse ; cette fois, elle redoutait de la retrouver.

En s'attardant au magasin, en coulisses elle observait Orion, sa silhouette grotesque – abdomen gonflé sur jambes maigres –, son torse désarticulé et surtout cette tête d'alcoolique aux yeux bouffis, parsemée de rougeurs comme si le vin avait coloré la peau. Il s'agitait pour accomplir son travail, courant du magasin à la réserve, des vases aux rouleaux de papier, dépensant cent fois plus d'énergie que n'en nécessitait son activité. Un instant, il remarqua son regard et lui adressa un clin d'œil : elle baissa la tête, furieuse. Fallait-il qu'il lui inflige, en plus de sa laideur, son intolérable bonne humeur ?

Les vibrations de son téléphone l'arrachèrent à ses idées noires. « Tu me manques. Viens. Je t'attends. Séverine. » Xavière se contenta de répondre : « Peux pas. »

Elle aperçut Patricia qui traversait la rue et murmura sans s'en rendre compte :

— Moi, si j'avais des jambes pareilles, je ne mettrais jamais de jupes.

Orion intervint :

— Enfin, Xavière, elle fait ce qu'elle veut.

— On devrait voter une loi qui empêche les gens qui ont une tare physique d'en infliger la vue aux autres. D'ailleurs, je suis sotte, cette loi existe déjà : attentat à la pudeur. Quand cette Patricia exhibe ses jambonneaux, j'appelle ça un attentat à la pudeur.

Le marchand d'art Wim sortit de sa maison et, avant de monter en voiture, lança un signe cordial à Xavière qu'il entrevit derrière sa vitrine.

— Qu'il est mielleux, celui-là ! Pourquoi il sourit autant ? Il se croit irrésistible ou quoi ?

— Il est souvent de bonne humeur.

— Un abruti… Moi, si j'avais des dents aussi grises que lui, je sourirais moins.

— Tu ne souris déjà pas beaucoup.

Xavière s'abstint de réagir à la remarque d'Orion mais pensa : « Ça, mon bonhomme, tu vas me le payer. »

À cet instant, une jeune femme apparut.

— Madame Dumont n'est plus là ?

— Non, elle a payé son bouquet et elle est partie.

— Dans quelle direction ?

Ne supportant pas qu'une passante qui n'achèterait rien transformât sa boutique en agence de renseignements, Xavière répondit :

— Vous n'avez qu'à suivre son odeur.

— Pardon ?

— Vous ne pouvez pas manquer sa trace. Est-ce parce qu'elle a des chiens qu'elle pue ?

Stupéfaite, la jeune femme demeura dans l'entrebâillement de la porte puis battit en retraite.

Au fond de sa poche, le téléphone dérangea encore Xavière. « Si tu as des problèmes, parlons-en… Séverine. »

Retenant un soupir d'exaspération, Xavière fantasma une scène : nue dans les bras de Séverine, elle lui expliquait ce qui venait de lui arriver, soulagée d'être entendue et comprise. Pourquoi pas ? Si Séverine était son amante, ne deviendrait-elle pas aussi sa meilleure amie ?

Elle prétexta une course urgente, quitta la boutique et se précipita au 6 de la place d'Arezzo.

— Tu as des soucis ? demanda Séverine en refermant la porte.

Xavière songea soudain à l'invraisemblance de ce qu'elle allait raconter : convaincre son amie qu'elle n'avait pas couché avec un homme mais qu'elle était tombée enceinte.

En guise de réponse, elle plaqua ses lèvres sur celles de Séverine, ainsi qu'on impose un bâillon. Puis elle exigea, par l'insistance de ses gestes, de monter dans sa chambre. Quoique surprise par cette véhémence, Séverine se laissa faire.

Sitôt en haut, Xavière lui fit l'amour avec violence, comme un guerrier viole une femme lors d'une razzia. Le regard ailleurs, elle franchit la frontière séparant la caresse du coup. Séverine accepta. Mieux : elle arriva vite à la jouissance. Était-ce pour éviter que cela dure ?

Xavière la fixa sans tendresse.

— Cela ne te déplaît pas !

— Dans la mesure où c'est un jeu.

— Qu'en sais-tu ?

— Tu devais me parler de tes ennuis.

— Je n'ai pas d'ennuis. Je suis préoccupée par l'une de mes amies qui a un pépin.

— Une ancienne maîtresse ?

Séverine n'avait pas pu maîtriser sa pointe de jalousie.

Xavière grimaça.

— Une amie, donc – pas une ancienne maîtresse –, a un problème. Elle a mon âge et, par accident, elle se retrouve enceinte.

Elle évita d'ajouter «pour la première fois», car il serait alors évident qu'elle parlait d'elle.

— Elle ne sait pas quoi faire…

— Quoi faire ?

— Ben oui. Si elle garde l'enfant ou si elle le fait sauter.

Séverine frémit.

— En tant que catholique, je m'oppose à l'avortement. Dans ce cas-là pourtant, je le conseillerais.

— Pourquoi ? s'exclama Xavière.

— Avoir un enfant à quarante-cinq ans ? Outre que ça constitue une grossesse à risques pour la mère, il y a des chances que l'enfant soit taré. Que ta copine se projette dans l'avenir : elle approchera les soixante-dix ans lorsque son enfant en aura vingt. Un cadeau ni pour elle ni pour lui.

«Quelle conne, se dit Xavière. Je n'avais pas remarqué jusqu'ici qu'elle était si stupide.» Elle tenta néanmoins de contrôler son animosité pour ne pas se trahir.

— C'est ce que je dois dire à ma copine ? «Tu es trop vieille, avorte, tu ne seras pas fichue de faire un enfant normal. Et si malgré tout tu y arrives, plus tard, il te le reprochera» ? Tu ne veux pas que je lui propose de se suicider, pour aller plus vite ?

— Xavière, ne prends pas la mouche : tu sollicites mon avis.

— Voilà, tu me l'as donné, ton avis. Il est con, ton avis.

Les yeux de Séverine s'embuèrent. Ses lèvres tremblèrent avant d'articuler :

— Tu me peines.

Xavière explosa :

— Là, c'est le bouquet. Tu débites des conneries et il faudrait en plus que je te console ? Je cauchemarde.

— Je… je… je ne sais pas ce que tu as. Je ne te reconnais plus.

— Voilà, c'est exactement ça : on ne se connaît plus. Salut !

Xavière traversa la place d'Arezzo en marmonnant « Bon débarras ».

Revenue au magasin, elle se remémora la discussion : alors qu'elle songeait elle-même à l'avortement, elle n'avait pas supporté que Séverine le lui conseillât tant ses raisons différaient des siennes. Elle ne voulait pas d'enfant d'abord à cause de sa propre enfance ; ensuite, parce qu'elle ignorait d'où ce lardon venait. En revanche, les arguments concernant la vieillesse, le risque de malformations, elle refusait de les entendre. Pis, elle avait envie d'accoucher rien que pour démontrer à des péronnelles telle Séverine, ces niaises conformistes qui avaient pondu leurs enfants jeunes, qu'elle pouvait produire un beau bébé et l'élever. Non mais !

Orion revint de la réserve, les cheveux au vent – ou plutôt la couronne de cheveux qui allait d'une oreille à l'autre.

Troublé qu'elle le dévisageât, il lui envoya un clin d'œil. Elle se détourna. « Mon Dieu, comment puis-je vivre avec ça ? »

Soudain, elle se dirigea vers lui.

— Orion, quand était-ce, la dernière fois que nous avons fait l'amour ?

Il gloussa.

— Tu ne t'en souviens pas ?

— Ah non, ça je t'assure que je ne m'en souviens pas.

— Il y a deux mois et demi, après la fête chez les Durand-Debourg.

Il baissa la tête, pudique. Percevant qu'il disait la vérité, Xavière tressaillit : elle ne se remémorait que le début de la soirée, fort réussie d'ailleurs.

— Où avons-nous fait ça ?

— Ben, comme d'habitude.

— Comme d'habitude ? Où ça, Orion ?

— Dans la voiture. Avant de rentrer à la maison.

Xavière demeurait bouche bée.

— Moi ?

— Oh oui.

— Moi avec toi ?

Il opina, ravi. Elle soupira :

— Nom de Dieu, je ne me rappelle que dalle !

— Normal, tu étais saoule.

— J'avais un peu bu, mais de là à…

— Depuis des années, nous ne faisons l'amour que lorsque tu es saoule.

— Quoi !

— J'adore ça. Tu es si drôle, si détendue, si gentille, dans ces moments-là. Je te retrouve comme au début.

Le soir, Xavière prit la route pour rejoindre Knokke-le-Zoute. La piste plate des Flandres lui sembla interminable.

Concernant son état, elle n'en avait pas pipé mot à Orion, l'informant simplement qu'elle partait se reposer à la mer et qu'il tiendrait la boutique seul. De toute façon, il ne décidait jamais de rien, ni pour elle, ni pour lui.

Au soleil couchant, elle s'engouffra dans sa maisonnette de pêcheur. Là, sur deux étages étroits, elle avait l'impression d'être mieux logée qu'à Bruxelles, protégée. La demeure constituait un refuge qui représentait sa véritable identité. Décorées par elle, ces trois pièces, par leur vichy rouge, leurs rubans, leurs franges, leurs animaux en porcelaine, les épais romans sentimentaux sur les étagères de bois cérusé,

461

révélaient une féminité coquette, une délicatesse, une tendresse, bref, des qualités bien enfouies à l'intérieur du personnage glacial que Xavière offrait au monde. L'endroit demeurait secret, la raison officielle – pour Orion – étant qu'on ne devait pas connaître leur train de vie, l'officieuse étant que Xavière souhaitait n'y recevoir personne. Récemment, elle avait fait une exception pour Séverine quand celle-ci avait pu s'absenter deux jours.

Dans le réfrigérateur, elle parvint à dégoter de quoi manger, s'étonna de son appétit, puis n'eut que le temps de monter l'escalier étroit qui conduisait à l'ancien grenier devenu sa chambre avant de sombrer dans le sommeil.

Le lendemain, dès qu'elle sortit, le vent salé lui rafraîchit le visage et elle envisagea la vie autrement. De quoi se plaignait-elle ? Elle avait ce qu'elle voulait, elle ferait ce qu'elle entendait. Si cette bouffée d'optimisme la surprit, elle l'accepta.

Son panier à la main, elle accomplit ses courses de façon nouvelle : elle qui d'ordinaire comptait chaque sou sortant de son porte-monnaie, elle dépensa largement, augmentant les quantités, achetant de la nourriture pour deux. Quoiqu'elle s'en rendît compte, emportée par une sorte de griserie, elle continua.

À quatorze heures, elle ressentit l'impérieux besoin de manger des gaufres chez Marie Siska, un plaisir qu'elle s'interdisait d'ordinaire car elle craignait d'y rencontrer des figures connues, lesquelles ne manqueraient pas de l'interroger sur sa présence au Zoute. Or c'était un mardi, les gens travaillaient à la capitale ; elle pouvait s'autoriser cet extra sans grands risques.

Par prudence néanmoins, elle évita la terrasse et se coinça derrière le piano à queue au fond de la salle vitrée.

En dégustant sa pâte cuite, elle vit arriver un couple qui lui parut sympathique.

Ils s'installèrent à la terrasse, lui tournant le dos, mais comme l'homme se penchait vers la femme pour la baisoter, elle distingua leurs profils, reconnut Quentin Dentremont et Ève. Croyant d'abord que son imagination lui jouait un tour, elle finit par constater qu'il s'agissait effectivement du jeune homme et de la pin-up.

Son premier réflexe fut de s'indigner – «Elle les chasse à la maternelle, maintenant!» –, le second de songer aux ragots qu'elle allait propager depuis sa boutique sur la cougar de la place d'Arezzo. Curieusement, des ondes positives vinrent repousser ses sarcasmes. Pourquoi pas? Ils avaient l'air heureux. Très heureux. Ils diffusaient de la joie. Au nom de quoi les critiquerait-elle? Allait-elle les fustiger sous prétexte qu'un jour Quentin, quarante ans, vivrait auprès d'une femme de soixante ans? Tiens, c'était bien le genre de conneries qu'aurait dites Séverine, ça, en invoquant le conformisme de l'âge.

— Quel poison, celle-là!

Sans le prévoir, Xavière avait pesté à voix haute. Ce qui l'avait attirée chez Séverine la repoussait désormais, sa mollesse qu'elle avait prise pour de l'évanescence, sa mélancolie qui s'avérait l'indifférence d'une fille riche.

Cette colère rassura Xavière tant elle sentait, à divers moments, des bouffées d'aménité. Elle savait à quoi c'était dû : l'enfant ennemi en elle la modifiait et lui détraquait les hormones.

En rentrant à la maison de pêcheur, elle constata que Séverine avait laissé une dizaine de messages, qu'elle ne tenta pas de lire.

À cinq heures, un orage éclata, ce qui enthousiasma Xavière car elle adorait se blottir au chaud lorsque les éléments se déchaînaient, n'éprouvant aucune peur mais le soulagement de se savoir abritée, jouissant de ses quatre murs et de son toit comme de la plus fabuleuse invention terrestre.

Elle organiserait donc le reste de sa journée ainsi : lecture de Jane Austen, repas. En fait, cela se déroula différemment : elle somnola et grignota entre ses siestes. Qu'importait ? Le plaisir était au rendez-vous.

Dehors, pluie et vent s'emportaient, provoquant des craquements dans les poutres. La maison gémissait. Pour s'amuser, Xavière jouait de temps en temps à s'effrayer en supposant que sa cabane allait céder à la tempête.

La nuit était tombée et l'orage, redoublant de violence, l'arrachait à sa lecture. Elle le jugeait plus romanesque que son roman, violent, imprévisible. Après chaque éclair, elle comptait les secondes afin de déterminer à quelle distance la foudre s'abattait. Si, au début de ses calculs, la foudre touchait le sol à quatre kilomètres, elle ne se tenait plus qu'à trois cents mètres. Le centre de la dépression arrivait sur Knokke-le-Zoute.

Xavière se rassura une dernière fois en se rappelant que l'église voisine devrait recevoir le feu du ciel sur son beffroi, lorsqu'un bruit différent la fit sursauter.

Elle se leva, frissonnante.

Le bruit reprit, plus serré. Des coups.

464

Elle se dirigea vers la porte et y colla l'oreille. Cette fois, elle distingua que quelqu'un frappait le marteau sur l'huis.

Elle ouvrit et découvrit dans l'obscurité Séverine, en imperméable, étrillée par les bourrasques.

— Je peux entrer ?

— Non.

Séverine crut à une plaisanterie et s'engagea sur le seuil.

Xavière la retint, brutale, la rejeta dans l'allée, la pluie et le vent sous le ciel menaçant.

— Quoi ? Tu ne m'accueilles pas ?

— T'ai-je invitée ?

— Enfin, Xavière, qu'est-ce qui te prend ? Avec ce qui se passe entre nous…

— Que se passe-t-il entre nous ?

— On s'aime.

— Ah bon ?

Choquée, Séverine la dévisagea. Xavière, imperturbable, retranchée derrière un bouclier d'indifférence, lui interdisait tout accès.

Séverine balbutia :

— Tu ne m'aimes plus ?

— Idiote ! Je ne t'ai jamais aimée.

Xavière claqua la porte.

10

D'abord, François-Maxime avait présenté comme anecdotique l'absence de Séverine. Quand le soir, au dîner, il la justifia aux enfants, il crut presque ses explications :

— Votre maman est partie se reposer. Elle ne vous a pas prévenus parce qu'elle ne voulait pas vous inquiéter.

— Quand revient-elle ?

— Bientôt.

— Elle est malade ?

— Non, fatiguée.

— Est-ce nous qui la fatiguons ? demanda Guillaume.

— Justement, mon garçon, voilà pourquoi elle s'en est allée sur la pointe des pieds : elle craignait que l'un de vous lui pose cette question.

— Donc c'est vrai : on la fatigue.

— C'est faux. Si tu avais dit cela, elle serait restée pour te le prouver.

— J'espère qu'elle va vite rentrer.

Quand il était arrivé à dix-huit heures, surpris de ne pas trouver sa femme à la maison, François-Maxime avait composé son numéro de téléphone et laissé une déclaration anodine sur son répondeur. Ensuite, en montant prendre sa douche, il avait découvert un mot sur la commode de leur chambre : « Excuse-moi, je m'échappe quelque temps. Je n'en peux plus. » Là, sa perplexité s'était aggravée ; depuis, inquiet, il l'appelait toutes les dix minutes, pestant contre la messagerie où la voix indolente de Séverine le vouvoyait en lui proposant d'enregistrer un mot après le bip sonore.

Une fois les enfants couchés, il contacta les personnes les plus proches pour savoir si elle ne s'était pas réfugiée dans leur foyer, exercice périlleux car il tenait à obtenir le renseignement sans avouer sa fugue. L'inventaire s'avéra infructueux.

À minuit, comme il jugeait indécent de déranger les gens, il se réfugia au salon pour réfléchir. Séverine faisait une dépression, cela devenait patent : sa mélancolie constante, son incapacité de décider, son indifférence quasi généralisée montraient qu'elle avait perdu ce qui tient un vivant debout : le désir. Pourquoi ne l'avait-il pas compris plus tôt ? Pourquoi n'était-il pas intervenu ?

Consultant ses carnets, il réfléchit au professionnel chez qui il pourrait l'envoyer dès le lendemain. Psychiatre ou psychothérapeute ? Au regard de la conversation intervenue l'autre nuit, au cours de laquelle elle lui avait avoué l'histoire de son père, la psychothérapie s'imposait plutôt. Or cela risquait de traîner, comme tous les cheminements psychologiques... Mieux valait, pour améliorer rapidement son état, recourir à un psychiatre qui lui prescrirait des médicaments. L'idéal serait un psychiatre psychothérapeute, qui allierait les qualités du sprinter à celles du coureur de fond. François-Maxime se promit que dès huit heures le lendemain il joindrait Varnier, son collègue à la banque, hypocondriaque notoire qui, en bon angoissé, connaissait les meilleurs spécialistes pour chaque mal.

En retournant dans sa chambre, il ne prit pas la peine de se déshabiller et se jeta sur la couverture sans l'ouvrir. Ne plus partager son lit avec Séverine lui rendait le sommeil hostile ; depuis qu'ils habitaient cette maison, il n'avait pas souvent dormi seul.

Longtemps, il fixa le plafond sombre, illuminé brièvement par des éclairs lointains. Montant vers le nord-ouest, l'orage s'éloignait de Bruxelles, ne laissant qu'une traîne de pluie molle, monotone.

Devait-il se reprocher des insuffisances ? Certes, il aurait pu montrer plus d'attention, consacrer davantage de temps à Séverine, moins au travail ou à ses enfants ; cependant, quoique prêt à se critiquer, il s'estimait un bon mari. Il l'était d'autant plus qu'il avait un secret à cacher, sa sexualité furtive, périphérique, avec des hommes de passage. S'il n'avait pas eu ces plaisirs clandestins, sans doute se serait-il endormi dans les habitudes du couple, comme de nombreux maris. Or lui, ne retrouvant son couple qu'à l'issue de jouissances interdites, devait se montrer parfait.

Il se releva soudain. Séverine aurait-elle découvert son secret ? Son cœur s'affola puis François-Maxime se rallongea : impossible ! Il prenait assez de précautions. Et puis, si quelqu'un lui avait raconté cela, Séverine l'aurait éconduit.

Elle faisait donc une dépression.

De temps en temps, il relâchait sa vigilance, somnolait. À chaque fois qu'il se réveillait, il s'en voulait : il devait l'attendre sans céder à la fatigue.

Lors de rêveries distendues, il rumina ce qu'elle lui avait révélé concernant son père travesti. Comment avait-elle pu le celer si longtemps ? Il se demanda si leur couple n'était pas constitué d'énigmes, si tous deux ne l'avaient pas bâti sur des silences plutôt que sur des paroles. Que se serait-il passé s'il lui avait d'emblée avoué qu'il désirait les hommes davantage que les femmes, si elle avait confessé sa difficulté à se fier à quiconque ?

Il bondit de nouveau. Voici l'origine de sa dépression : elle ne se fiait pas à lui. À tort, car il l'aimait et s'occupait d'elle. À raison : elle fréquentait un mari dont une part lui demeurait inconnue. Le sentait-elle ? En souffrait-elle ?

À six heures du matin, son téléphone vibra. Il l'agrippa. Séverine venait de lui envoyer un message : « Pardonne-moi. »

Aussitôt, il composa son numéro, tomba sur la boîte vocale et tapota une réponse : « Je n'ai rien à te pardonner. Je t'aime. »

En écrivant « Je t'aime », il eut les larmes aux yeux parce qu'il le lui disait rarement, ensuite parce qu'une intuition lui suggérait qu'il le lui disait trop tard.

Il attendit encore une réponse. Une heure plus tard, désappointé, il se leva, décidé à s'occuper des enfants.

Après la douche, le petit déjeuner, la vérification des cartables, il les conduisit à l'école ; contrairement aux autres jours, il ne se sentit pas d'humeur à aller cavaler au bois.

Il rentra à la maison en songeant qu'il y resterait à attendre Séverine en travaillant avec son équipe par téléphone ou par courriels.

Lorsqu'il se gara place d'Arezzo, des policiers montaient les marches du perron. Il bondit de la voiture et les interpella :

— Messieurs, est-ce moi que vous cherchez ?

Le plus âgé se retourna.

— François-Maxime de Couvigny ?

— Oui.

— Marié à Séverine de Couvigny, née Villemin ?

— Bien sûr.

— Nous avons une mauvaise nouvelle, monsieur. Ce matin, à six heures et demie, votre femme s'est jetée du haut d'une tour. Elle est morte.

François-Maxime resta longtemps prostré. Il n'arrivait plus à penser, ne faisant que revivre la scène : Séverine montait le colimaçon, atteignait le septième étage du parking, celui qui finissait en terrasse ; là, elle prenait soin de fermer son véhicule, enfouissait sa clé dans la poche de son manteau de pluie puis grimpait sur le parapet.

Avait-elle hésité ? Sûrement pas. Lorsqu'on se met à réfléchir, on ne saute plus. Elle avait vérifié en bas qu'il n'y avait personne sur le trottoir où elle allait s'écraser puis s'était laissée chuter dans le vide.

François-Maxime apprit qu'elle était morte à l'instant de la réception, sur le coup du choc.

« Tant mieux au fond. »

Il se mit à revivre la scène en boucle. Rien d'autre n'occupait sa conscience. Il n'était plus lui mais Séverine, essayant de comprendre ses derniers moments de lucidité.

Près de lui était assis Varnier, le numéro deux de la banque. Car François-Maxime, en apprenant l'horrible nouvelle, n'avait eu qu'un réflexe : prévenir son bureau qu'il ne viendrait pas travailler. Du coup, son collègue s'était précipité pour l'aider et lui tenait compagnie dans la chambre close.

Varnier saisit son téléphone, fronça les sourcils et sortit de la pièce.

Il revint avec une femme d'une quarantaine d'années, au visage doux et franc.

— François-Maxime, je te présente Marie-Jeanne Simon, psychiatre, spécialisée en traumatismes. Comme je te le disais, il faut prévenir tes enfants.

François-Maxime sortit de sa torpeur et murmura, effrayé :

— Je ne pourrai pas ! Je ne pourrai jamais !

La femme s'approcha et lui posa la main sur l'épaule.

— C'est normal, monsieur Couvigny. On ne met pas des enfants au monde pour leur apprendre que leur maman est morte.

— Vous allez… leur dire… comment elle est morte ?

— Sur un point si important, rien de plus grave qu'un mensonge. Vos enfants ont le droit de savoir. Ils se reconstruiront mieux sur la vérité que sur une fable.

— Sont-ils rentrés ?

— Ils prennent leur goûter à la cuisine. Je viens de les voir : ils se posent des questions, ils sentent une tension, ils vous réclament.

— Allez-y, je vous en supplie. J'irai ensuite.

Lorsqu'elle quitta la pièce, François-Maxime guetta chaque bruit : les pas dans l'escalier, le coulissement de la porte, le babil des enfants, puis, soudain, le silence. Elle devait leur parler. Le faisait-elle ? Que disait-elle ?

Angoissé, il allait se précipiter en bas pour interrompre le drame quand il entendit les cris de douleur des enfants.

Il se boucha les oreilles, serrant son crâne comme pour le broyer.

— Voilà, c'est fait, murmura Varnier, blême, en revenant.

François-Maxime détourna la tête. Un silence froid régnait désormais sur la maison. Pourtant, les cris des enfants continuaient à retentir dans son esprit.

— Séverine, pourquoi as-tu fait ça ?

Ému, Varnier s'avança, prêt à bafouiller n'importe quoi pour lui apporter une consolation ; François-Maxime lui fit signe de se tenir à l'écart.

— Je vais me remettre avant de voir les enfants. Va-t'en, s'il te plaît.

Respectueux, Varnier recula, ferma la porte.

François-Maxime tourna en rond, espérant que se dégourdir les jambes lui remettrait l'esprit en place.

En vain…

Désœuvré, épuisé, il fixa l'armoire de Séverine, l'entrebâilla et parcourut des yeux ses affaires. Rien ne permettait d'admettre qu'elle avait disparu. Aujourd'hui comme hier, il y avait là son parfum au muguet, ses foulards de soie, ses pulls en cachemire, ses chemisiers de cotonnade fine. Il effleura ces objets qui atténuaient sa peine.

Il ouvrit la penderie et, d'un geste réflexe, sortit une robe écrue. La caressant, la reniflant, il décida de l'étendre sur le drap du lit. Ensuite, il en sortit une autre, l'étala à côté. Puis une autre. Et une autre…

Désormais, sur le lit, quatre Séverine l'attendaient, dociles, abandonnées.

Rouvrant l'armoire, il tomba sur la tenue de soirée qu'il préférait, un mélange raffiné de soie noire et de panne de velours. Séverine l'avait portée pour des événements prestigieux. La décrochant, il la plaqua contre lui.

En se contemplant dans la glace en pied, il retrouva les images de moments heureux où, à son bras, insouciant, il s'était senti si fier de son épouse.

Une petite voix humide retentit derrière lui :

— Papa?

En se retournant, François-Maxime entrevit Guillaume, les yeux rouges, qui avait cru un instant apercevoir la silhouette de la mère qu'il pleurait.

11

Soudain, le silence se fit, une vague d'impatience sillonna l'assemblée.

Les trois cents participants tournèrent la tête : par le porche inondé de lumière, le cercueil de Séverine entra dans l'église, porté par quatre hommes en costume sombre. La caisse de chêne ne semblait pas peser sur leurs épaules. Complice de cette avancée, l'orgue entonna un choral de Bach, grave, mesuré, d'une pénétrante profondeur, plein du respect attentif que l'on doit à la vie comme à la mort, une musique qui distillait à la fois la tristesse et sa résolution, l'espérance. Doux, volumineux, les sons flûtés tissaient dans l'atmosphère une émotion recueillie.

Hippolyte baissa la tête, incapable de soutenir cette vision ; imaginer qu'une femme gisait entre ces planches lui était intolérable. À sa droite, sa fille Isis, les yeux pervenche grands ouverts, ne perdait pas un détail de la cérémonie, contemplant, fascinée, la marche lente des porteurs, laquelle se fondait avec la musique. Sur le même rang, Germain s'était refermé tant il souhaitait ne pas être là ; s'il n'y avait pas eu un concours de circonstances, il aurait baguenaudé ailleurs, dans un jardin de la ville, les bras nus, la tête au soleil, en train de soigner des haies ; or voilà qu'il allait subir l'ombre froide de ce lieu, voir des centaines de fleurs assassinées, jetées en gerbes sur l'autel.

Au départ, Hippolyte voulait se rendre seul à la cérémonie. Apprendre que cette mère qu'il apercevait depuis des années, frêle et mélancolique, fort polie puisqu'elle lui adressait toujours un salut de la main, s'était suicidée l'avait choqué. Quitter le monde lorsque l'on a quatre enfants ? Lui, à cause d'Isis, ne se tuerait jamais. Par responsabilité et par amour. En formulant cette impossibilité, il avait mesuré l'ampleur du mal-être qui avait affecté Séverine, laquelle avait dû pénétrer une zone de douleur où même l'affection des siens ne comptait plus… Imaginer ce désespoir avait déstabilisé le jardinier. En assistant à l'enterrement, il témoignait de sa sympathie envers elle mais tentait aussi de lui prouver qu'elle s'était trompée : les hommes s'aimaient, s'entraidaient, il se fiait à leur solidarité. Il ne tenait pas à comprendre, il voulait se rassurer. Pour lui, il était essentiel de prouver que Séverine avait eu tort de se croire seule au monde. L'église n'était-elle pas pleine ?

Pour participer à la célébration, il avait pris une demi-journée de congé. Or, le matin, Isis lui avait annoncé que, les professeurs de son école faisant grève, elle n'irait pas en cours. Aussitôt, il avait appelé Germain, qui suivait une formation à l'autre bout de la ville et ne pouvait donc pas s'occuper d'Isis. Il avait dû se résoudre à emmener sa fille à la cérémonie.

Pendant le voyage en tramway, il avait craint d'aborder le sujet. Isis savait-elle ce qu'était la mort ? Pour l'heure, elle n'avait encore perdu aucun de ses proches... Or, du haut de ses dix ans, elle dominait la situation :

— De quoi est-elle morte, cette dame de la place d'Arezzo ? Était-elle vieille ?

— Non.

— Avait-elle une maladie ?

— Je ne sais pas.

— Est-elle morte dans son fauteuil ou dans son lit ?

— Je ne sais pas. Ce qui compte, c'est que nous lui rendions un dernier hommage.

— Elle s'en rendra compte ?

— Je ne sais pas.

Hippolyte pesta contre lui-même : il ne parvenait qu'à répéter « Je ne sais pas » à sa fille, soit parce qu'il ignorait la réponse, soit parce qu'il cachait la vérité. « Elle aurait raison de me prendre pour un abruti. »

Après réflexion, Isis acheva :

— Au fond, peu importe qu'elle s'en rende compte ou pas. Le plus important est que nous le fassions.

Sur le parvis de l'église, Germain les avait rejoints in extremis et avait proposé à Hippolyte d'emmener Isis ailleurs. Trop tard : intriguée, la fillette avait voulu participer à la cérémonie. Conclusion, Germain les avait suivis en traînant les pieds.

Les quatre porteurs déposèrent le cercueil près de l'autel puis placèrent une photo de Séverine sur le couvercle.

— Ah, c'est elle ! s'exclama Isis, stupéfaite.

Hippolyte constata que sa fille s'était mise à trembler.

— Ça va aller, ma chérie ?

Les joues blêmes, l'enfant murmura dans un souffle :

— Je la connaissais. Je…

Elle se tourna vers son père, les narines pincées par la peine.

— Pourquoi ?

— Tout le monde meurt un jour, ma chérie.

— Pourquoi ?

Elle l'implorait tellement qu'Hippolyte sentit qu'il ne pouvait plus répondre « Je ne sais pas ». Paniqué, il chercha un appui du côté de Germain ; celui-ci s'absorba dans la contemplation de ses chaussures.

Le prêtre prit la parole, canalisant l'attention.

L'office débuta. Maintenant, Hippolyte ne craignait plus qu'Isis entendît des détails malencontreux : l'officiant d'une Église qui condamnait le suicide feindrait d'ignorer les conditions exactes du décès.

Hippolyte se détendit et regarda autour de lui : des centaines d'inconnus, bien sûr, mais aussi les habitants de la place d'Arezzo s'étaient réunis.

Il y avait là l'impeccable mademoiselle Beauvert, la nuque raide et les yeux rougis, la pin-up de l'immobilier au visage camouflé par de rondes lunettes noires, Ludovic et sa mère, qui vibraient à chaque mot dramatique que prononçait le prêtre, Rose Bidermann, paisible et attentive, donnant du lustre à la cérémonie, répondant aux salutations que chacun lui adressait. Plus loin, dans un coin, il reconnut Baptiste Monier, sans sa petite épouse, en compagnie d'une femme blonde. Plus à l'avant, la concierge Marcelle tirait des mouchoirs en papier de son sac, éprouvant une sorte de volupté furieuse à sangloter. L'ingénieur Jean-Noël Fanon était venu avec sa femme Diane, qu'on voyait rarement, laquelle, sanglée dans un superbe tailleur noir, bâillait sans se retenir. Le galeriste Wim demeura quelques minutes, consulta sa montre, glissa un mot à son assistante, une Flamande sympathique, puis s'éclipsa, affichant le visage d'un homme qui ne peut déroger à un rendez-vous important. Ceux qui le surprirent furent les fleuristes, Orion et Xavière : elle, d'ordinaire si peu émotive, semblait en proie à un chagrin profond ; les traits tirés, les yeux vitreux, la peau plus grise que du carton, elle se mordait les lèvres, telle une femme qui veut s'empêcher de hurler ; Orion, insouciant d'habitude, en prenait conscience et la soutenait par le bras.

Hippolyte cherchait partout Patricia et ne la trouvait pas. Se tournant de l'autre côté, à la droite d'Isis et de Germain, il l'aperçut sur son rang. Elle le guettait. Sans réfléchir, ils se sourirent. Le temps d'une seconde, ils oublièrent où ils étaient et pourquoi.

Une enfant monta et se tint devant le micro face à la foule : c'était Gwendoline, l'aînée des quatre orphelins. Le silence se tendit d'appréhension.

Elle s'approcha de l'appareil, une feuille manuscrite à la main. Le public retint sa respiration.

Isis saisit le poignet de son père et murmura avec effroi :

— Moi, papa, si tu mourais, je pense que je mourrais.

Bouleversé, Hippolyte se pencha et la serra contre lui.

Gwendoline commença son discours d'une voix déterminée, claire, courageuse. Au nom de son frère et de ses sœurs, elle évoquait la mère qui venait de les quitter, une mère merveilleuse, présente, douce, constamment disponible ; elle évoquait son amour serein, jamais pesant. Au fur et à mesure qu'elle disait adieu à sa mère adorée, sa voix s'affermissait et l'assistance pleurait. La bravoure de cette adolescente touchait les esprits, rendant encore plus cruel et incompréhensible le retrait de Séverine, son départ brutal, ingrat, sans explications. Puis Gwendoline osa s'aventurer sur un terrain plus sensible. Face au cercueil, elle prit le cadavre de sa mère à partie :

— Pourquoi nous as-tu si peu parlé de toi ? Pourquoi ne nous as-tu pas confié tes peines, les secrets qui te faisaient souffrir ? Pourquoi as-tu voulu nous épargner au point de te négliger ? Pourquoi as-tu supposé que nous ne pouvions pas te comprendre ? Pourquoi as-tu cru que nous t'aurions moins aimée si nous t'avions sue fragile ? Pourquoi, maman, pourquoi ?

Sa voix se brisa. En écho à cette apostrophe, le silence s'approfondit, troublé par quelques reniflements : Gwendoline fixa le cercueil, la photo muette, et attendit la réponse qui ne viendrait jamais.

Hippolyte sentit une forte pression contre sa jambe : Isis l'avait saisie entre ses bras et, la tête enfouie dans les plis de son pantalon, pleurait à fendre l'âme.

Il ne put s'empêcher de tourner la tête vers Patricia, qui contemplait l'enfant avec émotion. Leurs regards brouillés se touchèrent : à cet instant, il sut que Patricia était prête à aimer Isis.

Sur sa gauche, un coup de coude le déstabilisa. Tom et Nathan, en retard, essayaient de prendre place dans la rangée en s'excusant.

Hippolyte leur sourit gentiment et convia ses voisins à se décaler. Levant la tête, Isis se réjouit de voir ces visages connus et sympathiques.

La cérémonie continua.

Isis, réclamant à son père de se baisser, lui murmura à l'oreille :

— Elle s'est tuée, n'est-ce pas ?

Rassuré de ne plus devoir mentir, Hippolyte murmura :

— Oui. C'est un suicide.

— Comment ?

Sur sa lancée, Hippolyte n'hésita plus :

— Elle s'est jetée dans le vide du haut d'une tour.

Isis demeura la bouche ouverte.

Le prêtre annonça que l'on allait procéder à la communion. Nathan abandonna Tom pour rejoindre l'autel. Hippolyte hésita. Pratiquant occasionnel quoique croyant, il se demanda s'il avancerait. Lorsqu'il vit Patricia rejoindre l'allée, il confia Isis à Germain et se décida à grossir la file des communiants.

Patricia le suivait, quasi collée à lui. Ils ne se disaient rien, ne cherchaient pas à se voir, jubilant d'être si proches. Parce qu'ils pensaient à leur liaison, ils ne percevaient pas l'animation nouvelle : les personnes présentes déterminaient qui était catholique et qui ne l'était pas. Dans un pays tel que la Belgique, coupé en deux non par les francophones et les néerlandophones mais par la ligne qui séparait les chrétiens des athées, le moment de la communion allait alimenter les conversations pour les mois à venir. Le prêtre se faisant assister par un diacre, la file compacte se divisait en fourche sur les dernières marches. Éblouis, Hippolyte et Patricia se trouvèrent soudain côte à côte devant le chœur, chacun face à un homme d'Église qui leur tendait l'hostie. Ensemble ils s'inclinèrent. Ensemble ils acceptèrent l'offrande. Ensemble ils reçurent la bénédiction. Ces secondes-là leur procurèrent une émotion intense et, pour les deux, prémonitoire : oubliant le contexte, ils ne virent plus que les vitraux étincelants, les lys virginaux, l'immense christ doré et, portés par les accords puissants de l'orgue, ils eurent l'impression de répéter leur mariage.

Ils regagnèrent leur place, les yeux baissés, le cœur battant, tenant la rondelle collée sur la langue, pleins de cette promesse entrevue.

Une cantatrice s'approcha de l'organiste et un chant sublime s'éleva sous la voûte : *Laudate*. L'air de Mozart remerciait ; il bénissait le Seigneur de nous avoir offert cette vie, si fragile et si précieuse, il s'extasiait que nous ayons eu cette chance, il se confondait avec la lumière tendre qui baignait l'édifice.

Hippolyte ne ressentait plus de tristesse mais une vraie joie, la joie d'être là, la joie d'avoir à ses côtés sa fille, son ami et sa future femme. Fallait-il qu'il vienne à un enterrement pour s'en rendre compte ? Il se rappela alors cette phrase bizarre entendue durant son enfance : il faut que l'un meure pour que l'autre vive. En fixant de nouveau la photo sur le cercueil, il lui sembla saisir une expression nouvelle sur le visage de papier glacé ; s'y ajoutait de la bonté, une sorte de tendresse diffuse ; Séverine devenait son bon ange, la gardienne de ses amours.

Sur la gauche, un bruit surprit tout le monde. Xavière venait de choir, évanouie ; son mari n'avait pas eu le temps de la retenir, elle s'était effondrée entre les bancs.

Nathan murmura entre ses dents, d'une façon audible à ses voisins :

— Que veut-elle nous faire gober, celle-là ? Qu'elle a un cœur ? Quelle audace ! Mesdames et messieurs, la femme la plus méchante de Bruxelles nous joue une syncope.

Tom l'arrêta d'une tape sèche. Trop tard. Certains, dont Hippolyte, avaient entendu et s'étonnaient à l'unisson : Xavière était bien la dernière personne qu'on imaginait susceptible de pâmoison.

Orion s'agitait auprès d'elle, paniqué, impuissant. Personne ne lui prêtait assistance. Soudain, le docteur Plassard se faufila.

— Il faut la sortir pour qu'elle respire.

Le médecin saisit Xavière sous les épaules et entreprit de la traîner dehors. En voulant l'aider, Orion multipliait les obstacles, renversant les chaises et les missels. Il s'enquit auprès du médecin :

— Qu'a-t-elle, docteur ? Pourquoi est-elle tombée dans les pommes ?

— Elle est enceinte, malheureux !

Orion demeura bouche bée au milieu de l'allée, pétrifié.

Tom, Nathan, Hippolyte et Germain se dévisagèrent, interloqués. Personne n'osait croire ce qu'ils venaient d'entendre.

Orion se mit à courir pour rattraper le médecin et sa femme, lesquels avaient déjà passé le porche.

— Quel couple ! murmura Nathan. L'homme le plus gentil du monde vit avec la femme la plus méchante.

— Orion aurait pu être la colombe.

— Tu as raison, il aurait pu…

À cet instant, ils se tournèrent vers Germain, qui baissa la tête.

Le prêtre reprit la cérémonie et se lança dans un commentaire qui permettait de comprendre que la morte s'était supprimée.

Isis caressa la main de son père.

— Tu me présenteras Patricia ?

— Comment ? Dès aujourd'hui ?

— Papa, arrête de te cacher.

Et, pour appuyer sa réflexion, elle désigna le cercueil sur l'autel.

— La vie est courte.

Encore une fois, Hippolyte se demanda comment une enfant de dix ans pouvait émettre une assertion pareille et approuva.

— Tout à l'heure.

Une nouvelle musique envahit le lieu. Les quatre hommes en noir se représentèrent, soulevèrent le cercueil, puis marchèrent vers la sortie, posés, solennels, suivis par la famille.

Marchant en premier, tenant son fils Guillaume par la main, François-Maxime offrait l'effigie du chagrin. Le regard fixe, l'air perdu au loin, il avançait en automate, mobilisant son énergie à esquisser les gestes que la cérémonie exigeait. Pour la première fois, Hippolyte éprouva un élan de sympathie envers l'aristocrate dont d'ordinaire la perfection arrogante le glaçait.

Quant aux trois filles, elles suivaient, hypnotisées, la boîte qui contenait leur mère, refusant d'admettre que celle-ci allait les quitter une nouvelle fois.

Isis tira la main de son père.

— Papa, que peut-on faire pour elles ?

Hippolyte faillit répondre «Je ne sais pas» puis s'entendit articuler :

— Prier, ma chérie. À certains moments, il faut accepter de souffrir et que les autres souffrent.

Pendant que lui-même essayait de concevoir ce qu'il venait de dire, Isis le contempla et approuva, apaisée.

— Comptez-vous aller au cimetière ? chuchota Tom à Hippolyte et Germain.

— Non.

— Nous non plus, annonça Nathan. Nous allons nous contenter de laisser un mot sur le registre des condoléances.

Il désignait un gros livre ouvert sur un pupitre qui traînait au fond de l'église.

Le groupe se rendit auprès du recueil avant que la foule n'y arrive.

— Allez-y, fit Tom à Germain.

Le nain saisit le stylo de la main droite et écrivit quelques mots.

Tom se recula et dit à l'oreille de Nathan :

— Rien ne va plus : il est droitier.

— Tu plaisantes ?

— Regarde.

Nathan constata que Tom disait vrai mais ne s'y résolut pas :

— Il s'applique à donner le change.

Nathan s'approcha d'Hippolyte et s'informa, à voix basse :

— Il est droitier, d'habitude, votre collègue ?

— Ah ça, il n'y a pas plus droitier que lui. Sa main gauche, on dirait un crochet.

Tom et Nathan se toisèrent, furieux : leur hypothèse qui faisait de Germain l'auteur des lettres anonymes tombait à l'eau !

Patricia apparut à ce moment-là et s'agenouilla devant Isis. L'enfant scruta intensément l'adulte. Patricia se sentit intimidée, commença à trembler ; Isis lui saisit la main.

— Bonjour, je suis Isis.

— Je suis Patricia.

— Nous sommes les deux femmes de la vie de papa, n'est-ce pas ?

12

— Bonjour, Albane.

— Tiens, Quentin… Tu existes toujours ? Je croyais que tu étais mort.

Ce matin-là, agités, infernaux, les perroquets crissaient, telles des scies attaquant le bois dur. Le ciel bas où se préparait un orage amenait des vols d'hirondelles erratiques, désireuses de se poser sur la place mais rebondissant en nuées avant de toucher le sol tant elles craignaient la réaction des cacatoès, sans se résoudre à s'éloigner pour autant.

— Je peux m'asseoir à côté de toi ?

— Ce banc ne m'appartient pas.

— Ça veut dire oui ?

Par instants, de sourds battements d'ailes, furieux, témoignaient des guerres sexuelles et territoriales qui se déroulaient dans les branches.

— Excuse-moi, Albane.

— Pardon ?

— De ne pas être venu ces derniers temps. Tu avais reçu mon mot, j'espère, celui où je te disais de ne pas t'inquiéter, que je n'étais pas malade, que j'allais bientôt revenir ?

— …

— Tu… tu étais ici, ces jours-ci?

— Oui.

— Tu… tu m'attendais?

Une perruche s'envola, excédée, fit le tour de la place en criant son courroux.

Albane hésitait entre pleurer et s'emporter. Elle choisit la troisième solution, le sarcasme :

— Ça t'aurait plu, hein, que je moisisse comme une niaise alors que tu ne venais pas?

— Albane…

— Eh bien, sache que je suis venue ici parce que j'en ai l'habitude, pas pour toi. Pourquoi t'attendrais-je? On n'est pas mariés. On n'est pas fiancés. On n'est même pas ensemble.

— Si, on est ensemble. Enfin, on était…

— Ça signifie quoi, pour toi, être ensemble? Disparaître sans donner de nouvelles? Revenir comme un étranger auprès d'une étrangère? Toi et moi, on ne pourra jamais s'entendre.

Quentin s'étonna. Quoique maussade, injuste, hérissée, agaçante, Albane continuait à l'attirer. Il aurait dû partir, la traiter de chieuse – ce qu'elle était –, d'autant qu'il n'obtiendrait pas d'elle ce qu'il avait arraché à Ève, or il restait là, gauche, lourd de ses nouveaux secrets, hypnotisé par ce joli visage mobile, sachant qu'il allait encore se tromper de mots et s'enfoncer dans des malentendus sans fin.

Sûre qu'il l'écoutait, Albane entama sa plainte :

— Je ne sais pas qui tu es, Quentin Dentremont. L'autre jour, ton dernier mot disait «Je voudrais coucher avec toi» et samedi, à Knokke-le-Zoute, tu t'es enfui lorsque Servane et moi sommes arrivées à la fête.

— Je ne me suis pas enfui à cause de toi.

487

— Tu parles ! Moi qui n'étais venue au Zoute que pour toi… J'étais humiliée ! Tu m'as fait perdre la face. À Knokke comme à Bruxelles, on sait que nous sommes ensemble… J'ai été la risée de la soirée.

— Albane, je te jure que je ne t'ai pas évitée. C'était… il fallait que je sois ailleurs…

— Où ?

— …

— Avec qui ?

— …

Les perroquets se turent : un oiseau énorme, non identifié, au bourdonnement terrorisant, passait au-dessus de la place, lent, menaçant.

— Tu n'as rien à me dire, Quentin Dentremont ?

— Je n'ai rien entrepris contre toi, Albane, je ne pense aucun mal de toi, au contraire.

L'hélicoptère disparut à l'ouest, derrière les toits, et les perroquets reprirent leurs discussions en chuchotant.

— Tu n'as rien contre moi ? Je rêve… Tu te comportes comme un porc et tu m'assures que tu n'as rien contre moi ? C'est le monde à l'envers… Quel culot !

Albane éructait. Quentin lui saisit le poignet.

— Je t'aime, Albane.

Elle avait envie de crier au secours. Alors qu'elle recevait enfin les paroles qu'elle avait désiré entendre, elle secoua la tête pour les chasser. Cette déclaration la dégoûtait. Pas question d'accepter cet amour. Quentin ne lui apportait plus que des tortures.

— Tu dis n'importe quoi !

— Je te le jure, Albane.

— Pourquoi ne me l'as-tu pas dit avant ?

— Parce que avant, je n'étais pas mûr.

— Qu'est-ce qui t'a mûri depuis samedi ?

— Si je te le disais, tu ne comprendrais pas.

— Je suis conne, c'est ça ?

— Non, tu es jeune et tu es une fille.

Albane s'arracha à son étreinte, lui fit face, le front plissé, les yeux exorbités.

— Ah oui, vaut mieux avoir seize ans et être un garçon !

— Non…

— Franchement, je tombe de haut. Je n'avais pas vu que tu n'étais qu'un macho prétentieux.

— Albane, ce n'est pas ce que je voulais dire…

— C'est ça ! Tu ne veux rien dire, et quand tu dis quelque chose, ce n'est pas ce que tu veux dire. « Macho prétentieux », j'étais loin du compte : faut que j'ajoute crétin.

Plus Albane s'irritait, plus Quentin s'apaisait. Il avait envie de rire tant cette colère l'attendrissait. Il sentait son cœur fondre devant cette furie. Sa passion grandissait.

— Albane, si je suis parti… c'est pour mieux revenir. Je sais où j'en suis, maintenant.

— Tu te fous de moi !

— Pas du tout.

— Tu as besoin de partir pour revenir ! Est-ce que je l'accepte ? Ai-je envie d'un mec qui m'invite à une soirée à cent kilomètres de chez moi et qui se barre quand j'arrive ? Je veux bien être amoureuse, mais gourde ou victime, non !

Quentin éclata de rire, comme s'il assistait à une représentation comique. Sûr de lui, certain de ses sentiments, plus aimant que jamais, il ne se rendait pas compte qu'Albane le prenait pour un cynique.

— Quoi ? Tu ris ?

Face à son visage torturé, il se boyauta davantage, souffle coupé. Qu'elle était mignonne, animée par cette touchante fureur… Il s'amusait de sa colère comme on s'amuse parfois d'un enfant qui rouspète ou d'un animal adoré qu'une situation dépasse : il riait d'attendrissement.

— Tu es un vrai monstre !

Lorsque les larmes jaillirent des yeux d'Albane, Quentin n'y vit que l'aboutissement de la scène de théâtre à laquelle il participait : il ne comprit pas qu'il humiliait la jeune fille.

— Adieu, je ne veux plus te voir !

Sur un piétinement rageur, elle démarra sans se retourner. Quentin se donna un coup sur le ventre pour modérer son hilarité et lui cria :

— Reviens, Albane, je t'aime.

— Menteur !

— Je ne t'ai jamais aimée autant.

— Trop tard !

— Albane, je te jure que je t'aime.

— Va te faire foutre, connard !

Les derniers mots le refroidirent. D'ordinaire, Albane ne se montrait pas vulgaire. Choqué, il demeura quelques instants sur le banc, renonçant à la poursuivre.

Elle disparut.

Le rire revint et le secoua. Un rire de soulagement désormais… Quel joli moment ! Comme il était heureux de découvrir à la fois l'émotion d'Albane et la profondeur de son affection pour elle. Depuis l'épisode avec Ève, il avait redouté de revoir l'adolescente ; or ses retrouvailles avec elle lui confirmaient qu'il avait mûri et qu'il tenait à elle plus qu'à quiconque…

Peut-être cette découverte l'avait-elle tellement satisfait qu'il avait négligé son désarroi et n'avait pas pris au sérieux son dépit ?

Trois perruches poursuivirent un cacatoès à travers les troncs, frôlant Quentin qui rabattit la tête.

« Je t'aime. » « Trop tard. » « Pourquoi ne me l'as-tu pas dit avant ? » Ces échos tournaient dans sa tête. Quoique trop heureux pour s'y appesantir, Quentin songeait qu'en amour tout le monde prononce les mêmes phrases, mais rarement au bon moment. La vie se révèle un piètre auteur : les mots sont là, les sentiments aussi, seul manque l'ordre. Quelqu'un devrait écrire l'histoire et prendre en charge son déroulement judicieux. Il faudrait qu'on puisse entendre le « je t'aime » au moment où l'on en a besoin, que « je te veux » atteigne des oreilles disposes, que les déserts soient traversés ensemble et les oasis découvertes simultanément, au lieu qu'on attende ce qui ne vient pas et que vienne ce que l'on n'attend pas. Une histoire d'amour harmonieuse se réduit à une histoire bien racontée, dont le temps et les circonstances se sont montrés complices.

Quentin se frotta les mains, tentant d'ancrer le calme en lui. Certes, il avait raté son retour auprès d'Albane mais aujourd'hui n'était pas demain. Il se rattraperait. Il la rattraperait. Depuis le début, n'avaient-ils pas fait que se chamailler ?

Désormais, la confiance le nourrissait, confiance de celui qui aime, confiance d'un corps qui, connaissant enfin l'amour physique, ne l'empêchait plus de penser. Quentin comptait sur le temps.

Un bruit flasque le surprit à sa gauche. Une fiente d'oiseau, couleur mastic, venait de s'écraser sur son épaule.

Il releva la tête et hurla :

— Ne vous gênez pas, chiez-moi dessus !

Des ricanements tombèrent des branches.

— Bande de nazes !

À l'aide d'un mouchoir, il nettoya les fils bleus de son pull qui avaient si vite absorbé la cague.

— Heureusement que ce n'est pas arrivé avant, murmura-t-il.

À cette idée, il recommença à rire.

Installé sur une branche proche, un ara rouge, étonné, nasilla une phrase à l'intention de Quentin. Celui-ci approuva :

— Merci, les gars, d'avoir attendu. Pour ça, valait mieux que ce soit moi qu'elle. Parce que, vous savez, la fille que vous avez vue tout à l'heure, eh bien, je vous l'annonce : un jour, ce sera ma femme.

Une patte en l'air, l'ara pencha son crâne sur la droite, immobile, intrigué.

13

Le bonheur est-il supportable ? Apaisée, engour-
die, Patricia frotta le nez contre ses bras nus où
subsistait l'odeur de l'homme. Ses paupières se fermèrent, libérant les sensations emprisonnées dans
ce parfum ; elle percevait les mains d'Hippolyte parcourant ses épaules, doigts délicats si habitués aux
fleurs qu'ils la caressaient comme un pétale ; elle
savourait la sueur suave, salée, qu'elle allait cueillir,
telle une rosée, sur son cou fiévreux lorsqu'il la pénétrait ; avec ses lèvres, elle effleurait le sexe d'Hippolyte à la peau satinée puis pétrissait à pleines paumes
ses fesses puissantes, pommelées ; elle réentendait
son enivrante voix brune accompagnant leurs ébats
de commentaires émerveillés, car Hippolyte parlait
en faisant l'amour, phénomène qu'elle n'avait pas
connu jusque-là. Patricia s'était laissé envahir par
l'apollon corps et âme, acceptant de se donner à lui
quand il voulait, de la façon qu'il voulait, le temps
qu'il voulait. Souvent, son amant s'inquiétait de cette
passivité et, piqué de culpabilité, exigeait qu'elle lui
dictât ses goûts ; elle répondait sans hypocrisie que,
des goûts, elle n'en avait pas, à part le goût de lui.
Loin de vouloir maîtriser, elle s'abandonnait ; ainsi

elle atteignait les sommets. S'offrir ne revenait pas à s'oublier mais à se trouver enfin, sous le regard de l'autre.

Hippolyte l'avait quittée à l'instant pour rentrer chez lui. Aspirant la nuit douce qui baignait la place d'Arezzo, Patricia se demandait si son bonheur n'était pas trop violent. Elle souhaitait mourir, à l'instant, en beauté, car demain ne garantirait pas la qualité d'aujourd'hui. Si elle s'éteignait ce soir, elle aurait réussi sa vie, elle abandonnerait le monde en pleine gloire. À quoi bon attendre la prochaine décadence ?

Ambiguïté de la satisfaction… Le contentement représente autant une victoire qu'une capitulation : s'il constitue l'épanouissement du désir, il en signe aussi la mort. Parvenue au maximum de la jouissance, grisée de volupté, moulue d'orgasmes, Patricia avait l'impression qu'elle n'aurait plus envie de faire l'amour. Des picotements la parcoururent. Elle frissonnait souvent, sans doute une manière de raviver l'empreinte d'Hippolyte sur sa chair.

En un éclair, elle songea au nombril de son homme, cette petite serrure sur son ventre sec et dur, serrure qu'elle aimerait tant ouvrir pour pénétrer tout entière en lui et s'y lover…

Finalement, elle allait rester en vie. D'abord, parce qu'une force molle d'inertie la retenait d'un geste dangereux. Ensuite, parce que – elle s'en souvenait – le plaisir ne tuait pas le désir : elle aurait de nouveau envie d'Hippolyte. « Mon problème, c'est que je n'accepte pas le bonheur. Je cherche à réfléchir, alors qu'être heureux consiste à ne plus réfléchir. »

Pleine d'indulgence, elle soupira d'aise et rentra au cœur de l'appartement.

Albane était revenue une heure plus tôt – soit deux, trois heures avant ce qu'elle avait annoncé ! Patricia avait frémi en entendant les bruits de verrous à l'entrée car Hippolyte reposait contre son épaule ; elle avait craint que sa fille ne vînt toquer à la porte de sa chambre ; heureusement, celle-ci s'était enfermée dans la sienne. Patricia avait donc invité Hippolyte à partir sans bruit puis s'était composé une apparence moins provocante. Maintenant, elle traînait en robe d'hôtesse, comme si elle avait coulé une soirée ordinaire.

En traversant le couloir, elle remarqua des bruits inusités derrière la porte d'Albane.

— Ça va bien, ma chérie ?

Albane ne répondit pas ; les gémissements perdurèrent.

— Albane, que se passe-t-il ? Albane…

Patricia colla son oreille contre le battant de bois. Une sorte de plainte aiguë résonnait dans la pièce. Elle frappa.

— Albane, ouvre-moi, s'il te plaît.

Aucune réaction. Elle agrippa la poignée, laquelle – vraie surprise – pivota et la porte s'ouvrit. Qu'arrivait-il ? D'ordinaire, Albane se bouclait !

Patricia aperçut Albane se tortillant de douleur sur son lit, les mains appuyées sur le ventre. En se précipitant, elle constata que sa fille ne perdait pas de sang mais, le teint jaune, les yeux clos, les lèvres pâles, subissait un malaise.

— Ne t'endors pas, ma chérie, tiens bon, maman est là. J'appelle le médecin.

Vingt minutes plus tard, le docteur Gemayel sortit de la pièce où il venait de s'entretenir avec Albane et de lui administrer une piqûre.

Patricia, inquiète, s'approcha du jeune Libanais frais émoulu de l'université.

— Alors ?

— Isolons-nous pour parler, Patricia.

Ils s'installèrent au salon. Comme Patricia n'avait branché que les veilleuses, la pièce était poisseuse d'une atmosphère lugubre, les seules lumières vives venant de la place aux perroquets.

— Votre fille a tenté de se suicider.

— Quoi ?

— Rassurez-vous, il y a deux bonnes nouvelles. Premièrement, elle n'y est pas arrivée. Secondement, elle ne comptait pas y arriver – sinon, elle aurait cadenassé sa porte et employé une méthode différente.

— Qu'a-t-elle fait ?

Le docteur Gemayel se leva pour se servir à boire car Patricia, effondrée, avait perdu ses réflexes d'hospitalité. Il avala un long verre d'eau et se tourna vers elle.

— Suicide au Nutella.

— Pardon ?

— Albane a absorbé quinze pots de Nutella, vous savez, cette crème de chocolat aux noisettes, en réussissant à ne pas vomir. Conclusion ? Elle a contracté une indigestion et fait une crise de foie carabinée. Elle n'ira pas séjourner dans la tombe, plutôt sur le siège des toilettes.

Il se resservit à boire. Patricia s'étouffait, essayant de jauger la situation.

— C'est… c'est ridicule.

— Ridicule sans doute, mais pas idiot. Votre fille est intelligente, Patricia. Elle voulait attirer l'attention sur elle. Inutile de mettre sa vie en péril pour ça. J'en connais qui ont bu de l'eau de Javel ou du liquide à déboucher les éviers : ceux-là y sont restés. L'amateurisme ne protège pas toujours de l'efficacité. Albane, elle, a parfaitement raté son suicide, accordons-lui ce mérite.

— Qui appelle-t-elle au secours ?

— Elle ne me l'a pas dit.

— Moi ?

— Elle a évoqué des problèmes sentimentaux.

— Ah, il s'agit d'un chagrin d'amour…

De façon incompréhensible, une sorte de fièvre empourpra les joues de Patricia. Son cœur s'accéléra. Le docteur Gemayel poursuivit :

— À moins que le chagrin d'amour ne masque d'autres désarrois. Albane ressent le besoin d'en parler. Que pensez-vous de son fiancé ? Ou de son ex-fiancé ?

Patricia se frotta le front, agacée par son absence de mémoire.

— Euh… je ne sais plus… Albane a un nouveau fiancé tous les deux mois. J'avoue que je n'y prête plus attention.

— Ah ! C'est peut-être ça, le problème.

Paniquée, Patricia se rendit compte qu'elle avait délaissé Albane. Oui, depuis plusieurs semaines, obsédée par Hippolyte, elle avait manifesté un égoïsme abyssal, ne s'adressant à sa fille que pour s'assurer de son absence afin de recevoir Hippolyte, ne l'écoutant évoquer son fiancé que pour y substituer le reflet d'Hippolyte.

— Oh, mon Dieu...

La culpabilité montait en elle. Sa fille avait cherché à se tuer sans qu'elle se doutât de rien. Elle fondit en larmes.

Le docteur Gemayel se précipita.

— Allons, Patricia. N'interprétez pas de travers. Je n'ai pas dit que c'était votre faute...

Patricia plongeait dans un abîme de désespoir. Voilà, elle obtenait la réponse à sa question précédente : quand elle parvenait à supporter le bonheur, sa fille non. Elle n'avait pas droit au bonheur. Devait-elle renoncer à Hippolyte ?

Le lendemain, elle redevint une mère attentive, dévouée, et se consacra à la malade. Albane se laissa soigner sans rechigner, ce qui semblait déjà bon signe. Cependant, Patricia subodorait qu'elle attendait un geste.

— Que veux-tu, ma chérie ?

— Rien.

— Si. Je sens que tu désires quelque chose.

Sa fille la fixa, étonnée de sa perspicacité.

— Ce quelque chose, puis-je te le donner ?

Prenant le temps de réfléchir afin de répondre avec honnêteté, Albane conclut :

— Tu peux m'aider.

— Comment ?

— Prévenir Quentin de ce que j'ai fait.

Un silence s'ensuivit. Patricia posa un baiser sur son front et murmura :

— C'était pour lui ?

Albane baissa la tête en signe d'approbation.

Patricia respira. Peut-être ne devait-elle pas abandonner Hippolyte ?

— Tu l'aimes, ce garçon ?

— Oui.

— Sais-tu pourquoi tu l'aimes ?

— Non.

— Quand on sait pourquoi on aime quelqu'un, c'est qu'on ne l'aime pas.

Albane tiqua, surprise de voir sa mère experte en ce domaine.

— Ma chérie, je profite du temps que nous passons ensemble pour t'annoncer la vérité sur ce qui m'arrive.

— Il t'arrive quelque chose ?

— C'est le moins qu'on puisse dire.

Et Patricia confia à sa fille sa rencontre avec Hippolyte. Sans lui donner de détails, elle ne cacha pas qu'ils étaient amants et désormais incapables de se priver l'un de l'autre. Albane fut si étonnée qu'elle en oublia de se moquer ; elle découvrait une étrangère derrière celle qu'elle avait condamnée, une femme espiègle, vivante, charnelle. Sans qu'Albane s'en rendît compte, cette transformation lui redonnait de l'espoir. Si, à quarante ans révolus, dans son état de négligence physique, Patricia suscitait l'adoration, il fallait envisager un autre avenir que le suicide.

L'aventure de sa mère finit par plaire à Albane. Elle ne critiqua pas le choix du jardinier municipal ; au contraire, que sa mère se soit attaché ce beau spécimen que chaque femme lorgnait avec envie lui conférait un mérite supplémentaire. Emportée par son récit et l'attention de sa fille, Patricia s'enfiévra et ne cacha plus l'engouement que l'homme avait déclenché en elle. Au

499

début, Albane substitua Quentin à Hippolyte. Puis, à mesure que Patricia évoquait ses réactions d'homme mûr, pondéré et cependant enflammé, expérimenté en même temps qu'enthousiaste, Albane s'avoua que son amour d'adolescente pour un adolescent relevait d'une mission impossible : ni elle ni Quentin ne parviendraient à lutter contre leurs humeurs, leurs impatiences ou leurs emportements.

— Tu me le présenteras ?

— Je l'appelle.

Patricia allait pour sortir quand elle s'arrêta sur le seuil.

— Pardonne-moi, je suis redevenue égoïste en te racontant ça. Tu m'avais d'abord confié une tâche : tu voulais que je dise un mot à Quentin.

Albane se mordit les lèvres, hésita, puis lança, un sourire aux lèvres :

— Non. Finalement rien.

Patricia interpréta ce sourire comme une marque de guérison. Sa fille renonçait-elle à espérer ? donc à souffrir ?

Deux jours plus tard, Hippolyte sonna à la porte pour la présentation.

Patricia ordonna une nouvelle fois à Albane de sortir de sa chambre – elle le lui avait demandé six fois durant la dernière heure – et ouvrit à Hippolyte. Pour elle, ce rendez-vous marquait une officialisation de leur relation : puisque à leur âge on présentait son fiancé à ses enfants plutôt qu'à ses parents, elle prouvait à Hippolyte qu'elle était prête à s'engager.

Fidèle à son habitude, le jardinier lui apportait de superbes fleurs : cette fois-ci, il s'agissait d'orchidées blanches au cœur fuchsia, achetées à grands frais chez Xavière.

Patricia l'enlaça, effarouchée sitôt qu'elle entendit dans son dos le pas de sa fille.

Albane apparut, en minijupe, perchée sur de hauts talons, portant un chemisier presque transparent qui révélait son torse jeune, svelte et parfait. En s'approchant, elle révéla un maquillage très appuyé : du khôl soulignait ses yeux, du rouge carmin épaississait ses lèvres. Çà et là, des paillettes illuminaient sa peau dorée, attirant l'attention sur ses joues, son cou, sa poitrine et ses cuisses.

Jamais Patricia n'avait vu sa fille ainsi, métamorphosée en vamp.

— Bonsoir, murmura Albane en compensant l'audace de sa tenue par un maintien gêné.

Étonné, Hippolyte lui sourit et l'embrassa d'une façon cordiale. Elle gloussa sous son étreinte.

Patricia décida de ne rien critiquer : il importait de réussir cette rencontre.

Ils s'installèrent au salon. Patricia et Hippolyte, si habitués à évoluer seuls dans l'appartement, avaient l'impression d'exhiber leur affection devant un public ; leur tutoiement, leurs expressions, leurs gestes leur paraissaient soudain suspects, concertés. Sous le regard de cette adolescente, ils mimaient leur intimité plus qu'ils ne la vivaient. Or Albane ne semblait pas noter leur malaise ; bavarde, participant à la conversation, aidant sa mère au-delà de toute espérance pendant l'apéritif puis le repas, elle cherchait à mobiliser l'attention. Bientôt, Patricia et Hippolyte se résolurent à se taire et à écouter la jeune fille en verve.

Avec malaise, Patricia découvrait le sex-appeal d'Albane, remarquant pour la première fois la longueur de ses jambes, la joliesse de ses formes, et surtout l'audace qui la poussait à charmer le jardinier.

«Retiens-toi, Patricia, pensait-elle. Ta fille a voulu se suicider il y a quelques jours et maintenant tu la vois heureuse en face de ton amant. Si elle s'est habillée comme une pute et montre des manières déplorables, ne t'en prends qu'à toi-même! Subis ça ce soir, tu la corrigeras dans les semaines qui viennent.»

Quant à Hippolyte, plus la soirée progressait, plus il se pétrifiait. Pas de doute, Albane tentait de le draguer. Repoussant ses avances, il joua le naïf.

Après le dessert, Albane profita d'un moment où sa mère rapportait la vaisselle à la cuisine pour se coller contre lui en approchant brutalement sa chaise.

Feignant de découvrir l'heure, il s'exclama qu'il avait juré à Germain de le libérer de son rôle de nourrice avant minuit.

— Quel dommage! ronronna Albane. Et comme Isis a de la chance! D'ailleurs, c'est si mystérieux ce prénom, Isis. C'est vous qui l'avez choisi?

— Oui.

— J'aurais aimé m'appeler Isis.

— Albane est un magnifique prénom.

— Vrai?

— Vrai.

— Et bien porté?

Sans qu'il ait vu comment elle s'y était prise, sa bouche se trouvait à dix centimètres de la sienne.

Albane était tellement emportée par son envie de séduire qu'elle ne se contrôlait plus.

Hippolyte bondit vers le vestiaire de l'entrée, remercia les deux femmes pour cette soirée et saisit, lors de l'accolade finale, Albane par les épaules pour l'empêcher de se plaquer contre lui.

— Je te raccompagne jusqu'à l'ascenseur, dit Patricia.

Albane, grisée, ivre d'elle-même, tourna plusieurs fois sur place, alla picorer les dernières fraises sur la table, puis, se rendant compte que sa mère ne revenait pas, s'approcha de la porte, histoire de découvrir ce qui se passait sur le palier.

À moitié engagés dans l'ascenseur, Hippolyte et Patricia discutaient à voix basse.

— Je ne reste pas, Patricia, la situation vire au malsain.

— Désolée. Jamais je n'aurais imaginé qu'elle se comporterait ainsi. Tu comprends, c'est une enfant qui a manqué d'un père. Elle a sans doute vu en toi un père de substitution que…

— Non, Patricia. Pas un père. Excuse-moi, elle ne m'a pas regardé comme un père. Tu t'illusionnes.

— Je ne peux pas croire que…

— Ça n'a pas d'importance, Patricia. Un caprice de gamine ne nous fâchera pas. Nous nous verrons sans elle en attendant qu'elle mûrisse. C'est une sauterelle qui se persuade qu'elle agit en femme parce qu'elle est grimpée sur des talons, une mouflette convaincue que le fond de teint appliqué à la truelle empêche de voir ses boutons d'acné, une vierge qui pense qu'en se frottant contre un homme elle deviendra adulte.

— Je suis effondrée.

— Sois vigilante. Elle se considère comme ta rivale.

— Mon Dieu…

— Remets-la à sa place, Patricia. C'est le plus beau cadeau que tu lui offriras. Répète-lui qu'elle a quinze ans, qu'elle débite des sottises quand elle ne parle que pour parler, que son excitation la ridiculise et qu'elle n'attirera personne en se conduisant de cette manière.

Albane n'en écouta pas davantage. Elle bondit dans sa chambre, cherchant autour d'elle ce qu'elle pouvait casser. Mais elle tenait à ses affaires… Mieux valait s'en prendre à elle ! Des somnifères, elle n'en avait pas. Des médicaments, non plus. Qu'avalerait-elle ? Ah oui, de l'eau de Javel. Sa mère avait eu le malheur de lui dire : « Heureusement que tu n'as pas avalé de l'eau de Javel. »

Elle se précipita à la cuisine et saisit la bouteille. En l'ouvrant, elle trouva l'odeur écœurante. Inutile, elle n'arriverait pas à l'ingurgiter. Trop toxique.

Que faire ?

Entendant la porte d'entrée qui claquait, elle devina que Patricia allait venir vers elle pour l'accabler. Une seule solution : fuir.

Elle déverrouilla la porte de service qui donnait sur l'escalier en colimaçon et disparut, tandis que sa mère l'appelait à travers les pièces.

Une fois dans la rue, elle s'ingénia à mettre de la distance entre elle et ce quartier où chacun la connaissait.

Traversant la place d'Arezzo, où un incessant va-et-vient de voitures se produisait devant la demeure des Bidermann qui avaient organisé une grande fête, elle emprunta l'avenue Molière. En fendant l'air frais, elle avait l'impression d'avancer nue dans la nuit ;

le bandeau de tissu qui lui servait de minijupe et son délicat chemisier ouvert lui semblaient soudain inconsistants.

Lorsqu'elle parvint au bout de la chaussée d'Alsemberg, à l'orée d'un quartier moins chic, une voiture klaxonna. Elle se retourna. En passant, quatre hommes joviaux à l'intérieur du véhicule lui firent signe qu'elle était canon. Amusée, elle considéra sa tenue autrement. Après tout, elle était belle, même si elle frissonnait de froid. Ces hommes le lui disaient sans équivoque. Crétin d'Hippolyte !

Un break grenat ralentit et corna. Des garçons de vingt ans, hilares, éméchés, lui crièrent des obscénités qui la ravirent. En temps normal, elle aurait eu peur, mais ce soir-là, suite aux méprisantes insultes d'Hippolyte, tout hommage à son allure lui convenait.

Elle approcha d'un parc à moitié arboré qui descendait vers le quartier de la gare. Oubliant l'aura dangereuse du lieu, elle entra sous les chênes en foulant l'herbe humide.

Au début, elle ne vit pas les ombres d'hommes, elle n'aperçut que des troncs. Puis elle remarqua que les arbres se déplaçaient et conclut, amusée, qu'il s'agissait de silhouettes humaines. Encore cent mètres, et elle rejoindrait le boulevard éclairé où circulaient les tramways.

Soudain, trois individus surgirent.

— Eh bien, ma belle, on n'a pas peur des mauvaises rencontres ?

Une main saisit ses fesses. Une autre sa cuisse. Une autre sa poitrine.

Albane poussa un hurlement.

— Regardez-moi cette salope. Ça ne met rien sur soi, ça porte une jupe ras la foune, un chemisier pas plus gros qu'un mouchoir, et ça s'indigne comme une sainte-nitouche !

— Laissez-moi.

Une main puissante s'abattit sur sa bouche et l'empêcha de crier.

14

Le médecin approcha l'aiguille fine, longue, acérée du crâne de Wim. En une seconde, le galeriste présagea que la seringue allait percer son front aussi aisément que du beurre, atteindre son cerveau, fouiller ses méninges. Horreur ! Le poison bousillerait ses neurones, il perdrait ses capacités, réduit à une existence de légume...

— Ne bougez pas, s'il vous plaît, gronda le dermatologue. Ayez confiance. Je pratique cette intervention plusieurs fois par jour et personne n'en est mort.

Trop tard pour reculer... Wim ferma les paupières, soucieux d'affronter de façon virile cette opération que tant de femmes enduraient. En serrant les mâchoires, il sentit l'acier s'introduire dans sa ride du lion. Le froid l'envahit. « Mon Dieu, quand je pense que cette substance paralyse les muscles et qu'on me l'injecte. » Il se trouvait misérable, la vie l'humiliait : non seulement il avait écopé d'un physique médiocre, mais il devait lutter pour le conserver médiocre. Le botox n'allait pas l'embellir, juste prévenir l'érosion. Fallait-il dépenser des fortunes, endurer ces douleurs, afin de garder une tronche qu'il détestait ? La migraine montait, il eut envie de pleurer...

— Si vous respiriez ?

Wim avala de l'air et s'aperçut que son malaise venait surtout de sa stagnation en apnée à la vision de l'aiguille. Il se concentra sur son souffle, s'assura de sa régularité. Ce dérivatif l'apaisa.

— Voilà, conclut le dermatologue. Le blocage de vos muscles devrait durer au moins six mois. Maintenant, voyons ce que je pourrais regonfler.

Wim décida de se laisser aller : le métier de ce tortionnaire consistait à conserver ou à arranger les visages.

Depuis l'adolescence, Wim était consterné par son physique. Si l'enfance avait été heureuse parce que insouciante, ses quinze ans l'avaient conduit à détailler devant une glace ce qui lui arrivait : ça poussait dans tous les sens et dans le désordre, ça prenait des poils ici, pas là, ça se développait selon un arbitraire qu'il ne contrôlait pas. Plusieurs fois, il s'était assis à son bureau pour dessiner, exemples anatomiques sous les yeux, le corps et le visage qu'il briguait, espérant qu'en les définissant, en se concentrant sur eux, il contraindrait la nature à obéir. En vain... À dix-sept ans, il avait dû considérer sa face et sa silhouette comme définitives ; déçu, il en avait conclu qu'il n'irait pas bien loin avec ça : il allait falloir se montrer malin, sinon... Il avait donc développé l'intelligence et l'énergie du disgracié, devenant vif, attentif, cultivé, drôle, riche d'histoires et d'anecdotes qu'il racontait pour éblouir au sens propre – empêcher l'autre de voir.

Depuis qu'il se frottait au milieu de l'art moderne, il regrettait d'être banal plutôt que laid. Le laid, lui, s'avère remarquable, il attire le regard, l'attention, le dégoût, l'engouement, le rejet, bref l'émotion. En art autant que dans la vie, le laid constitue l'unique challenger du beau, David contre Goliath, l'antihéros devenu héros. Sur un élan d'enthousiasme, Wim avait songé à se faire scarifier : de profondes entailles, d'horribles cicatrices auraient rendu son visage inoubliable. Or, en tentant des essais avec des calques posés sur sa photo, il en avait conclu qu'il allait plutôt s'apparenter à un accidenté qu'à un laid singulier. Il ne suffisait pas de lacérer le tableau d'un peintre du dimanche pour le transformer en chef-d'œuvre.

Le praticien piquait désormais son visage afin, çà et là, d'en raffermir la chair.

— N'oubliez pas de vous pommader à l'arnica. Sinon, vous multiplierez les bleus.

— Bien, docteur.

Quoique Wim n'eût pas envie de voir le résultat, le médecin lui mit un miroir entre les mains.

— Voilà, qu'en pensez-vous ?

Wim ne se reconnut pas, à sa place il aperçut sa mère. L'intervention esthétique l'avait encore rapproché de cette bonne Flamande ordinaire à laquelle il souhaitait ne pas ressembler.

Il tenta une légère critique :

— Lisse et rond, c'est un peu trop…

— Jeune.

— Féminin ?

Le médecin se substitua au miroir et scruta Wim sans complaisance. Après un silence de trente secondes, il conclut :

— Pas du tout !

— Alors ça va.

Wim mentait et savait qu'il en était de même pour le praticien ; cependant, il n'insista pas, conscient que, sans une forte dose d'hypocrisie, il n'y a plus de vie sociale.

Meg l'attendait à la galerie, ayant déjà réglé les deux tiers des problèmes que rencontrait l'entreprise. Par habitude, il supervisa le travail puis la complimenta.

— Vous êtes une perle précieuse, Meg.

Touchée, la jeune femme baissa les yeux, s'ébroua avec gêne. Afin de se donner une contenance, elle saisit un emballage dans son sac à main et en sortit un tube qu'elle tendit à Wim.

— Tenez. Comme vous aviez rendez-vous avec le docteur Pelly, vous pourriez avoir besoin d'arnica.

Il reçut le médicament, déconcerté par tant d'attention.

— Merci, Meg. Décidément, vous êtes incroyable. C'est vous que je devrais épouser.

Il se leva, pensif, et répéta en quittant la pièce :

— Oui, je me le dis souvent d'ailleurs : c'est vous que je devrais épouser.

Puis, sans se retourner, il disparut rejoindre des clients qui contemplaient des toiles de Rothko.

Meg demeura abattue sur sa chaise. Cette dernière phrase l'avait crucifiée : s'il l'avait prononcée avec autant d'ingénuité, c'était bien parce qu'il estimait l'idée invraisemblable ! Il fallait qu'il n'y eût aucune ambiguïté entre eux pour qu'il la risquât. Pourquoi envisager de s'unir avec elle relevait-il du grotesque ? Qu'avait-elle qui décourageait l'amour ?

Après avoir perdu plusieurs heures avec des clients indécis, Wim rentra place d'Arezzo en flânant. Il n'était guère pressé de rejoindre Petra von Tannenbaum, qui s'avérait d'une compagnie plutôt ennuyeuse en dehors des réunions publiques. Elle employait ses journées à s'occuper d'elle, de son corps en pratiquant la gymnastique, de son régime en mangeant des graines, de sa peau en multipliant les soins et les crèmes, de ses vêtements en martyrisant une couturière de théâtre ; s'il lui restait un peu de temps, elle découpait des photos et des articles dans les journaux avant de les coller sur des cahiers telle une adolescente énamourée ; fan de sa personne, elle collectionnait tout ce qui la concernait.

Quant à sa conversation, elle ne résistait pas à deux ou trois repas. Wim savait maintenant ce qu'elle acceptait qu'on sût d'elle ; pour le reste, elle ne vivait rien et ne s'intéressait à rien. Lui si disert, si volubile, avait parfois l'impression de ne s'adresser qu'au silence, tant elle ne l'écoutait pas.

Leurs seuls moments de partage restaient leurs sorties publiques. Là, lors d'un cocktail, d'une première, d'une réception, d'un vernissage, elle et lui, rayonnants, attiraient l'attention et les commérages, fussent-ils sceptiques ou désobligeants. Complices, ils savouraient avec gourmandise le bruit qu'ils provoquaient.

En arrivant au loft, Wim aperçut sur le marbre de la cuisine une enveloppe jaune portant son nom. À l'intérieur se dissimulait un article de journal.

Il déplia le papier et reçut le titre comme un coup dans le plexus : « L'éjaculation précoce : tenter d'y remédier ? »

Inquiet, il jeta un œil alentour. Qui lui infligeait ce sale tour ? Il tourna et retourna l'enveloppe, se souvint de l'avoir déjà vue et conclut qu'elle était réutilisée.

Quelqu'un qui était venu dans cet appartement avait manigancé ce guet-apens…

Meg ? Comment pourrait-elle être au courant ? Elle n'intervenait pas dans ce champ privé, assistante idéale parce qu'elle manifestait respect et discrétion. Un membre du personnel ? Les Philippins employés à la cuisine ou les Philippines au ménage ne comprenaient pas le français, ne communiquaient qu'en anglais. Alors Petra ? Petra ignorait ce détail intime puisqu'elle et lui n'avaient jamais couché ensemble ; non seulement elle n'aimait pas le sexe mais elle se souciait des autres comme d'une guigne.

Agacé, il parcourut les sous-titres gras qui rythmaient l'article : « 80 % des hommes de moins de 18 ans sont des éjaculateurs précoces. Pas une malformation physique. Inutilité des médicaments. Maîtriser son émotion. Convaincre votre mari qu'il a un problème. »

La page venait d'un périodique féminin, ce qui l'inquiéta davantage. Meg ? Petra ? Impossible.

Ses yeux balayèrent l'article : « L'éjaculateur prématuré lâche sa semence souvent moins d'une minute après la pénétration, et cela sans pouvoir le retarder. » Moins d'une minute, c'était cela.

Il entendit des pas et enfouit vite le papier au fond de sa poche. Petra arriva, une boîte à la main.

— Ah, vous êtes là, cher. Je venais mixer ma créatine.

Elle déposa deux cuillerées de poudre dans un verre, y ajouta de l'eau qu'elle agita avec une cuillère.

Wim se rendit compte qu'il avait laissé l'enveloppe ouverte sur le marbre. Elle l'aperçut également.

— Ah, dit-elle, vous avez vu l'article que j'ai découpé pour vous.

Il pâlit. En cognant l'ustensile d'argent contre le cristal, elle poursuivit sans le regarder :

— Oui, j'ai su par une copine à Londres que c'était votre problème. La mannequin Policy, vous vous souvenez ? Très belle, oui. Très bavarde. Surtout quand elle a un verre dans le nez. Non, ne vous en prenez pas à cette malheureuse, c'est grâce à elle que nous sommes là aujourd'hui car ce minuscule détail avait attiré mon attention sur vous.

Elle but sa préparation, grimaça puis émit un léger rot.

— Pour moi, ce genre d'infirmité n'a aucune importance, vous savez bien pourquoi. Mais je me suis dit que pour vous, cela constituait éventuellement un problème.

Wim s'empourpra, incapable de répondre.

— Oui, comme vous dites, poursuivit-elle, c'est gentil de ma part.

Elle rota de nouveau.

— Ah, cette créatine, je ne la digère plus. Vivement que j'aille à New York, on parle d'un nouveau mélange qui aurait un effet similaire sur la musculature sans ce goût atroce. J'ai découvert ça sur des blogs de culturistes.

En temps normal, s'il n'avait pas été humilié, Wim se serait amusé de la scène : la sophistiquée Petra von Tannenbaum déchiffrant les tuyaux sportifs de gros malabars survitaminés.

Elle le dévisagea enfin.

— Bref, tout ça pour vous dire, mon cher, que je sais garder un secret. J'espère que vous aussi.

L'explication arrivait.

— Je vous aurai laissé le souvenir d'une partenaire torride. Et moi, quand je vous évoquerai, je supposerai que... vous étiez remarquable. Sommes-nous d'accord ?

Petra proposa à Wim de ne jamais évoquer ses difficultés sexuelles si lui, en échange, taisait sa propre indifférence au sexe.

— D'accord, Petra. C'est ce que j'aurais affirmé même si vous ne m'aviez pas fourré cet article dans les mains.

— Oui, sans doute, vous l'auriez dit par vantardise. Je préfère que ce soit par peur.

Sur ce, elle quitta la pièce.

Pour la deuxième fois de la journée, Wim trouva l'existence absurde et interminable. Que d'efforts pour cacher la sordide réalité...

Ce samedi soir-là, Petra von Tannenbaum devait faire son show à la galerie Petrodossian, devant une assemblée réunissant le plus chic de Bruxelles.

Le trac la rendit odieuse ; elle hurla en plusieurs langues à l'intention du personnel philippin, traita Meg de grosse vache inepte quand celle-ci n'obtint pas au téléphone les responsables de l'événement et insulta Wim avec une cruauté fine, mordante et répétitive.

Ils encaissèrent les coups sans répondre, avec le fatalisme de ceux qui attendent la fin de l'orage.

Enfin, les accessoires furent envoyés à la galerie et Petra, enfermée dans la salle de bains qui constituait son temple, acheva de se préparer.

Lorsque Wim proposa de la déposer sur le lieu de l'événement, elle se contenta de murmurer :

514

— Ne vous comportez pas comme un vieux mari. J'arriverai seule si cette idiote de Meg parvient à m'obtenir un taxi.

Elle se retourna soudain et le fixa.

— En revanche, je veux que vous me rejoigniez en coulisse dès que mon spectacle s'achèvera. Là, comportez-vous en amant jaloux, je vous en donne le droit. Ce sera le meilleur moyen pour moi d'échapper aux libidineux.

Wim approuva de la tête, ne sachant s'il devait apprécier ou détester cette façon qu'avait Petra de distribuer militairement les tâches.

Il quitta la mezzanine, rejoignit Meg au niveau du grand loft.

— Êtes-vous au courant pour le taxi ?

— Oui, il est commandé depuis trois jours et j'ai rappelé au moins quatre fois pour m'assurer que la voiture serait là à l'heure dite.

— Merci, Meg.

— Voulez-vous un verre de whisky ? Un Lagavulin de quinze ans d'âge ?

— Je crois que j'en ai besoin.

Elle lui apporta la boisson.

— Avec un glaçon, ainsi que vous l'aimez.

— Merci. Vous êtes la femme que j'aurais dû épouser.

Meg ne chercha pas à déchiffrer sur le visage fermé de Wim ce que cachait cette dernière nuance : «j'aurais dû». Combien de temps tiendrait-elle auprès d'un homme qu'elle aimait, qui ne l'aimait pas, et qui désormais évoquait à tout bout de champ leur mariage souhaitable, cependant impossible ?

À son habitude, le moral miné, elle alla se refugier aux toilettes.

À dix-neuf heures, Petra débarqua comme une bombe, s'en prit à Wim, à Meg, aux organisateurs, à cette «Belgique de merde» avec son «public de cons», se demanda une ultime fois pourquoi elle se donnait autant de mal pour satisfaire une humanité ingrate dépourvue de goût, puis, claquant la porte, descendit prendre son taxi.

Une fois seuls, Wim et Meg se regardèrent, tels deux chameliers après le passage d'un ouragan sableux.

— Encore un verre? proposa Meg.

— Indispensable, répondit Wim.

En sirotant le liquide ambré aux saveurs de tourbe et de fumée, ils discutèrent des affaires de la galerie, de certains clients, d'un nouvel artiste dont ils découvraient l'œuvre et qu'ils tenaient à promouvoir. Pour l'un et l'autre, rien de plus agréable que cette conversation détendue sur ce qui constituait leur quotidien. Wim n'avait plus envie de partir et Meg dut lui désigner les aiguilles sur sa montre.

— Ne ratez pas le show.

Wim soupira et se leva lourdement, lui d'ordinaire si vif.

— Et n'oubliez pas vos clés.

— Oui, Meg.

— J'éteins.

— Merci, Meg, merci pour tout.

Il ramassa le trousseau de clés et disparut.

Meg parcourut les trois étages, ferma les volets, brancha le dispositif de sécurité et s'apprêta à sortir.

Ses clés avaient disparu. Paniquée, elle fouilla dans ses poches, son sac, puis, par peur de déclencher la sirène, bloqua le système antivol et entama une recherche systématique de ses clés.

516

Hélas, Wim les avait emportées par mégarde.

Elle n'avait plus de moyen de sortir. Certes, elle pouvait se contenter de claquer la porte, mais comment prendre ce risque alors que plusieurs millions d'euros d'art pendaient aux murs ? Jamais. Elle devrait patienter jusqu'au retour de Wim et Petra. Attrapant la bouteille de whisky écossais, elle se resservit un verre, pas une portion de Parisienne cette fois, non, une portion de vraie Flamande.

Au fond, qu'est-ce que ça changeait à sa vie de rester ici ? Personne ne l'attendait.

Le spectacle de Petra von Tannenbaum avait enchanté le public mondain de Bruxelles.

— Rien de vulgaire !

— La révolution du genre !

— À la fois le premier degré de la magnificence féminine, le second degré de l'allusion, et le troisième degré du kitsch.

En entendant ces commentaires convenus, Wim continuait à boire. Pendant la représentation, il s'était rendu compte qu'il ne supportait plus Petra ; même sa silhouette sculpturale avait cessé de le fasciner : il connaissait le travail de musculation qui galbait ses formes, il devinait la sueur que cachait sa peau poudrée, sous son ventre idéalement plat il ressentait ses efforts pour rentrer ses viscères.

Comme prévu, il joua les chiens de garde devant la loge de l'artiste, puis filtra les complimenteurs un à un en les fixant d'un œil hostile. Puisque cette comédie servirait sa réputation de mâle auquel tout réussit, il l'exécuta à la perfection.

517

Il ne céda à l'ennui que lorsqu'il se retrouva seul dans sa voiture avec Petra. Celle-ci, détendue par la réussite du spectacle, était d'humeur loquace, un fait exceptionnel.

— Mon cher, à quel âge devrais-je stopper ? Trente-huit ans, voilà ce que j'ai décidé.

— Vous serez encore splendide à trente-huit ans.

— C'est bien ce que je vous dis : je terminerai au sommet de ma beauté. Je ne tolérerai aucune image de moi diminuée. C'est suffisamment insupportable de voir rejaillir çà et là des photos de mon enfance ou de mon adolescence.

— Que ferez-vous si vous arrêtez ?

— Quelle question ! Si j'arrête, j'arrête. Tout. Adieu définitif !

— Je ne comprends pas.

— Je me suicide, mon cher.

— Petra...

— Évidemment ! Ma légende, pour devenir complète, nécessite une fin tragique.

— Vous plaisantez ?

— Pas le moins du monde. Seule la mort transformera ma vie en destin.

— Attendez qu'elle vienne, la mort.

— Je ne consentirai jamais à la déchéance, pas après les sacrifices que je me suis imposés. À trente-huit ans, je me tue, c'est résolu depuis longtemps.

— Petra, je vous supplie de...

— Regardez cette pauvre Greta Garbo : elle a eu l'intelligence d'interrompre ses tournages lorsqu'elle était parfaite mais elle a eu la lâcheté de continuer à vivre. Avez-vous vu les photos volées par des paparazzis au bas de son immeuble, à New York, où l'on découvre son sublime visage mitraillé par le temps ? Quelle honte. Moi, j'aurai le courage.

Wim se tut. Petra l'agaçait tant qu'il regrettait presque qu'elle n'eût pas déjà trente-huit ans afin de se débarrasser d'elle.

— Rassurez-vous, mon cher, j'aurai publié auparavant mes Mémoires. Histoire d'empêcher qu'on dise n'importe quoi. D'ailleurs, je pense que je rédigerai quelques lignes très aimables sur vous.

— Merci, Petra. Je suis touché.

Elle eut un léger rictus. Sa réponse n'était pas celle à laquelle elle s'attendait. Elle insista donc :

— Et vous, écrirez-vous un jour vos Mémoires ?

— Naturellement, Petra. Quand un homme a croisé une artiste telle que vous, les éditeurs exigent qu'il écrive ses Mémoires. Ne craignez rien.

— Merci, conclut-elle, satisfaite.

La voiture arriva place d'Arezzo, laquelle était bloquée par un gala qui se déroulait chez les Bidermann. Femmes en robe longue et hommes en smoking pénétraient dans l'hôtel particulier illuminé d'où descendaient les accords d'un orchestre à cordes. Par politesse, Wim tint à expliquer à l'indifférente Petra le but de cet événement :

— Notre voisin, le commissaire européen Zachary Bidermann, économiste mondialement connu, va être nommé Premier ministre de Belgique.

— Oui, oui, je suis au courant.

Wim retint une exclamation de surprise. Suivait-elle l'actualité politique ? L'avait-il mal jugée en croyant qu'elle se contentait de lire les papiers qui parlaient d'elle ?

— Êtes-vous invité, mon cher ?

— Non.

— Pourquoi ?

— Je ne tiens pas à me marquer politiquement.

— Passez un coup de fil, j'aimerais y aller.

Petra lui avait donné cet ordre comme on jette une adresse à un chauffeur de taxi. Il frémit d'agacement.

— Désolé, Petra, je n'ai pas l'habitude de mendier des invitations.

— Vous êtes minable, mon cher.

Wim ne réagit pas à l'insulte. Le bien-être dans lequel l'avaient plongé les multiples verres d'alcool amoindrissait sa colère envers Petra.

En arrivant à l'appartement, elle enfila un somptueux manteau en plumes d'autruche et lui annonça :

— Je me rends à cette réception.

— Sans invitation ?

— Je doute qu'on m'en interdise l'accès. Sachez que depuis des années je ne suis invitée nulle part, reçue partout. Vous ne venez pas, naturellement ?

— Naturellement, répliqua Wim.

Elle haussa les épaules et franchit la porte.

Wim s'approcha de la fenêtre et s'amusa à la suivre des yeux pendant qu'elle traversait la place. Majestueuse, arrogante, telle une reine en exil, elle gravit l'escalier, discuta avec les domestiques, puis entra.

— Restes-y, commenta Wim.

Heureux, il chercha le Lagavulin qu'il ne trouva pas, dénicha un Jameson dont il se servit un verre plein à ras bord en écoutant des enregistrements de Duke Ellington.

Une heure plus tard, ivre mais léger, il monta à la mezzanine et se jeta sur son lit.

Là, il heurta un corps. Saisi, il alluma la lampe de chevet et découvrit Meg, qui, ivre, dormait sur la couette.

Amusé, il la contempla. Sa chair rose, dodue, lisse, appelait la caresse. Il renifla ses cheveux qui sentaient la pomme acide, une odeur entêtante. Étonné, il perçut qu'il avait envie de faire l'amour.

Il se redressa, décidé à redescendre jusqu'au canapé du loft.

Meg se retourna, ouvrit les yeux, le découvrit.

— J'ai trop bu, dit-elle en souriant.

— Pareil, répondit Wim, enjoué.

Elle saisit la tête de Wim entre ses deux mains et, sans réfléchir, l'amena contre elle, l'embrassa.

Amusé, il se prêta à ce baiser. Leurs deux corps se frottèrent.

Quand ils se regardaient, ils s'esclaffaient. Selon leurs esprits désinhibés par l'alcool, ils ne commettaient rien de grave ou d'important, ils se jouaient juste une bonne farce. De toute façon, ils s'entendaient si bien…

De caresse en caresse, Wim déshabilla Meg, puis se déshabilla avec moult éclats de rire. Ensuite, il couvrit le corps de Meg et le câlina lentement.

Tout aussi lentement, il entra en elle. Elle s'abandonna.

Wim commença à lui faire l'amour. Jamais il n'avait eu ce sentiment ; lui qui d'ordinaire s'épuisait vite, il se transformait là en animal souple qui ondule dans le corps de l'autre, qui multiplie les positions pour varier les délicieux contacts.

Meg se laissait manipuler, ravie de découvrir un si bon amant.

Après vingt minutes d'étreintes suaves, elle sentit une grande chaleur l'envahir.

— Je… je vais jouir.

Wim ne ralentit ni n'accéléra, il se contenta de poursuivre, subtil et inexorable, le mouvement qui la rendait si heureuse.

Elle hurla de volupté et l'enserra de ses bras, exténuée, rayonnante.

Wim sortit de son corps. Pour la première fois, il était le mâle qui assurait le plaisir de la femelle. Quoiqu'il eût servi une femme et son orgasme, il se sentait puissant. C'était cela, le pouvoir suprême : se retenir.

— Finis-moi, murmura-t-il.

Alors Meg se mit à quatre pattes et permit à son seigneur et maître d'arriver à la jouissance.

15

L'émission télévisée battait un record d'audimat – la chaîne s'en rendait compte au flot de courriels et d'appels téléphoniques qui déferlaient pendant la transmission en direct – car Zachary Bidermann, outre que la nation voyait en lui l'homme à même de juguler la crise, avait le don d'intéresser les spectateurs. Face à lui, qu'on fût analphabète ou agrégé en sciences économiques, on ne zappait pas.

Il rassurait. Cela tenait moins à ce qu'il disait qu'au langage de son corps. Râblé, tassé, les épaules vastes, la nuque épaisse, Zachary semblait une bête puissante, ramassée sur elle-même avant de bondir. Peu d'éléments le différenciaient d'un lourd sexagénaire mais ce peu changeait la donne. Les mains robustes, musclées, capables de tout – de saisir et de rompre, de caresser ou d'étrangler –, se tenaient devant le thorax, sentinelles de leur maître, prêtes à intervenir, s'indignant, bouillant, commentant les chiffres ou appuyant les résolutions. Son cou affirmait la force, large, solide, parcouru de veines visibles, une cheminée qui envoyait l'énergie du torse au cerveau. L'œil réduit à une demi-lune par la paupière pesante hypnotisait grâce à son bleu océanique tirant vers le gris acier; immobile, puis fixant une autre direction sans qu'on l'ait vue bouger, la prunelle obéissait à son propre rythme, indifférente aux sollicitations extérieures. Alors que les cheveux arboraient un blanc immaculé, les sourcils noirs témoignaient d'une jeunesse et d'une vigueur intactes. Quant à la bouche, soit elle tombait, cynique, soit elle se relevait aux commissures et dessinait un sourire cruel, voire vorace, telles des babines de loup. Zachary rieur différait de Zachary raisonneur, et ce contraste fascinait. Il était un paradoxe vivant, un intellectuel de haut niveau tapi dans un corps de brute.

L'intervieweuse subissait, malgré elle, ce charme. Quoique en salle de rédaction, coachée par ses collègues journalistes, elle se fût préparée à se montrer pugnace, elle ne pouvait, lors du débat, s'empêcher de boire les paroles de son interlocuteur; à certains moments, il lui arrivait de rougir quand il la complimentait sur une question. Entre eux, une sorte de tension érotique s'immisçait, tension qu'elle subissait et que lui contrôlait. D'ailleurs, les messages arrivant par internet montraient que le commissaire européen ne troublait pas que la journaliste; de brûlantes déclarations d'amour affluaient.

Quel sortilège utilisait cet homme ni laid ni beau pour plaire autant? À l'intervieweuse, il montrait qu'il n'oubliait jamais qu'elle était femme, même au plus profond d'une discussion, même au plus fort d'une polémique; sur son visage, certains traits disaient « Vivement qu'on en finisse avec cet échange d'intelligence, nous avons mieux à faire ensemble ». Quoique parlant à sa conscience éduquée, il réveillait chez son interlocutrice le cerveau archaïque, cette part encore attachée à la nuit de l'instinct qui recherche l'adulte puissant, protecteur, dont la semence sera féconde, le chef qui lui assurera nourriture, sécurité et dépendance. Sous le costume trois pièces coupé sur mesure, en deçà d'un discours économique rationnel, un mâle de Neandertal s'adressait à la femelle Cro-Magnon.

Quant aux hommes, ils apercevaient en lui un chef plutôt qu'un rival, un leader naturel. Sans contorsions politiciennes, ne simulant aucune fausse modestie, convaincu par les propositions qu'il avançait, Zachary Bidermann rayonnait, tel le dirigeant providentiel qu'attendait l'époque désemparée.

Dans les rangs du public occupant le studio, Léo Adolf et ses acolytes du Parti se félicitaient de cette émission : pas de doute, elle leur permettrait d'imposer Zachary Bidermann à la tête d'un gouvernement dit «technique» qui gérerait la situation de crise. Si certains râleurs s'opposaient à ce choix, après la réussite de cette prestation il n'y aurait plus que des impatients.

Trente secondes restaient : la journaliste en arriva au sujet que chacun avait en tête :

— Monsieur le Commissaire européen à la concurrence, votre compétence n'est plus à prouver et l'on parle de vous pour occuper les plus hautes responsabilités du pays. Comment réagissez-vous ?

— En cinquante ans, je n'ai eu qu'une seule idée fixe : servir mon pays et l'Europe.

— Donc, vous êtes prêt ?

— Depuis hier soir.

— Pardon ?

— Hier soir, j'ai obtenu la permission de mon épouse, Rose. Elle m'autorise à consacrer mon temps et mon énergie au service de la nation.

— Elle ne sera pas jalouse ?

— Elle m'a promis d'être patiente mais, pour elle, pour vous, pour nous tous, il faudra que je réussisse vite.

La journaliste sourit, charmée que l'émission finisse sur une note personnelle, laquelle humanisait le show en rendant hommage aux épouses. Lorsque le générique commença à défiler sur une musique percussive, elle le remercia avec effusion :

— Bravo ! Vous avez été formidable.

— Grâce à vous, mademoiselle.

Elle et lui ne pensaient qu'à leurs intérêts qui, pour l'heure, se rejoignaient : un invité brillant signifiait une émission brillante.

En quittant son tabouret, avant que le public ne se précipitât pour demander des autographes, la journaliste ferma son micro et glissa à l'oreille de son invité en aparté :

— Je suis une grande amie de Carmen Bix.

Par là, elle suggérait qu'elle n'ignorait rien de la liaison torride qu'il avait entretenue avec l'Espagnole. Il enregistra le message, plissa les paupières, ajouta d'une voix de velours :

— Vous choisissez bien vos amies, mademoiselle.

À cet instant, l'intervieweuse comprit la séduction de cet homme : ce qui l'embellissait, c'était de trouver les femmes si belles.

Ce soir-là, Rose Bidermann avait prévu une réception place d'Arezzo pour fêter la marche vers le pouvoir. Les partisans considéraient que l'émission la plus suivie de Belgique représentait déjà un triomphe politique pour Zachary Bidermann : dans les prochains jours, il allait venir aux affaires nationales en tant que Premier ministre.

À l'entrée de leur hôtel particulier, Rose rayonnait en recevant ses premiers hôtes car elle avait toujours eu la conviction qu'elle pavoiserait là, un jour, au bras de l'homme le plus puissant. Lorsqu'elle était tombée amoureuse de Zachary, elle avait éprouvé une passion sincère mais qui servait ses ambitions avouées : ce brillant économiste l'amènerait au plus haut.

Rose était de ces femmes qui jugent le pouvoir érotique. Selon elle, un homme devait se révéler performant en tout, autorité, argent, culture, intelligence, sexe. Ceux qui avaient jadis connu Zachary le décrivaient comme un surdoué dilettante, sinon paresseux ; à cette époque-là, il n'exploitait pas ses dons, aimant trop vivre. Elle l'avait changé. Parce qu'elle avait décelé en lui un surhomme, il avait tenté de le devenir. Depuis Rose, grâce à elle ou à cause d'elle, la réussite l'obsédait, il se voulait le meilleur, souhaitant justifier le regard qu'elle posait sur lui. À l'occasion, rien n'enchantait plus Rose qu'un vieil ami de Zachary mesurât ce trajet et la congratulât pour l'influence qu'elle exerçait sur lui. Pourtant, elle soupçonnait à peine les dommages collatéraux de leur ambition commune.

Puisqu'elle ne l'envisageait qu'au sommet – le meilleur économiste, le meilleur politicien, le meilleur homme d'État –, l'oisif avait laissé place à un bourreau de travail, l'épicurien à un éminent responsable. En Zachary, avec la pression était venue la compulsion. Une peur diffuse, celle de ne pas être à la hauteur, le gangrenait. Plusieurs fois par jour, cet actif basculait dans la déprime ; il ne connaissait plus la fatigue, seulement l'angoisse. L'unique façon de la combattre consistait à jouir, le plaisir annihilant ses idées sombres et l'apaisant, grâce aux ondes voluptueuses qui irradiaient son corps. Au début, Rose avait suffi à ses besoins impérieux ; or, au fur et à mesure que sa puissance de travail et de réussite croissait, ses exigences sexuelles augmentaient. Sa fulgurante ascension l'avait poussé à l'adultère, à la fréquentation des prostituées, puis à parfois solliciter de manière brusque une quelconque représentante du beau sexe.

Cette frénésie, non seulement Rose l'ignorait, mais si quiconque y risquait une allusion, elle la niait. Comment un mari qui lui faisait autant l'amour – une à deux fois par jour – aurait-il eu une vie parallèle ? De plus, sa confiance dans le destin l'incitait à se fier à Zachary ; sous prétexte qu'il n'avait pas commis d'erreurs durant sa course vers le pouvoir, elle l'imaginait exhaustivement vertueux. La femme la plus trompée de Bruxelles affichait donc la sérénité épanouie de celle qui se croit l'unique…

Les salons de la place d'Arezzo se remplissaient davantage à chaque instant. Commissaires européens, technocrates, ministres, aspirants ministres s'y pressaient, histoire de dire plus tard « j'y étais ».

Rose et Zachary avaient renoncé à se tenir à l'entrée pour accueillir chacun. Confiant au personnel le soin de diriger les nouveaux venus, ils passaient, séparés, de groupe en groupe.

— Que fous-tu là ? s'exclama à voix basse Zachary en direction d'un homme de soixante ans au nez piqué par l'alcool.

528

— Surpris de voir Dédé ?

Zachary Bidermann grimaça. Dédé d'Anvers, casquette à carreaux et costume de chasse en tweed, gérait plusieurs bordels de Belgique. Il désigna Rose qui, plus loin, riait avec Léo Adolf.

— Dis donc, je ne savais pas que madame était si gironde ! Alors là, félicitations mon vieux : tu as tout juste dans toutes les cases, toi.

— Que fous-tu là ?

— Je suis venu boire un coup parce que, figure-toi, je vais bientôt être le copain d'un Premier ministre.

— Ne t'en vante pas.

— Allons, tu connais Dédé. Si on n'est pas discret, dans mon métier, on périclite. Non, je passais parce que je me disais… Maintenant que tu t'installes là-haut, tu vas soulager mes problèmes avec les impôts.

— Ah oui ?

— Tu veux que je t'explique ? On me réclame quatre…

Zachary posa sa main sur son épaule.

— Écoute, Dédé, on va se causer viril, d'homme à homme, afin d'éclaircir la situation : que je te connaisse ou non, je ne t'aiderai pas. Plus simplement, je n'aiderai personne. Dans quelques jours, je ne serai plus moi, mais le Premier ministre. Juste et sans taches.

— C'est beau ce que tu dis…

— Dédé, tu es le premier à traiter les politiques de « pourris ».

— D'accord, pourtant…

— Tu as eu mon dernier mot, je ne varierai pas. En revanche, je viendrai toujours dans tes maisons, je paierai sans négocier parce que tu as de très bonnes filles. Voilà ma seule promesse.

Dédé, qui avait la larme facile, s'embua, bafouilla, soudain éperdu d'admiration :

— Tu es un mec formidable, Zachary.

Il lui attrapa la main et la secoua. Dédé le remerciait davantage que s'il l'avait aidé. Lui, le roi de la combine, le prince de la triche, filandreux comme un salsifis, la figure d'un homme incorruptible le fascinait : il avait l'impression de tutoyer le roi Salomon.

En s'éloignant, Zachary sourit en songeant que, si on anticipait les élections, il recevrait au moins la voix du plus éminent maquereau de Belgique.

Il salua son voisin, le veuf François-Maxime de Couvigny, aux traits crispés, s'entretint quelques secondes avec lui de la recapitalisation des banques, puis aborda un nouveau groupe.

Il jeta un œil panoramique pour voir si son célèbre voisin, l'écrivain Baptiste Monier, l'avait snobé à son habitude. La discrétion de cet homme, son refus de la vie sociale choquaient Zachary. Pourquoi ce romancier à la carrière internationale se confinait-il chez lui ? Quel intérêt de ne fréquenter personne ? Le pire, c'était que dans des décennies on aurait oublié Zachary Bidermann et le personnel politique ici présent mais qu'on lirait encore Baptiste Monier, lequel serait devenu le vrai témoin de son siècle, lui qui n'en aurait rien vu.

Il soupirait lorsqu'un individu inconnu s'approcha.

— Bonsoir, monsieur Bidermann. Sylvain Gomez.

— Nous nous connaissons ?

— Oui, des Mille Chandelles.

Zachary ne cilla pas à l'évocation du club échangiste.

— Ma femme vous a-t-elle invité ici ?

— Je me suis permis de venir. Je voudrais vous parler.

— Avec plaisir, donnez-moi cinq minutes.

Désinvolte, Zachary s'éloigna, s'isola un instant dans une pièce fermée aux invités, appela sa fidèle Singer au téléphone et conféra avec elle.

Il retourna, affable, au milieu du hall où l'attendait Sylvain Gomez.

— Si nous nous réfugiions dans mon bureau, cher monsieur ? Suivez-moi.

Peu impressionné, Sylvain Gomez accompagna Zachary jusqu'à son bureau qui donnait sur la place aux oiseaux. Ce soir-là, le concert habituel des perruches et perroquets était couvert par le brouhaha de la réception.

Zachary Bidermann s'installa derrière son robuste bureau et attendit que l'homme s'exprimât.

Ce dernier, gêné par le silence, se racla la gorge et commença :

— Vous vous demandez pourquoi je viens vous déranger ?

Zachary Bidermann continua à le fixer sans répondre.

— J'étais l'autre nuit aux Mille Chandelles et, par distraction, j'ai pris quelques photos.

Le mot « distraction » sonnait faux dans la mesure où, aux Mille Chandelles, les maîtres des lieux exigeaient que l'on déposât à l'entrée tout appareil censé capturer des souvenirs ; du reste, en ces lieux libertins, la règle s'était imposée afin de respecter l'anonymat de chacun. L'homme avait donc triché.

— J'ai quelques photos de vous. Voulez-vous les voir ?

Zachary demeura imperturbable. Son interlocuteur insista en faisant défiler ses clichés sur l'écran de son téléphone.

— Vous n'aimez pas les souvenirs ?

— Je préfère les miens.

La voix de bronze de Zachary avait retenti, nette, cassante, dans la vaste pièce.

L'homme grimaça un sourire.

— Voyons, qui cela pourrait-il intéresser, ces photos ? Votre femme peut-être ?

Zachary garda le silence.

— Vos amis du Parti ? Non, plutôt vos ennemis politiques. Et ils sont nombreux.

Lassé, Zachary contempla le plafond. Déconcerté, l'homme devint haineux :

— Ou alors la presse ? Oui, la presse raffole de ce genre de scoops.

Zachary but paisiblement l'apéritif qu'il avait à la main.

— Vous ne m'aidez pas beaucoup, grogna l'homme. Vous devriez me poser la question : combien ?

Aussitôt, la voix de Zachary répéta sans conviction :

— Combien ?

— Dix mille.

— C'est tout ?

— Pour aujourd'hui…

— Ah, vous me rassurez…

L'homme s'agitait, mal à l'aise. La conversation ne prenait pas la tournure attendue.

Zachary se pencha en avant.

— Je vous propose mieux que ça.

Il tendit à l'homme une coupelle d'arachides.

— Je vous propose une cacahuète.

— Pardon ?

— Une cacahuète contre vos photos. Ainsi, vous ne vous serez pas déplacé pour rien.

L'homme se leva, humilié, fit deux pas autour de la chaise, puis, recouvrant l'inspiration, ricana d'exaspération.

— Vous n'avez pas l'air de soupçonner le tsunami que je peux déclencher…

— Vous non plus, cher monsieur. Persévérez dans vos intentions et vous écoperez, dès demain matin, monsieur Sylvain Gomez, d'un contrôle fiscal sur chacune de vos quatre sociétés, Lafina, Poliori, Les Bastonnes et Découverte asiatique. De plus, je me permettrai de téléphoner à mon ami Meyer, le ministre des Finances luxembourgeois, histoire de vérifier que vous ne détiendriez pas des comptes, une faveur qu'il n'hésitera pas à m'accorder, croyez-le bien. Et puis, au cas où je ne détecterais pas votre casse-croûte là-bas, j'appellerais des relations en Suisse, au Panamá, aux îles Caïmans. Fou les amis qu'on a partout lorsque l'on est commissaire à la concurrence, même pas besoin de devenir Premier ministre.

Gomez avait pâli, effrayé.

— Mais… c'est du chantage !

— Qui a commencé ?

Refusant de perdre, Gomez fanfaronna :

— Vous ne m'effrayez pas !

— Ah bon ?

— Non. Car vous avez l'air de supposer que je suis malhonnête.

— Je ne le suppose pas, j'en ai la preuve.

Zachary évoquait le recours au chantage, alors que Gomez concluait que Zachary détenait déjà des informations compromettantes.

Il avala sa salive et se rassit.

— Bon, j'arrête la photographie.

— Excellente idée, vous n'avez aucun talent. Servez-vous une cacahuète. Non ?

Zachary Bidermann se releva et ordonna à Gomez de quitter la pièce avec lui.

— Je ne vous raccompagne pas : vous trouverez seul la sortie.

L'homme s'évapora.

D'un pas assuré, Zachary Bidermann rejoignit ses invités, glissant un baiser à Rose au passage.

Léo Adolf se détacha du groupe au milieu duquel il dissertait pour attraper Zachary par le bras.

— Grand succès ce soir, un succès qui balaie les ultimes réticences. J'ai parlé avec les chefs de groupe à l'Assemblée, ils sont d'accord pour te fournir une majorité de coalition. Il ne nous reste plus qu'à obtenir la démission de ce pauvre Vanderbrock, ce qui se concrétisera dans les deux jours. Bref, nous allons entamer dès demain la procédure qui te fera Premier ministre. Félicitations.

— Merci.

Le président de la commission baissa soudain le ton en poussant Zachary dans un angle tranquille.

— Aujourd'hui, le prestige des politiques est tellement écorné que nous risquons gros. Un dirigeant doit se montrer irréprochable. Même quand il l'est, le peuple le détestera aussi vite qu'il l'a adoré. Nous ne durons pas plus que des mouchoirs en papier. À mon avis, dans vingt ans, on ne dégotera plus un seul imbécile pour prendre le job.

— Où veux-tu en venir ?

— Zachary, tu es notre dernier espoir. Si tu échoues, la classe politique sera désavouée. Mais si tu trébuches avant d'avoir réussi, ce sera encore plus grave. La confiance disparaîtra.

— « Trébucher » ?

— Jure-moi que tu te conduiras de manière exemplaire. Je parle des femmes, bien sûr…

Zachary s'esclaffa.

— Je te le jure.

— Tu me dis ça facilement alors que c'est si dur de changer.

Zachary éprouva, au cœur, une petite contraction pénible.

— Qu'en sais-tu ? Peut-être mon papillonnage n'est-il que l'expression d'une ambition inassouvie ? Maintenant que je serai moins privé de pouvoir, sans doute renoncerai-je à ces compensations.

Le président était persuadé que Zachary se payait de mots, or, par prudence, il s'abstint d'insister : après tout, s'il y avait une chance sur un million que Zachary crût à ce qu'il énonçait, Léo ne le détromperait pas.

— Même si tu changes, Zachary, des litiges risquent de remonter du passé.

— Quel paranoïaque !

— Enfin, Zachary, comment pourrais-tu résister à un chantage ?

Zachary songea : « Comme je viens de le faire il y a dix minutes » ; il se contenta de le rassurer :

— Écoute, jusqu'ici, j'y suis toujours arrivé…

— Plus on monte, plus on devient une cible.

— Plus la cible s'élève, plus elle est difficile à atteindre.

— J'aimerais partager ton optimisme.

— C'est parce que tu ne le partages pas qu'on veut me confier ces fonctions, et non à toi, cher président.

Léo accepta le coup, l'estimant de bonne guerre. Les deux hommes couraient le cent mètres politique côte à côte depuis vingt-cinq ans, s'opposant souvent, s'alliant parfois, ne se perdant jamais de vue. Il s'était établi entre eux une camaraderie de rivaux : ils aimaient leur pays, ils construisaient l'Europe, ils fréquentaient des puissants et des impuissants identiques. Pendant leur carrière, quand l'un subissait un échec, il pensait à ceux que l'autre avait surmontés ; quand ils remportaient une victoire, ils s'en rappelaient la fragilité. À la soixantaine, quoique différents, ils ressentaient surtout la fraternité, celle d'une génération qui avait traversé les mêmes dangers.

De tempérament, Léo était un conciliateur, Zachary un attaquant. Le premier brillait dans l'analyse et la synthèse, le second dans l'invention. L'un gérait, l'autre créait. En cette période chaotique, des hommes comme Léo Adolf ne suffisaient plus : au-delà d'un administrateur, il fallait au peuple un visionnaire, l'artiste positif et optimiste proposant un avenir.

— Bon, tu devrais aller flatter Costener, Zachary, cela mettrait de l'huile dans les rouages.

— J'obéis, Monseigneur.

Zachary reprit son chemin d'invité en invité, cordial, disert, simple quoique royal. En apparence, il se comportait avec aisance ; au fond de lui, le marasme s'installait. Depuis son entretien avec Léo, la perspective du pouvoir devenait concrète et commençait à le miner. Si, avec Dédé d'Anvers et Gomez, il avait eu l'impression d'interpréter une scène de comédie, on le mettait dorénavant à la tête d'un drame :

les finances du pays. Serait-il capable d'imposer les mesures nécessaires ? Il allait falloir convaincre aussi bien la ménagère du Hainaut que les parlementaires flamands. N'était-ce pas impossible ?

Il ressentit un fort besoin de sexe. Rose ? Elle ne quitterait pas ses invités. Il chercha Dédé et le découvrit auprès de la réserve de champagne.

— Dédé, tu as du matériel sous la main ?

— De quoi as-tu besoin ?

— Le minimum.

— Une turlutte ?

— Oui.

— Désolé, Zachary, je n'ai amené personne. Regarde autour de toi. Dans ce genre de pince-fesses, ce n'est pas la salope qui manque, si tu veux mon avis.

Zachary monta une marche, jeta un œil sur ses hôtes. Pas de chance, ce furent les hommes qui lui firent des signes, excités de congratuler le héros du moment.

Il sentit la migraine l'accabler. À cet instant, une serveuse trottina devant lui. La courte blonde placide avait l'air d'une victime, d'un oiseau sans ailes, et descendait à la cave pour chercher des bouteilles de champagne.

Sans réfléchir, il la suivit. Arrivé entre les frais murs de brique, l'odeur de champignon moisi lui rappela la moiteur des saunas et l'excita. Il accéléra pour rejoindre la serveuse entre les rangées de bouteilles.

Là, il la saisit, lui imposa un baiser. Elle se débattit mais il usa de sa force. Lorsqu'elle parvint à reculer, elle découvrit le maître du logis et paniqua davantage.

— Ne crie pas, ma petite, et fais-moi plaisir.

Tout en maintenant son étau, il lui saisit la main et la plaqua sur son sexe. La jeune fille cilla et comprit.

— Tu veux bien me faire plaisir, non ?

Il la serrait si fort qu'elle pensa qu'il valait mieux s'exécuter, sinon elle allait mourir étranglée.

Se baissant, elle ouvrit la braguette de Zachary et obéit.

Sept minutes plus tard, Zachary, soulagé, remercia la serveuse. En se rhabillant, il reprit l'escalier qui conduisait aux salles de réception.

La jeune fille, épuisée, dégoûtée, demeurait accroupie, avec l'envie de sangloter.

Une ombre sortit d'un coin de la cave et s'approcha.

Quelqu'un avait assisté à la scène.

Une grande femme élégante, au visage de madone, se pencha vers la gamine.

— Je m'étais perdue en cherchant les toilettes et j'ai tout vu. On va le dénoncer.

— Non, madame. Je vais perdre mon emploi.

— Hors de question de passer outre.

— Je vous en prie, madame, je ne veux pas d'histoires. Si vous parlez, je nierai.

La femme approuva lentement de la tête puis lui tendit un mouchoir.

— Tiens, essuie-toi.

Aux environs de minuit, la fête battait son plein. L'orchestre à cordes avait entonné des morceaux plus modernes, plus rythmés, et certains invités commençaient à danser.

538

Zachary Bidermann se dépensait en conversations, joyeux. On le trouvait plus brillant que jamais. Les photographes de presse déclenchaient leur flash dès qu'il côtoyait une personnalité.

Zachary exigea soudain de privilégier Rose. Tous deux se prêtèrent à une séance de pose enjouée, amoureuse, que les invités applaudirent.

Au milieu des ovations, trois policiers firent irruption.

— Excusez-nous, messieurs dames, nous avons reçu l'appel d'une victime de violences.

Petra von Tannenbaum surgit de derrière un paravent.

— C'est moi qui ai téléphoné.

On considéra avec surprise cette créature magnifique que personne n'avait encore remarquée : contrastant avec son extrême sophistication, les bretelles de sa robe avaient été arrachées et sa coiffure semblait dérangée par on ne sait quelle intervention.

En tremblant, elle désigna Zachary du doigt :

— C'est lui qui m'a violée.

Un frémissement parcourut l'assemblée.

Elle sortit un mouchoir de son réticule et ajouta dans un sanglot :

— J'en ai la preuve.

QUATRIÈME PARTIE

Dies Irae

Prélude

Cette nuit-là, une nuit où pesait sur la ville une chaleur tendue qui ne disparaîtrait qu'avec l'orage, les perroquets parlaient leur langue maternelle, celle qui demeure obscure aux hommes. Leur vive jactance lançait des passerelles sonores entre les branches, jetait des lianes d'un arbre à l'autre, recréant une jungle sur la place ronde, depuis le nid majestueux détenu par l'ara jusqu'à l'immense barque de brindilles où séjournaient plusieurs familles de petites perruches vertes. Ce charivari ajoutait au brouillard des cerveaux humains.

On fait dire ce qu'on veut aux perroquets mais les perroquets disent ce qu'ils veulent. Qu'explique un perroquet qui parle ? Qu'exprime un perroquet qui se tait ?

Lorsqu'on encage les perroquets dans la civilisation, on peut les considérer comme des singes acoustiques – à moins d'estimer les singes des perroquets acrobates.

Cessons de les regarder avec des yeux d'homme.

Ils caftent, ils caquettent, ils caquotent, puis, tout soudain, respectent une minute de silence. Le brouhaha repart et s'y mêlent, çà et là, des lambeaux de français, de portugais, d'italien. Sont-ce les échos de nos phrases qu'ils reproduisent sans comprendre, ou révèlent-ils leurs capacités exceptionnelles ? Oreille fine, parfaits linguistes, ils seraient des agents doubles, aptes à manier la langue des hommes et celle des oiseaux. Pourquoi sommes-nous persuadés de leur être supérieurs, nous, les bipèdes sans plumes et sans duplicité lexicale ?

Quand ils utilisent le français, s'adressent-ils seulement à nous ou continuent-ils à discuter entre eux ? Peut-être qu'ils espionnent, dénoncent, critiquent les actes humains, en vrais pipelets des boulevards, mauvaises langues aux salves toxiques…

Plus l'on fréquentait la place d'Arezzo, plus on se convainquait de frayer avec un mystère. Le nom même de cette place relevait de l'incroyable puisqu'elle rendait hommage au moine bénédictin, Guy d'Arezzo, lequel inventa le système de notation musicale pour en finir avec le brouillard de la transmission orale. «Celui qui exécute sans comprendre n'est qu'une bête», disait-il. En musique, Guy d'Arezzo était un tueur de perroquets. Répéter ne suffisait pas, il voulait en finir avec l'imitation et nous permettre d'analyser, d'inscrire, d'écrire. Autour de l'an mille, il nomma donc les notes *ut, ré, mi, fa, sol, la*…

Par quelle ironie perroquets et perruches avaient-ils décidé d'investir précisément ce square ?

Cette nuit-là, il y avait autant d'humains que de volatiles. L'atmosphère semblait explosive. On sentait qu'il allait se passer quelque chose.

«Mais quoi ? criait un gris du Gabon. Mais quoi ?»

1

Dès qu'elle entendit les cris, Diane devina qu'il ne s'agissait pas d'un jeu. Autour d'elle, au-delà des arbres et des pelouses, la ville bruissait d'un vacarme moiré que les habitants prenaient pour du silence. Pourtant, l'appel de détresse fendait la nuit.

Malgré l'obscurité, malgré ses cuissardes à hauts talons qui gênaient sa course, malgré les accidents de terrain – souches, mottes, racines – que la clairière lui opposait, elle dévala jusqu'à l'endroit d'où partaient les exclamations.

Entre les marronniers, elle distingua trois ombres épaisses accroupies sur une fille plaquée au sol. La victime se débattait de toutes ses forces, ce qui excitait les hommes, grisés de recevoir des coups en s'adonnant à leur plaisir. L'un tenait la tête de la proie, tentait de la bâillonner avec son bras qu'elle repoussait sauvagement. C'était un combat. Un parfum de sang et de sexe se répandait. Diane perçut aussitôt la gravité du danger. Qui dit combat dit issue du combat ! Le propre d'une lutte étant d'arriver à sa fin, on pouvait craindre que cet affrontement n'allât jusqu'à la mort.

Sans hésiter, elle fonça vers les violeurs. Seul celui qui maintenait la tête la vit rappliquer mais il eut à peine le temps de l'interpeller que Diane frappait d'un pied brutal la nuque des autres. Ils roulèrent sur le côté, surpris, douloureux, Diane visa leur sexe. Ils hurlèrent, puis se tapirent dans l'herbe en gémissant.

Celui qui restait fut alors mordu par la jeune fille, il beugla en retirant sa main, ce qui offrit à Diane l'opportunité de lui balancer un crochet sur le nez.

Les trois hommes, à terre, stupéfaits qu'une femme seule les attaquât, s'apprêtèrent, par fierté de mâles, à donner l'assaut.

Un bruit de sirène jaillit alors du boulevard en contrebas. Par réflexe, ils se ramassèrent sur leurs jambes et détalèrent.

La nuit les absorba.

La sirène cessa.

Le cœur de Diane ne parvenait pas à ralentir. Elle avait envie de se battre, de cogner encore.

Une plainte interrompit sa férocité exaltée. La victime gémissait.

Diane se pencha et découvrit la très jeune fille. Albane, les jambes contusionnées, les lèvres en sang, le corps pantelant, pleurait en protégeant son pubis d'une main, en cachant son visage de l'autre.

Diane eut la sagesse de ne pas rendre l'adolescente immédiatement à sa mère.

En dépit des invités qui affluaient place d'Arezzo pour assister à la réception des Bidermann, elle réussit à garer sa voiture rue Molière, à emmener Albane dissimulée sous un plaid puis à monter chez elle. Jean-Noël ne les dérangerait pas car il était en mission à Stuttgart.

Dans l'appartement, elle aida la jeune fille à se recomposer.

Albane s'installa sous la douche chaude, incapable d'en bouger, hagarde et convalescente à la fois, comme si l'eau allait la nettoyer de ce qui venait de se produire, comme si les jets allaient détacher de sa peau le souvenir de ses agresseurs, comme si les ablutions allaient lui redonner sa pureté perdue. Dans cette atmosphère humide, elle put pleurer aussi.

Derrière la porte, Diane s'inquiétait. La jeune fille s'était enfermée – ce qui était normal – et Diane craignait qu'elle ne commît un geste fatal. Elle avait beau avoir enlevé en une minute ce qui était tranchant – rasoir, ciseaux –, elle savait qu'on ne doit pas sous-estimer l'inventivité d'une désespérée.

Ce qui la rassurait, c'était d'entendre, réguliers, les sanglots d'Albane : ils prouvaient qu'elle restait en vie.

Une heure plus tard, la douche s'arrêta.

— Ça va ? Veux-tu boire quelque chose de chaud ? demanda Diane.

Un faible « oui » lui arriva.

Albane apparut, emmitouflée d'un peignoir, une serviette autour de la tête. Le turban d'éponge rassura Diane : si la jeune fille pensait à ses cheveux, elle ne voulait pas quitter ce monde.

Elles s'installèrent à la cuisine où Diane prépara un grog bien chargé de rhum.

Albane raconta son épreuve. Ça lui était difficile. La stupéfaction, la rage arrêtèrent plusieurs fois son récit. À d'autres moments, les hoquets étouffèrent l'adolescente.

Diane l'écouta puis requit des détails. Il lui semblait capital qu'Albane mette en mots son agression, moyen sinon de la dominer du moins de l'apprivoiser,

de l'arracher à la violence terrorisante en la réintro-
duisant dans l'ordre du langage.

Au deuxième grog, Albane avait terminé.

Elle éprouvait un soulagement bête, proche de la
torpeur : elle avait tout formulé mais ne s'était pas
débarrassée de l'horreur. Des images, des sensations
lui revenaient, déchirant sa chair.

— Veux-tu voir un médecin ?

— Je ne sais pas.

— Nous allons en discuter avec ta mère.

À la mention de sa mère, Albane perdit courage et
s'effondra.

— Que se passe-t-il ? s'exclama Diane.

— Maman... elle va souffrir quand elle va l'apprendre... oh...

Diane soutint la jeune fille, essaya de la raisonner :

— Albane, ne confonds pas. Elle ne va pas souffrir
plus que toi.

— Si !

Diane découvrit que la jeune fille était sincère. À
sa grande surprise, cette constatation la ramena des
décennies en arrière où la gamine qu'elle avait été voulait protéger sa mère des duretés de la vie. Un enfant
aimant affronte sa souffrance mais répugne à tourmenter ses parents. Elle rangea ce souvenir au tiroir
des sentiments défunts et conduisit Albane dans son
dressing. Puisque la jeune fille ne pouvait remettre sa
tenue déchiquetée, il fallait l'habiller avant qu'elle ne
rentre chez elle.

Albane cessa d'être une martyre pour s'émerveil-
ler quelques instants. Comme la fantasque et versatile
Diane adorait se prêter à des scènes diverses, il y avait
tout et son contraire au sein de sa garde-robe, cuir ou

tweed, angora ou latex, depuis le tailleur rêche de la bourgeoise jusqu'à l'uniforme d'infirmière sexy, sans omettre la tunique hippie ou le fourreau lamé. Ses penderies semblaient un vestiaire de théâtre, le réservoir d'une transformiste plutôt que les placards d'une citadine bruxelloise.

Diane opta pour un jean et un pull flottant puis, en tenant Albane par la main, l'emmena chez sa mère.

Lorsque, une demi-heure plus tard, elle quitta l'appartement de Patricia, elle ressentait une tristesse voisine du désarroi, née d'une question d'Albane : « Que faisiez-vous là ? » Bien sûr, Diane n'avait pu révéler la vérité et avait improvisé sur le thème « Je circulais en voiture, je m'étais arrêtée pour fumer une cigarette, fenêtre ouverte ». Mère et fille avaient gobé le mensonge en s'écriant : « Heureusement… »

Or Diane n'était pas sortie fumer. Elle traînait dans le parc de Forest, zone réputée périlleuse, parce qu'elle souhaitait, ce soir-là où son mari s'absentait, y faire une rencontre louche. En réalité, elle y flânait pour vivre l'acte qui venait de détruire la jeune fille. Volontairement, elle ! Était-ce avouable ? Était-ce audible, surtout ? Elle aussi avait du mal à se comprendre…

Soudain, elle s'estima usée. Face à Albane, elle remarquait qu'elle avait déjà tout vécu, tout expérimenté, tout épuisé. Sa recherche du nouveau, de l'extrême, du dangereux l'avait amenée à un point d'humanité – ou d'inhumanité – critique où elle pratiquait la moquerie universelle. Cynique, elle s'amusait de ce qui effrayait les autres. Ressentait-elle encore quelque chose ? N'avait-elle pas émoussé ses émotions ? Même la violence ne lui semblait plus une agression mais un jeu, puisqu'elle la transformait aussitôt en mise en scène. Chaque événement devenait rite et elle une figurante du rite.

« Je suis ma caméra de surveillance. Je me réduis au gardien de nuit qui derrière ses écrans s'amuse à m'observer dans des situations incongrues. Au fond, je ne vis plus, je me regarde vivre. »

Qui était-elle, celle qui passait davantage de temps à l'extérieur qu'à l'intérieur d'elle-même ?

En traversant la place d'Arezzo, Diane perçut une agitation différente. Si auparavant elle avait ressenti une impatience allègre émanant des invités qui se précipitaient à la fête, elle perçut une suspension tendue : la musique que déversaient les fenêtres avait cessé, l'immobilité figeait le square.

Elle vit la grande porte de l'hôtel particulier s'ouvrir et des policiers en jaillir avec Zachary Bidermann.

Diane crut être victime d'une hallucination : le fier, le hautain Zachary Bidermann, encadré par quatre gardiens de la paix, ressemblait à un suspect emmené en garde à vue. Il roulait des yeux indignés et suivait le rythme de ceux qui le guidaient. Enfin, on lui appuya sur la tête avant de l'enfermer dans une des voitures blanches aux gyrophares bleus aveuglants. On aurait dit un criminel !

Rose apparut en haut de l'escalier, le visage défait, un mouchoir à la main, soutenue par quelques proches, dont Léo Adolf, le président de la Commission européenne.

Si la vision de Zachary avait stupéfait Diane, celle de Rose la bouleversa. Détournant la tête, se dissimulant presque, elle s'enfuit en longeant les arbres et se réfugia chez elle.

Le lendemain, dès l'aube, elle apprit par les médias le scandale qui s'était produit place d'Arezzo.

Vers midi, Jean-Noël, rentrant de Stuttgart, la découvrit collée à l'écran de la télévision. Du doigt, elle lui indiqua le plateau de viande froide qu'elle lui avait préparé et se replongea dans son écoute. Il parvint à peine à échanger quelques mots avec elle, et ceux-ci ne concernèrent que l'affaire en cours.

— Pauvre femme, s'exclama Diane.

— Bien sûr, elle a été forcée de lui faire une turlutte mais elle s'en remettra, il ne faut rien exagérer, grogna Jean-Noël.

— Je parle de Rose.

— Rose ?

— Rose Bidermann, l'épouse de ce salaud. C'est elle qui a le plus mal en ce moment.

— Ah ?

— Maintenant, elle sait qu'il l'a trahie. Va lui tomber sur la tête ce qu'elle a nié durant des années. Les langues se délient depuis ce matin, les détails affluent sur ses obsessions sexuelles. Les journalistes chargent la barque et trouvent des témoins à foison.

— Diane, franchement : ça te choque ?

— Quoi ?

— Cette sexualité compulsive…

— Tu ne peux pas comprendre, murmura-t-elle en remontant le son.

Ce matin-là, Diane se réveilla, perçut les sifflements et pépiements des perruches qui jacassaient sur la

551

place et se dit qu'il était temps d'intervenir. Ce qu'elle n'avait jamais entrepris ces dernières années, elle le ferait aujourd'hui.

Après s'être préparée, coiffée, maquillée comme si elle se rendait à une soirée de prestige, elle composa le numéro qu'elle s'était procuré des années auparavant.

Une voix sèche répondit.

— Bureau de Zachary Bidermann, madame Singer, j'écoute.

— Je voudrais prendre rendez-vous avec Rose Bidermann.

Il y eut un silence agacé puis la voix reprit :

— De la part de qui et à quel sujet ?

— De la part de Diane Fanon.

— Êtes-vous connue de Madame ?

— Non.

— À quel sujet ?

— J'ai des révélations à lui faire.

Un grognement excédé précéda la réponse de Singer :

— Écoutez, madame, des révélations de femmes, nous en recevons à la pelle. Les maîtresses, les amantes, les ex, les prochaines, les forcées, les hésitantes ou celles qui voudraient bien, je n'ai plus que ça au téléphone, figurez-vous. De la décence, s'il vous plaît ! Vos révélations n'intéressent nullement madame Bidermann, je ne comprends pas comment vous pouvez avoir le culot de les proposer. Apprenez à respecter la douleur des gens, madame.

— Mais je la respecte ! J'adore Rose.

— Comment ? … Vous venez de dire qu'elle ne vous connaissait pas…

552

— Écoutez, je ne veux pas lui parler de Zachary Bidermann, je veux l'entretenir d'un autre sujet.

— Lequel ?

Diane hésita. Prononcerait-elle les mots qu'elle évitait depuis des années ? Elle s'en tira par un subterfuge :

— Dites-lui que je voudrais lui parler de… Zouzou.

— Zouzou ?

— Zouzou ! Dites-lui ça…

— Je ne comprends pas.

— Elle comprendra.

Puis Diane dicta son numéro de téléphone et raccrocha.

Son cœur battait à se fracasser. Il lui semblait qu'elle venait d'accomplir l'acte le plus indécent, le plus risqué de son existence. Sans se résoudre à s'éloigner, elle tourna autour du téléphone, guettant l'appel en retour.

Heureusement pour ses nerfs, il ne tarda pas. Quelques minutes plus tard, madame Singer lui proposait un rendez-vous l'après-midi à cinq heures.

Diane se présenta, grave, à la porte d'entrée, ignorant les photographes et journalistes qui occupaient les trottoirs, tête baissée, sourde à leurs demandes, concentrée sur son objectif.

Lorsqu'elle eut décliné son identité, le maître d'hôtel l'invita à se glisser à l'intérieur, soucieux d'empêcher un cliché indiscret, puis la conduisit à l'étage noble, là où Rose Bidermann patientait. Au milieu de la pièce fleurie de pivoines, celle-ci se redressa et se comporta de manière magnifique. Bien coiffée, joliment maquillée, habillée de couleurs claires, la voix timbrée, le sourire aux lèvres, elle démentait par sa grâce et son aisance le drame qui se resserrait sur elle.

Diane accepta son invitation à s'asseoir, la tasse de thé et les macarons, échangea avec elle des banalités sur le temps radieux ; soudain, elle se ramassa sur elle-même et prononça distinctement :

— Zouzou, cela vous dit quelque chose ?

Rose se contracta puis sourit.

— Oui. C'était le nom de mon père. Enfin, son surnom. Pour les intimes. Uniquement pour ma mère et moi.

— C'était aussi le surnom de mon père. Enfin, pour les intimes. Uniquement ma mère et moi.

Il y eut un silence. Rose voulait s'assurer de sa compréhension – ou plutôt se rassurer en vérifiant qu'il s'agissait d'un malentendu.

— Pour mon père, reprit Rose, Zouzou était le diminutif étrange de Samuel. Pas évident, n'est-ce pas ?

— Pas évident, en effet. Pareil pour le mien.

Il y eut de nouveau un silence. Rose se troubla.

— Qui était votre père ?

— Samuel van Eckart, le même que le vôtre.

Rose perdit contenance.

Diane sortit une photo de son sac et la lui tendit.

— Voici la seule photo que j'ai de lui en compagnie de maman. Il a vite rompu. Quant à moi, je ne l'ai vu que deux ou trois fois car il ne m'a pas reconnue. Il envoyait de temps en temps de l'argent, des cadeaux, et nous gratifiait d'une visite rapide afin de soulager sa conscience. Il ne fallait surtout pas que je l'appelle « papa ».

Rose saisit le cliché.

— C'est bien mon père.

— Avec ma mère.

— Qu'est-ce qui me prouve… ?

— Rien. Ma bonne foi. Celle de ma mère. Autant dire des éléments bien fragiles que votre père méprisait.

Rose sentait l'émotion de Diane monter et ne savait plus que penser ni comment réagir.

Diane reprit :

— Ah si, il y a ça, aussi…

Elle dégagea son épaule droite et désigna un grain de beauté à la naissance du bras.

— Il avait ça. Moi aussi. Et vous ?

Rose blêmit. En guise de réponse, elle repoussa lentement son chemisier et montra un grain de beauté analogue au même endroit.

Les yeux de Diane s'emplirent de larmes. Elle se mit à haleter.

— Alors, maman ne mentait pas… Pauvre maman…

Elle se lova dans le fauteuil et redevint, en quelques secondes, la fillette qui s'était interrogée sur son identité en sanglotant.

Rose s'approcha, une main tendue, hésitant à consoler cette inconnue. Elle resta devant elle, gagnée par un malaise triste, celui de découvrir un nouveau mensonge, ne venant plus cette fois-ci de son mari mais de l'autre homme important de sa vie, son père.

Quoique abîmée dans sa douleur, Diane releva la tête et constata que Rose se mordait les lèvres, en proie au désarroi.

— Pourquoi ? Pourquoi maintenant ? Pourquoi pas avant ? demanda Rose.

— Parce que je n'avais pas besoin de vous. Or, avec ce qui vous arrive ces jours-ci, je me suis dit que vous aviez peut-être besoin de moi.

— De vous ?

— D'une sœur…

Rose balbutia, stupéfaite. D'ordinaire, c'était elle la maîtresse femme qui prenait soin des autres et arrangeait les situations. Une étrangère qui se proclamait sa cadette voulait l'aider…

Diane ouvrit les bras et Rose s'y jeta, éperdue, épuisée, laissant déborder le chagrin d'une femme trompée, trahie, humiliée, moquée, cette femme qu'elle était et qu'elle refusait d'être.

Ce soir-là, lorsqu'elle rentra, Jean-Noël accueillit Diane les yeux brillants de désir en brandissant une carte noire et or.

— Ma chérie, j'ai une invitation au Tea for Ten où ils organisent une soirée libertine. Tu sais, c'est là où il y a cet immense hammam à gradins où l'on peut tout faire.

Diane considéra Jean-Noël et lui posa la main sur l'épaule.

— Écoute, Jean-Noël, c'est très gentil mais j'en ai marre de sucer de la bite au kilomètre. Si on allait dans la chambre ?

2

La chute d'un homme, quoi de plus fascinant ?

François-Maxime ne quittait plus le salon où, allumée en permanence, la télévision dégorgeait des informations sur Zachary Bidermann. Les chaînes, qu'elles fussent généralistes ou spécialisées en actualités, dédiaient leur antenne à l'incident de la place d'Arezzo. Flashs, débats, témoignages, tables rondes se succédaient, tentant d'occuper le vide créé par cette déflagration, essayant d'effacer le sentiment d'hébétude qui accablait les citoyens. L'aigle politique avait été arrêté en plein envol : alors que la semaine précédente Zachary Bidermann allait accéder à la puissance suprême, il avait été arrêté, questionné par la police, maintenu vingt-quatre heures en garde à vue, puis inculpé. En quelques heures, un détail ayant brisé son ascension, il était descendu au plus bas de l'échelle sociale, plus bas que le bas car on ne parlait que de lui, son crime ne bénéficiant d'aucun anonymat. À l'excès d'honneur succédait l'excès d'indignité.

François-Maxime se trouvait à la réception lorsque le supposé viol avait eu lieu et que la victime avait désigné son bourreau aux policiers. Il se passionnait pour l'affaire. Son intérêt ne venait pas du simple voisinage, il découlait plutôt d'un voisinage essentiel : François-Maxime projetait sa chute sur celle de Zachary Bidermann.

En quelques secondes, lui aussi avait perdu son statut, son bonheur, son équilibre : le saut de Séverine l'avait transformé en veuf, responsable de quatre orphelins. Par-delà ce qui lui était arrivé, le pire pouvait encore se produire : qu'on décelât la réalité de ses mœurs, ses rendez-vous furtifs dans les lieux de drague masculins où son corps, sans un mot, cherchait le contact de corps identiques. Comment réagirait sa banque à cette révélation ? les milieux financiers ? ses enfants ? sa famille ?

Un instant, il envia Séverine d'être partie avec ses secrets : au moins, elle ne risquait plus rien. La mort restait moins douloureuse que le déshonneur.

À sa grande surprise, il découvrit qu'il n'était pas le seul de la maison à demeurer scotché aux bulletins d'information ; la cuisinière, les femmes de ménage, le factotum, l'ensemble du personnel s'éternisait devant un écran, une radio, les journaux d'internet : Zachary Bidermann retenait toutes les attentions.

— Qu'est-ce qui les fascine ? Ils n'ont pas grand-chose à perdre, eux, pourtant…

François-Maxime supposa qu'ils assouvissaient une vengeance sociale : les petits éprouvent du plaisir à la dégringolade d'un puissant.

Ce matin-là, depuis sa voiture, en attendant les enfants qu'il devait conduire à l'école, il aperçut sur le trottoir Marcelle, la concierge de l'immeuble voisin, laquelle s'approcha en roulant les épaules.

— Z'avez suivi ce qui arrivé à monsieur Bidermann ?

— J'y étais.

— Quoi ! Vous avez vu le viol ?

— Non, je participais à la réception, j'ai assisté à l'arrestation.

— Est-il coupable, à votre avis ?

— Je n'en sais rien. De nombreux éléments l'indiquent.

— Le pauvre… C'est un coup monté.

— C'est aussi une théorie valable.

— Je n'ai pas dormi, monsieur, pas dormi de la nuit. J'étais ventousée à ma télé tellement ça me donnait le vertige.

François-Maxime, ne tenant pas à verser dans l'intimité avec la commère, se retint d'avouer qu'il en était ainsi pour lui.

— Pourquoi ? demanda-t-il d'une voix moins ferme.

— La ruine, monsieur, la ruine… Quelle culbute ! Je me disais que ça pouvait m'arriver.

Il se mordit les lèvres, conscient qu'il ne devait pas ironiser. Certes, chacun peut tomber, de plus ou moins haut…

— Auriez-vous quelque chose à cacher ? s'enquit-il.

— Je n'ai rien à cacher, beugla Marcelle.

— Alors ?

— Tout le monde n'a pas quelque chose à dissimuler mais tout le monde a quelque chose à perdre.

Sur ce, elle engueula un promeneur qui n'avait pas ramassé les excréments de son chien.

— Eh bien, ne vous gênez pas ! Est-ce que je vais pisser devant chez vous, moi ? Dégueulasse, va !

Comme si François-Maxime n'avait jamais existé, elle aboyait après le maître qui tentait de se justifier.

Ses filles et son fils dévalèrent le perron, s'installèrent dans le véhicule. Auparavant, Séverine leur aurait, de la porte, envoyé des signes d'adieu ; chacun s'en souvint et s'efforça de l'oublier.

Ils roulaient en silence quand Gwendoline, l'aînée, prit la parole :

— Papa, j'ai bien réfléchi à maman. Je crois savoir ce qui est arrivé.

François-Maxime jeta un œil inquiet dans le rétroviseur puis l'encouragea à poursuivre.

— Maman avait une maladie mortelle incurable. Elle le savait.

— Qui t'a dit ça ?

— Je l'ai deviné.

— Poursuis, ma chérie.

— Voilà. Elle avait appris qu'elle ne guérirait pas, alors elle a pris les devants pour éviter le supplice. Elle a surtout pensé à nous.

— À nous ?

— Elle ne souhaitait pas que nous souffrions en la voyant souffrir.

La réflexion occupa les esprits pendant un long silence. Un feu rouge arrêta le véhicule.

— C'est bien ce que tu viens de dire, Gwendoline, fit posément François-Maxime. Non seulement c'est plausible mais ça lui ressemble beaucoup.

— Ouais, répliqua Guillaume, ému.

Les deux cadettes confirmèrent par un borborygme. Le véhicule reprit sa route.

François-Maxime laissa cette idée s'ancrer dans les esprits. Au moins l'hypothèse avait-elle le bonheur d'être plus consolante que d'autres : Séverine n'avait pas quitté la vie, c'était la vie qui l'avait quittée.

Pourquoi démentir ? L'harmonie ne comptait-elle pas davantage que la vérité ?

Il déposa les enfants au collège, les embrassa fort, gravement, comme s'il désirait imprimer son affection sur leur corps, puis remonta dans le 4 × 4.

Normalement, il devait se rendre à la banque. Enfin, non. Normalement, il passait par le bois avant de se rendre à la banque…

Le ferait-il aujourd'hui ? Il se gratta la nuque. Au fond, il n'en avait pas envie. Pas envie du tout. Ni du contact du cheval entre ses cuisses. Ni des attouchements d'un garçon.

Il secoua la tête. N'était-ce pas justement parce qu'il ne le désirait pas qu'il devait le faire ? Cela pourrait l'aider à guérir…

Guérir de quoi ?

Déconcerté, il demeura un moment arrêté, les mains sur le volant, à fouiller son esprit pour savoir ce qu'il pouvait souhaiter…

Rien.

Il démarra, escomptant que la voiture d'elle-même le dirigerait.

Le 4 × 4 roula puis stoppa à la lisière. Pas moyen de rejoindre les écuries. Il ne chevaucherait donc pas. Il lui fallait avancer à pied.

François-Maxime abandonna son véhicule et, s'avançant sous la ramée, approcha des sentiers où des individus tournaillaient avant de disparaître, à deux ou à plusieurs, entre les troncs.

Il stoppa. Soudain, ce manège lui paraissait ridicule. Pis, il le dégoûtait. Dans ce va-et-vient d'hommes seuls, il ne percevait plus ni appétit ni plaisir, seulement la misère sexuelle, la condamnation à l'anonymat, la petite jouissance furtive, l'exaspération et l'insatisfaction. Il n'y avait là que des malheureux qui voulaient entretenir leur malaise, des malades qui buvaient une eau empoisonnée, juste assez pour continuer d'être malades, pas assez pour en mourir. Personne n'était heureux ici. Les corps se crispaient sous de prétendues caresses dont le but n'était pas de durer, plutôt de cesser. Ils pratiquaient un sprint de la jouissance, une frénésie qui courait du préliminaire à l'éjaculation. Le sperme coulait, certes, mais sur un cri, sous une grimace, afin de se débarrasser du désir, pas de couronner une apothéose. Qu'ils lui semblaient laids, ce jour-là, ces chasseurs solitaires, épaules basses, mains dans les poches, pupilles troubles, qui ne détaillaient pas les yeux du promeneur, uniquement son bassin.

Un jeune homme s'approcha, se figea, fixa son regard sur François-Maxime et tendit ses lèvres en avant.

François-Maxime cracha.

Le jeune homme sursauta, incrédule.

François-Maxime grinça entre ses dents :

— Pédé !

Puis il pivota sur ses talons et, d'un pas ferme, regagna sa voiture.

« Fini ! C'est fini ! Je ne reviendrai plus ici ! Trop sordide. »

Un accès d'humeur lui avait fait oublier les mille fois où il avait quitté le sous-bois souriant, bourré d'une énergie nouvelle, se sentant plus heureux, plus viril et plus séduisant. Quelqu'un le lui aurait rappelé, il l'aurait nié.

Il se rendit à la banque. Au salut des vigiles, au respect que lui marquèrent les employés, à l'obséquiosité des cadres, il reprit vie. « Banquier et patron, ouf, je le suis toujours. »

Rejoignant son bureau, il s'accorda le temps de converser avec sa secrétaire, laquelle, contractée, hésitait entre comportement habituel et comportement de circonstance. Il lui parla tendrement de ses enfants, des projets qu'il caressait pour les prochaines vacances avec eux.

À sa demande, les collaborateurs le rejoignirent et l'on s'attaqua aux problèmes du moment.

Aux environs de midi, la réunion se terminant, on ne put s'empêcher d'évoquer le scandale Bidermann. Chacun se fendit de commentaires, plus révélateurs sur lui que sur l'affaire, les uns abordant le ménage fracassé, les autres la carrière arrêtée, certains supposant un complot, un collègue dénonçant la folie à laquelle le pouvoir nous mène, un dernier cherchant le lien entre libido et politique.

Varnier attendit l'ultime remarque avant de conclure :

— Quel gâchis !

— Oui. Quel gâchis…

On resta sur l'ambiguïté de cette phrase, personne ne tenant à préciser si ce gâchis représentait l'ambition brisée de Bidermann, la violence infligée à une femme ou l'impossibilité pour la nation de nommer un meilleur dirigeant.

Varnier tapa sur l'épaule de François-Maxime.

— Puisque tu es là, pourquoi n'auditionnerais-tu pas avec moi le trader qu'on nous envoie de Paris ? Je le reçois dans cinq minutes.

— Je t'accompagne, s'exclama-t-il, désireux d'éviter la solitude.

Une fois installés dans le salon lambrissé réservé aux clients prestigieux, François-Maxime et Varnier réclamèrent qu'on introduise le postulant.

Dès que celui-ci entra, François-Maxime tiqua : le trentenaire affichait une allure homosexuelle. À quoi cela tenait-il ? Son costume n'arborait ni la coupe ni la sobriété d'usage, sa cravate portait un nœud énorme, quasi obscène, ses chaussures pointues revendiquaient l'originalité. François-Maxime le détesta à première vue, d'autant que le trader ne cacha pas, par son regard, son attirance pour lui. Cette désinvolture acheva d'agacer le banquier qui décida de se taire et d'observer.

Varnier mena l'entretien. Le jeune homme répondait brillamment aux questions, aucune difficulté ni nouveauté ne le déconcertait. Il en remontrait même à celui qui l'interrogeait tant il possédait de compétences. Admiratif, Varnier finit par sacrifier la neutralité de règle ; avec beaucoup de chaleur, il le remercia et lui annonça qu'on allait sans doute vite l'appeler.

Pivotant vers François-Maxime, il lui demanda s'il désirait ajouter quelque chose.

François-Maxime désigna l'alliance au doigt du garçon.

— C'est quoi ?

Le trader ne se démonta pas :

— Mon alliance.

— Vous êtes marié ?

— Oui.

— Avez-vous des enfants ?

— J'aurais du mal : mon mari s'appelle Charles, déclara le trader avec un sourire nonchalant.

François-Maxime se renfonça dans son fauteuil.

Aussitôt, l'œil vif du garçon le visa.

— Cela vous pose un problème ?

— Je vous trouve bien agressif…

— Rassurez-moi et je ne le serai plus : cela vous pose un problème ?

— Naturellement non ! s'exclama Varnier.

Le trader approuva de la tête mais indiqua François-Maxime.

— Je parlais à monsieur de Couvigny.

Jugeant l'attitude du postulant très déplaisante, François-Maxime se leva.

— Nous sommes une maison familiale, monsieur.

— J'ai aussi une famille, monsieur.

— Elle n'est pas la nôtre.

Le trader accusa le coup, se leva, digne. Il serra la main de Varnier.

— J'ai été heureux de vous rencontrer, monsieur, mais, puisque je n'ai aucune difficulté à dégoter du travail, sachez – et j'en suis désolé – que je préfère appartenir à une entreprise qui m'accueillera tel que je suis. Pardonnez-moi de vous avoir fait perdre votre temps.

Puis, sans un mot ni un regard pour François-Maxime, il quitta la pièce.

Lorsque la porte se ferma, François-Maxime tempêta :

— Bon débarras !

Varnier sursauta.

— Plus jamais ça, s'il te plaît.

— Quoi ?

— Ce numéro.

— Quel numéro ?

— D'homophobe.

— Moi, homophobe ? Ce n'est pas un homo, c'est sa caricature.

— Tais-toi, François-Maxime ! J'ai honte. Ce candidat est le meilleur que nous ayons interviewé, j'ai eu toutes les peines du monde à le convaincre de venir à Bruxelles et tu le jettes comme une merde. Ton excuse est que tu es perdu au milieu d'un deuil épouvantable. Pour cette seule raison, je te pardonne.

Varnier claqua la porte.

François-Maxime demeura au milieu du salon en chêne sablé. Varnier ne se méprenait pas : il ne supportait plus les homosexuels, ne voulait plus en croiser et souhaitait les exterminer.

Retrouver ses enfants au dîner le requinqua. En face d'eux, il ne se posait plus de questions ; il savait les écouter, leur parler, jouant son rôle de père.

Le repas se déroula sans heurt, avec une vivacité énergique. Ses filles et son fils se plaisaient à raconter leur journée, à échanger des informations sur le nouveau James Bond qu'ils ambitionnaient de voir sur grand écran. Au dessert, François-Maxime leur promit de les emmener au cinéma le samedi soir.

Il accompagna chacun à sa chambre, bavarda au pied du lit, puis, donnant congé aux domestiques, se rendit au salon où la télévision, aussitôt, vomit des nouvelles de l'affaire Bidermann.

Les médias s'intéressaient désormais à la victime, Petra von Tannenbaum, présentée comme une « artiste contemporaine » qui réalisait des « performances » dans les plus chics galeries – visiblement, un attaché de presse zélé avait distribué des informations. On la décrivit comme une femme équilibrée, contrôlée, qui avait su transformer son corps en œuvre d'art, ou plutôt en l'instrument d'œuvres d'art, ces numéros qu'elle exécutait.

Intrigué, François-Maxime examina les quelques images d'elle qui passaient en boucle. La sophistication affirmée de cette créature l'attirait. Pas sexuellement, d'une autre façon… Il lui semblait qu'elle avait raison, que l'artifice constituait un but, mieux, un refuge. Des pensées inouïes déferlaient en lui. Pendant une heure, il crut oublier son chagrin, ses soucis, fasciné par Petra von Tannenbaum.

Quand le retour des extraits et des commentaires identiques commença à l'abrutir, il se rendit dans sa chambre.

La pièce regorgeait des affaires de Séverine.

Machinal, François-Maxime s'assit à sa place, devant la coiffeuse où, chaque soir, elle s'installait pour enlever méthodiquement ses bijoux et démêler ses cheveux.

Il se regarda dans le miroir, saisit la brosse et s'en servit. Ce geste distillait un calme exquis. Il s'installa, enchanté, et ouvrit les tiroirs qui contenaient les produits de maquillage.

Touché par l'odeur de muguet qui lui rappelait Séverine, il appliqua un fond de teint sur ses joues. Étrange… elle et lui avaient une carnation quasi identique. Emporté par son expérience, il mit de la poudre, du mascara, du crayon à paupières, se choisissant enfin un rouge à lèvres.

En regardant le résultat dans la glace, il se trouva ridicule, et surtout ni beau ni belle : il n'était plus un homme, pas une femme. Cependant, il prenait un vrai plaisir à se contempler, comme s'il échappait à un danger, une menace…

Se levant, il ouvrit la penderie et choisit parmi les robes de Séverine celle qui lui convenait. Achevant la métamorphose, il enfila des bas, chaussa des escarpins – là, le choix se réduisait à ceux qu'elle avait achetés aux États-Unis en se trompant de pointure.

Il s'observa dans la glace en pied. De quoi avait-il l'air ? D'une femme ? Non. D'un travesti. Il haussa les épaules. Après tout, pourquoi pas…

En quelques pas dans la pièce, il apprécia son corps gainé d'une robe sur des talons : ni l'équilibre ni les sensations ne lui rappelaient ce qu'il connaissait.

Il consulta l'heure sur la cheminée. Minuit trente…

Sans bruit, ses chaussures à la main, il descendit l'escalier, prit garde à ne pas se signaler, franchit le portail, remit ses chaussures et partit dans la nuit.

Il ne rencontra aucun voisin pendant une centaine de mètres. Quand il aperçut une amie de Séverine jaillissant d'une villa, il se précipita derrière un arbre ; le danger révolu, il héla un taxi qui musardait et lui demanda de l'emmener au bas de la ville, dans le quartier flamand où les chances d'aborder des familiers étaient minimes.

Les nuits suivantes, il poursuivit la quête de sa métamorphose. Passé minuit, il s'habillait, se coiffait, se peignait, appelait un chauffeur et s'enfonçait dans les quartiers néerlandophones. Ses errances nocturnes n'avaient aucun but, sinon l'extraire de lui-même. Jamais il ne laissa un homme l'approcher, encore moins le draguer ; jamais non plus il ne permit à une femme d'entamer la conversation. Il ne voulait pas de sexe, il ne souhaitait pas briller, il désirait juste être. Être différent. Déposer le personnage de François-Maxime de Couvigny magnifiquement logé place d'Arezzo, abandonner le veuf éploré, le père dévoué, le banquier performant ; plutôt se contenter d'une identité imprécise, exister parce qu'il marchait sur des talons, sentait la dentelle sur ses cuisses ou les bretelles fines sur ses clavicules. Il offrait à l'air un visage protégé par une crème étale, beige, lisse, parfaite, épaisse, qui lui apportait la perfection.

Fréquentant les night-shops, les friteries, les bars, discutant brièvement avec les commerçants, il découvrait le peuple de la nuit, différent, ouvert à la différence. Maintenant il ne lui semblait plus que Bruxelles comprenait deux villes, la francophone et la flamande, mais quatre, puisque s'y superposaient la ville du jour et celle de la nuit. Comble d'allégresse, il dénicha un supermarché chinois ouvert jusqu'à deux heures du matin, où il put flâner en cliente ordinaire, examinant les sous-vêtements, les cosmétiques, les articles d'hygiène.

Avant chaque évasion, son séjour devant la glace l'occupait passionnément. Il était devenu expert en maquillage, se plaisant à en user, tel un acteur de nô, puis, au dernier instant, il ajoutait les imperfections qui donnent l'illusion du naturel, blush sur les joues, ombres sur les tempes, marques aux arêtes du nez. Peindre quelqu'un d'autre sur sa face lui procurait la sérénité.

Un vendredi soir, à une heure du matin, il remontait une rue pavée. En haut de la chaussée, un groupe sortait d'un bar. Il ralentit pour éviter les fêtards, puis continua sa progression rendue difficile par le sol inégal.

Lorsqu'il passa devant le bar, un autre homme déboula, à la poursuite des autres :

— Hé, attendez-moi !

François-Maxime se trouva nez à nez avec le trader qu'il avait auditionné peu de temps avant.

Le garçon s'arrêta, stupéfait, réfléchit, hésita. Le réverbère tombait juste sur eux et son ampoule orangée accentuait chaque trait, chaque relief de leur visage, telle une lumière clinique. Il reconnut le banquier qui l'avait maltraité.

— Ce… ce… ce n'est pas vrai !

Un ricanement agita ses lèvres, envahit ses yeux, sa physionomie, son corps… Le trader hurlait de rire.

Pétrifié, François-Maxime ne réagissait pas.

Le trader se tenait le ventre, puis il se plia, chercha sa respiration, jouissant de sa découverte.

François-Maxime s'arracha à la situation et se mit à courir. Hélas, galoper sur des escarpins n'appartenait pas à ses habitudes et il se tordit plusieurs fois les chevilles, ce qui redoubla l'hilarité de l'homme au loin. Enfin, il tourna plusieurs rues, disparut de sa vue, échappa à ses sarcasmes.

Il appela un taxi et rentra chez lui. Quoique humilié, derrière la vexation, il éprouvait un curieux soulagement : cette expédition avait été l'ultime, il le savait ; il ne recourrait plus au travestissement ; il venait d'en épuiser les plaisirs autant que le besoin. Glaçant mais efficace, le ricanement infernal du trader l'avait guéri.

Quand la voiture le déposa place d'Arezzo, il eut l'impression qu'une ombre se déplaçait sur le toit de sa maison. Il crut rêver, entraperçut de nouveau la silhouette entre les cheminées. À cet instant, un promeneur de chien débarqua et François-Maxime se réfugia chez lui au lieu de prendre le risque d'être identifié. Il monta en hâte dans sa chambre, enleva ses vêtements, se démaquilla sommairement avec une serviette chaude, enfila un peignoir d'homme, s'arma d'un club de golf et monta au grenier. Sans aucun doute, quelqu'un s'introduisait chez lui par les toits.

Lorsqu'il ouvrit la trappe qui donnait sur le ciel, il reçut l'air frais et ne détecta rien d'anormal. Soit il avait été victime d'un mirage, soit l'homme s'était enfui.

Pensif, il redescendit, visita chaque pièce pour vérifier qu'aucun intrus ne s'y cachait, entrebâilla chaque chambre d'enfant, puis, tranquillisé, retourna dans la sienne.

Les jours reprirent leur forme habituelle. Les nuits aussi. Le soir, François-Maxime se consacrait à sa descendance puis montait se coucher, se forçant à lire un roman jusqu'à ce que le sommeil le surprenne.

Un matin, une lettre venant du Niger lui accéléra le cœur. Niamey ? N'était-ce pas la ville où s'était retirée la sœur de Séverine, deux décennies auparavant, à l'éclatement de leur famille ? Par les services diplomatiques, il avait tenté de l'informer du décès.

De fait, la lettre était signée Ségolène. Il la lut aussitôt :

Cher François-Maxime,

Permettez-moi de dire « cher » car je vous remercie de me joindre et de prendre soin des enfants de ma sœur qui n'ont plus que vous désormais.

Je serai brève. Si j'entrais dans le moindre détail, cette lettre deviendrait un roman.

J'aimais ma sœur Séverine. Je viens de pleurer longuement en apprenant sa mort tragique. Si je ne la fréquentais plus depuis longtemps, ce n'était pas à cause d'elle, plutôt à cause du contexte auquel elle appartenait, c'est-à-dire mes parents. Je ne vous ferai pas de tartine sur le sentiment de culpabilité qui accompagne mon deuil parce que 1) c'est évident 2) je n'ai aucun remords.

Il y a longtemps, j'ai fui les miens. Pourquoi ? Je voulais sauver ma peau. J'ai bien fait : ma sœur vient d'y laisser la sienne. Notre famille est maudite. Si je vous écris, c'est pour que cela cesse.

Je n'ai pas le souvenir qu'on nous ait appris, enfants, à parler ; en revanche, je me rappelle très bien qu'on nous apprit à nous taire. Nous ne devions pas exprimer nos sentiments ni demander aux autres de préciser les leurs, nous ne devions pas poser de questions indiscrètes, encore moins y fournir de réponses. Bref, j'ai grandi à côté de mes parents, de mon frère et de ma sœur comme une vache à l'étable.

Notre famille n'était pas composée d'amour mais de silences. En apprenant la fin tragique de Séverine, j'ai pensé que je devais vous en avertir.

Soyez vigilant, François-Maxime, car ce qui est arrivé par le passé vient de se reproduire et se reproduira.

Notre grand-mère paternelle s'était défenestrée. Je ne l'ai appris que récemment, j'ignore si ma sœur le savait. A-t-elle reproduit cet acte consciemment ? Ou avait-elle engrangé au fond de son esprit une mémoire transmise par un autre canal que les mots ?

Oui, notre grand-mère s'est jetée dans le vide, comme Séverine. Elle était malheureuse. Fort jolie de sa personne, elle préférait les femmes aux hommes. Son mari l'a découvert, l'a menacée de l'interner. Elle a préféré se tuer.

Notre père adorait cette mère qu'il perdit à sept ans. Comment le sais-je ? À sa mort, nous avons déniché de multiples portraits d'elle dans sa chambre ; il gardait même sa photo dans son portefeuille. Bref, mon père déplora douloureusement son départ et ne s'en remit pas.

Séverine vous l'a-t-elle raconté ? Notre lignée a explosé lorsque Pierre, notre frère aîné, a découvert que notre père se travestissait. Oh, il ne vendait pas son corps, non, il l'habillait de vêtements de femme et se baladait dans les rues. Sur le moment, cette nouvelle nous détruisit et sonna le glas de notre équilibre. Parce qu'elle révélait un monstre sous l'aspect d'un père craint et vénéré. Parce qu'elle démontrait que personne ne connaissait personne chez nous. Parce qu'elle criait que tout le monde mentait. Je me suis éloignée de France avec Boubakar, mon fiancé d'alors, mon mari d'aujourd'hui.

Si je ne regrette pas de m'être sauvée, je regrette de n'avoir pas tenté de comprendre. Pourquoi notre père s'habillait-il en femme ? Maintenant, je noue les fils de la toile parentale : mon père essayait de retrouver sa mère, de la rejoindre par ses vêtements, ses coiffures, ses accessoires, la féminité ; mon père continuait à aimer sa mère disparue ; s'il ne la faisait pas revivre, il l'approchait. C'était pathétique, ridicule, tendre, beau, désespéré. Or nous ne l'avons pas saisi. Lui-même le comprenait-il ? On ne guérit pas de soi.

Après la mort de notre père, de notre mère puis de notre frère, j'ai refusé l'héritage. J'ai conseillé à Séverine de m'imiter. Aurait-elle suivi mon conseil, nous serions deux sœurs liées, elle ne serait sans doute pas morte aujourd'hui... Elle a accepté le fardeau. Je reste convaincue qu'elle n'a pas uniquement hérité de l'argent mais aussi du destin familial. En recevant les millions, elle recevait aussi les problèmes, les nœuds de silence, notre malédiction.

Les traumatismes se reproduisent, François-Maxime, surtout quand ils sont ignorés. On hérite de ce qu'on ne sait pas. Le silence tue.

Ce jour-là, François-Maxime feignit d'accomplir son travail ; en réalité, la pensée de Séverine ne le quittait pas, celle de ses enfants non plus.

À minuit, il y songeait encore, assis sur le balcon, face à la place d'Arezzo où les perroquets et les perruches, enfin calmés, sommeillaient.

Soudain, un envol précipité rompit la paix. Dans un brouhaha de plumes et de criaillements, les oiseaux les plus haut perchés voletaient, affolés redoutant quelque chose en face d'eux.

François-Maxime tenta de voir ce qui se passait, s'avança, se pencha en relevant la tête pour apercevoir le haut de sa façade.

Une ombre, de nouveau, pointait des cheminées.

Cette fois-ci, François-Maxime fonça au dernier étage et surgit sur le toit en moins d'une minute après le brouhaha.

Sous la lune grise, effrayé, Guillaume regarda son père surgir de la trappe. De peur, il manqua de trébucher et se retint à une antenne.

— Papa ?

— Guillaume, mon chéri, que fais-tu là ?

L'enfant parut surpris d'entendre « mon chéri » au lieu d'une engueulade. En voyant son fils au bord du vide, François-Maxime comprit immédiatement de quoi il s'agissait : l'enfant cherchait à mieux connaître sa mère, à ressembler à sa mère, peut-être même à retrouver sa mère. Il flirtait avec le vide. Il caressait le suicide.

Il jaillit et serra le garçon dans ses bras.

— Viens, mon Guillaume. Il faut que tu me parles.

— Tu n'es pas avec la dame ?

574

— Quelle dame ?

— Celle qui a remplacé maman ? Celle qui vient te voir la nuit ?

François-Maxime sourit, douloureux.

— Viens, mon chéri. Moi aussi, j'ai à te parler. Personne n'est parfait.

Et, son enfant dans ses bras, François-Maxime redescendit l'escabeau qui conduisait au grenier encombré en se jurant qu'il ne cacherait jamais à son fils la complexité des êtres, celle de sa mère, la sienne, dût-il y perdre l'orgueil ou l'image idéale qu'il s'était fabriquée de lui-même.

3

L'absence de Joséphine dévastait autant Isabelle que Baptiste, l'une parce qu'elle la connaissait très peu, l'autre parce qu'il la connaissait trop bien.

Ces derniers jours – si heureux –, jamais Isabelle n'avait soupçonné que Joséphine pût partir ; au contraire, ce lutin enjoué, galvanisé par la nouveauté, organisait leur vie à trois, rangeait l'appartement pour que chacun y trouvât ses marques, planifiait les vacances proches. Certes, entre deux tourbillons d'allégresse, Joséphine manifestait çà et là des pointes d'agacement, de mélancolie, qu'Isabelle avait attribuées à son tempérament entier, excessif, théâtral. Tout ce qu'elle ressentait, Joséphine l'exprimait d'une griffe tranchante – à l'opposé de Baptiste le réservé. Un plat mal présenté lui coupait l'appétit même si elle arrivait à table affamée ; un parfum incommodant lui faisait quitter un magasin avec perte et fracas ; une faute de français lui fermait le sens d'un discours ; un accent régional transformait son locuteur en comique irrésistible ; un bouton, une rougeur, un poil sur un visage la rendaient réticente. À ses yeux, le détail importait autant que l'ensemble. Sinon davantage… Éprise d'absolu, perfectionniste, elle ne pouvait qu'être déçue par la réalité. Enthousiaste ou excédée, elle alternait l'appétit et la fureur, témoignant d'une vivacité incessante qui enchantait ses sectateurs et empêchait la masse de l'apprécier. Cette extrême sensibilité, qui la privait de tant de plaisirs, l'affligeait parfois. Première victime de ses humeurs, elle se tournait vers Baptiste, son guide, son sage, pour s'imprégner de sa modération, afin qu'il l'aidât à relativiser – mais cela aussi, elle l'exigeait si frénétiquement qu'elle s'emportait s'il traînait. Ce ciel d'orage, la douce Isabelle en était tant amoureuse qu'elle avait négligé l'épaisseur des souffrances qu'il recelait.

Baptiste, lui, avait flairé la crise. Depuis la nuit initiale, il se savait épié, surveillé, jaugé. Si Joséphine s'était réjouie qu'il accueillît Isabelle, elle s'en était ensuite étonnée, puis méfiée. Comment son mari pouvait-il accepter l'inacceptable ? Accueillait-il Isabelle dans leur couple parce qu'il s'y ennuyait ? Était-ce par adoration pour elle, ou par lassitude ? À certaines heures, elle voyait dans leur trio le triomphe de l'amour, à d'autres, sa trahison. Tandis qu'elle se donnait le droit d'aimer deux êtres à la fois, elle l'octroyait moins à son homme. Baptiste percevait ce dilemme dans le regard de Joséphine, laquelle se retirait parfois des moments partagés à trois pour se poser en spectatrice, en scrutatrice, en juge, en procureur. Récemment, elle avait même pris l'habitude de brusquer son entrée dans les pièces, comme si elle voulait surprendre la vérité ; pour peu que Baptiste et Isabelle décidassent d'un projet sans elle, elle se renfermait, maussade ; se levait-elle avant eux, elle rageait s'ils traînaient au lit après qu'elle leur eut préparé le petit déjeuner. Les moments où Baptiste et Isabelle

577

travaillaient chacun de leur côté, elle les prenait comme une offense personnelle. Par le passé, déjà, Joséphine s'était attaquée à l'activité de Baptiste : « Je me fais chier quand tu écris, Baptiste. J'ai l'impression de ne plus exister. »

Avec les années pourtant, elle avait appris à atténuer cette jalousie, à ne plus considérer ces heures de création comme une passion scandaleusement égoïste ou une punition qui lui était infligée mais comme la base de leur vie, la vocation qu'elle servait en délestant l'artiste des soucis annexes. Au fond, elle avait trouvé sa place dans l'écriture de son mari.

L'irruption d'Isabelle avait aboli cet équilibre, il le savait. Maintenant, deux domaines échappaient à Joséphine : Baptiste à son bureau, Baptiste avec Isabelle. C'était trop pour une femme qui, malgré son naturel jouisseur, se portait peu d'estime.

Elle avait donc renoué avec ses vieux démons, ceux que Baptiste avait combattus : la haine de soi, la certitude de sa vacuité, le désarroi métaphysique qui l'amenait à douter qu'elle eût une bonne raison de demeurer sur terre. Joséphine, si vivante, si péremptoire, si insolente, si redoutée, s'estimait inutile. Alors qu'elle paraissait un soleil, elle se voyait plus grise que la lune. À ses yeux, elle n'avait pas de valeur, uniquement l'importance que les autres lui donnaient. Seul l'amour inconditionnel de Baptiste lui avait apporté de la consistance ; or, qu'il s'entichât soudain d'une autre femme détruisait cette frêle confiance péniblement acquise.

Le soir où ils découvrirent le départ de Joséphine, Baptiste et Isabelle demeurèrent ensemble dans le salon, à discuter, à mêler leurs inquiétudes. Malgré les questions d'Isabelle, l'écrivain taisait ses analyses ; s'il s'abstenait, ce n'était point pour garder une supériorité quelconque, plutôt par espoir : il souhaitait se fourvoyer et rêvait qu'Isabelle comprît différemment la situation.

— T'a-t-elle montré des raisons de partir ?

— Je n'y ai pas prêté attention sur le coup… Elle répétait : «Baptiste et toi, au fond, vous vous amusez tellement bien que vous seriez mieux sans moi !» Je trouvais ça si absurde que je n'ai pas répondu. Et toi ?

— Oh, moi… elle se méfie des mots en face de moi… En revanche, j'ai noté de l'hostilité, plusieurs fois.

— De l'hostilité ?

— Elle m'en voulait.

— De quoi ?

— De t'avoir acceptée, sans doute. D'avoir des désirs pour toi, de l'attachement pour toi.

— Mais c'est ce qu'elle voulait !

— Joséphine n'en est pas à une contradiction près. Non, ce qui me panique…

— Oui ?

— C'est qu'elle soit partie pour réfléchir… Rien de plus nocif pour elle que de réfléchir.

— Baptiste ! C'est odieux !

— Je te jure que je le dis sans mépris. Joséphine réfléchissant, cela signifie Joséphine seule, sans recours, en proie à l'autodépréciation. Si elle ne sent pas une présence humaine, si elle n'aperçoit pas un garde-fou, elle dévisse, elle part en vrille, elle bascule dans les abîmes. Voilà ce qui m'angoisse…

À cet instant, on sonna. Ils frémirent, croyant que Joséphine revenait.

C'était Victor qui leur annonçait, sinistre, qu'Oxana avait disparu.

Une fois qu'ils eurent partagé la peine du jeune homme et lui eurent communiqué la leur, Baptiste et Isabelle se retrouvèrent, inquiets d'avoir à traverser une nuit de doutes et d'interrogations.

— Tu te rends compte, Isabelle ? L'autre soir, nous dînions tous les cinq, heureux, ivres, invincibles, et maintenant Oxana et Joséphine se sont enfuies... C'est fragile, le bonheur.

Isabelle se leva avec énergie.

— Pas de complaisance, Baptiste ! Ne nous vautrons plus dans le tragique. Tu dois découvrir la solution.

— Moi ?

— Toi.

— Et pas toi ?

— Si je le pouvais... Tu connais Joséphine depuis quinze ans : tu sais forcément où elle s'est enfuie.

— Non !

— Baptiste, tu t'es vanté de pénétrer l'humanité grâce à ton travail d'écrivain, alors tu mobilises ton cerveau et tu creuses ! Installe-toi à ton bureau et cherche !

Trop surpris pour protester, Baptiste obtempéra. Ce qu'ordonnait Isabelle, Joséphine ne se le serait jamais autorisé, ce qu'il faillit souligner, pour s'en plaindre.

— Pendant ce temps, je vais me reposer dans la chambre, précisa Isabelle.

— Ah bon ?

— Manière de te prouver comme j'ai confiance en toi.

580

Aussi douce qu'elle avait été péremptoire auparavant, elle embrassa sa nuque avec tendresse. Il sourit, haussa les épaules et ouvrit son ordinateur.

« Quelle absurdité ! songea-t-il. Aucune page déjà écrite ne m'aidera. Pourquoi simuler ce rituel ? »

Après quelques minutes, l'ordinateur, la chaise, le bureau jouèrent leur rôle : supports de concentration, ils lui permirent de mettre en branle ses capacités mentales auparavant altérées par l'anxiété. Comme s'il s'agissait d'un personnage de fiction, il rassembla les informations, les sensations, les images concernant Joséphine. Peu à peu, une cohérence lui apparaissait. Parce qu'un romancier aime ses personnages – on peut appeler amour cette cohabitation intime, ce risque d'ouvrir en soi les portes qui permettent à l'individu de s'installer, de tirer sa subsistance de ce qu'on a entassé –, il dépassa ses souvenirs, surmonta la pure passivité de la mémoire et appela son imagination au secours. Que ferait l'héroïne Joséphine dans une telle situation ?

Elle n'irait pas chez ses parents car, même si elle les vénérait, le retour équivaudrait à une régression. Elle ne débarquerait pas chez des amies non plus car elle avait pour l'heure tenu son trio secret. Partirait-elle au hasard ? Elle goûtait peu l'aléatoire, en tout cas pas longtemps, car il accentuait son sentiment de ne rien maîtriser. Réserverait-elle un hôtel dans une grande ville, une capitale bruyante, animée, où elle tromperait l'ennui ? Cette hypothèse le fit hésiter… Certes, elle serait capable de se réfugier dans des villes qu'elle chérissait, Saint-Pétersbourg, Amsterdam, Istanbul… Cependant, puisqu'elle les avait découvertes avec lui, plonger dans leur passé commun la gênerait. Il devait

581

y avoir une autre option… Baptiste s'approchait de la vérité, il l'apercevait telle une passante au loin, tentait de la héler afin qu'elle se retourne mais n'y parvenait pas. Quelque part se tenait une solution – il en était convaincu –, une évidence l'attendait.

Isabelle avait raison : son enquête sur Joséphine ressemblait à l'écriture d'un roman. L'histoire habitait au fond de son esprit, il fallait juste aller la solliciter. Il n'y avait rien à inventer, tout à découvrir. Baptiste ne se prétendait pas créateur, seulement archéologue, l'homme patient qui exhume des trésors cachés.

Pour aider sa conscience à descendre dans les zones les plus protégées de son esprit, il recourut à ses stratagèmes habituels : la musique, le cigare.

S'allongeant dans un sofa, il lança sur ses haut-parleurs la *Messe en* ut *mineur* de Mozart. Il ne souhaitait pas l'écouter – il la connaissait note par note –, il voulait laisser son esprit cheminer à côté d'elle, s'égarer dans les masses chorales, palpiter avec les cordes, s'envoler sur les ailes du chant. L'œuvre ne devait servir que de tremplin à ses rêveries.

Or Mozart était entré dans la pièce, s'était assis à son chevet et lui parlait, présent, intense, fascinant, volubile, varié. Baptiste suivait les idées du compositeur, pas les siennes. Pour briser ce charme, il sauta sur ses pieds et changea de disque, cherchant un morceau plus étale, moins captivant, un véhicule qui ne l'empêcherait pas de penser en liberté. Schubert lui parut parfait, avec ses répétitions, ses retenues, ses divines longueurs ; la sonate *Arpeggione* retentit avec ses arabesques et Baptiste alluma un épais cigare.

En suivant les volutes de fumée, en se réchauffant aux mélodies rondes et capricieuses, il se remit à méditer. Où était parti se réfugier le personnage nommé Joséphine ?

De nouveau, une réponse se dessinait au fond de lui, mais il n'en saisissait ni les traits ni la forme. Néanmoins, il savait qu'il la formulerait bientôt.

Enfin se produisit l'effet escompté de la musique et du tabac : il éprouva un besoin de dormir fulgurant, quasi violent, comme un coup sur la tête. « Surtout ne pas résister. »

Il sombra.

Quelques instants plus tard, il se réveilla, brandissant l'idée tel un plongeur qui émerge avec la perle convoitée : Joséphine l'attendait en Irlande !

Il bondit dans la chambre où il n'eut pas besoin d'arracher Isabelle au repos puisque celle-ci préparait des sacs de voyage.

— Que fais-tu ? s'exclama Baptiste.

— Ton bagage et le mien.

— Pourquoi ?

— Pour nous rendre à l'endroit que tu vas m'indiquer.

Il sourit, ébloui par tant d'optimisme.

— Joséphine séjourne à Cork, en Irlande. Dans une pension de famille.

L'avion les déposa au pays des trèfles, une ligne directe desservant Cork. Isabelle allait pour la première fois poser le pied sur la terre celtique, émue, concentrée sur son objectif : reconquérir Joséphine. Quant à Baptiste, plus le voyage avançait, plus sa confiance se renforçait.

« Jamais un de mes personnages ne m'a menti. Je n'ai pas été dupé par un personnage, c'est moi qui me suis abusé en m'arrêtant en chemin, en n'allant pas assez à sa rencontre, en me contentant d'une vision lointaine. » Au-dessus de la mer du Nord, il expliqua à Isabelle « la preuve par le sommeil », un de ses credo d'écrivain : selon lui, l'endormissement conduisait à la vérité. Il devait toujours emprunter ce corridor. Dès qu'il repérait l'existence d'un personnage, qu'il le discernait, qu'il commençait à l'entendre, il s'assoupissait quelques minutes afin de se réveiller auprès de lui. Depuis ses débuts de romancier, le dieu Hypnos prenait Baptiste par la main pour qu'il quittât la réalité factuelle et rejoignît les vérités essentielles contenues dans son imaginaire.

— Joséphine s'ennuie à Cork. Dès que j'atteins la vérité, j'ai le sentiment de l'évidence.

L'avion arriva au-dessus de l'île verte et commença à en longer la côte, ses reliefs ronds, amollis par des millénaires de vents surgissant des flots pour caresser la terre.

Des remous agitaient la carlingue. Au-dessous, la mer immense, hostile, d'un bleu soutenu, presque violent, grondait et rôdait autour des falaises, comme si elle ne se résolvait pas à épargner les roches.

— Regarde, voici les premiers troupeaux d'Irlande, les troupeaux de nuages.

Au moment où l'engin amorçait sa descente sur Cork, le vert remplaça le bleu, découvrant les collines maillées de murets, les manoirs de pierres brunes accrochés aux promontoires, les montagnes grises au loin.

— Maintenant, explique-moi comment tu as deviné que nous devions atterrir ici, demanda Isabelle, qui, les paupières closes, tâchait d'oublier les soubresauts de l'avion.

— Lorsque nous nous sommes connus, Joséphine et moi, je suis tombé amoureux d'elle mais j'ai refusé de l'admettre. Je ne me croyais épris que d'une chose : ma liberté. J'ai fait souffrir Joséphine. Tandis qu'elle s'offrait entière à moi, sans réticence, je l'ai quittée, je l'ai reprise, tentant de me prouver que rien ne me liait, que je demeurais mon seul maître. Franchement, le grand amour ne figurait pas dans mon plan de vie, j'avais envisagé de papillonner, de vivre mille histoires. Le pluriel, j'étais obsédé par le pluriel, je refusais le singulier. Joséphine, elle, avait tout de suite compris que notre rencontre était décisive. Chaque fois que je me trouvais auprès d'elle, je ressentais la même chose, or chaque fois je me forçais à m'éloigner dans l'intention de me débarrasser de cette dépendance. Me caser ? Jamais ! Un matin, Joséphine a disparu. Quoique ne vivant pas ensemble, nous étions partis trois semaines en couple chez des amis, sur la côte grecque. Après cinq jours de bonheur absolu, Joséphine s'est volatilisée.

— Tu t'es inquiété ?

— Elle avait pris la précaution de gribouiller un mot pour nous éviter de croire à une noyade ou autre catastrophe. C'est alors que j'ai compris.

— Quoi ?

— Combien je tenais à elle. J'étais devenu plus amoureux d'elle que de ma liberté. J'ai pensé rentrer à Paris mais elle m'envoya un télégramme sur notre île grecque qui me signalait que bientôt elle me communiquerait son adresse si cela m'intéressait. Ce fut un des moments les plus désagréables de ma vie : j'avais pris ma décision, je savais à quel point je l'adorais et je ne pouvais pas le lui dire. Enfin, l'adresse est arrivée, j'ai pris un avion à destination de Cork.

Un sourire déchira son visage. Ses pupilles s'éclaircirent.

— Elle m'attendait dans une famille irlandaise de six enfants, au milieu des moutons.

— Pourquoi à cet endroit-là ?

— Il n'y a pas de pourquoi avec Joséphine. C'est à prendre ou à laisser.

L'avion toucha le sol, hésita, se cabra puis épousa la piste.

— Merci de m'emmener, murmura Isabelle.

— Pardon ?

— Tu m'offres une belle preuve d'amour : tu m'emmènes au cœur de ton histoire avec Joséphine.

En guise de confirmation, Baptiste l'embrassa avec fougue. Un vrai baiser, long, vibrant, interminable. L'hôtesse s'attendrit, croyant à un couple en voyage de noces. Aurait-elle pu imaginer que si ces deux amants s'étreignaient si fort, c'était en se projetant tous deux dans les bras d'une autre femme ?

À l'aéroport, Baptiste décida de louer une voiture.

— En taxi, ce serait trop compliqué, je ne saurais pas donner une adresse précise au chauffeur. En revanche, je reconnaîtrai le chemin à partir du port.

Isabelle approuva et Baptiste regarda ses pieds, embarrassé.

— Peux-tu conduire ?

— Si tu veux.

— Oh non, ce n'est pas que je veux… Je n'ai pas mon permis.

— Tu l'as raté ?

Il rougit, vexé.

— Non, je ne suis pas débile ! En fait, je ne l'ai jamais passé.

Isabelle se suspendit à son cou pour le picorer de baisers, amusée. Plus elle le fréquentait, plus elle trouvait Baptiste, le solide Baptiste, l'inébranlable Baptiste, l'écrivain respecté, complexe, presque aussi complexe que Joséphine, ce diamant à multiples facettes. Lorsqu'on le croyait rationnel, il devenait mystique. Quand on le jugeait responsable, il resplendissait d'enfance.

— Tu comprends, avoua-t-il pour se justifier, je suis trop distrait. Au lieu de regarder la route et les panneaux, je médite sur mes personnages, je contemple le mouvement des fils téléphoniques le long du chemin parce que leur courbe me berce.

Elle serra contre elle le gamin qui rêvait des histoires en voiture, posa son permis sur le comptoir et choisit un bolide rouge.

Ils descendirent vers Cork. Malgré la circulation à gauche, Isabelle filait avec sûreté.

Plus ils avançaient, plus Baptiste mesurait la métamorphose de l'Irlande depuis sa jeunesse. Des routes, des bâtiments industriels, des magasins... Une sorte de prospérité laide avait envahi le paysage autrefois champêtre. S'il se réjouissait que le pays eût conjuré la pauvreté dans laquelle il avait stagné durant des siècles, il se demandait s'il ne s'était pas fourvoyé... Puisque le monde avait changé, lui aussi peut-être ? Et Joséphine aussi ? Comment pouvait-on parcourir des milliers de kilomètres sur une simple intuition ?

Ils arrivèrent à Cork, cette ville coupée en deux par un fleuve, et débouchèrent sur le port. Isabelle s'émerveilla des courtes maisons colorées pressées les unes contre les autres. Leur débauche de teintes surprenait : cela aurait pu être tropical, ça ne l'était pas ; cela aurait pu être vulgaire, ça ne l'était pas ; cela aurait pu être kitsch, c'était pittoresque et charmant. Les chromatismes des façades – rose cadillac, bleu lagon, rouge pagode, vert fluorescent, orange soda – ne claquaient pas car le crachin, le ciel pommelé, l'atmosphère océanique les assourdissaient, les étoffaient, leur adjoignant un mat vernis de maître semblable aux couches qui opacifient un tableau ancien.

Ils s'arrêtèrent sur le pont Saint-Patrick aux trois arches et Baptiste fouilla dans ses souvenirs. Il proposa alors plusieurs directions contradictoires. Comme les gens qui ne conduisent pas, il avait une mémoire des lieux idiote, inutile, désaxée, s'appuyant sur des détails comme les plantes, les affiches, les vitrines, éléments qui avaient disparu.

Isabelle ne s'impatienta pas tant elle le sentait malheureux de son infirmité. Enfin, il reconnut une Vierge Marie en terre cuite à un carrefour et ils quittèrent la ville pour rejoindre les champs.

Soudain, une lumière éblouissante, comme la fin des soucis, une deuxième aube qui éclaterait à l'intérieur du jour, vint illuminer le panorama ; le ciel se découvrit et ils eurent l'impression que les brefs nuages se réduisaient désormais à des touches de peintre, une façon de rehausser la profondeur du bleu.

Ils empruntèrent des sentiers bordés de murets moussus et de barrières échevelées. Un panneau rustique surgit à un croisement.

— Chez les Murphy, Bed and Breakfast ! C'est là-haut.

Baptiste triomphait !

La voiture s'engagea sur un chemin pierreux au milieu des moutons.

Devant la ferme aux volets violets, Joséphine semblait se morfondre, assise sur un rocher. Lorsqu'elle entendit le bruit du moteur, elle se leva et se hissa vivement sur la pointe des pieds pour tenter de voir qui se trouvait à l'intérieur du coupé rouge.

Le moteur stoppa.

Baptiste jaillit. Puis Isabelle.

Joséphine leur sourit.

Sans bouger, ils se regardèrent longuement avec amour. Au-dessus d'eux, des mouettes s'ébrouèrent, enjouées, rieuses.

Joséphine baissa les yeux, rougissant d'émotion, et lança sur son ton de gavroche bougon :

— Ah, ce n'est pas trop tôt. J'ai cru attendre.

Puis elle se jeta dans leurs bras en riant.

Quelques minutes plus tard, ils se retrouvèrent dans sa chambre, car elle avait négocié auprès de la fermière, madame Murphy, rude femme aussi large que haute, le droit d'y emmener ses invités.

Elle se posa sur son étroit lit de célibataire. Ils l'entourèrent. Les ressorts protestèrent.

Au risque de choquer, Baptiste expliqua à Joséphine qu'il ne pouvait aimer Isabelle qu'en sa compagnie, et qu'à condition qu'elle l'aimât. Il remit donc son épouse au centre de leur aventure.

— Je ne serais pas allé vers Isabelle sans toi. Tu m'y as conduit. Que nous nous entendions maintenant si bien, que nous nous adorions n'effacera pas ça.

Il se tourna vers la jeune femme blonde.

— Isabelle est à nous, Joséphine, à nous deux. Elle entre dans notre couple.

— Vous êtes comme deux gouttes d'eau sur une vitre, murmura Isabelle. La goutte d'eau Joséphine, la goutte d'eau Baptiste. Depuis longtemps, les deux gouttes se sont rejointes pour n'en faire qu'une. Personne ne peut plus vous séparer. Je ne peux imaginer de vous aimer l'un sans l'autre.

Joséphine les regarda, vit qu'ils étaient sincères, renonça à protester et les attrapa par le bras.

— Emmenez-moi tout de suite avec vous. Aucun des catholiques radicaux qui m'entourent ne pourra comprendre ce que nous vivons. Nous sommes au IXe siècle, ici, juste après l'évangélisation des Celtes par saint Patrick.

— Tu exagères.

— Pas le moins du monde. Un Irlandais dépravé, c'est un Irlandais à l'étranger. Tiens, regarde Oscar Wilde.

— Ou alors un Irlandais saoul ? proposa Baptiste.

— Non, ça c'est un Irlandais heureux.

Hilare, elle sortit une bouteille de whisky cachée sous son lit, ferma la porte à clé et se jeta sur le matelas en serrant Baptiste et Isabelle contre elle.

4

— Dis-moi, Ludo, tu ne préférerais pas les garçons ?

Claudine recula, croisa les bras, scrutant les traits
de son fils.

Ludovic laissa la fumée sourdre lentement de sa
gorge, la suivit des yeux et plissa les paupières.

— Je m'attendais à cette question. Face à mes
échecs, j'ai fini par me la poser.

— Ce n'est pas grave… Aujourd'hui, on ne méprise
plus les gays.

Il secoua la tête.

— Je sais bien que ce n'est pas grave. Personne ne
se moque d'un pédé bien dans sa peau alors qu'on se
moque de moi.

— Quoi ? Tout le monde t'adore !

— Oui, oui, les gens m'aiment bien, comme ils
aiment un enfant… En revanche, lorsqu'ils se rap-
pellent que j'ai vingt-six ans et que je vis aussi seul
qu'une panthère dans un cirque, ils rigolent.

— Ludo, n'esquive pas ma question. Si tu as des
problèmes avec les femmes, c'est simplement parce
que tu aimes les hommes, non ?

— Simplement…

Il saisit une cigarette, réfléchit, la posa, la reprit, renonça à l'allumer pour énoncer un fait important.

— Tu connais Tom, le prof de philo, celui qui a un studio en face ?

— Qui ne le connaît pas ?

— Tu le trouves beau ?

— Oui. Il est perdu pour nous, les femmes, mais il est très beau.

— Eh bien, moi aussi je le trouve très beau.

— Ah, tu vois !

Claudine tremblait de joie. Une fois de plus, elle allait pouvoir aider son Ludovic, le tirer d'affaire. À partir de cet instant, son destin s'éclaircissait : elle deviendrait la merveilleuse mère d'un parfait homosexuel, heureux, épanoui, elle serait fière de lui et tiendrait tête au monde entier. Certes, cela signifiait renoncer à avoir des petits-enfants… Peu importe ! Ludovic avant tout !

Celui-ci tiqua devant l'enthousiasme qui gagnait le visage de Claudine.

— Tom a une théorie : il n'y a pas d'hommes hétérosexuels, il n'y a que des hommes mal baisés ; selon lui, l'univers est gay. Donc, un soir de doute, je me suis persuadé que ce type incarnait la solution à mes problèmes.

— Eh bien ?

— J'ai tenu cinq semaines de régime, histoire de perdre le pneu autour de mon ventre. C'est simple, je n'ai mangé que des graines.

— Des graines ?

— J'avais l'impression d'être une poule mais ça a marché… Curieux d'ailleurs que l'aliment qui engraisse la volaille amincisse les humains. Bref, en me regardant dans la glace après un mois de basse-cour, je me suis estimé, sinon magnifique du moins potable. Alors j'ai invité Tom, je l'ai fait boire, puis je lui ai confié que je me demandais si je n'étais pas pédé… Cet érotomane qui a besoin de baiser plusieurs fois par jour et qui réagit au moindre compliment m'a aussitôt sauté dessus et nous sommes passés dans la chambre. Et là…

— Là ?

Il soupira.

— Un fou rire. Un immense fou rire. Chaque fois qu'il me touchait, je croyais à une blague, je gloussais. Et quand il s'est déshabillé, j'ai jugé ça… ridicule. Je… je… Il était vexé.

Claudine baissa la tête, peinée.

— Tu es désespérant.

Ludovic s'amusa de son air déconfit.

— Désolé, maman, de ne pas être homosexuel. Je n'imaginais pas te décevoir autant.

Claudine jaillit de son fauteuil, les tempes empourprées.

— Enfin, qu'est-ce que tu es ?

Il haussa les épaules. Pouvait-il répondre à une telle question ? Sait-on jamais qui on est ? On est ce qu'on fait ; or, lui ne faisait rien.

Claudine commença à tourner dans la pièce en marmottant :

— Franchement, je n'ai pas de chance avec toi.

Ludo n'apprécia guère le commentaire.

— Désolé d'exister.

— Tu ne me facilites pas les choses, Ludovic.

— Explique-moi en quoi cela te regarde. Ma vie privée me concerne, je te conseille de ne pas t'en mêler et de rester à ta place, Fiordiligi !

À l'évocation de son pseudonyme sur Internet, Claudine prit une mine outrée.

— Oh... je m'attendais à des réprimandes...

— Quelle perspicacité ! Tu ne crois pas que tu es allée trop loin, là ?

— Je...

— Répondre à une annonce amoureuse postée par son fils, est-ce un acte de mère ? Monstrueux...

— C'était par amour, Ludo...

— C'est bien ce que je dis : tu as l'amour monstrueux, tu penses qu'il te donne des droits, que tu peux t'immiscer dans ma vie privée, que tu dois tout dominer. Rends-toi compte de la situation : je croyais que je communiquais avec une femme alors que j'écrivais à ma mère.

— Je suis une femme ! cria-t-elle.

Il la considéra avec effarement. Elle capta son regard et le soutint. Tant d'inconscience et de mauvaise foi tuèrent la patience de Ludovic ; il ne retint plus ses griefs :

— Il ne t'est pas venu à l'idée qu'il m'était difficile de devenir un adulte normal avec une mère comme toi ?

— Quoi !

— Une mère qui ne m'a pas défendu lorsque mon père me cognait – il faut dire qu'il te frappait aussi –, une mère qui, depuis, me colle jusqu'à m'étouffer.

— Je te « colle » !

— Je ne te pardonnerai jamais d'avoir flirté avec moi sur la Toile.

— Arrête ! Nous ne sommes pas allés bien loin.

— Comment le savais-tu au départ ?

— Avec toi, on le sait dès le départ, ricana-t-elle.

— Et si ce n'avait pas été le cas, si j'étais devenu réellement amoureux ? D'ailleurs je l'étais peut-être, je n'ai pas pu m'en rendre compte puisque j'ai été vite dégrisé.

— Tu vois que je te respecte : dès que j'ai compris que tu t'attachais, j'ai révélé mon identité. C'est bien une preuve, ça !

— Je cauchemarde ! Tu te vantes d'avoir arrêté alors qu'il ne fallait pas commencer ?

— J'avais besoin de savoir.

— Quoi ?

— Qui tu es.

— Aucune mère ne sait qui est vraiment son fils, surtout dans un lit. Tu n'as qu'à faire comme les autres : l'ignorer. C'est à ce prix-là que s'établit une relation saine entre un fils et une mère.

— Une relation saine… une relation saine… Tu n'as pas peur des mots ! Monsieur parle de relation « saine » alors qu'à vingt-six ans, il n'est toujours pas foutu d'avoir une petite amie !

— Bien sûr, mes petites amies, soit c'est ma mère qui me les présente, soit c'est ma mère qui les éloigne pour récupérer leur place. N'est-ce pas, Fiordiligi ?

— Quand vas-tu cesser de me reprocher cette anecdote ?

— Jamais, Fiordiligi.

— Tu ne te trompes pas, toi ?

— Si, mais j'essaie de ne pas tromper les autres, Fiordiligi.

— Ludo, tais-toi.

— Non, Fiordiligi.

— Ludo, je n'irai pas par quatre chemins : si tu répètes ce mot, Fiordiligi, tu ne me verras plus de ta vie.

— Fiordiligi ! Fiordiligi ! Fiordiligi !

Comme saisi de démence, Ludo se mit à parcourir l'appartement en hurlant ce prénom d'une voix qui s'éraillait.

Claudine ramassa son sac à main, fila vers le vestibule et claqua la porte.

À ce bruit, Ludovic cessa de crier. Le silence qui envahit les pièces lui fit l'effet d'une récompense. Un détail l'intriguait pourtant : il n'entendait pas le moteur de l'ascenseur.

Sur la pointe des pieds, il se dirigea vers l'entrée en évitant que le plancher ne craque. Le plus discrètement possible, il glissa l'œil contre le judas qui permettait d'observer le palier : Claudine restait plantée sur le seuil, immobile, prudente, l'oreille tendue.

Il tonitrua soudain :

— Fiordiligi ! Fiordiligi ! Fiordiligi !

Furieuse, Claudine donna une tape au battant, grogna quelque chose d'indistinct et s'enfuit par les escaliers.

La scène avait provoqué en Ludovic un état nouveau, un malaise qu'il décida d'appeler un soulagement. Intellectuellement, il avait raison de dénoncer les abus de sa mère. Affectivement, l'avoir chassée continuait à lui déplaire et agitait ses mains de tremblements.

Il se consacra à son travail. Ne plus songer à Claudine ! Le journal culturel qu'il avait créé demandait encore des heures de rédaction.

Dans l'après-midi, en écrivant un article sur les minimalistes américains, il ressassa son histoire avec

Tom. Bien sûr, il avait inventé cette rencontre de toutes pièces mais elle lui semblait pertinente. En la racontant, il s'était convaincu que cela se serait passé ainsi. Devrait-il essayer quand même ? Devrait-il se forcer à vivre ce qu'il n'avait pas envie de vivre puisqu'il en connaissait déjà l'issue ?

— Je suis fatigué de vérifier que je suis nul. Désormais, je l'assume.

Il revit sa mère s'acharner sur lui afin qu'il couche avec des filles, des hommes.

— Quelle obsédée... ça lui pèse tant, d'être veuve ?

Pour la première fois, il se rendit compte que la pression venait de l'extérieur, pas de lui. Sans cesse, depuis ses vingt ans, on exigeait qu'il développât une vie sexuelle – ses copains d'abord, puis, parce qu'il s'entendait mieux avec les filles, ses copines, ses amies, sa mère, des inconnues. Son entourage en était obsédé, lui n'y pensait jamais.

Par docilité, il s'était prêté à leurs conseils avec bonne volonté puis avait tenté sa chance sur le marché des relations physiques. S'y serait-il risqué sans leur insistance ? Sûrement pas. En fait, Ludovic n'éprouvait ni besoin, ni désir de sexe.

Pour se détendre, il ouvrit une tablette de chocolat blanc et brancha la télévision.

— Encore !

Zachary Bidermann venait d'apparaître dans la lucarne. Des psychologues, des sociologues, des sexologues et des politologues discutaient de son cas, l'addiction sexuelle.

— Pour moi, c'est aussi exotique qu'un reportage sur les gazelles d'Éthiopie ! s'exclama Ludovic, agacé quoique intéressé.

Un psychologue expliquait que l'individu recherche des sensations de plaisir parce qu'elles libèrent des endomorphines. Ou l'inverse, riposta un neurologue. En tout cas, l'aréopage d'experts s'accordait à donner une place essentielle à la sexualité.

Ludo avait envie d'intervenir : «Et lorsqu'on n'a pas de libido ?»

Plus il les écoutait, plus il se rendait compte qu'il cheminait à côté de la société de son temps, où non seulement la sexualité était obligatoire, mais où l'on devait la réussir.

«Réussir sa sexualité... quelle étrange idée ! Objection, messieurs : réussir sa vie à l'écart de la sexualité, l'imaginez-vous ?»

Le bonheur, l'équilibre, la disponibilité aux autres ou à soi, était-ce impossible sans se frotter les organes génitaux ?

Ludo coupa la télévision. En n'exerçant aucune activité sexuelle, il avait l'impression d'être minoritaire mais surtout honteux ; il était montré du doigt de l'infamie, on lui faisait grief de manquer de testostérone.

«Pourquoi ne me suis-je pas écrasé les couilles sur un tonneau par accident. On me plaindrait au moins.»

Oui, on lui aurait pardonné l'incapacité physique. On lui aurait même pardonné la perversion.

«La perversion sexuelle rassure. Les gens la comprennent.»

Une sexualité tordue restait une sexualité. Les gens toléraient l'espèce d'urgence qui jette un corps sur un autre, quel que soit le résultat.

«Oui, si je collectionnais les martinets ou les chaussettes usagées, ma mère redresserait la tête en société.

Elle préférerait presque aussi que je saute les chèvres ou que je coure après les vaches. Mère indulgente d'un zoophile, elle serait disposée à le devenir ! Elle militerait. Elle irait voir le roi pour qu'il m'ouvre ses écuries une fois par an. Par contre, moi tel que je suis, non ! »

Sa mère illustrait l'écume de son époque, un temps qui mettait la sexualité au-dessus de tout. En d'autres siècles, le cas Ludovic aurait posé moins de problèmes : il aurait pu se réfugier dans un ordre religieux, il aurait pu prétendre pratiquer l'absti-nence.

« L'abstinence ? Quelle blague ! L'abstinence sexuel-le, c'est encore un souci de gros baiseur. »

À l'inverse, le silence du désir, la paix du corps, per-sonne ne l'admettait. L'asexualité n'était un problème qu'en un temps de sexualité frénétique.

Il éteignit la télévision au moment où un polito-logue risquait une théorie sur le lien entre appétit de pouvoir et appétit de sexe.

— Ta gueule !

Il fila à la cuisine et sortit des placards ce qu'il devait éviter de manger : gaufrettes, biscuits aux noix, barres de céréales, tablettes de chocolat blanc. Un festin calorique qu'il accompagna d'un bidon de yaourt liquide à la banane. Il n'aimait pas manger – ce qu'il faisait très vite – mais se sentir repu, au bord du vomissement ou du sommeil.

En passant devant la glace, il jeta un œil sur sa dégaine.

— Encore un effort, mon Ludo, et tu seras définiti-vement imbaisable.

Il se sourit en doublant sa phrase d'un clin d'œil.

Soudain, il se figea. Il venait de comprendre ce qu'il avait dit.

Avec la bouffe malsaine, les fringues immondes, il s'attaquait à lui-même pour se mettre hors jeu, se retirer de la course à laquelle les autres souhaitaient qu'il participe. Il voulait justifier son ratage amoureux en démontrant qu'il ne pouvait pas inspirer l'amour. Il se détruisait pour gagner la paix.

Il s'examina à nouveau devant le miroir. En réalité, il n'avait pas envie de s'amocher, il était prêt à s'apprécier, d'autant que, sur les autres points de l'existence, il montrait des goûts raffinés. Seule la pression de ce monde sexué l'amenait à se déformer.

Il s'assit sur son coussin préféré et choisit *Sirènes* de Debussy, une musique sensuelle où un chœur de femmes à bouche fermée se mêlait aux vagues de l'orchestre, entrelacs de sons aussi fascinants et sophistiqués que la fumée d'une cigarette un soir d'été.

Même ses goûts les plus profonds justifiaient qu'il vécût à part ; la musique classique l'isolait, son écoute attentive nécessitant la solitude et le silence. Cela, il ne pouvait ni ne désirait le changer. Trop tard. En revanche, le reste, maltraiter son corps, l'enlaidir ou le banaliser… oui, il pouvait se libérer de ces contraintes.

La sonnette retentit. Il sursauta, se rappelant soudain qu'il avait donné rendez-vous à Tiffany.

Elle entra et lui sauta au cou, tremblant comme une feuille.

— Oh, mon Ludo, je suis tellement contente de te voir !

— Toi, tu as des problèmes avec ton homme !

Tiffany se précipita dans un fauteuil et, en absorbant le goûter de Ludo, lui raconta les difficultés

600

qu'elle rencontrait avec son copain. Ludo recevait ses confidences, les relançait, donnant un conseil par-ci, éclairant un point par-là.

Puis elle se répéta. Il en profita pour songer à sa mère. Jamais, en sa vie de fils, il ne l'avait repoussée ainsi parce qu'elle n'avait jamais commis un tel attentat. Plus il y songeait, plus son intervention dans sa vie amoureuse lui semblait impardonnable.

Tiffany, fatiguée de mariner dans ses problèmes, écarta le sujet et évoqua les ennuis qu'affrontaient leurs amis communs :

— Pat et Jean, c'est fini, figure-toi.

— Je le savais. On m'a dit que Pat s'est mise avec Paul.

— C'est déjà du passé.

— Oh, ça tourne… Et comment va Graziella ?

— Elle quitte Aldo. Rudy et Laetitia se séparent.

— Eux aussi ? s'étonna Ludovic.

Il constata que Tiffany avait englouti les gâteaux qu'il avait apportés sur la table basse et s'en réjouit : voilà, il avait entamé son régime.

— Au fait, Tiffany, je tenais à te dire que je vais bien.

— Pardon ?

— Je vais très bien.

Elle grimaça, incrédule.

— Tant mieux…

— Alors, il est inutile que les copines et toi continuiez à me traiter de malade.

— Ludo ?

— Ce qui est un problème chez vous ne l'est pas chez moi.

— De quoi parles-tu ?

— De la sexualité. Je n'en ai pas.

Elle réprima un sourire puis prétendit chercher l'inspiration au plafond.

— Tiens, justement, j'ai pensé à toi l'autre jour en voyant que, sur la toile, un groupe s'est formé : les «asexués». Ils s'ingénient à se faire reconnaître.

— Je m'en fous. Inutile, je ne deviendrai pas plus normal parce que j'additionnerai des congénères. Je n'éprouve pas le besoin d'appartenir à un troupeau.

— Il faut bien avoir une place dans la société.

— J'ai une place et elle n'a pas besoin d'être normale. Et puis la place que j'occupe, c'est la mienne, je la garde.

Il se pencha en avant.

— Je ne suis pas si sûr d'être isolé, tu sais. Que sont les grandes amitiés, sinon des relations asexuées ? Qu'est l'amour paternel, maternel ou filial, sinon une relation asexuée ? Les seules amours qui existent et qui marchent sont les amours sans sexe. Chacun, sans trop se forcer, parvient à être un fils, un frère, un ami, un père. Rarement tout à la fois. En revanche, le monde s'obstine avec l'amour libidineux, même si ça part en eau de boudin. Je vais te glisser une confidence : la femme que je préfère dans ma vie est celle avec qui je n'ai jamais eu et avec qui je n'aurai jamais de relations sexuelles.

— De qui s'agit-il ?

Il se tut et se rendit à la fenêtre qui donnait sur la place d'Arezzo.

Tiffany s'approcha de lui. Il frémit.

— Je te fais pitié, c'est cela ?

— Tu m'attendris. Et souvent tu m'amuses.

— Oui, mais je te fais pitié aussi… D'ailleurs, je préfère la compassion à l'amour, ça n'engage que celui qui s'apitoie.

— N'as-tu pas besoin d'être comme les autres ?

Il réfléchit longuement.

— Non.

Elle dodelina et soupira, admirative :

— Quelle chance… Je me demande si tu n'es pas le plus fort d'entre nous.

À cet instant, à travers la vitre, Ludo aperçut Zachary Bidermann qui, descendant d'une limousine noire au retour de sa garde à vue, subissait l'assaut des photographes, des curieux, des badauds, des féministes en colère, tous dévorés par une fièvre frénétique qui les dépassait. Autour d'eux, surpris par ce fumet d'excitation humaine, perroquets et perruches se mirent à voleter en piaillant.

Ludovic murmura, flegmatique :

— Peut-être…

Puis il se détacha de la fenêtre, s'approcha de l'ordinateur et pianota avec douceur les mots suivants :

« Fiordiligi, es-tu encore là ? »

5

— Raté !

Tom ferma le registre de condoléances, déçu. Les mots et signatures déposés sur ces hautes pages lors des funérailles de Séverine ne lui permettaient pas d'avancer dans son enquête.

— Alors ? demanda le prêtre.

Autour d'eux, la salle où l'on catéchisait les enfants présentait des dessins multicolores, joyeux, lesquels parvenaient presque à détourner l'attention de la poussière, des murs délabrés ou de la lumière avare qui peinait à traverser les vitres sales.

— Aucune preuve, conclut Tom. Aucune écriture ne correspond à celle des lettres anonymes. Quant à mes deux pistes, l'une tient, l'autre pas.

— Laquelle s'écroule ?

— Celle de l'écrivain, Baptiste Monier. Un instant j'ai pensé qu'il pouvait s'amuser, par jeu intellectuel, à provoquer les habitants de la place afin d'observer leurs réactions. Il aurait envoyé ces lettres dont chacune aurait été la première phrase d'un chapitre. Un roman expérimental.

— Amusant… Et ?

— Il est droitier, ça ne peut pas être lui.

— Peut-être sait-il calligraphier des deux mains ?

Tom se gratta la tête, concédant qu'il concluait trop vite. Le curé aperçut une craie verte sur l'estrade, la ramassa, la déposa dans la rainure du tableau noir prévue à cet effet. Il s'empara ensuite du registre de condoléances.

— Quant à l'autre piste, Tom ?

— Il s'agit du fleuriste Orion, l'homme le plus gentil de Bruxelles marié à la femme la plus méchante de l'univers.

Le curé sourit.

— C'est comme ça que ça marche : seul un tendre fait couple avec une garce.

— Pourquoi ?

— Parce qu'il est le seul à ignorer la difficulté.

— Je suis gêné de t'entendre, toi, un prêtre, traiter quelqu'un de garce. Cela ne me semble guère charitable.

— Pourquoi les athées se plaisent-ils tant à nous donner des leçons de charité, de générosité, de piété ? Cela vous manque ?

— Non. Je saisis l'occasion de te dire que j'ai compris ton système et que je ne te trouve pas en harmonie avec lui.

— Pour pardonner, il faut que le sujet ait quelque chose à se faire pardonner. Xavière me paraît éminemment pardonnable.

— Eh bien moi, je refuse qu'on chosifie un individu, qu'on le réduise à un trait de caractère. À mes yeux, une garce, ça n'existe pas, ni un gentil d'ailleurs, ni un saint, ni un salaud.

— Et Zachary Bidermann ?

— Excellent exemple ! Il a agi comme un salaud l'autre soir mais il n'est pas un salaud.

— Tu refuses de le juger ?

— Je juge un acte, pas un homme. Un homme, c'est plus qu'un de ses gestes ou une de ses paroles.

— Tu nies le vice et la vertu. Pourtant, par habitude, par répétition ou par tempérament, l'individu acquiert une seconde nature et se conduit «généralement bien» ou «généralement mal».

— D'accord. Cependant il reste mouvant, composé de sable. Présente-moi un saint aujourd'hui et je te montrerai qu'il n'est pas à l'abri du péché demain. Idem pour un scélérat, il risque de se comporter correctement.

— Je vois où tu veux en venir. Ainsi, toi, Tom, tu n'es pas homosexuel ?

— Pas plus que toi tu n'es prêtre.

— Pardon ?

— Il se trouve que, à présent, tu as la fonction de prêtre...

— ... la vocation...

— ... or, prêtre, tu ne l'as pas toujours été, tu ne le seras peut-être plus, et maintenant tu ne l'es pas à chaque seconde de la journée.

— Vraiment ?

— Tu ne l'es pas quand tu chies, tu ne l'es pas quand tu manges, tu ne l'es pas quand tu penses à ta mère, tu ne l'es pas lorsque tu vois passer une fille qui te plaît...

— Si !

— Non ! C'est au mâle qu'elle plaît, d'instinct, ensuite le prêtre intervient pour prier le mâle de se contenir et de jeter son désir à la poubelle. De même moi, je ne suis pas réductible à mon homosexualité quoique je couche avec des garçons : quand je réfléchis, quand je donne cours, quand j'écoute de la musique, quand je te parle, cela n'a rien à voir avec mes préférences au lit.

— Je ne te reproche rien, Tom.

— Quel rapport ? Nous parlions d'Orion.

— Tu as raison, nous parlions d'Orion.

— Il demeure mon hypothèse principale car il a omis de signer le livre de condoléances. Cet homme-là salue chacun comme s'il croisait une merveille absolue et veut du bien à la terre entière. En fait, il est christique, cet Orion. Qu'en pensez-vous, monsieur le prêtre ?

— Christique, je ne le lui souhaite pas car il finirait mal, mais évangélique, il l'est sans conteste. Il adresse de l'amour à tout le monde.

— D'ailleurs, ça choque.

— Oui. Les gens se demandent quelle intention, quel intérêt, quel calcul il y a derrière. Alors qu'il n'y en a point. C'est de l'amour désintéressé, de l'amour pur.

— Du coup, on le traite de niais.

— La niaiserie est le vêtement dont les cyniques habillent les purs.

Tom approuva de la tête cette formule. Il se frotta les lèvres, perplexe, puis fixa le curé.

— Dis-moi, tu as des fulgurances comme celle-ci lorsque tu prêches ?

— Cela m'arrive.

— Il faudra que je vienne, rien que pour ça.

— Tu es le bienvenu.

Tom se redressa et embrassa le prêtre sur la joue.

— Merci pour le registre. Je poursuis l'enquête.

Le curé eut un fin sourire.

— Normal que je t'aide puisque tu cherches Jésus.

Tom s'esclaffa.

— N'essaie pas de me fourguer ta came, s'il te plaît.

Ils quittèrent la salle de classe, descendirent un escalier branlant aux parois constellées d'images pieuses puis parvinrent, en poussant une porte décrépite, au niveau de la rue.

Sur le seuil de la cure, Tom lança un signe affectueux au prêtre.

— On se voit samedi midi, chez maman ?

— N'oublie pas que c'est son anniversaire cette fois.

— Ah merde, déjà ?

— Tom, pourquoi n'arrives-tu pas à mémoriser l'anniversaire de maman ?

Tom eut un geste d'impuissance puis tourna au coin de la rue. Lui et son frère n'avaient jamais prêté attention aux mêmes choses.

Il gagna la place d'Arezzo, aperçut madame Singer, sergent-major en tenue kaki, qui s'en prenait à un journaliste rampant sur une branche, au milieu des perroquets et perruches effrayés, pour rapprocher son objectif des fenêtres de l'hôtel Bidermann.

Lâche, Tom décida d'éviter qu'elle l'appelât à la rescousse ; au lieu de rentrer chez lui, il se réfugia dans l'immeuble de Nathan.

Il monta au sixième, usa de sa clé et entra dans l'appartement plombé par un silence inhabituel. D'ordinaire, la musique envahissait les pièces ou bien Nathan chantonnait à l'endroit où il se trouvait. Pourtant, il devait être chez lui puisque son trousseau reposait dans le vide-poche.

— Nathan ?

Le silence absorba son appel.

Avant de s'inquiéter, Tom se dirigea vers la salle de bains. Sous la douche, on n'entendait plus rien.

Les murs carrelés n'abritaient personne.

Il se rabattit vers la chambre et en ouvrit la porte. Là, il n'eut que le temps d'apercevoir une épaule se précipiter vers la couette, tandis qu'à l'autre bout du matelas la tête de Nathan surgissait.

— C'est toi…, bredouilla-t-il, mal à l'aise. Je… je t'attendais plus tard.

Il envoya une grimace d'excuse à Tom, lui exprimant son remords, mais Tom ne le regardait pas, il fixait la forme du corps qui se dissimulait sous les draps.

La froideur descendit en lui. Avait-il besoin de bouger ? Avait-il besoin de parler ? Il avait compris ce qui se passait.

— Ok. Salut.

D'une voix coupante, il manifesta le mépris qu'il ressentait pour les deux hommes au lit et vira sur ses talons.

Il dévala les escaliers, lourd et souple, las. En lui, un seul mot retentissait : Nathan. Ce prénom qui n'avait jusque-là évoqué que le bonheur, ce prénom signifiait maintenant lâcheté, trahison.

Il sortit de l'immeuble et bondit place d'Arezzo sur le banc libre, juste en face de la porte. De là, il pourrait voir le garçon s'échapper.

Il s'assit, les mains au plus profond des poches de son blouson, l'œil fixe. Que ferait-il ? Il lui casserait la gueule ? À quoi bon… ça ne changerait rien… Le coupable, c'était Nathan. L'amant n'avait trompé personne. L'amant n'avait pas exécuté une danse du ventre pendant trois ans pour vivre avec lui.

Il vérifia l'heure.

Une minute. Il ne s'était écoulé qu'une minute depuis qu'il avait jailli sur la place et ça lui semblait une éternité. Combien de temps devrait-il attendre ? Les deux porcs, là-haut, ils n'allaient pas reprendre leur fornication ? Auraient-ils ce culot ? … Dans ce cas-là, autant remonter aussitôt et foutre le feu.

La porte bougea, un homme mit le nez dehors en finissant de se vêtir, pressé de déguerpir. Il regarda à droite et à gauche, vérifiant que son rival ne l'attendait pas pour le tabasser.

Tom sursauta.

Le fugitif n'eut pas l'idée de promener les yeux en face de lui, sur la place, et ignora donc celui qu'il craignait. Il disparut en enfilant la rue Molière.

Tom demeurait pétrifié sur le banc. Il connaissait ce garçon. Comment s'appelait-il déjà ? Un prénom grec… Nikkos ! Voilà, c'était Nikkos. Il avait couché avec lui le mois précédent.

Tom contempla ses mains, embarrassé. Devait-il rire ou se courroucer ? Il reprochait à Nathan ce que lui-même avait fait quelques semaines plus tôt !

Tom ne restait jamais longtemps fâché. Non qu'il ignorât l'irritation, il la détestait et prenait soin de s'en débarrasser. Quoi de plus sot que la colère ? Elle se révolte contre le monde et prétend, par sa seule intensité, le modifier ; alors elle frappe, elle cogne, elle insulte la réalité sans la rectifier. La colère est une impuissance qui se croit forte.

Il s'essuya les paumes sur son jean, tenta de s'obliger à ricaner mais échoua. L'histoire le dégoûtait.

Oh, ce Nikkos ne constituait pas un danger… S'il était joli garçon, il baisait d'une manière ennuyeuse, exaltée, impatiente, saccadée, pressée, en poussant des grognements. Une fois suffisait. Peut-être qu'une fois était déjà de trop… D'ailleurs, Nikkos ne cherchait ni à s'incruster ni à revoir un amant de passage, il s'enfuyait sitôt la chose accomplie. Selon ce qu'avait compris Tom, il aimait les rencontres, point les gens.

« Allez, rigole ! Rien de grave. »

Il achoppait à s'alléger de sa peine. Le problème n'était pas Nikkos, plutôt Nathan. Pourquoi celui-ci lui proposait-il une vie commune, lui parlait-il d'amour, l'aimait-il sans doute autant que Tom l'aimait, et néanmoins profitait-il d'un moment libre pour s'envoyer en l'air avec un inconnu ?

Nathan apparut sur le trottoir d'en face, habillé en noir – ce qui ne lui allait pas et donnait trop de solennité à sa présence. Il évita une voiture qui fonçait le long de la place et se présenta devant Tom.

— Tu m'en veux ?

Tom haussa les épaules et détourna le regard, furibond.

— Non, je suis ravi.

— Désolé, Tom, je ne savais pas que tu allais venir. Nous n'avions rendez-vous que ce soir. À cause de tes copies à corriger.

— De quoi es-tu désolé ? D'avoir fait ça ? Ou d'avoir mal calculé ton horaire ?

Nathan prit un air scandalisé et battit l'air de ses mains.

— C'est toi, Tom, c'est toi, le chaud lapin de premier ordre, le cul bouillant de Bruxelles, qui viens me donner des leçons de chasteté ? Je rêve ! Je suis prêt à reconnaître que c'est désagréable pour toi de me découvrir comme ça, je te répète que j'aurais voulu te l'éviter, je ne prétendrai pas pourtant que j'ai honte de l'avoir fait.

Tom voulut rétorquer en écho sur un ton indigné mais – était-ce à cause de la véhémence comique de Nathan ou à cause de ce qu'il pensait vraiment – un rire larvé lui chatouillait les abdominaux.

— Quoi ? grogna Nathan qui craignit d'avoir eu l'air ridicule.

— Ça valait le coup au moins ?

— Même pas.

— Ah ?

Tom avait de plus en plus de mal à garder un visage sérieux. Nathan leva les yeux au ciel et prononça d'un ton rêche :

— De toute façon, à cause de ton entrée, on n'a pas consommé !

— Ne regrette rien, murmura Tom, en luttant contre un spasme. Avec Nikkos, tu as la bande-son d'un film porno, rien de plus.

— Quoi ?

— Je te jure.

— Tu connais Nikkos ?

— Comme toi.

Devant les yeux exorbités de Nathan, l'hilarité l'emporta et rompit les barrages : Tom explosa de rire.

D'abord déconcerté, Nathan commença à comprendre ce qu'avait suggéré Tom, il s'assit auprès de lui et, à son tour, lentement, par à-coups, le rejoignit dans le rire. Les deux hommes se tordaient les boyaux.

Dès qu'ils parvinrent à s'arrêter, Nathan se tourna vers Tom.

— Tu appelles ça une crise de jalousie, toi ?

Le fou rire repartit aussitôt. Ni l'un ni l'autre ne se réjouiraient jamais assez, après cette scène, de se retrouver là, côte à côte, complices, se gaussant au point d'avoir mal au ventre.

Reprenant son souffle, Nathan attrapa le bras de Tom.

— Je t'aime, tu sais.

— Je le sais.

Les lèvres ne Nathan se pincèrent.

— Là tu étais censé répondre « Moi aussi », je te signale.

— Je te le dirai quand ça me viendra.

— Ça peut encore venir ?

— Tout peut arriver.

— Ça continue entre nous ?

— Ça continue !

Tom se redressa sur le banc.

— En revanche, il y a une chose qui s'arrête : vivre ensemble !

— Oh non !

— J'allais résilier mon bail, déménager mes livres, des millions de tracas pour m'exposer à… ce que j'ai vu.

— Tom, tu m'en veux !

— J'admets très bien qu'on ne résiste pas à la tentation – je suis le premier à y céder –, en revanche il y a une tentation à laquelle je vais résister, je te l'assure, c'est celle de vivre avec toi. Nathan, pourquoi veux-tu que nous cohabitions alors que tu tiens à ta liberté, moi à la mienne ? La libéralité a un cadre idéal : des logements séparés, sûrement pas le cagibi conjugal. Tu n'auras pas tout, le beurre, l'argent du beurre et le cul du crémier ! S'il est normal d'avoir des aventures ici ou là, pour le supporter il est préférable que l'autre l'ignore. Je t'aimerai mieux si je ne te surprends plus en train d'émerger des draps en compagnie d'un monsieur inconnu – ou d'un garçon connu ! Je t'aimerai mieux si je peux m'enfermer dans mon appartement un soir de mauvaise humeur. Je t'aimerai mieux si je peux décider de coucher chez toi. Je t'aimerai mieux si je peux t'inviter à venir dormir chez moi. Je t'aimerai mieux si je t'évite lorsque je veux rejoindre quelqu'un d'autre. Je t'aimerai mieux si tu ne me trouves pas à la place de celui que tu désires. Je t'aimerai mieux si je ne suis pas forcé de t'aimer. Je t'aimerai mieux si tu n'es pas une contrainte. Je t'aimerai mieux si tu n'es pas une habitude. Je t'aimerai mieux si tu restes mon choix. Je t'aimerai mieux si je peux te préférer. Je t'aimerai mieux si tu m'autorises à t'aimer comme je le veux. Notre amour est bien trop important pour que je le laisse détruire par une vie commune.

Touché, Nathan approuva de la tête. Tom lui caressa la joue, Nathan rougit.

— On se sépare pour ne plus se quitter, c'est ça ?

— Voilà. Je ne vivrai pas avec toi parce que je rêve que notre histoire dure.

Tom se pencha, lentement, très lentement, sur Nathan et posa ses lèvres chaudes sur les siennes. À l'étage des branches, des ailes battirent, comme des applaudissements.

Quand le baiser cessa et que Nathan put enfin reprendre sa respiration, il détailla son amant dont l'odeur et l'envie le grisaient.

— Au fond, Tom, contrairement aux apparences, c'est toi le plus romantique.

— Le romantisme est la sagesse des tempéraments chauds.

6

Lorsque Patricia se retrouva dans l'appartement vide, sans Hippolyte qui avait estimé prudent de se retirer, sans sa fille qui s'était enfuie par l'escalier de service, elle déambula, défaite, d'une pièce à l'autre, entendit les interjections joyeuses remontant de la place d'Arezzo, aperçut le désordre qui l'entourait, dénombra les reliefs de cette fête ratée… Aucun doute : elle était la grande perdante de la soirée. Plus de fille ! Plus de fiancé !

Du rangement à faire et des plats à récurer.

Le découragement l'abattit sur un fauteuil. D'un doigt elle éteignit les lumières et se laissa envahir par la pénombre.

Sa vie se délitait. À l'attitude d'Albane, elle venait de comprendre qu'elle ne parviendrait pas à garder Hippolyte. Jusqu'alors, ils ne s'étaient vus qu'en cachette dans ce logement ou au discret café des Marolles, ils avaient vécu sur une île déserte. Finie la robinsonnade ! Ils rejoignaient le vaste monde, ses dangers, sa laide compétitivité. Albane lui avait servi un condensé de ce qui se passerait : les femmes ne pourraient s'empêcher de vouloir plaire à Hippolyte, soit inconsciemment, soit offensivement.

Voilà donc ce qui l'attendait. Précarité, combat, trahison. Et n'oublions pas la dérision, Hippolyte le beau, Patricia le thon. Combien de fois avait-elle entendu la réflexion : «Qu'un mec pareil puisse tirer une nana aussi moche, ça me dépasse !» Peut-être l'avait-elle dit ? Sûrement…

Quant à Hippolyte… Pour l'instant, il jouait le preux chevalier fidèle à sa dame et il repoussait une Messaline mineure. Dans un mois, dans un an, comment réagirait-il face à une adulte qui aurait plus de culot qu'Albane ?

Un trésor pareil ne s'éterniserait pas dans ses bras.

Elle expira.

À cette seconde, quelque chose se défit en elle. C'était terminé ! Elle n'avait plus confiance. Ni en elle, ni en Hippolyte. Ni confiance dans les autres ni dans la société. Ses illusions s'effondraient.

Pour se donner le coup de grâce, elle se rendit à la salle de bains. Lorsqu'elle s'aperçut dans le miroir, elle s'apprécia fugitivement, trouvant sa coiffure en harmonie avec son visage. Cet éclair de satisfaction lui plut autant qu'il lui déplut. À quoi bon ! Il y a un moment où une femme doit choisir entre son visage et son corps. La graisse avait sauvé sa figure, laquelle restait ronde, tendue, sans rides, mais Patricia était devenue énorme en dessous. Pourtant, avec les efforts qu'elle avait accomplis ces dernières semaines… Agitée comme une décathlonienne… Si ça ne se voyait pas sur la glace, ça devait s'inscrire au cadran de la balance. Elle monta sur le pèse-personne. Quoi ? Il devait y avoir une erreur. L'aiguille s'était bloquée. Impossible. Elle n'avait perdu qu'un kilo et demi.

De rage, elle frappa son corps, tapant son ventre, ses bras, ses cuisses. Que faisait là cette cellulite qu'elle n'avait jamais invitée ?

De la rue, vint le bruit d'une altercation. Par crainte qu'Albane n'y soit impliquée, elle se précipita vers la fenêtre du salon. Deux jeunes garçons en survêtement s'engueulaient avec un couple en smoking pour une place de stationnement que chacun revendiquait comme sienne. Les jeunes, aussi nerveux qu'orduriers, montaient le ton face aux mondains qui les priaient de se taire.

Patricia craignait que l'agressivité l'emportât. Elle intervint :

— Vous avez un problème ? Voulez-vous que j'appelle la police ?

Les mondains relevèrent la tête, les deux jeunes s'en prirent à elle :

— Quoi la police ? Qu'est-ce que tu viens nous emmerder avec la police ? C'est notre place. On se gare toujours à cet endroit-là.

— Les emplacements de parking n'appartiennent à personne, riposta-t-elle.

— Oh, la vieille, tu nous lâches et tu nous fous la paix ! À cette heure-là, les vioques comme toi, ça devrait être couchées.

— Laissez, madame, s'écria le mondain pour apaiser la tension, nous allons nous parquer plus loin.

Patricia recula pour se réfugier dans son salon. La vieille ? Il ne manquait plus que ça ! Dès le premier abord, on la traitait de vieille ? Grosse, peut-être… mais vieille ?

Elle frissonna. Elle était donc devenue vieille ! Voilà l'origine de son malaise, voilà ce qu'elle avait ressenti pendant la soirée. Albane en minijupe, Albane maquillée jusqu'à l'indécence, Albane ronronnant sous le regard du mâle, Albane devenue érotique, Albane lui avait signalé qu'elle, sa mère, devait se retirer, hors course, bonne pour le rebut.

Son cœur s'accéléra. Elle porta la main à sa poitrine. Tout s'éclaircissait : bien qu'Hippolyte et elle aient le même âge, une passerelle permettait à Albane et à Hippolyte de se rejoindre tant il était appétissant, tandis qu'il était improbable qu'un copain d'Albane puisse la draguer. Son temps s'achevait.

Une image la traversa, celle de la lumière dorée se déposant sur les fleurs blanches du cercueil lors de l'enterrement de Séverine. La paix. Le repos enfin gagné.

Il ne fallait pas traîner.

Elle fonça dans sa chambre, monta sur un tabouret et fouilla le haut de son armoire. Là, elle trouva la boîte qu'elle cherchait, la descendit, l'ouvrit. À l'intérieur gisaient plusieurs flacons de véronal. Ils l'attendaient depuis des années. Lorsqu'elle avait consulté le docteur Gemayel à ses quarante ans, il lui avait prescrit de l'acide barbiturique afin de dormir plus aisément ; or, Patricia se moquait de ne pas fermer l'œil de la nuit car elle préférait lire ; elle avait acheté les somnifères et les avait entreposés là au cas où…

Voilà, elle s'était donné rendez-vous à des années de distance. En absorbant ce médicament en quantité excessive, elle allait s'endormir et ne plus se réveiller. Une mort parfaite. Sans souffrir. Sans s'abîmer le corps. Sans imposer aux autres une vision d'enfer qui les traumatiserait. La mort propre.

Surtout ne pas attendre ! Si on réfléchit en ce genre d'affaires, on est cuit.

Elle se rendit à la cuisine, sortit les pilules de chaque emballage et les aligna soigneusement sur la table. Puis elle se versa un grand verre d'eau et saisit la première pilule.

La sonnette retentit.

Elle hésita. Répondre ? Ne pas répondre ? On n'avait jamais la paix. Qui était-ce à cette heure-ci ? Une erreur sans aucun doute.

La sonnette retentit de nouveau.

Et si c'était les deux jeunes gueulards qui montaient lui faire la peau ?

« Quelle importance, Patricia ? Tu es en train de te suicider. Dans quelques minutes, tu vas t'endormir. Alors tu t'en fous. »

Elle approcha une pilule de sa langue.

La sonnette insista, plus longue, plus ferme.

« On ne peut même plus mourir tranquille. Bon, j'expédie et j'y retourne. »

Elle se dirigea, silencieuse, vers la porte d'entrée et regarda par le judas qui la dérangeait. Surprise, elle découvrit une voisine, une de celles qu'on voyait le moins, la femme de l'ingénieur, comment s'appelait-elle déjà ?

À cet instant, une voix lança :

— Maman, ouvre, s'il te plaît.

Albane ? En détaillant mieux l'image déformée par la lentille, elle aperçut une jeune fille au fond du palier, habillée étrangement… Albane ?

Elle ouvrit.

Sa fille se jeta dans ses bras. Diane demanda à entrer avec elle, puis, en quelques mots, parce que Albane s'était remise à sangloter, expliqua ce qui venait de se passer.

Le lendemain matin, quand Patricia découvrit la table de la cuisine couverte de pilules blanches réparties en colonnes, elle eut honte. Comment avait-elle pu être assez inconséquente, assez irresponsable, pour vouloir s'en aller ? Albane était encore là, qui avait tellement besoin d'elle. « Imagine qu'elle soit rentrée ici, blessée, violée, pour découvrir ton cadavre ? » En glissant les somnifères dans la poubelle, elle mesura, penaude, l'égoïsme du suicide.

Le docteur Gemayel arriva à neuf heures du matin, Patricia lui ayant laissé à l'aube un mot lui relatant la tragédie sur son répondeur. Dès qu'il apparut sur le palier, brun, rasé de frais, fringant, avec sa virilité flegmatique de Libanais, elle se demanda si elle ne commettait pas une erreur en introduisant un homme auprès de sa fille. Cependant, au regard rassuré d'Albane lorsqu'il pénétra dans sa chambre, elle s'apaisa : le docteur Gemayel était leur médecin avant d'être un homme.

Il resta longtemps auprès d'elle. Ce jeune docteur ne croyait pas qu'à la médecine, il croyait au médecin : diagnostiquer et prescrire ne résumait pas son action, il désirait aussi écouter, comprendre, rassurer, engager le patient vers son avenir. Humaniste et scientifique à la fois, il estimait donner des soins, c'est-à-dire entrer en relation avec la personne. À ses yeux, ce lien comptait autant que les recours à la pharmacopée et devait se poursuivre en chaque circonstance, même en cas d'échec thérapeutique.

En fin de consultation, il tint à discuter avec Patricia :

— Les lésions ne sont pas physiques, plutôt morales. Il faut aider Albane à retrouver confiance en elle et dans les autres. C'est essentiel à son âge.

— Je suis là, ne vous en faites pas.

— Votre présence est essentielle, absolument essentielle, mais il n'est pas certain qu'elle soit suffisante. Albane, par pudeur, ne pourra pas tout vous dire.

— Je le sais bien.

— Il faut empêcher qu'elle se replie et considère la sexualité comme une violence.

— Je l'aiderai.

— Je suis sûr de votre bonne volonté. Pardonnez-moi cette intrusion dans votre vie privée, mais où en êtes-vous sur ce point ?

— Quel point ?

— Les hommes, la sexualité. Vous êtes seule ?

— Oui… non… Actuellement, j'ai une liaison. Nous envisageons de vivre ensemble.

— Albane apprécie-t-elle votre futur compagnon ?

— Euh… oui.

Patricia ferma les yeux, songeant qu'elle aurait dû répliquer «Un peu trop». En formulant cela, elle se rendit compte que rien ne serait arrivé – la fuite d'Albane, le viol – si elle n'avait pas présenté Hippolyte à sa fille. Elle blêmit.

Le docteur Gemayel l'observait, conscient que des pensées contradictoires troublaient sa patiente. Il saisit son calepin.

— Je vous recommande une de mes collègues, experte en traumatismes.

Il gribouilla ses coordonnées sur une feuille à ordonnance.

— Marie-Jeanne Simon. Appelez-la, s'il vous plaît. Dans un cas pareil, c'est la cellule familiale qu'il faut traiter. Pas seulement la personne atteinte. Parfois, le traumatisme s'avère aussi important chez les proches que chez la victime directe.

L'affaire Bidermann compliqua la situation de Patricia. Quand les journalistes révélèrent qu'un viol avait été commis la veille à Bruxelles, dans le quartier d'Ixelles, Patricia pensa : « Pourquoi ne parlent-ils pas de celui de ma fille ? » Plus les médias insistaient, plus ce matraquage l'oppressait, tel un déni : ne se rendaient-ils donc pas compte qu'Albane avait subi des brutalités bien supérieures à celles que Zachary Bidermann avait infligées à l'une de ses invitées ? La concomitance des deux violences s'avérait cruelle. Chaque évocation de l'affaire enfonçait un poignard dans son cœur de mère. Le crime régnait. À l'intérieur de l'appartement rôdait l'agression d'Albane à laquelle elle songeait constamment, et, dès qu'elle allumait la télévision ou la radio, débarquait l'attentat commis par Bidermann ; à l'extérieur, la place était accaparée par les journalistes, les camions de transmission télévisuelle, les photographes et les voyeurs. Le viol avait envahi l'univers.

Choquée, Patricia perdait le contrôle de ses pensées. Lorsque Albane évoquait ses trois assaillants, Patricia plaquait sur ces ombres le visage de Zachary Bidermann, le voyant multiplié par trois au-dessus du corps humilié de sa fille. Si elle suivait les bulletins d'information, elle imaginait Albane à la fête tragique des Bidermann. La frontière entre l'histoire privée et l'histoire collective devenait poreuse, Patricia se sentait poursuivie par l'horreur, le monde s'enténébrait.

Elle ne savait plus comment s'y prendre avec Hippolyte. Devait-elle lui révéler ce qui était arrivé à Albane – cela signifiait l'accepter définitivement dans l'intimité familiale – ou le tenir à distance jusqu'à ce qu'Albane aille mieux ?

Il la harcelait par téléphone, désireux de la voir. Au début, elle était parvenue à inventer des excuses crédibles, mais Hippolyte avait perçu sa résistance et lui demandait des explications.

— C'est à cause de ta fille ?

— Oui. C'est à cause d'elle.

— Explique-moi.

— Bientôt.

Patricia se sentait coupable. Si sa liaison avec le jardinier avait commencé en rêve, un cauchemar lui succédait, d'autant qu'elle ne pouvait s'empêcher de créer un lien de cause à effet entre Hippolyte et le viol de sa fille : si Albane ne s'était pas déguisée en putain provocante pour l'émoustiller, elle n'aurait jamais rencontré ni excité les trois malfrats !

Madame Simon prit l'habitude de venir chaque matin. Patricia échangeait quelques mots avec elle mais restait sur ses gardes. Quoiqu'elle eût obéi au docteur Gemayel en la consultant, elle considérait que la psychiatre lui volait son rôle de mère. C'était à elle, Patricia, et non à une inconnue, qu'Albane devait se confier ! Elle l'avait portée dans son ventre, élevée, instruite, consolée du décès de son père ; quand la toubib aurait tourné la page et n'y penserait plus, elle serait encore là, elle, à s'occuper d'Albane jusqu'à son dernier souffle. Quelle injustice ! Et qu'apprenait cette psychiatre de la bouche de sa fille ? Chaque fois que la spécialiste sortait de la chambre, Patricia lui jetait un regard en coin, paniquée à l'idée qu'elle venait d'apprendre une de ses erreurs ou de ses fautes ; cette intruse devait se rendre compte chaque jour davantage que la plupart des problèmes rencontrés par la fille venaient de la mère.

Quand madame Simon lui proposa un entretien, Patricia lutta contre l'envie de fuir. Lui aurait-on imposé une paire de menottes, elle n'aurait pas été plus humiliée.

Madame Simon s'assit en face d'elle.

— Albane est intelligente et courageuse.

«Pas besoin d'avoir fini de hautes études pour diagnostiquer ça», songea Patricia, sur la défensive.

— Elle va se reconstruire. Vous êtes là, très proche, très présente, c'est bien, et je vous en félicite, mais, en la circonstance, elle souffre beaucoup de l'absence de son père.

«Que croit-elle ? Que je vais le ressusciter ? C'est elle qui a fait médecine ou moi ? »

— Peut-être serait-il bon qu'une figure masculine participe à sa reconstruction. Je ne pense pas qu'elle puisse cicatriser dans un gynécée. Il faut la présence d'un homme bienveillant, une présence qui compense les figures agressives. N'avez-vous pas un compagnon ?

Patricia balbutia :

— J'ai… un fiancé… mais nous ne vivons pas ensemble.

— Avez-vous confiance en lui ?

— Oui.

— A-t-il eu une attitude ambiguë avec votre fille ?

— Ah non, jamais ! Sur ce point-là, je n'ai aucun doute.

— Sur quoi avez-vous un doute ?

« Ça y est, la vipère, elle me toise comme sa proie. »

— Je doute de refaire ma vie avec lui.

— Vous ne l'aimez pas assez ?

— Oh si !

— Et lui ?

— Pareil, je crois.

— Alors ?

— « Refaire ma vie », rompre l'équilibre actuel, est-ce utile ?

— Laissez-moi exprimer quelques doutes sur « l'équilibre actuel ». Vous vivez seule, quasi recluse, avec votre fille qui croyait jusqu'à peu que vous aviez renoncé à la sexualité. Un cocon, peut-être, un cocon pourtant malsain, régressif, irréaliste. Pour elle, avoir une mère joyeuse, heureuse au bras de son compagnon, ce serait un excellent médicament. Et puis elle a besoin d'une figure paternelle à laquelle elle pourrait adresser de la tendresse.

Patricia se renfrogna : dirait-elle à cette psychiatre qu'Albane avait tenté d'aguicher Hippolyte ? Non, ce ne serait pas loyal.

— À demain, chère madame.

La psychiatre se leva et partit.

« Quoi, c'est tout ? »

La désapprouvant en son for intérieur, Patricia obéit à la prescription. Elle donna rendez-vous à Hippolyte dans leur habituel café des Marolles et lui raconta ce qui était arrivé à Albane.

Pendant ce douloureux récit, Patricia sentit, en sa chair, en son âme, chaque détail du viol. Elle étouffait, elle se débattait, elle pleurait, elle criait. Bouleversé, Hippolyte dut la bercer longtemps dans ses bras pour qu'elle retrouve la maîtrise de soi.

Cet après-midi-là, en rentrant, elle annonça à Albane qu'Hippolyte les rejoindrait le soir.

— Tant mieux, murmura Albane en retournant dans sa chambre.

Cet acquiescement terrorisa Patricia. Elle avait tellement l'habitude qu'Albane se montrât maussade que son amabilité éveilla sa suspicion. L'horreur allait-elle recommencer ?

Or, pour son deuxième repas avec Hippolyte, Albane se présenta habillée de façon sobre, voire plus sage que la normale. Elle se comporta aimablement, sans en rajouter, et Hippolyte éprouva un vrai plaisir à la découvrir et à causer avec elle.

Pour autant, Patricia se tracassait. Chaque fois qu'elle repartait à la cuisine pour débarrasser un plat ou ramener le suivant, elle s'arrêtait en chemin, tendait l'oreille, histoire d'apprendre si le ton de la conversation se modifiait, ou s'ils changeaient de sujet.

À vingt-deux heures, Albane salua les deux adultes et regagna sa chambre. Patricia et Hippolyte bavardèrent paisiblement puis Hippolyte déclara :

— Je peux rester ici, ce soir, si tu veux. Germain m'a proposé de s'occuper d'Isis.

Patricia s'étonna d'entendre mentionner Isis. Accoutumée à rencontrer Hippolyte seul, elle oubliait souvent qu'il élevait sa fille, d'autant qu'il en parlait peu. En tout cas, il ne l'évoquait jamais comme un problème. « Décidément les hommes et les femmes ne sont pas pareils. Sa fille ne constitue pas la plus grande affaire de sa vie.» Le calme d'Hippolyte par rapport à Isis l'agaçait tant qu'elle se retint in extremis de le traiter de père indigne.

Il s'approcha, l'enveloppa dans ses bras; elle cessa enfin de penser. Elle se laissa emmener dans la chambre.

Lorsque, après de nombreux baisers et de lentes caresses, il tenta délicatement de la déshabiller, elle l'arrêta, paniquée.

— Non, je ne peux pas!

— Tu ne veux pas?

— Je ne peux pas!

Il la contempla sans comprendre. Elle tâcha de s'expliquer :

— C'est à cause de…

— D'Albane?

— D'Albane!

— Parce qu'elle est là?

— Voilà. Je n'ai pas l'habitude.

— Il va bien falloir la prendre, cette habitude, non?

Patricia grelotta davantage. Elle chercha une solution et improvisa :

— Tu as raison, il va falloir la prendre… Alors, je te propose de me prouver que tu es prêt à partager ta vie avec moi.

— Chiche.

— Passons la nuit l'un auprès de l'autre mais ne faisons pas l'amour.

Il la considéra longuement puis, le visage éclairé par l'affection, accepta, enthousiaste.

Patricia feignit de se réjouir aussi. Peu importait qu'Albane logeât au fond du couloir, en réalité elle n'avait pas envie de sexe. Après ce qu'avait vécu sa fille, l'intrusion d'un homme dans son corps, fût-il Hippolyte, lui était intolérable. Oui, ce soir-là, elle détestait les hommes, la fornication, cette torture qu'on vend comme de la volupté, et ne comprenait pas comment elle avait pu l'apprécier naguère.

Au matin, en se réveillant, elle constata qu'Hippolyte était déjà levé et que régnait dans l'appartement une craquante odeur de pain grillé.

Elle se dirigea vers la cuisine et s'interrompit en route : des rires émanaient de la pièce, de petits rires complices, futiles, qui témoignaient plus d'un bonheur d'être ensemble que d'une réaction à une plaisanterie.

De dos – elle les vit bien –, Albane et Hippolyte prenaient leur café. Dans leur décontraction, dans leur simplicité, dans le relâchement de leurs corps, il y avait une familiarité qui, d'ordinaire, demande des mois de fréquentation.

Elle aperçut la main d'Hippolyte monter vers la joue d'Albane et, presque tendrement, lui retirer une miette de pain qui s'y était collée.

— Dehors !

Elle avait hurlé.

Ils sursautèrent.

— Dehors !

Ils se retournèrent et découvrirent Patricia défigurée par la colère.

— Dehors, Hippolyte ! C'est fini entre nous et tu ne remets plus jamais les pieds ici. Tu m'entends ? Plus jamais !

La scène n'avait duré qu'une demi-heure mais Patricia ne cessait de la remâcher. Oui, malgré les protestations d'Hippolyte, malgré l'incompréhension d'Albane, elle avait repoussé son amant et lui avait annoncé une rupture définitive.

Lorsqu'il avait exigé des explications, elle avait répliqué que les explications, il les connaissait, il n'avait qu'à regarder au fond de lui.

À cet instant-là, Hippolyte avait changé d'aspect. Sa peau avait grisé, ses yeux s'étaient éteints. Il avait même perdu quelques centimètres de sa superbe et il était parti, abattu, sans prononcer un mot.

Depuis, Albane et Patricia s'étaient à peine parlé. Elles se limitaient à des conversations pratiques de quelques phrases. En revanche, Patricia avait appelé deux fois le docteur Gemayel à son secours. La première fois parce qu'elle avait développé une mycose vaginale. La seconde, parce qu'elle s'était évanouie, prise d'une subite faiblesse. Le docteur lui avait prescrit un examen sanguin, pour vérifier qu'il ne s'agissait pas d'une anémie.

Le troisième matin après la rupture, madame Simon redemanda un entretien à Patricia. « Tant pis pour elle, cette fois, je dis tout. »

La psychiatre regarda Patricia, l'appartement, soupira puis refixa Patricia.

— Je vais être brutale.

— Au point où j'en suis…

— Au point où vous en êtes ? Très intéressante déclaration. Avez-vous été l'objet d'une violence ces jours-ci ?

— Vous plaisantez ?

— Pas une seconde.

Patricia demeura bouche bée.

Le médecin insista :

— J'aimerais vraiment savoir de quelle violence vous êtes victime ?

Patricia faillit exploser de colère et pourtant se retint. « Pas devant une psychiatre ! Calme-toi. »

— En face de qui croyez vous être, madame Simon ? demanda-t-elle avec une pondération qui lui sembla une victoire.

— En face de la mère de la victime, pas de la victime elle-même.

Patricia sursauta. Le médecin poursuivit de sa voix étale, pacifique :

— Vous vous substituez à votre fille. À vous entendre, c'est vous qui avez été attaquée, c'est vous qui souffrez dans votre corps, c'est vous qui ne ferez plus l'amour.

« Quoi ? Comment sait-elle ? »

— Je crois que vous êtes une très bonne personne, Patricia, mais que vous manquez de maturité affective. Je le sais par Albane : vous êtes davantage la fille de votre fille que la mère de votre fille.

— Pardon ?

— Vous végétez dans cet appartement sans rien faire, sinon lire, vous n'avez pas de vie sociale au-dehors, vous attendez trop des échanges que vous entretenez avec votre fille. C'est elle qui vous raconte le monde extérieur, c'est elle qui vous oblige à lutter contre le laisser-aller, qui vous contraint parfois à vous laver, à prendre soin de vous, à aller chez le coiffeur. C'est encore elle qui a dû vous pousser à rencontrer un homme ?

— Comment ? Pas du tout !

— N'avez-vous pas rencontré Hippolyte après une scène avec Albane, qui vous a convaincue que vous ne pouviez plus vous enterrer ainsi ?

— Ça n'a aucun rapport. J'admirais Hippolyte depuis trois ans et j'ai reçu un message de lui, une lettre pleine d'affection, qui a déclenché notre flirt.

— Ah oui ? Je crois, moi, que le véritable déclencheur, c'était votre fille, votre fille qui, comme une mère, vous expliquait qu'il était temps de devenir adulte et d'évacuer le foyer.

Patricia se tut, troublée et consternée.

— Je vous en prie, Patricia. Vous devez continuer à grandir. Pour Albane, il serait trop lourd de traîner ce passé, une mère-enfant et un viol. Parce que vous l'aimez, pensez à elle, Patricia. Guérissez à votre tour : grandissez ! C'est ce qui hâtera la guérison de votre fille.

Comme à son habitude quand elle estimait l'entretien terminé, madame Simon se leva et la quitta sans un mot de plus.

Patricia demeura interdite. Tant d'idées incongrues ! On venait de lui jeter un sac d'hypothèses, toutes plus étranges les unes que les autres. Elle, une femme-enfant ? Elle ne s'était jamais vue ainsi. Quelle sottise...

Elle se redressa, tituba. Quel choc... « Traumatisante, non, la spécialiste du traumatisme ? Une soigneuse, ça ? Ah oui, on traite le mal par le mal... Tu as reçu un coup ? Tiens, en voilà un deuxième pour que tu ne penses plus au premier. »

Elle se dirigea vers la cuisine et, d'instinct, ouvrit le tiroir du garde-manger. Non. Elle n'avait pas faim.

Plus d'appétit. Si on la boxait chaque jour comme aujourd'hui, elle allait mincir. Sûr. Une dépression, c'est parfait pour perdre des kilos. Presque aussi bien qu'un cancer.

Elle se mit à pleurer silencieusement, placidement, sans sanglots. À pleurer comme on saigne.

Retournant au salon, par un vieux réflexe elle regarda la place depuis la fenêtre.

Hippolyte travaillait au square en compagnie de Germain. Il ne se tournait pas vers elle. Intentionnellement sans doute. Autour d'eux, les gens s'agitaient, toujours préoccupés par l'affaire Bidermann. Quelle misère...

Elle observa Germain. Voilà de quoi elle aurait eu l'air, à côté d'Hippolyte. Une disgraciée. Une infirme. Aussi grotesque. Elle aimait bien Germain mais elle trouvait anormal qu'Hippolyte aimât Germain. Et pas plus normal qu'il l'aimât, elle. D'ailleurs, Hippolyte n'était pas normal, voilà qui résolvait tout.

Exténuée, elle alla de nouveau à la cuisine, par réflexe, comme autrefois lorsque la moindre anxiété l'amenait à dévaliser le réfrigérateur. Elle l'ouvrit. Plus rien. Étagères vides. Logique, elle ne faisait plus les courses. Pour les nourrir, Albane et elle, elle commandait des plats chez le traiteur chinois ou parfois chez le japonais. C'était tellement antipodique que ça l'incitait au régime. Elle s'était dégoûtée de la nourriture.

Elle sortit de sa cuisine. Irait-elle discuter avec Albane ? Pourquoi pas ?

À cette seconde, en traversant l'entrée, elle aperçut une ombre qui bougeait sur le palier.

Une lettre avançait sous la porte, glissée par quelqu'un de l'autre côté.

Le papier était jaune, comme la fois précédente, et l'écriture paraissait exactement la même.

7

C'était sans doute la nuit la plus lamentable qu'elle ait jamais vécue. Faustina, assise nue sur le lit, les jambes repliées sur sa poitrine, mains serrées autour des genoux, considérait ce qui venait de se passer.

Un homme qui se prétendait amoureux depuis des mois, qui délirait en paroles sur sa séduction, qui avait accepté d'être rembarré à vingt reprises tant il se consumait de désir, cet homme-là, une fois qu'il était parvenu au Graal, une fois qu'elle lui avait ouvert ses bras, s'était contenté de s'allonger, d'expédier les préliminaires puis avait joui poussivement après des mouvements mous, répétitifs, ennuyeux, bref, sans ardeur. Il l'avait ensuite regardée avec des yeux complices, prétendument brûlants, comme s'il l'avait emmenée au septième ciel. Pire : il s'était endormi, épuisé, tel un athlète à l'issue d'une compétition olympique. D'ailleurs, neuf heures après, il ronflait encore. Quel exploit !

Faustina se frotta le menton contre son genou gauche. Ce fiasco aurait dû la mettre en colère, or elle se sentait apaisée. Elle qui était abonnée aux échanges torrides, aux baises tempétueuses, aux orgasmes multiples, cette petite randonnée sur les eaux calmes de la baise ordinaire ne l'avait pas dérangée ; peut-être même ne lui avait-elle pas déplu. La sérénité qu'elle éprouvait à son réveil lui apportait une impression nouvelle.

Elle se leva sans déranger Patrick Breton-Mollignon, lequel, occupant les deux tiers du matelas, avait réquisitionné la plupart des oreillers pour rendre son repos confortable. S'étonnant que le directeur du *Matin* ne fût pas harcelé dès l'aube par ses collaborateurs au téléphone, elle se pencha sur la table de nuit et constata qu'il avait débranché son mobile. Devait-elle s'estimer flattée de cette priorité ou devait-elle rire d'un homme pour qui une nuit si banale représentait une exception ?

S'approchant de la fenêtre, elle vérifia que badauds et photographes battaient toujours la semelle devant l'hôtel des Bidermann. Ils stationnaient, dispersés en groupuscules. Elle soupira, heureuse de savoir que, l'animation continuant, elle habitait le lieu stratégique qui passionnait les médias.

Au bas de son immeuble, elle aperçut Patricia qui entrait d'un pas ferme dans le bâtiment.

— Ah, mon Dieu, j'allais l'oublier !

Affolée, elle se couvrit en hâte, accrocha ses cheveux avec un élastique, ferma les portes menant à la chambre et courut attendre Patricia sur le seuil pour éviter que la sonnette ne réveillât Patrick Breton-Mollignon.

Après les embrassades rituelles, elle introduisit Patricia au salon. Celle-ci, en robe violette un peu stricte, très tendue, sortit du matériel de son sac en toile.

— Voici tes fiches.

Patricia étala sur la table basse des dossiers écrits à la main.

— Tu n'ajoutes pas quelques commentaires ?

— Pas le temps, maugréa Patricia. Tout ce dont tu as besoin se trouve sur ces feuilles. As-tu préparé l'argent ?

Faustina tendit une enveloppe ouverte contenant des billets.

— Alors, ajouta-t-elle, tu as suivi l'affaire ?

— Quelle affaire ?

— Notre prestigieux voisin, ce porc de Zachary Bidermann.

— Ça me dégoûte.

— Moi aussi.

— Ce qui me dégoûte davantage, ce sont les gens qui en parlent.

— Pourquoi ?

— Ils ne parlent que de lui, de ce qui lui arrive, de sa chute, de ses espoirs déçus, de sa carrière brisée. Or c'est à elle, cette femme, qu'il est arrivé quelque chose d'horrible. Elle a été violée !

— Oui, bien sûr…

— « Bien sûr » ? Tu aboies avec la meute, Faustina ? Le bourreau t'intéresse davantage que la victime. Là où tu vois la tragédie d'un homme de pouvoir, moi je vois le drame d'une femme.

— Ne charrie pas. C'est lui qui est connu. C'est lui dont le pays voulait comme Premier ministre. Elle…

— Et la solidarité féminine, Faustina ?

— Non merci… je n'y crois plus depuis longtemps. Solidarité féminine ? Les pires coups de poignard que j'ai reçus m'ont toujours été portés par des femmes.

— Peut-être que tu les avais cherchés… Ne parlons plus de ça, je vais me fâcher.

Contrariée, songeuse, Patricia se leva et marcha rapidement vers la porte. Faustina l'interpella d'un ton sec :

— Patricia, tu n'oublies pas quelque chose ?

— Moi ?

— Les prochains livres que tu dois me commenter.

Faustina désignait une pile de six nouveautés sur un fauteuil.

— Ah, tu as raison, j'oubliais quelque chose, marmonna Patricia.

Elle revint sur ses pas, se planta devant l'attachée de presse.

— J'ai oublié de t'avertir que j'arrêtais.

— Quoi ?

— J'arrête de lire à ta place.

Par réflexe, Faustina corrigea l'expression :

— De lire pour moi.

— Parfaitement. Tu te débrouilleras, désormais.

— Seule ? Je n'aurai pas le temps.

— Moi non plus.

Patricia se retourna et saisit la poignée de la porte. Faustina se précipita, la retint.

— Qu'est-ce qu'il t'arrive ?

Patricia fixa le sol, luttant contre une émotion. Faustina prit un ton doux :

— Des soucis ?

— Ça me regarde.

— Je suis ton amie, Patricia.

Patricia haussa les épaules.

— Non, tu étais mon employeuse au noir, mais mon amie, sûrement pas.

— Merci de ton amabilité.

— D'ailleurs, même à une véritable amie, je ne dirais rien. Voilà, garde l'information qui te concerne : je ne lirai plus de romans ou d'essais à ta place.

— Et si je t'augmentais ?

— Fini ! C'est dit, c'est net, c'est irrévocable.

— Enfin, Patricia, tu m'annonces ça brusquement après des années de collaboration ! Comment je vais faire, moi ?

— Tu n'as qu'à apprendre à lire. Tiens, regarde, sur ton peignoir de bain brodé, tu peux déjà réviser l'alphabet.

Et elle passa sur le palier. Faustina la rattrapa par le bras.

— Patricia, je ne t'ai jamais vue comme ça !

Les yeux de Patricia s'embuèrent.

— Moi non plus. Adieu.

Patricia s'enfuit dans les escaliers.

Faustina rentra chez elle, furibonde. Si cette conne la laissait tomber, comment présenterait-elle aux journalistes des livres qu'elle n'avait même pas feuilletés ? Comment ferait-elle croire aux auteurs qu'elle recevait qu'elle avait adoré leur dernier opus ? Non seulement son travail en pâtirait mais ses revenus aussi car elle avait coutume de revendre à prix d'or ces fiches à un célèbre journaliste littéraire parisien, lequel, comme elle, préférait parler des livres que les lire.

Elle se dirigea vers la cuisine et prépara un petit déjeuner. Curieux comme elle appréciait ce rituel ! Il la rassurait, lui permettait de lutter contre le vide avant que la journée ne l'accaparât.

Au moment où elle achevait la cuisson des œufs brouillés, Patrick Breton-Mollignon arriva, une serviette nouée autour des reins, insignifiant avec sa poitrine creuse dérangée par quelques poils longs et rares, ses épaules en avant, son ventre mou de faux maigre. Furtivement, elle songea à l'allure qu'aurait Dany avec la même serviette, ou d'autres qui l'avaient précédé… Sans conteste, Patrick Breton-Mollignon était le plus médiocre de ses soupirants.

— Bonjour, mon chéri, comment vas-tu ?

Avec naturel, elle avait emprunté un ton maternel.

— Superbement bien. Je suis heureux.

«Le pauvre ! Il ne se rend pas compte qu'il est pathétique.»

Elle lui glissa la main sur la joue.

— Tu peux ! Il y a de quoi…

Les yeux de Patrick Breton-Mollignon brillèrent d'orgueil : par cette allusion, Faustina lui décernait la médaille du bon amant.

— C'est vrai ? Tu as aimé ?

«Ne creuse pas ou tu vas apprendre la vérité, mon grand.»

— J'ai adoré, Patrick ! C'était tellement…

«Nul ? Rasoir ?»

— … déconcertant.

— Déconcertant ?

«Il insiste, le vaniteux… Croit-il vraiment qu'il m'a fait grimper aux rideaux ?»

— Déconcertant de nous retrouver à faire ça, toi et moi…

«Ça lui suffit ? Non, sûrement pas.»

— … et de le faire si bien.

Elle déposa un baiser sur sa joue. Il ronronna de contentement.

Joyeuse, elle dispersa ce qu'elle avait concocté sur la table et ils devisèrent, allègres, de diverses personnes qu'ils fréquentaient.

Faustina s'était rarement sentie aussi bien. Ne devoir aucun plaisir à un homme qui sortait de son lit, le mépriser engendrait des gestes et des paroles nouveaux. Sa pitié envers l'étalon désastreux libérait en elle une gentillesse commisérative et l'amenait non à mimer la tendresse, plutôt à l'éprouver.

Par rapport à lui, elle se trouvait libre comme jamais : il pouvait partir, elle ne le regretterait pas ; il pouvait rester, il ne la gênerait pas. Au fond, elle s'en foutait totalement.

Aussi, lorsque, à l'issue de la collation, il lui demanda si elle voulait bien l'épouser, accepta-t-elle sans hésiter.

La nouvelle se répandit très vite, d'autant que Patrick Breton-Mollignon, doté d'un copieux carnet d'adresses, distribuait l'information sans réticence, savourant ses épousailles comme une victoire, une victoire contre les femmes précédentes – peu nombreuses il est vrai – qui l'avaient repoussé, et une victoire contre les hommes – beaucoup plus nombreux – qui lorgnaient Faustina avec concupiscence.

Elle, en revanche, distilla l'information avec davantage de parcimonie ; ainsi ne contacta-t-elle pas Nathan, Tom et ses autres amis gays, sachant trop bien que ceux-ci allaient aussitôt l'interroger sur les performances physiques de Patrick. Parviendraient-ils à saisir qu'elle lui accordait sa main uniquement parce qu'il était nul au lit ?

Un après-midi, alors qu'elle piquait du nez sur un pavé romanesque dont elle accompagnerait bientôt l'auteur dans sa tournée médiatique, elle fut soulevée par une illumination :

— Patricia a raison !

Elle s'empara du téléphone.

— Patrick ? Veux-tu enfoncer tes concurrents sur l'affaire Zachary Bidermann ? vendre plus de journaux ? exploser ton score ? être relayé par les médias du monde entier ?

— Ai-je besoin de te répondre ? Tu as un scoop ?

— Non, un conseil. Je le dépose dans la corbeille de mariage.

— Dis vite !

— Intéresse-toi à la victime.

Un silence accueillit sa proposition. Puis un hurlement lui succéda :

— Putain, tu es géniale !

Lorsque Patrick Breton-Mollignon et Faustina virent entrer Petra von Tannenbaum, impériale, cheveux noir corbeau, regard d'aigle, dans le bureau directorial du *Matin*, ils éprouvèrent un malaise. Cette victime ne ressemblait pas à une victime.

« Quelle erreur de casting ! » songea Faustina.

Petra s'assit avec élégance sur le fauteuil qu'on lui proposait et exhiba un fume-cigarette.

— Il était temps, déclara-t-elle d'un ton glacial.

— Temps de quoi, chère madame ?

— Qu'on s'intéresse à moi.

Patrick approuva et annonça l'intention de son journal : lui consacrer deux pages entières.

— Deux ? murmura-t-elle avec dégoût.

— Au moins deux, corrigea-t-il.

Elle posa sur la table le dossier qu'elle tenait sous le bras.

— Voici mon book avec les éléments principaux de ma vie. Pour les photos, vous avez les noms des agences à contacter sur le verso.

— Pouvez-vous nous raconter ce qui s'est passé ?

Petra déclina son histoire. Ses réflexions, le choix de ses mots, tout heurtait le journaliste et l'attachée de presse. Plus elle avançait dans le récit de son viol, plus Petra se montrait antipathique. Avant la fin, on ne souhaitait déjà plus l'écouter.

Faustina et Patrick échangèrent un regard désespéré. Ils se trouvaient devant un véritable problème professionnel : l'abusée sur laquelle on devait compatir provoquait le rejet.

Patrick, d'un geste, suggéra à Faustina d'intervenir. Elle attendit les dernières déclarations péremptoires de Petra sur la grossièreté des policiers belges puis demanda :

— J'ai consulté votre site officiel – magnifique au demeurant, comme vous-même – mais il est chiche en éléments biographiques.

— Une œuvre d'art doit rester mystérieuse et incompréhensible. Je suis une œuvre d'art.

— Ici, dans cette triste affaire, vous êtes plutôt le jouet d'un odieux personnage. C'est cela qui attirera, peut-être, la sympathie d'un très large public.

Petra ne comprenait pas ; la mention d'un «très large public» la rendit pourtant attentive.

— Vous appelez-vous réellement Petra von Tannenbaum ou est-ce votre nom d'artiste ?

Petra se raidit.

— C'est mon nom.

— Depuis quand?

— Depuis que j'ai épousé Gustav von Tannenbaum. Lequel est mort après un an de mariage.

— Et votre nom de jeune fille?

— Je ne vous autorise pas…

— Ayez confiance.

Petra von Tannenbaum haussa les épaules et
détourna la tête pour prononcer la suite :

— Smith. Nicole Smith. Je suis américaine.

— D'où?

— Du Texas.

— Vous! Vous n'êtes pas une aristocrate allemande?

— Si! Je le suis devenue par alliance.

— Savez-vous que c'est une histoire palpitante,
ça… la petite Américaine qui devient une noble
sophistiquée, veuve et artiste? Excusez-moi, là il y a
de la matière romanesque, là ça intéressera le public.

— Ah bon? Alors pourquoi les médias ne s'inté-
ressent-ils pas à moi?

Faustina se leva.

— Je vais vous dire pourquoi, Petra von Tannenbaum. Puis-je me permettre de vous donner quelques
conseils?

Et sans attendre de réponse, Faustina s'anima :

— Ne vous mettez pas en avant. Soyez moins autoritaire. Cessez de vanter votre carrière – c'est aux autres
de le faire. Jouez la grande simplicité. Ne fumez pas
avec un fume-cigarette, mais fumez maladroitement
des blondes sans filtre, à grosses bouffées, comme une
femme désorientée. Habillez-vous simplement, qu'on

ait l'impression que, même avec un tricot sur le dos, vous êtes malgré vous le sommet de l'élégance. Optez pour un maquillage discret, quasi invisible, que l'on n'imagine pas que vous vous êtes préparée pour les caméras. Donnez l'impression d'avoir toujours peur, comme si tout homme qui vous approche constituait désormais un violeur en puissance. Ne fixez pas les gens dans les yeux. Relâchez votre nuque, regardez la moquette, ayez l'air blessée. Alors vous ferez la une des journaux et le public vous adorera.

Patrick demeura pétrifié : il craignait la réaction de Petra von Tannenbaum, laquelle, blême, crispée, avait reçu ce discours avec un déplaisir visible. Ses yeux, plus fixes que ceux d'un rapace qui repère sa proie, dardaient une lueur cruelle insoutenable.

— Vous êtes parfaite, conclut Petra von Tannenbaum en décroisant ses jambes, je veux vous engager pour ma communication. Combien prenez-vous par mois ?

Personne ne savait où Faustina disparaissait les samedis matin.

Officiellement, elle partait courir au bois de la Cambre. Qu'il vente, qu'il neige, qu'il pleuve, elle s'y rendait. Quiconque voulait l'accompagner essuyait un refus. Personne ne l'y avait jamais rencontrée. Celui qui aurait voulu mener un début d'enquête aurait remarqué qu'elle rentrait avec un sac de sport dont aucun vêtement ne présentait la moindre trace d'humidité.

Faustina arrêta sa voiture devant la résidence des Cèdres. Elle salua la directrice puis une infirmière obèse l'emmena au deuxième étage, jusqu'à la chambre 201.

— Comment va-t-elle ? s'enquit Faustina.

— Pas d'amélioration, répondit l'infirmière.

— A-t-elle parlé ces jours-ci ?

— Pas un mot, à ce que nous avons observé.

Elle lui ouvrit la porte et murmura :

— Je vous laisse, comme d'habitude ?

Faustina entra à pas menus, soudain plus lente que d'ordinaire, moins sonore, moins imposante.

— Bonjour, maman, comment vas-tu ?

La vieille dame, recroquevillée sur un fauteuil près de la fenêtre, ne décelant aucune présence, continua à fixer un arbre dans le parc.

— Comment s'est passée ta semaine ?

Faustina savait très bien que sa mère ne répondrait pas mais elle se comportait comme si tout était normal. Sinon, que faire ? S'asseoir et se taire ? Inutile de venir dans ce cas-là.

Faustina, debout face à sa mère, commença sa gazette hebdomadaire ; son babil ressemblait à du Faustina – cocasse, impertinent –, mais la voix d'une douceur inhabituelle et une surarticulation montraient qu'elle exécutait sciemment un numéro. Elle livra donc des nouvelles fraîches et annonça sa décision d'épouser Patrick Breton-Mollignon.

La vieille dame n'écoutait pas, ne la regardait pas, un immuable sourire sur le visage.

— Je t'annonce que je vais me marier et tu ne réagis pas ?

Elle scruta la face usée puis sentit que, si elle s'acharnait, elle allait s'apitoyer – s'apitoyer sur elle-même qui annonçait son mariage à une mère indifférente.

Faustina traîna une chaise jusqu'à la fenêtre et s'assit en face de la patiente.

646

— Si on chantait ?

La maladie d'Alzheimer avait effacé du cerveau maternel la plupart des souvenirs, sa fille, son mari, ses frères, sa sœur, ses parents. On aurait affirmé que cette femme n'avait plus qu'une vie végétative si le chant ne l'avait pas encore reliée, parfois fugacement, à l'humanité.

Faustina fredonna :

> Quand il me prend dans ses bras,
> Il me parle tout bas,
> Je vois la vie en rose…

Les paupières usées, les cils poudrés de pollen réagirent un peu. Sa mère percevait la présence des notes. Faustina poursuivit et, petit à petit, la vieille dame se mit à marmonner, risquant un mot ici, une phrase là, tel un voyageur hésitant à monter dans le train.

Faustina acheva cette chanson et entonna *La Mer*. Aussitôt la malade se joignit à elle :

> La mer
> Qu'on voit danser le long des golfes clairs
> A des reflets d'argent
> La mer
> Bergère d'azur infinie.

Lorsqu'elles prononcèrent ce vers, Faustina eut l'impression que, chez sa mère, une sorte de regard appuyait les paroles, ses yeux signifiant « tu entends, c'est raffiné, ça, "Bergère d'azur infini" ? », comme dans le passé.

Elles braillèrent la fin ensemble. Faustina était satisfaite. Puisque sa mère avait toujours adoré chanter, elle pensait l'avoir distraite.

Elle s'apprêtait à repartir quand la vieille dame, d'elle-même, entama un nouveau morceau :

C'était un gamin, un gosse de Paris,
Pour famille il n'avait qu'sa mère,
Une pauvre fille aux grands yeux rougis
Par les chagrins et la misère…

La frêle voix, aussi maigre que les doigts de la vieillarde, égrenait une ancienne mélodie, *Les Roses blanches*.

Faustina se contracta tant elle redoutait cette chanson. Quand elle l'avait entendue autrefois de la bouche de sa mère adorée, à un âge où son âme ignorait tout cynisme railleur, elle avait pleuré, compatissant au récit pathétique. Depuis, chaque fois qu'elle l'écoutait, il se produisait un étrange phénomène : si elle la percevait avec ses oreilles de maintenant, son cœur restait d'hier.

« C'est aujourd'hui dimanche, tiens ma jolie maman,
Voici des roses blanches, toi qui les aimes tant.
Va quand je serai grand, j'achèterai au marchand
Toutes ses roses blanches, pour toi jolie maman. »

Malgré elle, les paroles la touchaient, la ramenant au temps de l'amour et de l'innocence. Elle détourna la tête en se mordant les lèvres. Oh, elle lui était insupportable, cette émotion, car ce chagrin ressuscitait une morte, une autre Faustina, la Faustina d'antan, une Faustina qui n'existait plus ou qui sommeillait sous des couches d'expériences cruelles, humiliantes, blessantes. Fallait-il la réveiller ?

> Au printemps dernier, le destin brutal
> Vint frapper la blonde ouvrière.
> Elle tomba malade et pour l'hôpital,
> Le gamin vit partir sa mère.

Faustina tremblait… Avait-elle eu raison de s'endurcir ? La Faustina actuelle rirait aux éclats si elle découvrait cette histoire mélodramatique, elle la trouverait d'une crétinerie, d'une niaiserie accomplies. Or, puisque l'enfant qu'elle avait été renaissait sous ce chant, la jeune femme palpait ce que son ironie comportait de défensif, mesurant la détresse cachée derrière son assurance insensible. Et si elle avait tort ? Ne valait-il pas mieux accepter les sentiments ?

> Puis à l'hôpital il vint en courant,
> Pour offrir les fleurs à sa mère
> Mais en la voyant, une infirmière
> Tout bas lui dit « Tu n'as plus de maman ».

Faustina dévisagea sa mère. Comprenait-elle ce qu'elle chantait ? Les mots se succédaient, phonétiquement corrects, comme de la pure musique, mais avaient-ils encore un sens ?

La voix de la vieille dame, réduite à un filet, chevrota. Ses yeux à la cornée ternie rougirent. Oui, elle savait ce qu'elle racontait…

> Et le gamin s'agenouillant dit,
> Devant le petit lit blanc :

«C'est aujourd'hui dimanche, tiens ma jolie maman
Voici des roses blanches, toi qui les aimais tant.
Et quand tu t'en iras, au grand jardin là-bas,
Toutes ces roses blanches, tu les emporteras.»

La vieillarde finit la chanson yeux dans les yeux, tenant les mains de sa fille dans les siennes. Faustina souriait en pleurant. Sa mère, depuis le lieu confus où s'était perdue sa conscience, lui envoyait un message : «Je sais que tu es mon enfant, que tu m'apportes des roses blanches ; tes visites sont tout ce qui me reste ; ces beaux souvenirs de toi, je t'en remercie et je les emporterai dans la mort.»

L'infirmière, qui récupéra une Faustina transfigurée, infiniment heureuse et infiniment malheureuse à la fois, s'attendrit devant l'émotion de la visiteuse :

— Vous êtes une bonne fille, vous ! Ah, si tout le monde était pareil...

Lorsque Faustina rentra à l'appartement, Patrick l'attendait, un agenda à la main : il voulait fixer la date du mariage.

Maintenant cela devenait concret. Elle et lui s'entendirent pour la date du 4 septembre puis Faustina dansa à travers la pièce, enchantée. Patrick, quoique flatté par sa joie, tenta de modérer son ardeur :

— Ne te réjouis pas trop, c'est épuisant d'organiser un mariage.

— Comment l'as-tu appris, Barbe-Bleue ? Tu parles d'expérience ?

Elle désigna le bureau sur lequel l'ordinateur de Patrick clignotait, assailli de messages urgents.

— Allez, travaille, monsieur le rédacteur en chef. Pendant ce temps-là, je préviens quelques copines.

Il se rassit tandis qu'elle partait dans sa chambre. Alors qu'elle allait partager son allégresse avec ses amies, un message stoppa son geste !

«Félicitations, ma salope, j'ai appris que tu avais mis le grappin sur un gros morceau (je parle de la situation, bien sûr). Dany.»

Les tempes en feu, elle répondit, enjouée :

«Merci pour tes félicitations : je les prends.»

Quelques secondes plus tard, de nouvelles phrases arrivèrent :

«J'adore les femmes mariées. Surtout quand elles sont un peu frustrées. Ce qui va être ton cas.»

Elle tapa en retour :

«Je tiens à être libre.
— Libre de quoi ?
— Libre de faire ce que je veux.
— Baiser avec moi, par exemple ?»

Elle se mordit les lèvres, jeta un regard furtif autour d'elle et riposta :

«Pourquoi pas ?»

Anxieuse, elle attendit qu'un nouveau message s'inscrivît. Il mit une longue minute à arriver :

«Comme je te le disais, j'adore les femmes mariées. Ce sont les pires salopes.

— Je ne sais pas, je n'ai jamais trompé de mari.

— Rendez-vous au Blue Moon dans vingt minutes.»

Elle éclata de rire. Quel culot ! Il n'avait pas froid aux yeux, ce Dany. Pourquoi s'étaient-ils brouillés, déjà ?

«Ok !»

Rapide, elle changea de sous-vêtements, glissa un flacon de parfum dans son sac et passa au salon.

Face à la fenêtre qui donnait sur les perroquets braillards et excités, Patrick travaillait, le dos courbé sur son ordinateur, le type même du sérieux laborieux.

— Tu en as encore pour longtemps, mon chéri ?

Sans relever la tête, il marmonna :

— Au moins deux heures. Minimum.

«Il aurait pu me regarder, je ne suis pas une domestique. Franchement, il aurait relevé la tête, je ne serais peut-être pas partie.»

— Alors, j'en profite pour me débarrasser de quelques courses.

Elle s'approcha, vive, et lui caressa l'épaule.

— Je t'aime, mon chéri.

Là, il releva la tête. «Quand même !» Il plissa les paupières et, en lui saisissant la main, ajouta d'une voix grave :

— Je suis un homme heureux.

Elle opina, démangée par une envie de rire qu'elle parvint à juguler.

— Tu l'es, mon chéri, tu l'es. C'est même toi qui l'es le plus.

8

Lorsque l'autocar déboula sur la place d'Arezzo telle une bille lancée à grande vitesse, mademoiselle Beauvert se recroquevilla sur son siège, la main sur le visage, le cœur battant. Arriverait-elle à voir sans être vue ?

Elle n'avait emprunté ce transport en commun que pour apercevoir son ancien appartement, retrouver son quartier d'origine. Par bonheur, le bus contenant deux voyageurs, elle et une femme voilée endormie au dernier rang, personne ne s'étonna de son comportement insolite.

Glissant un œil entre ses doigts le temps que le véhicule contournât le jardin rond, mademoiselle Beauvert avisa l'hôtel des Bidermann devant lequel des photographes fumaient, désœuvrés, à l'affût d'un cliché volé. Elle tenta de surprendre ensuite les Couvigny, le père ou les enfants, histoire de mesurer combien le malheur les avait transformés. En vain ! Lorsqu'elle longea son immeuble, elle détourna vite la tête en entrevoyant la silhouette massive de Marcelle qui sortait les poubelles. Du coup, elle découvrit que de l'autre côté, sous les arbres, le jardinier municipal, un nain et une fillette jouaient à la pétanque. « Quel culot ! songea-t-elle, nos impôts servent à ce qu'ils s'amusent. » À peine eut-elle formulé cette remarque qu'elle y opposa deux critiques : elle vidait un sac d'aigreur parce qu'il lui était intolérable qu'on fût heureux ici sans elle ; ensuite, le jardinier municipal avait belle allure. Pourquoi ne s'en était-elle pas rendu compte plus tôt ?

Dans un vacarme de tôles tremblantes, le bus s'échappa de la place d'Arezzo et poursuivit sa route, s'enfonçant dans des quartiers plus sombres, aux façades grises, enfumées.

Mademoiselle Beauvert attendit un peu puis se redressa.

Encore un changement de ligne et elle serait chez elle ! Ayant assimilé les trajets couverts par les autobus, les tramways, les métros, elle devenait la reine des correspondances, son cerveau superposant les plans sans difficulté et dénichant les trajets les plus ingénieux. Sa récente pauvreté lui offrait tant d'activités nouvelles qu'elle n'avait pas le temps de se morfondre. Se déplacer pour quelques centimes, manger à trois euros stimulait son esprit. Chaque jour lui apportait d'incroyables défis : se coiffer seule, teindre elle-même ses cheveux, se montrer pimpante sans budget de maquillage, assurer la propreté de ses vêtements en évitant le dispendieux pressing, économiser l'eau, le gaz, l'électricité. L'obsession des chiffres ne l'avait pas quittée, mais cette fois-ci ils ne correspondaient plus à des jetons de casino ou des cases de roulette, ils s'inscrivaient sur le petit carnet qui ne quittait pas sa poche, lequel recueillait additions, soustractions, règles de trois, ainsi que des idées pour améliorer le quotidien sans alourdir les factures. Parfois, elle éprouvait de l'ivresse à trouver des moyens d'épargner, une griserie qui la renvoyait à ses extases antérieures ; comme avant, elle respirait le bonheur de la lutte, non pas contre le hasard, mais contre la nécessité.

Mademoiselle Beauvert descendit à son arrêt, celui de Madou.

« Madou ! Si on m'avait dit autrefois… » Au lieu de se plaindre, elle s'amusait. Durant des décennies, le quartier de Madou lui avait semblé une abstraction totale, un non-endroit qu'elle ne voulait surtout pas connaître. D'abord, en quelle langue s'épelait-il, ce bout crasseux de Bruxelles ? « Madou », ce n'était ni du français ni du flamand… Ensuite, il s'agissait d'un ensemble de rues qu'un individu normal n'avait aucune raison d'arpenter. Pourquoi une bourgeoise d'Ixelles effectuerait-elle ses courses dans une épicerie turque ou un supermarché maghrébin ? Désormais, mademoiselle Beauvert habitait ce dédale, y prenait ses repères et se réjouissait chaque jour de ses nouvelles habitudes.

Au lieu d'une déchéance, elle vivait une renaissance. Lorsqu'elle avait tout, elle ne percevait la valeur de rien. Aujourd'hui, chaque objet à acheter suscitait un débat – en avait-elle vraiment besoin ? Pouvait-elle trouver moins cher ? Sur quoi devait-elle rogner pour se le payer ? Ainsi, un tapis de bain en fourrure synthétique bleue collée sur du caoutchouc blanc avait occupé ses pensées pendant plusieurs jours ; s'il était très laid – elle en convenait –, il ne coûtait que quelques euros et, antidérapant, il l'empêcherait de glisser sur le carrelage mouillé de sa minuscule douche. Certes, il ne serait pas l'objet d'admiration lors d'un tour de son appartement mais d'abord elle n'invitait personne, ensuite elle n'avait rien à faire visiter, et au final se briser les hanches était hors de ses moyens. Elle jubila lorsqu'elle l'acquit à la supérette Sezer. Maintenant, elle contemplait avec satisfaction sa carpette azur, pas seulement lorsqu'elle allait se laver, mais parfois en pleine journée, par plaisir, ainsi qu'on va saluer l'animal domestique qui se tient derrière la porte.

Elle entra au 5 de la rue Bakmir, traversa le couloir vert et jaune, pénétra dans la cour et rentra dans son studio. Ses quelques mètres carrés renfermaient sa chambre, sa salle à manger et sa cuisine. Bientôt, ainsi qu'il le lui avait promis, le menuisier du numéro 9 lui abandonnerait ses restes de peinture, avec lesquels elle comptait bien débarrasser ses murs des traces de posters et d'affiches que les anciens locataires y avaient accrochés.

Lorsqu'il entendit le bruit de la serrure, Copernic se réveilla, se secoua et s'agita, allègre.

— Bonjour, madame, bonjour ! cria-t-il d'une voix tonnante.

— Bonjour, mon Copernic.

En dehors des vêtements, le perroquet et sa cage étaient les seuls rescapés de la razzia des huissiers. À l'instar de sa maîtresse, le volatile semblait ne pas trop souffrir du déménagement, appréciant de passer plus de temps avec elle.

Mademoiselle Beauvert déverrouilla la grille et libéra l'ara qui se frotta contre elle. Elle lui caressa le bec, la queue, le ventre ; il recevait ses égards avec une joie sauvage, fiévreuse, emportée, une sorte de roucoulement mélodieux sortant de sa gorge.

— On est heureux, ici, finalement, mon Copernic. Non ?

En réponse, il picora des baisers sur son bras.

L'oiseau sur l'épaule, elle s'assit sur son lit étroit et réfléchit au voyage qu'elle venait d'effectuer. À quoi bon? Pourquoi retourner là-bas? Au fond, cela ne l'avait pas bouleversée. Elle n'avait éprouvé aucune nostalgie, elle n'avait pas regretté son départ. Certes, c'était plus beau, mille fois plus beau qu'ici. Pourtant, ces années place d'Arezzo restaient marquées par sa maladie chronique, la frénésie du jeu, ses échappées nocturnes, ses expéditions secrètes en fin de semaine. Elle avait dépensé beaucoup plus d'énergie à fuir son grand appartement sur le square aux perruches qu'à l'habiter.

La voisine frappa au carreau.

— Mademoiselle Beauvert?

— J'arrive, j'arrive.

Elle vérifia l'arrangement de sa jupe plissée, s'assura que rien ne traînait alentour puis ouvrit, Copernic contre sa joue.

— Alors, je vous les confie?

La voisine aux yeux cernés désignait sept enfants de huit ans qui s'agglutinaient derrière elle.

— Bien sûr! Vous les avez rassemblés? On fait comme convenu?

— Les mères sont d'accord, mademoiselle Beauvert.

— Entrez, mes chéris.

Les enfants, jetant un œil perplexe sur l'oiseau, prirent le studio d'assaut, s'installèrent autour de la table, rangèrent leurs livres et cahiers sur la toile cirée.

La voisine posa deux plats et une casserole sur l'évier.

— Voilà. Des böurecks à base de yufka en entrée, des brochettes à réchauffer, et du sütlaç en dessert.

— Du riz au lait ? J'adore. Et Copernic encore plus.

Mademoiselle Beauvert remercia la voisine qui repartait puis s'occupa des petits.

— Quels sont vos devoirs, ce soir ?

Les gamins rapportèrent ce qu'avait exigé l'institutrice et mademoiselle Beauvert les aida à effectuer leurs exercices. En s'installant ici, elle avait, par hasard, expliqué à un écolier de l'immeuble comment réussir les soustractions. Emballé par sa douceur et la clarté de ses conseils, l'enfant était revenu le lendemain avec sa cousine, laquelle en avait parlé ensuite à ses voisins d'immeuble. Ainsi, de façon presque naturelle, mademoiselle avait instauré un troc : contre une assistance scolaire, elle recevait des repas. Pour ces mères qui nourrissaient déjà une famille nombreuse, une part de plus ne représentait pas grand-chose ; en revanche, qu'une vraie Belge, francophone, digne et cultivée, assurât la réussite de leur progéniture leur importait : elles avaient accepté avec enthousiasme.

Mademoiselle Beauvert s'était offert l'excuse du troc afin de justifier sa tâche, or, de jour en jour, elle se plaisait davantage à s'occuper de ces enfants d'immigrés. Elle découvrait combien étaient non seulement utiles mais précieuses les informations qu'elle avait mémorisées ; l'excellence de son français, sa précision en calcul, cela s'avérait un trésor qu'elle pouvait transmettre et dispenser. Le regard empressé, impatient, voire admiratif des enfants sur elle lui procurait une satisfaction piquante, inattendue.

À une fillette qui l'interrogeait sur l'oiseau multicolore, elle raconta qu'avant, elle habitait une place merveilleuse où volaient des perroquets, des perroquets de toutes les espèces, auxquelles s'étaient jointes des perruches vertes. Les hommes logeaient dans les maisons, les perroquets dans les arbres et ils se regardaient vivre. La fillette ricana et aucun enfant ne voulut la croire. Elle insista, précisa que c'était à Bruxelles, à deux kilomètres d'ici. Têtus, ils agitèrent négativement la tête. Selon eux – comme selon elle auparavant –, il y avait davantage qu'une frontière, qu'une montagne ou qu'un désert entre Madou et Uccle, ils appartenaient à deux mondes distincts. Aucun riverain d'ici n'allait là-bas, et vice versa. Les gamins la traitèrent donc de menteuse alors que, cette fois-ci, elle avait dit la vérité. Que voulaient les gens ? songea-t-elle. De la réalité ou bien du rêve ? Ce qui les arrangeait.

On entama les révisions. Tandis qu'elle parlait au groupe, Copernic, perché sur elle, écoutait lui aussi, vigilant. De temps en temps, tel un écolier qui prend des notes, il répétait un mot avec enthousiasme – «Subjonctif !», «Règle de trois !» – et les enfants éclataient de rire, Mademoiselle Beauvert s'enorgueillissait de lui parce qu'il suivait le cours en distrayant les bambins. En revanche, elle s'étonnait que, lorsqu'elle entamait un dialogue avec un seul enfant, il piétinât, marquât son agacement.

C'est ce qui arriva lorsqu'elle se pencha sur Abdul, rond, crépu, et l'obligea à réviser ses verbes irréguliers. Malgré la gentillesse attentive de sa répétitrice, le garçon hésitait, se trompait.

— Brrr ! Brrr ! glapit Copernic après la dixième erreur.

Mademoiselle Beauvert, tout en caressant les cheveux du cancre, profita de cette intervention :

— Tu vois, Abdul, même Copernic trouve que tu n'es pas assez concentré.

— Il ne m'aime pas, grogna-t-il, sourcils froncés, en fixant l'oiseau.

— Il n'aime pas que tu fasses des erreurs. Si cela continue, il va te souffler les réponses.

— Chiche ! clama Abdul en redressant la tête.

Le mouvement brusque, agressif, sec de l'enfant déplut à Copernic. Il ouvrit les ailes, s'éleva de quelques centimètres dans les airs puis fonça sur le garçon, bec en avant, l'attaquant avec force.

Abdul hurla, ce qui excita davantage Copernic qui décupla et accéléra ses coups.

Les sept gamins se mirent à crier. Mademoiselle Beauvert, refoulant sa surprise, tenta de dominer le vacarme.

— Taisez-vous ! Vous allez l'agacer davantage ! Taisez-vous ! Copernic, arrête ! Arrête, j'ai dit, Copernic ! Copernic !

Plus elle l'appelait, plus l'oiseau se déchaînait sur Abdul.

Les filles, craignant de devenir les prochaines victimes, jaillirent de leurs sièges, poussèrent la porte et s'enfuirent dans la cour.

Le cousin d'Abdul saisit sa règle pour frapper l'oiseau. Furieuse, mademoiselle Beauvert arrêta son geste.

— Je te défends !

— Mais, mademoiselle…

— Copernic va s'arrêter tout seul. Copernic ! Copernic !

Le crochu ne lâchait pas sa proie qui gémissait au lieu de se défendre. Mademoiselle Beauvert se résolut à plonger dans la mêlée, essayant, sans casser les ailes de l'oiseau, de le séparer de l'enfant.

— Copernic !

Soudain le perroquet lâcha sa proie, jeta un œil sanguinaire à mademoiselle Beauvert et, se donnant une impulsion énergique, franchit l'encadrement de la porte ouverte, déboucha dans la cour et s'envola.

Paniquée, sa maîtresse se précipita derrière lui.

— Copernic !

Lorsqu'elle parvint dans la courette, elle entrevit une tache multicolore qui gagnait prestement les gouttières, les toits. Le volatile disparut dans l'azur.

— Copernic !

Sa voix se perdit dans le ciel vide.

Mademoiselle Beauvert sentit les larmes lui monter aux yeux. Les pleurs derrière elle la rappelèrent à la réalité. Elle rentra et découvrit les griffures, les morsures, les bleus qui maculaient le visage de l'enfant.

— Mon Dieu !

En lâchant ce cri, elle ne s'apitoyait pas tant sur le gamin – qui allait guérir – que sur la fuite de son animal et la fin probable de ce troc qui s'était avéré si avantageux.

Dans les heures qui suivirent, mademoiselle Beauvert sauva en partie la situation : les mères ne rompirent pas le marché – d'abord parce que Abdul avait une réputation exécrable, ensuite parce que la source du danger, le perroquet, s'était évanouie.

En revanche, après ces palabres, lorsqu'elle se retrouva seule, à minuit, dans son minuscule appartement, elle éprouva un désarroi dévastateur. En perdant Copernic, elle venait de perdre son ancienne vie et sa nouvelle vie ; plus rien ne lui paraissait supportable, ni d'avoir bazardé ce qu'elle possédait afin de payer d'absurdes dettes de jeu, ni d'être coincée à jamais dans quelques mètres carrés au fond d'une cour qui puait le *doner kebab*. Sa solitude lui sembla pathétique… Sa misère aussi – définitive…

Pour la première fois de son existence, mademoiselle Beauvert s'apitoya sur sa personne et considéra qu'elle avait tout raté. Cette nuit-là, non seulement elle ne ferma pas l'œil mais elle vécut chaque seconde de chaque minute de chaque heure comme si un goutte-à-goutte létal lui avait été infligé. Sur les murs sales et ombreux couverts de graisse ancienne, elle apercevait son avenir : un gouffre. Désormais, elle résidait dans son cachot. Cachot ? Si elle avait été en prison, elle aurait encore eu l'espoir de la quitter. Mais ici, ni sortie ni remise de peine. Endurer, voilà ce qui lui restait, endurer jusqu'à ce que vienne la mort.

Vers quatre heures du matin, elle se révolta et tenta de lutter contre le désespoir qui l'accablait. Quoi, parce qu'un oiseau n'occupait plus une cage au pied de son lit, elle aspirait à en finir ? C'était ridicule ! Un animal sauvage acheté pour une bouchée de pain cinq ans auparavant ne représentait pas son salut ! « Adieu, bête stupide ! Surtout, ne plus penser à cet ara ! Je l'ordonne. »

Or le désespoir ne fait pas de détail lorsqu'il s'abat sur un être, il l'étouffe tout entier. Mademoiselle Beauvert tremblait en souhaitant disparaître à chaque respiration, persuadée que le jour ne se lèverait plus.

Au matin, une lumière timide glissa de la cour à travers ses carreaux colorés. Un instant, une lueur rose vint auréoler doucement un brin de muguet qu'un enfant lui avait laissé. Mademoiselle Beauvert se redressa, se frappa sur les cuisses et décida qu'elle retrouverait Copernic.

À partir de sept heures, elle parcourut les rues du quartier en appelant l'oiseau, auscultant vingt fois chaque arbre, battant les rares buissons, détaillant chaque fenêtre, chaque gouttière, chaque pignon, chaque avant-toit.

En l'entendant clamer ce prénom, les voisins lui demandèrent la raison de sa panique, elle l'expliqua. Certains l'aidèrent – peu de temps –, d'autres lui demandèrent de se taire, puis, devant ses répétitions époumonées, des commerçants, à bout de patience, l'insultèrent. Qu'importait ! Elle persistait. Ni les quolibets ni les rouspétances ne pouvaient l'interrompre. Quant au ridicule, elle s'en moquait.

À midi, elle dut se rendre à l'évidence : aucune trace de Copernic.

Bilieuse, épuisée, affligée, quoique son ventre se nouât de faim, elle ne put rien avaler. Si elle s'alimentait, elle trahirait Copernic une deuxième fois. Car, elle n'en doutait plus, elle était coupable ! La veille, en prenant le parti de l'enfant, elle avait offensé l'oiseau. Lorsqu'elle avait voulu détacher le perroquet d'Abdul, c'était bien à Copernic qu'elle s'en était prise, lequel n'avait pu supporter sa traîtrise et, le cœur brisé, s'était enfui.

Rien ne relevait de l'accident, en cet épisode fatal : elle s'était mal comportée envers un animal qui lui avait donné sa confiance. La tristesse qu'elle éprouvait, elle l'avait méritée. En revanche, la sienne à lui… Elle se honnit : imposer ce chagrin à l'oiseau ! S'il boudait, s'il grelottait, s'il risquait sa vie en devenant la proie de chats ou d'humains agressifs, elle en était la cause. Que subissait-il en ce moment ? Se nourrissait-il ?

Vers quatorze heures, une illumination la frappa : s'entretenir avec un spécialiste en vue d'analyser le comportement de Copernic.

Elle vérifia la réserve d'argent qui lui restait dans son porte-monnaie. Cinq euros ? Insuffisant pour régler une visite chez le vétérinaire. Quoique… Si elle parvenait à l'attendrir en lui expliquant que… Impossible ! Elle ne connaissait aucun vétérinaire et elle ne pouvait prendre le risque d'avoir à payer une consultation, d'autant qu'elle ressemblait à une douairière fortunée.

Soudain elle se leva, résolue. Elle se rendrait dans un magasin qui vendait des perroquets et soutirerait des renseignements au personnel.

Se souvenant que, lors d'un de ses voyages en tramway, elle avait repéré une échoppe dédiée aux animaux exotiques – serpents, oiseaux, araignées, lézards, iguanes –, elle établit un trajet puis mit son projet à exécution.

Quai de Mariemont, au bord du canal rachitique et gris, elle longea des entrepôts transformés en ateliers ou en boutiques. Inquiète de ne pas retrouver le magasin, elle marcha vingt minutes avant d'apercevoir « Le Monde Perdu » inscrit en caractères gothiques.

Dans la boutique noire, elle dépassa des cages en verre qu'elle évita de regarder, se dirigeant, guidée par l'odeur de fiente, vers la section vouée aux perruches et aux perroquets.

Aussitôt, en pénétrant dans la pièce, les bruits lui donnèrent un sentiment familier, cris, piétinements, froissements d'ailes la ramenaient place d'Arezzo auprès de Copernic.

Elle avisa un vendeur osseux en tee-shirt sombre, nanti d'un piercing sur la langue, à l'aspect de héron. Elle lui déballa son histoire : souhaitant acheter un ara, elle voulait auparavant se renseigner sur son caractère. Le garçon lui donna quelques conseils de bon sens, puis l'invita à observer les animaux dans les volières.

Dès la première, elle vit un perroquet régurgiter et se souvint que Copernic avait ce travers ces derniers temps.

— Celui-ci vomit, serait-il en mauvaise santé ?

— Non, madame. Il restitue son repas devant la femelle de la cage d'à côté. C'est pour lui faire la cour. Il lui donne ce qu'il possède. Il lui montre qu'il tient à elle.

— Ah ! s'exclama mademoiselle Beauvert, troublée. Arrive-t-il qu'il fasse cela à un humain ?

— Rarement. Dans ce cas-là, cela signifie qu'il considère l'humain comme son compagnon, comme la personne qu'il aime et avec qui il veut faire l'amour.

Mademoiselle Beauvert avala sa salive avec difficulté : le vendeur éclairait le comportement de Copernic d'un jour inattendu.

— Mon Dieu… c'est grave, ça !

— C'est grave et pas grave à la fois, dit le garçon, flegmatique. D'un côté, un lien très fort se tisse entre le perroquet et son maître. De l'autre, l'humain peut aisément mettre un terme à la confusion en refusant certains comportements, surtout certains contacts.

— C'est-à-dire ?

— Détourner la tête lorsque l'oiseau danse. Lui tourner le dos s'il vocalise.

— Ah oui… Et puis ?

— Surtout, ne pas frôler les zones intimes du perroquet, même s'il le demande.

— Les zones intimes ?

— Le ventre, la queue.

Mademoiselle Beauvert s'étrangla en songeant aux mille fois où elle avait passé son doigt sur le ventre ou la queue de Copernic.

— Et le bec ? s'enquit-elle avec angoisse, consciente que Copernic réagissait particulièrement à ces attouchements-là.

— Le bec aussi, bien sûr. C'est une zone très érogène.

Mademoiselle Beauvert frémit de la tête aux pieds. Elle qui croyait mener la vie la plus chaste possible, elle découvrait que non seulement elle partageait son appartement avec un perroquet amoureux mais que ses effleurements l'encourageaient, voire constituaient pour lui une sorte de vie sexuelle. Elle déglutit douloureusement.

— Dites… un perroquet ne se comporte pas toujours comme ça… je veux dire… avant ?

— Il commence à l'adolescence.

— Quand intervient l'adolescence ?

— Ça dépend de la taille. Chez les petites espèces, à dix-huit mois. Chez les grands aras par exemple, les hormones ne se manifestent que vers cinq ans.

Mademoiselle Beauvert ferma les yeux : cinq ans, l'âge de Copernic !

— C'est normal, conclut le garçon, car ils vivent plus longtemps. Jusqu'à cinquante ou quatre-vingts ans en captivité. Que décidez-vous, madame ?

— Mademoiselle, répondit-elle par réflexe. Une question : y a-t-il une saison des amours ?

— C'est maintenant, comme vous l'avez vu avec le cacatoès qui vomissait. Mâles et femelles tentent de se reproduire. Alors ?

— Alors, ça m'affriole, répondit-elle en rougissant. Je tournicote, je choisis et je vous appelle.

— À votre service.

Mademoiselle Beauvert joua la comédie de l'indécise, prétendit s'intéresser à divers spécimens puis, profitant de l'arrivée d'un nouveau client, s'enfuit, discrète, en rasant les cages.

Sitôt le pied sur le quai, agressée par le soleil brûlant, elle se frotta le front. Une pensée lui vint :

Et si Copernic était retourné place d'Arezzo aux trousses d'une femelle ?

Elle ne savait pas évaluer son idée. D'un côté, l'hypothèse offrait une solution – donc un espoir – et levait toute ambiguïté entre elle et Copernic. De l'autre, elle suggérait que Copernic ne l'aimait plus et cherchait une femelle.

Quand elle conceptualisa cela avec précision, mademoiselle Beauvert se sermonna :

— Évident qu'il doit chercher une femelle. Je ne suis pas sa femelle, je suis sa maîtresse.

Du coup, elle perçut l'équivoque du terme « maîtresse ».

— Non, je suis… sa propriétaire.

Le mot lui parut également déplacé, déplaisant, cette fois pour des raisons différentes. « Propriétaire » ! Possède-t-on un être vivant ? Par quel règlement obscène pouvait-elle considérer Copernic, un oiseau de la jungle, libre à la naissance, comme son bien ? D'ailleurs, si les huissiers le lui avaient laissé, c'était bien parce qu'il s'agissait d'un compagnon plutôt que d'un bien. Sinon, ces vautours assermentés ne se seraient pas gênés. Elle frissonna en les imaginant vendre Copernic aux enchères. Du coup, elle revint en arrière et s'interrogea sur leur comportement. Avaient-ils prouvé leur mansuétude en le lui abandonnant ? Une pitié inattendue... Pitié envers qui, d'ailleurs ? Elle ou l'animal ?

Elle haussa les épaules. Un perroquet tel que Copernic était inestimable et sans prix.

De retour à son studio, elle ne tarda pas à élaborer un scénario. Puisque cette fois elle ne pourrait plus se cacher place d'Arezzo, elle devait se faire très élégante. Pas pour Copernic ; pour ses anciens voisins.

À seize heures, elle débarqua, pimpante, sur la place d'Arezzo, dissimulant l'essoufflement qu'avait provoqué sa marche depuis l'arrêt de bus précédent.

La tête en l'air, elle contempla d'abord ses anciennes fenêtres, puis le toit, puis les balcons voisins. Pas de Copernic.

Alors qu'elle continuait son enquête panoramique arriva celle qu'elle désirait éviter : Marcelle ! Plus râblée que naguère, la tête enfoncée dans les épaules, ses bras larges collés au corps, elle se frottait les paupières, incertaine.

— Mais... mais...

Mademoiselle Beauvert éclata de son rire forcé.

— Oui, Marcelle, je suis en transit à Bruxelles. J'avais quelques détails à régler, chez le notaire, à la banque, enfin, vous savez ce que c'est.

Marcelle approuva, la mâchoire crispée : non, elle ne connaissait pas les soucis des riches ; de sa vie, elle n'avait rencontré un notaire.

— Comment allez-vous, Marcelle ?

— Vous êtes venue me voir ?

— Bien sûr. Ça me ferait plaisir d'avoir de vos nouvelles.

— Oh, mes nouvelles, il n'y en a pas. Ou du moins elles ne sont pas bonnes. Vous savez que mon Afghan est parti ?

— Oui, Marcelle, j'étais sur le continent lorsque c'est arrivé.

Elle se félicita intérieurement d'avoir déniché ce terme, le « continent ».

— Eh ben voilà. Depuis, rien.

— Rien ?

— Rien !

— Ça ne vous ressemble pas, Marcelle.

— Je ne dois plus me ressembler.

Elle lança un regard noir à Patricia et Hippolyte qui traversaient la chaussée en se tenant la main et marmonna :

— Quelle misère !

Pleine d'amertume, elle se retourna vers mademoiselle Beauvert et demanda d'un ton rogue, par pure politesse :

— Et vous, à New York ?

— Boston, Marcelle.

— Oui, ça se passe bien ?

— John et moi sommes… très heureux.

Marcelle se retint de répéter « Quelle misère ! » et se limita à un soupir.

À cet instant, un combat éclata dans les branchages. Trois perruches poursuivaient un gris du Gabon.

Mademoiselle Beauvert les suivit des yeux avec une angoisse croissante.

— Marcelle, je vais vous dire la vérité.

— Quelle vérité, mademoiselle ?

— Avez-vous vu Copernic ?

— Pardon ?

— En partant à Boston, il y a eu… une fausse manœuvre à l'aéroport. La cage de Copernic s'est ouverte sur le tarmac. Mon perroquet a disparu.

— Il ne vit pas aux États-Unis avec vous ?

— Non. Tant mieux d'ailleurs, parce que John, à la différence de moi, n'apprécie pas beaucoup les animaux. Enfin, peu importe.

— Remarquez que je le comprends. Quoique, les chiens encore… Au moins, ça obéit. Personnellement, j'en ai eu deux qui…

— Je sais, Marcelle, je sais. Copernic a probablement voulu revenir là où il avait grandi et toujours vécu… Place d'Arezzo.

— Oui, c'est logique.

— N'est-ce pas ? s'exclama mademoiselle Beauvert, prise d'un espoir puissant.

— Franchement, je ne l'ai pas vu.

— Ah ?

Puisque mademoiselle Beauvert, grâce à son mensonge, pouvait maintenant examiner les arbres en toute impunité, elle s'engagea dans le square en criant à tue-tête :

— Copernic ? Copernic ! Copernic, tu es là ?

Marcelle la laissa s'égosiller pendant cinq minutes puis la rejoignit en prenant un air compatissant.

— Vous me peinez, mademoiselle Beauvert. Votre Copernic, il n'est pas là. Je l'aurais vu. Et puis, pour être honnête avec vous, à l'aéroport il n'a pas survécu ! C'est connu. Paraît que les oiseaux sont aspirés par les réacteurs des avions ! Floup ! Dans la turbine ! Excusez-moi, sauf votre respect, il a dû finir en pâté, Copernic.

— Vous ne l'avez jamais aimé !

Furibonde, mademoiselle Beauvert n'avait pas pu arrêter ses mots. L'indifférence avec laquelle Marcelle évoquait l'éventuel trépas de Copernic l'avait blessée. Elle toisa la courte femme en se félicitant de l'avoir supportée tant d'années : non seulement elle était une médiocre employée de ménage mais elle avait aussi une conversation déprimante.

— Et votre fils ? demanda-t-elle d'un ton sucré, certaine de blesser Marcelle en l'évoquant.

— On est fâchés.

— Pourquoi ?

— Ça s'est très mal passé.

— Quoi ?

— Avec sa fiancée. Quelle merdeuse, celle-là ! Une vraie chipie…

Mademoiselle Beauvert se réjouissait déjà de ce qu'elle allait entendre.

— Qu'est-il arrivé, ma pauvre Marcelle ?

— Il a voulu me la présenter en « terrain neutre », comme il disait. Bizarre déjà, cette expression… Comme si on était en guerre ! Bref, on s'est retrouvés dans le salon de thé d'un grand hôtel. Déjà, la tête qu'elle a faite en m'apercevant, cette greluche, ça ne m'a pas plu, mademoiselle. Qu'est-ce qu'elle croyait ? Que j'allais ressembler à mon fils ? Je suis une femme, moi, rien à voir, d'autant plus que je m'étais mise sur mon trente et un. J'avais un chapeau.

— Un chapeau ?

— Ouais.

— Vous, Marcelle?

— Oh, j'avais bien compris ce que vous m'aviez dit… à savoir qu'on n'était pas du même monde, les Peperdick et moi. Donc je m'étais acheté un chapeau chez Inno. Avec une voilette.

— Une voilette?

— Oui, c'est chic.

— Une voilette noire?

— Blanche, je ne suis pas en deuil.

— Qu'est-il arrivé?

— Comme je la trouvais timide, la gamine, je l'ai mise à l'aise en parlant à sa place. C'est normal, privilège de l'âge et de l'expérience, on a plus de choses à causer. Une conversation sympa. Moi, j'étais bien contente. Le soir, mon fils m'a appelée et m'a insultée. Il m'a dit que je n'avais pas à raconter ce que j'avais raconté.

— Quoi par exemple?

— Tout. «Abject», il m'a dit. J'ai bien retenu le mot parce que je ne le connaissais pas. «Abject». Depuis, j'ai regardé un dictionnaire. Sur le coup, son ton m'avait suffi pour comprendre.

— Soyez plus précise, Marcelle. Que vous a-t-il reproché?

— La petite avait le rhume des foins, on a parlé santé. Et là, mon fils n'a pas supporté que j'explique ma descente d'organes. Pourtant, c'est douloureux une descente d'organes. Et puis j'ai décrit mes cures contre la constipation. Vous savez bien, mademoiselle Beauvert, que j'ai toujours eu ces problèmes-là. Ça vient de ce que mon gros côlon gauche…

— Votre gros côlon gauche?

— Oui, mon gros côlon gauche est trop long. Voilà! Trop long. Ça bloque.

— Heureusement que ce n'est pas le droit !

— Eh bien, mon fils est monté sur ses grands chevaux et il ne veut plus me voir. Tant pis, je le punis : je n'irai pas à son mariage !

— Et vos deux cent quarante-deux euros ?

— Mes deux cent quarante-deux euros ?

— Pour votre table de nuit ?

Marcelle éclata en sanglots.

— Il me les a rendus !

Pendant plus de cinq minutes, Marcelle pleura, le nez dans un mouchoir trop étroit. Mademoiselle Beauvert l'amena s'asseoir sur un banc, lui donna des tapes consolatrices sur l'épaule tout en scrutant la ramée. Hélas, elle avait beau se démancher le cou, Copernic demeurait introuvable.

Après un temps décent, elle embrassa Marcelle, lui promit de revenir lors de son prochain «saut sur le continent» puis disparut d'une démarche légère et coquette.

Un kilomètre plus loin, en nage à cause de la chaleur et de l'énervement, elle monta dans un bus afin de rentrer à Madou.

Sitôt dans son quartier, son pas n'eut plus d'ampleur. Son allégresse s'effaça. Une sorte de liquide émollient la traversa. À deux reprises, elle s'arrêta, s'appuya sous un porche, craignant le malaise tant ses forces défaillaient.

Durant sa station devant la sandwicherie Abuzer, un individu bondit vers elle.

— Mademoiselle Beauvert !

Elle écarquilla les yeux devant l'homme brun qui lui souriait de toutes ses dents.

— Mademoiselle Beauvert, ça me fait plaisir de vous voir.

Elle requit de l'aide autour d'elle, n'aperçut que d'autres mâles aussi velus que lui et bafouilla, inquiète :

— Qui êtes-vous ?

— Vous ne me reconnaissez pas ? J'habitais le même immeuble que vous.

— Que moi ?

— Place d'Arezzo ?

— Vous ?

— Oui. Je séjournais chez Madame Marcelle.

— Ah oui !

Elle identifia soudain celui que la concierge avait toujours appelé « mon Afghan ».

Agité, dans une langue inconnue, il se mit à parler très vite à une femme et trois jeunes enfants qui se trouvaient de l'autre côté de la chaussée.

— Je vous présente mon épouse et mes fils. Ils m'ont enfin rejoint ici.

Il ajouta avec un sourire complice et radieux :

— Regroupement familial !

Mademoiselle Beauvert serra les mains de chacun avec une amabilité de commande. Intimidés, l'épouse et les fils de l'Afghan la saluèrent aussi obséquieusement que s'ils avaient rencontré la reine d'Angleterre. Du coup, elle poussa plus loin la conversation :

— Comment allez-vous, mon cher…

Elle ne retrouvait plus son prénom.

— … avez-vous trouvé un travail ?

— Oui, j'ai décroché un poste d'interprète.

— Oh, formidable. Je ne savais d'ailleurs pas que vous parliez français.

— Le français, l'anglais, l'arabe, et le pachto.

— Oui, oui, bien sûr, approuva mademoiselle Beauvert en se demandant pourquoi Marcelle avait prétendu le contraire.

Comme ses proches ne comprenaient pas le français, l'homme put poser la question qui l'avait incité à aborder mademoiselle Beauvert :

— Et comment va Marcelle ?

— Marcelle ? Eh bien, que vous dire… elle prépare le mariage de son fils. Vous savez, il va épouser une des plus grandes héritières du royaume.

— Je suis bien content. C'est une femme généreuse, Marcelle, elle m'a offert l'hospitalité. Oh, bien sûr, elle a des défauts, elle n'a pas vu le temps passer, elle refuse de penser qu'une dame de son âge doit renoncer à certaines choses. À part ça, elle est très gentille. Grâce à elle, j'avais un toit, de quoi manger, et du temps pour chercher un emploi. Un ange, Marcelle, un ange.

— Vous ne l'avez pas revue ?

Il rougit, confus.

— Non, madame. Je ne peux pas. À cause de ce que je vous ai dit, à cause des choses qu'elle imagine… À aucun moment elle n'a toléré que je sois marié, que j'aime mon épouse, que je lui sois fidèle et que j'attende de la faire venir ici.

Il devint écarlate, embarrassé d'avoir évoqué cela.

— Mais c'est une femme bonne, très bonne. Je lui dois ma vie et celle de ma famille.

Comme son visage trahissait l'émotion, il essaya d'échapper au regard inquisiteur des siens, improvisa un adieu et repartit dans la rue avec force salutations.

Mademoiselle Beauvert songea à Marcelle et lui pendant quelques instants. Qui arrangeait la vérité ?

Marcelle ? l'Afghan ? les deux ? On ne le saurait jamais. Peut-être l'ignoraient-ils eux-mêmes tant les humains se racontent la réalité telle qu'ils la souhaitent plutôt que telle qu'elle est.

Elle chassa ces préoccupations et poursuivit sa route. Tout cela ne lui rendrait pas son perroquet. Sa seule histoire d'amour, elle l'avait détruite par sa sottise. L'unique créature vivante qui l'avait aimée, de façon pure, surprenante et désintéressée, venait de s'enfuir dans le monde hostile. À cause d'elle ! Elle soupira, s'arrêta une nouvelle fois pour reprendre son souffle puis se traîna en se soutenant aux murs.

Au 5 de la rue Bakmir, elle s'engouffra. L'idée de s'enfermer dans sa pièce unique, sombre et glaireuse lui donnait des frissons. En frôlant les boîtes aux lettres, elle remarqua son tas de courrier : sachant qu'il contenait des mauvaises nouvelles, elle le négligea.

Elle pénétra dans la courette, attrapa sa clé, les épaules basses, la nuque cassée, et l'introduisit dans la vieille serrure qui avait été forcée tant de fois.

— Sergio !

Elle tressaillit.

Tombant du ciel, juste derrière elle, une voix acide répétait avec enthousiasme :

— Sergio ! Sergio ! Sergio !

— Copernic !

Avant qu'elle ait pu se retourner, le perroquet se posa sur son épaule.

— Bonjour, madame.

Il lui frotta la joue ; les larmes aux yeux, mademoiselle Beauvert se laissa câliner. Puis elle lui demanda de se poser sur ses doigts – ce qu'il fit en se dandinant,

676

plus volubile qu'un jazzman – et poussa le battant du studio.

— Viens mon chéri. On va être bien ce soir.

Ils se regardèrent dans les yeux. Il lui sembla qu'un feu sortait des pupilles noires de l'animal, un feu qui l'empourprait, la réchauffait, la troublait. Elle sourit. Il pencha la tête sur le côté.

En retour, elle lui donna un baiser. Lorsque ses lèvres effleurèrent le bec, il frémit, elle aussi. Alors, elle le serra délicatement contre sa poitrine en songeant à ce que lui avait appris le vendeur d'oiseaux : un solide ara comme Copernic pouvait vivre jusqu'à cinquante ans.

Elle referma la porte sur eux. Ils vieilliraient ensemble. Et même, avec un peu de chance, elle partirait avant lui...

9

— La femme au perroquet ? C'est un motif courant en peinture.

Devant plusieurs acheteurs éventuels qui avaient afflué dans son loft, Wim commentait une vaste toile peinte à l'acrylique sur laquelle un peintre new-yorkais exhibait une pin-up nue encerclée d'une nuée de perroquets ; quoique grand de trois mètres sur deux, le tableau simulait une vignette grossièrement bâtie, un dessin aux traits larges, coloriés ensuite avec des teintes primaires.

— La femme nue, lascive, qui tient un perroquet, vous ne vous en souvenez pas ? Toujours l'animal multicolore regarde la chair blanche avec désir.

Les visiteurs s'étonnèrent. Il insista :

— Rappelez-vous Tiepolo, où une ravissante jeune fille pose l'oiseau sur sa poitrine découverte. Delacroix avec son odalisque qui caresse un volatile vert et rouge. Courbet, bien sûr, qui esquisse *L'Origine du monde* avec *La Femme au perroquet* en 1866. Manet, la même année, en clin d'œil à Courbet, qui montre sa maîtresse avec un perroquet, mais cette fois l'amante reste chaste, vêtue d'une robe de chambre. Quel humour ! Car le perroquet symbolise l'érotisme et l'exotisme. Depuis, on n'a pas cessé de décliner le thème : Renoir, Vallotton, Frida Kahlo. Ici, Bob John, un jeune créateur de Manhattan, une valeur montante, apporte sa variation sur cette scène inspirante.

Une cliente, en tailleur de soie, s'interposa :

— «Exotique», je comprends bien. «Érotique», pourquoi ?

— Le perroquet fait semblant de discourir, comme l'amant. Il roucoule des vocables connus, éprouvés, mais que veut-il manifester ? Lorsqu'il emploie des mots, le son compte plus que le sens. Quelle langue parlent donc les perroquets sous les termes français, anglais ou espagnols qu'ils emploient ? Quelle est leur intention ? Que sous-entendent-ils ? Les peintres répondent : le désir.

— Je n'y avais jamais pensé.

— Le perroquet, comme l'homme ardent, présente une apparence de civilisation. En surface, la bête compose des phrases ; en réalité, elle veut consommer. Sous le babil, la sauvagerie naturelle s'exprime, s'impose, menace, quelles que soient les formes sophistiquées qu'elle prend.

— Bien sûr.

— Et puis n'oubliez pas – excusez-moi mesdames – qu'on appelle ces oiseaux des «crochus». Crochu comme un doigt. Crochu comme parfois… vous voyez ce que je veux dire.

On gloussa autour de Wim.

— C'est amusant que vous nous racontiez cela à deux pas de la place aux perroquets, s'exclama la femme au tailleur, car les événements récents vous donnent raison sur leur magnétisme érotique.

— Pardon ? demanda Wim.

— Zachary Bidermann, glissa-t-elle avec malice. Il vit bien ici ? Alors, il a subi le charme des perroquets !

— Le charme ou le maléfice ? s'écria son mari.

— L'un et l'autre. La sexualité, c'est un rasoir.

— Tant qu'elle n'est pas rasoir !

On rit du bon mot du mari, lequel, couperosé, épais, béat, se voulait un spécialiste de la rigolade. Wim, qui détestait les boute-en-train, ces gens qui n'écoutent ce qu'on dit que pour saisir un mot ou détourner une expression, vira sur lui-même, agacé, et jeta un regard de détresse à Meg. Elle le comprit.

— Wim, clama-t-elle, téléphone pour vous ! De Dubaï !

— J'arrive.

Évoquant des fortunes en pétrodollars, le terme «Dubaï» provoqua son petit effet chez les clients ; Wim n'eut qu'à ajouter un «excusez-moi» élégant et on le laissa partir sous un regard admiratif.

Il regagna son bureau et en poussa la porte, excédé.

— Merci, Meg. Il y a des jours où je ne supporte plus mon métier.

— Pourquoi ?

— Ils ne sont venus ici qu'à la suite du scandale Bidermann, pour l'adresse, pour voir la place d'Arezzo de mes fenêtres. Ils n'achèteront rien ! Inutile de me fatiguer.

— Voulez-vous que je continue le tour à votre place ?

— Ce serait gentil, merci. Économisez-vous, Meg : ils n'ouvriront pas leur bourse.

D'un pas résolu, Meg rejoignit le groupe. Elle n'avait pas l'éloquence de Wim, cependant, précise, informée, elle était à même de tenir un discours intelligent sur les œuvres d'art.

Resté dans son bureau, Wim se détendit et feuilleta un catalogue de ventes aux enchères afin de se distraire. Depuis la nuit du bal Bidermann, il ne savait plus bien quelle existence il menait.

Meg et lui, après leur nuit si agréable, avaient abordé le jour avec surprise. Disons plutôt que Wim s'était étonné de se réveiller aux côtés de son assistante nue, roulée dans les draps, la tête enfoncée au creux de l'oreiller, dormant d'un sommeil profond. À cause de la gueule de bois, il avait mis un certain temps à se rappeler la soirée. Quand il avait enfin posé des mots précis sur la situation – « j'ai baisé avec mon assistante » –, il avait paniqué. « Qu'est-ce qui m'a pris ? Non seulement ce n'est pas mon genre de femme, mais je ne retrouverai pas une meilleure assistante. »

Si pendant la nuit l'alcool avait tout excusé, comment revisiter les épisodes une fois l'ébriété évaporée ? Tandis que l'ivresse, levant les inhibitions, avait apporté de bonnes raisons de faire l'amour, la sobriété lui avait rappelé celles de ne pas le faire : « Moi, sauter cette vache flamande ? Elle ne me plaît pas. Pire : je ne la regarde pas comme une femme. Si je couche avec ça, je suis foutu. Il y a des limites. En deçà d'un certain degré de banalité, ça ne s'adresse plus à moi. »

Wim s'était levé, avait pris une douche, s'était rasé de près, coiffé, puis avait conclu, une fois son image restaurée, qu'il ne ferait plus jamais allusion à cet épisode, qu'il parlerait et agirait comme si rien ne s'était passé. Il ignorait encore à quel point, sur cette dénégation, Meg allait l'aider…

Celle-ci n'ouvrit les yeux que bien plus tard, tant elle avait le sommeil lourd. Lorsqu'elle se redressa sur son séant dans une chambre déserte qu'elle ne reconnaissait pas, la peur la poigna. Du dehors, des clameurs arrivaient. Des cris montaient de la place d'Arezzo. Elle s'approcha de la fenêtre et aperçut des badauds, des policiers, des photographes, des journalistes. Son réflexe fut de se rabattre contre le mur afin qu'on ne la vît pas. Quand elle se rendit compte qu'ils n'étaient vraisemblablement pas venus pour elle, elle glissa un œil au carreau.

Les mouvements de diverses troupes confluaient vers l'hôtel des Bidermann.

Un bloc de femmes hurlait :

— Salaud ! Salaud ! Salaud !

À droite, une banderole tenue par des cheminots déroulait un étrange message : « Tu ne baiseras pas la Belgique. »

Se grattant la tête, elle s'égara quelques instants, reprit ses esprits, chercha la télévision et s'installa devant.

En quelques secondes, elle apprit quel scandale provoquait ces attroupements. Déconcertée, choquée, la tête prise dans un étau, elle médita cette première nouvelle de la journée ; habituée à ne rien vivre de singulier, elle ne s'interrogea pas sur sa nuit, se souvenant d'avoir été coincée là la veille au soir et d'avoir bu pour tromper l'attente.

Elle rassembla ses vêtements, gagna la salle de bains, se brossa énergiquement les dents et tenta d'éliminer les relents d'alcool qui lui laissaient la bouche en carton. Ce ne fut que sous la douche que réapparurent les sensations relatives à Wim ! Wim l'embrassant.

Wim se glissant en elle. Wim pétrissant ses fesses. Wim l'amenant à la jouissance, vigilant, souriant, penché attentivement sur son visage. Elle demeura figée. Rêvait-elle ? Prenait-elle ses désirs pour la réalité ? Il était improbable que…

Les images revinrent dans son cerveau, si fortes, si incroyables. Qu'était-il arrivé ?

D'ailleurs, où était Wim ? S'il n'était pas endormi auprès d'elle, c'est qu'il ne s'était jamais trouvé dans la pièce. Si elle se levait seule, c'est qu'elle avait couché seule. Ce qu'elle interprétait comme des souvenirs, n'était-ce pas des fantasmes ?

Abasourdie, gênée, imprécise autant dans ses gestes que dans ses pensées, elle eut du mal à s'habiller, à se redonner une apparence à peu près normale.

Une fois qu'elle y fut parvenue, elle trembla à l'idée de quitter la chambre. Lorsqu'elle rejoindrait Wim en bas, elle apprendrait la vérité. Soit il se jetterait amoureusement sur elle et ils étaient bien amants, comme le lui suggérait son cerveau tourmenté. Soit il la traiterait comme à l'ordinaire, et elle avait tout imaginé. Quelle serait la meilleure nouvelle ? Elle appréhendait les deux.

Elle descendit l'escalier, percevant aussitôt des éclats de voix.

Wim et Petra von Tannenbaum discutaient vivement :

— Non, je te connais trop, ricanait Wim.

— Comment oses-tu ?

— Tu as inventé cette histoire, Petra, simplement pour qu'on parle de toi.

— Qu'on parle de moi ? Ai-je besoin de vivre un viol sordide pour qu'on parle de moi ? On parlait de moi avant, autant que je sache.

— On en parlait, certes. Mais pas assez… Rien ne contentera ton narcissisme, aucune gloire ne te comblera, Petra, je l'ai bien compris. Ça ne me gêne pas. Pourtant, là, tu agis mal. Tu t'en prends à un homme mondialement célèbre et respecté, qui doit devenir Premier ministre en cette période de crise ! Tu es en train de causer des dommages irréparables. Ça me dégoûte.

— Il m'a forcée !

— Je ne le crois pas une seconde.

— Que te faudrait-il comme preuve ?

— Une vraie preuve.

— Eh bien, rassure-toi, il y en aura. Ne serait-ce que l'analyse du mouchoir…

— Tu parles !

— Il ne te viendrait pas à l'idée que je sois une victime ?

— Toi, une victime ? Tu es la prédatrice universelle.

— Peu importe ce que tu penses, je m'en contrefous. D'ailleurs, je ne te demande pas de me consoler, je demande juste à rester dans cet appartement.

— Hors de question…

Meg frémit en entendant ces mots. Faisait-il cela afin que Meg prenne la place de Petra ? Alors, cela signifiait qu'ils avaient bien, cette nuit…

Petra se leva et pointa un index furieux sur Wim.

— Très bien, monsieur le marchand de croûtes, tu ne veux pas que je reste ? Eh bien, si tu insistes, je pars, je me précipite au-devant des journalistes et des photographes qui grouillent sur cette place, je pleure en disant que mon fiancé, le célèbre galeriste, me jette dehors, tel le pire des machos.

Wim recula comme si elle l'avait frappé.

— Tu es odieuse ! Tu ne ferais pas ça ?

— Toi non plus, cher, tu ne ferais pas ça : me chasser de chez toi maintenant.

Il y eut un silence. Wim s'assit et, quoiqu'il eût arrêté de fumer depuis des années, alluma une cigarette.

— Ok, reste.

Sans le remercier, Petra s'assit, satisfaite. Elle laissa une minute s'écouler puis précisa :

— Naturellement, je ne veux plus partager ta chambre. Après ce que j'ai vécu…

— Tu parles de quoi ?

— De mon viol, crétin. Installe-moi seule dans une autre partie de l'appartement. Je tiens à te voir le moins possible.

— Sur ce point, nous sommes d'accord, conclut Wim en se levant.

C'est là qu'il aperçut Meg, les bras ballants, dans le couloir.

— Meg, vous tombez bien. Vous direz au personnel d'installer madame von Tannenbaum à l'étage du dessous ; expliquez-leur comment arranger les choses. Qu'elle s'y épanouisse et n'ait pas besoin de monter.

— D'accord.

— Et si vous risquez un détour par la cuisine, un café serré me boosterait. Après la nuit que j'ai passée… ou plutôt que madame von Tannenbaum nous a fait passer.

Petra haussa les épaules, méprisante.

Cette phrase enleva les derniers doutes qui restaient à Meg : elle avait bien rêvé.

La vie reprit, en apparence comme avant. Meg continuait à seconder Wim, assistante dévouée, prévenante, exceptionnelle ; à aucun moment elle ne risqua

le geste familier, le sourire complice ou l'alanguisse-
ment de l'œil qui aurait suggéré qu'elle était intime
avec son patron. Et pour cause, si ses prétendus souvenirs n'étaient que des fantasmes.

Quant à Wim, il serait mort sous la torture plutôt
qu'avouer ce qui s'était déroulé. Une liaison avec Meg
ne concordait pas avec sa personnalité. Marchand d'art,
il ne vendait pas seulement du beau, il le cultivait et
s'en entourait, traquant la faute de goût. S'afficher avec
un laideron, outre que cela relevait de l'erreur professionnelle – comment choisir des tableaux si l'on ne sait
pas choisir une femme? –, renierait ses efforts. Un bel
appartement, une belle voiture, une belle femme, une
belle galerie, tout se répondait et s'harmonisait. Une
seule erreur et le château s'effondrait. Sous son comportement d'esthète raffiné, derrière sa culture sophistiquée, gisait une croyance naïve, celle d'un enfant ingrat
qui voulait supprimer sa laideur en s'entourant de splendeur, comme si, par contagion, par capillarité, par mimé-
tisme, il allait l'acquérir. Un réflexe archaïque, proche du
cannibalisme religieux, l'avait donc poussé, très jeune,
à manger les mêmes plats que les personnes chics qu'il
croisait; aujourd'hui, il lui restait encore de cette pratique magique une version négative puisque, dans un
restaurant, il refusait de choisir un plat commandé par
un voisin obèse. Identiquement, autant pour oublier
son physique médiocre que pour croire qu'il en avait un
meilleur, il se condamnait à ne flirter qu'avec des femmes
sublimes, fussent-elles insignifiantes, fussent-elles sottes,
fussent-elles odieuses comme Petra von Tannenbaum.

S'il avait pu rayer de sa mémoire sa nuit avec Meg…
Si déjà il n'y pensait plus! Hélas, un détail, un détail
persistant, l'empêchait d'atteindre l'indifférence: il

avait adoré faire l'amour avec elle, il s'était montré un amant endurant et avait jubilé de l'amener à l'orgasme. Quand il y songeait, il cherchait des explications qui excluaient sa partenaire : l'alcool, la surprise totale… Il en trouva une, simple, définitive, qui le convainquit : Meg le séduisait peu. Voilà pourquoi il avait mis si longtemps à jouir, voilà pourquoi il s'était amusé, folâtrant dans des chemins de traverse… La solution pour qu'il ne jouisse pas trop vite, c'était de coucher avec une femme qui ne lui plaisait pas !

Il réfléchit à cette théorie, d'autant plus qu'une anecdote scolaire lui donnait une crédibilité supplémentaire : lorsqu'il traduisait du latin au lycée, il ne brillait que si le texte comportait de grandes difficultés. Si le professeur donnait un Cicéron aisé, il stagnait dans la moyenne ; s'il proposait un Tite-Live de derrière les fagots, ou un chant de l'épineux Lucrèce, Wim triomphait des pièges et s'affirmait le meilleur en version. Pourquoi n'en serait-il pas ainsi en amour ? Serait-il un cas unique de divorce entre désirer et jouir ?

Un après-midi, à la galerie, en voyant entrer une Américaine en bermuda, au physique disgracieux, le cheveu en brosse et la peau blanchâtre, il voulut se prouver la justesse de sa théorie. L'accompagnant de tableau en tableau, enveloppant, collant, il entreprit de la draguer sans vergogne. D'abord, elle ne comprit pas son manège, puis, lorsqu'elle le devina, après s'en être assurée, elle rougit, confuse, entre la gêne et le plaisir. Sur le pas de la porte, il insista, lui fourgua sa carte de visite en lui confiant que rien ne lui plairait davantage qu'une soirée avec elle. Circonspecte quoique tentée, elle le laissa approcher au plus près afin de saisir délicatement sa carte. À cet instant précis, Meg les croisa et leur lança un regard étonné. Wim se décomposa. À sa réaction, l'Américaine imagina aussitôt que Meg était son épouse.

— *Bastard !* s'écria-t-elle.

Furieuse, elle repoussa Wim et jeta la carte au sol aussi violemment que si elle lui avait craché dessus.

Wim la regarda s'éloigner sans bouger… Tant mieux si la scène finissait ainsi. Promptement. Il n'aurait pu pousser son hypothèse – «je ne deviens un bon amant qu'avec une femme qui me déplaît» – plus loin.

L'œil inquisiteur de Meg l'avait troublé. À l'instant où il avait reçu ce regard, il avait également reçu une flèche : il s'était senti minable. Et surtout coupable. Que se passait-il donc ?

Après trois jours d'enquête, on eut confirmation que l'ADN de Zachary Bidermann maculait le mouchoir de Petra von Tannenbaum.

Lorsqu'ils l'apprirent par la radio, Wim et Meg se trouvaient ensemble. Ils demeurèrent muets un long temps. Que Petra pût être la victime d'un prédateur sexuel les sidérait toujours. Ils avaient beau se reprocher leur doute, se contraindre à la reconsidérer comme une femme violentée, ils ne parvenaient pas à éprouver la moindre compassion.

Lorsque Petra apparut, victorieuse, devant eux, Wim lui adressa des excuses :

— Je suis désolée, Petra, de ne pas vous avoir écoutée. J'ai été odieux. Je me suis comporté d'une façon que je réprouve chez les autres hommes : j'ai nié le viol. Je vous demande de me pardonner.

— C'est bon, c'est bon.

Wim s'étonna de tant de magnanimité. Pour qu'il en comprenne les raisons, Meg, la tête plongée dans son ordinateur, dit à voix haute :

— On ne parle que de ça sur internet.

— N'est-ce pas ? clama Petra, fière. Et dans *Le Matin*, j'ai une interview de deux pages.

— Deux pages ? C'est énorme !

Et Petra s'apprêta à redescendre dans son appartement, presque joyeuse.

— Petra, êtes-vous à l'aise dans l'appartement qu'on vous a arrangé en bas ?

— Très bien, cher, très bien.

Décidément en veine d'amabilités, elle ajouta :

— Et vous savez, cher, vous pouvez continuer à coucher avec la bonne, ça ne me gêne pas.

D'un geste, elle désigna Meg derrière le dos de Wim, jugea grotesque son apparence effarée, éclata de rire et disparut.

Wim avala sa salive, la nuque en feu, n'osant plus se retourner.

Quant à Meg, il lui sembla qu'elle pesait soudain mille kilos. Ainsi ses rêves sensuels avec Wim étaient des souvenirs, des souvenirs éthyliques, certes, mais les traces d'une réalité. En frissonnant, elle ne trouva cependant rien d'autre à dire que :

— Je ne suis pas la bonne !

Ce jour-là, Meg et Wim voulurent s'éviter, ce qui relevait de la mission impossible tant leur vie quotidienne les amenait à tout partager. Ils tentèrent donc de ne pas se parler, de ne pas se regarder.

En fin de journée, ces évitements avaient créé l'effet inverse de celui souhaité : ne plus s'adresser ni la parole ni un regard accaparait une telle énergie que chacun ne pensait plus qu'à l'autre, le ressentait comme un bloc irradiant, encombrant, lumineux, dont la présence occupait l'espace.

À dix-neuf heures, Meg estima que sa délivrance approchait puisqu'elle allait partir. Comme Wim s'était réfugié à la cuisine, elle s'y traîna pour le saluer.

Sur la table était posée une bouteille de whisky avec deux verres. Devant eux, Wim attendait, la tête appuyée sur la main gauche.

Elle comprit et, d'une voix altérée par l'émotion, proposa :

— Un verre ?

— Volontiers, répondit Wim, la voix blanche.

Désormais, les nuits et les jours s'enchaînaient sans qu'ils se quittent. La nuit Meg et Wim étaient amants, la journée de simples collaborateurs. Une frontière étanche séparait l'existence nocturne de l'existence diurne. Afin de franchir la frontière, ils recouraient à deux moyens : le whisky au crépuscule, le sommeil au matin. Par ces sas, Meg, la fontaine de volupté, redevenait la collaboratrice zélée, et Wim, l'expert en plaisirs, monsieur le directeur de la galerie.

Un jour, alors qu'approchaient dix-neuf heures et qu'il cherchait une bouteille de bourbon, Wim avait failli briser la règle en disant : «Faut-il que nous devenions alcooliques pour vivre notre liaison, Meg?» mais aussitôt il s'était repris, avait montré à Meg qu'il regrettait sa phrase et était rentré dans le rôle que cette heure lui donnait.

Petra von Tannenbaum poursuivait les interviews et, occupée par son surcroît de gloire, leur avait accordé une indifférence totale. Sa seule demande se limitait, de temps en temps, à aller aux premières et aux vernissages accompagnée de Wim, tenant à perpétuer l'idée qu'ils vivaient en fiancés.

Meg n'en prenait pas ombrage, traitant Petra avec professionnalisme, ne laissant jamais transpirer la moindre jalousie, ne protestant pas quand sa rivale accaparait Wim, ne réclamant pas sa place à son bras.

Tout en louant intérieurement Meg de tant de compréhension, Wim s'en étonnait. Un soir, dès le deuxième verre de whisky, sans attendre l'état d'ébriété qui leur permettait de se comporter en amants, il se tourna vers elle, le front barré par les soucis.

— La présence de Petra vous importune-t-elle, Meg ?

— Pas le moins du monde.

— Vraiment ?

— Vraiment. Tant que vous la supporterez, je la supporterai. Auprès de vous, je n'ai pas besoin d'une vie conventionnelle.

Il admirait cette femme exceptionnelle. Quel dommage qu'il ne puisse pas l'exhiber en société.

Meg ajouta en se servant un deuxième whisky :

— Cette pauvre Petra, au fond je la plains.

— Vous délirez, Meg ! Il n'y a aucune raison de plaindre Petra.

Wim estima que, là, l'humanisme de Meg virait à la bêtise. On pouvait affabuler au sujet de Petra, la trouver sublime, excitante, unique, vénéneuse, irritante, odieuse, emmerdante, la plaindre, non.

Il secoua la tête en signe de dénégation. Elle insista :

— Oh si ! J'ai vu les médicaments qu'elle est obligée d'absorber.

— Petra ?

— Vous n'avez pas prêté attention à l'attirail qu'elle cache dans ses trousses à maquillage ? Il n'y a pas que du fond de teint là-dedans.

— Meg, vous avez fouillé dans ses affaires ?

— Oui. Vous m'en voulez ?

— Pas du tout.

— Le lendemain de notre deuxième nuit, je n'ai pas pu m'empêcher, je l'avoue, de ramasser le flacon du liquide qu'elle s'était injecté avec une seringue. Une bonne idée, car depuis je la comprends mieux. Mon frère, médecin, que j'ai consulté, m'a expliqué ce que c'était. Quelle tragédie…

— Pardon ?

— Elle s'est fait opérer, néanmoins elle doit continuer à prendre des hormones. À vie, sans doute. Quand on sait ça, on supporte mieux son attitude, son désir d'être la plus belle, de briller aux yeux du monde, et surtout son refus des relations intimes.

— De quoi parlez-vous ?

— Vous ne le saviez pas ? À sa naissance, Petra von Tannenbaum était un homme.

10

Elle avait trouvé un mari mais ce n'était pas le sien. Pourtant elle y tenait et s'y cramponnait comme à sa propriété. Jamais une greluche ne le lui piquerait.

Au retour de Knokke-le-Zoute, Ève estima qu'elle devait entrer en guerre, détruire sa rivale puis reconquérir Philippe.

Ce matin-là, une bataille décisive allait se jouer. Elle se leva donc d'humeur allègre.

— Barbouille ! Barbouille, où es-tu ?

La chatte avait quitté l'édredon et s'était recroquevillée sur le rebord de la fenêtre ouverte. En la rejoignant, Ève en saisit la raison. À cause des nombreux Bruxellois et touristes qui visitaient maintenant la place d'Arezzo, perroquets et perruches, s'estimant envahis, répugnaient à descendre sur les pelouses encombrées et annexaient les territoires en hauteur, balcons ou gouttières des bâtiments. En chasseuse avisée, Barbouille l'avait remarqué et cultivait sa chance d'attraper un de ces volatiles abhorrés. Dès son réveil, elle s'était donc installée sur la croisée pour sa traque aux crochus.

Ève se pencha, scruta le perron où Zachary et Rose discutaient avec des journalistes.

— Qu'il est vilain, ce Zachary Bidermann ! N'est-ce pas, Barbouille ?

Ève était sincère. Alors qu'aucun de ses vieux amants ne révélait une séduction transcendante, elle estimait qu'elle ne pourrait s'enticher d'un Zachary Bidermann. S'exprimait dans ce jugement son bon sens de Vaudoise, fille de paysans, aux yeux de qui l'impossible n'avait aucun attrait ; lorsqu'elle avait compris, des années plus tôt, que Zachary butinait les femmes sans leur allouer davantage que sa compagnie, elle l'avait rangé dans la catégorie des « sans intérêt, à éviter ».

Elle souleva sa chatte et l'emporta à la salle de bains.

— Qui est la plus jolie ? Toi ou moi ?

La chatte se débattit, protesta, estimant qu'elle avait mieux à faire or Ève la maintint contre elle pour se flatter dans la glace.

Quoiqu'elles ne portassent aucun vêtement, la chatte avait l'air habillée, Ève nue. Aucun poil ne revêtant sa peau lisse et dorée, la jeune femme offrait d'adorables formes bombées, tandis que la féline, couverte de fourrure, mal coiffée, la queue en pétard, ressemblait à une mondaine qui aurait enfilé un manteau à la hâte.

— C'est toi la plus jolie, ma chérie. Personne n'a des yeux aussi précieux que les tiens.

En dépit des compliments, la chatte se démena, poussa un feulement aigu, parvint d'une énergique détente à rejoindre le sol et glissa, la queue droite, contre les murs, furieuse d'avoir perdu son temps, rejoignant au plus vite son poste de guet sur la fenêtre

Ève plaça les hauts panneaux de verre dans la bonne position autour d'elle. Le peu qu'une femme sait de son physique, ce ne sont pas les miroirs qui le lui apprennent mais les paroles des hommes. En se contemplant au milieu des glaces, contorsionnée afin d'apercevoir son profil ou son dos, Ève tentait de lier ce qu'elle voyait à ce qu'elle avait entendu. Son cul rebondi... sa croupe irrésistible... le creusé de ses reins... l'élancé de son torse... ses seins qui tenaient haut tout seuls... Ce qu'elle goûtait, elle, n'avait pas toujours provoqué de commentaires ; ainsi prisait-elle ses pieds, or pas un homme ne semblait les avoir remarqués, au plus notaient-ils avec surprise, lorsqu'elle les leur désignait, qu'ils étaient « tout petits ». Pauvres mâles... tellement à court de vocabulaire devant la splendeur féminine.

Elle s'approcha d'un miroir rond grossissant, à côté du lavabo, et admira ses cils en pinceaux, tels ceux d'une poupée en porcelaine.

— Affole-toi, ma fille, tu as rendez-vous dans une heure.

Elle se hâta autant qu'elle le pouvait, l'accélération n'appartenant pas à sa nature, d'autant que le temps consacré à sa toilette restait celui qu'elle chérissait.

Habillée de daim beige clair – un tailleur-pantalon acheté à Saint-Tropez –, elle sauta dans sa voiture et se rendit à la Galerie de la Reine, le café où avait lieu son rendez-vous.

Une filature de Philippe lui avait rapporté les coordonnées de la fameuse Fatima, sa récente maîtresse, dont lui avait parlé Rose Bidermann. Elle l'avait appelée la veille, lui avait annoncé qu'elle était « Sonia, une amie de Philippe Dentremont », et lui avait suggéré un tête-à-tête dans un lieu public « avec des intentions pacifiques, pour votre bien, à vous et à lui, je vous prie de me croire ».

Ève s'assit au fond de la salle, entre les vieilles publicités Art déco vantant des liqueurs disparues et le chariot de desserts. Elle garda des lunettes noires sur le nez, histoire d'accentuer le parfum romanesque de l'entretien.

De fait, Fatima n'hésita pas. Lorsqu'elle pénétra dans la salle, elle la repéra aussitôt et s'approcha.

Ève pesta intérieurement. Fatima avait une allure folle, cheveux d'ébène, yeux ardents, noble port de tête et teint de pêche. Fallait-il s'en plaindre ou s'en féliciter ?

— Bonjour, Fatima, je suis Sonia.

— Bonjour, répondit l'autre sans aucun effort d'amabilité.

Elle s'assit en face d'Ève et la dévisagea.

— Que buvez-vous ? demanda Ève.

— Un citron pressé.

— Oh, moi, ça me donne des aigreurs.

Fatima haussa les épaules, montrant qu'elle s'en foutait.

« Tout va bien, songea Ève, elle me prend pour une conne. »

Lorsqu'elle fut servie, Fatima trempa les lèvres dans son verre, puis fixa Ève.

— Qu'est-ce que je fais ici ?

Ève posa ses lunettes noires.

— Je n'ai pas prévenu Philippe que je vous voyais. J'ai voulu vous rencontrer parce que je sais qu'on ne le changera pas, et que ce n'est pas la première fois que je dois le partager avec une autre.

— Pardon ?

— Enfin, une de plus en dehors de sa femme.

Le regard de Fatima s'était rempli de fureur.

Ève continua avec une décontraction affichée :

— Je suis la maîtresse de Philippe depuis des années.

— Encore aujourd'hui ?

— Où se rend-il, un jour sur deux, vers dix-huit heures ? Croyez-vous que, comme il le prétend, il travaille ou rejoint sa famille ?

Fatima eut le souffle coupé.

— Premièrement, sachez que Philippe ne voit guère les siens – ses relations laissent à désirer avec Quentin, son fils aîné –, deuxièmement, que Philippe travaille très peu. Il possède des actions de la boîte créée par son père, la multinationale qu'on connaît. C'est un héritier et un rentier, même s'il veut persuader l'univers qu'il reste un entrepreneur.

Ève se délectait à raconter cela d'une voix sucrée, d'abord parce que c'était la vérité, ensuite parce qu'il lui plaisait de se moquer de Philippe.

Fatima, atterrée, fixait le verre autour duquel ses mains s'étaient crispées.

— Bref, ne vous inquiétez pas. Si vous tenez à Philippe, ce que je comprends, vous devez l'accepter tel qu'il est. Or, ce qu'il est, il ne vous le révélera pas. Je suis venue vous aider.

Fatima frissonna. Elle avait envie de s'enfuir. Sans tarder, Ève enchaîna :

— Vous parle-t-il de sa femme ?

— Non. Il m'a dit que c'était une grosse dondon sans intérêt.

— Au contraire, Odile est ravissante et, quoiqu'il la trompe, il en est toujours bleu ! Le pouvoir qu'elle garde sur lui, c'est ahurissant. Et moi, m'a-t-il mentionnée ?

— Jamais !

— Sonia ?

— Jamais.

— Ni Ève ?

— Qui est Ève ?

— Oh, voyez comme il est ! Cachottier... dissimulateur... il ne peut pas s'en empêcher ! Pourtant c'est un homme brave, généreux. J'en ai eu cent fois la preuve. Ne serait-ce que la manière dont il se comporte avec les enfants...

— Quels enfants ?

— Les nôtres.

— Les vôtres ?

— Ceux qu'il m'a faits.

— Pardon ?

— Nous avons un garçon et une fille. Thelma et Louis.

Sur le coup, Ève se trouva légère dans l'invention des prénoms mais elle discerna que Fatima, à chaque instant plus rageuse, ne s'arrêterait pas à ce détail.

Décidée à porter l'estocade, elle sortit une photographie de son sac.

— Regardez mes petits chéris.

Elle tendit un cliché qui la montrait en compagnie de Philippe avec deux enfants âgés de trois et cinq ans.

— Ils lui ressemblent, n'est-ce pas ? Il a des gènes forts, ce Philippe, les gènes des Dentremont.

Le sang se retira du visage de Fatima. Elle se mit à jurer en arabe. Ève la laissa perdre le contrôle puis lui saisit le bras.

— Je ne suis pas jalouse, Fatima. Vous pouvez le voir, vous pouvez avoir des enfants avec lui, cela ne me gêne pas. Le cas échéant, exigez qu'il leur consacre une somme d'argent suffisante. Moi, cela m'a pris des années. Une vraie bataille. Il avait refusé au départ, de peur de défavoriser ses enfants officiels. De toute façon, ça n'aurait aucun intérêt que mes enfants, ou les vôtres, soient en concurrence pour l'héritage parce que, premièrement, ça n'arrivera que dans vingt ans, voire trente ans – le plus tard possible j'espère –, deuxièmement, combien seront-ils, les rejetons qui réclameront leur part ? Si nous ne prenons pas nos précautions maintenant, on ne nous distribuera plus que des rogatons à l'arrivée. Moi, j'ai fini par obtenir qu'il m'ouvre un compte en Suisse et qu'il le garnisse.

Fatima se leva.

— Je quitte ce salaud !

— Non, Fatima ! Pas ça ! Votre départ le peinera tellement…

— Je quitte ce salaud qui ne m'a rien dit et qui répète depuis six mois qu'il va lâcher sa femme.

Ève prit un air désolé.

— Oh, il a prétendu ça ? Effectivement, ce n'est pas bien. Oh non… il ne le fera jamais.

— Quand je pense que je comptais arrêter la pilule. Quelle conne…

— Ne vous en prenez pas à vous, Fatima !

— Oh vous, fermez-la. Je ne suis pas comme vous. Je ne partage pas. Soit il est à moi, soit il dégage. Je lui règle son compte dès ce soir.

— Fatima !

La jeune femme quittait déjà le café, pressée d'in-cendier celui qui l'avait trahie.

Ève soupira et sortit son poudrier ; en l'ouvrant, elle s'aperçut et s'adressa un clin d'œil.

— Elle ne fait pas le poids, la Fatima. Trop nerveuse.

De retour chez elle, elle s'installa avec un gros roman dans son nouveau canapé offert par Philippe Dentremont. D'excellente humeur, elle sonda la chatte qui s'aventurait sur son ventre :

— Tu connais ce livre de Bob, ma chérie ?

La chatte miaula, un peu agacée.

— C'est un roman de plage comme j'aime. Je n'ai pas la plage mais j'ai le roman.

Elle se savait tranquille ce soir-là, Philippe voyait Fatima. Quoique intéressée par sa lecture, elle ne pouvait se retenir d'imaginer la scène : Fatima devait se comporter en furie lorsqu'elle se mettait en colère, Philippe allait souffrir, recevoir des coups, des projectiles, des noms d'oiseaux, d'autant qu'il ne comprendrait pas une broque de ce qu'elle allait raconter – Sonia, la maîtresse aux deux enfants, les autres. Ève gloussa de contentement. Blesser Philippe lui procurait de la joie.

L'amoralité de sa conduite ne la frappait pas. Elle vivait si proche d'elle-même qu'elle ne se jugeait jamais. De manière générale, sa conscience échappait à la culpabilité car elle n'était qu'instan-tanée.

Vers vingt heures, Philippe Dentremont appela d'un ton renfrogné.

— Je sors du boulot, débita-t-il, rapide. Est-ce que je peux passer ?

— Oh, Roudoudou, ça me fait tellement plaisir !

Lorsqu'il surgit, hagard, le sourcil en bataille, épuisé par les violences de Fatima, il ne pouvait imaginer que la douce Ève, couchée sur son canapé, sa chatte sur le ventre, un livre entre les mains, pût avoir la moindre part de responsabilité dans le cataclysme qu'il venait d'essuyer.

— Quel bonheur, mon Roudoudou, cette visite impromptue !

— Le hasard. Une réunion qui dure moins long-temps que prévu.

— Approche-toi et embrasse-moi.

Il obéit, préoccupé, et lui effleura le front. Ève nota sans ciller cette froideur.

— J'adore le livre que je lisais en t'attendant.

— De qui ?

— Bob Bob, l'auteur américain.

En prenant le volume, Philippe Dentremont pensa in petto qu'Ève avait un goût de chiotte en littérature mais il ne poussa pas plus loin cette réflexion car un papier jaune coincé entre deux pages l'arrêta.

Sur la lettre, on avait inscrit à la main : « Ce mot simplement pour te signaler que je t'aime. Signé : tu sais qui. »

Il grimaça. Ève, ravie, constata que sa ruse produisait l'effet escompté. Philippe ne pouvait désirer qu'une femme désirée par d'autres. La concupiscence d'étrangers et la compétition entre mâles constituaient les plus efficaces aiguillons de son envie.

— Qu'est-ce ?

— Oh… ce mot… il est là, finalement ?

— Ève, qu'est-ce que c'est ?

— Je l'ai reçu ce matin. Flatteur, non ?

— De qui ?

— C'est la question que je me pose. Peut-être le début d'une belle histoire…

Pour la faire taire, il l'embrassa sur la bouche.

11

Retrouver Oxana, Victor n'avait jamais aspiré à quoi que ce fût avec autant d'impatience.

La jeune Ukrainienne avait quitté l'hôtel qui, pendant son séjour chez Victor, avait conservé ses malles ; ni réceptionnistes ni portiers ni voituriers ne purent apprendre à l'étudiant où elle avait déménagé ; s'ils l'avaient vue monter dans un taxi, ils n'avaient pas entendu l'adresse qu'elle avait communiquée au chauffeur, ne sachant donc pas si elle s'était rendue à la gare, à l'aéroport ou à une nouvelle résidence.

Tenace, systématique, Victor dressa la liste des hôtels bruxellois, téléphona aux réceptions en demandant à parler à Oxana Kourlov ; comme les standardistes répondaient d'une voix assurée : « Une seconde, monsieur, je vous mets en relation », il espérait l'atteindre ; or, à chaque fois, on revenait vers lui en regrettant qu'aucune personne de ce nom ne séjournât dans l'établissement. Quoique explorant toutes les catégories de logements, du cinq-étoiles au gîte de jeunesse en passant par les chambres d'hôte ou les appartements meublés, il ne la dénicha pas.

Conscient de son échec, il ne baissa pas les bras. Sonnant chez son oncle Baptiste, il lui expliqua la situation :

— Alors que j'étais prêt, pour la première fois de ma vie, à révéler à une femme la vérité sur mon état de santé, elle s'évanouit dans la nature.

— Pourquoi a-t-elle disparu ?

— Je n'en ai aucune idée.

— Une dispute ?

— Non.

— Un sujet vous a divisé ?

— Aucun.

— T'avait-elle adressé un reproche ?

— Pas dont je me souvienne.

— Et toi ?

— Non plus.

— Lui avais-tu réclamé quelque chose qu'elle ne pouvait pas te donner ?

Son neveu répondant par la négative d'un hochement de tête, les yeux de Baptiste brillèrent, malicieux. Victor, les nerfs à vif, s'en offusqua :

— On dirait que la situation t'amuse ?

— J'ai l'impression de la maîtriser.

— Explique.

— Pas encore. Auparavant, nous allons retrouver ton Ukrainienne. Sais-tu qu'Isabelle travaille dans la presse ? Je vais lui suggérer d'appeler l'agent d'Oxana pour une éventuelle photo.

— Génial ! Et si Oxana n'est plus à Bruxelles ?

— Quelque chose me souffle qu'elle y demeure toujours.

— Baptiste, arrête de jouer les mages.

— J'ai de l'expérience, mon neveu.

— L'expérience de retrouver les mannequins dispa-rus ?

— Les mannequins ukrainiens, surtout…

— Tu plaisantes ?

— N'oublie pas que je suis romancier. J'ai donc vécu une centaine de vies.

— En imagination…

— Quelle différence, mon neveu ?

— Tu crois que le roman est la réalité.

— Je crois que la réalité est romanesque.

— La vie est plate.

— La vie se montre plus inventive que n'importe quel auteur. La preuve ? L'amour à trois qu'elle m'offre pour mes quarante ans.

— Peut-être, mais on n'apprend pas la vie avec l'imagination.

— Avec quoi d'autre ? Si ta seule expérience te ren-seigne, tu ne connaîtras pas grand-chose ; en revanche, grâce aux histoires, aux confidences, aux rêveries, aux voyages virtuels, tu commences à parcourir le laby-rinthe.

— Je résiste à ta théorie.

— Tu parles de toi, Victor, rien que de toi. Tu uses de ton imagination. À part les moments où tu t'es plongé dans la lecture, tes vaticinations ne t'ont servi qu'à t'inquiéter, qu'à présager le pire, qu'à hâter la fin de tes liaisons.

— D'accord, je capitule. Revenons à Oxana.

Baptiste éclata de rire.

— Ne te force pas. Je t'aiderai même si tu n'es pas d'accord avec moi.

Dès le lendemain, Victor reçut un appel de Baptiste lui confirmant la présence d'Oxana en Belgique.

— Je compte lui fixer une entrevue préparatoire avec le photographe du journal, et ce photographe ce sera toi. D'accord ?

— D'accord.

— À quel endroit ?

— Aux serres de Laeken.

Victor avait jeté ce nom sans réfléchir, parce qu'il avait appris le matin même que les serres royales, fidèles à une tradition instaurée un siècle auparavant, ouvraient leurs portes au public durant trois semaines.

— Bonne idée, conclut Baptiste, et surtout très crédible.

Lorsque, deux jours plus tard, Victor chemina dans cette ville transparente, construite en verre et en fer, il ressentit un étrange sentiment de familiarité ; pourtant, il n'était guère habitué à ces palmiers gigantesques, ces fougères géantes, ces camélias, ces azalées, et le parfum de cannelle mêlé à celui des géraniums citronnés ne lui rappelait rien non plus.

Profitant de ses dix minutes d'avance, il s'assit sur un banc, observa les coupoles et le dôme gracieux qui protégeaient du ciel arbres et colonnes, puis diagnostiqua enfin son impression : les sons ! Il entendait les oiseaux de la place d'Arezzo… Amusé, il fureta sans repérer perruches ni perroquets ; se laissant guider par les cris, il suivit une piste qui le conduisit à… un haut-parleur. Pendant les visites, les jardiniers envoyaient une bande-son qui enrichissait les sensations des promeneurs.

Il se rassit.

Oxana apparut, frêle et souveraine, vêtue de lin léger.

Elle cherchait un photographe des yeux et ne prêta pas attention à Victor.

Il la contempla, le cœur battant, la bouche sèche. Jamais il n'avait été aussi amoureux.

— Je suis là, Oxana.

Elle trébucha, stoppa, s'emmêla les jambes en hésitant sur la direction à prendre, battit des bras, puis se figea en blêmissant.

— S'il te plaît, Victor, va-t'en.

Sans attendre sa réaction, elle s'enfuit. Malgré les flâneurs, malgré les gardiens, Victor haussa la voix :

— Ne pars pas.

— J'ai rendez-vous !

— Je suis ton rendez-vous.

Elle poursuivit sa course dans la galerie qui séparait deux serres. Il la rattrapa en quelques bonds et lui barra le chemin.

— Oxana, je suis ton rendez-vous. C'est Baptiste qui a fait appeler ton agent pour que nous nous retrouvions ici.

— Ce n'est pas honnête.

Il baissa la tête.

— Je voulais te retrouver. Et j'avais peur que tu ne viennes pas si tu savais que c'était moi.

— Tu avais raison, je ne serais pas venue.

— J'ai donc bien fait d'être malhonnête…

Oxana tremblait. Ses lèvres reprirent en écho les mots «honnête», «malhonnête» puis se fermèrent. Elle gémit, découragée.

Victor lui indiqua des chaises en fer forgé blanc, s'y assit et lui fit signe de la rejoindre. Elle obéit par lassitude.

Il lui saisit la main. Elle l'ôta vivement, comme si ses doigts la brûlaient.

— Je t'aime, Oxana.

Elle frémit puis affirma, pantelante, bouleversée :

— Moi aussi, Victor.

— Alors ?

— Alors quoi ?

— Tu m'aimes, donc tu détales ?

Elle secoua la tête, chercha ses idées, ses mots, inspira, renonça, courba l'échine.

— Il vaut mieux nous séparer. Vite ! Dans un an, dans un mois, je n'aurais plus eu le courage de partir.

— Oxana ! Pourquoi ?

Perdant toute tonicité, elle s'avachit, se mordit les lèvres, grattouilla la chaise. Victor regarda devant lui et prit son mal en patience : il valait mieux languir qu'insister.

Des touristes japonais s'avancèrent à pas comptés, talonnés par un couple d'Italiens volubiles. Un gardien conseilla à des bambins de ne pas toucher les pétales des azalées.

Oxana sortit de son silence :

— Je vais t'avouer la vérité.

— Pourquoi ne me l'as-tu pas dite avant ?

— Par espoir… Parce qu'une fois que je te l'aurai dite, ce sera fini entre nous.

Victor vacilla. Oxana s'exprimait avec une résolution si triste, une fermeté telle qu'il augurait le pire. Inquiet, il voulut revenir en arrière. Si elle avait raison ?

Elle devina qu'il hésitait.

— Es-tu sûr de vouloir l'entendre ?

À cette seconde, il désira s'enfuir, se soustraire aux serres de Laeken, s'abstenir d'une confrontation à la réalité. Or il sentit qu'Oxana, décidée à parler, aurait été déçue par sa volte-face. Pour elle, davantage que pour lui, il l'incita à continuer.

Elle soupira.

— Je suis une mauvaise femme, une femme ratée.

— Je n'en crois pas un mot.

— Je suis partie parce que je ne pourrai jamais t'apporter ce que tu es en droit d'espérer.

— Pardon ? Je ne veux que t'aimer. Et que tu m'aimes un peu.

— Oui, ça commence toujours comme ça… ensuite…

— Ensuite ?

— Ensuite, on fait des projets d'avenir, on décide de vivre ensemble, de se marier…

Il l'interrompit, persuadé d'avoir deviné le mobile de son départ :

— Tu es déjà mariée ?

Malgré la sévérité du moment, elle laissa échapper un rire bref.

— Non ! Pas de danger à ce niveau-là. Je ne cours pas le risque de bi… bigamie… Zut, « bigamie » veut dire deux épouses pour un homme… Comment dit-on deux époux pour une femme ?

— « Biandrie », logiquement, mais ça n'existe pas. La réalité est encore plus machiste que le vocabulaire.

Ils se sourirent ; l'espace d'une seconde, la complicité qui les unissait venait de renaître.

Effrayée par ce regain, Oxana détourna le visage, coupa tout lien visuel avec Victor, fixa l'allée en gravier, fronça les sourcils et poursuivit :

— On se marie et on se met à rêver d'une famille. C'est pour ça que je m'en vais, Victor.

— Tu ne veux pas avoir d'enfants ?

— Je ne peux pas avoir d'enfants.

Victor ne réagit pas. Oxana se tourna vers lui et répéta :

— Je ne peux pas.

Il demeura sans broncher.

— Je suis stérile.

Les larmes montèrent aux yeux d'Oxana.

— Victor, comprends-tu ce que je te dis ? J'ai une malformation de l'utérus qui m'empêche de garder un fœtus. À cela, tu ajoutes une infection que j'ai eue vers quinze ans et qui m'a… Oh, c'est dégoûtant ! M'humilier à te raconter ça ? Je n'ai pas à te livrer mon dossier médical ni à me justifier. Je tiens à toi, tu tiens à moi, donc je m'en vais. Je ne suis pas un cadeau pour un homme.

Bouche ouverte, sous le coup de l'émotion, Victor tourna lentement son visage vers elle et s'exclama :

— C'est merveilleux !

Choquée, Oxana repoussa la tête en arrière. Il répéta :

— C'est merveilleux…

Il éclata de rire. Oxana bondit de sa chaise.

— En plus, tu te moques de moi ?

La fureur l'avait rendue blême : piétinant, mâchoire crispée, poings fermés, elle regardait ce garçon qu'elle avait le malheur d'aimer en se reprochant de n'avoir pas saisi plus tôt qu'il s'agissait d'un monstre. Sans réfléchir, elle le gifla. Une fois. Deux fois. Trois fois.

Victor se dressa, plaqua Oxana contre lui, l'immobilisa, enlaça ses mains aux siennes, avança ses lèvres et étouffa sa fureur par un baiser.

Lorsqu'il se détacha, il murmura :

— C'est à mon tour de t'avouer la vérité.

Et, sa bouche sensuelle effleurant l'oreille droite d'Oxana, il avoua :

— Moi non plus je ne suis pas un cadeau pour une femme.

— Toi, Victor ?

— Écoute.

Sans contorsions ni périphrases, en mots simples et sentences brèves, il lui narra ce qu'il cachait à tous, sa mère contaminée par le virus du sida à l'âge de vingt ans, fauchée cinq ans après, sa séropositivité de naissance, sa survie grâce aux médicaments qui, progressivement, avaient maîtrisé l'épidémie. Lancé, il raconta son adolescence amère, le moment où il avait compris qu'il ne s'approcherait jamais de quelqu'un sans représenter un danger, puis évoqua les deuils, pas seulement le deuil de sa mère, mais celui de former un couple, de fonder une famille.

— Allez, collège Saint-Michel, ne vous dispersez pas, restez groupés, ne dérangez pas les gens !

Une voix timbrée avait interrompu les aveux. Victor et Oxana virent une trentaine de gamins débouler dans la serre, foncer sur eux en formation éparse, piétinant les graviers, aussi bruyants qu'un troupeau de buffles. Derrière eux s'époumonait une enseignante dont les instructions étaient inversement proportionnelles à leur efficacité : plus elle hurlait, moins les écoliers lui obéissaient.

— Collège Saint-Michel ! De la discipline, s'il vous plaît. Ne me faites pas regretter d'avoir organisé une classe verte ! Collège Saint-Michel, du calme !

Certains élèves marchèrent sur les pieds d'Oxana et de Victor, d'autres se plantèrent devant eux en les dévisageant comme s'ils faisaient partie des attractions.

Prudente, Oxana se rassit, Victor la rejoignit. Pour ne pas attirer les commentaires, ils se tenaient à un mètre l'un de l'autre, silencieux, figés, tels des randonneurs qui attendent la fin d'une averse.

Lorsque le groupe eut enfin disparu, Victor, sans regarder ni toucher Oxana, poursuivit son récit.

Mais quelque chose s'était brisé. La confiance peut-être… ou le sentiment d'urgence. Comment avait-il pu céder à une bouffée d'optimisme ? Plus Victor avançait dans ses confidences, plus Oxana lui échappait. Chaque mot la repoussait, chaque phrase accroissait la distance. Bientôt se reproduirait ce qui était toujours arrivé : la vérité tuerait sa relation. Comment avait-il pu imaginer qu'il échapperait à sa malédiction ?

Il s'arrêta.

Au-dessus d'eux, un cri sec d'oiseau parcourut les grands panneaux de verre.

Victor tressaillit. Si sa peau avait chaud, son cœur se refroidissait. Il savait maintenant comment la scène allait se dérouler : Oxana, parce qu'elle était bonne, allait le remercier, compatir, l'inviter à se livrer davantage, lui promettre de garder cette amitié entre eux et de l'aider autant qu'elle le pourrait – autrement dit, elle allait fuir.

Il se tenait, la tête basse, les oreilles brûlantes, les mains agitées de tremblements qu'il parvenait encore à dissimuler. « Vite, qu'elle se dépêche ! Qu'elle me jette ! Inutile d'attendre trop longtemps. »

Il releva la tête, se pencha sur le côté et découvrit le visage d'Oxana ravagé de larmes. Par réflexe, il eut envie de la consoler, mais il se retint, conscient qu'elle pleurait leur amour perdu. Il resta donc raide et digne, quoique grignoté par l'émotion.

Oxana sortir un mouchoir de son sac, se moucha.

« Quelle existence grotesque ! pensa Victor. On évoque nos vies ratées, nos sentiments qui meurent, et ça se résume à des nez pleins de morve, des yeux qui coulent, des vacillements convulsifs. Nous ne sommes que des corps qui s'agitent, qui se secouent jusqu'à ce que la mort les délivre. » Happé par la mélancolie, il songea à sa mère – ce qu'il évitait d'ordinaire –, à sa tombe au Père-Lachaise, à ce que son corps avait dû devenir. Sa mère, au moins, était délivrée de la souffrance. « Repose en paix. » Peut-être que son cadavre souriait tant elle se réjouissait de ne plus rien éprouver ? « Repose en paix. » Quel programme salvateur ! Mourir, oui, mourir vite. Un acide l'envahit de son goût détestable, provoqua un spasme. Il toussa. Oh oui, tomber, s'effondrer là une fois pour toutes et en finir. Alors que le poids de sa tête l'emmenait vers le sol, il sentit qu'Oxana le retenait. « Ah oui, infirmière… Nurses, elles le sont un peu, non ? » Submergé d'un mépris désespéré, il se laissa néanmoins rattraper.

Soudain, elle lui releva le visage et le força à la regarder.

— Je t'aime, Victor, et ne veux pas d'autre homme que toi.

Une demi-heure plus tard, à l'extérieur de la cité en verre, la professeure de biologie résumait à sa classe du collège Saint-Michel les acquis de la matinée :

— Grâce aux sciences et aux techniques, on crée des environnements favorables, on développe des individus, des formes, voire des espèces nouveaux. Aujourd'hui, chez les plantes, les animaux ou les humains, on sert la vie comme jamais. Plus on sait, plus on peut. Enseignement du jour ? Les botanistes ont-ils précédé les généticiens... ? Si on pratique aujourd'hui la fécondation in vitro, c'est bien parce qu'on a su bricoler des boutures auparavant.

— N'empêche, madame, à la base, c'est dégueulasse.

— Qu'est-ce qui est dégueulasse, mon garçon ?

— Ben... comment on engraisse les plantes... comment on fait les enfants...

Le groupe ricana, autant de gêne et de moquerie que d'approbation.

— Ben oui, insista l'adolescent à lunettes rondes, c'est répugnant au fond.

Les pubères repartirent d'un grand rire persifleur. Du coup, l'enseignante prit le parti du garçon :

— Votre camarade a raison. Toutes les fleurs naissent sur du purin ; seulement, beaucoup l'oublient.

À cet instant, les collégiens de Saint-Michel, occupés à rassembler leurs notes éparses sur la pelouse, virent passer devant eux le couple qu'ils avaient dérangé dans la serre. Radieux, Victor et Oxana avançaient d'un pas aussi paisible que majestueux, enlacés, souples, beaux.

Pour les fillettes de treize ans déjà soucieuses des garçons, ils éblouissaient, figure de l'idéal. En les apercevant, elles se donnèrent un coup de coude puis se turent, respectueuses, lorsqu'ils les frôlèrent. Laquelle aurait soupçonné que ces deux êtres superbes au physique triomphant s'estimaient infirmes ? Elles

714

croyaient voir des cygnes; ils se pensaient vilains canards, ratés, insuffisants. Seule la conscience de leur misère les avait rendus forts. Dépourvus d'arrogance, Victor et Oxana se savaient vulnérables, blessés, infiniment mortels, et c'était dans l'idée de la mort, jointe à la difficulté de vivre, que s'était scellé leur amour.

12

— Ah non, je hais la campagne.

La cliente n'en croyait pas ses oreilles : une fleuriste qui détestait les prés et les champs ?

Xavière poursuivit :

— C'est répugnant, la campagne ! Il y a de la terre partout, et la terre, outre que c'est moche, ça donne de la poussière quand il fait chaud, de la boue s'il pleut. Vous parlez d'un cadeau ! Et puis les odeurs… De la moisissure et de la crotte ! Rien que des saloperies qui se décomposent, comme ça, à l'air libre, prêtes à vous attaquer les narines. Moi, vous me posez devant un panorama «admirable» et j'ai juste envie de crier «Tirez la chasse !». Sans parler du vent, des moustiques, des guêpes, des chauves-souris, des araignées, des taons. Un soldat américain est plus tranquille chez les talibans afghans que moi à la campagne : c'est la guerre !

— Pourtant, la nature, Xavière, la flore…

— Ben voilà, vous l'avez dit : la flore ! Ici, dans mon magasin, j'ai des fleurs ; à la campagne, il y a de la flore. Qu'est-ce que ça veut dire, la flore ? N'importe quoi n'importe où… Ça vous comble le sens critique, vous, des pissenlits qui pointent en désordre

sur un champ ? Vous trouvez ça seyant, des coqueli-
cots le long d'un fossé ? Vous êtes déjà arrivée à faire
un bouquet avec des fleurs des champs ? Votre petit
plaisir dure à peine vingt minutes… Avant que vous
ne les mettiez dans l'eau, elles sont exténuées, vos
fleurs, elles s'amollissent, elles piquent du nez, elles
perdent leur couleur. En fait, elles sont venues mourir
chez vous. Y a escroquerie sur la marchandise. «Fleur
des champs», ça sonne robuste, costaud, «produit du
terroir». C'est du marketing, ça, madame, parce que
la fleur des champs, ça ne vaut rien, ça ne ressemble à
rien et ça ne survit que dans un champ ! Même appeler
ça «fleur», c'est mensonger. Parce que c'est du pétale
rare, du pétale riquiqui, il n'y a que de la tige ou de la
feuille, les parties dont on ne veut pas… C'est comme
si je vous donnais à bouffer le tronc et les branches
d'un pommier au lieu de son fruit, vous me feriez la
gueule et vous auriez raison !

— Xavière, à vous entendre, les fleurs que vous
avez ici n'ont pas été inventées par la nature…

— Exactement ! Elles ne sont pas nées dans la campagne mais chez le pépiniériste. C'est toute la différence. Je ne vous vends pas des trucs que vous pouvez
ramasser par terre, moi, je vous vends des œuvres d'art,
les produits du génie humain, des bijoux travaillés et
polis pendant des siècles par des artisans intelligents,
volontaires et patients. Il ne suffit pas de se baisser
pour avoir de belles fleurs. Pas plus que de rassembler
des tiges pour faire une composition florale.

— Bien sûr…

— Allez remplir vos vases avec des primevères ou
des violettes, ces naines qui ne tiennent pas dans une
soucoupe. Faites des gerbes de chardons, ne vous

retenez pas ! Oh ! et puis ça me fatigue de prêcher dans le désert. Les gens n'ont plus la valeur des choses. La civilisation est entrée en décadence, je vais prendre ma retraite et vous irez cueillir des pissenlits sur la place, d'adorables pissenlits jaune pisseux agrémentés de fientes de perroquet. Vous ne méritez pas mieux. Tous.

— Xavière, je ne pensais pas vous mettre dans cet état en vous proposant de vous inviter à la campagne.

— Mon état ? Vous ne savez rien sur mon état.

— Si, je sais qu'Orion a des soucis de santé… Alzheimer, m'a-t-on dit ?

— Alzheimer, c'est de la gnognote ! À côté de… Vous m'excuserez, madame Riclouet, je me sens mal.

Sentant un poids sur la vessie, Xavière passa dans l'arrière-boutique, se soulagea puis, au lieu de revenir, s'assit sur un fauteuil défoncé, préférant rester là. «Quel métier de con ! Fournir du caviar aux cochons, non merci ! » fulmina-t-elle.

La cliente demeura seule au milieu du magasin, sans qu'on s'occupât plus d'elle puisque Orion livrait et que Xavière avait disparu. Elle hésita entre patienter et partir, regarda avec envie les fleurs qu'elle allait acheter avant la diatribe de Xavière, gémit :

— Ça va, Xavière ?

Personne ne lui répondit.

— Xavière, j'ai vraiment besoin d'un bouquet, je vais chez des amis.

Une voix rogue lança du fond de l'atelier :

— Revenez dans une demi-heure, Orion sera là.

La dame approuva de la tête, peu sûre de retenter l'expérience : chaque fois qu'elle se rendait dans ce magasin, elle avait l'impression de risquer sa vie. Vivement qu'un concurrent s'installe dans le quartier.

En entendant le carillon marquer le départ de la cliente, Xavière respira de soulagement. Tant pis pour l'argent perdu, elle ne se prostituerait pas pour quelques euros. Avec de la chance, cette Riclouet croiserait Orion qui, toujours cordial, la servirait et récupérerait la vente.

— Quel con, celui-là aussi !

Xavière allait mieux. Elle se remettait du décès de Séverine par la colère. Si lors de l'enterrement elle s'était effondrée de chagrin, cette tristesse n'avait pas duré.

À l'annonce du suicide, Xavière avait été bouleversée parce qu'elle avait mesuré l'ampleur du désarroi qui rongeait Séverine, n'ayant jamais imaginé auparavant qu'elle pût autant détester sa vie. Elle s'était ensuite interrogée sur sa part de responsabilité : si elle ne l'avait pas rejetée par cette nuit d'orage, se serait-elle précipitée du haut d'une tour ? À cela, elle apportait une réponse complexe… Séverine ne se serait pas tuée sur-le-champ mais elle l'aurait fait plus tard. Xavière ne pouvait concevoir que le seul dépit amoureux l'eût poussée au suicide ; si tel avait été le cas, Séverine lui aurait laissé un message. Xavière s'innocentait : «Je n'étais pas la raison de son malheur, plutôt son baume ou son remède, puisque avec moi, elle se sentait bien.» Après s'être arrangée avec sa conscience – comme tout être humain –, Xavière avait été embarquée par l'émotion. Était-ce dû au changement hormonal ? aux circonstances ? Elle avait ressenti une intense compassion pour l'amie disparue, une nostalgie atroce, le pic de l'affliction lui ayant fait perdre connaissance le jour des funérailles.

Or l'abandon au malheur répugnait au tempérament de Xavière, lequel était actif, entreprenant. Elle
remplaça donc vite les larmes par la hargne, une irritation continue qu'elle cultivait envers tout et tous. Plus
rien ne trouvait grâce à ses yeux ; cette fureur indignée
l'arrachait à la mélancolie et la revigorait.

L'enfant poussait en elle. Elle pouvait dire «l'enfant» car elle avait acquis la certitude que son ventre
recelait un être vivant. Parfois, d'ailleurs, en cachette,
elle le réchauffait de ses mains ; à d'autres moments,
elle lui parlait. Quand elle se livrait à ces contacts, elle
n'avait pas l'impression d'être une folle qui dialoguait
avec son ventre, plutôt d'accéder à une sorte de
sagesse apaisée. Très étrange…

Officiellement, elle n'avait toujours rien décidé, les
événements – suicide de Séverine, affaire Bidermann –
l'ayant empêchée de se préoccuper d'elle. Au milieu
de ce maelström, la date légale d'avortement avait
passé ; cette échéance ne lui sembla qu'une deuxième
fatalité, la première étant l'irruption d'un fœtus. Vis-
à-vis de cette grossesse, elle continuait à témoigner
une grande apathie. D'ailleurs, n'était-ce pas cela, la
gestation : une épreuve de passivité ?

La clochette sonna. Quelqu'un entrait dans la
boutique. Elle ne réagit pas. «Je suis trop fatiguée.»
Elle retint même son souffle pour éviter de se faire
entendre.

— Il y a quelqu'un ? Holà ? Il y a quelqu'un ?

La détermination de cette voix mate indiquait un
individu capable de se rendre à l'arrière-boutique.
Inutile donc de se cacher plus longtemps.

Elle soupira et surgit dans le magasin.

— Oui, vous désirez ?

L'homme, court et large, habillé d'un imperméable taché, la dévisagea, satisfait.

— Bonjour, madame. Je suis journaliste à *La Gazette européenne* et au *Quotidien des Ardennes*. Je voulais vous…

— Un bouquet ?

— Euh… non… je voulais vous demander si…

— Inutile, monsieur, je vends des fleurs, pas des salades.

— S'il vous plaît. Un simple renseignement.

— Pourquoi vous le donnerais-je ?

— Par gentillesse.

Il lui faisait du charme, timbre de miel et bouche en cœur. Elle le considéra avec mépris. « Gentillesse », voilà le mot qu'il ne fallait pas employer devant elle. Une étincelle jaillit de ses yeux, une lueur d'amusement qu'il prit pour un accord.

— Je vous écoute, murmura-t-elle.

— Monsieur Bidermann était-il client chez vous ?

— Son épouse, Rose Bidermann, aime les sublimes bouquets. Pas pour rien qu'elle porte un prénom de fleur.

— Oui, bien sûr. Et lui ? Le voyiez-vous ?

— De temps en temps.

— Et ?

— Je préférais qu'il ne vienne pas. À cause de lui, j'ai dû foutre plusieurs employées à la porte. Ces gamines prétendaient qu'il les avait forcées à faire des choses, enfin… vous voyez ce que j'insinue…

— Comment ? Ici ? C'est énorme !

Le journaliste ouvrait de grands yeux étonnés, fou de joie à l'idée de détenir un scoop monumental.

— Oui, ici, parmi les pots de fleurs.

— Énorme !

— Je ne les ai pas crues à l'époque.

— Vous le regrettez ?

— En fait, j'étais jalouse surtout. Parce que je croyais qu'il venait pour moi, rien que pour moi. Nous deux, nous faisions ça dans la chambre froide. Je ne sais pas pourquoi, ça l'excitait, la chambre froide, au milieu des bulbes et des gerbes. Curieux d'ailleurs. Normalement, le froid n'arrange pas les performances des hommes mais lui, bien au contraire…

— Énorme ! Énorme !

Le journaliste bafouillait devant cette révélation. Xavière lui sourit, affable.

— Encore des questions ? Ai-je été assez gentille ? Est-ce assez con pour votre feuille de chou ? Si vous voulez, j'en invente d'autres. La façon dont il a attaché mon mari à des cordelettes en cuir ou bien sodomisé mon petit commis, par exemple… ?

Le journaliste blêmit, comprenant qu'elle s'était jouée de lui.

Elle poussa le battant de la porte et, d'une main, lui indiqua le chemin de la sortie. Il passa devant elle en prenant un air offensé.

Elle murmura lorsqu'il la frôla :

— Énorme, non ?

Penaud, il rejoignit la troupe des reporters et photographes qui pullulaient sur la place d'Arezzo.

Depuis leurs nids sombres et larges construits entre les branches, perroquets et perruches semblaient se tenir à l'écart, retranchés en hauteur. Cette affluence suspecte de badauds inconnus les empêchait de descendre sur le gazon aussi souvent qu'avant et, à l'instar de Xavière, ils souhaitaient que cette affaire Bidermann cessât vite de polluer leur habitat.

Elle demeura sur le pas de la porte, en léger retrait, porta ses mains à son ventre, le massa délicatement et chuchota :

— Tu vois dans quel monde tu vas venir ? Est-ce que cela te tente ? Je t'aurai prévenu, c'est plein de cons, à quatre-vingt-dix-neuf pour cent. Dans le un pour cent qui reste, il y a des génies autistes infréquentables, des artistes que tu ne rencontreras jamais… et maman.

Elle s'époustoufla d'avoir prononcé ce mot. Lui convenait-il ? Sorti comme ça, en douce, pas si mal.

— Oui. Il y aura maman. Toi et moi, au milieu de ces tarés, nous allons bien rigoler.

Elle eut envie de rire mais ce furent des larmes qui lui piquèrent les yeux.

— Putains d'hormones ! Il est temps que tu sortes de là, mon coco, car maman voudrait pouvoir médire tranquille sans couiner comme une fan de films à l'eau de rose. Au fait, tu aimes les westerns ?

Nathan traversa la rue, se précipita vers le magasin de fleurs, affairé.

— Je peux te parler, Xavière ?

À tout autre, elle aurait répondu « Non, je vends des fleurs », or à Nathan elle accordait un statut particulier. Elle éprouvait, sinon de l'amitié, du moins une sympathie bienveillante à son égard, d'abord parce qu'il ne ressemblait pas aux autres et qu'elle aimait son extravagance vestimentaire, ensuite parce qu'il avait la dent dure et que sa façon de supporter l'humanité consistait à s'en moquer. Si elle avait été un homme, elle se serait sans doute comportée comme lui. Il leur arrivait donc de dauber sur leurs contemporains en discutant passionnément des fleurs et des meilleures manières de les marier.

Elle désigna les jambes de Nathan, gainées d'une matière écailleuse.

— J'adore ! En quoi est ton pantalon, Nathan ? En serpent ou en crocodile ?

— En plastique, ma chérie. Je ne veux pas qu'on tue des bêtes pour me rendre plus sexy. En revanche, qu'on exploite des hommes à forer des puits de pétrole ou qu'on bousille la planète pour créer des matières synthétiques me convient.

Elle referma la porte sur eux. Le calme de la boutique contrastait admirablement avec le fracas de la rue et il leur sembla que roses, lys et arums les entouraient de leur silence parfumé.

— Xavière, je ne vais pas tourner autour du pot, je viens au sujet d'Orion.

— Orion, mon Dieu, le pauvre ! s'exclama Xavière, étonnée que son lamentable mari pût retenir l'attention de qui que ce soit.

— Oui, Orion. À mon avis, c'est lui.

— Lui qui ?

— La colombe. L'auteur des lettres anonymes.

Xavière tiqua. À cause des drames récents, elle avait négligé cette affaire.

— Qu'est-ce qui te fait affirmer cela, Nathan ?

— Premièrement, ce magasin me paraît le lieu idéal pour tramer cette histoire. C'est un observatoire. D'ici, on connaît tout le monde.

— C'est mon cas. Je deviens suspecte.

— Deuxièmement, il faut quelqu'un qui fasse preuve de gentillesse.

— Là, je ne suis plus suspecte.

— Effectivement. Orion est affligé de ce genre de pathologie.

— On peut le dire, grommela-t-elle.

— Veut-il du bien à tout le monde?

— Je crains qu'il en soit capable, il n'a aucun discernement.

— Crois-tu même qu'il aime tout le monde?

— Qui sait? Il est d'emblée bienveillant envers chacun. Il faudrait que l'on me tue sous ses yeux…

— On va s'épargner cette expérience.

— S'il te plaît.

— Donc, si Orion aime tout le monde, la situation s'éclaire d'un nouveau jour! Ces lettres ne sont pas un stratagème destiné à conduire chacun à son destin amoureux. La signature «tu sais qui» n'indique pas des personnes différentes. Il rédige les messages en son nom. Et s'ils sont semblables, c'est parce qu'il est également fraternel. Au fond, ces lettres ressemblent à ses «bonjour» lorsqu'il franchit la rue sans regarder.

— Comme un chien. C'est ce que je lui répète toujours, qu'il est aussi con qu'un chien. Et sais-tu ce qu'il me répond? Que le chien est le meilleur ami de l'homme.

— Encore un aveu…

— Faut vraiment être con comme un chien pour être l'ami des hommes.

— Bref, Xavière, j'ai de fortes raisons de croire qu'il s'agit d'Orion. Tous les indices convergent vers lui. Il me manque un seul détail.

— Lequel?

— Si tu me réponds positivement, nous détenons la preuve.

— Alors?

— Orion est-il gaucher ?

— Il l'est !

Ils se dévisagèrent, émus, triomphants.

— Que faisons-nous ?

— Tu lui en parles ? demanda Nathan.

— J'en fais mon affaire.

— Je te laisse, je suis en retard.

Nathan repartit. Sur le pas de la porte, Xavière le retint par le bras.

— Comment va Tom ?

— C'est une bonne question. Je te remercie de ne pas me l'avoir posée.

Et, contracté, il s'éloigna en évitant les badauds et la curiosité des journalistes.

Xavière ressassa avec un certain plaisir la dernière phrase de Nathan. Ainsi Tom et lui traversaient des problèmes de couple. Elle s'en réjouissait. De temps en temps, l'idée l'avait effleurée que seuls les couples gays résistaient au temps ; apprendre qu'ils subissaient des avaries analogues à celles des autres la rassurait.

En parcourant sa boutique, elle remarqua que les pivoines s'étiolaient.

« Elles n'auront pas tenu trois jours, celles-là. Quel gâchis… »

Elle s'était trompée de magasin, mieux aurait valu choisir une activité qui n'exigeait pas des produits frais. Elle aurait, par exemple, adoré tenir une pharmacie pour être au courant des malheurs des gens.

Elle retourna dans la pénombre de l'arrière-boutique, s'effondra dans le fauteuil et réfléchit.

« Il faut qu'un être meure pour qu'un autre vive. » Cette phrase la hantait depuis une semaine. La disparition de Séverine lui indiquait qu'elle devait mettre au monde cet enfant. C'était le seul moyen de donner du sens à ce qui était arrivé. Certes, cela paraissait crétin, compliqué, odieux, mais aussi évident. Comme si le trépas de son amante lui avait soufflé la solution.

La clochette s'agita et Xavière entendit la voix d'Orion mêlée à celle de madame Riclouet. « Voilà, il l'a récupérée, mémère, elle va pouvoir l'avoir, son bouquet. »

La cliente délaissée par Xavière put enfin acquérir ses fleurs et repartit.

Orion, les cheveux en pétard autour des oreilles, s'approcha de sa femme.

— Ça va ?

— Je ne sais pas.

Il l'observa, mouilla ses lèvres plusieurs fois, se gratta la nuque et s'exclama en regardant ailleurs :

— Je ne comprends pas pourquoi tu ne m'en parles pas.

— De quoi ?

— Tu es enceinte.

— C'est faux. Comment le sais-tu ?

— Le médecin me l'a dit quand tu t'es évanouie à l'église.

Xavière soupira – elle voulait lui faire croire qu'elle soupirait d'agacement alors que c'était de soulagement.

— Bon, d'accord, c'est vrai, je suis enceinte. Mais en quoi ça te concerne ?

Il tressaillit, chercha autour de lui des témoins imaginaires lui assurant qu'il avait bien entendu.

— Enfin, c'est notre enfant !

Elle se redressa, piquée au vif.

— « Notre » ?

La fureur montait en elle. Quoi ! Elle venait juste d'accepter cet enfant comme le sien et voilà que déjà on le lui enlevait.

— Qui te prouve qu'il est de toi ?

— Nous l'avons fait ensemble, Xavière, dans la voiture.

— Je n'étais pas consciente.

— Ça ne change rien.

— Qu'est-ce qui te prouve que cet enfant ne vient pas d'un autre ? Parce que tu n'imagines pas que j'aie un amant ?

Il la contempla, sourit avec gentillesse.

— Tu as un amant, Xavière ?

À cet instant, elle songea à Séverine, à la douceur de sa peau miel, à ses épaules si lisses, à son cou qui s'empourprait lorsqu'elle y laissait des baisers, et elle fondit en larmes en retombant dans le fauteuil.

— Non, je n'ai pas d'amant, articula-t-elle avec difficulté au milieu de ses sanglots.

Il se précipita, consolateur.

— Ce n'est pas grave, ma chérie, ce n'est pas grave.

Il la berça longuement contre lui, ce qu'elle lui permit car elle éprouvait une vraie paix à pleurer Séverine dans ses bras. Il lui semblait que tout rentrait dans l'ordre. « Il est laid, il est bête, mais il est là, il est toujours là », songea-t-elle avec un mépris attendri.

Il lui apporta un mouchoir en papier. Elle s'essuya.

Il se tenait agenouillé devant elle, attentif, empressé, désireux de bien faire. Après s'être radoucie, elle s'exclama :

— Tu… tu as envie d'être père ?

— J'en suis incapable, déclara Orion, pourtant le monde n'est fait que de ce genre d'incapables.

— C'est mon avis.

— Et toi ? Tu te sens prête à être mère ?

Mère, cela signifiait quoi ? On devait foutre de l'ab-négation, du sacrifice, de l'amour là-dedans ? Pas des trucs pour elle, ça. Enfin, pas jusqu'à présent.

— Écoute, Orion, pourquoi pas ? Je commençais à m'ennuyer un peu. Alors c'était un enfant ou un chien.

— Oh, un chien c'est bien, répondit Orion le plus sérieusement du monde. J'aime beaucoup les chiens. Et les chiens m'adorent. J'ai toujours rêvé d'avoir un chien. Depuis que je suis môme. Plus souvent que d'avoir un fils ou une fille. Oh, oui, bien davantage. Au fond, je serais plutôt partant pour le chien. Qu'en penses-tu ?

— Ce sera un enfant, connard, pas un chien.

Orion éclata de rire, Xavière aussi – malgré une réticence volontaire.

Il disparut dans la chambre froide et en revint avec deux bouteilles de champagne.

— Fêtons ça ! L'heureux événement ne sera officiel qu'à la première coupe de champagne.

Xavière arrêta son geste.

— Non, Orion. Une question avant.

— Oui ?

— Dis-moi la vérité, uniquement la vérité.

— Je te le jure.

— Est-ce toi qui as envoyé les lettres anonymes ?

— Quelles lettres anonymes ?

— La vérité, Orion ! Les lettres anonymes que nous avons reçues ici, sur la place d'Arezzo, stipulant, sur un papier jaune, quelque chose comme «Ce mot sim-plement pour te signaler que je t'aime, signé : tu sais qui.»

729

— C'est dégueulasse, je n'en ai pas reçu, moi.

— Arrête de jouer la comédie, Orion : est-ce toi ?

Ahuri, il leva la main comme s'il prêtait serment en cour d'assises.

— Je te jure que non.

— Quoi ? Ce n'est pas toi ?

— Le gosse, c'est moi. Les lettres anonymes, non.

Xavière baissa la tête, déconcertée. Il s'étonna :

— Tu as l'air déçue.

— Oui. C'était idiot mais ça avait de la gueule. Et ça a foutu un sacré bordel dans le quartier. Dommage…

Orion se consacra de nouveau à sa tâche : déboucher une bouteille. Profitant de son inattention, Xavière saisit son ventre, flatta sa proéminence avec les deux paumes et murmura :

— Tu entends, mon coco, faudra pas trop idolâtrer ton père. Outre qu'il a mis soixante ans à te faire, il n'est pas habitué aux exploits. Dernier détail : il est alcoolique et nous t'avons conçu lorsque nous étions bourrés tous les deux. Tu viens quand même ?

Orion se détourna, croyant qu'elle lui parlait.

— Pardon, Xavière ?

— Rien, je rêvais…

13

— Albane !

Son cri avait l'âpreté nasillarde des perroquets et des perruches qui s'affairaient dans les arbres.

— Albane !

Rien à faire ! L'émotion enlaidissait sa voix à laquelle sa mue récente avait ôté toute maîtrise.

— Albane !

L'angoisse de ne pas être entendu rendait ses appels encore plus acides, les assimilant aux criailleries des crochus, les perdant au milieu du charivari. À l'instar des cauchemars où, malgré la course, le rêveur se fait rattraper par un géant monstrueux qui avance au ralenti, Quentin se rendait compte que, même en s'égosillant, il n'atteignait pas les oreilles d'Albane.

Du coup, il bondit de son siège et remua les bras.

La jeune fille, tirée soudain de sa méditation, l'aperçut, sursauta, eut un regard craintif et sourit légèrement en le reconnaissant.

Avec hésitation, elle se décida à traverser et le rejoindre.

Très naturel, il retourna au banc pour l'accueillir.

— Tu viens toujours ici ? demanda-t-elle.

Son ton désarçonné donnait l'impression qu'elle s'étonnait que Quentin n'eût pas perçu le changement du monde : une guerre avait éclaté.

— Bien sûr. Tous les jours. Je t'attendais parce que tu ne réagissais plus à mes mots.

Albane se souvint qu'elle avait laissé ses messages sans réponse, non qu'elle y fût indifférente – au contraire, chaque fois que son prénom surgissait, son cœur se réchauffait –, mais elle se disait, chaque fois aussi, qu'elle l'appellerait sitôt qu'elle irait mieux. Cela faisait donc si longtemps qu'elle broyait du noir ?

— Que s'est-il passé ?

Elle le regarda. Il affichait un air inquiet, raisonnablement inquiet. Il ne se doutait pas de ce qu'elle avait enduré… Quelle chance !

Devant ces yeux d'un bleu limpide qui ignoraient son calvaire, elle se sentit plus légère. À la maison, ni sa mère, ni Hippolyte, ni le docteur Gemayel, ni Marie-Jeanne Simon, la psychiatre spécialisée en traumatismes, ne posaient plus sur elle un regard tranquille, innocent.

— J'ai été malade.

— Gravement ?

Là, il s'alarma. Vite, en finir, le rassurer, qu'il ne s'apitoyât pas sur elle.

— Non. Un problème physique.

— Quoi donc ?

— Un truc de fille. Pas important. Ça va bien.

Ce qu'elle racontait la stupéfiait. Ce besoin de préserver Quentin – ou de se préserver à ses yeux – rendait un son nouveau, lequel lui paraissait à la fois scandaleux et bienfaisant.

À la mention «un truc de fille», Quentin s'inclina, renonçant à poursuivre l'enquête, en jeune mâle qui sait que les femmes appartiennent à une autre espèce que les hommes, pas seulement à un autre sexe. «Un truc de fille» devait être respecté par les garçons. Ces dernières années, il avait compris que leur corps recèle un matériel spécifique, des organes qui les dérangent, les font souffrir, les empêchent d'aller à la piscine, les dispensent de cours sans que personne proteste. Pour Quentin, pas besoin de voiler les femmes : même nues, elles demeuraient nimbées de mystère.

Il soupira en se frottant les mains.

— Ouf, je n'ai pas fait quelque chose qui t'a déplu…

Albane le considéra avec attendrissement. Lui, faire quelque chose qui lui aurait déplu, l'inoffensif Quentin ? Qu'il était délicat ! Certes, il ramenait tout à lui, pourtant cet égoïsme attentif, dévoué, la troublait. Dans une vie parallèle, elle aurait pu l'aimer.

Auprès du garçon, Albane possédait deux existences difficiles à raccorder ensemble, l'ancienne et la nouvelle. Dans l'ancienne, discuter avec Quentin, l'embêter, lui chercher des poux, flirter, l'occupait de façon intense ; dans la nouvelle, marquée par l'agression, elle se trouvait face à un gamin puéril et sans expérience.

Arriverait-elle à pêcher une troisième existence, celle où, endurcie par son viol, elle retrouverait en elle la fraîche disponibilité d'entendre un garçon et de le regarder ?

— Au fond, reprit-il, tu peux être franche. Il vaut mieux. Si tu n'en as rien à foutre de moi, dis-le-moi.

— Qu'est-ce qui te prend ?

— Je t'ai attendue ces jours-ci, alors que toi…

— Hé ! Je te signale qu'avant, c'était moi qui t'attendais.

Il baissa la tête, touché par l'argument.

— Justement, quand on attend, on a le temps de penser. Et j'ai besoin de savoir si… j'ai raison de t'attendre, si tu tiens un peu à moi.

Elle frissonna de plaisir.

— Bien sûr…

Il releva le front, joyeux.

— Vrai ?

— Vrai.

Albane sourit. Comme ils étaient bons, ces bavardages sans fin et sans intérêt ! Elle revivait.

Quentin lui attrapa la main. Elle s'étonna que les paumes du garçon fussent si chaudes, si douces ; il lui semblait que ses mains à elle restaient froides et humides, pas plus agréables à toucher qu'un poisson rouge. Pourvu qu'il ne s'en rende pas compte…

— Je vais partir, Albane.

Il annonçait son départ avec calme, d'une voix posée, grave.

— Je vais aller à Londres.

Albane eut le souffle coupé. Il continua :

— Je quitterai Bruxelles dès la fin juin. Pour deux ans.

— Pourquoi ?

Il la contempla, défaite, tremblante, et vacilla. Lui dévoilerait-il la raison ? Lui avouerait-il que c'était à cause d'elle… ?

Il préféra servir la version officielle, celle qui avait convaincu sa famille :

— Je veux finir mes études au lycée international de Londres et décrocher là-bas un bac européen, qui sera reconnu partout. Et puis, j'ai besoin de pratiquer l'anglais.

— Ah ?

— Et j'ai de plus en plus de mal à m'entendre avec mon père.

Quelques semaines auparavant, Albane aurait enchaîné par un refrain sarcastique sur les parents en dépréciant sa mère mais elle se tut.

— Il ne comprend pas ce que je deviens, il s'obstine à me voir comme un gamin.

Albane jeta un œil sur lui. Son père devait avoir la berlue car Quentin, d'une manière aussi manifeste que soudaine, était devenu un homme, tant son physique avait gagné en puissance, tant l'assurance emplissait son corps, sa voix, ses yeux. Sa mue venait de s'achever. Il l'impressionnait désormais.

Quentin, lui, taisait son vrai mobile. Il se réfugiait à Londres parce qu'elle lui avait dit qu'elle ne ferait pas l'amour avant seize ans et demi. Il n'aurait pas la patience de se morfondre à ses côtés ; s'il restait, il allait virer hystérique, infect, violent peut-être… De loin, il parviendrait à supporter la situation. S'il s'amusait avec des filles ou des femmes superficielles pour calmer son impatience, peu importait ! Elle seule comptait. Il reviendrait quand elle serait prête.

Albane hocha la tête, le regard dans le vide. Pourquoi la vie lui arrachait-elle le seul être auprès duquel elle rayonnait de bonheur ?

Les perroquets voletaient avec énergie, soucieux d'apporter grains et graines aux nouveau-nés qui ouvraient les yeux sur la vie.

Sur le banc se tenaient deux naufragés. Le sexe les ballottait comme la houle emporte des bouchons de liège, à son rythme, pas au gré de leur force ou de leur désir. Pour Albane, cela s'était mal passé ; pour Quentin, bien. Cependant ils aspiraient à autre chose, souhaitaient une liaison différente de celle qu'ils avaient connue. S'ils formulaient mal leur espérance, ils la ressentaient profondément et savaient déjà à qui l'adresser : Quentin attendait d'Albane que l'amour se mêle au plaisir ; Albane attendait de Quentin que l'amour soit une réunion consentie.

— Es-tu obligé de partir ? murmura-t-elle.

Par cette phrase, elle révélait beaucoup d'elle. Quentin le comprit.

— Si je pars, Albane, cela ne veut pas dire qu'on ne sera plus amis. Au contraire. Tu es ma meilleure pote. J'ai bien l'intention de te parler tous les jours et de t'écrire tous les jours.

— C'est vrai ?

— Je ne vois pas comment je pourrais t'oublier. Tu seras la seule chose que je regretterai ici.

Albane hésita à s'enfuir. Tant de douceur, tant de ferveur la déroutaient après ces jours amers où elle s'était recroquevillée dans l'idée qu'elle n'aimerait plus personne et qu'elle ne se laisserait jamais aimer. Il lui avait semblé que, derrière un large mur d'indifférence, elle se protégerait, or Quentin venait de percer deux brèches, la première en l'attristant par son départ, la deuxième en lui clamant qu'il tenait à elle. Que faire ? Continuer à éprouver, à palpiter… ? Ou bien se fermer à l'émotion… ?

Il pointa son doigt vers le haut.

— Regarde, Albane, ces deux oiseaux-là, sur le bord du nid, au-dessus du réverbère. Tu les vois ? Ce sont des inséparables. On les appelle ainsi parce que, chez cette race, le mâle et la femelle fondent dès leur jeunesse un couple qui dure jusqu'à la fin de leur vie.

— C'est possible, ça ?

— Chez les oiseaux, oui.

Elle soupira. Lui aussi.

— Chez les humains, on minimise l'amour des enfants et des adolescents. À chaque fois, les adultes affichent un petit air malin, supérieur, ils entendent sans écouter et regardent sans voir. «Ça ne durera pas», supposent-ils.

— Eh bien ?

— Eh bien, les parents des inséparables ne sont pas ainsi. Donc, les inséparables forment des couples qui durent.

— Que veux-tu dire ?

— Que mon père et ma mère ne sont pas inséparables. Mon père trompe ma mère depuis toujours, ma mère trompe mon père depuis peu de temps après en avoir souffert. Ce qui les empêche de se quitter, ce sont les enfants et les biens en commun. Si je leur disais…

Il s'arrêta, empourpré, le cœur battant trop vite. Il hésitait à poursuivre tant ses paroles l'engageaient et risquaient de le rendre ridicule.

— Eh bien, si un de leurs enfants disait qu'il a rencontré la femme de sa vie, ils hausseraient les épaules. Car ils ne croient plus à l'amour. Pourtant, il me semble que, parfois, être amoureux, ce n'est pas un état, c'est une voyance, une intuition de ce qui va advenir. Même si l'on est jeune, on est vieux quand on aime, parce que l'on a vu l'avenir et qu'on en a déjà l'expérience.

Albane le dévisagea sans comprendre. Il fouilla le contenu de son sac et brandit un volume.

— Tiens, regarde, j'ai repéré un passage dans ce livre de Baptiste Monier, tu sais, l'écrivain du quartier ?

— Écrivain du quartier ? Tu plaisantes ! D'après mon prof, il est traduit dans le monde entier.

— « Un coup de foudre, c'est aussi mystérieux en art qu'en amour. Cela n'a rien à voir avec une première fois car ce qu'on trouve s'avère souvent être déjà là. Plutôt qu'une découverte, c'est une révélation. Révélation de quoi ? Ni du passé, ni du présent. Révélation du futur… Cela relève de la prescience, le coup de foudre… La durée se plisse, se tord, et voilà qu'en une seconde jaillit l'avenir. Nous voyageons dans le temps. Nous accédons non à la mémoire d'hier mais à la mémoire de demain. "Voici le grand amour des prochaines années que j'ai à vivre." Tel est le coup de foudre : apprendre qu'on a quelque chose de fort, d'intense, de merveilleux à partager avec quelqu'un. Lorsque tu m'as envoyé ta lettre, j'ai reçu l'assurance que nous allions avoir une longue et belle histoire ensemble, que mon existence entière, tu m'accompagnerais, tu me suivrais, tu me guiderais, tu me glisserais des confidences, tu m'amuserais, tu me consolerais. Ai-je bien compris ? Je compte sur toi. »

Quentin reposa le livre sur ses genoux. Albane regardait les interminables mains du garçon qui caressaient les pages avec respect.

Il y eut un instant de flottement entre eux. Chaque mot du texte provoquait des singuliers échos. La lettre qu'évoquait le texte, ce pouvait être le message non signé que Quentin croyait avoir reçu d'Albane. Le coup de foudre à retardement pouvait être cet éclair qui avait touché deux gamins se fréquentant depuis l'enfance. L'assurance d'un destin en commun pouvait être l'entêtement d'Albane, la nouvelle décision de Quentin. Ils laissèrent leurs pensées bruire et se turent, lourds d'émotions.

Quentin referma délicatement le livre et le replaça dans son sac à dos. Il reprit la parole comme si Albane n'était pas là, s'adressant aux troncs qui jaillissaient du sol :

— Imagine que je sois amoureux de toi… Ça voudrait dire que j'aurais tout de suite vu qu'on devrait passer notre vie côte à côte, que j'aurais déjà aperçu les enfants que nous ferions, que j'aurais deviné comment tu serais plus mûre, voire plus âgée, et que cela m'attirerait.

Albane frissonna.

— Tu m'as imaginée plus âgée ?

Cette idée lui plut car, ces derniers jours, elle avait cent fois cru qu'elle allait mourir.

— Oui.

— Et t'en conclus quoi ?

— Tu seras toujours bien.

— Pas si je ressemble à ma mère.

— Elle est très bien, ta mère.

— Elle est grosse !

— Ça lui va.

Albane resta médusée. Lui aussi considérait sa mère comme acceptable ? Étranges hommes…

À cet instant, Victor et Oxana, enlacés, traversèrent le square. Victor parlait avec animation et Oxana, les yeux réjouis, semblait boire chacune de ses phrases comme un nectar. Albane soupira. Se conduire comme ça, peut-être, un jour… On devient amoureux comme on devient peintre ou musicien, par imitation ;

si l'on a vu un Renoir, on achètera des pinceaux ; si l'on a entendu Mozart, on apprendra le solfège ; si l'on a entraperçu la splendeur de l'amour, on voudra l'incarner à son tour.

Quentin sursauta.

— Mon bus !

— Zut, déjà !

— Oui, je vais le rater.

Il sauta à terre, ferma son sac et le remit sur son dos. Il sourit à Albane, lui fit signe qu'il filait. Après dix pas, il revint en hâte, l'air soucieux.

— Tu m'avais bien dit que tu ne ferais pas l'amour avant seize ans et demi ?

Seize ans et demi, cela parut bien court à Albane mais elle ne voulut pas se contredire.

— Oui, confirma-t-elle en baissant la tête.

— Ce sera donc dans un an et demi ?

« Y arriverai-je dans un an et demi ? Oh, je le voudrais tant. J'aurai cicatrisé, sûrement », songea-t-elle.

— Oui, dans un an et demi.

— Alors, reprit-il avec douceur, tu m'attends ?

14

ENCYCLOPÉDIE DE L'AMOUR
Par Baptiste Monier
Extraits

Amour. 1. Problème entre les humains que certains prennent pour une solution. 2. Égoïsme qui trouve un équilibre provisoire avec l'égoïsme d'autrui. 3. Faculté exceptionnelle d'intérêt pour l'autre et de désintérêt pour soi. 4. Sujet de romans.

Baiser. 1. Exploration de la cavité buccale d'un humain dans le dessein de le déshabiller. 2. Pratique persistante chez les bipèdes qui n'ont pas de domicile, courante dans les voitures, sous les portes cochères et sur les bancs publics. 3. Acte interdit dans certaines professions comme la prostitution (ou le contrôle fiscal).

Caresse. 1. Effleurement d'une peau, parfois volontaire, parfois involontaire – les frôlements volontaires durent plus longtemps mais les involontaires peuvent avoir de grandes conséquences. 2. Problème entre deux personnes nues quand aucune des deux peaux ne ressent la même chose.

Flirt. 1. État d'indécision entre un homme et une femme qui se demandent s'ils ne vont pas trouver mieux ailleurs. 2. Manie de personnes peu sûres d'elles.

Masturbation. 1. Forme la plus courante de la sexualité humaine, permettant de se passer d'autrui et de ses complications. 2. Façon de rêver d'un autre en touchant son propre corps. 3. Préparation utilisée par certains afin de ne pas arriver trop énervés à un rendez-vous. 4. Pratique courante chez les femmes faisant l'amour avec des hommes pressés. 5. Occupation adolescente.

Maternité. 1. Méthode féminine pour éloigner son mari en affirmant sa supériorité sur lui. 2. Période heureuse où la femme, exceptionnellement, est encouragée à grossir. 3. Moyen pour un couple d'en finir avec l'irresponsabilité. 4. Prémices de joies. 5. Prémices de problèmes.

Passion. 1. Illusion persistante sur autrui s'accompagnant de nombreuses marques d'affection. 2. Maladie psychique sans remède connu ; généralement, le passionné, une fois guéri, ignore ce qui lui est arrivé.

Pénétration. 1. *(Pour un homme)* Résultat de plusieurs dîners au restaurant, de quelques soirées au théâtre, d'un abonnement chez le fleuriste. 2. *(Pour une femme)* Manière de récompenser un homme lui ayant répété qu'elle est belle. 3. *(Médecine)* Pratique risquée (maladies, enfants…). 4. *(Rare)* Signe d'amour suprême.

Pénis. 1. Membre sexuel masculin dont les dimensions varient en fonction de l'émotivité. 2. Vrai siège du cerveau chez certains mâles.

Provocation. 1. *(Chez la femme)* Façon discrète de chercher si elle plaît. 2. *(Chez l'homme)* Façon peu discrète de vérifier qu'il plaît.

Reproduction. 1. Arrière-pensée qui préside à l'accouplement chez les personnes très religieuses 2. Angoisse chez les personnes libertines. 3. *(Courant)* Accident contraceptif.

Sous-vêtements. 1. *(Chez la femme)* Parure érotique destinée à exciter le mâle. 2. *(Chez l'homme)* Parure anti-érotique prévue pour être vite enlevée. 3. *(Gérontologie)* Protection hygiénique.

Sperme. 1. Liquide inutile à 99,99 %. 2. Signe précurseur d'une grande fatigue chez l'homme. 3. Sécrétion accompagnant parfois l'usage d'un vocabulaire grossier. 4. Trace compromettante sur les tissus provoquant des catastrophes en famille ou au travail. 5. *(Vieilli)* Semence de l'homme qui, se liant aux ovules, permet d'avoir des enfants : cet usage est quasiment tombé en désuétude.

Tendresse. 1. Façon d'aimer ni sexuelle ni génitale. Convient aux relations familiales ou amicales. 2. Substitut de la sexualité chez les personnes âgées. 3. Forme de la sainteté.

Vagin. 1. Partie intérieure de la femme, objet d'une véritable obsession chez les hommes. 2. Récompense parfois donnée au pénis méritant. 3. Zone mystérieuse et effrayante pour l'homosexuel. 4. Zone de jeux incessants pour la lesbienne.

15

Les oiseaux apportaient leur contribution à l'entretien du square en répandant quotidiennement de l'engrais sur le sol.

Hippolyte adorait venir place d'Arezzo car non seulement il prenait soin d'un jardin menacé par les nuisances urbaines mais il avait l'impression de partir en voyage : en observant les perroquets, en écoutant leur charivari, en admirant leurs immenses et sombres nids constitués de brindilles ajustées, aussi compacts, étanches et bien construits que l'arche de Noé, il s'évadait de Bruxelles, de son goudron, de ses briques, pour rejoindre un monde vierge, coloré, citronné, babillard, jeune comme la Terre, immuable, lequel montrait, par sa persistance tonique, qu'il se foutait des civilisations. Lorsqu'il apercevait la tête ronde d'un crochu, son œil noir étonné, son désintérêt envers les activités citadines, il ressentait un soulagement ; d'autres créatures vivaient comme lui, absorbées par l'instant, peu concernées par ce qui agitait les esprits sophistiqués.

Ainsi l'affaire Bidermann ne le passionnait pas. Qu'un homme eût forcé une femme, c'était malheureusement une violence ordinaire. Il fallait plaindre

745

la victime, punir le fautif et cesser d'en parler. Pourquoi les médias ne lâchaient-ils pas le sujet ? Pourquoi les gens exigeaient-ils davantage de détails ? À croire que tous découvraient le mal... – « Je ne suis pas assez intelligent : quelque chose doit m'échapper. »

Quand il ne comprenait pas, Hippolyte s'en prenait à lui-même, accusant ses limites ; à ses contemporains, à la société, à l'univers, il faisait perpétuellement crédit. Bêtise ou absurdité ne pouvaient sourdre que de lui. Il vivait dans la conviction que tout avait un sens. Si ce sens lui échappait, cela venait de sa misérable caboche, pas d'une défaillance du sens. Normal, le monde s'avérait tellement plus complexe que lui, son petit esprit ne pouvait en appréhender ni les structures ni les détails.

— Je suis heureux.

La pensée de sa félicité avait surgi toute seule sur ses lèvres. Sidéré, il s'arrêta de ratisser et appuya son menton sur le manche.

— Curieux d'être heureux alors que...

Oui, il venait d'être rejeté par Patricia, Patricia qu'il aimait, Patricia avec laquelle il avait rêvé de couler ses nuits et ses jours, et cependant ce matin-là, ses outils à la main, en train d'étaler des fientes, il éprouvait un grand bonheur. Était-ce normal ?

Il s'approcha de Germain.

— Dis-moi, es-tu heureux, Germain ?

— Bien sûr, répondit le nain.

Il s'essuya le front, releva la tête et déchiffra le visage de son collègue.

— Pourquoi me demandes-tu ça ?

— Parce que moi aussi, je le suis. Et je trouve ça bizarre.

Germain s'amusa de cet étonnement :

— Explique.

— Je devrais être triste, morose, sans appétit, découragé. Patricia me manque, tu sais, je ne désire qu'une chose, la retrouver, et, malgré ça, je me sens bien, je n'ai pas d'états d'âme.

— Peut-être que tu n'as pas d'âme !

Germain avait lancé cette boutade pour plaisanter, or Hippolyte la prit au sérieux.

— Peut-être… Les animaux ont-ils une âme ? Est-ce que les perroquets et les perruches en sont dotés ?

— La plupart des gens affirment que non.

— C'est ça… Pas surprenant que les animaux soient mes amis. Je suis comme eux. Chaque matin est un nouveau jour.

Il s'éloigna de Germain et reprit sa tâche. Logique que Patricia l'ait lâché. Comment une femme intelligente pourrait-elle se toquer d'un homme si peu passionnant ?

Maintenant, il devait tondre la pelouse. Il hésita, d'abord parce qu'il y avait de nombreux passants sur les trottoirs, attirés par l'affaire Bidermann, ensuite parce qu'il aimait se mettre torse nu pour pousser cet engin, or il ne souhaitait plus que Patricia le vît ainsi. Si c'était fini entre eux, il ne voulait pas retrouver les sensations anciennes, celles qu'il avait connues maintes fois dans ce square, quand il se savait non seulement chauffé par les rayons du soleil mais caressé par son regard.

Sa nuque le brûlait d'ailleurs. Comme si elle était là. Il n'osait se retourner afin de voir si elle l'épiait depuis sa fenêtre.

— Germain, tu ne voudrais pas tondre à ma place ?

— Arrête. Tu sais bien que les poignées sont trop hautes.

Il avait espéré, sottement, que Germain ne s'en souviendrait plus. Gardant son tee-shirt, il démarra donc le moteur et tira la machine. À peine avait-il commencé que Xavière surgit, furax, le front contracté.

— Hippolyte, es-tu obligé de faire tant de bruit ? Tu empêches mes fleurs de pousser.

Hippolyte craignait Xavière ; le plaisir qu'éprouvait cette femme à embêter ses contemporains appartenait aux mystères qui lui échappaient. Il interrompit le vacarme aussitôt.

— Je suis obligé, madame. Sinon, l'herbe va tout envahir.

— Tu appelles ça de l'herbe, ces trois poils qui se courent après ? Ça ne ressemble pas à un gazon mais au crâne de mon mari.

Hippolyte jeta un œil à la pelouse et fut bien obligé de reconnaître qu'elle avait raison.

— C'est à cause des passages…

— Tout le monde vient baguenauder sur cette place. Conclusion ? Une fois qu'ils ont détruit l'herbe ici, ils vont essuyer leurs semelles pleines de crotte sur les trottoirs devant chez moi. Une tartine à merde, voilà ce que devient ce quartier. Je vais écrire au bourgmestre.

— Je dois tondre, madame, j'ai reçu des ordres.

Il redémarra. Elle le dévisagea avec hostilité.

— Toi, tu aurais exécuté n'importe quel ordre pendant la guerre !

— Pardon ?

— Rien, je me comprends.

Avant de commencer une première bande, Hippolyte atténua le bruit du moteur pour poser une question :

— C'est vrai que certaines fleurs cessent de pousser s'il y a du bruit ?

— Évidemment. Pourquoi crois-tu que dans les vignes de Bordeaux on diffuse du Mozart aux raisins ?

Admiratif, Hippolyte hocha la tête et se mit au travail, plein d'idées nouvelles.

Quant à Xavière, elle sourit, ravie de son intervention ; chaque fois qu'elle s'entretenait avec Hippolyte, elle inventait de nouvelles crasses et en tirait du plaisir. « Existerait-il une justice immanente ? Avec lui on peut le croire : il est aussi con que décoratif. »

Lorsque Hippolyte rentra chez lui, Isis revenait de l'école. Elle lui raconta avec flamme ce qu'elle avait appris ce jour-là et sortit une liste de son cahier de texte.

— Papa, notre professeur nous recommande d'acheter une règle graduée, un compas, une équerre. On va apprendre la géométrie. Génial, non ? Tu veux bien m'accompagner à la papeterie, s'il te plaît ?

Hippolyte frémit : il haïssait deux types de magasins, les librairies et les papeteries, tant il s'y sentait étranger – pis : imposteur. Il n'identifiait jamais ce qu'il devait acheter et en était réduit à montrer sa liste aux vendeurs, lesquels soit lui envoyaient une phrase incompréhensible qui le noyait davantage, soit le traitaient hautainement.

Germain sortit de derrière le fourneau.

— J'y vais, moi. Tu veux bien, Isis ?

— Chouette, on y va à pied ou en tramway ?

— À pied.

— Génial, on verra mieux toutes les vitrines.

— Combien de temps ça vous prendra ? leur demanda Hippolyte, vaincu.

— Arriver au bas de l'avenue Louise et en revenir ? Au minimum une heure et demie. Plutôt deux heures.

Une fois seul, Hippolyte soupira. Il devait mettre ce temps à profit. Entre une fiancée – ex-fiancée – qui dévorait les romans et une fille qui s'en gavait, il se sentait si morveux qu'il avait décidé de compenser les années perdues et de devenir un lecteur. Il se forçait donc à rester des heures au-dessus des œuvres dont il avait remarqué les titres chez Patricia.

Il prit une douche – hommage rendu aux livres : il ne les touchait que propre, rasé, parfumé –, enfila un caleçon et s'allongea sur le lit.

Sans hésiter, il saisit, parmi ses dix ouvrages, le volume le plus mince, signé Baptiste Monier. En le lui recommandant, Patricia ne lui avait-elle pas soufflé : « Quand tu commences un récit de Monier, tu ne peux pas résister : tu vas jusqu'au bout. Il te prend par la main et il t'emmène. Sois confiant : il ne la lâchera pas » ?

Il l'ouvrit en espérant que le miracle allait se produire. « À treize ans, j'ai cassé mon cochon et je suis allé voir les putes. » Il regarda autour de lui, gêné. Quel langage ! Franchement, c'était de la littérature, ça ? « Putes »… on aurait pu employer un plus joli nom. Et quelle invraisemblance ! À treize ans, on n'était pas encore capable de… Ah si, certains… Peu… Et qui parlait ? Où ça arrivait ? À quelle époque ? Oh, ce serait sûrement indiqué par la suite, mais, lui, c'était maintenant qu'il voulait le savoir pour déterminer s'il

750

avait envie de continuer ou pas. Il retourna le bouquin et détailla la couverture. L'éditeur aurait dû préciser si c'était une histoire vraie ou une histoire inventée. Si elle rapportait des faits réels, Hippolyte voulait bien faire un effort. En revanche, quel intérêt si elle sortait de l'imagination de l'auteur ?

Agacé, il posa le livre contre son ventre. Pour l'instant, il avait enchaîné les déceptions. Il venait d'achever un roman policier qui l'avait mis en colère. L'enquête dont le crime lui avait plu au départ s'était éternisée : on ne découvrait le meurtrier qu'à la fin. Or il était évident que la romancière le savait depuis le début et l'avait caché pendant deux cents pages. Quelle déloyauté ! Pis, elle avait égaré Hippolyte sur de fausses pistes. S'il avait un jour l'occasion de rencontrer cette Agatha Christie, il lui signifierait tout le mal qu'il pensait de ses manières : quand on sait, on dit !

Quant au roman sentimental qu'il avait essayé, *La Princesse de Clèves*, il l'avait trouvé bien longuet aussi. Que se passait-il en somme ? Une sorte de Lady Di tombait amoureuse d'un aristocrate mais, parce qu'elle était mariée, elle s'interdisait de le voir, languissait et mourait. Tu parles d'une histoire ! Certes, dans le détail, il y avait des réflexions intéressantes. Dans le détail. On n'allait pas lui faire croire que la littérature tenait uniquement dans les détails, tout de même…

On sonna.

Pensant qu'il s'agissait de Germain ou d'un voisin, il resta en caleçon et ouvrit la porte.

Patricia se tenait sur le palier, piétinant, empourprée, haletante.

— Oh… ! s'exclama-t-elle en le voyant presque nu.

Il n'eut pas le temps de marquer sa surprise ni sa joie. Elle blêmit soudain, vacilla, tenta de se rattraper au chambranle, ses yeux partirent en arrière et elle s'écroula.

Hippolyte eut le réflexe de la soutenir avant que ses genoux ou son crâne heurtent le plancher. La tenant dans ses bras, il la porta jusqu'au lit, la glissa sur le matelas, puis ouvrit la fenêtre pour renouveler l'air et tapota ses joues avec une serviette trempée dans l'eau froide.

Patricia rouvrit les yeux. Elle l'aperçut et sembla rassurée.

— Remets-toi, je suis là, murmura Hippolyte.

Elle approuva en plissant les paupières.

Il la fit boire et la redressa contre les oreillers. Elle peinait à retrouver des forces.

— Tu es malade ?

Elle s'éventa avant de répondre. Ce délai inquiéta Hippolyte.

— Je vais appeler une ambulance. On va partir aux urgences !

— Non !

C'était ferme. Il s'immobilisa.

— Je vais aller mieux. C'est…

— L'émotion ? souffla Hippolyte en se souvenant de leur premier face-à-face, sur le palier de Patricia quand il était tombé en syncope.

— Peut-être… surtout le régime.

Alors Patricia lui expliqua tout, ses complexes, ses sautes d'humeur, sa faiblesse parfois, ses accès de colère quand, pour cesser de se détester, elle abhorrait le monde entier. Il découvrit les sacrifices qu'elle s'était imposés depuis qu'ils s'étaient rencontrés, la façon dont elle mettait sa santé en péril.

— Je voulais te dire la vérité, Hippolyte. Ce n'est point à cause de toi que je romps, plutôt à cause de moi.

— Je t'aime comme tu es, Patricia.

— Arrête ! Pas cette phrase-là ! Je ne la supporte pas ! Soit j'ai l'impression qu'on me fait l'aumône, soit je sens qu'on s'adresse à une folle qu'on veut calmer.

— Patricia, je t'aime comme tu es. Je ne veux pas que tu sois différente.

— Tu as des peaux de saucisson sur les yeux !

— Non, j'y vois très bien.

Hippolyte lui expliqua son engouement pour elle. Comme il n'avait pas le don de l'éloquence, son adoration, il l'exprima autant avec ses doigts, ses paumes, ses regards qu'avec les mots ; même son torse, contre lequel elle s'était blottie, parlait, par sa chaleur, par sa fermeté. Cette fois, Patricia se laissa emmener dans le monde d'Hippolyte. Quoi de plus gracieux que le poignet d'une femme dodue ? Là, il n'y a plus d'os, plus de tendons, seulement la soie d'une peau. On s'émerveille que ça puisse aussi être fonctionnel, que cela constitue, selon les médecins, une articulation. Les cuisses doivent promettre un secret : si elles sont maigres, éloignées l'une de l'autre, elles deviennent des cannes destinées à mouvoir le squelette tandis que lorsqu'elles s'élargissent, débordent, dissimulent, elles appellent les caresses, les baisers, des centaines d'attentions émues destinées à ce qu'elles s'ouvrent. Une femme, ce doit être toujours un peu une mère, une nourrice, une reine des abeilles puissante et vaste qui écraserait les mâles faméliques alentour si elle ne leur inspirait la dévotion.

Bercée par ce chant, Patricia frissonnait et s'abandonnait chaque seconde davantage. Lorsqu'elle perçut son désir, dur, contre son flanc, elle s'affola :

— Hippolyte, je ne suis pas revenue pour qu'on se réconcilie !

En réponse, il caressa ses bras.

— Hippolyte, même si je te crois, même si tu es sincère, être avec toi me pose un problème.

Il se figea. Quoi donc ? L'argent… Pas Patricia… Elle allait lui parler de sa bêtise, elle y avait déjà fait allusion quand ils s'étaient séparés en lui disant : «Regarde au fond de toi et tu comprendras pourquoi je te quitte.»

— Tu as vu, s'exclama-t-il précipitamment, je me suis mis à lire.

— C'est vrai ?

— Oui. Les livres dont tu m'as parlé.

— Hippolyte, ne détourne pas la conversation.

Elle sentit dans son dos qu'il ne bandait plus.

— Mon souci, si je restais avec toi… Comment t'expliquer ? … Bref, ça me gêne de passer pour une salope.

— Pardon ?

— Une femme chaude, une femme qui ne pense qu'au cul.

— Patricia ! Comment tu parles !

Elle le regarda avec tendresse : elle oubliait souvent à quel point il était pudique. Sa sensibilité aux mots était exquise. Ce grand gaillard-là serait incapable d'entonner une chanson paillarde, ce que Patricia, elle, faisait aux banquets dès qu'elle avait un verre dans le nez.

Elle s'efforça de préciser sa pensée :

— En nous voyant, on va penser que je suis avec toi parce que tu es beau.

— Je ne suis pas beau.

— Si, tu l'es. Et je le sais.

— Bon, admettons. Et alors ?

— Je ne suis pas le genre de femme qui vit avec un apollon.

— Je ne comprends rien.

— Parce que je suis moche.

— Je viens de t'expliquer combien tu es splendide, Patricia. Et moi, au contraire, ça me plairait beaucoup de me pavaner à ton bras parce que ce serait une manière de crier à tous les autres mecs : « Regardez cette merveille, eh bien, c'est moi qui l'ai eue ! »

— Tu parles de moi, là ?

— De toi, bien sûr.

— Je n'y comprends rien.

— Peut-être qu'il n'y a rien à comprendre.

Il l'embrassa dans le cou. Elle rougit, tint à protester :

— Hippolyte, nous ne sommes plus ensemble !

— Si, nous sommes ensemble. C'est ce que tu étais venue me dire.

Il glissa délicatement sous elle et lui sourit. Elle sentit leur soif qui revenait, tant la sienne que celle d'Hippolyte.

Ils firent l'amour. L'étroitesse du lit les obligeait à encore plus de délicatesse que d'ordinaire.

Pour Hippolyte, c'était l'apothéose de sa liaison avec Patricia, elle l'avait rejoint ici, au sein d'un quartier pauvre, dans ce studio exigu où l'entassement avait balayé toute velléité décorative, un lieu qui ne lui cachait rien de sa condition réelle, sur ce matelas où il n'avait jamais osé inviter une fille, et pas un instant, ni par un regard, ni par un mot, elle ne l'avait jugé ni déprécié.

Quant à Patricia, elle était venue entendre ce qu'elle devinait : qu'il l'aimait lucidement, qu'il la désirait telle qu'elle était. En une âme qui s'appréciait si peu, cette révélation avait quelque chose de vertigineux et c'est en tremblant chaque seconde qu'elle arriva au plaisir.

Comme ivres, ils se reposèrent après l'amour, fixant le plafond lézardé qui leur semblait aussi fastueux qu'une fresque de palais vénitien.

— Qu'est-ce qui t'a donné le courage de venir ? demanda Hippolyte.

— Ta lettre, bien sûr.

— Ma lettre ? s'exclama-t-il, inquiet.

— La lettre jaune où tu me disais que tu m'attendrais toute ta vie et que je suis une aveugle de ne pas voir ton amour. Comme la dernière fois, tu as signé «tu sais qui».

Il se releva lentement. Il s'estimait assez sûr de lui et d'elle pour exposer la vérité :

— Patricia, je n'ai pas écrit cette lettre. Pas plus que la précédente.

— Quoi ?

— Je te le jure. Ces deux lettres, elles ont joué un rôle décisif, elles nous ont rapprochés, mais je tiens à ce que tu saches que je n'en suis pas l'auteur.

Patricia s'appuya sur un coude, pensive.

— Alors…

Elle émit un léger rire.

— Alors c'est lui.

756

Hippolyte fronça les sourcils.

— Pardon ?

— C'est lui qui les rédige. Je croyais qu'il n'était que ton messager lorsque je l'ai vu s'enfuir dans la rue, l'autre jour, après que le message a été glissé sous ma porte.

— Qui ?

— Germain, bien sûr. Il n'était pas simplement le porteur de la lettre, mais son auteur.

16

— Je suis triste de vous quitter, Singer.

Gêné, Zachary Bidermann, assis sur son bureau, regarda ses mains trapues et découvrit que des taches brunes de vieillesse y apparaissaient. Il les cacha derrière son dos.

— Oui, Singer, nous nous séparons après vingt ans de travail ensemble.

Madame Singer, dissimulant son émotion, tourna la tête vers la place d'Arezzo. Par les fenêtres ouvertes, elle apercevait les couples de perroquets adultes se pencher tendrement sur leur progéniture.

Sa vie durant, elle avait redouté cette scène, le moment où elle s'éloignerait du grand homme. Certains jours, elle avait imaginé qu'il organiserait une fête somptueuse pour célébrer son départ à la retraite, d'autres une cérémonie très simple, empreinte de dignité et de respect, d'autres des adieux déchirants dans les larmes. Au lieu de cela, c'était un huis clos à l'aube où il la licenciait pour des raisons économiques, avec les oiseaux indifférents en témoins.

— J'ai beaucoup apprécié votre dévouement, votre énergie, votre sérieux.

«Ma connerie, oui! songea madame Singer. Je n'ai jamais imaginé qu'il me mentait ni qu'il sautait sur tout ce qui bouge.» Apprendre que ce patron si correct avait accumulé les aventures féminines bouleversait Singer, la secrétaire et la femme. Elle ne pouvait s'empêcher de penser qu'il l'avait bernée à l'instar d'une épouse : non seulement il lui avait caché la vérité mais il s'était montré envers elle d'une correction qui frôlait l'insulte. Résonnaient encore dans ses oreilles les rires de ceux auxquels, juste après l'arrestation, elle affirmait, indignée par les accusations journalistiques, qu'elle ne connaissait pas d'homme plus respectueux que son employeur. Oh oui, elle les décryptait bien, ces esclaffements perfides, ils signifiaient qu'elle n'appartenait pas aux femmes qu'on pouvait désirer.

Lancé dans son discours, Zachary Bidermann continuait à évoquer le labeur accompli conjointement de sa voix grave, un peu gutturale, troublante. Singer frissonna : qui se tenait en face d'elle ? L'intellectuel qu'elle avait admiré pendant vingt ans ? Ou le libertin jouisseur, cynique, violent, dédaigneux, qui utilisait les femmes sans vergogne ? Elle n'arrivait pas à concevoir que les deux coexistent, encore moins que ces êtres contrastés puissent former ensemble la vérité de Zachary Bidermann.

Devinant ce qui l'agitait, Zachary abrégea la séance et la reconduisit à la porte en prenant soin de ne pas la toucher ; depuis que cette histoire avait éclaté, il se gardait, lui si tactile naguère, de saisir un bras, d'attraper une épaule ou de caresser une joue, tel un instituteur soupçonné de pédophilie.

Par bonheur, le téléphone retentit sur son bureau, ce qui lui permit d'écourter les adieux. Singer s'enfonça dans le vestibule et Zachary courut jusqu'à l'appareil. Peu habitué à décrocher lui-même, il répondit, essoufflé :

— Oui ?

— Bidermann ? C'est Léo Adolf.

— Bonjour, Léo.

— Hum… j'appelais simplement pour savoir comment l'on pourrait te joindre au cas où…

— Au cas où quoi ? Je n'ai plus aucune responsabilité ! Vous m'avez fait démissionner de mon poste de commissaire européen à la concurrence, j'ai été radié du Parti et on m'a gentiment expliqué que je n'appartenais plus aux conseils d'administration auxquels je siégeais. Et tout cela avant mon procès ! Alors, je te répète ma question, Léo, au cas où quoi ?

— Enfin, Zachary, on ne peut pas balayer d'un revers de main des décennies d'action politique…

— Si. On peut. C'est exactement ce qui vient de se produire avec moi.

— Ni des décennies d'amitié politique…

Il y eut un blanc. Là, Zachary Bidermann, écœuré, n'eut pas la force de répliquer. Inutile de parler si c'est pour ne pas être entendu.

Léo Adolf s'étonna :

— Allô ? … Allô ? … Zachary, tu es toujours là ?

— Je ne sais pas. Pourquoi m'appelles-tu ?

— Rose et toi, vous vous quittez. Tu déménages, j'en ai été informé. Je voulais…

— As-tu honte ?

— Pardon ?

— As-tu honte de m'avoir lâché ?

— Tu délires ! Honte ? Si quelqu'un doit avoir honte, c'est toi ! Pas moi… Moi, je n'ai violé personne.

Moi, je n'ai pas discrédité la classe politique. Moi, je n'ai pas nourri la haine que le peuple voue aux puissants. Moi, je n'ai pas fusillé mon pays. Tu nous as foutus dans la merde, Zachary, d'abord parce qu'on attendait beaucoup de tes compétences pour l'Europe ou à la tête de la Belgique, ensuite parce que nous sommes soupçonnés, nous, tes amis politiques, d'avoir couvert tes frasques – Dieu sait pourtant le nombre de fois où je suis venu te mettre en garde. Maintenant, les journalistes cherchent le suivant, le prochain politicien à dénoncer, celui qui aurait abusé de son pouvoir afin de piquer dans la caisse, baiser des femmes, voire enculer des nations.

— Stoppe tes jérémiades, Léo ! Tu raisonnes comme un tambour. Vous m'avez transformé en bouc émissaire, je paie pour vous tous : vous êtes tranquilles. C'est comme si vous aviez acquis cinq ans de vertu en désignant le vice. À qui profite l'affaire ? En me noircissant, vous avez fait votre toilette et vous voilà plus blancs que blancs. Tu oses te plaindre ? À moi ?

— Fais-toi soigner, Zachary. J'ai l'impression que tu ne t'es pas rendu compte que tu as commis un crime. Tu as violé une femme ! Alors que ta propre épouse, à quelques mètres de là, organisait une réception en ton honneur, tu as forcé une malheureuse par la violence ! Cesse de te poser en victime, nom de Dieu ! C'est toi l'agresseur.

Zachary Bidermann haussa les épaules. Il détestait cette version des faits.

Interprétant le silence comme un acte de contrition, Léo Adolf crut qu'il avait touché Zachary et radoucit sa voix :

— Que vas-tu faire dans les semaines à venir ?

— Donner des conférences. Plusieurs universités, dans le monde entier, estiment que je suis un des experts de l'économie mondiale. Les tribulations de mon pénis, selon eux, n'affectent pas mes capacités intellectuelles. Une chance, non ?

En fait, Zachary mentait. Plusieurs universités avaient décommandé ses interventions, soit parce que le corps des enseignants l'avait exigé, soit parce que des groupes d'étudiants – surtout d'étudiantes – avaient manifesté, banderoles en main, en hurlant qu'ils refusaient d'écouter un pervers. Afin d'enrayer ce mouvement, Zachary avait rédigé une tribune publiée par le grand journal de chaque pays, dénommée «Les camps d'extermination des puritains», où il dénonçait l'amalgame entre compétence et moralité conventionnelle. L'idéologie puritaine américaine, selon lui, voulait normaliser la planète, imposer son modèle de mœurs plates et ne plus promouvoir que des individus normés aux postes fondamentaux. «Or, écrivait Zachary Bidermann, l'histoire du monde regorge de libertins qui firent le bonheur de leur peuple et de puritains qui les détruisirent. Préférez-vous le chaste Hitler au libre Churchill ? L'intelligence, le sens de la responsabilité, le génie des hypothèses, rien ne montre que c'est là l'apanage des seuls bons pères de famille, fidèles à leur épouse. Au contraire… Avant que le scandale ne m'éclabousse, des millions de gens s'endormaient en pensant que j'étais un économiste valable ; du jour au lendemain, je devins incompétent. Quel rapport ? On peut ne pas partager mes mœurs, ne pas les apprécier, on peut même réprouver certains de mes débordements, mais sur un détail on ne peut tuer tout l'homme, son trajet, ses études, sa réflexion, son expertise. Messieurs les censeurs, votre attitude nous renvoie aux pires temps de l'Histoire, celui où les nazis condamnaient la musique des compositeurs parce qu'ils étaient juifs, brûlaient la littérature juive, la philosophie juive, la science juive, puis spoliaient les richesses juives. D'un homme, ces racistes ne considéraient plus qu'un élément, sa judéité, laquelle suffisait à bannir le reste. Malheureusement, on sait jusqu'où ce déni est allé – un juif ne devant pas non plus respirer ni se reproduire : aux camps de la mort ! Aujourd'hui, les lèvres en cœur, la main sur la poitrine, protestant de leurs intentions vertueuses, les puritains se livrent à une extermination identique ! Nazi ou puritain, toujours fasciste, le diable sait changer de visage… » Hélas, sa tonitruante tribune n'avait réussi qu'à lui aliéner ses ultimes bastions de soutien, les associations juives, lesquelles dénoncèrent aussitôt l'amalgame infamant pratiqué par Zachary entre la Shoah et la défense de ses intérêts personnels. Bref, à ce jour, au contraire de ce qu'il prétendait, Zachary n'était plus appelé à livrer ses analyses que par les rejetés du système, les extrémistes de droite ou de gauche, des gens dont lui, auparavant, n'aurait jamais souhaité devenir le héraut…

— Où vas-tu loger ? reprit Léo Adolf.

— J'ai une villa dans les Ardennes. Un héritage de mon père.

— Seul ?

— Pour l'instant.

— Communique-moi tes coordonnées.

— Je ne les ai pas sous la main, mentit Zachary Bidermann, je te les enverrai.

Léo Adolf feignit de le croire.

— À bientôt, Zachary. Je t'en prie, à l'avenir, quoi que tu entreprennes, adopte un profil bas. Souviens-toi du proverbe : «Un clou qui dépasse connaîtra le marteau.»

Zachary soupira, raccrocha, regretta qu'un des aspects les plus désagréables de sa nouvelle situation fût ce droit que s'arrogeait chacun de lui donner des conseils de conduite, puis, considérant les tâches du matin, il dressa un bilan rapide : les dossiers de son bureau ayant déjà été empaquetés par Singer, il ne lui restait qu'à vérifier que les domestiques, à l'étage privé, avaient fini de transférer ses vêtements dans des housses et à rassembler lui-même ses affaires intimes.

Il monta donc dans sa chambre dont les placards ouverts exhibaient des étagères dégarnies. Rose s'était absentée. Zachary n'arrivait pas à déterminer si c'était une preuve de délicatesse destinée à alléger son départ ou une nouvelle marque d'indifférence.

De la salle de bains que son épouse lui avait affectée, il tira ses effets, rasoir, crèmes, shampoings…, s'arracha un poil qui pointait hors de son oreille puis alla uriner.

Entouré de glaces, il aperçut son reflet, un homme âgé, en surpoids, sa verge à la main. Quoi ? C'était cet individu-là qui déclenchait la fureur médiatique ? Quelle absurdité… Il contempla son sexe soutenu par sa paume, amorphe, fripé, dont la peau ombrée virait au violacé. Voilà donc ce qui avait détruit ses ambitions ? Ce machin avachi…? cet appendice censé être fonctionnel…? ce bidule moche…? Un instant, il s'estima misérable et appuya son front contre les carreaux pour éviter de chanceler.

Depuis des semaines, il ne se servait plus de sa queue. En garde à vue, il s'était abstenu de la toucher, craignant d'accréditer l'obsession érotique dont on l'accusait. Au sortir de sa cellule, il n'avait plus osé non plus ni se soulager ni appeler une fille. Même entre les quatre murs des toilettes, il avait l'impression que des yeux ou des caméras le surveillaient, qu'une juge femelle allait surgir, brandir un doigt vengeur et crier : «C'est lui ! Regardez ce qu'il fait, ce porc !» La pression de la frayeur avait remplacé la pression sexuelle. Quant à Rose, elle avait refusé qu'il l'approche et l'avait exilé dans une chambre d'amis, la plus confinée, au fin fond des combles. Lorsqu'il avait mendié son pardon, elle avait détourné la tête. Rose l'aimait vainqueur, ni repentant ni meurtri. De toute façon, depuis que cette femme, Diane – qui était-ce d'ailleurs ? –, s'était immiscée entre eux, Rose et Zachary vivaient comme deux étrangers sous un toit, errant chacun à leur étage, conscients de devoir s'éviter.

Il entendit des raclements de gorge derrière la porte. Zachary se reboutonna et parut. Le maître d'hôtel le prévint qu'une «jeune dame» le demandait.

Surpris, Zachary exigea son nom.

— Son nom vous est étranger. En revanche, elle m'a dit être certaine que vous la reconnaîtriez.

Zachary tenta de déchiffrer ce que pensait le maître d'hôtel derrière son masque impassible : il devait s'imaginer qu'il s'agissait d'une de ses maîtresses. Avait-il tort ?

— Qu'elle m'attende dans *mon* ancien bureau, Benoît, je descends.

Quoique inébranlable, le maître d'hôtel eut un battement de paupières à la mention de l'«ancien bureau», détail qui rendait imminent le départ.

Zachary glissa ses dernières affaires dans une trousse et, cinq minutes plus tard, se présenta à l'étage inférieur.

À son arrivée, une jeune femme se leva, les mains serrées sur son ventre, les épaules rentrées, mal à l'aise, comme écrasée par le décorum de l'hôtel particulier.

— Mademoiselle ?

Embarrassée, elle pencha la tête sur le côté et le fixa de ses yeux cernés. Il l'identifia : c'était la domestique qu'il avait poursuivie jusqu'à la cave lors de la soirée fatale.

Elle saisit qu'il avait compris.

Ils se détaillèrent, debout, sans bouger, cherchant à s'habituer l'un à l'autre, puis Zachary retrouva son aisance, l'invita à s'asseoir et passa derrière son bureau en tripotant son téléphone portable.

Elle s'assit, posa son sac à main sur ses genoux, le corps contracté, étriqué, donnant l'impression d'attendre un bus sur un siège inconfortable. Elle finit par prendre l'initiative :

— J'ai tout suivi à la télévision.

— Oui ?

— J'ai vu cette femme, celle qui prétend que… Au début j'ignorais pourquoi elle faisait ça puisqu'elle n'avait rien subi – elle avait simplement assisté à la scène, cachée dans un coin. J'ai même cru, au début, qu'elle intervenait par souci de justice. Après j'ai deviné. C'est une artiste, une ambitieuse, elle a profité de la situation pour qu'on parle d'elle. Maintenant, elle est célèbre. Je la déteste.

Elle énonçait ses phrases sur un rythme monotone, d'une voix fluette, détimbrée, sans relief, qui n'apposait ni accent ni passion sur les mots. On aurait cru

766

qu'elle récitait sa liste de courses, non qu'elle narrait une terrible histoire qui l'avait blessée.

En guise d'encouragement, Zachary Bidermann sourit. Elle continua son récit :

— J'ai réfléchi. Si vous voulez, je déclare à la police que c'était moi.

— Vous feriez ça ?

— Je ferai mieux. Je raconterai qu'elle m'a volé le mouchoir. Et surtout que vous et moi, lorsque nous l'avons… fait, nous étions d'accord. J'étais consentante.

Ces mots, elle les avait prononcés en regardant ses chaussures. Elle se forçait à articuler le texte qu'elle avait préparé. Peut-être s'était-elle entraînée à tenir jusqu'au bout de cette scène qui s'opposait à sa nature effacée ?

— Pourquoi feriez-vous ça ?

Elle leva la tête et regarda juste à côté de lui.

— L'argent, bien sûr.

Il opina.

— Tout appartient à ma femme. De l'argent, je n'en ai pas tant que ça.

— Plus que moi en tout cas.

Et elle sortit de sa réserve. La misère, les fins de mois difficiles, les placards ou les penderies vides, la précarité du logement, ça, ce n'était pas abstrait. Son cri révélait une douleur sincère.

Zachary murmura :

— Combien ?

Elle avala sa salive et s'évertua, brave, à le regarder droit dans les yeux cette fois-ci.

— Un million d'euros.

Il approuva de la tête. « Un million d'euros ? Encore possible… » Brièvement, il la considéra. Y avait-il quelqu'un derrière elle ? un fiancé, un frère, qui lui avait conseillé de venir ici, qui lui avait fait répéter la scène ? Ou venait-elle de sa propre initiative ?

Peu importait. Elle lui offrait l'occasion de débouter son adversaire, Petra von Tannenbaum, laquelle apparaîtrait l'embabouineuse qu'elle avait toujours été. Si la gamine niait qu'il y avait eu viol, il sortirait du procès la tête haute, rétabli dans ses droits.

Un million d'euros, cela valait bien ça.

Que lui resterait-il après ? Plus un sou. Quant à ses positions, commissaire européen à la concurrence, mari de Rose, il ne les récupérerait jamais. Sans parler de la timbale de Premier ministre… Il était mort politiquement.

— Je refuse, annonça-t-il.

Elle sursauta. Se mordant les lèvres, elle se pencha et murmura :

— Si vous voulez, je peux vous le faire à moins.

— Un million d'euros ou moins, je ne paierai pas.

— Mais…

— C'est mon dernier mot.

Elle roula la tête sur ses épaules, agitée de sursauts nerveux.

— Ce que je vous propose ne vous convient pas ?

— Ça n'a pas d'importance.

— Quoi ! Ça n'a pas d'importance ?

— Non.

Elle se leva, fébrile, et l'apostropha :

— Eh bien, tant pis, j'irai quand même, je révélerai ce qui s'est réellement passé, j'apporterai la vérité. Faut-il toujours qu'on me prenne tout ? Vous qui… et elle, l'Allemande, qui joue les victimes à ma place. Je vais vous dénoncer, la simulatrice et le salaud.

— Vous vous fatiguerez en vain. On aura du mal à vous croire.

— Pourquoi ?

— Parce que si l'on démontre que la première accusatrice était une menteuse, rien de plus aisé que d'affirmer que la seconde l'est aussi.

— Ah ?

— Facile pour un avocat chevronné. D'autant que j'ai enregistré notre conversation sur ce téléphone…

Il brandit l'appareil.

— Il me suffira d'en produire le début, le moment où vous m'offrez de déclarer contre une somme d'argent que c'est vous, et non Petra von Tannenbaum. Vous passerez pour un maître chanteur.

— C'est dégueulasse ! cria la jeune femme.

Zachary Bidermann ne répondit pas.

Elle cherchait autour d'elle un moyen d'endiguer l'émotion qui la submergeait. Elle tremblait, ses yeux rougissaient, ses dents claquaient.

— Alors, on m'aura tout pris ? On m'aura fait faire ce que je ne voulais pas… on m'aura obligée à des trucs dégoûtants parce que je ne suis qu'une employée de merde… on me pique ma vie, mes malheurs… on refuse de me donner un centime… et on ne m'écoutera pas quand je raconterai la vérité ? Au fond, je ne vaux rien, je ne suis rien. Rien du tout. Ce que je peux vivre, ressentir ou dire, les gens n'en ont rien à péter…

Elle leva ses yeux en larmes vers Zachary Bidermann.

— C'est laid…

Elle insista en avalant la morve qui l'étouffait :

— La vie est vraiment moche…

Sur un coup de tête, elle ramassa son sac et, fuyant presque, quitta la pièce au pas de course.

Zachary Bidermann s'approcha de la fenêtre. La gamine traversait la place d'Arezzo, les épaules basses, le visage plongé dans un mouchoir, son sac bon marché battant à son bras, petite, gauche, sans grâce, victime de tout, de sa naissance, de son manque d'éducation, de sa pauvreté, de la société, des hommes…

Il éprouva une panique soudaine. Des plaques de chaleur irradièrent son corps. Qu'avait-il ? Sa main tremblante essuya la sueur sur son front. Était-il victime d'un malaise ? Un infarctus ?

Il s'assit au bureau, avala un verre d'eau fraîche, tenta de contrôler son souffle.

Oui, il se remettait. Son corps ne le trahissait pas. Il respira.

L'image de la jeune femme envahissait sa pensée, dévorante, obsédante. «C'est dégueulasse ! avait-elle crié. On m'aura tout pris.»

Pour la première fois, Zachary Bidermann se rendait compte qu'il avait violenté une femme. Oui, elle était sa proie et lui le chasseur. Il l'avait utilisée comme un objet futile, histoire de se débarrasser d'une crampe qui gâchait sa soirée. La forcer à toucher son sexe, à le faire jouir, ne lui avait pas semblé monstrueux sur le moment – il en avait tiré du plaisir –, alors qu'il percevait désormais qu'un tel geste ne correspondait à aucun désir ni à aucune logique dans la vie de la jeune femme. «Je suis un salaud !» Il prenait conscience de son crime. Auparavant, il n'avait songé qu'à sa défense, qu'à sauver sa personne et l'idée flatteuse qu'il s'en faisait. Auparavant, il attaquait ceux qui l'accusaient sans imaginer un instant qu'il pût être l'auteur d'une mauvaise action, pas lui, pas le brillant Zachary, pas

Zachary le génie, pas le jouisseur qui plaisait tant au sexe faible.

L'angoisse lui serra le cou. Il aspira une bouffée d'air, défit sa cravate et dégrafa le bouton de son col. De l'air. Échapper à soi-même. Fuir cet insupportable sentiment de culpabilité.

Errant dans le bureau, il flottait, vide, pauvre, écœuré, malade. La réalité n'était plus supportable.

— Benoît, je vais faire un tour et je reviens.

Quitter cet hôtel cossu où il avait paradé durant des années et encore quelques instants plus tôt. Il déverrouilla la porte et dévala les escaliers.

L'air le gifla. Zachary prit peur d'un coup, peur de la ville, des voitures, des passants, des motos bruyantes, des vélos silencieux. Connaissait-il ces trottoirs ? Il avait l'impression d'être un nouveau-né. Tout le surprenait et l'effrayait. Où étaient ses repères ?

Lui qui n'avait jamais vu le danger, il le voyait partout. Autant en lui qu'à l'extérieur de lui. Comment faire ? Il était terrorisé, plus agité qu'une feuille.

Marcher ! Oui, marcher pour se remettre les idées en place.

Il avança d'un pas hâtif. En traversant la rue, il leva la tête, troublé, vers un grand ara bleu qui défendait son nid contre un corbeau agressif. À cette seconde, il n'aperçut pas le camion qui déboulait à grande vitesse sur la place d'Arezzo et se précipita sous ses cinq tonnes d'acier.

POSTLUDE

Lux Perpetua

Le jour le plus lumineux de l'année, au solstice d'été, les habitants du square d'Arezzo avaient coutume d'organiser une «fête des voisins». Sous les arbres, parmi les rhododendrons épanouis, chacun apportait, à sa guise, des boissons ou de la nourriture, qui des tourtes, des quiches, des pizzas, des gâteaux, des salades, qui du punch, du vin, des jus de fruits, de la bière. On installait des tables pliantes, on déployait des chaises en toile, on branchait un appareil à musique puis, dans ce salon de fortune en plein air, bercés par le crépuscule mélodieux, les riverains prenaient la place des oiseaux et regardaient le théâtre des façades du point de vue des crochus.

L'ordonnancement des maisons demeurait pourtant inchangé : il y avait le coin des villas et le coin des immeubles. Les riches trinquaient avec les riches, les moins nantis avec les moins nantis, les jeunes restaient avec les jeunes. Les classes sociales, les connivences, les communautés d'âge se reproduisaient sur l'herbe.

Certains collaient à leur groupe, tel Quentin avec ses copains, telle Albane avec ses copines – une habitude d'enfance –, dans l'espoir secret de se mêler ensuite à d'autres. Quelques-uns allaient par deux, tels Victor et Oxana, soudés. Certains s'isolaient, tels Baptiste, Joséphine et Isabelle, lesquels, autour d'une bouteille de bourgogne, riaient aux éclats, formant une mêlée de dos difficile à percer. Sans doute essayaient-ils d'échapper à Faustina et Patrick Breton-Mollignon qui s'approchaient en cherchant un prétexte pour les interrompre. La disparition de Zachary Bidermann avait changé les habitudes de Rose qui, les années précédentes, envoyait une caisse de champagne lardée d'un mot justifiant son absence : cette fois, elle s'était jointe aux badauds, accompagnée de Diane qui lui présenta son mari Jean-Noël. Ève avait rejoint Ludo et Claudine sur un transat où ils ne partageaient pas seulement l'espace mais un joint. Plus loin, Philippe Dentremont, flanqué de son épouse Odile, les regardait avec une réprobation mêlée d'envie. Le long de l'allée centrale, François-Maxime de Couvigny avait organisé une partie de pétanque avec ses enfants, auxquels s'étaient joints Patricia et Hippolyte. Wim n'était passé que cinq minutes, empressé, volubile, en s'excusant vingt fois de ne pouvoir rester, laissant derrière lui, telle une ambassadrice, la souriante Meg, munie de boîtes de chocolats qu'elle proposait à tous en n'oubliant pas de se servir. Quant à Tom et Nathan, ils avaient décidé de régaler l'assemblée en dressant un barbecue : justement, Marcelle recevait une merguez grillée de Nathan qui ajoutait en commentaire : «La saucisse, c'est mon domaine.» Marcelle, déjà bien cuivrée par le punch, eut une larmichette en songeant que mademoiselle Beauvert leur manquait cette année, même si elle avait la chance de vivre avec Obama à Washington.

Peu avant, Xavière et Orion avaient fait sensation. À la surprise générale, ils avaient traversé la place, fiers, royaux, elle tenant son ventre en avant dans une robe de femme enceinte, lui s'empressant comme une mouche autour d'elle : on aurait dit qu'ils venaient d'inventer la maternité. Après avoir produit leur effet, Xavière avait simulé un malaise afin de rentrer chez eux.

À part, sur un banc, le nain Germain et Isis aux yeux violets discutaient à voix basse :

— Pourquoi m'as-tu demandé de porter une lettre à Patricia ?

— Tu as vu comme ça a marché ? Grâce à elle, papa et Patricia sont de nouveau ensemble.

— Qu'est-ce que c'était, cette lettre ?

— Une partie de mon roman.

— Quel roman ?

— Celui que je compose.

— Ah oui… Où en es-tu ? Je ne te vois jamais le rédiger. Sur quel cahier ?

— Je ne l'écris pas sur un cahier.

— Sur quoi, alors ?

Elle désigna le monde alentour, les façades, les convives, puis précisa :

— Je ne l'écris pas vraiment d'ailleurs. J'ai juste trouvé le début. Après, j'ai arrêté parce que j'ai eu peur.

— De quoi ?

— Des personnages. Ils ne font pas ce que j'attendais. Ils agissent à leur façon. Ils sont bizarres. Je ne les comprends pas.

— Pourquoi ?

— Ils reçoivent une lettre d'amour et ça ne leur fait pas plaisir. Aucun ne réagit pareil.

Isis leva la tête vers les perroquets et les perruches. Elle soupira :

— Dommage, je voulais juste qu'ils soient heureux.

— Qui te dit qu'ils ne le sont pas ? Ils n'appellent pas bonheur la même chose que toi. Il y autant de bonheurs que d'êtres humains, je crois.

Il se leva, solennel, tel un acrobate qui va exécuter un numéro de cirque.

— Regarde !

Le nain Germain s'avança vers Isis, se dressa sur la pointe des pieds et l'embrassa avec délicatesse sur le front.

Ensuite, il lui fit un signe impérieux.

— À toi maintenant !

Amusée, Isis sauta du banc et posa un baiser au milieu du front de Germain.

Il conclut :

— C'est le même geste, tu es d'accord ?

— Oui.

— Le même baiser ?

— Oui.

— Mais il est différent pour toi et pour moi.

— Évidemment, toi tu en as eu l'idée, moi je t'ai obéi.

— Pas seulement. Lequel as-tu préféré, celui que tu donnais ou celui que tu recevais ?

— Le premier, celui que je recevais. J'ai été surprise, j'ai trouvé ça gentil, ça m'a chatouillée. Et toi ?

— Le premier aussi, mais pour une raison différente. À mes yeux, te donner un baiser est plus important que de le recevoir, à cause de mon physique, à cause de mon histoire... Tu comprends maintenant pourquoi tu as tant de mal avec ton roman d'amour ? Malgré les apparences, sous un geste analogue, personne ne ressent ni n'attend quelque chose d'identique.

Isis approuva, grave, saisit son sac, en sortit des feuilles de papier à lettres jaune, les froissa et les jeta dans la poubelle du square.

— Que fais-tu ? s'exclama Germain.

— J'arrête mon roman.

Eric-Emmanuel Schmitt
dans Le Livre de Poche

Concerto à la mémoire d'un ange   n° 32344

Quel rapport entre une femme qui empoisonne ses maris et un président de la République amoureux ? Quel lien entre un marin et un escroc international ? Par quel miracle une image de sainte Rita, patronne des causes désespérées, devient-elle le guide mystérieux de leurs existences ?

Les Deux Messieurs de Bruxelles   n° 33468

Cinq nouvelles sur le mystère des sentiments inavoués. Une femme gâtée par deux hommes qu'elle ne connaît pas. Un médecin qui se tue à la mort de son chien. Un mari qui rappelle constamment sa nouvelle compagne au respect de l'époux précédent. Une mère généreuse qui se met à haïr un enfant. Un couple dont le bonheur repose sur le meurtre.

Les dix enfants que madame Ming n'a jamais eus n° 33579

Le narrateur, un voyageur de commerce français qui passe régulièrement en Chine, entame un dialogue avec Mme Ming. Travaillant au sous-sol du Grand Hôtel, cette femme se vante d'élever dix enfants ! Comment, dans un pays où la loi impose l'enfant unique, une telle famille nombreuse peut-elle voir le jour ? Mme Ming dissimule-t-elle un secret ?

L'Enfant de Noé
n° 30935

1942. Joseph a 7 ans. Séparé de sa famille, il est recueilli par le père Pons, un homme simple et juste. Mais que tente-t-il de préserver, tel Noé, dans ce monde menacé par un déluge de violence ?

L'Évangile selon Pilate suivi du
Journal d'un roman volé
n° 15273

Première partie : dans le Jardin des oliviers, un homme attend que les soldats viennent l'arrêter pour le conduire au supplice. Deuxième partie : trois jours plus tard, Pilate dirige la plus extravagante des enquêtes policières.

La Femme au miroir
n° 33060

Anne vit à Bruges au temps de la Renaissance, Hanna dans la Vienne impériale de Sigmund Freud, Anny à Hollywood aujourd'hui. Trois femmes dans trois époques différentes qui vont néanmoins se tendre la main... Et si c'était la même ?

Georges et Georges
n° 33465

Après quelques années de vie commune, Marianne et Georges ne se supportent plus. Grâce au docteur Galopin, spécialisé en électromagnétisme, ils vont chacun être mis en face de leur rêve... Et devront le cacher à l'autre ! Le cauchemar commence. Une comédie déjantée sous le signe de Feydeau.

Lorsque j'étais une œuvre d'art n° 30152

Le calvaire d'un homme qui devient son propre corps, un corps refaçonné en œuvre d'art au mépris de tout respect pour son humanité.

Milarepa n° 32801

Simon fait chaque nuit le même rêve, terrible et incompréhensible... Dans un café, une femme énigmatique lui en livre la clef : il est la réincarnation de l'oncle de Milarepa, le célèbre ermite tibétain du XIᵉ siècle...

Monsieur Ibrahim et les fleurs du Coran n° 32521

Momo, un garçon juif de 12 ans, devient l'ami du vieil épicier arabe de la rue Bleue. Mais les apparences sont trompeuses : M. Ibrahim n'est pas arabe, la rue Bleue n'est pas bleue, et la vie ordinaire peut-être pas si ordinaire...

Odette Toulemonde et autres histoires n° 31239

La vie a tout offert à l'écrivain Balthazar Balsan et rien à Odette Toulemonde. Pourtant, c'est elle qui est heureuse. Leur rencontre fortuite va bouleverser leur existence.

La Part de l'autre n° 15537

8 octobre 1908 : Adolf Hitler est recalé. Que se serait-il passé si l'Écoles des beaux-arts de Vienne en avait décidé autrement ? Que serait-il arrivé si le jury avait accepté Adolf Hitler, flatté puis épanoui ses ambitions d'artiste ?

La Rêveuse d'Ostende   n° 31656

Cinq histoires – «La rêveuse d'Ostende», «Crime parfait»,
«La guérison», «Les mauvaises lectures», «La femme au
bouquet» – suggérant que le rêve est la véritable trame qui
constitue l'étoffe de nos jours.

La Secte des Égoïstes   n° 14050

À la Bibliothèque nationale, un chercheur découvre la trace
d'un inconnu, Gaspard Languenhaert qui, au XVIIIe siècle,
soutint la philosophie «égoïste». Selon lui, le monde extérieur n'a aucune réalité et la vie n'est qu'un songe. Intrigué,
le chercheur part à la découverte d'éventuels documents.

Si on recommençait   n° 33576

Alexandre revient dans la maison de sa jeunesse. Par un
phénomène étrange, il se retrouve face à son passé lors
d'une journée cruciale. Quarante ans après, il revoit le
jeune homme qu'il était… Prendrait-il les mêmes décisions
maintenant qu'il connaît son existence?

Le sumo qui ne pouvait pas grossir   n° 33207

Sauvage, révolté, Jun promène ses quinze ans dans les rues
de Tokyo, loin d'une famille dont il refuse de parler. La
rencontre avec un maître du sumo, qui décèle un «gros»
en lui malgré son physique efflanqué, va l'entraîner dans la
pratique du plus mystérieux des arts martiaux.

Théâtre 1   n° 15396

Ce premier volume comprend les pièces suivantes: *La Nuit
de Valognes*, *Le Visiteur*, *Le Bâillon*, *L'École du diable*.

Théâtre 2   n° 15599

Ce deuxième volume comprend les pièces suivantes : *Golden Joe, Variations énigmatiques, Le Libertin*.

Théâtre 3   n° 30618

Ce troisième volume comprend les pièces suivantes : *Frédérick ou le boulevard du Crime, Petits crimes conjugaux, Hôtel des deux mondes*.

Ulysse from Bagdad   n° 31987

Saad Saad, Espoir Espoir en arabe, fuit Bagdad et souhaite regagner l'Europe, mais la difficulté de passer les frontières rend son voyage compliqué.

Du même auteur
aux éditions Albin Michel :

Romans
LA SECTE DES ÉGOÏSTES, 1994.
L'ÉVANGILE SELON PILATE, 2000, 2005.
LA PART DE L'AUTRE, 2001.
LORSQUE J'ÉTAIS UNE ŒUVRE D'ART, 2002.
ULYSSE FROM BAGDAD, 2008.
LA FEMME AU MIROIR, 2011.
UN HOMME TROP FACILE, 2013.
LA TRAHISON D'EINSTEIN, 2014.
L'ÉLIXIR D'AMOUR, 2014.
LE POISON D'AMOUR, 2014.

Nouvelles
ODETTE TOULEMONDE ET AUTRES HISTOIRES, 2006.
LA RÊVEUSE D'OSTENDE, 2007.
CONCERTO À LA MÉMOIRE D'UN ANGE, Goncourt de la nouvelle, 2010.
LES DEUX MESSIEURS DE BRUXELLES, 2012.

Le Cycle de l'invisible
MILAREPA, 1997.
MONSIEUR IBRAHIM ET LES FLEURS DU CORAN, 2001.

OSCAR ET LA DAME ROSE, 2002.
L'ENFANT DE NOÉ, 2004.
LE SUMO QUI NE POUVAIT PAS GROSSIR, 2009.
LES DIX ENFANTS QUE MADAME MING N'A JAMAIS EUS, 2012.

Essais

DIDEROT, OU LA PHILOSOPHIE DE LA SÉDUCTION, 1997.
MA VIE AVEC MOZART, 2005.
QUAND JE PENSE QUE BEETHOVEN EST MORT ALORS QUE TANT DE CRÉTINS VIVENT, 2010.
LE CARNAVAL DES ANIMAUX, 2014.

Théâtre

Le Grand Prix du Théâtre de l'Académie française a été décerné à Eric-Emmanuel Schmitt pour l'ensemble de son œuvre

LA NUIT DE VALOGNES, 1991.
LE VISITEUR (Molière du meilleur auteur), 1993.
GOLDEN JOE, 1995.
VARIATIONS ÉNIGMATIQUES, 1996.
LE LIBERTIN, 1997.
FREDERICK, OU LE BOULEVARD DU CRIME, 1998.
HÔTEL DES DEUX MONDES, 1999.
PETITS CRIMES CONJUGAUX, 2003.
MES ÉVANGILES (*La Nuit des Oliviers*, *L'Évangile selon Pilate*), 2004.
LA TECTONIQUE DES SENTIMENTS, 2008.
UN HOMME TROP FACILE, 2013.
THE GUITRYS, 2013.

Site internet : eric-emmanuel-schmitt.com

Le Livre de Poche s'engage pour
l'environnement en réduisant
l'empreinte carbone de ses livres.
Celle de cet exemplaire est de :
700 g éq. CO_2
Rendez-vous sur
www.livredepoche-durable.fr

PAPIER À BASE DE
FIBRES CERTIFIÉES

Composition réalisée par Lumina Datamatics

Achevé d'imprimer en juillet 2015 en France par
CPI BRODARD ET TAUPIN
La Flèche (Sarthe)
N° d'impression : 3012022
Dépôt légal 1re publication : septembre 2015
LIBRAIRIE GÉNÉRALE FRANÇAISE
31, rue de Fleurus – 75278 Paris Cedex 06